LA FORMATION

DE LA

PRUSSE CONTEMPORAINE

—

TOME II

1818.

A LA MÊME LIBRAIRIE

Formation de la Prusse contemporaine :

Томе I. *Les origines. — Le ministère de Stein (1806-1808).*
1 volume. . . . . . . 7 fr. 50

Coulommiers. — Imp. PAUL BRODARD. — 59-97.

LA FORMATION

DE LA

PRUSSE CONTEMPORAINE

PAR

GODEFROY CAVAIGNAC

TOME SECOND

LE MINISTÈRE DE HARDENBERG — LE SOULÈVEMENT
(1808-1813)

———————

PARIS

LIBRAIRIE HACHETTE ET Cie

79, BOULEVARD SAINT-GERMAIN, 79

—

1898

Droits de traduction et de reproduction réservés.

PRÉFACE [1]

Nous avons examiné dans le premier volume de cet ouvrage comment s'était formé l'organisme politique et social de la Prusse. Puis nous avons recherché, dans le développement intérieur de l'État prussien, les premières influences de la Révolution française.

Les réformes de 1808 que nous avons précédemment étudiées, les réformes de Stein, marquent, dans l'histoire de Prusse, une période bien délimitée entre le désastre de 1806 et la proscription de Stein. Mais l'évolution qui a reçu, à son origine, l'empreinte de cette puissante personnalité se poursuit après sa disparition.

De 1810 à la fin de 1822, Hardenberg a dirigé la politique prussienne; et ces douze années sont, à la fois par les péripéties de la situation européenne et par les progrès de l'évolution intérieure, des années décisives pour la formation de la Prusse contemporaine.

1. Nous avons trouvé, pour les recherches que nous avons eu à faire aux Archives, les plus grandes facilités. Nous tenons à en remercier ici M. Servois, directeur des Archives nationales; M. Farges, chef du premier bureau des Archives du ministère des Affaires étrangères; M. le commandant Margueron, chef de la section historique à l'état-major général du ministère de la Guerre.

Nous voulons surtout exprimer notre reconnaissance au personnel de la section des imprimés de la Bibliothèque nationale, et particulièrement à M. Marchal, conservateur; à MM. Blanchet, conservateur adjoint, Barringer et Teste, bibliothécaires, pour l'inépuisable obligeance avec laquelle ils nous ont ouvert les collections de la Bibliothèque.

Engager avec la réforme de la législation fiscale une transformation économique qui devait affranchir les initiatives individuelles partout entravées; — poursuivre, en brisant la souveraineté du bien noble, la constitution de la petite propriété
indépendante; — substituer, dans l'administration publique, au
système de décentralisation oligarchique, un organisme centralisé assez semblable à celui de la France; telle fut la triple
entreprise de **Hardenberg**.

Elle ne tarda pas à se heurter à la crise européenne qui
prépara la campagne de Russie et la guerre de Libération. A
partir de 1811, la Prusse s'engagea dans les voies nouvelles
et dans les préoccupations absorbantes d'un effort désespéré
d'indépendance.

Ce volume ne conduira pas le lecteur jusqu'au terme de
la crise de 1813, jusqu'à l'heure où nous pourrons mesurer
plus exactement, dans la Prusse reconstituée et réorganisée
de 1815, les résultats définitifs des réformes et ceux de l'effort
national.

On a dit qu'un acte politique ne se pouvait juger avant
trente années écoulées. Nous abandonnons les réformes de
Hardenberg sans leur avoir laissé ce délai pour porter leurs
fruits. Nous les laissons, comme la guerre de l'Indépendance
les a saisies, au milieu de leur élaboration. Elles prendront
donc, pour le lecteur, plutôt l'aspect d'une tentative interrompue
que d'une œuvre complète.

Même sous cet aspect, qui se modifiera dans la suite, la tentative de Hardenberg, en mettant directement aux prises les
conceptions politiques de la France et celles de la Prusse, en
fait ressortir l'opposition et apparaît comme le témoignage
peut-être le plus irrécusable de l'action de la Révolution française sur la société européenne.

Tout autre est le caractère de la réforme des institutions
militaires qui s'est accomplie brusquement au début de 1813

et qui occupe la seconde partie de ce volume. Ici, ce n'est plus
par la résistance opposée au progrès nécessaire des idées de la
Révolution que la Prusse a marqué son originalité. Elle s'est
affirmée par des résultats plus positifs. Elle a donné à ses
créations une empreinte personnelle. Elle a semé des germes
que notre génération a eu la douleur de voir fructifier.

GODEFROY CAVAIGNAC.

10 novembre 1897.

LA FORMATION

DE LA

PRUSSE CONTEMPORAINE

CHAPITRE I

LES SUCCESSEURS DE STEIN ET LA RENTRÉE DE HARDENBERG

Au début de 1809, la crise que l'Europe attendait depuis le printemps de 1808 se rapprochait, et Stein proscrit n'était plus là pour diriger de sa main vigoureuse ce qui restait de l'État prussien.

Était-ce cette fois l'affranchissement de l'Europe, la fin de la domination napoléonienne qui se préparaient? Les patriotes prussiens l'espéraient, et la crise paraît en effet avoir été plus menaçante pour l'Empereur qu'on ne l'a cru depuis, sous l'impression des succès qui l'ont terminée. Toutefois Napoléon était encore en mesure, par les ressources de son Empire, par celles de son génie, par l'assiette de sa puissance, de dominer les événements. Une nouvelle déception était réservée à l'Europe anti-napoléonienne et aux patriotes prussiens.

Et déjà, au point où nous sommes arrivés, aux premiers mois de 1809, la partie des ennemis de la France était compromise avant d'être engagée. Il était évident, dès lors, que l'Europe serait impuissante à rapprocher, même dans un assemblage apparent et boiteux, ses membres disloqués. C'était un duel entre la France et l'Autriche qui se préparait. La Russie restait attachée à l'alliance de Tilsit. Et la Prusse, secouée un instant par l'énergie de Stein, était retombée dans l'ornière. Elle était presque aussi bas qu'en 1807. Ses premiers efforts de relèvement n'avaient point abouti. Stein venait de prendre le chemin de l'exil, et sa chute apparaissait, non point seulement comme un revirement de l'histoire intérieure de la Prusse, mais comme un événement européen : comme la banqueroute d'un grand projet d'insurrection européenne.

En y regardant de plus près aujourd'hui, l'on ne saurait admettre qu'il ait dépendu, en 1808, du gouvernement prussien, même dirigé par un homme comme Stein, de soulever et d'affranchir l'Europe centrale. L'heure n'était pas venue où de semblables entreprises pouvaient être tentées et réussir ; la situation du continent ne s'y prêtait pas encore. L'insuccès de Stein n'a pas été seulement la suite d'une faiblesse de Frédéric-Guillaume III[1] ; il a été la résultante des circonstances qui pesaient alors sur l'Europe. Ce fut un effet beaucoup plutôt qu'une cause.

Aussi, malgré le contraste entre Stein et ses successeurs, malgré les apparences d'une cassure brusque dans la politique prussienne, l'on y retrouve, avant et après la chute de Stein, à peu près les mêmes attitudes, les mêmes velléités, les mêmes hésitations. En 1808,

---

1. Droysen dit avec une exagération manifeste : « Les destinées de l'Europe étaient dans les mains de Frédéric-Guillaume III ». Droysen, *Das Leben des Feldmarschalls Grafen Yorck von Wartenburg*, I, p. 166.

au moment critique, alors qu'il s'était agi de prendre un parti déclaré,
Stein lui-même, quelles que fussent son énergie et sa vigueur,
n'avait point osé assumer la responsabilité d'une résolution extrême [1].
En revanche, ses successeurs, malgré leur atonie, n'osèrent point
conseiller au patriotisme prussien une abdication sans réserve.

En 1809, par un phénomène nouveau, les espérances des patriotes
allemands se rattachent, pour un instant, à l'Autriche. L'Autriche est
secouée par les idées d'indépendance. On pourrait presque entendre
sur son sol quelque écho des idées révolutionnaires. C'est une province autrichienne incorporée à la Bavière, c'est le Tyrol, qui montre
dans ses efforts de révolte, trois fois réprimés, trois fois renouvelés,
autant de vigueur nationale qu'aucun peuple en ait jamais montré.
Stadion, le premier ministre autrichien, est le protagoniste de la
cause européenne, et l'archiduc Charles, qui sera si impopulaire
après Wagram, est acclamé, après Essling, comme le vainqueur de
Napoléon, comme le vainqueur de l'Invincible [2].

L'empereur d'Autriche, le jeune rejeton de ces Habsbourg, traîtres
tant de fois à la cause de l'Allemagne, semble avoir retrouvé le
prestige de la couronne impériale qu'il vient de déposer, et, sur les
domaines classiques de l'influence prussienne, l'idée de la nationalité
allemande domine à tel point les esprits qu'ils semblent prêts à lui
faire même le sacrifice de la prépondérance prussienne. De vrais
Prussiens : Stägemann, Arndt, Kleist, ont adopté un cri de guerre
désintéressé et paradoxal : « Autriche et liberté ». L'Empereur
d'Autriche apparaît à Kleist, comme le tuteur et le sauveur des Allemands. La noblesse des Marches, les Knesebeck, les Voss, la vieille
caste militaire du cœur de la Prusse, du terroir de Brandebourg, se
sent emportée par un attrait irrésistible sous les drapeaux de l'Autriche. A peine Marwitz, le type classique du hobereau, résiste-t-il,
dans son patriotisme étroit, au courant qui entraîne ses deux frères [3].

1. TOME I, p. 470.
2. Sur l'archiduc Charles, voir *Erinnerungen aus dem Leben des General-Feldmarschalls* HERMANN VON BOYEN, I, p. 356. — TREITSCHKE, *Deutsche Geschichte*, I, p. 342.
3. LEHMANN, *Scharnhorst*, II, pp. 265, 266. — Voir les projets de Gneisenau.
PERTZ, *Das Leben des Ministers Freiherrn vom Stein*, II, p. 352. — Grolmann, *ibid.*,
II, p. 390. — Stein à Schön, *ibid.*, II, p. 403. — Saint-Marsan à Champagny,
27 mars 1809. A. STERN, *Abhandlungen und Aktenstücke zur Geschichte der preussischen Reformzeit*, 1807-1815, p. 279. — TREITSCHKE, I, p. 341. — LEHMANN, *Knesebeck
und Schön*, p. 51. — *Aus dem Nachlasse Ludwig's* VON DER MARWITZ, I, p. 316.

Comme aux temps de prépondérance impériale qui précédèrent l'avènement du grand Électeur, l'ambassadeur d'Autriche, Wessenberg,
agit et parle presque en maître à Berlin. Il est en rapports secrets
avec les patriotes prussiens, avec Scharnhorst[1]; et Stein, sans être
empressé à se tourner vers l'Autriche[2], est si loin de la Prusse qu'il
écrit, le 12 juillet 1809[3] : « La Prusse disparaîtra sans laisser ni
regrets ni gloire, et l'on regardera comme un bonheur la ruine
d'une puissance qui a d'abord ébranlé l'Europe par son ambition,
qui l'a inquiétée ensuite par ses tripotages, et qui n'a rempli aucun
des devoirs qu'elle avait contractés envers elle-même et envers la
communauté européenne ».

Si jamais la Prusse a semblé près de se laisser ravir son rôle
d'État allemand, c'est durant cette année critique où l'Autriche a
pris la direction de la politique européenne, où le gouvernement
prussien n'existe plus que de nom, où les patriotes allemands, et
Stein le premier, ont renoncé à placer en lui leurs espérances, où la
dynastie même des Hohenzollern semble presque avoir rompu, par
ses faiblesses et ses défaites, le lien de fidélité traditionnelle qui rat-
tachait les Prussiens à leur roi[4].

Frédéric-Guillaume III gouvernait depuis treize années l'État
prussien, et les épreuves ne l'avaient point formé[5]. Que dire du
souverain qui, dans l'angoisse de ces crises nationales, ne retrouvait quelque énergie intellectuelle et personnelle que pour traiter
des questions d'uniforme et entretenir avec les hommes qui

1. Lehmann, *Scharnhorst*, II, pp. 249, 253, 267. — Oncken, *Oesterreich und
Preussen im Befreiungs-Kriege*, I, p. 298. — Voir l'influence de Wessenberg sur
Goltz, Ranke, *Denkwürdigkeiten des Staatskanzlers Fürsten von Hardenberg*, IV,
p. 180. — Oncken, I, p. 112.
2. Voir ses jugements sur l'Autriche même après la campagne de Wagram.
Pertz, *Stein*, II, p. 363.
3. Lehmann, *Scharnhorst*, II, p. 286. — « Je n'attends rien de là-bas », Stein à
Gentz. Pertz, *Stein*, II, p. 389. — Et Gentz écrit : « Personne ne compte sur le roi
de Prusse », *ibid.*, II, p. 395. — A rapprocher du jugement que Stein porte, en
août 1811, sur les Prussiens. « Qu'est-ce qu'on peut attendre des habitants de
ces steppes sableuses, de ces hommes à peine civilisés, débauchés, sans cœur,
qui ne sont faits que pour être caporaux ou calculateurs? » à la comtesse Brühl,
ibid., II, p. 383. — Voir encore Stein à Gneisenau, le 17 avril 1811, sur le défaut
de patriotisme et le caractère des Prussiens, *ibid.*, II, p. 587.
4. Pertz, *Stein*, II, p. 351. — *Aus den Papieren des Ministers und Burggrafen
von Marienburg* Theodor von Schön, I, *Selbstbiographie*, p. 58; II, pp. 49, 62.
— 27 mars 1809, Saint-Marsan à Champagny. A. Stern, p. 279.
5. Voir son portrait par Boyen. *Erinnerungen des Feldmarschalls* von Boyen,
II, p. 15.

allaient sauver et refaire son royaume des relations d'hostilité hargneuse?

Boyen, qui le connut de près, le juge sévèrement. On avait résolu, raconte-t-il[1], de dissoudre les régiments dont la conduite dans la dernière guerre avait laissé à désirer, et dont le nombre était considérable. Le roi comprit parmi les corps frappés le régiment de hussards dont Blücher était le chef nominal. Plusieurs des escadrons de ce régiment s'étaient conduits bravement. Le tribunal d'honneur avait rendu en sa faveur un verdict favorable. Frédéric-Guillaume III n'en persista pas moins à répartir les divers escadrons entre de nouveaux corps. Boyen ne sait au juste si le motif de cette rigueur fut dans l'antipathie personnelle que le roi éprouvait pour Blücher, comme pour toutes les personnalités accentuées, ou s'il ne faut pas le chercher plutôt dans l'éloignement que le souverain ressentait depuis longtemps pour l'uniforme rouge et argent du régiment condamné. Blücher n'était pas homme à subir sans protester un affront immérité et le sentiment de la discipline monarchique n'était pas tel alors que le vieux prétorien se crût tenu d'étouffer sa protestation. Lorsqu'en décembre 1809 le roi, rentrant à Berlin, s'arrêta à Stargard et que Blücher dut aller au-devant de Frédéric-Guillaume, il revêtit l'uniforme détesté de son ancien régiment et se présenta dans cette tenue prohibée. Ce ne fut pas, paraît-il, dans la querelle qui suivit, le roi qui eut le dernier mot.

Absorbé par ces minuties, Frédéric-Guillaume offre, en 1809, comme depuis 1806, le spectacle d'une volonté désemparée et d'une incapacité maussade. En Prusse, l'affaiblissement du sentiment monarchique est sensible. L'éloignement entre la nation prussienne et la dynastie des Hohenzollern est plus marqué qu'il ne l'a peut-être été à aucune autre époque[2]. Au printemps de 1809, le roi

---

1. *Erinnerungen des Feldmarschalls* VON BOYEN, II, p. 2.
2. *Aus den Papieren* SCHÖN's, I, *Selbstbiographie*, p. 58, II, pp. 49, 62. — Saint-Marsan rapporte, le 4 mai 1809, le bruit d'une conspiration dirigée contre le roi, qui aurait été découverte à Königsberg. A. STERN, p. 282. — « On se déchaîne contre sa personne dans les clubs particuliers », *ibid.*, pp. 282, 283. — Voir l'impression que fait sur le roi le bruit d'une conspiration ourdie par Scharnhorst pour faire monter le frère du roi, le prince Guillaume, sur le trône. Une enquête est ouverte. LEHMANN, *Scharnhorst*, II, p. 277. — *Der geheime und offene Groll dieser Männer* contre le roi, *ibid.*, II, p. 298. — Voir encore *ibid.*, II, pp. 245, 252. — Il semble que ce qui avait donné lieu à ces bruits, était le projet qu'avait conçu Scharnhorst, de faire appeler le prince Guillaume à la

èst tout à fait isolé dans sa résistance au mouvement patriotique.
D'anciens adhérents du parti français comme Kalckreuth, les familiers mêmes du roi, comme Beyme et Nagler, enfin les représentants attitrés de la prudence et de la modération, comme Goltz,
subissent l'entraînement qui emportait vers la lutte les milieux éclairés
de l'Allemagne du Nord [1]. Les fonctionnaires de Berlin se réunissent
pour faire parvenir au roi une adresse d'un ton très résolu et très
libre où ils le supplient de prendre une décision. La noblesse de la
Prusse orientale refuse, à deux reprises, de participer au paiement
de la contribution à la France. L'agitation est telle à Berlin, que
l'ambassadeur français Saint-Marsan menace de se retirer à Stettin [2].

Puis, lorsque la crise se poursuit sans amener de décision, l'irritation s'accentue. Grolmann émigre, Gneisenau et Scharnhorst, abreuvés
de dégoût, semblent près d'en faire autant [3]. Blücher a épuisé ses
réserves limitées de patience : « Si les choses ne changent point »,
écrit-il à Götzen, le 14 juin 1809 [4], « j'irai porter ailleurs, au service
de la patrie allemande opprimée, ce qui me reste de forces. Mais
subir ces chaînes, jamais. »

Le roi est inaccessible aux suggestions du sentiment national [5] et

---

direction du ministère de la guerre. *Erinnerungen des Feldmarschalls* VON
BOYEN, I, p. 343. — TREITSCHKE défend le roi. TREITSCHKE, I, p. 347.

1. LEHMANN, *Scharnhorst*, II, pp. 258, 263, 264, 267, 297. — Voir les rapports faits
à Saint-Marsan par Hatzfeldt; voir, sur le compte de Beyme, A. STERN, p. 295. —
RANKE, *Hardenberg*, IV, p. 184. — Voir la correspondance de Saint-Marsan.
A. STERN, pp. 281-283. — « J'aurais de la peine à indiquer les personnes mar-
quantes qui ne soient pas prêtes à sacrifier les intérêts de leur pays à la manie
anti-française », écrit Saint-Marsan, malgré tout son optimisme, *ibid.*, p. 292.

2. LEHMANN, *Scharnhorst*, II, p. 264, 266. — RANKE, *Hardenberg*, IV, p. 184. —
PERTZ, *Stein*, II, p. 472. — Voir sur les désordres à Berlin qui servent de prétexte à la première application du système des *Krümper*, [WILLISEN], *Die Reorganisation der preuss. Armee nach dem Tilsiter Frieden*, II, p. 114. *Beiheft zum
Militair-Wochenblatt*, 1865-1866.

3. LEHMANN, *Scharnhorst*, II, pp. 266, 277. — PERTZ, *Stein*, II, pp. 347, 352, 479.
— Le départ de Gneisenau cache une mission secrète en Angleterre, *Erinne-
rungen des Feldmarschalls* VON BOYEN, I, p. 356. — Gneisenau à Stein, le 26 juin 1811.
« J'aurais mieux fait, il y a longtemps déjà, d'aller en Espagne. » PERTZ, *Stein*,
II, p. 581.

4. PERTZ, *Das Leben des Feldmarschalls Grafen Neithardt von Gneisenau*, I, 499.
— LEHMANN, *Scharnhorst*, II, p. 279. — *Erinnerungen des Feldmarschalls* VON BOYEN,
II, p. 2.

5. Lorsqu'Ancillon, le familier du roi, prépare, en 1813, un projet d'adresse
au peuple allemand, il résume ainsi la politique de 1809 : « La tranquillité de
la Prusse à cette époque, conforme à cette foi religieuse avec laquelle le Roi
observe les traités, prévint ou empêcha des mouvements qui fussent devenus
funestes à l'intérêt de la France ». ONCKEN, I, p. 288.

son autorité s'affaiblit de plus en plus[1]. Les patriotes pensent et
écrivent que la nation agira sans le roi. Les hommes qui demeurent
attachés à Frédéric-Guillaume III voient grossir le péril qui menace
la dynastie. Goltz, naguère encore l'adversaire de la politique de
Stein, écrit à la reine Louise[2] : « Si le roi hésite plus longtemps à
prendre la résolution que l'opinion publique réclame et à se déclarer
contre la France, une révolution éclatera infailliblement ». Un cousin
du roi, le prince Auguste, le supplie de ne pas laisser venir les
choses à tel point que la nation agisse en dehors du roi[3]. Frédéric-
Guillaume lui-même est inquiet ; il a la terreur des mouvements
populaires. Il confie à son journal intime des réflexions attristées.
Il ne considère plus son trône comme assuré : « Si l'esprit de fac-
tion porte sur le trône un autre que lui-même, un autre à qui l'opinion soit plus favorable, il se résoudra à vivre en simple citoyen[4] ».

Ce ne fut point une révolution qui éclata ; ce fut une insurrection
militaire ; mais elle n'eut ni l'étendue ni la portée que les patriotes
eussent pu lui désirer. Dörnberg essayait de provoquer un soulèvement en Westphalie. Le duc de Brunswick traversait l'Allemagne, à
la tête d'une troupe insurrectionnelle, pour aller combattre Napoléon
sur un terrain plus propice ; et, en Prusse, le major Schill, le héros
de la défense de Colberg en 1807, quittait Berlin avec son régiment
de cavalerie, le 28 avril, sur la fausse nouvelle d'une victoire de l'archiduc Charles. C'était un acte d'insubordination sans précédents dans
les annales militaires de la Prusse ; et, tandis qu'il provoquait l'enthou-

---

1. Voir le ton très libre des patriotes à l'égard du roi, Gneisenau, Pertz,
Stein, II, p. 351, — Blücher, Lehmann, *Scharnhorst*, II, p. 303, — les fonctionnaires
de Berlin, *ibid.*, II, p. 264. — Treitschke, I, p. 316. — Voir cependant, en sens
contraire, *Erinnerungen des Feldmarschalls* von Boyen, I, p. 344. Le roi serait
moins impopulaire alors qu'après Tilsit. — D'après Boyen, on voulait agir sans
le roi, mais non contre lui, *ibid.*, I, p. 363. — Boyen a laissé des procès-verbaux
des séances du *Tugend-Bund*. (Chambre principale de Königsberg. Institut militaire.) Le ton n'en est ni révolutionnaire, ni anti-dynastique, *ibid.*, I, p. 480. —
Voir, cependant, *ibid.*, I, p. 307. — Voir encore Gneisenau, en 1811, dans une
note rédigée pour l'Autriche et remise à Zichy. Oncken, I, p. 301.
2. Ranke, *Hardenberg*, IV, p. 184. — Lehmann, *Scharnhorst*, II, p. 263.
3. Lehmann, *Scharnhorst*, II, p. 265. — Boyen, écrivant ses mémoires en 1835, et
rappelant ces remontrances et les poésies patriotiques qu'il adressait au roi, en
1808 et en 1809, ajoute : « Je me demande ce qui adviendrait aujourd'hui à un
major qui proposerait au roi la convocation des États généraux et qui lui
demanderait, en sus, de déclarer la guerre ; je doute que ce fût un bon moyen
de faire son chemin ». *Erinnerungen des Feldmarschalls* von Boyen, I, p. 349.
4. Ranke, *Hardenberg*, IV, pp. 185, 206. — Lehmann, *Scharnhorst*, II, p. 259. —
Martens, *Recueil des traités et conventions conclus par la Russie avec les puissances étrangères*, VII, p. 7.

siasme des patriotes, de l'armée entière, même de partisans endurcis des préjugés de la vieille armée, comme Borstell, il irritait vivement Frédéric-Guillaume III. Les mesures de rigueur, les arrêts, les révocations se succédaient sans affaiblir l'impression produite [1].

Les petites troupes de Dörnberg et de Schill firent d'ailleurs peu de recrues. Schill erra quelque temps au hasard, impuissant à provoquer un mouvement de quelque étendue, et vint échouer misérablement à Stralsund, plutôt en aventurier qu'en héros national.

Le mouvement était encore limité, dans l'Allemagne du Nord, à un milieu ardent, mais restreint. La notion du patriotisme, qui avait reçu en France, depuis quatre cents ans, la consécration des grands mouvements populaires et de l'unité nationale, était, dans les masses allemandes, bien confuse encore [2].

On prévoit le caractère que la faiblesse de Frédéric-Guillaume III avait pu imprimer, durant cette période, aux actes du gouvernement prussien. Au lendemain de la chute de Stein, en janvier 1809, le Roi de Prusse, à peine délivré de son joug, s'était rendu avec la reine à Saint-Pétersbourg [3]; il avait accompli ce voyage de Russie, si ardemment souhaité, qui apportait quelque diversion aux ennuis de Königsberg. Ce voyage avait suspendu pour un temps l'examen de toutes les affaires de l'État [4]; on avait dû employer, pour en solder les dépenses, les sommes que la Russie avait versées, afin de permettre de rembourser, aux habitants de la Prusse orientale, les dommages qu'elle leur avait fait subir en 1807 [5].

Les patriotes avaient redouté et combattu ce rapprochement personnel entre le Roi et l'Empereur de Russie [6], et, de fait, Frédéric-Guillaume III en revint entraîné dans l'orbite de l'alliance nouée à

---

1. RANKE, *Hardenberg*, IV, p. 183. — PERTZ, *Stein*, II, p. 472. — LEHMANN, *Scharnhorst*, II, pp. 258, 268, 269.

2. LEHMANN, *Scharnhorst*, II, p. 276. — Voir les lettres de Gneisenau et de Stein, en juin et en août 1811. PERTZ, *Stein*, II, pp. 576-586.

3. RANKE, *Hardenberg*, IV, p. 174. Le roi part le 27 déc. 1808.

4. Sur la vie du roi et de la reine à Königsberg, voir *Erinnerungen des Feldmarschalls* VON BOYEN, I, p. 350. — Sur le voyage, voir *Aus den Papieren* SCHÖN's, II, pp. 55, 58, 64. — PERTZ, *Stein*, II, p. 318.

5. *Erinnerungen des Feldmarschalls* VON BOYEN, I, p. 338.

6. PERTZ, *Stein*, II, p. 351. — Voir le ton très libre de Gneisenau à l'égard du roi; *ibid.* — Voir l'autobiographie de Stein, PERTZ, *Stein*, VI, 2, *Beilagen*, p. 172. — LEHMANN, *Scharnhorst*, p. 244. — Saint-Marsan à Champagny, 31 déc. 1808, A. STERN, p. 273.

Tilsit, converti à une neutralité sympathique à la France, inclinant à suivre les conseils du tsar [1].

Mais il avait été bientôt ébranlé par la déclaration de guerre, par l'excitation des patriotes prussiens, par les premiers événements, par les ouvertures pressantes de l'Autriche. Il admit ainsi peu à peu [2] l'idée de l'alliance autrichienne et d'une participation à la guerre contre la France. Tout irrité qu'il était contre l'acte d'insubordination de Schill [3], il n'en subissait pas moins l'impression. Frédéric-Guillaume III n'avait point la résolution nécessaire pour résister aux pressions qui s'exerçaient sur lui. Il prit en mai [4], comme malgré lui, la décision de se rapprocher de l'Autriche. « En supposant », écrit-il à Goltz vers le milieu de mai 1809, « en supposant que nous soyons garantis du côté de la Russie, en supposant que l'Autriche tienne et persévère, en supposant que nous ayons complété nos préparatifs, je suis résolu à prendre part à la lutte [5]. » Il écrivait au tsar qu'il était entraîné contre sa volonté [6]; il suivait, tout en s'irritant contre les insurgés [7], le mouvement qui l'emportait. Il se résolut, mais sans netteté [8], pour l'alliance autrichienne ; il suspendit le paiement de la contribution à la France et livra ainsi à Napoléon le secret de ses nouvelles intentions [9].

Mais à peine eut-il pris ce parti qu'il sembla le regretter [10]. On eût

---

1. Ranke, *Hardenberg*, IV, p. 173. — Lehmann, *Scharnhorst*, II, p. 245. — Oncken, 1, p. 4.

2. Voir sa lettre à Alexandre, Ranke, *Hardenberg*, IV, p. 181. — Lehmann, *Scharnhorst*, II, pp. 253, 258.

3. Ranke, *Hardenberg*, IV, p. 186.

4. Ranke, *Hardenberg*, IV, pp. 183, 186. — Lehmann, *Scharnhorst*, II, pp. 263, 270. — Voir sur les mesures militaires prises au début de 1809. [Willisen], *Die Reorganisation der preussischen Armee nach dem Tilsiter Frieden*, II, p. 150 (*Beiheft zum Militair-Wochenblatt, août 1865-oct. 1866*).

5. Goltz insistait en ce sens depuis décembre 1808. Ranke, *Hardenberg*, IV, p. 172. — Lehmann, *Scharnhorst*, II, p. 243.

6. Le 12 mai. Martens, VII, p. 7. — Lehmann, *Scharnhorst*, II, p. 274. — Il le répète encore en septembre, *ibid.*, II, p. 302.

7. Ranke, *Hardenberg*, IV, p. 185..... *anstatt dem Pöbel und den Narren zu schmeicheln*, dit-il. — Ranke assure, sans le démontrer d'une façon irréfutable, que les manifestations irritées du roi ne répondaient pas à ses sentiments intimes, *ibid.* — *Erinnerungen des Feldmarschalls* von Boyen, I, p. 365. — Lehmann, *Scharnhorst*, II, pp. 259, 260, 269. — Treitschke, I, p. 349. — Voir sur la complicité à demi involontaire des patriotes et de Schill, *Erinnerungen des Feldmarschalls* von Boyen, 1, p. 366.

8. Lehmann, *Scharnhorst*, II, pp. 261, 275.

9. Pertz, *Stein*, II, p. 473. — A. Stern, p. 292.

10. Voir son irritation à propos de la mission de Steigentesch qui vient en

dit qu'en périssant, le 31 mai, Schill avait emporté ces velléités fugitives [1]. En juin, malgré le demi-succès de l'Autriche à Essling, le roi recule, il n'ose pas aller jusqu'au bout de sa résolution [2]. Ses ministres, les successeurs de Stein, entraînés par Scharnhorst, lui conseillent les résolutions vigoureuses. Il ne les écoute pas et ce sont les événements qui apportent la solution [3]. Le 5 juillet, Wagram rétablit la prépondérance européenne de Napoléon.

Avec le défaut de clairvoyance qui lui était habituel, Frédéric-Guillaume ne prit point la victoire de Napoléon à Wagram pour ce qu'elle était réellement, c'est-à-dire pour le terme de la crise de 1809. Ce fut le 24 juillet 1809, « à la douzième heure », qu'il se résolut, par un nouveau revirement bien inopportun, à envoyer à l'Autriche un officier prussien, Knesebeck, en qui il avait une certaine confiance parce qu'il le croyait, moins qu'un autre, prisonnier des « factions » [4]. Knesebeck allait porter à Vienne des assurances tardives, mais compromettantes. A peine était-il parti que Frédéric-Guillaume se repentit [5]. Il comprit qu'il avait choisi pour se compromettre avec la France le plus mauvais moment. Il en témoigna à ses ministres, qu'il rendait responsables de sa propre faiblesse, une irritation et une rancune dont il ne devait point se relâcher [6].

Cependant, tandis que le roi tergiversait ainsi, les patriotes prussiens ne se laissaient point décourager. Jusqu'à la fin, Blücher, Gneisenau, Bülow, Götzen, voulurent engager la Prusse dans une lutte

uniforme d'officier autrichien à Berlin. RANKE, *Hardenberg*, IV, pp. 188, 207. — LEHMANN, *Scharnhorst*, II, p. 281.

1. Schön explique le revirement par un incident puéril, dont il attribue la responsabilité à Yorck. *Aus den Papieren* SCHÖN's, IV, p. 589. — LEHMANN, *Scharnhorst*, II, p. 216.

2. LEHMANN, *Scharnhorst*, II, p. 281. — Treitschke défend le roi..... *der wackre Fürst.* TREITSCHKE, I, p. 347. — Marwitz le condamne. MARWITZ, I, p. 317.

3. Voir Beyme, LEHMANN, *Scharnhorst*, II, p. 282. — Goltz avait, dès le mois de décembre 1808, proposé de rompre avec la France. RANKE, *Hardenberg*, IV, p. 172. — PERTZ, *Stein*, II, p. 472. — Sur l'attitude du ministère, LEHMANN, *Scharnhorst*, II, p. 284.

4. RANKE, *Hardenberg*, IV, p. 194. — LEHMANN, *Scharnhorst*, II, pp. 299, 300. — ONCKEN, I, p. 112. — Voir, sur Knesebeck, *Erinnerungen des Feldmarschalls* VON BOYEN, I, p. 360. Knesebeck avait eu en 1793-94 la réputation d'être « un jacobin ». Il avait changé depuis.

5. RANKE, *Hardenberg*, IV, p. 206. — Il en vient à considérer Knesebeck lui-même, comme *fanatisirt, von den volksthümlichen Regungen ergriffen.* LEHMANN, *Scharnhorst*, II, p. 302.

6. RANKE, *Hardenberg*, IV, p. 206. — PERTZ, *Stein*, II, p. 476. — *Aus den Papieren* SCHÖN's, II, p. 56. — LEHMANN, *Scharnhorst*, II, p. 302.

désespérée. Des hommes aussi mesurés que Beyme, Altenstein et Dohna, aussi sceptiques que Nagler, partageaient leurs vues. A la veille de la nouvelle de Wagram, au début de juillet, les chefs de corps de l'armée prussienne, Blücher, Bülow, Götzen, avaient voulu se mettre en mouvement, même sans l'ordre du roi. Ils avaient de concert arrêté leurs desseins, lorsqu'arriva la nouvelle de la victoire de Napoléon [1].

Les patriotes prussiens demeuraient convaincus, dans leurs vues un peu étroites et peu ouvertes sur l'ensemble de la situation européenne, que la défaite de l'Autriche serait le signal de la destruction de l'État prussien [2]. L'événement leur apporta la preuve de leur erreur. Napoléon signa, le 14 octobre, la paix avec l'Autriche, et rien ne vint indiquer que les Hohenzollern dussent bientôt « cesser de régner ». L'Empereur exigea seulement que le Roi de Prusse quittât ce refuge éloigné de Königsberg où sa présence semblait une protestation permanente contre le nouvel état de choses. Il lui fut donné satisfaction en décembre 1809. La famille royale et la cour quittèrent Königsberg par un temps d'hiver affreux. Il fallut, pour traîner ce cortège sur les chemins sans chaussée, réquisitionner tous les chevaux de la province. Les patriotes comparaient ce retour à un convoi funèbre. La rentrée à Berlin marqua comme la fin de la crise de 1809 et le commencement d'une ère nouvelle [3].

Le 5 novembre 1809, dans une de ces entrevues où il se plaisait, et où la force triomphante et sûre d'elle-même répudiait, avec quelque brutalité, les ménagements qu'affectionne une diplomatie moins assurée de sa puissance, Napoléon avait réglé ses comptes avec l'État prussien. Il n'avait rien ignoré, grâce aux perfidies de l'Au-

---

1. RANKE, *Hardenberg*, IV, p. 207. — Voir le mémoire de Goltz; les excuses que Frédéric-Guillaume adresse à Napoléon sur l'agitation de ses sujets; *ibid.*, IV, p. 209. — LEHMANN, *Scharnhorst*, II, pp. 297, 304. — DROYSEN, *Yorck*, I, p. 170. — Voir sur la mission secrète que Blücher confie à Stülpnagel, auprès de Götzen, en juillet 1809, LEHMANN, *Knesebeck und Schön*, p. 55. — PERTZ, *Gneisenau*, I, pp. 547, 696. — Voir l'allusion que font, aux plans insurrectionnels de 1808, Scharnhorst et Blücher lorsqu'ils répondent aux propositions des agents anglais en 1812, *ibid.*, II, p. 267.

2. LEHMANN, *Scharnhorst*, II, pp. 251, 261. — Blücher écrit au roi pour lui présager le sort de l'électeur de Hesse, *ibid.*, II, p. 303. — *Erinnerungen des Feldmarschalls* VON BOYEN, II, p. 58. — Voir dans le même sens Marwitz. MARWITZ, I, p. 326. — Lettre du roi au tsar, du 12 mai. MARTENS, VII, p. 7.

3. RANKE, *Hardenberg*, IV, p. 209. — C'est à ce moment aussi que Dohna obtient du roi la suppression du *Tugendbund*. PERTZ, *Stein*, II, p. 474. — *Erinnerungen des Feldmarschalls* VON BOYEN, I, p. 373. — D'après TREITSCHKE, le roi est accueilli à Berlin avec enthousiasme. TREITSCHKE, I, p. 351. — MARWITZ, I, p. 318.

triche, des projets et des velléités de la Prusse [1]. Le général Krusemark, considéré comme un personnage agréable à la cour des
Tuileries, avait été désigné pour lui apporter les vœux diplomatiques de Frédéric-Guillaume III. L'Empereur tint à montrer que
rien ne lui avait échappé des écarts de la Prusse. Il fit, à sa manière,
le résumé ironique de la politique prussienne durant la crise de 1809.
Mais, tout en laissant voir qu'il continuerait à tenir la Prusse par
les engagements pesants qu'elle avait contractés et qu'elle se montrait impuissante à exécuter, il avait assuré aussi qu'il ne songeait
point à la supprimer [2].

Dans un autre entretien avec Krusemark, Napoléon revenait sur
la situation de la Prusse. « Quel besoin », disait-il, « la Prusse a-t-elle
d'une armée de 40 000 hommes? 6 000 hommes de garde royale,
c'est tout ce qu'il faut au roi. Licenciez votre armée et vous aurez
de quoi me payer. Si le roi ne peut pas me payer, » ajoutait-il,
« qu'il me cède une province; si cela ne lui convient pas, qu'il me
donne les domaines [3]. » — Et, le 15 février, Champagny répétait
verbalement, et comme s'il eût craint de confier au papier ses
insinuations : « Il faut payer ou nous céder une portion de votre
territoire [4] ».

Le 12 mars 1810, sous l'impression de découragement qu'entretenaient les exigences et le langage du gouvernement français, le
ministère prussien prit une résolution quelque peu hâtive, et, dans
une vue par trop simpliste de la situation, conseilla au roi de mettre
un terme aux difficultés où se débattait la Prusse en cédant la Silésie

1. L'Autriche avait fait parvenir à la France, avec qui elle était en guerre, des
documents précieux sur l'armée prussienne. Voir le rapport de Champagny à
l'Empereur. A. STERN, pp. 292, 294, 303.
2. RANKE, Hardenberg, IV, p. 209. — Voir cependant, lorsque Napoléon cherche
à garantir l'emprunt hollandais, les formules inquiétantes qu'il emploie : —
« dans le cas où il arriverait des événements supérieurs à la Prusse », — « contre
tout événement de force majeure ». Correspondance de NAPOLÉON I, n° 16405, XX,
p. 354.
3. LEHMANN, Scharnhorst, II, p. 308. — A. STERN, p. 305. — RANKE, Hardenberg,
IV, p. 210. — Napoléon y revient encore plus tard : « si le roi ne peut pas payer,
il n'a qu'à me céder la Silésie », ibid., IV, p. 213.
4. Napoléon tenait évidemment à ce que ces insinuations fussent formulées
avec une grande réserve. RANKE, Hardenberg, IV, p. 212. — LEHMANN, Scharnhorst,
II, p. 312. — Voir encore ERWIN NASSE, Die preussische Finanz-und Minister-krisis
von 1810 und Hardenberg's Finanzplan. Historische Zeitschrift, XXVI, p. 297, — et
le rapport d'Altenstein du 18 mars 1810 ; ibid., p. 301. — Correspondance de
NAPOLÉON I, n°ˢ 16212, 16242, XX, pp. 211, 234. — Champagny indiquait même la
Silésie. RANKE, Hardenberg, IV, p. 211.

à la France [1]. Cette décision, qui n'était point inévitable, et qui a été depuis très durement reprochée aux ministres prussiens, et par Frédéric-Guillaume lui-même, indiquait quelque incohérence dans leurs vues [2]. Elle n'apportait point de solution, et elle succédait peut-être trop brusquement aux velléités patriotiques de juillet 1809. Il est à remarquer qu'elle fut prise à l'unanimité ; le rapport fut signé de Goltz, d'Altenstein, de Dohna, de Beyme et de Scharnhorst lui-même [3]. Les historiens les plus récents les ont excusés en faisant remarquer la situation où les avait placés le refus persistant de Frédéric-Guillaume III de suivre leurs conseils. Des hommes qui avaient conseillé à leur souverain des résolutions énergiques et qui s'étaient heurtés à sa faiblesse, n'avaient-ils pas quelque raison d'envisager avec découragement une situation qu'ils n'avaient pas été seuls à créer ? et Frédéric-Guillaume, qui avait tout le premier accepté, en 1809, l'éventualité d'une cession de territoire, avait-il bien le droit de s'en indigner comme il le faisait [4] ?

Mais la médiocrité, couronnée ou non couronnée, ne renonce pas au droit de juger et de condamner la médiocrité, et ç'eût été demander trop à la modestie de Frédéric-Guillaume III. S'il était sévère pour le génie et les caractères entiers, il ne se croyait pas tenu d'être indulgent pour l'insuffisance. Le ministère Altenstein-Dohna fut condamné dans son esprit [5], quelque temps même avant qu'il se résolût à le sacrifier.

1. Voir le rapport du 18 mars où Altenstein justifie sa proposition. ERWIN NASSE, *Historische Zeitschrift*, XXVI, p. 301. — PERTZ, *Stein*, II, p. 481.

2. RANKE, *Hardenberg*, IV, p. 213.

3. Schön assure que Scharnhorst a refusé de signer la copie du mémoire adressé au roi à ce sujet et que c'est là ce qui détermina la dislocation du ministère. *Aus den Papieren* SCHÖN's, IV, p. 590. — Lehmann assure que le rapport porte la signature de Scharnhorst. LEHMANN, *Scharnhorst*, II, p. 312.

4. LEHMANN, *Scharnhorst*, II, pp. 312, 313. — Il ne l'avait du moins pas absolument repoussée. RANKE. *Hardenberg*, IV, p. 216. — Voir encore la proposition de Schön en 1807, TOME I, p. 352.

5. Le roi paraît avoir été défiant, dès le début, à l'égard de ses ministres. *Aus den Papieren* SCHÖN's, II, p. 56. — PERTZ, *Stein*, II, p. 476. — Voir le roi dépréciant les ministres dans une conversation avec Saint-Marsan, le 13 février 1810. Saint-Marsan à Champagny. A. STERN, p. 306. — Voir une scène très vive avec Altenstein. *Erinnerungen des Feldmarschalls* VON BOYEN, II, p. 52. — Voir les intrigues de Wittgenstein. ERWIN NASSE, *Historische Zeitschrift*, XXVI, p. 297. — BASSEWITZ, *Die Kurmark Brandenburg während der Jahre 1809 und 1810*, p. 413. — RANKE, *Hardenberg*, IV, pp. 205, 218. — Dès le mois de juillet 1809, le parti français fait savoir à Saint-Marsan que le roi n'aime pas son ministère, et Saint-Marsan a, dès lors, l'impression qu'on le sonde pour préparer la rentrée

Les successeurs de Stein n'avaient pas été plus heureux dans la conduite des affaires intérieures de la Prusse.

Le ministère comprenait deux hommes de premier ordre. Guillaume de Humboldt, par son ouverture d'esprit et sa haute culture intellectuelle, Scharnhorst, comme penseur et comme homme d'action, méritent tous deux d'être placés au premier rang. Cependant le ministère qui gouverna la Prusse, depuis la fin de 1808 jusqu'au milieu de 1810, ne porte point leurs noms. Il est demeuré pour les Prussiens le ministère Altenstein-Dohna. Condamné par son origine, par les circonstances au milieu desquelles il végétait, il a porté dans l'histoire, par une sorte de fatalité et comme accusé par la gravité des événements qu'il traversait, le caractère de la médiocrité.

Les débuts du nouveau ministère n'avaient point été facilités. Il recueillait une succession compromise. Les patriotes, de tempérament fort radical et comprenant peu les ménagements, firent tout d'abord grief aux nouveaux ministres de ce qu'ils succédaient à Stein [1]. Ce n'était point qu'on pût leur reprocher une hostilité de principe aux projets de réforme. Il était, malgré tout, impossible de remonter les courants que Stein avait créés [2]. Un homme comme Goltz n'écrivait-il pas qu'il était nécessaire de continuer la politique de Stein ? « Ses projets audacieux et odieux, avaient », assurait-il, « préparé une révolution ; elle éclaterait infailliblement si l'on tentait de résister [3]. » Beaucoup des partisans de Stein occupaient encore des postes importants [4]. Dohna même demeura en rapports fréquents

de Hardenberg. Saint-Marsan à Champagny, 26 juillet 1809. A. STERN, p. 295. — La reine dit à Liéven en mars : « Les ministres sont si bêtes... ». MARTENS, VII, p. 14.

1. *Aus den Papieren* SCHÖN's, II, p. 64. — Voir sur la formation du ministère : Scharnhorst et Götzen. HÄUSSER, *Deutsche Geschichte*, III, p. 216. — Sur l'intervention de Stein et de Gneisenau et les négociations avec la reine dont Schön critique sévèrement l'action, *Aus den Papieren* SCHÖN's, II, pp. 52, 53. — Voir encore Schön sur le nouveau ministère, *ibid.*, I, pp. 59, 111; II, pp. 50, 56, 58, 65. — Humboldt écrit à Schön, en oct. 1809 : « Il n'y a pas à compter sur Dohna », *ibid.*, II, p. 252. — Voir Reden et Sack, PERTZ, *Stein*, II, p. 476, — Nicolovius, *Aus den Papieren* SCHÖN's, V, p. 16, — Schladen, *ibid.*, p. 54.

2. LEHMANN, *Scharnhorst*, II, p. 258. — *Erinnerungen des Feldmarschalls* VON BOYEN, I, p. 337; II, pp. 7, 53. — *Aus den Papieren* SCHÖN's, I, *Selbstbiographie*, p. 60.

3. RANKE, *Hardenberg*, IV, p. 184.

4. On peut citer Schon, PERTZ, *Stein*, II, 347, — Scharnhorst, et, dans les provinces, Sack à Berlin, Merkel à Breslau, Vincke, Süvern, Nicolovius, *ibid.*, II, p. 478. — Dans un mémoire au roi, du printemps de 1809, Goltz dit :

avec Stein, pendant les quelques semaines que celui-ci passa
encore à Berlin[1]. Mais les ministres n'avaient point de vues nettes ;
l'énergie des grandes résolutions leur faisait totalement défaut.
Toute direction leur manquait, et le désarroi fut bientôt dans l'administration[2].

L'aristocratie foncière avait, de son côté, relevé la tête en Prusse
après le départ de Stein[3]. L'avènement d'un nouveau ministère lui
était apparu comme une sorte de revanche contre les projets de
Stein. Les États provinciaux de la Marche électorale[4] protestaient
impérieusement contre toute pensée de modifier la constitution sans
les consulter. La noblesse poméranienne[5] refusait catégoriquement
de laisser toucher à ses institutions de crédit aristocratique. Les
choses allaient si loin que Marwitz lui-même s'indignait de voir, dans
les Marches, l'esprit de caste étouffer les notions encore obscures du
patriotisme[6]. C'était partout une levée de boucliers. Il semblait que
les impressions du lendemain d'Iéna fussent oubliées, que l'esprit
oligarchique eût repris toute sa vigueur, que l'on fût reporté au
temps de Frédéric-Guillaume Ier, à l'origine des luttes soutenues,
depuis plus de cent années, par la bureaucratie administrative de
l'État prussien contre l'oligarchie foncière et la caste noble. Toute
l'école administrative, Schön, Sack, Vincke, Maassen, Beuth,
Bassewitz, qui représentaient à la fois la notion de l'État, celle du

« On a maintenu dans les principaux postes de l'État des partisans de Stein ».
Ranke, *Hardenberg*, IV, p. 183. — Voir Saint-Marsan à Champagny, A. Stern,
p. 309.

1. *Aus den Papieren* Schön's, II, p. 51. — Dohna avait collaboré au testament
politique de Stein. Häusser, III, p. 215.

2. Il paraît que Dohna n'était point lui-même sans méfiance à l'endroit de
quelques-uns de ses collègues : « Dohna était entouré de collègues qui n'avaient
point les mêmes principes, les mêmes vues fondamentales que lui ». *Das Leben
des Staatsministers Alexander Grafen zu Dohna-Schlobitten von* Voigt, p. 18. —
Voir ses rapports avec Altenstein. Pertz, *Stein*, II, p. 478. — *Erinnerungen des
Feldmarschalls* von Boyen, II, p. 6.

3. *Die alten Aristokraten.* « Peu leur importe que l'État périsse pourvu que la
souveraineté seigneuriale demeure. » « Ils se servent des Français comme d'un
engin de guerre. » *Aus den Papieren* Schön's, II, p. 59. — Pertz, *Stein*, II, p. 479.

4. Voir, sur l'esprit spécial de la noblesse des Marches, *Erinnerungen des
Feldmarschalls* von Boyen, II, p. 6.

5. Voir son mémoire de mars 1809, Lehmann, *Scharnhorst*, II, p. 295.

6. Niebuhr met de même en parallèle le patriotisme du peuple et l'égoïsme
de la noblesse. Edwin Nasse, *Historische Zeitschrift*, XXVI, p. 329. — Voir surtout
l'indignation au sujet des réclamations excessives que la noblesse de la Marche
électorale adressait au nom de la province à l'État, *ibid.*, pp. 319, 334. — Le roi
lui-même se plaint d'elle dans une lettre à l'empereur de Russie. Ranke, *Hardenberg*, IV, 181. — Marwitz, I, p. 316.

patriotisme naissant et de l'indépendance nationale, étaient partout
en conflit avec les organismes déconsidérés [1], mais vivaces, de la
caste aristocratique, et la force de résistance de celle-ci mesurait ce
qui lui restait encore de vitalité [2].

Dohna n'avait certes pas la vigueur nécessaire pour résister à ces
tentatives. Ce n'était pas un réformateur très radical. Il était d'une
vieille famille noble de la Prusse orientale. Il avait parcouru toute
sa carrière, une carrière rapide, dans cette administration prussienne, mêlée par tant de contacts à la caste aristocratique. Il lui
restait, malgré des tendances libérales, plus d'un des préjugés de
sa caste [3]. C'était surtout, d'après les témoignages de tous ses contemporains, un homme très bien intentionné, mais insuffisant,
indécis et faible [4]. Il déclarait à Schön, en prenant possession de
son poste, qu'il était décidé à ne point supprimer les droits de souveraineté seigneuriale sur les biens nobles [5]. C'était la réforme
décisive, et il la repoussait. Mais l'obstacle n'était pas seulement
dans la faiblesse de Dohna. Il était dans la constitution séculaire
de la société prussienne. Il s'était dressé en face de Stein, comme
il se dressait en face de ses successeurs [6], comme il allait se dresser
en face de Hardenberg.

1. Voir comment même Altenstein en parle. RANKE, *Hardenberg*, IV, p. 228.
2. A propos de la résistance de la noblesse à la convocation des États et à la
réforme fiscale, Niebuhr, dans son rapport du 23 juin 1810, rappelle le mot
de Turgot : « L'avarice de la noblesse se couvre du manteau de la vanité ».
ERWIN NASSE, *Historische Zeitschrift*, XXVI, p. 329. — TREITSCHKE, I, p. 332.
3. RANKE, *Hardenberg*, IV, p. 227. — *Aus den Papieren* SCHÖN's, II, p. 51. —
Erinnerungen des Feldmarschalls VON BOYEN, II, p. 53. — *Ein ziemlich endoctri-
nirter Liberaler*, qui se battait les flancs pour s'enthousiasmer, dit Marwitz.
MARWITZ, I, p. 299.
4. *Ein unbedingt braver Mann. Aus den Papieren* SCHÖN's, I, *Selbstbiographie*,
pp. 58, 69. — Voir VOIGT, *Dohna*, p. 20. « La profession de foi de Dohna, c'était
le pur royalisme. » — Ses relations sont intimes avec Nicolovius et Kunth,
ibid., p. 21. — PERTZ, *Stein*, II, p. 344. — En août 1809, Stein regrette encore que
Dohna ne se soit pas entendu avec Schön, *ibid.*, p. 403. — Voir l'opinion de
Scheffner, *ibid.*, p. 419. — On représente Dohna, tantôt comme dominé par
Altenstein, *ibid.*, p. 419, — tantôt comme en conflit avec lui, *ibid.*, p. 477. — Sur la
faiblesse de Dohna, *ibid.*, p. 477. — Voir Saint-Marsan à Champagny. A. STERN,
p. 308. — Voir l'opinion de Scharnhorst. Dohna est le frère de son gendre.
LEHMANN, *Scharnhorst*, II, p. 314. — *Erinnerungen des Feldmarschalls* VON BOYEN,
I, p. 337. — Stein écrit à Schön : Il faut soutenir (*heben und stählen*) le bon
Dohna ; son frère Frédéric exerce sur lui une influence bienfaisante et forti-
fiante, *Aus den Papieren* SCHÖN's, II, p. 68.
5. *Das Herren-Recht müsse erhalten werden. Aus den Papieren* SCHÖN's, II, p. 51.
— Voir également Vincke, *ibid.*, p. 61, — TREITSCHKE, I, p. 333. — TOME Iᵉʳ, p. 421.
6. « On s'est perdu de 1808 à 1810 en efforts, pour développer le programme de

Altenstein était parmi les nouveaux ministres celui dont l'opposition personnelle à Stein semblait le plus marquée [1]. Dans les négociations qui avaient préparé la chute de Stein, c'était lui qui avait introduit Hardenberg auprès du roi et qui avait facilité, comme intermédiaire officieux, l'entrevue occulte du souverain et de Hardenberg. Depuis lors, l'hostilité était demeurée fort vive entre Stein et le nouveau ministre [2].

On reprochait à Altenstein de devoir le ministère à son beau-frère Nagler, qui était un pur intrigant de cour [3]. Il semble que son élévation lui eût tourné la tête [4]; son insuffisance comme ministre des finances fut réelle; mais il faut bien reconnaître que le rôle de ministre des finances en Prusse, en 1809 et en 1810, était un rôle sacrifié.

La Prusse n'avait jamais été riche. C'était encore un État surtout agricole. Ni le crédit, ni la circulation monétaire, ni l'industrie n'y étaient développés. Aussi la crise de 1807 et les exigences du vainqueur y avaient placé l'État dans une situation inextricable. La contribution de guerre était de 120 000 000 de francs. C'était le triple des ressources normales annuelles de la Prusse, réduite de moitié [5]. C'était un chiffre supérieur à celui de la circulation monétaire que l'on évaluait à 90 000 000 de francs [6].

Stein, tandis que ce programme avait été déjà porté à la limite des réalisations possibles. » BORNHAK, *Die preussische Finanzreform von 1810. Forschungen zur brandenburgischen und preussischen Geschichte*, III, p. 570.

1. MAMROTH, *Geschichte der preussischen Staats-Besteuerung*, pp. 104, 134. — *Erinnerungen des Feldmarschalls* VON BOYEN, II, p. 52. — Stein le considérait comme plus hostile à son œuvre. PERTZ, *Stein*, II, pp. 344, 345. — MARWITZ, I, p. 299. — *Aus den Papieren* SCHÖN's, II, p. 252.

2. *Aus den Papieren* SCHÖN's, II, p. 50. — PERTZ, *Stein*, II, p. 343, 345.

3. PERTZ, *Stein*, II, p. 344. — *Aus den Papieren* SCHÖN's, IV, p. 587. — C'était Hardenberg qui avait proposé Altenstein au roi. MAMROTH, p. 105. - · Voir, sur l'influence de Nagler, LEHMANN, *Scharnhorst*, II, p. 261.

4. MAMROTH, pp. 133, 134. — PERTZ, *Stein*, II, pp. 479-481. — *Erinnerungen des Feldmarschalls* VON BOYEN, I, p. 336. — Cependant Humboldt écrit à Schön, le 31 octobre 1809 : « Altenstein est le seul actif et entreprenant parmi les ministres, et, avec les gens comme lui, il y a toujours quelque chose à faire ». *Aus den Papieren* SCHÖN's, II, p. 253. — Saint-Marsan à Champagny. A. STERN, p. 308.

5. MAMROTH, pp. 24, 32, 134.

6. C'était l'évaluation de Wittgenstein, 25 millions de thalers; mais elle était contestée. ERWIN NASSE, *Historische Zeitschrift*, XXVI, p. 301. — RANKE, *Hardenberg*, IV, p. 220. — MAMROTH, p. 138. — Léopold Krug évaluait le revenu annuel de la Prusse, à la fin du siècle dernier, à 240 446 000 thalers, soit à 700 millions de francs environ. La presque totalité était des revenus agricoles. L'agriculture occupait 80 p. 100 de la population. LÉOPOLD KRUG, *Betrachtungen über den National-Reichthum des preussischen Staats.* — MAMROTH, p. 3.

Les ruines privées s'entassaient. Le commerce était interrompu [1]. Les grands établissements de crédit, la *Bank* et la *Seehandlung* avaient arrêté leurs paiements. On avait dû suspendre, jusqu'au 24 juin 1810, l'exigibilité des dettes privées [2]. La seule richesse du pays, la richesse foncière, les biens nobles, étaient hypothéqués pour leur valeur presque entière [3].

Comme l'existence de l'État semblait menacée, son crédit au dehors était nul. Si Niebuhr avait réussi à contracter en Hollande, le 4 mars 1809, un emprunt de 38 millions de francs [4], il semble que ce fût avec une sorte de garantie occulte de Napoléon [5].

A l'intérieur, la monnaie divisionnaire que l'on avait émise en excès, était réduite aux deux tiers de sa valeur. Les bons du trésor public étaient tombés à 33 pour 100 de leur valeur nominale [6]. On avait même dû suspendre le paiement des intérêts des dettes d'État [7], et d'une partie des appointements des fonctionnaires [8]. Ce fut seulement en 1811 qu'on les acquitta en obligations du Trésor [9]. Stein avait pris, en 1808, des mesures provisoires [10], et l'on avait vécu, durant toute l'année 1808, au jour le jour, rassemblant comme on pouvait, chaque mois, les 750 000 francs qu'exigeait, malgré tout, l'entretien d'une force militaire à laquelle les patriotes ne voulaient point renoncer [11]. La convention du 8 septembre 1808 avait

1. Voir cependant le mémoire de Schön. Erwin Nasse, *Historische Zeitschrift*, XXVI, p. 334. — Mamroth, p. 19.

2. Pour les propriétaires fonciers. Mamroth, pp. 18, 22.

3. Près de 80 p. 100, dans la Prusse orientale. Mamroth, p. 21.

4. Ranke, *Hardenberg*, IV, p. 212. — Il semble que cet emprunt n'ait produit réellement que 17 millions. Mamroth, p. 35.

5. Erwin Nasse, *Historische Zeitschrift*, XXVI, p. 312. — *Correspondance de Napoléon*, n° 16405, XX, p. 354, — et en donnant les domaines en gage. Mamroth, p. 114. — Rapport de Champagny à l'Empereur. A. Stern, p. 304.

6. Erwin Nasse, *Historische Zeitschrift*, XXVI, p. 287. — Bassewitz, *die Kurmark Brandenburg während der Jahre 1809-1810*, pp. 453, 454. — On réussit, en en retirant la plus grande partie de la circulation, à les faire remonter au taux de 80 p. 100 de leur valeur nominale. Erwin Nasse, *Historische Zeitschrift*, XXVI, p. 295. — Mamroth, p. 134.

7. Erwin Nasse, *Historische Zeitschrift*, XXVI, pp. 290-310. — Warschauer, *Zur Geschichte und Entwickelung der Staatsanleihen in Preussen*, p. 25. — Mamroth, p. 34. — Hardenberg à Stein, le 19 mai 1811. Lehmann, *Historische Zeitschrift*, XLVI, p. 186.

8. Mémoire de Hardenberg, du 4 avril 1810. Ranke, *Hardenberg*, IV, p. 220. — Mamroth, p. 27.

9. Warschauer, p. 30.

10. Tome I, p. 384.

11. Mamroth, pp. 25, 30. — Rapport de Champagny à l'Empereur. A. Stern, p. 304. — Lehmann, *Scharnhorst*, II, pp. 209, 309.

apporté un peu plus de clarté dans la situation, mais ne l'avait pas rendue plus aisée. Elle imposait à la Prusse le paiement en espèces de 4 millions de francs par mois. C'était là, pour l'État prussien, une impossibilité matérielle[1].

Altenstein, sans beaucoup de vues d'ensemble et sans beaucoup de décision, essayait de tous les expédients[2] : emprunts forcés, prélèvement forcé des objets en or et en argent. Il avait proposé d'élever les impôts indirects. Il avait proposé d'établir l'impôt sur le revenu[3]; et le projet qu'il avait soumis aux États provinciaux, convoqués à Berlin en 1809[4], indiquait à quel point le ministère était impuissant ou faible devant les exigences de l'oligarchie foncière. Les revenus des paysans et des industriels devaient être taxés d'après leur valeur réelle et sans déduction du passif; ceux de la noblesse, d'après des évaluations fictives et extrêmement réduites, et après déduction des dettes hypothécaires et personnelles[5].

Aucun de ces projets n'aboutit[6]. Altenstein n'avait ni la vigueur ni même, semble-t-il, la capacité nécessaire pour en mener aucun à bien[7]. Il résumait la situation en disant : « Le peuple ne peut plus payer d'impôt; l'État n'a plus de crédit au dehors; on a tiré des domaines tout ce qu'ils pouvaient donner[8] ». En avril 1809, la Prusse avait suspendu le paiement des termes de la contribution[9]. Et, le 12 mars 1810, Altenstein proposa, pour sauver l'État des exigences qui l'écrasaient, de céder la Silésie à la France.

Ce serait cependant une erreur de juger exclusivement le ministère Altenstein-Dohna sur l'impuissance des deux ministres dont la tradition historique lui fait porter les noms. Les causes anciennes ou récentes qui avaient déterminé en Prusse l'origine d'un mouvement

---

1. *Aus den Papieren* SCHÖN's, II, p. 40. — ERWIN NASSE, *Historische Zeitschrift*, XXVI, p. 289. — MAMROTH, p. 35. — RANKE, *Hardenberg*, IV, pp. 171, 204. — PERTZ, *Stein*, II, p. 480.
2. ERWIN NASSE, *Historische Zeitschrift*, XXVI, pp. 292-304. — WARSCHAUER, p. 26.
3. RANKE, *Hardenberg*, IV, p. 227.
4. RANKE, *Hardenberg*, IV, p. 216. — MARWITZ, I, p. 31.
5. BORNHAK, *Forschungen zur brandenb. und preuss. Geschichte*, III, p. 574.
6. BORNHAK, *Forschungen zur brandenb. und preuss. Geschichte*, III, pp. 574, 576.
7. PERTZ, *Stein*, II, p. 477. — MAMROTH, p. 161.
8. MAMROTH, p. 145.
9. ERWIN NASSE, *Historische Zeitschrift*, XXVI, p. 295. — RANKE, *Hardenberg*, IV, p. 204. — MAMROTH, p. 34.

de rénovation intérieure, l'impulsion puissante que la personnalité
de Stein avait imprimée à ce mouvement, ne pouvaient cesser brusquement et ne cessèrent point d'agir. « Scharnhorst demeure : la
flamme sacrée n'est point éteinte » [1], écrivait Schön, au moment de
la chute de Stein. Et, de fait, Scharnhorst ne poursuivait pas seulement, avec assiduité et succès, l'œuvre de la réorganisation militaire; mais, dans cette singulière confusion du gouvernement de
Königsberg, il prenait presque le rôle d'un ministre dirigeant [2].
Il était demeuré, dans le ministère, le représentant de la politique
nationale et comme un agent de la conspiration patriotique [3]; cela
suffisait à lui assurer un rôle prépondérant. Schön était resté également; il avait pris, envers Stein, l'engagement personnel de demeurer
à son poste [4], comme un témoin posthume des tendances du précédent ministère, comme un garant de la continuation de son œuvre;
mais sa situation était subordonnée; et, malgré la promesse qu'il
avait faite à Stein, il la quitta très rapidement [5]. Scharnhorst
demeura seul. C'était lui qui adressait directement des mémoires à
l'Empereur de Russie. Il suivait une négociation personnelle avec
l'ambassadeur d'Autriche, Wessenberg, et menait aussi, pour le
compte du roi, en dehors de Goltz, le ministre des affaires étrangères, des négociations séparées [6]. C'était lui qui présentait au
roi, dans les circonstances critiques de la politique extérieure, les
mémoires décisifs [7]. Lorsqu'il suivit la cour à Saint-Pétersbourg,

1. « Scharnhorst ist fortwährend brav, das Stille Feuer lebt fort. » Aus den
Papieren Schön's, II, p. 62; IV, p. 587. — Saint-Marsan à Champagny. A. Stern,
p. 310.
2. Erinnerungen des Feldmarschalls von Boyen, I, p. 335.
3. Marwitz, I, p. 318.
4. Lettres à clef de Schön à Stein, des 1er, 28 mars et 11 avril 1809. Pertz,
Stein, II, pp. 347, 744. — Voir encore sur la grande intimité personnelle de
Stein et de Schön, Arndt, Meine Wanderungen und Wandelungen mit dem
Reichsfreiherrn vom Stein, p. 108.
5. Le 12 avril 1809, Aus den Papieren Schön's, I, p. 103; I, Selbstbiographie,
pp. 59, 60. — Pertz, Stein, II, p. 347. — La nouvelle organisation de l'administration centrale ne fonctionnait pas sans frottements, Aus den Papieren Schön's,
I, pp. 98, 100; II, p. 66. — Pertz, Stein, II, p. 476. — Voir la lettre de Humboldt
à Schön, en octobre 1809, Aus den Papieren Schön's, II, p. 250. — Niebuhr ne se
plaint pas moins. Erwin Nasse, Historische Zeitschrift, XXVI, p. 321. — Stein
regrette le départ de Schön. Pertz, Stein, II, p. 403. — Voir sur le départ de
Schön, et sa querelle avec Altenstein, Mamroth, p. 208. — Erinnerungen des Feldmarschalls von Boyen, I, p. 236. — Pertz, Stein, II, p. 744. — Stein à Hardenberg, le 14 juin 1810. Lehmann, Knesebeck und Schön, p. 120
6. Lehmann, Scharnhorst, II, pp. 250, 253, 256.
7. Lehmann, Scharnhorst, I, pp. 246, 299.

on ne sut plus à qui s'adresser pour les directions générales de
la politique [1]. Scharnhorst semble avoir pris vis-à-vis de Frédéric-
Guillaume une attitude assez analogue à celle de Stein. Il ne réus-
sissait pas à lui faire accepter ses idées; mais il manœuvrait, au
milieu des intrigues dirigées contre lui, pour leur réserver et leur
préparer l'avenir, s'imposant, malgré tout, au mauvais vouloir et
à l'hostilité parfois violente du monarque [2], le seul des patriotes
qui gardât, durant cette période, quelque influence sur son esprit ou
tout au moins quelque accès auprès de lui.

Il sut tenir, dans une situation où Stein eût rompu dix fois, subissant les humiliations et les échecs, la collaboration même de ses
adversaires les plus directs que le roi lui imposait [3], couvrant sa fermeté des dehors de la modestie et de la résignation [4], soutenu,
malgré tout, par sa foi dans l'œuvre entreprise, sacrifiant tout à ses
espérances, tandis que la plupart de ses collaborateurs, découragés
et dégoûtés, se dispersaient loin de la Prusse.

Et, de fait, sous cette direction vigoureuse et persévérante, sous la
pression de circonstances où l'alternative d'une défense désespérée
semblait pouvoir s'imposer d'une heure à l'autre, même aux plus
récalcitrants, l'œuvre de la réorganisation militaire ne subissait point
ce temps d'arrêt qui paralysait ailleurs l'activité du gouvernement
prussien.

Pendant ces années 1809 et 1810, où l'incertitude tragique des
événements extérieurs et le mauvais vouloir du souverain le sou-
mettaient à une sorte de torture morale, Scharnhorst accomplit une

---

1. « Scharnhorst a déjà subi des attaques directes de Kalckreuth et de Köckeritz.
Il espère encore et veut rester. C'est un brave homme. » *Aus den Papieren
Schön's*, II, p. 56. — Voir les violences du roi à son égard, *ibid.*, IV, p. 589.
— Lehmann, *Scharnhorst*, II, pp. 199, 211, — sa modération, *ibid.*, II, p. 214. —
Erinnerungen des Feldmarschalls von Boyen, I, pp. 335, 343.

2. Voir l'opposition faite à Scharnhorst par les généraux, même par quelques-
uns de ceux qui seront les chefs de corps de 1813. Lehmann, *Scharnhorst*, II,
pp. 213-214. — Voir les inquiétudes du roi sur les menées de Scharnhorst,
l'introduction de Hake au ministère, *ibid.*, II, p. 278. — *Erinnerungen des Feldmarschalls* von Boyen, I, p. 344. — Voir Lottum, *ibid.*, I, p. 340; — Boguslawski,
ibid., I, p. 361; — Yorck, *ibid*, I, p. 345, — *Aus den Papieren* Schön's, IV,
p. 587.

3. « Scharnhorst, qui est rusé à sa manière, est venu me voir aujourd'hui : un
homme rare, plein de force, sous ses apparences de faiblesse. » *Aus den Papieren*
Schön's, II, p. 51. — Pertz, *Stein*, II, p. 347. — Saint-Marsan à Champagny.
A. Stern, p. 308. — Lehmann, *Scharnhorst*, II, p. 212. — Marwitz, I, pp. 301-318.

4. *Aus den Papieren* Schön's, II, p. 64.

œuvre véritablement surprenante[1], si l'on songe à la situation du gouvernement prussien, aux difficultés qui venaient du dehors, à celles surtout que lui imposaient les articles secrets de la convention de septembre 1808, la loi du vainqueur et ses précautions.

Les événements avaient fait table rase; et c'était, en un sens, une facilité pour Scharnhorst. Tout était à refaire, et il n'est pour ainsi dire pas un des points de l'organisation militaire où il n'ait fait sentir son action.

Il a reconstitué l'armée en six brigades confiées à des chefs sûrs, préparant ainsi le cadre de l'armée de 1813[2]. Il a réorganisé sur un plan rationnel le ministère de la guerre. Il a transformé la tactique. Il a réorganisé l'administration de l'armée en prévoyant un large usage du droit de réquisition. Il a supprimé les plus graves abus de l'ancienne justice militaire. Il a refondu les établissements d'instruction militaire, qui étaient, pour un idéaliste comme lui, la pierre angulaire du nouvel édifice. Il a créé l'école de guerre. Il a bâti, dans ces quelques mois, avec une puissance de création extraordinaire, le cadre où s'est développée, d'une façon continue, l'armée prussienne du XIXe siècle[3].

Il ne put toutefois obtenir de la mauvaise volonté du roi la direction sans partage ni du ministère de la guerre, ni des établissements d'instruction. Il dut subir, au ministère de la guerre, le voisinage de Lottum et, plus tard, celui de Hake, qui étaient ses adversaires déclarés[4], et, pour ce qui concernait l'instruction, la direction d'un homme qui lui était fort inférieur[5].

Mais, ce n'était pas tout. On ne savait si la Prusse ne serait pas acculée, d'une heure à l'autre, à un effort désespéré. Il fallait, en-

1. *Erinnerungen des Feldmarschalls* VON BOYEN, I, p. 367. — MARWITZ, I, p. 300.

2. *Erinnerungen des Feldmarschalls* VON BOYEN, I, pp. 345, 347. — LEHMANN, *Scharnhorst*, II, p. 206. Les chefs des brigades sont : Yorck, Bülow, Blücher, Tauenzien, Kleist, Götzen, Stutterheim. — Yorck paraît avoir été en conflit avec Scharnhorst. *Aus den Papieren* SCHÖN's, IV, p. 587.

3. LEHMANN, *Scharnhorst*, II, pp. 204, 207, 213, 217, 223, 227. — *Erinnerungen des Feldmarschalls* VON BOYEN, I, pp. 340, 346.

4. LEHMANN, *Scharnhorst*, II, p. 210; — il prend, seulement un peu plus tard, la direction du service d'état-major, *ibid.*, II, p. 220. — *Erinnerungen des Feldmarschalls* VON BOYEN, I, 340; II, p. 12. — Voir, sur les rapports de Scharnhorst et de Hake, une lettre de Scharnhorst à Hardenberg, de février ou mars 1812. LEHMANN, *Knesebeck und Schön*, pp. 20, 21.

5. Diericke. LEHMANN, *Scharnhorst*, II, p. 216. — *Erinnerungen des Feldmarschalls* VON BOYEN, I, p. 352.

dehors des mesures de réorganisation à longue portée, faire face à
des nécessités plus immédiates. Scharnhorst n'y faillit point.

Le véritable obstacle que créait la convention de septembre n'était
point seulement la limitation des effectifs. Elle avait limité également
le nombre des officiers et les cadres. On tentait bien de tourner
sur quelques points la loi du vainqueur; mais il en surveillait et en
maintenait l'exécution [1]. La Prusse était bien réduite aux cadres d'une
petite armée.

Encore fallait-il la doter de ce qui lui était nécessaire pour vivre;
elle n'avait plus, au lendemain du désastre, ni chevaux, ni canons,
ni fusils. L'on songeait, au cas d'une lutte nouvelle et immédiate, à
armer les hommes de piques. En juillet 1809, lorsqu'on put croire
à l'imminence d'une rupture, Scharnhorst [2] assurait à l'Autriche qu'il
était prêt à mettre en ligne une armée de 42 000 hommes, dotée
de tous ses moyens d'action, et, derrière elle, une armée de réserve
du même chiffre, à peu près complètement armée et prête au
combat [3].

Au milieu de ces préoccupations, l'idée d'une grande réforme à la
fois militaire et sociale, l'idée du service obligatoire ne cessait de
hanter son esprit [4]. Dans ce mois de juin 1809, où les nouvelles de
la bataille d'Essling avaient enflammé l'ardeur des patriotes, la commission militaire, dont la majorité suivait les inspirations de Scharnhorst, proposait de nouveau au roi le service obligatoire. Elle
trahissait même d'autres préoccupations, et s'aventurait sur le terrain des réformes sociales; car elle faisait allusion à la suppression
des justices seigneuriales, et au projet de suppression du droit de
police seigneurial, tant l'ensemble des réformes sociales se tenait
dans l'esprit des patriotes prussiens.

Mais l'hostilité du roi était plus aiguë que jamais. L'insubordi-

---

1. Lehmann, *Scharnhorst*, II, pp. 199, 201, 202.
2. Lehmann, *Scharnhorst*, II, pp. 229, 231, 257, 272, 287, 293. — *Aus den Papieren*
Schön's, IV, p. 587. — *Erinnerungen des Feldmarschalls* von Boyen, I, p. 338.
« 3. Lehmann, *Scharnhorst*, II, pp. 287-293. — Une armée de 42 000 hommes, qu'il
pouvait, disait-il, doubler ou tripler. C'étaient les assurances qu'il donnait à
l'Autriche, et que celle-ci faisait passer aussitôt, par une voie sûre, à la connaissance de la France, avec qui elle était en guerre. Voir le rapport de Champagny à l'Empereur. A. Stern, p. 303. — Voir sur la valeur de ces assertions
les Chapitres V et XIII, pp. 142, 407.
4. *Aus den Papieren* Schön's, IV, p. 589. — Voir ci-après Chapitre X. — Lehmann
Scharnhorst, II, pp. 201, 289. — *Erinnerungen des Feldmarschalls* von Boyen, I,
p. 362; II, p. 11. — Treitschke, I, p. 334.

nation de Schill, en lui montrant l'autorité du souverain, chef de l'armée, méconnue et violée, l'avait rendu de plus en plus ombrageux, de plus en plus accessible aux résistances du parti féodal. Les États de la Poméranie avaient fait entendre, en mars 1809, dans le concert continu des réclamations féodales, des accents particulièrement énergiques. Pénétrés à la fois d'attachement aux vieilles institutions militaires de la Prusse, et d'éloignement pour les innovations révolutionnaires, ils protestaient en faveur des droits de la noblesse, contre les idées de Rousseau, contre « ce programme insensé de la liberté et de l'égalité française », contre la conscription. Et le roi, dont les penchants étaient de ce côté, leur donnait des paroles rassurantes et refusait d'accueillir les propositions de Scharnhorst [1].

Il fallait à Scharnhorst, après toutes ses déceptions de patriote et de réformateur, après Wagram, après tant d'assauts livrés en vain à la volonté royale, après tant d'échecs, au milieu de tant d'intrigues, une foi robuste pour ne point abandonner l'œuvre qu'il avait entreprise [2]. On le sollicitait de passer, comme tant d'autres des patriotes prussiens, au service de l'Angleterre. Après quelques hésitations, il demeura fidèle à la Prusse, qui n'était cependant pour lui qu'une patrie d'adoption. « Je suivrai », écrivait-il, à Schön, « la voie où je me suis engagé, je m'efforcerai d'achever l'édifice militaire que j'ai construit, et de le maintenir à travers les orages qui le menacent. » Tant il est vrai que l'État prussien, tout anéanti qu'il paraissait, demeurait, en dépit de toutes les apparences, un centre puissant d'attraction pour les patriotes allemands [3].

Les Prussiens rappellent encore avec orgueil et comptent pour un de leurs titres de gloire l'une des créations du ministère Altenstein-Dohna. Ils s'honorent d'avoir compris, à l'heure du plus extrême abaissement, quel est le lien qui rattache les destinées politiques d'une nation à son développement intellectuel et moral. C'est aux

1. LEHMANN, *Scharnhorst*, II, pp. 291, 293, 296. — [WILLISEN], II, p. 96.
2. Voir, sur Scharnhorst, Boyen, *Erinnerungen des Feldmarschalls* VON BOYEN, I, p. 346. — Boyen est alors directeur de l'infanterie et de la mobilisation, *ibid.*, I, p. 340 ; — puis chef du cabinet militaire du roi, *ibid.*, II, p. 12.
3. LEHMANN, *Scharnhorst*, II, p. 306. — *Erinnerungen des Feldmarschalls* VON BOYEN, I, p. 365. — « Un incroyable attachement au sort de cet État et de cette nation. » Scharnhorst à Clausewitz, le 27 novembre 1807. (SCHERBENING), *Die Reorganisation der preussischen Armee nach dem Tilsiter Frieden. Beiheft zum Militair-Wochenblatt*, 1854-1855, I, p. 26.

mois de juillet et d'août 1809, au plus fort de la crise autrichienne, que Frédéric-Guillaume III signa l'ordre de cabinet instituant l'université de Berlin. Les historiens de l'Allemagne[1] n'ont pas laissé de faire ressortir le contraste entre la politique du roi Jérôme en Westphalie, supprimant les universités, confisquant leurs dotations pour se bâtir des palais, et la politique prussienne groupant à Berlin ses forces intellectuelles, ne reculant pas, au plus fort de ses malheurs, devant de semblables dépenses, pénétrée de l'importance de l'acte qu'elle accomplissait[2], tandis que, parmi les Français, Davout seul semblait en mesurer les conséquences et la portée.

Même des hommes de second plan, comme Beyme et Altenstein, comme Dohna[3], n'ont pas été les moins sensibles à la grandeur de l'idée. Mais s'il est possible de faire honneur à l'un des hommes d'État prussiens de ce qui fut le résultat d'un courant d'idées général, c'est à Guillaume de Humboldt qu'en doit revenir le mérite[4].

Né en Prusse, ou du moins d'une famille prussienne, Guillaume de Humboldt forme, par plus d'un trait, le lien entre le mouvement intellectuel qui trouva dans Gœthe et dans Schiller sa plus haute expression, et l'Allemagne nouvelle qui s'éveillait à la voix de Stein. Distingué de bonne heure par une étude philosophique sur le rôle de l'État, il s'était fait bientôt, dans le milieu intellectuel, une situation de premier ordre. Emporté dans le courant des idées de Weimar, collaborateur des *Horen*, il avait été d'abord conduit, par l'étude de l'antiquité grecque, vers une indifférence politique qui semble avoir dépassé même celle de Gœthe. Il définissait bien lui-même ses tendances d'idéologue, en même temps qu'il donnait, dès le début de l'ère impériale, la plus juste critique du régime napoléonien, lorsqu'il écrivait à Schiller : « Rien dans le monde ne domine les idées. Eussé-je entre les mains un pouvoir aussi étendu que celui qui pèse en ce moment sur l'Europe, je le considérerais encore comme subordonné à une puissance plus haute. » Et, plus tard, il trahissait même quelque exagération d'esprit littéraire, lorsque, parcourant le champ

---

1. RANKE, *Hardenberg*, IV, p. 203. — TREITSCHKE, I, p. 337.
2. RANKE, *Hardenberg*, IV, p. 199.
3. VOIGT, *Dohna*, p. 18. — RANKE, *Hardenberg*, IV, pp. 199, 200, 202. — MAMROTH, p. 105.
4. RANKE, *Hardenberg*, IV, pp. 201-203. — *Erinnerungen des Feldmarschalls* VON BOYEN, II, p. 53. — TREITSCHKE, I, p. 337. — LEHMANN, *Knesebeck und Schön*, p. 117. — KÖPKE, *Die Gründung der Kgl. Universität zu Berlin*, p. 61.

de bataille de Leipzig, il disait à l'un de ses amis : « Voyez-vous, mon cher, les empires tombent et les beaux vers demeurent[1] ».

Mais plus jeune que Gœthe, il était mieux préparé que lui à suivre les tendances nouvelles qui portaient son siècle à l'action; et, bien que l'un des adeptes du cercle de Weimar, il devait laisser une trace marquante dans la vie politique de l'Allemagne et de la Prusse.

Beyme l'avait fait désigner, malgré les hésitations du roi, qui s'inquiétait de son esprit trop libre et quelque peu païen[2], pour l'ambassade de Rome. C'est de là qu'il fut rappelé, en avril 1809, pour être placé à la tête du ministère de l'instruction publique[3].

En quelques mois, il réussit à porter la vie, l'esprit de réforme dans tous les degrés de l'enseignement. Il appela à Berlin, Zeller, l'un des disciples de Pestalozzi, pour y fonder un institut où il devait appliquer ses méthodes nouvelles, encore vivement critiquées[4]. Süvern entreprit, sous la direction personnelle de Humboldt, la réforme des gymnases.

Quant à l'idée de fonder une université à Berlin, elle n'était point nouvelle; elle datait d'avant 1806. Les événements, en séparant de la Prusse ses anciennes universités, surtout celle de Halle, avaient donné tout naturellement à ce projet une nouvelle actualité. Guillaume de Humboldt trouvait l'idée mûre; il eut le mérite de la réaliser[5].

On n'hésita point à faire choix de la capitale pour siège du nouvel institut; on ne doutait point que l'université, le mouvement intellectuel dont elle serait le foyer, n'exerçassent, par leur voisinage, une action bienfaisante sur le gouvernement lui-même. Dès 1810, l'université de Berlin fut ouverte. Dès 1810, elle eut, sous le rectorat de Schmalz, 458 étudiants. Elle put, dès ses débuts, sans parler des noms qui devaient l'illustrer plus tard, ou de ceux qui nous sont

1. TREITSCHKE, I, p. 335.
2. RANKE, *Hardenberg*, IV, p. 233. — Hardenberg, en 1810, veut en faire un ministre de l'intérieur. PERTZ, *Stein*, IV, pp. 406-419.
3. Voir sur les rapports de Schön et de Humboldt, *Aus den Papieren* SCHÖN's, I, p. 59; II, p. 249; V, p. 9.
4. Zeller était très contesté, — par Nicolovius, *Aus den Papieren* SCHÖN's, V, p. 16, — par Süvern, *ibid.*, V, p. 20. — On paraissait soupçonner chez lui quelque tendance à la réclame, *ibid.*, V, p. 27. — Il avait fondé un institut à Kummeitschen, *ibid.*, I, *Selbstbiographie*, p. 61; II, p. 246. — Voir la lettre de Scheffner, *ibid.*, V, p. 15. — PERTZ, *Stein*, II, pp. 417, 418, 431.
5. HÄUSSER, III, p. 174. — RANKE, *Hardenberg*, IV, p. 198.

moins connus, offrir, au souvenir de la postérité, les noms de Fichte, de Schleiermacher, de Savigny et de Niebuhr. Le nom des deux premiers, le souvenir des discours enflammés par lesquels ils avaient inauguré à Berlin, deux ans auparavant, une nouvelle ère de l'histoire d'Allemagne, indiquent assez que la création de la nouvelle université n'avait été que la sanction d'un mouvement intellectuel tout spontané.

Davout, l'un des plus éclairés parmi les maréchaux du premier Empire, pressentait un danger de ce côté. En 1811, il se plaignait de l'esprit de la littérature allemande. Il signalait surtout les doctrines des professeurs de Berlin, dangereuses, disait-il, pour l'ordre social, et contraires à l'esprit du gouvernement français. Lui seul avait senti qu'en inaugurant l'université de Berlin les Allemands avaient inauguré l'un des premiers monuments de leur patriotisme naissant [1].

En 1810, toutefois, l'on était beaucoup moins frappé de ce que Scharnhorst et Humboldt avaient pu faire d'utile que de l'impuissance manifeste du ministère et de l'incapacité apparente de Dohna et d'Altenstein [2]. La proposition de céder la Silésie à la France était un sacrifice inutile. Le roi en avait été très vivement irrité, et son irritation était facile à exploiter [3]. D'ailleurs le ministère manquait complètement d'unité et de direction [4]. Il était divisé par des intrigues qui se croisaient en tous sens ; et, en réalité, sa succession était ouverte [5].

Depuis le milieu de 1809, on sentait dans l'administration finan-

1. Voir sa conversation avec Jordan à Magdeburg en 1811. RANKE, *Hardenberg*, IV, p. 276. — Voir sur l'influence de la littérature sur les Allemands, PERTZ, *Stein*, II, p. 428, — et la statistique intellectuelle de l'Allemagne, *ibid.*

2. PERTZ, *Stein*, II, p. 479, 481. Il est assez remarquable que, dans son autobiographie, Stein ne porte pas de jugement sur le ministère Altenstein-Dohna. — Voir aussi sur le ministère, SEELEY, *Life and Times of Stein*, II, p. 279.

3. ERWIN NASSE, *Historische Zeitschrift*, XXVI, p. 297.

4. Voir sur l'organisation du ministère MAMROTH, p. 63. — *Aus den Papieren* SCHÖN'S, II, p. 57. — *Weitere Beiträge und Nachträge zu den Papieren Schön's*, p. 72. — PERTZ, *Stein*, II, pp. 343, 476.

5. PERTZ, *Stein*, II, pp. 344, 346, 347, 476, 478. — *Aus den Papieren* SCHÖN'S, I, pp. 98, 100; II, pp. 66, 250. — ERWIN NASSE, *Historische Zeitschrift*, XXVI, p. 321. — Voir les rapports de Saint-Marsan. A. STERN, p. 309. — *Erinnerungen des Feldmarschalls* VON BOYEN, II, p. 51. — MARWITZ, I, p. 318.

cière la trace de l'action occulte de Hardenberg [1], action occulte que
le désarroi gouvernemental et les habitudes d'esprit de Frédéric-
Guillaume III facilitaient et qu'il avait déjà exercée plus d'une fois.
Elle se poursuivit durant plus d'une année, peu propre, il faut le
reconnaître, à simplifier la tâche des ministres titulaires ou à leur
assurer l'autorité dont ils avaient besoin. Au printemps de 1810, en
mars et en mai, l'intervention de Hardenberg devint plus active [2].
Vers cette époque, un intrigant de cour dont nous avons déjà rencontré plus d'une fois le nom et l'action [3], Wittgenstein, ménagea
deux entrevues secrètes entre le roi et Hardenberg, l'une à Beeskow
le 14 avril [4], la seconde, à l'île des Paons, près de Potsdam, le
2 mai [5]. Hardenberg en sortit chargé par Frédéric-Guillaume III de
critiquer le programme financier d'Altenstein et d'y opposer ses propres idées [6].

Il nous est difficile d'envisager sans quelque scepticisme le débat
où furent opposés les programmes financiers des deux rivaux. Le
problème financier, tel qu'il se présentait alors, était impossible à
résoudre. La Prusse ne put retrouver son équilibre qu'en suspendant

---

1. Ranke, *Hardenberg*, IV, p. 216. — Voir le mémoire de Hardenberg, du 6 mars 1809,
ibid., IV, p. 221, — celui du 4 avril, *ibid.*, IV, p. 219. — Mamroth, p. 137. — Saint-
Marsan écrit à Champagny, le 26 juillet 1809 : « J'ai même lieu de croire qu'on
a voulu me sonder pour savoir si S. M. l'Empereur ne désapprouverait pas que
M. le baron de Hardenberg reprît le timon des affaires ». A. Stern, p. 295. — Le
4 août 1809, ces ouvertures se précisent. « Je ne peux pas douter que S. M. le
Roi de Prusse désire replacer M. de Hardenberg au ministère. Il serait fait
premier ministre. Ce projet existe à l'insu du ministère », *ibid.*, p. 296, — et le
11 nov. 1809, *ibid.*, p. 297.
2. « Au commencement de 1810, le roi négocia avec Hardenberg pour en faire
un premier ministre. » *Aus den Papieren* Schön's, I, *Selbstbiographie*, p. 60. —
Voir l'entretien du roi et de Saint-Marsan, le 13 février 1810. Saint-Marsan à
Champagny. A. Stern, p. 306.
3. Sur les intrigues de Wittgenstein contre le ministère à propos du projet
de cession de la Silésie, voir Bassewitz, *Die Kurmark Brandenburg während
der Jahre 1809-1810*, p. 413. — Ranke, *Hardenberg*, IV, p. 216. — Sur l'intervention de la reine, *ibid.*, IV, p. 218. — Pertz, *Stein*, II, pp. 481, 620, — et l'autobiographie de Stein. Pertz, *Stein*, VI, 2, *Beilagen*, p. 173. — Sur Wittgenstein,
Erinnerungen des Feldmarschalls von Boyen, II, p. 49. — Erwin Nasse, *Historische Zeitschrift*, XXVI, p. 303. — Treitschke croit à une indignation sincère
de Wittgenstein contre le projet de cession de la Silésie, et pense même que
c'est de ce moment que date sa faveur. Treitschke, I, p. 352.
4. Ranke, *Hardenberg*, IV, p. 223. — Saint-Marsan en est aussitôt informé.
A. Stern, p. 311. — Mamroth, p. 143. — *Erinnerungen des Feldmarschalls* von
Boyen, II, p. 61.
5. Ranke, *Hardenberg*, IV, p. 224.
6. Voir le texte de son mémoire. Pertz, *Stein*, II, p. 481.

les paiements de la contribution à la France [1]. En attendant, tous les plans financiers, qui tendaient à en assurer l'acquittement, se valaient. Ils étaient également irréalisables.

Hardenberg avait des vues d'une autre portée que celles d'Altenstein ; mais il était, dès cette époque, très accueillant aux chevaliers d'industrie, très accessible aux influences d'ordre inférieur et aux conceptions fantaisistes qui pouvaient éclore dans ces milieux. Il paraît avoir été séduit par le projet qu'avaient lancé quelques banquiers de Berlin, qui voulaient fonder une banque nationale, indépendante de l'État [2]. Cette banque aurait été comme une institution de crédit hypothécaire, chargée de mobiliser la valeur des domaines de l'État [3]. Mais le conflit assez factice des programmes financiers masquait une rivalité qui n'était point de pure forme, et même, malgré l'intimité qui avait uni peu de temps auparavant Hardenberg et Altenstein [4], une hostilité assez aiguë. Hardenberg travaillait, à la demande et avec l'autorisation du roi, à saper les projets du ministre titulaire. Il demandait, aux collaborateurs mêmes d'Altenstein, les renseignements qui lui étaient nécessaires. Il les appelait à lui pour l'aider dans son travail [5]. Il obtenait même que le roi suspendît l'exécution des mesures proposées par le ministre [6]. Et si Altenstein

1. LEHMANN, *Scharnhorst*, II, p. 313.

2. ERWIN NASSE, *Historische Zeitschrift*, XXVI, p. 298. — Voir le programme financier de Hardenberg du 28 mai 1810, *ibid.*, p. 315 — et la critique du projet des banquiers juifs de Berlin, *ibid.*, p. 301, — la critique du projet par Niebuhr, *ibid.*, pp. 322, 326. — Stein, dans son autobiographie, a dit, après avoir approuvé, en 1810, les projets de Hardenberg : *die Nichtigkeit seiner luftigen Finanzpläne.* PERTZ, *Stein*, VI, 2, *Beilagen*, p. 174. — *Erinnerungen des Feldmarschalls* VON BOYEN, II, p. 52. — Voir le projet de Kabrun du commencement de 1809. MAMROTH, p. 136.

3. ERWIN NASSE, *Historische Zeitschrift*, XXVI, p. 332. Les domaines étaient en réalité la seule ressource sérieuse sur laquelle on pût compter. Ils avaient, avant Tilsit et sans les forêts, une superficie de 600 à 700 000 hectares : voir TOME I, p. 66. Ils ont donné moins qu'on n'en attendait. Raumer estime qu'ils ont produit, jusqu'au 1er juin 1813, en argent, 785 962 thalers, soit un peu moins de 3 millions de francs, et en valeurs mobilières gagées, 6 718 372 thalers, soit un peu moins de 25 millions de francs. — BASSEWITZ, *die Kurmark Brandenburg während der Jahre 1809-1810*, p. 376. — ERWIN NASSE, *Historische Zeitschrift*, XXVI, p. 335. — Voir aussi le projet de sécularisation des biens ecclésiastiques *ibid.*, p. 338. — WARSCHAUER, p. 29.

4. RANKE, *Hardenberg*, IV, p. 223. — Le 14 mars 1809, Hardenberg s'adresse encore très confidentiellement et amicalement à Altenstein. MAMROTH, p. 143.

5. MAMROTH, p. 148.

6. ERWIN NASSE, *Historische Zeitschrift*, XXVI, p. 310, notamment le règlement proposé pour l'application de l'impôt sur le revenu. — BORNHAK, *Forschungen zur brandenb. und preuss. Geschichte*, III, p. 575. — RANKE, *Hardenberg*, IV, p. 228. — MAMROTH, p. 155.

faisait quelque difficulté pour répondre à ses questions[1], tous les subordonnés du ministre des finances se rendaient spontanément aux désirs de Hardenberg. Niebuhr fut le seul qui manifesta quelque résistance. Il restait fidèle à son chef et ne paraissait pas fort enthousiasmé du projet des banquiers de Berlin. Il donna sa démission[2]. La situation, malgré les tentatives de conciliation de Scharnhorst, devenait ainsi de plus en plus tendue et presque ridicule. Altenstein en manifestait une vive irritation[3]. Au début du mois de juin, quelques jours avant sa chute, il avait chargé le président de la police de Berlin, qui se nommait Gruner[4], d'observer les allées et venues de l'entourage de Hardenberg; mais celui-ci, qui tenait déjà plus qu'à demi entre ses mains le gouvernement et l'administration[5], avait, avant même Altenstein, mandé le même Gruner, et, en lui révélant la mission royale dont il était investi, l'avait, de son côté, engagé à surveiller les ministres. En bon policier, Gruner sut cumuler avec tact sa double mission tant que cette situation indécise se prolongea[6].

Il y aurait quelque intérêt à savoir si, derrière ces intrigues et ces rivalités personnelles, quelques questions de politique générale étaient engagées. Malheureusement, la crise ministérielle de 1810 reste fort obscure.

Le parti national, qui s'était formé après Iéna, et qui était arrivé aux affaires avec Stein, n'avait certainement pas désarmé[7]. Il ne pouvait se désintéresser des changements qui se préparaient dans le gouvernement de la Prusse. A qui allait passer la direction des affaires prussiennes? Aux hommes qui voulaient accepter sans arrière-

---

1. MAMROTH, p. 151. — ERWIN NASSE, *Historische Zeitschrift*, XXVI, p. 300.
2. *Lebensnachrichten über* B. G. NIEBUHR, I, p. 441. — ERWIN NASSE, *Historische Zeitschrift*, XXVI, pp. 308, 310, 313. — MAMROTH, p. 153.
3. MAMROTH, p. 153. — Hardenberg se réconciliera avec Altenstein en 1813, *ibid.*, p. 105.
4. Voir sur Gruner, qui est un agent de la conspiration patriotique, ci-après, CHAPITRE VI, p. 182. — En 1811, Gruner fait partie du bureau du chancelier. MAMROTH, p. 85. — En 1813, il est employé dans le duché de Berg, *ibid.*, p. 87.
5. Voir la lettre de Niebuhr. ERWIN NASSE, *Historische Zeitschrift*, XXVI, p. 313.
6. *Erinnerungen des Feldmarschall's* VON BOYEN, II, p. 61.
7. Voir l'association formée entre Schön et plusieurs patriotes en 1808. *Aus den Papieren* SCHÖN's, IV, p. 571. — PERTZ, *Stein*, II, p. 373. — Voir, sur les mesures secrètes des patriotes en 1809, *Erinnerungen des Feldmarschalls* VON BOYEN, I, p. 356. — Dohna avait obtenu du roi la suppression du *Tugendbund*. PERTZ, *Stein*, II, p. 474. — *Erinnerungen des Feldmarschalls* VON BOYEN, I, p. 480. — MARWITZ, I, p. 317.

pensée la suzeraineté de l'Empire français, ou à ceux qui voulaient réserver l'avenir? Ce débat valait bien au moins la querelle entre les personnalités rivales. Il est difficile d'admettre que les patriotes y soient demeurés étrangers. Les traces que l'on retrouve de leur action sont toutefois peu apparentes. Gruner, le chef de la police, qui était un des affiliés les plus ardents de la conspiration patriotique, s'était mis au service de Hardenberg, avant même que celui-ci devînt premier ministre. Scharnhorst avait assisté, et peut-être même sans y être appelé, à la première conférence du roi et de Hardenberg, le 14 avril [1]. Rien n'établit cependant que ce soient les patriotes qui aient porté ou poussé Hardenberg aux affaires [2].

Il rentrait sous le patronage assez inquiétant et louche du prince de Wittgenstein [3]. La reine, qui mourut quelques jours après l'avènement de Hardenberg, s'était ardemment employée à favoriser son retour [4]. Enfin l'ambassadeur français, que l'on circonvenait depuis le mois d'août 1809, pour préparer la rentrée de Hardenberg [5], l'avait facilitée.

Saint-Marsan, qui représentait la France, était un Piémontais. Les historiens allemands lui attribuent des tendances fort anti-bonapartistes et des sympathies secrètes pour la Prusse [6]. Il est certain qu'en décembre 1808 Saint-Marsan avait permis à Stein, en lui faisant parvenir un avis secret, d'échapper aux rigueurs du décret de proscription [7]. C'était un acte d'humanité; c'était aussi un acte d'infidélité. Il s'accordait trop mal avec le ton général des dépêches de l'ambas-

1. Hardenberg s'en plaint. RANKE, *Hardenberg*, IV, p. 223. — Saint-Marsan à Champagny, 17 avril 1810. A. STERN, p. 311; — mais il semble que l'on travaillait à persuader à Saint-Marsan que les ennemis de la France étaient aussi les ennemis de Hardenberg, *ibid.*, p. 318. — MAMROTH, pp. 147, 154. — Il semble même que Scharnhorst ait été mêlé aux premières démarches tentées pour hâter le rappel de Hardenberg. *Erinnerungen des Feldmarschalls* VON BOYEN, II, p. 60. — RANKE, *Hardenberg*, IV, pp. 223, 231. — MAMROTH, p. 147. — LEHMANN, *Scharnhorst*, II, pp. 313, 314, 315. — MARWITZ, I, p. 318.
2. Dans sa dépêche du 11 novembre 1809, Saint-Marsan dit : les amis de Hardenberg. A. STERN, p. 298. — « Ce sont les mêmes qui cherchent à agir sur le roi », *ibid.*, p. 307.
3. ERWIN NASSE, *Historische Zeitschrift*, XXVI, pp. 297, 300, 303.
4. RANKE, *Hardenberg*, IV, pp. 218, 224, 233. — A. STERN, p. 307. — Sur le peu d'influence de la reine, voir *Erinnerungen des Feldmarschalls* VON BOYEN, II, p. 24. — Elle avait tenté, quelques semaines auparavant, de porter Humboldt au ministère de l'intérieur et Nagler à celui des affaires étrangères, *ibid.*, II, p. 55.
5. A. STERN, p. 296.
6. *Erinnerungen des Feldmarschalls* VON BOYEN, II, p. 8. — TREITSCHKE, I, p. 352.
7. Voir l'autobiographie de Stein, PERTZ, *Stein*, VI, 2, *Beilagen*, p. 172.

sadeur, pour qu'il ne subsiste point quelque doute sur leur sincérité[1]. Il semble toutefois qu'il renseignait son gouvernement du mieux qu'il pouvait. Il discernait, dans ses lignes générales, l'action du parti patriotique et anti-français[2]. Mais il se perdait souvent au milieu des renseignements contradictoires, inexacts ou intéressés, qu'on venait lui apporter.

Il n'hésitait pas à classer Scharnhorst parmi les ennemis de la France. Mais, pour le surplus, il semblait parfois embarrassé pour discerner si tel des ministres, comme Beyme ou Goltz[3] par exemple, appartenait à l'un ou à l'autre « des deux systèmes ».

Quoi qu'il en soit, après avoir demandé à plusieurs reprises des instructions à Paris, où l'on s'était résolu à lui donner pleins pouvoirs[4], Saint-Marsan inclinait à croire à la sincérité des déclarations françaises de Hardenberg. Il avait facilité sa rentrée au pouvoir[5].

Qu'allait faire Hardenberg? allait-il donner raison aux patriotes qui comptaient sur lui, ou à Saint-Marsan qui avait garanti sa docilité? Était-il homme à poursuivre l'œuvre que Stein avait entreprise et que lui-même avait conseillée en 1807 : la régénération de la Prusse par les réformes intérieures? Était-il capable de préparer, sous les apparences de la soumission, l'insurrection de la Prusse contre la domination napoléonienne? Était-il prêt à s'enrôler dans la conspiration des patriotes? ou bien avait-il réellement trouvé son chemin de Damas, et aspirait-il à être, à la tête du gouvernement prussien, un premier ministre de la Confédération germanique, un

1. Voir les sentiments que Frédéric-Guillaume III conserve longtemps après pour Saint-Marsan. TREITSCHKE, I, p. 332.

2. Voir les rapports de Clérembault et de Saint-Marsan. A. STERN, pp. 285, 308. — Voir sur Clérembault, ibid., — Erinnerungen des Feldmarschalls VON BOYEN, I, p. 353.

3. Voir sur les attitudes contradictoires de Beyme, PERTZ, Stein, II, p. 346. — A. STERN, p. 308. — Saint-Marsan à Champagny, 1er juin 1809, ibid., p. 292, — 15 février 1810, ibid., pp. 308, 312. — Erinnerungen des Feldmarschalls VON BOYEN, I, pp. 336, 337. — Sur Goltz : « Tout ce qu'on savait de Goltz, c'est qu'il n'était pas en état de faire mal ». Aus den Papieren SCHÖN's, I, Selbstbiographie, p. 59. — Ailleurs la méfiance paraît assez vive, ibid., II, p. 52. — RANKE, Hardenberg, IV, p. 171. — Goltz avait contribué à favoriser la fuite de Stei. PERTZ, Stein, II, p. 338. — Il s'accordait avec Beyme, ibid., II, p. 346. — « Goltz était protégé par sa nullité », dit Stein dans son autobiographie, PERTZ, Stein, VI, 2, Beilagen, p. 174. — « Une nullité bien poudrée. » Erinnerungen des Feldmarschalls VON BOYEN, I, p. 336; II, p. 51.

4. A. STERN, pp. 315, 317.

5. Napoléon l'autorisa le 27 mai. RANKE, Hardenberg, IV, p. 227. — Rapports de Saint-Marsan à Champagny. A. STERN, passim et p. 313.

délégué agréable à l'Empereur? Singulier symptôme de l'état moral de la Prusse, et d'un sentiment national encore confus et naissant à peine, que l'on pût se demander, après 1806 et après 1809, si le premier ministre de la monarchie prussienne serait un ministre français.

Hardenberg n'était vraisemblablement ni d'un côté ni de l'autre [1]. Il était évident qu'il avait sensiblement éteint ses ardeurs de 1807, soit qu'il s'agît de rénovation intérieure, ou d'insurrection nationale.

Il était toujours partisan des réformes [2]; mais ce n'était plus l'homme qui avait exigé des principes démocratiques dans un État monarchique. Comme Altenstein conseillait, sans grande conviction sans doute, de s'appuyer sur la force populaire, Hardenberg répondait que ce n'était qu'une phrase et qu'une semblable tentative pouvait très bien, si Frédéric-Guillaume III s'y engageait, lui coûter son trône. Il livrait aussi le secret de tendances étroitement censitaires lorsqu'il écrivait, pour recommander le projet des banquiers de Berlin : « Il est nécessaire de resserrer les liens d'une union plus intime entre *ceux qui constituent en réalité l'État* [3] ».

Quant à la situation de la Prusse en Europe, les projets de Hardenberg ne semblaient point révolutionnaires. Il prodiguait les apparences de la soumission à Sa Majesté Impériale et Royale et ne voulait rien faire que de l'assentiment de Saint-Marsan [4]. Durant la crise de 1809, en mars, il semble qu'il ait conseillé de ne pas rompre avec la France [5], qu'il ait contrecarré les efforts des patriotes. Depuis, il avait employé pour se faire accepter par la France, les bons offices de son cousin, le comte de Bülow, le ministre des finances du roi Jérôme [6]. Il semble même qu'il eût été fort loin, et qu'il eût promis

---

1. A la fin de 1808, Schön écrit en parlant de lui : *Der gute, überaus gute, aber zuweil schwache Hdbg. Aus den Papieren* Schön's, II, p. 54. — « Ce plat et misérable débauché (*Nagler*) qui ne maintient sa situation que par les domestiques et les femmes de chambre, qui fait des ministres (*Allenstein*) taillés sur son modèle, et comme patron de ces héros : Hardenberg, Hardenberg qui sans cela mériterait toutes les sympathies », *ibid.*, II, p. 69. — Alexandre s'était séparé de Hardenberg assez brutalement après Tilsit. *Erinnerungen des Feldmarschalls* von Boyen, II, p. 59.
2. Pertz, *Stein*, II, p. 482.
3. Ranke, *Hardenberg*, IV, pp. 224-228. — Mamroth, p. 138.
4. Ranke, *Hardenberg*, IV, p. 226. — Stein le lui reproche; voir l'autobiographie. Pertz, *Stein*, VI, 2, *Beilagen*, p. 173. — A. Stern, pp. 315-320.
5. Mamroth, p. 139.
6. Mamroth, p. 231. — *Erinnerungen des Feldmarschalls* von Boyen, II, p. 60. — Erwin Nasse, *Historische Zeitschrift*, XXVI, p. 307. — *Correspondance de Napoléon*, n° 16 479, XX, p. 416. — Ranke, *Hardenberg*, IV, p. 226. — Pertz,

de faire entrer la Prusse dans la Confédération du Rhin. Du moins, Saint-Marsan l'assurait [1].

Ce n'était point, comme dit Marwitz, un homme à principes [2]. Il est probable qu'il prodiguait les déclarations patriotiques aux patriotes prussiens, en même temps que les déclarations de soumission à la France, et qu'en lui-même il se préparait à suivre, en politique délié, le cours des événements, se pliant aux circonstances, les subissant sans répugnance, et attendant ce que l'avenir pourrait amener.

La situation de l'Europe commandait d'ailleurs la réserve. La puissance de l'Empereur avait été provisoirement consolidée et semblait même à son apogée. L'Europe centrale n'avait point de nouvelle crise en perspective. Et, en Prusse, les ardeurs patriotiques les plus déterminées avaient dû être découragées par une succession de déboires. C'était manifestement une période de détente et de résignation qui commençait [3].

Mais, sur un point du moins, Hardenberg n'était point disposé à transiger. Il voulait une autorité indiscutée, et sut imposer ses conditions au roi [4]. Il refusa net de conserver le personnel du précédent ministère. Altenstein, Beyme, Nagler durent se retirer [5], Dohna ne restait ministre que provisoirement [6]. Hardenberg voulait tenter de conserver Niebuhr et Humboldt [7]. Il n'y réussit point. Il rentra en maître, le 4 juin 1810, dans la politique prussienne.

Stein, II, p. 484. — Voir la lettre du 5 mai 1810, de Hardenberg à Saint-Marsan, A. STERN, p. 315, — et celle du 7 juin 1810, de Hardenberg à l'Empereur, *ibid.*, p. 320.

1. Saint-Marsan à Champagny, 11 novembre 1809, A. STERN, p. 298. — Saint-Marsan communique encore à Champagny, le 1er mai 1810, une réponse de Hardenberg à Scharnhorst qui a été *écrite pour être communiquée et où Hardenberg se prononce pour la politique française*, *ibid.*, p. 313.

2. MARWITZ, I, p. 319.

3. Saint-Marsan à Champagny, le 1er mai 1810. A. STERN, p. 313.

4. RANKE, *Hardenberg*, IV, p. 231. — PERTZ, *Stein*, II, p. 484. — Autobiographie de Stein. *Er stand nun ganz allein*, PERTZ, *Stein*, VI, 2, *Beilagen*, p. 174. — LEHMANN, *Scharnhorst*, II, p. 315. — *Erinnerungen des Feldmarschalls* VON BOYEN, II, p. 62.

5. Hardenberg ne considérait pas Beyme comme de réputation intacte. RANKE, *Hardenberg*, IV, pp. 224, 230, 231. — Beyme avait partie liée avec Altenstein et Nagler contre Dohna. PERTZ, *Stein*, II, p. 478. — Les Autrichiens considéraient Nagler comme vendu à la Russie. Saint-Marsan écrit, le 8 juin 1810 : « les personnes de parti en politique regrettent MM. de Beyme et de Scharnhorst ; les intrigants de cour regrettent M. Nagler. Quant à M. d'Altenstein, il n'était point d'une opinion si prononcée...... lorsqu'il n'aurait plus d'influence par M. Nagler. » A. STERN, p. 320.

6. MAMROTH, p. 128.

7. RANKE, *Hardenberg*, IV, pp. 232-233. — MAMROTH, p. 163.

CHAPITRE II

LES DÉBUTS DE HARDENBERG. — LES ÉDITS FINANCIERS

L'avènement de Hardenberg. — L'organisation du gouvernement central. — Les dissentiments de Hardenberg avec Niebuhr, — avec Schön. — L'intervention de Stein. — L'entrevue de Hermsdorf.

Les plans financiers de Hardenberg. — La situation financière de la Prusse. — Résultats fiscaux considérables des édits de Hardenberg.

Nécessité de la réforme des impôts. — Frédéric de Raumer. — La commission. — Les édits financiers d'octobre et de novembre 1810. — Caractère de la nouvelle législation.

L'extension et l'élévation des impôts indirects. — Le débat entre l'impôt direct sur le revenu et les impôts indirects. — Opinions de Schön, Niebuhr et Stein. — Hardenberg acculé par les nécessités fiscales à l'extension des impôts indirects. — Caractère rigoureux et anti-démocratique de l'accise rurale et de l'impôt sur la mouture.

La suppression des privilèges de la noblesse en matière d'impôts. — L'exemption de la noblesse en matière d'impôt foncier. — Hardenberg recule devant la suppression du privilège.

Écart considérable entre les promesses du programme de Hardenberg, et les réalités de la nouvelle législation. — Opposition véhémente et générale que rencontrent les nouvelles lois. — Marwitz dans les Marches. — Schön dans la Prusse orientale.

Remaniement de la législation fiscale en septembre 1811. — Établissement de l'impôt des classes et de l'impôt sur le revenu en 1811 et 1812. — Les édits de 1811 ont plutôt le caractère d'une adaptation que d'une réaction.

Pourquoi, malgré l'aspect peu démocratique des nouvelles lois, ce sont les privilégiés qui s'insurgent contre elles. — Causes de leur opposition. — Constitution de l'ancienne société prussienne. — Affranchissement de l'activité individuelle par les nouvelles lois fiscales. — Comment cette œuvre d'affranchissement était nécessairement dirigée contre la noblesse. — La noblesse considère les nouvelles lois comme un coup d'État. — Elle est atteinte par la suppression d'un certain nombre de ses privilèges. — Elle est atteinte surtout par la suppression des classifications et des subordinations sociales de l'ancien État frédéricien.

Les lois fiscales de Hardenberg s'inspirent directement de la législation française et westphalienne. — Traces apparentes de cette influence. — Puissance de propagande de la législation française. — Opposition intellectuelle des

patriotes prussiens contre les lois françaises. — Elles s'imposent à eux parce
qu'elles sont l'instrument nécessaire de la lutte contre la féodalité.
Portée des lois fiscales de Hardenberg.

Hardenberg reprit donc, le 4 juin 1810, et pour la conserver
jusqu'à la fin de sa vie, la direction de la politique prussienne.
C'était, une fois de plus, la direction d'un premier ministre tout-
puissant qui s'imposait à la Prusse et à Frédéric-Guillaume III.
C'était la troisième fois qu'elle cherchait ce refuge contre l'anarchie
gouvernementale. Une première fois, entre Iéna et Tilsit, Hardenberg avait pris en mains la direction des affaires extérieures. Une
seconde fois, après Tilsit, Stein avait guidé, de sa main puissante,
l'œuvre des réformes intérieures. Maintenant, Hardenberg portait
son action principale sur l'intérieur et les finances; mais son influence
s'étendait de là sur les autres branches de l'administration, où il
avait eu le soin et le tort de ne placer que des instruments subalternes.

Mais, s'il tenait à demeurer maître absolu de l'administration dont
il était le chef nominal, il avait, en même temps, l'esprit trop ouvert
et trop politique, le goût trop porté vers le contact et le maniement
des hommes pour négliger de se tenir en relations avec l'élite administrative qui l'entourait. Il en résulta, durant les premiers mois de
l'administration de Hardenberg, un échange de vues entre lui, d'une
part, et Niebuhr, Schön et Stein, de l'autre, où apparaissent à la
fois les tendances de la politique intérieure du chancelier et l'état
d'esprit des principaux hommes d'État prussiens à cette date. Hardenberg rencontra là, dès ses débuts, cette hostilité significative qui
n'a cessé de suivre, dans les milieux prussiens, sa personne et sa
mémoire.

Il apportait au ministère, à la suite de ses discussions avec
Altenstein, tout un programme financier; mais ce serait une erreur
de croire qu'il attachât à ses conceptions une importance ou une
fixité particulières : les projets financiers de Hardenberg étaient fort
mobiles [1]. Entre ses adversaires et lui, l'opposition des caractères
n'était, d'ailleurs, pas moins sensible que celle des idées.

1. Erwin Nasse, *Die preussische Finanz-und Minister-krisis von 1810 und
Hardenberg's Finanzplan (Historische Zeitschrift)*, XXVI, pp. 332, 340. — Bornhak,
*Die preussische Finanzreform von 1810 (Forschungen zur brandenb. und preuss.
Geschichte)*, III, p. 585. — Mamroth, *Geschichte der preuss. Staats-Besteuerung*,
p. 201. — Sybel dit : *etwas windiger Natur*, et Treitschke dit : *die schwindelhafte*

C'est avec Niebuhr que la querelle fut le plus vive [1]. Tout en éprouvant quelque répulsion pour la conduite privée de Hardenberg, Niebuhr s'était jadis senti attiré vers le chancelier par une secrète sympathie, et jamais, dit-il, personne ne lui causa pareille déception [2]. Ses déceptions semblaient déjà remonter loin; car il se déroba de suite aux ouvertures du premier ministre, qui paraissait compter sur son concours et le désirer [3]. Nous nous souvenons que Niebuhr avait été le seul des subordonnés d'Altenstein qui eût refusé de collaborer au renversement de son chef [4]. Il paraissait assez dégoûté des intrigues au milieu desquelles il vivait depuis quelques mois [5]. Mais il combattait, de plus, avec une extrême vivacité les projets financiers de Hardenberg. Ces projets lui semblaient funestes [6], et ce fut, assure-t-il, un devoir de conscience pour lui de protester et de se retirer.

Il est probable que les sentiments personnels de Niebuhr eurent dans sa résolution une part considérable [7]; car il eût pu, avec la moindre bonne volonté, prendre le programme financier de Harden-

Oberflächlichkeit der Hardenbergschen Pläne, ibid., p. 201. — Aus den Papieren des Ministers und Burggrafen von Marienburg THEODOR VON SCHÖN, I, Selbstbiographie, p. 64. — Voir le jugement de Stein, dans son autobiographie. PERTZ, Leben des Ministers Freiherrn vom Stein, VI, 2, Beilagen, p. 173. — Hardenberg n'avait d'ailleurs point de goût pour les questions de finances. MAMROTH, p. 231. — BORNHAK, Forschungen zur brandenb. und preuss. Geschichte, III, p. 584. — Le plan de Hardenberg a eu quatre formes successives : le plan du 28 mai 1810, sur lequel Schön et Niebuhr ont discuté; le second, postérieur au 11 août 1810; le plan du 12 ou 13 septembre, préparé par Raumer dans le voyage que fit Hardenberg pour se rendre auprès de Stein; le plan rédigé après l'entrevue avec Stein. MAMROTH, pp. 199, 207-215. — « Vous ne trouvez pas mes nouveaux projets absolument satisfaisants », écrit Hardenberg à Raumer, le 19 décembre 1811; « ils le sont relativement et nous rapprochent du but ». F. v. RAUMER, Lebenserinnerungen und Briefwechsel, I, p. 245.

1. Hardenberg lui offrait le ministère des finances. ERWIN NASSE, Historische Zeitschrift, XXVI, p. 213. — MAMROTH, p. 207, émet un doute à ce sujet. — Voir le grand mémoire de Niebuhr, du 23 juin 1810. ERWIN NASSE, Historische Zeitschrift, XXVI, p. 321.

2. Il avait, en 1807, et comme Altenstein, suivi Hardenberg à Riga. MAMROTH, p. 83. — PERTZ, Stein, II, p. 486.

3. Lebensnachrichten über Georg NIEBUHR, I, p. 339. — PERTZ, Stein, II, pp. 508, 621.

4. Sans paraître toutefois encore à ce moment très hostile à Hardenberg. ERWIN NASSE, Historische Zeitschrift, XXVI, p. 314.

5. Lebensnachrichten über Georg NIEBUHR, I, p. 441, Berlin, 12 mai 1810.

6. « C'est le renversement du trône », dit-il, Zu Schutz und Trutz am Grabe Schön's von einem Ostpreuszen, p. 287. — MAMROTH, p. 200.

7. Voir sa lettre à Stein, du 29 juin 1810, pleine de dévouement à Stein, mais des plus violentes contre Hardenberg. « La crise ministérielle qui a mis fin au règne d'aveugles égoïstes a fondé celui d'une race encore pire. Que pense Votre Excellence de Scharnweber et d'Oelsen? Ce sont les inspirateurs de M. de Har-

berg pour ce qu'il était réellément, c'est-à-dire pour un thème à discussions [1]. Il préféra partir en guerre. Il remit solennellement au roi, sans passer par l'intermédiaire du ministre, et directement, une critique véhémente des projets de Hardenberg [2]. Ayant rompu sans retour, Niebuhr se retira, entra à l'Université de Berlin, et y entreprit ses grands travaux sur l'histoire romaine. Il avait trouvé sa voie [3]; car, si l'État prussien et l'Allemagne ont offert plus d'un exemple d'hommes de lettres et d'études qui furent en même temps des hommes politiques, celui-ci était incontestablement, malgré sa compétence financière, beaucoup plus historien qu'homme politique [4].

Stein, qui, plus tard, après sa rupture avec Hardenberg, fut plus indulgent, se montra tout d'abord assez sévère [5] : « Niebuhr », dit-il, « n'est point d'accord avec le chancelier. Celui-ci l'invite à la discussion et lui demande son programme; mais Niebuhr va porter

denberg, devenu complètement incapable, et porté à une sorte de folie financière par les instigations de Kabrun. Que pense Votre Excellence du prince de Wittgenstein, qui est aujourd'hui le patron déclaré de M. de Hardenberg, et qui, par ses intrigues, l'a fait entrer au port ministériel? Il faut se taire devant l'audace avec laquelle la plus plate incapacité proclame ses oracles, devant la satisfaction béate avec laquelle ce faible fou cherche sa fortune, au milieu des écueils sur lesquels sa main inhabile brisera infailliblement, en quelques jours, le navire vermoulu qu'il est chargé de diriger. » Pertz, *Stein*, II, p. 489.

1. Hardenberg demande des rapports sur son plan à tous ses collaborateurs. « Je le soumets volontiers », dit-il, « à toute critique intelligente. Il a été fait pour cela. » Mamroth, p. 201. — *Lebenserinnerungen von* F. v. Raumer, I, p. 245.

2. Pertz, *Stein*, II, pp. 486, 489, 507. — *Lebenserinnerungen von* F. v. Raumer, pp. 128, 131. — Ranke, *Denkwürdigkeiten des Staats-Kanzlers Fürsten von Hardenberg*, IV, p. 238. — *Lebensnachrichten über Georg* Niebuhr, I, p. 342-343. — « Je ne puis garder le silence sur les projets qui s'élaborent ; j'ai fait tout au monde pour en exposer les funestes conséquences. Je suis sûr que, si on ne peut en arrêter l'éclosion, ils seront du moins à moitié morts lorsqu'ils verront le jour. Bien que je sois seul, ma résistance donnera à d'autres oppositions le temps et le courage de se manifester. » Berlin, 1er juillet 1810, *ibid.*, I, p. 445. — Klose, *Leben des Fürsten von Hardenberg*, p. 267. — Erwin Nasse, *Historische Zeitschrift*, XXVI, p. 331.

3. « Je retourne à la science avec une ardeur nouvelle. » Berlin, 15 juillet 1810. *Lebensnachrichten über Georg* Niebuhr, I, p. 445.

4. Voir les jugements de Stein et d'Altenstein. Mamroth, p. 114. — Pertz, *Stein*, II, p. 422. — Ranke, *Hardenberg*, IV, p. 239. — *Lebenserinnerungen von* F. v. Raumer, I, pp. 103, 113, 118.

5. Stein à Guillaume de Humboldt, 28 octobre 1810. Pertz, *Stein*, II, p. 507. — Sur les rapports de Stein et de Niebuhr, voir *ibid.*, II, pp. 326, 489. — Dans son autobiographie, en 1823, Stein a totalement changé d'avis. Il excuse Niebuhr et incrimine Hardenberg; il lui reproche d'avoir écarté : « deux hommes de grand mérite, les conseillers d'État v. Schön et Niebuhr, parce qu'ils avaient démontré, avec beaucoup de force, la nullité de ses plans de finance superficiels ». Pertz, *Stein*, VI, 2, *Beilagen*, p. 174, — voir encore, *ibid.*, II, p. 508. — Déjà, au mois de septembre 1810, après avoir pris communication des mémoires de Niebuhr et de Schön, Stein se rapprocha de leurs vues, *ibid.*, II, p. 510.

directement au roi une critique copieuse du programme qu'on l'invite
à discuter. Il refuse d'exposer le sien, sous prétexte que livrer ses
idées à qui ne saura pas les appliquer, c'est faire plus de mal que
de bien. Puis il s'en va et se présente comme un martyr de la
vérité. » Et Stein, qui n'était point, à ce moment, en veine d'indul-
gence pour la Prusse et pour les Prussiens [1], ajoutait : « Tout ceci
n'est que du raffinement d'égoïsme. Voilà bien cette manie, si fréquente de l'autre côté de l'Elbe, d'assaisonner de phrases ronflantes
et prétentieuses des actions fort ordinaires [2]. »

Schön résista, lui aussi, aux avances de Hardenberg. Stein avait
conseillé à Hardenberg de prendre Schön pour ministre des finances,
tout en formulant quelques réserves sur son « esprit à système » [3].
Schön était un caractère fort anguleux [4]. Il est demeuré un des
types les plus accentués du personnel administratif de la Prusse.
Entier dans ses idées, avec quelque étroitesse, querelleur, il était,
en même temps, doué de cet esprit d'initiative personnelle qui a
permis à l'administration de jouer un rôle si marqué dans l'histoire de
l'État prussien [5]. Il semble, à en juger par les lettres qu'il adressait à Stein, qu'il n'ait pas répondu sans quelques réserves intérieures à l'appel de Hardenberg [6]. Il ne le trouvait pas aussi résolu

1. Pertz, *Stein*, II, pp. 491, 501, 504, 585, 587.
2. Stein à Guillaume de Humboldt, le 28 octobre 1810. Pertz, *Stein*, II, p. 507.
3. Dans son mémoire à Hardenberg, Stein recommande Schön pour le ministère des finances, mais veut qu'on le lie par un programme ferme. Pertz, *Stein*,
II, p. 498. — Voir toute une polémique à ce sujet. Lehmann, *Knesebeck und
Schön*, p. 98. — *Zu Schutz und Trutz am Grabe Schön's von einem Ostpreuszen*,
p. 282. — Voir la lettre de Stein, très élogieuse pour Schön, en juillet 1810,
Pertz, *Stein*, II, p. 303, — et celle du 2 août 1810 où Stein parle de l'esprit à
système de Schön. Lehmann, *Stein, Scharnhorst und Schön*, p. 27, — et la lettre
de Stein à Hardenberg, du 7 juin 1811 : « V. E. juge Schön parfaitement bien.....
Ses erreurs viennent de sa manière hypermétaphysique d'envisager les choses,
mais point de son caractère qui a de la noblesse et de la sensibilité. » Lehmann,
Historische Zeitschrift, XLVI, p. 186. — Voir sur les relations étroites entre
Schön et Stein, en 1809, Pertz, *Stein*, II, p. 744. — Voir encore, sur l'intimité
de Stein et de Schön, un témoignage important. Arndt, *Meine Wanderungen
und Wandelungen mit dem Reichsfreiherrn von Stein*, p. 108.
4. Il le reconnaît lui-même. *Aus den Papieren des Ministers* von Schön, I,
p. 129. — *ibid.*, I, *Selbstbiographie*, p. 63. — Voir le portrait de Schön par Stein,
en février 1810. Pertz, *Stein*, II, p. 422.
5. Treitschke, *Deutsche Geschichte*, I, p. 370. — Voir la lettre du roi à Hardenberg, du 24 août. *Lebenserinnerungen von F. v. Raumer*, I, p. 133.
6. Voir sa lettre du 27 juin à Stein. Pertz, *Stein*, II, p. 488. — Lehmann,
Knesebeck und Schön, p. 120.

qu'il eût voulu à lutter contre l'aristocratie foncière [1] et critiquait vivement ses projets financiers [2]. Cependant l'appel que le chancelier lui avait adressé était des plus amicaux [3] et Schön, dans ses lettres au roi, parlait de Hardenberg avec les plus grands ménagements [4]. La rupture n'en fut pas moins décisive [5]. Sch..n se résolut, en fin de compte, à retourner à son gouvernement supérieur de la Prusse orientale [6], à son pays d'origine, auquel il était attaché par un patriotisme provincial des plus étroits. Il ne pouvait, disait-il, accepter un poste où il voyait bien qu'on n'aurait pas en lui une confiance suffisante [7].

Stein appuyait à cette date la politique et les efforts du chance-

1. Voir le dissentiment au sujet de la suppression des droits de souveraineté seigneuriale. *Aus den Papieren des Ministers* VON SCHÖN, I, *Selbstbiographie*, p. 64. — Schön reproche à Hardenberg ses *tendances féodales*. *Zu Schutz und Trutz am Grabe Schön's von einem Ostpreuszen*, p. 313. — RANKE, *Hardenberg*, IV, p. 240. — TREITSCHKE, I, pp. 369, 372.

2. Voir les mémoires de Schön du 10 août 1810. ERWIN NASSE, *Historische Zeitschrift*, XXVI, p. 333,. — et du 15 août 1810. *Aus den Papieren des Ministers* VON SCHÖN, I, p. 123. — *Zu Schutz und Trutz am Grabe Schön's von einem Ostpreuszen*, p. 228. — *Lebenserinnerungen von* F. v. RAUMER, I, p. 133.

3. Le 8 juin 1810. *Aus den Papieren des Ministers* VON SCHÖN, I, p. 120. — *Zu Schutz und Trutz am Grabe Schön's von einem Ostpreuszen*, pp. 299, 301, 302.

4. Voir la lettre de Schön à Hardenberg, du 14 juin 1810. LEHMANN, *Knesebeck und Schön*, p. 120. — *Aus den Papieren des Ministers* VON SCHÖN, I, p. 117. — Voir le 7 août, *Zu Schutz und Trutz am Grabe Schön's von einem Ostpreuszen*, p. 308, — le 8 août 1810, LEHMANN, *Knesebeck und Schön*, p. 98, — le 20 août 1810, *Aus den Papieren des Ministers* VON SCHÖN, I, p. 121. — Un point semble mal éclairci. Hardenberg, en somme, a, dans la suite, donné raison aux objections de Schön sur les deux points essentiels du dissentiment : le rachat de l'impôt foncier et la création de la banque nationale, *Zu Schutz und Trutz am Grabe Schön's von einem Ostpreuszen*, p. 309, — et cependant Schön assure qu'on lui fit une condition pour entrer au ministère de céder sur ces deux points, *ibid.*, p. 312. — Le 10 mai 1811, Hardenberg écrit à Stein : « Je suis toujours mécontent de Schön; il a des idées fixes auxquelles il rapporte absolument tout, pour lesquelles il oublie tout. C'est dommage, mais ce n'est pas ma faute; avec moins d'entêtement, d'âpreté et de fausse ambition, il aurait pu nous être infiniment utile; nous aurions été amis et, de concert, nous aurions agi. » LEHMANN, *Historische Zeitschrift*, XLVI, p. 186. — Voir la lettre de Schön à Hardenberg, du 19 janvier 1811, MAMROTH, p. 451. — Hardenberg le ménage encore, *ibid.*, p. 466. — *Lebenserinnerungen von* F. v. RAUMER.

5. Sur la marche des négociations entre Hardenberg et Schön, voir MAMROTH, p. 204. — *Zu Schutz und Trutz am Grabe Schön's von einem Ostpreuszen*, p. 313. — En juillet 1811, Stein craint que les amis de Schön ne soutiennent, par opposition au chancelier, la politique réactionnaire de Vosz. LEHMANN, *Historische Zeitschrift*, XLVI, p. 189. — Voir la réconciliation de Schön et de Hardenberg, le 20 mars 1813. *Aus den Papieren des Ministers* VON SCHÖN, I, p. 146.

6. *Aus den Papieren des Ministers* VON SCHÖN, I, *Selbstbiographie*, p. 66. — LEHMANN, *Knesebeck und Schön*, p. 86.

7. Il n'avait pas été reçu par le roi pendant tout son séjour à Berlin. *Aus den Papieren des Ministers* VON SCHÖN, I, p. 125.

lier [1]. Et, quoiqu'il fût proscrit et jugeât de loin, Hardenberg était fort empressé à lui demander ses conseils et l'appui d'une autorité qui n'avait point diminué aux yeux des patriotes [2]. Stein condamnait la résistance de Schön, comme celle de Niebuhr, et Schön comme Niebuhr se plaignaient de voir leurs efforts contrecarrés par l'attitude de Stein [3]. Mais ce débat tout pratique et politique prenait, dans la correspondance, une forme à la fois romantique et biblique. On y trouve la trace des tendances de l'époque et aussi de cette manie que Stein reprochait aux Prussiens et dont lui-même n'était pas tout à fait exempt.

Schön écrit à Stein, le 16 août [4] : « Wilberforce le pieux dit : « Lorsque les gouvernements sont sur la pente de l'abîme et que la « Providence a pris parti, on ne peut pas dire : tel homme fut cause « de la ruine, tel événement l'a déterminée. Chacun porte sa bûche « au foyer; le ciel est au-dessus de la raison, et le raisonnement ne « peut que suivre les événements. » Et ainsi parle l'homme pieux, fidèle observateur de ce qui est, et prophète assuré de l'avenir. Cette fatalité inéluctable peut seule expliquer que l'homme ferme comme un roc (*c'est Stein*), avec des intentions si nobles et si pures, nous ait fait parvenir ici un message (*il s'agit d'une réponse où Stein appuyait les projets de Hardenberg*), qui nous apporta sans doute des avis salutaires, mais qui rendit vains les efforts du Danois (*c'est Niebuhr*) et du Prussien (*c'est Schön*), les efforts du Danois et du Prussien qui touchaient au but. Tous deux disaient : « Papier, peuple, argent et banque, terre, droits, taxes et vente « (*c'est un résumé des projets financiers de Hardenberg*), tout « cela ne peut que conduire à la mort. » Le Danois, le doux Danois, fut tellement indigné qu'il prévint lui-même le maître, lui parla avec respect sans doute, mais avec courage, et suscita contre lui la haine et l'inimitié. Le Prussien, lui aussi, a fait ce que le devoir

---

1. BOHNIAK, *Forschungen zur brandenb. und preuss. Geschichte*, III, p. 581. — PERTZ, *Stein*, II, pp. 489, 490. — Hardenberg écrit à Schön que Stein est d'accord avec lui. *Zu Schutz und Trutz am Grabe Schön's von einem Ostpreuszen*, p. 289, — RANKE, *Hardenberg*, IV, p. 236. — DIETERICI, *Zur Geschichte der Steuer-Reform*, p. 22.

2. *Lebenserinnerungen von* F. v. RAUMER, I, pp. 49, 149. — *Aus den Papieren des Ministers* VON SCHÖN. I, *Selbstbiographie*, p. 62. Hardenberg se présente comme le continuateur de Stein. — Voir Arnim. PERTZ, *Stein*, II, p. 487.

3. Stein à la princesse Louise Radzivill, le 24 sept. 1810. PERTZ, *Stein*, II, p. 506. — Stein à Guillaume de Humboldt, le 28 oct. 1810, *ibid.*, p. 507.

4. PERTZ, *Stein*, II, p. 504.

commandait : aussi le Prussien et le Danois sont-ils vraisemblablement sur le point de regagner leurs foyers. Tous deux raconte-
ront ce qu'ils ont fait. »

Et Stein, qui avait conservé, semble-t-il, plus de sang-froid, bien
qu'il écrivît de l'exil, répondait, le 29 août [1], dans un style qui n'était
pas moins parabolique : « Le pieux Wilberforce répondrait sans doute
au Danois et au Prussien qui veulent regagner leurs foyers : « Celui-
« là seul peut se vanter d'avoir combattu le bon combat qui tient
« bon jusqu'au bout ». Il s'écrierait : « Veillez, demeurez fermes
« dans la foi, agissez courageusement, fortifiez-vous » (1re aux Corinthiens, 16-13)....... » Wilberforce recopierait aussi tout au long le
beau passage sur la charité : il faut entendre aussi par là la charité
pour la patrie souffrante et pour l'infortuné monarque. Il recopierait le chapitre XIII de la 1re épître aux Corinthiens....... »

Schön était accablé de citations bibliques. Peut-être bien Stein
eût-il pu en réserver quelques-unes à son usage : l'amour pour
l'infortuné monarque, l'amour qui tolère tout et qui rend meilleur
n'était point son fait. Mais il subordonnait tout, à cette heure, à son
plan de libération de la Prusse et de l'Allemagne. Il voyait en Hardenberg un instrument; il était tout prêt à passer sur les imperfections du programme financier, et à ne point attribuer à celui-ci le
caractère d'une profession de foi inébranlable. Il n'y cherchait pas,
comme Schön et Niebuhr, un thème d'opposition; il ne demandait
pas mieux que de collaborer à l'améliorer [2].

Cette collaboration, Hardenberg avait été fort empressé à la
rechercher [3]. Très peu après son avènement, à la fin de juin ou au
commencement de juillet, il avait fait communiquer son programme,
déjà modifié, à Stein par le conseiller d'État Kunth. Stein avait, en
même temps, reçu des lettres qui lui étaient adressées par les amis
très chauds et très fidèles qu'il avait laissés derrière lui à Berlin :
par le comte Arnim, par Sack, Schön, Niebuhr, Spalding, qui tous

1. PERTZ, Stein, II, p. 504.
2. Voir la lettre du 28 octobre 1810, à Guillaume de Humboldt. PERTZ, Stein, II,
p. 507, — et ibid., II, pp. 492, 510. — Il a, d'ailleurs, sensiblement varié lui-même
dans l'appréciation des projets de Hardenberg. ERWIN NASSE, Historische Zeitschrift,
XXVI, p. 336.
3. Voir sa préoccupation de ne pas rompre avec le parti des réformes et de la
politique nationale. Aus den Papieren des Ministers VON SCHÖN. I, Selbstbiographie,
pp. 62, 65. — PERTZ, Stein, II, p. 487; — le maintien de l'influence de Scharnhorst
malgré son éloignement apparent, ibid., II, p. 516. — Ci-après, CHAPITRE V, p. 138.

lui envoyaient leurs impressions sur le nouveau ministère, sur le chancelier et sur sa politique. Stein répondit, nous l'avons vu, en blâmant
explicitement l'opposition de Schön et de Niebuhr ; tout en critiquant
doucement le programme de Hardenberg, il avait indiqué les modifications dont il lui paraissait susceptible. Hardenberg, très heureux de
l'appui qu'il trouvait de ce côté, et qui ne lui était pas inutile pour
faire face à une opposition grandissante, eut aussitôt la pensée de
se réserver une entrevue personnelle avec Stein. Stein accepta ; il
avait alors plus d'un point de contact avec le chancelier. Ce n'était
point seulement le souvenir d'une collaboration politique récente ;
c'était surtout l'espoir que Hardenberg devint l'instrument de l'indépendance nationale ; c'est aussi qu'il retrouvait, chez le premier
ministre, l'idée qui avait été le principe de sa propre politique intérieure, l'idée de régénérer l'État prussien par des réformes sociales
et politiques [1].

Seulement cette entrevue, dont le désir était, à lui seul, une révélation des tendances politiques de Hardenberg, présentait plus d'un
danger. Stein était un proscrit, mis au ban des nations par le maître
qui dominait l'Europe. Qu'elle vint à être connue de Napoléon,
c'était la perte de Hardenberg, de Stein, peut-être de l'État prussien. La rencontre fut organisée dans le plus profond mystère. Elle
eut lieu à Hermsdorf, le 14 septembre [2].

Le 31 août 1810, Hardenberg partit pour accompagner le Roi, qui
se rendait à Breslau. De là, sous prétexte d'aller rendre visite, à
Buchwald, au comte Reden, son beau-frère, il s'arrangea pour joindre
Stein dans un coin isolé des montagnes qui forment la frontière de
la Bohême [3]. Il lui avait envoyé tous les projets financiers élaborés
par lui-même, par ses adversaires, par la commission qu'il avait
désignée et dont les travaux venaient d'aboutir [4]. Le détail des vues
échangées demeure mal connu. On sait seulement que Stein revint
plein d'espoir, confiant dans les résolutions de « l'homme intelligent
et noble [5] » qu'il venait de quitter. On sait aussi que, entre autres

1. Pertz, *Stein*, II, pp. 343, 486, 487, 490, 492, 509. — Häusser, *Deutsche Geschichte*, III, p. 489.
2. Pertz, *Stein*, II, p. 515. — Mamroth, p. 209. — Ranke, *Hardenberg*, IV, p. 201.
— Lehmann, *Historische Zeitschrift*, XLVI, pp. 184, 185.
3. Pertz, *Stein*, II, p. 510. — *Lebenserinnerungen von F. v. Raumer*, I, pp. 143, 149.
4. Pertz, *Stein*, II, p. 510. — Mamroth, pp. 207 à 215.
5. Pertz, *Stein*, II, p. 516. — Voir la lettre de Stein, du 24 septembre, à la
princesse Louise, *ibid.*, II, p. 506. — A mettre en regard le jugement cruel de

conseils, il lui donna celui « d'appeler aux affaires des hommes intelligents et estimables, d'écarter les vieilles femmes [1] ». Il paraît certain que Stein avait alors, pour des motifs politiques, le parti pris d'appuyer le chancelier [2].

Hardenberg parut suivre les conseils de Stein dans leur application immédiate [3]; mais il le déçut sensiblement dans ses espérances d'avenir. Il le déçut surtout dans l'espoir qu'il avait formé de voir Hardenberg entouré d'hommes intelligents et respectables. Le chancelier avait le goût d'un entourage médiocre et subalterne, des aventuriers et des gens de moralité douteuse [4]. Quelques jours après son entrevue avec Stein et son retour à Berlin, il publia l'ordonnance du 27 octobre 1810 sur l'organisation du gouvernement central [5], qui instituait sa dictature ministérielle [6]. Le même jour, parut l'édit de finances qui était le résultat et qui marquait le terme des travaux, des discussions, des pourparlers que le chancelier avait engagés depuis son arrivée au pouvoir et même auparavant.

Le moment est venu de dire un mot du fond du débat, d'examiner quelles étaient les vues du chancelier, en quoi elles avaient paru si critiquables, en quoi elles furent modifiées, et dans quelle mesure elles devaient être réalisées.

Stein sur Hardenberg dans son autobiographie. PERTZ, *Stein*, VI, 2, *Beilagen*, p. 174. — Cette autobiographie est de 1823. SEELEY, *Life and times of Stein*, III, pp. 468, 474. — Voir encore *Lebenserinnerungen von* F. v. RAUMER, I, p. 149.

1. PERTZ, *Stein*, II, p. 516. — Voir les jugements de Stein sur le personnel gouvernemental, *ibid.*, II, p. 498.

2. PERTZ, *Stein*, VI, 2, *Beilagen*, p. 174. — *Zu Schutz und Trutz am Grabe Schön's von einem Ostpreuszen*, p. 317. — Voir la modification que la communication des mémoires de Niebuhr et de Schön amène dans les vues de Stein en septembre. PERTZ, *Stein*, II, p. 510. — Il n'en continue pas moins, dans ses lettres de september et d'octobre, à blâmer Schön et Niebuhr, *ibid.*, II, p. 506. — Il écrit encore, le 27 septembre, à la princesse Guillaume : « Le rappel d'un homme intelligent, capable et droit, comme M. de Hardenberg, dégagera la situation et y mettra plus d'unité », *ibid.*, II, p. 522.

3. Dans tout le cours de 1811, Hardenberg tient Stein au courant des progrès de sa législation, 19 mai 1811, 11 juillet 1811. MAMROTH, p. 224.

4. PERTZ, *Stein*, II, p. 516. — Voir Sack sur l'entourage de Hardenberg, *ibid.*, II, p. 487. — *Lebenserinnerungen von* F. v. RAUMER, I, p. 162. — Stein, dans son autobiographie, en 1823, écrit : « Son entretien favori n'était que discours licencieux. Ses rapports confidentiels avec des femmes méprisables le rendaient, par le contraste avec ses cheveux blancs, avec sa fierté, plus méprisable encore. » PERTZ, *Stein*, VI, 2, *Beilagen*, p. 174. — Voir sur le bureau du chancelier, MAMROTH, pp. 73, 85, 227.

5. HÄUSSER, III, p. 491, 492. — *Aus den Papieren des Ministers* VON SCHÖN, I, p. 120. — PERTZ, *Stein*, II, pp. 517, 699. — *Lebenserinnerungen von* F. v. RAUMER, I, p. 131. — TREITSCHKE, I, p. 370.

6. MAMROTH, pp. 70, 107, 228. — TREITSCHKE, I, p. 368.

Les projets de Hardenberg avaient un double aspect. Ils comprenaient deux parties bien distinctes, quoique nécessairement liées.

Ce qu'on appelait le plan financier n'était qu'un ensemble de
mesures de trésorerie [1]. C'était la partie la moins essentielle du programme; mais c'était aussi celle qui faisait le plus de bruit et autour
de laquelle les discussions les plus passionnées s'engageaient. Hardenberg voulait se créer des ressources extraordinaires en imposant
aux contribuables prussiens le rachat de la moitié de l'impôt foncier,
comme avait fait Pitt en Angleterre [2]. Il voulait séculariser les biens
ecclésiastiques, les joindre aux immenses domaines de l'État prussien et créer une banque, indépendante de l'État, qui serait chargée
de mobiliser ces valeurs [3]. Toute cette partie du programme de
Hardenberg, après avoir fait l'objet de ses discussions passionnées [4]
avec Schön et Niebuhr, tomba très vite [5]. Il ne fut bientôt plus ques-

1. Voir le plan financier de Hardenberg du 28 mai 1810. Mamroth, p. 199, —
le résumé qu'en donne Schön, *Zu Schutz und Trutz am Grabe Schön's von
einem Ostpreuszen*, p. 285. — Sack sur le plan de Hardenberg, Pertz, *Stein*, II,
p. 487. — Le mémoire de Niebuhr, du 23 juin 1810, Mamroth, p. 200. — Voir le
plan financier de Schön, *Zu Schutz und Trutz am Grabe Schön's von einem
Ostpreuszen*, pp. 295-302, — les objections de Schön au plan de Hardenberg,
ibid., pp. 302, 310. — Mamroth, p. 204, — la réponse de Hardenberg, *Zu
Schut und Trutz am Grabe Schön's von einem Ostpreuszen*, p. 308, — la critique
du plan de Schön, par Raumer, *Lebenserinnerungen von F. v. Raumer*, I, p. 133.
Stein ne paraît pas faire d'abord d'objections fondamentales au plan de Hardenberg, Pertz, *Stein*, II, p. 491. — Le 7 août 1810, Hardenberg écrit que Stein est
d'accord avec lui, *Zu Schutz und Trutz am Grabe Schön's von einem Ostpreuszen*,
pp. 289, 306, 310. — Voir le mémoire de Stein. Pertz, *Stein*, II, p. 492. — Le 12 septembre, Hardenberg envoie à Stein tous les documents, *ibid.*, II, pp. 310 et 512;
— voir le mémoire de Stein, du mois de septembre, II, p. 512.
Le plan financier de Hardenberg se modifie au cours des pourparlers. Dans
sa seconde forme, postérieure au 11 août 1810, il est encore question du rachat
de l'impôt foncier, mais plus de la banque nationale, Mamroth, p. 208; — dans le
troisième plan, du 12 ou 13 septembre, il n'est plus question du rachat de
l'impôt foncier que comme d'une éventualité éloignée, *ibid.*, p. 212.
2. Voir le mémoire de Niebuhr, Erwin Nasse, *Historische Zeitschrift*, XXVI,
p. 324, — Mamroth, p. 200, — et celui de Schön, *ibid.*, p. 333, — *Zu Schutz und
Trutz am Grabe Schön's von einem Ostpreuszen*, p. 304. — Dans son rapport du
4 juillet 1810, la Commission instituée par Hardenberg paraît elle-même très
réservée sur ce point. Mamroth, p. 196.
3. Erwin Nasse, *Historische Zeitschrift*, XXVI, p. 319.
4. Voir, outre les débats entre Hardenberg et ses contradicteurs, une polémique au sujet de l'opportunité de l'émission d'un papier-monnaie, avec ou
sans cours forcé, Lehmann, *Knesbeck und Schön*, pp. 95, 100. — *Aus den
Papieren des Ministers von Schön*, I, p. 167. — *Zu Schutz und Trutz am Grabe
Schön's von einem Ostpreuzen*, pp. 281, 290. — Lehmann, *Stein, Scharnhorst
und Schön*, p. 25. — Pertz, *Stein*, II, pp. 492, 510, 512.
5. Erwin Nasse, *Historische Zeitschrift*, XXVI, p. 337. — Cependant les biens

tion ni du rachat de l'impôt foncier ni de la banque nationale [1].

Les domaines de l'État prussien représentaient une richesse considérable, mais dont il lui était probablement impossible, dans la situation où il se trouvait réduit, de tirer parti [2]. Aucun expédient de trésorerie ne pouvait mettre la Prusse en état de payer la contribution imposée par la France. C'est en vain qu'elle cherchait une issue. La force des choses lui imposait la suspension du paiement des termes de la contribution [3]. C'était la seule solution, ce fut celle qui prévalut. Elle était beaucoup plus pratique que toutes celles sur lesquelles on discutait avec tant de passion. Même ainsi allégée, la situation de la Prusse n'en demeurait pas moins grave. Il lui fallait, si elle voulait vivre, créer des ressources nouvelles. L'effort financier le plus considérable s'imposait à elle; ses recettes brutes s'étaient élevées, en 1806, à 133 millions de francs. En 1809, après la tourmente, les ressources que pouvait donner, sur son territoire diminué, son ancien système d'impôts étaient évaluées à 40 millions de francs à peine [4]. Et, si ses dépenses s'étaient aussi trouvées réduites par la perte de ses provinces, elles étaient loin d'avoir diminué dans la même proportion que ses ressources. Elle ne voulait point renoncer à l'entretien d'un état militaire important [5]. Les frais généraux d'un grand État européen s'imposaient toujours à elle, tant qu'elle n'avait pas abdiqué.

L'effort financier qu'une semblable situation commandait, la Prusse l'a réalisé malgré sa misère. De ce que les paiements réguliers de la contribution française n'ont pas tardé à être suspendus par Har-

---

ecclésiastiques sont sécularisés, le 30 octobre 1810 : « un coup d'État nécessaire », dit TREITSCHKE, I, p. 371. — *Lebenserinnerungen von* F. v. RAUMER, I, pp. 123, 127, 136.

1. *Zu Schutz und Trutz am Grabe Schön's von einem Ostpreuszen*, p. 309. — MAMROTH, p. 219.

2. TREITSCHKE, I, p. 377. — Hardenberg finit par le reconnaître, et c'est ainsi qu'il arrive à l'idée d'un impôt extraordinaire sur le capital. L'édit d'octobre explique lui-même toute cette évolution. MAMROTH, p. 218.

3. Hardenberg a cependant encore payé 17 millions de francs, de juin 1810 à janvier 1811, et 10 millions, de janvier à mai 1811. Les paiements furent alors définitivement suspendus. Le traité de février 1812 établit de nouveaux arrangements. ERWIN NASSE, *Historische Zeitschrift*, XXVI, p. 341. — PERTZ, *Stein*, II, pp. 497, 512. — DIETERICI, *Zur Geschichte der Steuer-Reform*, pp. 15, 41. — RANKE, *Hardenberg*, IV, p. 241. — MAMROTH, p. 246.

4. MAMROTH, p. 36.

5. Le 4 juillet 1810, la commission, frappée de l'énormité des charges qu'elle propose, demande au roi de réduire l'état militaire. MAMROTH, p. 193.

denberg, l'on a conclu trop légèrement que sa politique financière
avait été un avortement [1]. En réalité, il réserva pour un autre usage
les ressources qu'il créa ; mais ces ressources, il les a bien réellement créées. On en jugera par deux chiffres.

Nous avons dit que l'ancien système d'impôts cût donné annuel-
lement, à la Prusse réduite de 1809, 40 millions de francs [2]. La
réforme fiscale porta, dès la première année, l'année financière
1811-1812, le rendement de ses impôts indirects seuls, de 22 millions à 46 millions de francs [3]. Il fut plus que doublé. Jusqu'à la fin
de 1816, les impôts indirects ont donné chaque année, en moyenne,
plus du double de ce qu'eussent rapporté les impôts indirects de
1809. Et, si l'on déduit les ressources exceptionnelles du blocus
continental, les ressources normales annuelles de la Prusse, provenant des contributions indirectes, se sont trouvées accrues, par la
nouvelle législation, de soixante-sept pour cent pendant une période
de six années [4].

La politique financière de Hardenberg fut donc des plus fruc-
tueuses. L'effort financier fait par l'État prussien, au moment de son
abaissement le plus profond, est un effort relativement énorme et qui

---

1. MAMROTH, pp. 35, 225, 325. — DIETERICI, *Zur Geschichte der Steuer-Reform*,
pp. 26, 27. — *Aus den Papieren des Ministers* VON SCHÖN, VI, p. 23. — TREITSCHKE,
I, p. 177.

2. Mamroth donne, comme revenu net de l'État, après la paix de Tilsit (déduction faite des dépenses de perception), 14 659 260 thalers. MAMROTH, p. 24. — Le
chiffre de 10 600 000 thalers, que nous admettons, vient d'un calcul fait, en 1810,
par Altenstein, *ibid.*, p. 36. — Dans son troisième plan financier, du 12 ou
13 septembre 1810, Hardenberg compte, comme produit des anciens impôts,
11 100 000 thalers, *ibid.*, p. 210. — Voir encore une évaluation du produit net des
impôts, en 1809 : 9 650 602 thalers, provenant, pour 40 1/4 pour 100 de l'impôt
direct, pour 59 3/4 pour 100 de l'impôt indirect, *ibid.*, p. 278.

3. MAMROTH, pp. 51 à 54. — Dans le chiffre de 46 millions, figurent près de
14 millions, produits des *Kontinental-gefälle*. Si on les déduit, il reste une augmentation de 10 millions, soit 50 0/0, *ibid.* — Les *Kontinental-gefälle* représentent
les droits élevés perçus sur les denrées coloniales qui entraient, par la confiscation ou par les licences françaises, dans la consommation, *ibid.*, p. 728. — La
Prusse s'acquitta même d'une partie de la contribution en livrant à la France
des denrées coloniales confisquées, *ibid.*, p. 731. — Ces recettes importantes
viennent de ce que la Prusse est demeurée une des meilleures voies d'importation des denrées coloniales, *ibid.*, p. 733. — Hardenberg à Stein, le 11 mai 1811.
LEHMANN, *Historische Zeitschrift*, XLVI, p. 185.

4. MAMROTH, p. 55. — Voir les tableaux dressés pour Hardenberg, en 1817,
par Ladenberg. MAMROTH, p. 48. — La commission avait évalué, en prévision, le
produit de l'accise rurale à 4 millions 1/2 de thalers, et Raumer à 3 800 000 thalers, *ibid.*, p. 436 ; — elle en a donné environ 2 millions, *ibid.*, p. 55, soit
7 500 000 francs.

n'avait peut-être pas beaucoup de précédents[1]. Mais, si le résultat financier des mesures prises par Hardenberg fut considérable, ce ne fut point sans dommage pour leur portée sociale.

La réforme fiscale était la première qui s'imposait à Hardenberg. Il ne pouvait songer à se procurer les ressources dont il avait besoin sans un remaniement complet du régime des impôts prussiens[2]. Mais la pénurie du trésor n'était point la seule cause qui le poussait aux réformes fiscales. Le grand courant réformateur du ministère de Stein n'avait point porté de ce côté[3]. L'ancien système d'impôts de la Prusse, avec l'accise pour les villes[4], la contribution, c'est-à-dire l'impôt foncier, pour le paysan asservi, et le privilège pour l'aristocratie foncière, était demeuré intact. Or, le régime fiscal et le régime social des nations se tiennent par mille liens de solidarité morale ou de dépendance matérielle. Et puisqu'il semblait que le régime social de la Prusse frédéricienne dût être remanié de fond en comble, son ancien régime fiscal était par là même condamné. Le jour où Stein avait porté la main sur les catégories hiérarchisées et fermées de la vieille société prussienne, le système fiscal qui s'y était adapté ne tenait plus[5]. Le remaniement complet des impôts paraissait une conséquence forcée de la réforme sociale et administrative que Stein avait envisagée et engagée[6]. Mais les prémisses posées, personne n'avait songé jusqu'alors à en tirer la conséquence. Hardenberg, poussé par ses tendances réformatrices, par ce qui avait déjà été réalisé de la réforme sociale, par les nécessités financières, entreprenait là, sous la pression des circonstances, une œuvre tout à fait nouvelle.

1. Voir un parallèle entre la situation financière de la Prusse et celle du royaume de Westphalie. PERTZ, *Stein*, II, p. 497. — Voir, sur la situation financière, la lettre de Hardenberg à Stein, du 19 mai 1811. MAMROTH, p. 224.

2. Voir le rapport de la commission. MAMROTH, p. 193.

3. BORNHAK, *Forschungen zur brandenb. und preuss. Geschichte*, III, p. 507. — MAMROTH, pp. 88, 318. — Voir cependant quelques mesures prises par Stein, l'édit du 28 mars 1808, *ibid.*, p. 439.

4. MAMROTH, pp. 317, 417, 418. — DIETERICI, *Zur Geschichte der Steuer-Reform*, p. 4.

5. BORNHAK, *Geschichte des preuss. Verwaltungsrechts*, III, p. 174. — HÄUSSER, III, p. 492. — Voir Sack, le 11 juillet 1810. MAMROTH, p. 201, — l'adresse de Hardenberg aux représentants nationaux, du 23 février 1811, *ibid.*, p. 221, — *ibid.*, p. 776.

6. Rapport de la commission, du 4 juillet 1810. MAMROTH, p. 196. — Voir Hardenberg sur la nécessité des réformes. DIETERICI, *Zur Geschichte der Steuer-Reform*, p. 15.

Il était arrivé au pouvoir, le 4 juin 1810, résolu à réaliser des réformes décisives [1]. Il avait écarté, comme nous l'avons vu, l'ancien personnel administratif. Il avait son entourage à lui, ce qu'on appelait le bureau du chancelier. Vers le milieu du mois, il fit appeler auprès de lui Frédéric de Raumer. « Je veux », lui dit-il, « une régénération profonde et générale de l'État prussien; j'aurai beaucoup de projets de loi à faire préparer; la filière administrative est trop lente : je veux qu'une commission spéciale prépare le travail; rédigez-moi l'instruction pour cette commission [2]. »

Frédéric de Raumer devint ainsi l'agent du chancelier [3]. Il était alors âgé de vingt-neuf ans; il était né près de Dessau et avait fait une carrière rapide dans l'administration prussienne. C'était un de ces agents que Hardenberg aimait à avoir autour de lui. Esprit ouvert et plume facile, très apte à servir d'instrument à l'esprit vif et mobile de Hardenberg, il avait cependant des idées et des tendances personnelles. Plutôt littérateur qu'administrateur, très curieux des choses de l'esprit, très ouvert au mouvement des idées, pénétré de la nécessité d'une rénovation complète et de la suppression des abus de l'ancien régime, il aurait été personnellement, comme beaucoup des administrateurs prussiens à cette époque, porté vers l'imitation des modèles anglais [4].

Dès le 22 juin, il avait terminé, pour la commission que Hardenberg se proposait d'instituer, l'instruction que celui-ci lui avait demandée [5] Les combinaisons de trésorerie y étaient reléguées au second plan, bien qu'on parlât encore vaguement de la banque nationale [6]. Au contraire, la préoccupation des réformes fiscales et

---

1. Pertz, *Stein*, II, p. 509.
2. La commission fut composée de v. Heydebreck, Ladenberg, Eichmann, v. Beguelin, Bcuth et v. Raumer. Mamroth, p. 184. — Erwin Nasse, *Historische Zeitschrift*, XXVI, p. 336. — Les actes de la commission sont égarés et c'est seulement par les mémoires de Raumer qu'on connaît ses travaux. Bornhak, *Forschungen zur brandenb. und preuss. Geschichte*, III, p. 578.
3. Mamroth, p. 169. — Treitschke, I, p. 370. — Bornhak, *Forschungen zur brandenb. und preuss. Geschichte*, III, p. 581. — *Lebenserinnerungen von F. v. Raumer*, I, pp. 119, 149, 166, 244. — On l'appelait le petit chancelier, *ibid.*, I, p. 166. — Il est pris à partie dans l'adresse des États, rédigée en 1811 par Müller, *ibid.*, I, p. 161. — Il se sépare de Hardenberg en 1811. Mamroth, p. 226.
4. Bornhak, *Forschungen zur brandenb. und preuss. Geschichte*, III, p. 574. — Mamroth, p. 171. — *Lebenserinnerungen von F. v. Raumer*, I, p. 112.
5. Voir le texte de l'instruction. Bornhak, *Forschungen zur brandenb. und preuss. Geschichte*, III, p. 579. — *Lebenserinnerungen von F. v. Raumer*, I, p. 124.
6. Erwin Nasse, *Historische Zeitschrift*, XXVI, p. 338.

même dès réformes sociales apparaissait dominante [1]; l'institution d'une représentation nationale était annoncée [2].

Ce fut le 11 juillet que la commission soumit à Hardenberg les projets qu'elle avait élaborés [3]. Dix-neuf jours pour préparer toute une législation financière nouvelle, c'était peu pour des hommes expérimentés, sans doute, mais qui n'étaient point de premier ordre. Hardenberg n'avait point à se plaindre, pour cette fois, des lenteurs administratives. Une semblable précipitation [4] eût même été inexplicable si le programme de Hardenberg et de la commission eût été autre chose qu'un décalque de l'organisation financière française, ou, pour parler plus exactement, de la nouvelle législation westphalienne [5].

A la fin d'octobre 1810, la nouvelle législation fut promulguée. Elle débutait par un exposé des motifs qu'on appela l'édit du 27 octobre 1810 [6]. C'était une sorte de programme ou de manifeste comme le gouvernement prussien en prodigua tant durant cette époque troublée [7]. Il fut complété presque aussitôt par toute une série de mesures organiques [8]. Une loi du 28 octobre 1810 établit

1. BORNHAK, *Forschungen zur brandenb. und preuss. Geschichte*, III, p. 584. — Voir les mêmes préoccupations dans l'édit d'octobre, *ibid.*, p. 587, — et dans tous les programmes de Hardenberg. MAMROTH, pp. 208, 209. — *Lebenserinnerungen von* F. V. RAUMER, I, p. 110. — Les préoccupations sociales percent partout : dans les entretiens de Schön et de Hardenberg, *Aus den Papieren des Ministers* VON SCHÖN, I, *Selbstbiographie*, p. 64. — *Zu Schutz und Trutz am Grabe Schön's von einem Ostpreuszen*, p. 313, — dans les lettres de Niebuhr, dans les mémoires de Stein. PERTZ, *Stein*, II, pp. 490, 515.

2. BORNHAK, *Forschungen zur brandenb. und preuss. Geschichte*, III, p. 588. — La même promesse est reproduite dans l'édit du 27 octobre 1810. PERTZ, *Stein*, II, p. 618.

3. MAMROTH, p. 198.

4. BORNHAK, *Forschungen zur brandenb. und preuss. Geschichte*, III, p. 584.

5. MAMROTH, p. 186. — Voir Niebuhr. ERWIN NASSE, *Historische Zeitschrift*, XXVI, p. 330. — Voir, sur l'influence de la législation westphalienne, BORNHAK, *Forschungen zur brandenb. und preuss. Geschichte*, III, p. 589.

6. Le texte en est donné par MAMROTH, p. 216. — BORNHAK, *Forschungen zur brandenb. und preuss. Geschichte*, III, p. 585.

7. Treitschke fait à tort un grief particulier à Hardenberg de ces manifestes législatifs. TREITSCHKE, I, pp. 370, 371. — DIETERICI, *Zur Geschichte der Steuer-Reform*, p. 21. — BORNHAK, *Forschungen zur brandenb. und preuss. Geschichte*, III, pp. 586, 587.

8. BORNHAK, *Forschungen zur brandenb. und preuss. Geschichte*, III, p. 588. — BORNHAK, *Geschichte des preuss. Verwaltungs-Rechts*, III, p. 174. — Loi du 28 octobre 1810 établissant l'impôt somptuaire. Loi du 28 octobre 1810 transformant les droits d'accise et supprimant les exemptions anciennes. Loi établissant l'impôt des patentes et la liberté de l'industrie. Loi supprimant le *Vorspann*. Loi supprimant les droits de banalité pour la mouture, la fabrication de la bière

un impôt somptuaire sur les domestiques, les chevaux, les chiens et les voitures [1]. Une loi du 2 novembre créa l'impôt des patentes [2]. Une loi un peu postérieure du 20 novembre 1810 modifia l'impôt du timbre [3]. Enfin une seconde loi du 28 octobre 1810 [4], datée du lendemain même de l'édit, et la plus importante de ces lois financières, remania entièrement le système des impôts indirects de la Prusse.

Extension et surélévation des impôts indirects, suppression partielle des privilèges de la noblesse en matière d'impôts, liberté du commerce et de l'industrie, tel était l'ensemble de la législation d'octobre et de novembre 1810.

Les nécessités fiscales auxquelles Hardenberg devait faire face, avaient singulièrement restreint la portée sociale des nouvelles lois fiscales. Tout d'abord, pour créer dans un pays pauvre des ressources considérables, le chancelier avait dû recourir à la surélévation des impôts indirects. C'était un expédient contre lequel, depuis le début des négociations qui avaient préparé la réforme fiscale, tout le monde, sans exception, avait protesté. C'était reporter sur la masse des petits contribuables le poids des charges nouvelles. Hardenberg, dans ses démêlés avec Altenstein, lui avait reproché, il y avait à peine quelques mois, de demander des ressources aux contributions indirectes. Schön et Niebuhr avaient, dans leur querelle avec

et de l'eau-de-vie. Loi du 30 octobre supprimant les fournitures en nature de fourrage et de pain. Loi sur la confiscation des biens ecclésiastiques. En novembre, loi sur la domesticité qui ne pourra être établie que par voie de contrats. Loi sur l'impôt du timbre. Loi sur la liberté du commerce. PERTZ, *Stein*, II, p. 520.

1. Revisé et atténué le 11 septembre 1811. BORNHAK, *Forschungen zur brandenb. und preuss. Geschichte*, III, p. 607. — MAMROTH, pp. 531, 535. — L'impôt somptuaire est assez accepté par l'oligarchie; mais elle demande qu'on le limite aux villes et qu'on laisse, au *Gutsbesitzer*, au moins une voiture convenable non imposée, *ibid.*, 533. Il disparaît en 1814.

2. MAMROTH, p. 495.

3. Modifiée, bientôt après, par une déclaration du 27 juin 1811. BORNHAK, *Forschungen zur brandenb. und preuss. Geschichte*, III, p. 607. — MAMROTH, p. 573. — La Prusse avait, depuis 1802, une législation du timbre bien coordonnée. MAMROTH, pp. 548, 562. — Les deux traits saillants de la réforme du timbre étaient la diminution notable des frais de procédure, l'exemption de tous les actes correspondant à une valeur de moins de 50 thalers (187 fr. 50), *ibid.*, pp. 563, 565, 570. — L'élévation de l'impôt du timbre sur les successions constituait un embryon d'impôt sur les successions, avec exemption des très petits héritages, *ibid.*, pp. 54, 572, 575, 586.

4. MAMROTH, p. 419.

Hardenberg, devenu premier ministre, retourné contre lui le même reproche.

Il semble même que le débat si vif entre Hardenberg et ses adversaires, tout complexe qu'il fût, pût se ramener à ce trait essentiel [1]. Les contradicteurs de Hardenberg étaient pour la plupart des économistes militants. Ils lui contestaient le droit de demander à l'impôt indirect, c'est-à-dire aux objets de première nécessité et aux classes pauvres, la surcharge considérable qu'il se proposait de leur faire porter [2]. Ils opposaient à son projet d'extension et d'élévation de l'accise un projet d'impôt sur le revenu [3]. C'est à cet impôt que les provinces prussiennes avaient eu recours spontanément, sous le ministère de Stein, pour lever les contributions exigées d'elles durant l'occupation française [4]. Altenstein, au moment de sa chute, en avait

1. L'extension et l'élévation des impôts indirects uniformisés est le point fixe de tous les programmes fiscaux de Hardenberg. MAMROTH, pp. 119, 207-215. — Voir l'adresse aux représentants nationaux, le 23 février 1811, *ibid.*, p. 221, — la lettre de Hardenberg à Stein, du 19 mai 1811, LEHMANN, *Historische Zeitschrift*, XLVI, p. 185, — l'instruction rédigée par Raumer, MAMROTH, p. 185.

2. Dans son mémoire du 15 août 1810, Schön insiste pour que les nouveaux impôts portent surtout sur les classes aisées. *Aus den Papieren des Ministers* VON SCHÖN, III, p. 123. — MAMROTH, p. 400. — Son opposition porte surtout contre la création de l'accise rurale, *Zu Schutz und Trutz am Grabe Schön's von einem Ostpreuszen*, p. 313. — MAMROTH, pp. 206, 466. — *Aus den Papieren des Ministers* VON SCHÖN, VI, p. 23.
Voir Stein : il fait ses réserves, mais n'est pas hostile. MAMROTH, pp. 203, 214, 314. — PERTZ, *Stein*, II, pp. 511, 514. — DIETERICI, *Zur Geschichte der Steuer-Reform*, p. 22. — Il dit même : « Je considère les mesures proposées pour l'extension de la réforme des impôts indirects comme très convenables. » MAMROTH, p. 214. — Il recommande l'impôt sur le revenu parce que les privilégiés sont appelés à y participer ; ses formules sur ce point sont plus atténuées que celles de Schön. PERTZ, *Stein*, II, pp. 491, 511. — Niebuhr est très véhément contre l'extension de l'accise. MAMROTH, p. 201.
La commission de Hardenberg reconnaît dans son rapport du 4 juillet 1810 que la nouvelle accise surchargera les classes pauvres. Elle s'en fait un argument pour réclamer la suppression du privilège de la noblesse en matière d'impôt foncier, *ibid.*, p. 195.

3. MAMROTH, p. 149. — Schön ne proposait point d'impôts nouveaux. *Zu Schutz und Trutz am Grabe Schön's von einem Ostpreuszen*, p. 301. — Stein pour l'impôt sur le revenu. PERTZ, *Stein*, II, pp. 497, 511. — Mais il paraît le considérer comme une imposition extraordinaire, *ibid.* — Dans son rapport du 2 août, Stein indique assez nettement qu'il préfère l'impôt sur le revenu à l'élévation de l'accise. MAMROTH, p. 204. — Après la communication du 3° plan de Hardenberg, Stein insiste de nouveau pour l'impôt sur le revenu qu'il préfère à l'impôt des classes, *ibid.*, p. 216.

4. La Prusse orientale, la Lithuanie, la Prusse occidentale avaient ainsi établi, à titre temporaire, des impôts progressifs sur le revenu ; la Silésie avait préféré l'impôt sur le capital. Dans la Marche électorale, l'oligarchie avait résisté à l'établissement, même à titre temporaire, d'un impôt sur le revenu. BORNHAK, *Forschungen zur brandenb. und preuss. Geschichte*, III, p. 572. — MAMROTH, p. 628. —

préparé l'établissement généralisé [1]. Les contradicteurs de Hardenberg appuyaient l'impôt sur le revenu [2]. Ils lui trouvaient l'avantage d'une assiette plus équitable. Il atteindrait, disaient-ils, les classes aisées en raison de leurs ressources. Il avait enfin, à leurs yeux, le très sensible avantage de porter une marque d'importation anglaise et non française [3]. Hardenberg le déclarait inquisitorial et impopulaire [4]. Stein, lui aussi, s'était montré hostile à l'extension des impôts indirects. Plus modéré que Schön et que Niebuhr dans les critiques qu'il formulait, il indiquait cependant une préférence pour l'impôt direct sur le revenu. L'élévation des taxes sur les objets de consommation générale lui semblait au moins regrettable. Mais une nécessité plus forte que toutes les théories poussait inéluctablement le chancelier à puiser à toutes les sources, à cumuler l'impôt direct et l'impôt indirect, et, pour ses débuts, à faire porter, vers l'extension des impôts de consommation, son premier effort.

PERTZ, *Stein*, II, p. 51. — R. GRÄTZER, *Zur Geschichte der preuss. Einkommensteuer*, p. 11. — Voir le rapport de Massow sur l'établissement et la répartition de la contribution de guerre (impôt sur le capital), en Silésie. PERTZ, *Stein*, II, p. 528. — Voir, sur les états de Berlin en 1809-1810 et le projet d'impôt sur le revenu qui leur est soumis, *Lebenserinnerungen von* F. v. RAUMER, I, p. 105. — Voir encore un projet préparé pour la Marche électorale, *ibid.*, p. 113.

1. Hardenberg, même avant d'être ministre, avait obtenu l'ajournement du projet d'Altenstein. ERWIN NASSE, *Historische Zeitschrift*, XXVI, p. 319. — BORNHAK, *Forschungen zur brandenb. und preuss. Geschichte*, III, p. 575.

2. DIETERICI, *Zur Geschichte der Steuer-Reform*, p. 30. — Voir Hardenberg et Niebuhr sur l'impôt sur le revenu. ERWIN NASSE, *Historische Zeitschrift*, XXVI, pp. 319, 321, 328, 329, 338. — MAMROTH, p. 200. — Voir Raumer, BORNHAK, *Forschungen zur brandenb. und preuss Geschichte*, III, 574, — DIETERICI, *Zur Geschichte der Steuer-Reform*, p. 30, — Schuckmann. BORNHAK, *Forschungen zur brandenb. und preuss. Geschichte*, III, p. 574. — La commission, dans son rapport du 4 juillet 1810, parait émettre un regret en faveur de l'impôt sur le revenu, MAMROTH, p. 195.

3. Voir sur l'influence de la législation anglaise sur les Prussiens à propos de l'impôt somptuaire. MAMROTH, p. 522.

4. ERWIN NASSE, *Historische Zeitschrift*, XXVI, pp. 319, 340. — Il ne paraît pas y avoir opposé la même résistance en 1809. RANKE, *Hardenberg*, IV, p. 221. — MAMROTH, pp. 132, 199. — On le voit, dès son second programme, celui du milieu d'août 1810, accepter l'idée d'une contribution extraordinaire qui prendra la forme d'un impôt des classes, c'est-à-dire d'un impôt personnel gradué, qui est une forme atténuée de l'impôt sur le revenu, *ibid.*, p. 208. — Dans son 3° programme, du 12 ou 13 septembre 1810, il déclare l'impôt sur le revenu inapplicable en Prusse et veut donner à la contribution extraordinaire la forme d'un impôt sur le capital, *ibid.*, p. 212. — Dans le 4° plan, l'impôt des classes gradué est établi non plus sur le capital, mais sur le revenu, *ibid.*, p. 215. — Enfin l'édit d'octobre annonce, comme moyen d'acquitter la contribution de guerre, un impôt personnel et un impôt extraordinaire sur le capital. De ces projets sortirent, mais seulement plus tard, l'impôt des classes en 1811 et l'impôt sur le capital et sur le revenu en 1812, *ibid.*, p. 219. — Voir *ibid.*, p. 776.

On voulait trouver de l'argent, et dans un État comme la Prusse, où les misères individuelles ne le cédaient en rien à la misère publique, où pouvait-on le prendre? La Prusse n'avait jamais été riche. Il n'y avait jamais eu sur son territoire beaucoup de dépenses de luxe. Poussé aux dernières exigences de la fiscalité, l'État prussien n'avait guère d'autre ressource que de frapper les seuls produits qui eussent cours alors, les objets de première nécessité, ceux qui se consomment nécessairement dans l'État, même le plus pauvre, parce qu'ils sont indispensables à toutes les existences, si restreintes qu'elles soient : le pain, la viande et la boisson. La législation fiscale de Hardenberg prit, par là, un caractère presque odieux.

Que l'on se représente ce que pouvaient être, dans la Prusse de 1810, ces impôts nouveaux qui venaient frapper les objets de première nécessité. L'impôt indirect avait été jusqu'alors limité aux villes, formant comme une barrière entre elles et le pays plat [1]. Les populations rurales, accablées de tant de charges, placées dans un état de dépendance si misérable, y avaient échappé jusqu'alors, au moins pour les objets dont il leur était permis de s'approvisionner hors des villes [2]; et voici qu'elles se trouvaient appelées à couvrir les charges de l'État par un prélèvement opéré sur les maigres ressources qui les aidaient à vivre [3]. L'impôt sur la viande existait déjà dans les villes; il fut augmenté dans une proportion très sensible [4]. Mais le plus rigoureux des droits nouveaux fut un impôt sur la mouture qui atteignit la farine [5] destinée à la fabrication du pain : il s'élevait à 1 fr. 80 environ [6] par boisseau de froment. On calculait qu'en Lithuanie, où le prix des céréales atteignait des chiffres peu élevés, l'impôt valait presque la moitié du produit [7]. Quelques faits indiqueront jusqu'où allait la rigueur du nouveau régime fiscal.

1. DIETERICI, *Zur Geschichte der Steuer-Reform*, p. 4. — BORNHAK, *Forschungen zur brandenb. und preuss. Geschichte*, III, p. 574.
2. DIETERICI, *Zur Geschichte der Steuer-Reform*, p. 5.
3. MAMROTH, p. 435.
4. Voir, sur l'impôt sur la viande, MAMROTH, pp. 418, 420, 422. — Schön calcule que le nouvel impôt représente, pour les moutons, 33 pour 100 de la valeur du produit, *ibid.*, p. 440.
5. Frédéric II avait supprimé l'impôt sur la mouture en 1766. MAMROTH, p. 282; — il fut rétabli postérieurement pour les villes. DIETERICI, *Zur Geschichte der Steuer-Reform*, p. 11. — Hardenberg l'étend aux campagnes. Voir les précautions rigoureuses du *règlement* du 28 octobre 1810. MAMROTH, p. 423.
6. MAMROTH, p. 421.
7. MAMROTH, p. 462. — Dans son mémoire du 30 novembre 1810, Schön calcule

L'impôt sur les grains, assez facile à lever dans les usines de quelque importance : moulins, minoteries ou distilleries, présentait, dans la Prusse orientale, des difficultés de perception considérables. Dans ces régions arriérées, les populations rurales utilisaient des moulins à main pour la mouture de leurs grains. La législation fiscale de Hardenberg supprima ces moulins à main [1], qui s'étaient multipliés depuis la liberté de la mouture [2]. Elle apportait ainsi, dans les conditions d'existence de toute une province, un trouble profond [3]. Dans les régions les plus pauvres de la Lithuanie, l'impôt sur la mouture réduisait les populations rurales à la condition la plus lamentable. Elles renoncèrent à la mouture, se contentèrent de tremper leur grain et de le piler, pour en former une sorte de pâte qui leur tînt lieu de pain. La question se posa de savoir si l'on poursuivrait comme une fraude cet expédient d'extrême misère [4].

Loin de répondre aux déclarations de principe des réformateurs prussiens, aux promesses de l'édit d'octobre lui-même, la nouvelle législation prenait donc, à l'égard des petits contribuables, un caractère de rigueur presque odieuse.

Sur un autre point encore, les réformes fiscales de Hardenberg assuraient aux tendances d'égalité sociale des satisfactions bien partielles et bien incomplètes. C'était une des premières exigences de l'esprit moderne que les privilégiés cessassent d'être soustraits au paiement de l'impôt. Les nouvelles lois assuraient bien, en ce sens, quelque progrès. Elles faisaient disparaître l'exemption de la noblesse en matière d'accise et de douanes [5]. Elles supprimaient aussi, sans indemnité [6], les privilèges qui réservaient au proprié-

---

que l'impôt sur le seigle qui sert à la fabrication du pain est de 25 à 30 pour 100 de la valeur du produit. L'impôt est de 2 gr. 6 pf. pour un boisseau de seigle qui vaut de 8 à 10 gr., soit de 1 fr. 25 à 1 fr. 50; *ibid.*, p. 439. — Un ordre de cabinet du roi, du 18 juin 1811, évalue l'impôt tantôt au 1/4, tantôt au 1/12 de la valeur du produit. DIETERICI, *Zur Geschichte der Steuer-Reform*, p. 30.

1. MAMROTH, pp. 427, 435.
2. BORNHAK, *Forschungen zur brandenb. und preuss. Geschichte*, III, p. 591. — MAMROTH, pp. 439, 440.
3. Voir toute la série des formalités vexatoires : l'exercice dans les moulins. MAMROTH, p. 428. — DIETERICI, *Zur Geschichte der Steuer-Reform*, p. 24.
4. MAMROTH, p. 469. — DIETERICI, *Zur Geschichte der Steuer-Reform*, p. 29.
5. BORNHAK, *Forschungen zur brandenb. und preuss. Geschichte*, III, p. 588. — MAMROTH, p. 422. — DIETERICI, *Zur Geschichte der Steuer-Reform*, pp. 9, 12.
6. Du moins en règle générale. MAMROTH, p. 434.

taire noble, en maint endroit, le monopole de la mouture, de la fabrication de la bière et de l'eau-de-vie [1]. Mais, sur le point le plus sensible, en matière d'impôt foncier, Hardenberg avait reculé.

Dans le cœur de l'État prussien, dans les Marches et la Poméranie [2], la charge de l'impôt foncier, de la contribution, pesait tout entière sur ce que l'on appelait, d'un nom significatif, la classe contribuable [3]. Le nom de contribuable était réservé au paysan, au tenancier. La terre noble, le seigneur, étaient exempts de l'impôt foncier [4]. Les provinces orientales de la monarchie, les provinces prussiennes proprement dites, avaient été soustraites à cette injustice. Mais, même là, la répartition élémentaire de l'impôt foncier était des plus défectueuses. L'oligarchie foncière bénéficiait des imperfections de l'assiette [5] et, là où elle n'échappait point ainsi à l'impôt, de tarifs très allégés.

Aussi sentait-on à merveille dans l'entourage de Hardenberg à quel point il importait, du jour où l'on voulait faire disparaître les iniquités sociales les plus flagrantes, de supprimer ce privilège. Le principe de l'égalité de l'impôt foncier était inscrit en tête de tous les programmes [6]. Mais c'était aussi là, sur ces domaines nobles, pal-

---

1. DIETERICI, *Zur Geschichte der Steuer-Reform*, p. 4. — Édit du 2 octobre 1810. MAMROTH, pp. 433, 434. — Stein s'était déjà engagé dans cette voie. Voir la suppression du *Mühlenzwang*, 28 mars 1808, dans la Prusse orientale seulement, *ibid.*, p. 439. — PERTZ, *Stein*, II, p. 144. — Voir la suppression du monopole de la fabrication des meules et celle des corporations, *ibid.*, II, p. 144. — La législation de Hardenberg prend aussi un caractère démocratique par les exemptions à la base de l'impôt du timbre, notamment sur les successions. MAMROTH, pp. 563, 565, 570. — Voir aussi la *Gesinde-Ordnung*. TREITSCHKE, I, p. 372.

2. ERWIN NASSE, *Historische Zeitschrift*, XXVI, p. 325.

3. MAMROTH, p. 244.

4. Les terres nobles payaient, même en Brandebourg et en Poméranie, un impôt établi, au XVIIIe siècle, alors qu'on avait transformé en alleus, affranchis du lien féodal vis-à-vis du roi, les domaines nobles. Mais cet impôt était faible : 40 thalers par *Lehnpferd*. MAMROTH, p. 244. — Voir *ibid.*, p. 261, pour la Poméranie. — Dans les autres provinces, où les domaines nobles étaient assujettis à la contribution, ils bénéficiaient souvent de tarifs allégés. BORNHAK, *Forschungen zur brandenb. und preuss. Geschichte*, III, pp. 563, 565. — MAMROTH, pp. 242, 248, 255, 267, 272. — Rapport de la commission de Hardenberg, du 4 juillet 1810, *ibid.*, p. 195. — Mémoire de Niebuhr, du 23 juin, *ibid.*, p. 200.

5. C'était l'oligarchie foncière qui était chargée de la répartition fort arbitraire de la contribution. MAMROTH, pp. 242, 275. — Voir, sur la défectuosité de l'assiette, *ibid.*, pp. 247, 248, 254, 275.

6. Sous le ministère Altenstein-Dohna. BORNHAK, *Forschungen zur brandenb. und preuss. Geschichte*, III, p. 576. — Rapport de la commission, du 4 juillet 1810, MAMROTH, pp. 195-197. — Rapport de Niebuhr, du 23 juin 1810, *ibid.*, p. 201. — Second programme de Hardenberg, du milieu d'août 1810, *ibid.*, p. 208. — ERWIN NASSE, *Historische Zeitschrift*, XXVI, p. 337. — Troisième programme de Harden-

ladium de l'oligarchie, que la réforme fiscale touchait le plus directement aux intérêts d'une caste encore puissante. La résistance de
la féodalité foncière fut, sur ce point, victorieuse. Pour toute cette
partie du programme financier de Hardenberg, le manifeste du
27 octobre 1810 n'eut point de lendemain. Le vieil impôt foncier
avec ses iniquités, ses privilèges, la confusion traditionnelle de son
assiette, traversa intact toute la crise que subit alors le système des
impôts prussiens [1].

La législation financière de Hardenberg eut ainsi un caractère tout
à fait différent de celui qu'on serait porté à lui attribuer, si l'on s'en
tenait aux déclarations de principes que contenaient les programmes, les manifestes, et l'exposé des motifs du 27 octobre.

Chacun avait été fort empressé à proclamer la nécessité d'une égale
répartition des charges, la nécessité de grever les privilégiés. L'édit
du 27 octobre répétait les mêmes déclarations. Et, cependant, la législation nouvelle qu'il introduisait refusait à l'esprit d'égalité sociale
quelques-unes des satisfactions qui lui semblaient le plus légitime-
ment dues et lui imposait les sacrifices les plus douloureux.

L'application des nouvelles lois suscita, dès les premières heures,
les oppositions et les récriminations les plus générales et les plus
violentes [2]. Phénomène à première vue bien singulier, elles n'éma-

---

berg, du 12 ou 13 septembre 1810, MAMROTH, p. 211. — Voir encore le quatrième
programme, *ibid.*, p. 215, — l'édit du 27 octobre, *ibid.*, pp. 216, 217.

1. BORNHAK, *Forschungen zur brandenb. und preuss. Geschichte*, III, p. 590. —
Zu Schutz und Trutz am Grabe Schön's von einem Ostpreuszen, p. 304. — La réforme
et la suppression de l'exemption de la noblesse s'accomplissent en Westphalie
sous le régime de la conquête française. MAMROTH, p. 188, — et avec grande facilité
d'après la commission de Hardenberg, *ibid.*, p. 195. — *Lebenserinnerungen von*
F. v. RAUMER, I, p. 131.

2. Les réclamations portent sur trois points : l'impôt sur la mouture, la suppression des moulins à main et l'impôt sur les alambics. MAMROTH, pp. 416, 437.
— BORNHAK, *Forschungen zur brandenb. und preuss. Geschichte*, III, p. 591. —
Schön écrit, le 1ᵉʳ décembre, à Hardenberg. « L'impôt sur le pain et sur l'eau-
de-vie excite des préoccupations. » Schön n'a point d'inquiétude réelle, en
raison du dévouement des populations au roi; mais les formalités vexatoires
pourront, sur quelques points isolés, donner lieu à des troubles. L'impôt sur les
alambics produit une impression très défavorable sur la partie éclairée de la
population. S'il est maintenu, les *Kölmer* et les propriétaires de biens nobles
se voient perdus. L'agitation est extrême. L'on veut envoyer des députations
au roi, MAMROTH, p. 442. — L'assemblée des députés, en février 1811, réclame
contre la charge que l'impôt indirect fait peser sur le petit contribuable, *ibid.*,
p. 459. — Röchel à Gneisenau, le 24 juin 1813, PERTZ, *Das Leben des Feldmarschalls Grafen Neithardt von Gneisenau*, III, p. 682.

naient point tant des masses dociles de la population prussienne que
des privilégiés et de l'aristocratie foncière elle-même. Les résistances furent telles, le gouvernement du chancelier devint l'objet
d'une impopularité telle que les patriotes prussiens s'en inquiétaient
pour l'avenir de la politique nationale. Dès le mois de novembre,
apparaissaient, dans les journaux de Berlin, des attaques contre la
législation financière de Hardenberg, qui émanaient certainement de
l'aristocratie foncière [1]. Elles étaient véhémentes au point d'irriter
Frédéric-Guillaume III. C'était la noblesse qui réclamait la convocation des États, afin qu'on soumît à leur contrôle les nouveaux édits.

Dans les Marches [2], aux portes de Berlin, Marwitz, le champion
de la féodalité, tempêtait sur son domaine. Les agents de l'accise
s'étaient présentés à Friedersdorf en son absence. Ils avaient réqui-
sitionné ce petit agent rural [3], que nous appellerions le maire, s'il
n'eût été dans la dépendance aussi étroite du bien noble, le *Schulze*,
à la fois percepteur et gendarme, seul agent possible de l'exécution
des lois dans cette organisation sociale encore rudimentaire. A
peine de retour, Marwitz, seigneur et maître sur son bien noble,
avait mis son veto sur les nouvelles lois et sur leur exécution. Il
déclarait que les édits de Hardenberg étaient nuls et non avenus, que
la réquisition adressée au *Schulze*, sur son bien noble, n'était pas
moins nulle. Pour lui, les anciens impôts résultent de contrats passés
entre le souverain et l'oligarchie foncière : il faut, pour les modifier,
de nouveaux contrats. Quant au *Schulze*, ce n'est pas un fonctionnaire royal; c'est un de ses sujets, à lui, Marwitz. Lui attribuer directement une délégation quelconque des fonctions publiques (*polizei-
liche Gewalt*), c'est une violation formelle des droits du bien noble.

Dans la Prusse orientale, la résistance fut plus vive et plus générale encore. Elle était menée à la fois par les fonctionnaires [4] et

---

1. Mamroth, p. 219.
2. Beuth écrit, le 25 décembre 1810, que, dans la Marche électorale, on est satisfait. Mamroth, pp. 445, 470. — Les plaintes en Poméranie et en Silésie sont très
vives; mais Mamroth estime que la nouvelle législation fut bien accueillie dans
les Marches, *ibid.*, p. 447. — Les prix des produits agricoles y étaient beaucoup
plus élevés, *ibid.*, p. 459. — Bornhak, *Forschungen zur brandenb. und preuss.
Geschichte*, III, p. 591.
3. Le règlement du 28 octobre 1810 crée des agents spéciaux pour la perception de l'accise rurale, les *Dorfeinnehmer*, Mamroth, p. 123. — Ce sont les pasteurs,
les sacristains, les maîtres d'école ou les *Schulzen*, *ibid.*, pp. 445, 452, 470. — Dieterici, *Zur Geschichte der Steuer Reform*, p. 38.
4. Mamroth, p. 444.

par la noblesse [1]. Schön, devenu président supérieur de sa province natale, poursuivit, en cette qualité, son opposition au programme politique de Hardenberg [2]. Et, si sa présence et son opposition ne furent point, comme l'assuraient les collaborateurs de Hardenberg [3], la seule cause [4] des difficultés que rencontra, de ce côté, l'application du nouveau régime, elles en furent certainement un des principaux éléments. La noblesse de la Prusse orientale s'associait ardemment à la résistance [5].

Hardenberg dut se résigner, au bout de quelques mois, en présence de ces assauts répétés, à faire subir à ses édits financiers de sensibles modifications [6]. Les nouveaux droits d'accise avaient été

1. La population rurale elle-même semble, d'après les rapports des fonctionnaires de la province, dans un état de surexcitation très général, on dit même inquiétant. MAMROTH, p. 444. — Beuth répond de Berlin, le 25 décembre, que ce sont certainement les propriétaires, bien plus que les paysans, qui sont mécontents, *ibid.*, p. 445. — Heydebreck est du même avis, *ibid.*, p. 447. — Les paysans déclarent que le roi n'a pas voulu les nouvelles taxes, *ibid.*, p. 453. — BORNHAK, *Forschungen zur brandenb. und preuss. Geschichte*, III, p. 592. — TREITSCHKE, I, p. 371.

2. *Aus den Papieren* SCHÖN's, I, *Selbstbiographie*, p. 66. — Voir également Schulz. BORNHAK, *Forschungen zur brandenb. und preuss. Geschichte*, III, p. 591. — DIETERICI, *Zur Geschichte der Steuer-Reform*, p. 26. — MAMROTH, pp. 437, 439, 453, 457.

3. MAMROTH, pp. 444, 467. — DIETERICI, *Zur Geschichte der Steuer-Reform*, p. 25.

4. Voir la lettre de Schön à Hardenberg, du 19 janvier 1811. La rupture entre eux paraît s'accentuer. MAMROTH, p. 451. — Voir Hardenberg sur Schön, *ibid.*, p. 234.

5. Voir la correspondance de l'administration provinciale avec Beuth. MAMROTH, pp. 444-445. — Les États du cercle de Sehesten déclarent, le 20 décembre 1810, qu'ils ne se soumettront pas aux nouveaux impôts, *ibid.*, p. 450. — Voir l'adresse du 2 décembre, du Comité des États; celle du 7 déc., des distillateurs de Königsberg; celle du 14 décembre, des *Kölmer* et propriétaires nobles du cercle d'Oletzko, *ibid.*, pp. 443-444. — DIETERICI, *Zur Geschichte der Steuer-Reform*, pp. 23-25. — Réponse de Ladenberg à Schön. MAMROTH, p. 441. — Voir la noblesse silésienne. *Lebenserinnerungen von* F. v. RAUMER, I, p. 244. — La convocation des représentants nationaux paraît avoir été, en partie du moins, motivée par l'opposition qu'avaient rencontrée les édits financiers. MAMROTH, pp. 221, 456. — Dans l'assemblée de 1811, les avis ne sont pas unanimes, *ibid.*, pp. 458, 459, 460, 461 468-470.

6. Dès le mois de décembre 1810, Hardenberg est obligé de reculer devant la résistance des distillateurs, et de tempérer ou d'ajourner la perception de l'impôt sur les alambics. MAMROTH, pp. 448, 457. — Ajourné le 20 décembre 1810, il est rétabli le 5 janvier 1811, *ibid.*, p. 457. — Il est maintenu dans l'édit du 7 septembre 1811, *ibid.*, p. 475. — Sur un certain nombre de points, les fonctionnaires ne l'appliquent point, *ibid.*, p. 467. — L'interdiction des moulins à main est suspendue, pour la Lithuanie seulement, *ibid.*, pp. 449, 452, 454, 477. — Hardenberg laisse surtout, dans l'application, un degré d'arbitraire extraordinaire, *ibid.*, pp. 454-456. — DIETERICI, *Zur Geschichte der Steuer-Reform*, p. 28. — L'impôt somptuaire est remanié en 1811. MAMROTH, p. 535. — BORNHAK, *Forschungen zur brandenb. und preuss. Geschichte*, III, p. 507. — Il tombe en fait devant le mauvais vouloir et la résistance des classes aisées. MAMROTH, pp. 536, 543. — L'impôt du timbre est remanié, le 27 juin 1811. BORNHAK, *Forschungen zur*

appliqués [1]. Ils avaient rapporté, durant une année, des sommes considérables pour l'époque. Mais, soit que les conséquences du nouveau régime eussent paru exorbitantes à ceux mêmes qui en avaient eu l'initiative, soit qu'il ne fût point possible alors en Prusse de négliger les résistances seigneuriales, la législation de 1810 fut remaniée sur ce point, et ce remaniement vint donner à l'opposition une demi-satisfaction [2]. Moins d'un an après avoir été promulgués, le 7 septembre 1811 [3], les édits de la fin de 1810 furent modifiés par de nouveaux édits. L'impôt sur la mouture fut supprimé pour le pays plat [4]; l'accise rurale fut maintenue, mais les taux en furent sensiblement diminués [5], son produit réduit environ des deux tiers [6]. L'accise urbaine, avec les perceptions aux portes des villes, qui n'avaient point été supprimées [7], revint à son ancien produit [8].

En revanche, dans les nouvelles difficultés financières que suscita à la Prusse la crise politique de 1811, l'impôt direct sur le revenu, auquel Hardenberg s'était montré si hostile en 1810, fit une première et provisoire apparition dans la législation de la Prusse [9]. Ce n'étaient point seulement les contradicteurs de Hardenberg en 1810; c'étaient les « représentants de la nation », les assemblées de notables, convoquées par Hardenberg en 1811 et en 1812, qui manifestaient une pré-

---

brandend. und preuss. Geschichte, p. 607. — Mamroth, p. 573. — L'impôt des patentes est remanié, le 7 septembre 1811. Dieterici, Zur Geschichte der Steuer-Reform, p. 44. — Mamroth, p. 17.

1. Mamroth, p. 455. — Dieterici, Zur Geschichte der Steuer-Reform, pp. 24, 27.

2. Mamroth, p. 225. — Raumer reproche amèrement ces concessions à Hardenberg, ibid., p. 216. — La concession la plus importante faite à l'aristocratie est une limitation à la liberté du commerce. Le droit d'établir une distillerie est de nouveau limité aux domaines taxés à 15 000 thalers ou 56 250 fr., ibid., p. 479. — Dieterici, Zur Geschichte der Steuer-Reform, p. 45.

3. Édit du 7-18 septembre 1811. Mamroth, p. 472. — Il apparaît à Dieterici comme la conclusion des délibérations de la première assemblée des notables. Dieterici, Zur Geschichte der Steuer-Reform, p. 32.

4. Mamroth, p. 474. — Bornhak, Geschichte des preuss. Verwaltungsrechts, III, p. 176.

5. Mamroth, pp. 475, 480. — L'impôt sur les alambics est maintenu, ibid., p. 475; — mais avec des tarifs variables et arbitraires, ibid., p. 476.

6. Mamroth, p. 54.

7. Mamroth, pp. 429, 470, 478, 480. — On réserve encore aux villes la fabrication des produits les plus taxés, le tabac notamment; ordre de cabinet du 6 septembre 1811, ibid., p. 490.

8. Mamroth, p. 51. — On exempte de l'accise urbaine beaucoup de petites villes qui, bien que sans industrie, étaient assujetties à l'ancienne accise. Dieterici, Zur Geschichte der Steuer-Reform, p. 39. — Bornhak, Geschichte des preuss. Verwaltungsrechts, III, p. 176.

9. Treitschke, I, p. 378.

férence pour l'impôt direct personnel. Hardenberg s'inclina, en partie
devant les nécessités financières, en partie devant les tendances des
assemblées de notables. Il réduisit partiellement les prélèvements
qu'il avait tout d'abord demandés aux impôts indirects et se résolut
à faire un appel plus étendu à l'impôt direct. Il s'achemina vers
l'impôt sur le revenu en adoptant successivement l'impôt personnel
de capitation, le 7 septembre 1811 [1], l'impôt personnel gradué ou
impôt des classes, le 6 décembre 1811, l'impôt sur le capital et sur
le revenu, le 24 mai 1812 [2].

Malgré ces remaniements, l'édit du 7 septembre 1811 et la législation de 1811 ne peuvent être considérés comme un abandon de la
législation de 1810. C'était à peine une réaction partielle et limitée.
C'était beaucoup plutôt une adaptation [3]. La législation de 1810
demeura dans ses grandes lignes [4]. Elle est restée le cadre de la

1. BORNHAK, *Geschichte des preuss. Verwaltungsrechts*, III, p. 176. — DIETERICI,
Zur Geschichte der Steuer-Reform, p. 35. — MAMROTH, p. 278. — Il rapporte à lui
seul presque autant que l'accise rurale, plus d'un million de thalers par an. —
Voir encore BORNHAK, *Forschungen zur brandenb. und preuss. Geschichte*, III,
p. 606. — L'idée de l'impôt personnel est suggérée à Hardenberg, dès la fin
de 1810, par les représentants de l'aristocratie foncière. MAMROTH, pp. 443-448. —
DIETERICI, *Zur Geschichte der Steuer-Reform* p. 39. — C'est une des premières revendications de l'assemblée des députés, en février 1811. MAMROTH, p. 438. — L'impôt
personnel est, pour eux, tantôt un impôt de capitation pur et simple, DIETERICI,
Zur Geschichte der Steuer-Reform p. 35-36, — tantôt un impôt à tarifs gradués
s'acheminant vers l'impôt sur le revenu, MAMROTH, p. 587. — Sur le caractère
anti-démocratique de cet impôt, voir *Lebenserinnerungen von* F. v. RAUMER, p. 162.
2. Édit du 6 décembre 1811. ERWIN NASSE, *Historische Zeitschrift*, XXVI, p. 348.
— MAMROTH, p. 599. — Cet impôt suscite des résistances, notamment dans les
villes, *ibid.*, p. 460, — à Königsberg, *ibid.*, pp. 554, 602, 613, 617, 619. — Un
projet d'impôt sur le capital est soumis à l'assemblée des notables de 1812, en
avril 1812. Elle préfère l'impôt des classes, *ibid.*, pp. 629, 632. — Voir les critiques contre l'impôt des classes, DIETERICI, *Zur Geschichte der Steuer-Reform*,
p. 31. — L'édit du 24 mai 1812, créant l'impôt sur le capital et sur le revenu,
est accepté à l'unanimité par les représentants nationaux, d'après MAMROTH,
pp. 633-639. — Il paraît cependant très impopulaire; voir les rapports de Gruner
en 1812. PERTZ, *Stein*, III, p. 127. — Les assemblées de notables manifestent
une préférence persistante pour l'impôt direct. DIETERICI, *Zur Geschichte der
Steuer-Reform*, p. 25.
3. Voir l'ordre du cabinet du 6 septembre 1811. DIETERICI, *Zur Geschichte der
Steuer-Reform*, p. 39. — MAMROTH, p. 515.
4. L'édit du 7 septembre 1811 maintient, dans son préambule, le principe de
l'édit du 27 octobre 1810 : égalité devant la loi, liberté de l'industrie, suppression
des privilèges et banalités, y compris la propriété complète et la libre disposition
du sol pour les tenanciers. MAMROTH, p. 473. — Voir également l'ordre de cabinet
du 6 septembre. DIETERICI, *Zur Geschichte der Steuer-Reform*, p. 33. — Hardenberg
déclare, en janvier 1813, que les modifications de 1811 ont été regrettables et
qu'au lieu de se rapprocher du système antérieur à 1810, il faut revenir au
contraire à la législation d'octobre 1810. MAMROTH, p. 482. — MAMROTH, dans sa

législation fiscale moderne de la Prusse. Il importe de rechercher comment, malgré son premier aspect superficiel, malgré ses caractères apparents qui lui donnèrent alors et lui donnent encore une figure presque répulsive, elle eut cependant la portée d'une transformation sociale durable.

Pourquoi donc, malgré toutes les nécessités ou toutes les faiblesses qui en avaient altéré la portée démocratique, était-ce surtout au sein de la classe privilégiée que la nouvelle législation fiscale avait suscité et suscitait encore les plus vives hostilités [1]?

Il faut, pour bien le comprendre, se reporter à ce qu'était l'ancienne société prussienne, classée, hiérarchisée jusqu'à l'excès. Souvenons-nous du soin jaloux avec lequel l'État frédéricien avait parqué chacun dans sa case, enfermant, isolant les bourgeois dans les villes, soutenant, par l'action de l'État et par la législation, la noblesse foncière, la féodalité terrienne, interdisant au noble, par ses lois, de faire le commerce, d'épouser une bourgeoise, de déroger; interdisant au bourgeois d'acquérir les terres nobles, d'exercer l'industrie hors des villes, au paysan de quitter la tenure que le seigneur lui avait assignée. La noblesse ne demandait-elle point encore en 1810 [2], en protestant contre les lois de Hardenberg, que l'on interdît à tout habitant de quitter le lieu de sa naissance?

Toutes ces interventions pénétrantes avaient en pour but et pour résultat principal de maintenir et de consolider la domination sociale de l'aristocratie foncière. Il était fort naturel qu'elle se sentît menacée, lorsque Hardenberg, après les premières tentatives de Stein, voulait porter la main sur l'échafaudage compliqué de la société d'ancien régime.

Dans toutes les variations qu'avait subies le programme de Hardenberg, malgré toutes les concessions faites à l'esprit de privilège, les

conclusion, déprécie peut-être trop la législation de 1810. Il dit : « l'on revint en somme sans changement à l'ancienne accise »; mais il corrige lui-même ce que cette assertion a d'excessif. Il reconnaît l'importance de la loi sur l'impôt des patentes; *ibid.*, p. 775. — DIETERICI exagère également l'échec de la législation de 1810. DIETERICI, p. 22, 27. — Voir BORNHAK, *Forschungen zur brandenb. und preuss. Geschichte*, III, p. 605, — et Schön dans son autobiographie, *Aus den Papieren* SCHÖN'S, VI, p. 23. — *Zu Schutz und Trutz am Grabe Schön's von einem Ostpreuszen*, p. 314. — MAMROTH, pp. 225, 325.

1. TREITSCHKE, I, p. 372. — HÄUSSER, III, p. 493.
2. *Lebenserinnerungen von* F. v. RAUMER, I, p. 225.

projets du chancelier avaient, depuis le début, conservé la même tendance. L'extension de l'impôt indirect uniformisé qui assimilait les villes aux campagnes, et qui allait permettre à l'industrie de sortir des cités, la liberté du commerce et de l'industrie, qui marchait de pair avec la création de l'impôt des patentes, la suppression des banalités, des monopoles de mouture, de distillerie, réservés jusqu'alors à la noblesse, presque toutes les mesures nouvelles tendaient à affranchir l'activité individuelle des entraves qui l'avaient bridée jusqu'alors, et à lui ouvrir un champ plus libre dans un État rajeuni et uniformisé.

A l'ancien État frédéricien qui maintenait rigoureusement toutes les anciennes divisions, les divisions territoriales des provinces, les divisions sociales des classes, se substituait une notion nouvelle de l'État. L'État nouveau allait employer ses forces à affranchir les individus, au lieu de les enfermer dans leur classification, dans leur subordination réciproque [1]. L'affranchissement et l'uniformité allaient se substituer au provincialisme et à la constitution féodale de l'ancienne Prusse. Sack résumait heureusement l'idée dominante du programme fiscal de Hardenberg lorsqu'il écrivait [2] : « Il importe avant tout de donner le même régime fiscal à toutes les provinces de la monarchie, et, dans chaque province, à toutes les classes de citoyens. »

Ce n'était point sans doute que les réformateurs s'inspirassent, en général, des doctrines égalitaires de la démocratie moderne et vou-

---

1. Voir les conclusions de MAMROTH, sur la législation de Hardenberg. MAMROTH, p. 776. — DIETERICI, *Zur Geschichte der Steuer-Reform*, p. IV, p. 3. — Voir l'importance, pour la liberté de l'industrie, de la loi des patentes. MAMROTH, *passim* et notamment p. 519. — BORNHAK, *Forschungen zur brandenb. und preuss. Geschichte*, III, p. 590. — DIETERICI, *Zur Geschichte der Steuer-Reform*, p. 21. — Voir les mesures prises pour la suppression des corporations qui, bien que supprimées théoriquement par Stein (PERTZ, *Stein*, II, p. 144), n'ont point disparu en 1810. MAMROTH, p. 499. — Voir la *Mühlenordnung* du 28 octobre 1810, qui autorise les contrats libres de mouture entre meuniers et consommateurs. MAMROTH, p. 435. — Stein avait déjà supprimé le *Mühlenzwang*, dans la Prusse orientale, le 28 mars 1808, *ibid.*, p. 439. — La seule industrie à laquelle on ne veuille pas concéder le libre exercice est le *Winkelconsulieren*, *ibid.*, p. 508. — Le 26 octobre 1805, les douanes intérieures avaient déjà été supprimées. DIETERICI, *Zur Geschichte der Steuer-Reform*, p. 44. — Altenstein, lui aussi, a pris quelques mesures, assez mal coordonnées, dans le sens de la liberté de l'industrie et du commerce, *ibid.*, p. 16. — L'édit du 7 septembre 1811 marque cependant un certain recul, à ce point de vue, sur les édits d'octobre 1810, MAMROTH, pp. 479, 485. — DIETERICI, *Zur Geschichte der Steuer-Reform*, p. 44.

2. MAMROTH, p. 201.

lussent entreprendre contre la noblesse, une de ces campagnes de destruction, comme celle que la Révolution française avait menée à terme. Le courant nouveau qui portait à l'uniformité sociale, à l'affranchissement des initiatives, s'inspirait plutôt des doctrines individualistes et libérales de l'économie politique. Hardenberg, en proclamant les doctrines du laisser-faire, la suppression des monopoles et des privilèges, avait encore pour la noblesse plus d'un ménagement. Mais celle-ci se sentait entamée dans ses œuvres vives. Dans un milieu où les classifications et la discipline sociales s'étaient si solidement maintenues, les coups que Hardenberg portait aux théories de protection et de prohibition frappaient directement, par la force des choses plutôt que par la volonté du législateur, contre la caste qui avait presque exclusivement bénéficié de la protection de l'État et des prohibitions qu'il édictait. Hardenberg faisait œuvre d'économiste, mais il faisait en même temps, et plus qu'il ne le pensait, œuvre de démocrate. La perspicacité des hobereaux n'était point en défaut lorsqu'ils appliquaient au chancelier, qu'ils avaient d'abord assez bien accueilli et qu'ils détestaient maintenant, l'épithète de *niveleur* [1].

La noblesse se sentit donc atteinte, non seulement parce que la nouvelle législation, édictée sans la consulter, sans l'assentiment des États, lui apparaissait, dans sa forme, comme une sorte de coup d'État [2], non seulement parce que quelques-uns de ses privilèges disparaissaient dans ce premier effort, mais surtout par les tendances générales de la législation nouvelle. Si l'on reconstitue par l'esprit l'ancienne société prussienne, on mesurera facilement la révolution que représentaient ces simples mots : liberté de l'industrie et du commerce [3]. On concevra comment l'établissement d'une accise uniformisée ou de l'impôt des patentes pouvait annoncer une transfor-

1. BORNHAK, *Geschichte des preuss. Verwaltungsrechts*, III, p. 7. — TREITSCHKE, I, p. 372. — HÄUSSER, III, p. 493.
2. Voir, en dehors des protestations de Marwitz, les représentations du comité de la Prusse orientale, du 2 décembre 1810. BORNHAK, *Forschungen zur brandenb. und preuss. Geschichte*, III, p. 593. — MAMROTH, p. 777.
3. Voir les impressions contemporaines, le père de Raumer. *Lebenserinnerungen von F. v. RAUMER*, I, p. 160. — « Une mesure d'audace radicale », dit TREITSCHKE, I, p. 376. — Stein et Vincke s'élèvent contre la suppression radicale des corporations qui sera atténuée en 1811, *ibid.* — HÄUSSER, III, p. 492. — *Lebenserinnerungen von F. v. RAUMER*, I, p. 225. — Voir les adresses de Hardenberg aux représentants nationaux, celle du 16 septembre 1811. MAMROTH, p. 225.

mation sociale, et comment l'aristocratie foncière sentait dirigée
contre elle une législation fiscale qui semblait, au premier aspect,
si dure pour les petits contribuables, et si prudente en face du privilège.

Les lois de Hardenberg ont rencontré encore un autre genre
d'opposition sur lequel il est nécessaire de s'arrêter un instant.

Cette conception d'un état nouveau, traitant tous les citoyens sur
un pied d'égalité, pénétrant directement jusqu'à l'individu, sans
intermédiaires de subordinations étagées, substituant, à la marque-
terie sociale de l'ancien régime, l'uniformité de l'ère démocratique, —
il était bien aisé de voir où Hardenberg en avait puisé l'idée. L'aristocratie foncière de la Prusse ne s'y trompait point. Elle ne traitait
point seulement le chancelier de niveleur; elle voyait aussi en lui
un *représentant des principes jacobins*[1]. C'était bien, en effet, de
France que venaient ces principes dont Hardenberg poursuivait
l'application. Depuis longtemps en France le courant des mœurs
et l'histoire du passé avaient préparé ce nivellement social, qui
semblait si funeste aux représentants de l'oligarchie prussienne,
à ceux qui bénéficiaient, en Prusse, des anciennes subordinations.

Il y avait quarante ans que Turgot, l'adepte des doctrines individualistes de l'économie politique, avait tenté une entreprise analogue
à celle du chancelier. Lui aussi avait voulu supprimer les privilèges
de la noblesse en matière d'impôts, et établir, par la suppression
des maîtrises et des jurandes, la liberté de l'industrie et du commerce.
Et puis, la Révolution française avait balayé les réglementations
sociales dont vivait l'ancien régime : non plus seulement au nom de
l'économie politique et des doctrines du laisser-faire et du laisser-
passer, mais au nom des principes de la démocratie moderne, au
nom des théories de justice sociale; non plus seulement, au nom
de la liberté, mais au nom de l'égalité. Elle avait bouleversé l'Europe, et imposé, par son expansion victorieuse, le respect et l'imitation de ses institutions.

1. BORNHAK, *Geschichte des preuss. Verwaltungsrechts*, III, p. 7. — TREITSCHKE, I,
p. 372. — HÄUSSER, III, p. 493. — RANKE, *Hardenberg*, IV, p. 244. — Il est très
difficile de s'expliquer l'affirmation de TREITSCHKE, I, p. 368, que Hardenberg est
prussien de la tête aux pieds. Il l'entend probablement de ses sympathies pour
la Prusse, car il l'appelle, à la page suivante, un adepte de la nouvelle philosophie française, *ibid.*, I, pp. 369, 372.

C'étaient bien ses exemples et son influence qui guidaient la volonté
mobile de Hardenberg et qui avaient inspiré les travaux hâtifs de sa
commission de législation. L'influence française était manifeste dans
toute l'œuvre du chancelier prussien. Elle était même avouée. Hardenberg avait gardé les relations les plus étroites avec son cousin
Bülow [1], dont il avait employé les bons offices auprès du gouvernement français, lors de sa rentrée au pouvoir. Bülow avait collaboré
à l'organisation financière du royaume de Westphalie, et l'un des
membres de la commission constituée par Hardenberg, Borsche,
venait de quitter le service westphalien pour le service prussien [2].
Le projet, que la commission de Hardenberg avait si rapidement
élaboré, n'était que la reproduction des mesures prises en Westphalie [3]. Dans sa proclamation du 15 décembre 1807, le roi Jérôme
disait à ses peuples : « Éloignez de vos pensées le souvenir de ces
souverainetés divisées, derniers restes de la féodalité, où chaque
motte de terre avait un maître distinct. » C'était le programme même
de Hardenberg [4].

Le roi Jérôme et Bülow, ce cousin dont Hardenberg suivait les
inspirations, avaient fait disparaître les privilèges, les exemptions de
l'impôt foncier. Ils s'étaient résolus à introduire, avec la liberté du
commerce, l'impôt des patentes français et ses classes, qui étaient
partout bien accueillis [5]. Ils avaient adopté de même l'impôt français
du timbre. Ils avaient porté enfin la hache dans cette confusion des
droits d'accise, de douanes intérieures, pour y substituer un système
très simple et généralisé de contributions indirectes, pesant sur un
petit nombre d'objets, qui devaient être, en Westphalie, les objets
de consommation usuelle : la viande de boucherie, les céréales, la
bière et l'eau-de-vie [6]. C'étaient là précisément les mesures que
Hardenberg et sa commission avaient proposées pour la Prusse [7].

La commission de Hardenberg, dans son rapport, appuyait ses

1. Mamroth, p. 231.
2. Bornhak, *Forschungen zur brandenb. und preuss. Geschichte*, III, p. 574.
— Mamroth, pp. 85, 132. — *Lebenserinnerungen* von F. v. Raumer, I, p. 112.
3. Bornhak, *Forschungen zur brandenb. und preuss. Geschichte*, III, p. 589.
4. Mamroth, pp. 187, 216, 221, 223. — Pertz, *Stein*, II, pp. 499, 500, 509, 518. —
Dieterici, *Zur Geschichte der Steuer-Reform*, p. 342.
5. Mamroth, p. 208.
6. Voir le résumé de la législation financière en Westphalie. Mamroth, p. 188.
— Voir aussi l'impôt des patentes dans le grand-duché de Hesse. Bornhak, *Geschichte des preuss. Verwaltungsrechts*, III, p. 177.
7. Dieterici, *Zur Geschichte der Steuer-Reform*, p. 19.

propositions d'une citation de Necker [1]. Elle voulait prévenir, par des mesures égalitaires, les tendances révolutionnaires, et laissait plus clairement encore discerner la source de ses inspirations lorsqu'elle ajoutait : « La suppression des privilèges est le premier paragraphe de toutes les nouvelles constitutions allemandes (il s'agit de celles qui avaient été édictées sous l'inspiration de la France). C'est là sans doute un progrès considérable après des souffrances prolongées; il nous semblerait fâcheux et même impossible que la Prusse voulût s'isoler comme un point dans ce nouveau monde [2]. »

Les peuples sentaient si bien d'où venait l'inspiration des réformes, que les gouvernements européens craignaient de n'avoir pas, aux yeux de leurs sujets, le bénéfice des mesures nouvelles qu'ils édictaient. Le roi de Prusse, dans son ordre de cabinet du 6 septembre 1811, flétrissait les menées criminelles des hommes mal intentionnés : « Ils essaient », disait-il, « de persuader au peuple que les mesures bienfaisantes prises au profit des petits contribuables ne sont dues qu'aux obligations contractées par nous envers une puissance étrangère [3]. » Et l'édit d'octobre lui-même, l'édit dans lequel le roi de Prusse introduisait toute la législation nouvelle, proclamait « la nécessité de faire disparaître tous les privilèges qui n'étaient plus compatibles ni avec les principes de la justice naturelle, *ni avec l'esprit de l'administration dans les États voisins* [4] ».

Ainsi la Révolution française importait, ou menaçait d'importer, dans l'Europe entière, non seulement les principes d'égalité et de justice sociale dont elle avait assuré le triomphe, mais ses lois elles-mêmes avec leur forme à peine altérée.

Cet appareil législatif s'était merveilleusement prêté, en France

---

1. BORNHAK, *Forschungen zur brandenb. und preuss. Geschichte*, III, p. 581. — MAMROTH, p. 197.

2. Rapport de la commission, du 4 juillet 1810. MAMROTH, p. 193. — TREITSCHKE, I, p. 371. — Voir également le mémoire de Sack, du 11 juillet 1810; l'influence de l'introduction des impôts français dans les nouveaux États, et de l'accueil qui leur est fait. MAMROTH, p. 202.

3. DIETERICI, *Zur Geschichte der Steuer-Reform*, p. 34.

4. MAMROTH, p. 217. — Voir encore l'adresse aux représentants du 23 février 1811 : « Il faudrait être aveugle pour méconnaître les suggestions que nous apportent les changements qui s'accomplissent autour de nous. Ils nous invitent, non pas à les imiter servilement, mais à nous adapter sagement les principes, les constitutions, les organisations nouvelles qu'ont produits les progrès de l'esprit humain et la transformation de la société, » *ibid.*, p. 222.

même, à l'œuvre de rénovation de la Révolution française, à l'application des idées d'égalité civile et démocratique. Il s'y était prêté, par sa simplicité et son uniformité, faisant facilement pénétrer jusqu'aux extrémités, et sans grands ménagements, les impulsions, quelles qu'elles fussent, venues du centre. C'était par là aussi un excellent instrument de propagande à travers l'Europe; il se transportait, comme un engin de lutte contre la féodalité dans les pays où la France implantait le drapeau victorieux de la Révolution. Avec un dédain complet des formes de la vie nationale et traditionnelle des petites provinces européennes, Napoléon, après avoir remanié, régularisé, complété l'appareil, en avait fait un article d'exportation, dans son ignorance volontaire et dédaigneuse des formes sociales qui subsistaient dans la vieille Europe. En Espagne, en Hollande, en Allemagne, en Italie, il avait fait table rase et introduit, en quelques décrets, l'ensemble des lois qui représentaient la dernière forme donnée par la Révolution à la législation française.

Si cette œuvre d'adaptation hâtive a pu laisser, après tout, tant de traces durables, il faut l'attribuer à deux causes. A la puissance des idées de la Révolution tout d'abord. Il y avait dans les idées d'égalité sociale, qui répondaient à un besoin de justice longtemps inassouvi, une force de propagande que la commotion intellectuelle et matérielle imprimée à l'Europe par la Révolution française avait décuplée. Mais les formes mêmes de l'organisation et de la législation françaises avaient, elles aussi, indépendamment des idées dont elles étaient le véhicule, leur puissance d'expansion. Elles la devaient au besoin de clarté et d'uniformité qu'avait fait naître le fouillis féodal de la vieille Europe.

Non seulement dans les États vassaux de la France, dans les royaumes annexés, Napoléon importait ses lois et ses agents, mais même dans des États moins ouvertement asservis, des ministres indigènes, représentants des idées de la Révolution, comme Montgelas en Bavière, allaient chercher spontanément les modèles français. Et voici que la Prusse elle-même, cet État original, comme perdu aux confins de l'Europe civilisée, semblait entraînée par le même courant.

Comment cette imitation de la Westphalie, cette influence proclamée par le Roi lui-même, comment ces tendances nouvelles de Hardenberg et de son entourage direct étaient-elles et pouvaient-elles être accueillies par les vrais Prussiens et par les chefs de l'opposition à la France? La Prusse allait-elle donc, après avoir refusé de subir le joug politique de la Confédération du Rhin, allait-elle donc, par une autre voie, arriver au même but, abdiquer son originalité et s'assimiler à son tour en revêtant purement et simplement la cuirasse rigide de la législation française?

L'antagonisme entre la Prusse et la France avait été violent, et, s'il était atténué dans les apparences par la nécessité, il n'avait rien perdu de son acuité. Ce n'était point seulement la rancune du vaincu contre le vainqueur, c'était une opposition intellectuelle portant partout; les idées d'opposition et d'antagonisme contre la France avaient dominé et les premiers patriotes allemands comme Stein et les Prussiens indigènes comme Schön [1].

D'où venait donc que la Prusse, malgré toutes ses répugnances intimes, ne pût se soustraire à cette pénétration de l'influence française? C'est qu'elle était envahie, elle aussi, par les courants nouveaux qui menaçaient la féodalité. L'oligarchie, la noblesse foncière, s'y était rendue odieuse par les abus de sa domination sociale et par sa banqueroute de 1806. Les réformateurs prussiens voulaient briser sa prépondérance. Or, le dilemme était inéluctablement posé dans toute l'Europe entre la Révolution française et l'ancien régime, entre la féodalité et cette législation française qui avait seule réussi à broyer le régime féodal. La Prusse, acculée à la nécessité d'une transformation sociale, était poussée, comme en dépit d'elle-même, vers l'imitation, parfois presque servile, des modèles français [2].

Il est possible qu'avec ses impôts indirects, si durs pour le petit contribuable, avec ses hésitations devant les privilèges de l'impôt foncier, Hardenberg n'ait été qu'un médiocre représentant des idées démocratiques et égalitaires de la Révolution. Mais, lorsqu'il affran-

---

1. Voir également Raumer, *Lebenserinnerungen von* F. v. RAUMER, I, p. 112.
2. Saint-Marsan lui-même en est frappé. Voir Saint-Marsan à Champagny, 15 février 1810 : « C'est une circonstance assez singulière que nos ennemis les plus déclarés projettent tous les jours des changements dans les anciennes institutions du pays dont l'idée est puisée dans nos propres institutions ». A. STERN, *Abhandlungen und Aktenstücke zur Geschichte der preussischen Reformzeit*, p. 302. — MAMROTH, p. 775. — TREITSCHKE écrit, en parlant de Hardenberg : « L'adepte de la nouvelle philosophie française pouvait, plus facilement que le chevalier d'Empire, déduire les conséquences nécessaires de la législation de 1808 ». TREITSCHKE, I, p. 369.

chissait l'activité individuelle des mille entraves qui, dans le milieu
social et dans la législation de l'ancienne Prusse, la maintenaient
enserrée dans des cases étroitement délimitées, il était bien le représentant de l'individualisme français [1] contre le vieux socialisme d'État
féodal de Frédéric II. C'est par là, presque autant que par les
atteintes directes portées aux privilèges de l'aristocratie, qu'il est
apparu comme un jacobin aux féodaux prussiens. Les Prussiens
incriminent volontiers ce que son esprit et son action avaient de superficiel et de mobile [2]. Il n'en a pas moins accompli, dans les derniers
mois de 1810, malgré ses hésitations et ses faiblesses, une œuvre
considérable [3]. La crise nationale que traversait la Prusse avait sti-
mulé, bien loin de la paralyser, son activité législative et réformatrice.
Les édits financiers de Hardenberg, quelque tronquée qu'en fût la
portée démocratique, et bien qu'ils ne soient pas, en ce sens, la
partie la plus favorable de son œuvre, n'en représentaient pas moins
à eux seuls le commencement d'une transformation sociale [4].

1. BORNHAK, *Geschichte des preuss. Verwaltungsrechts*, III, p. 7. — Voir l'adresse
aux représentants, du 23 février 1811. Elle proclame d'abord la nécessité d'affranchir l'individu, puis la nécessité de l'égalité devant les charges. — Voir Raumer,
MAMROTH, p. 198.
2. HÄUSSER, III, pp. 489, 492, — *die schwindelhafte Oberflächligkeit der Hardenbergschen Pläne*, dit TREITSCHKE, I, pp. 369, 379, — *ibid.*, p. 371. — Voir
Raumer, en 1811, *Das häufige, schwächliche, inconsequente Weichen vom betre-
tenen Wege. Lebenserinnerungen von F. v. RAUMER*, I, p. 161. — MAMROTH, pp. 226,
227, 454. — Voir les protestations de l'assemblée de 1811, p. 459.
3. Il écrit, le 11 juillet 1811, à Stein : « J'ai à lutter continuellement contre la
sottise, le préjugé et l'égoïsme de caste d'un côté, contre l'exaltation, les
extrêmes, la rage des théories de l'autre. Si Dieu le veut, je m'en tirerai cependant. Ma force c'est la *mens conscia recti.* » MAMROTH, p. 225.
4. ERWIN NASSE, *Historische Zeitschrift*, XXVI, p. 342. — Hardenberg se considère
comme l'auteur de la réforme prussienne. TREITSCHKE, I, p. 368. — Ses partisans
déclarent qu'il a parcouru, en sept jours, le cycle que la Révolution française
a mis deux années à accomplir, *ibid.*, I, p. 372.

CHAPITRE III

HARDENBERG ET LE PARTI FÉODAL. — LA RÉFORME AGRAIRE

Caractère du gouvernement de Hardenberg. — Conception de Hardenberg et de
Stein sur le régime représentatif. — Conceptions du parti oligarchique. —
L'assemblée des députés du pays en 1811. — Précautions prises par Hardenberg. — Il compose lui-même l'assemblée. — Prédominance de l'aristocratie
foncière dans l'assemblée et dans la société prussienne. — L'opposition féodale.
— Marwitz. — Les théories féodales sur le pouvoir législatif. — Emprisonne-
ment de Marwitz. — Opposition efficace de l'aristocratie foncière aux réformes
du chancelier.
État de la réforme agraire à l'avènement de Hardenberg. — Premier projet de
la commission et de Raumer. — Scharnweber. — Accueil fait à ce projet par
l'assemblée des députés. — L'aristocratie foncière et la réforme agraire. — Nouveau projet du 12 juillet 1811. — L'édit du 14 septembre 1811. — Conséquences et
portée sociale de l'édit. — Premières tentatives d'application. — Agitation des
populations rurales. — Résistance des propriétaires nobles. — Tentatives de
l'aristocratie foncière pour restreindre la concession de la propriété et la
portée de l'édit à un petit nombre de gros tenanciers. — Succès de cette
tactique. — Projets nouveaux préparés au début de 1812 et qui suspendent
l'application de l'édit de septembre. — Caractère de la politique agraire de
Hardenberg en 1811 et 1812.

L'œuvre financière de Hardenberg n'est pas la seule tentative de
réforme à laquelle il ait consacré les premières années de son ministère. Dans cette longue carrière gouvernementale qui s'étendit de 1810
à sa mort, et qui fut traversée de tant d'événements, il a débuté
comme un grand ministre réformateur. Seulement, il faut écarter les
idées d'austérité, d'autorité ou de passion que ce mot évoque.

Hardenberg n'était rien moins qu'austère [1] ; il ne l'était pas pour

---

1. *Lebenserinnerungen von* F. v. RAUMER, I, p. 150. — Voir les détails sur la vie
intime du chancelier. Wittgenstein et Iffland viennent habituellement à sa

lui-même; il l'était encore moins dans son entourage, où pullulaient
les intrigants subalternes et les plumitifs superficiels. Les amis de
Stein, irrités d'avoir vu écarter assez brusquement les hommes les
plus considérables du gouvernement prussien, signalaient avec aigreur
à l'exilé « les pratiques louches ou les influences malpropres [1] » qui
s'exerçaient autour de Hardenberg, et tous n'avaient point l'ardeur
passionnée de délivrance qui porta, dans les débuts au moins, Stein
à soutenir, malgré tout, le chancelier.

Hardenberg avait de l'autorité; mais ce n'était point au même sens
que Stein. Stein avait su imposer autour de lui l'ascendant d'une
volonté forte. Hardenberg possédait l'autorité absolue [2], et quelque
peu artificielle, qui résultait de l'organisation gouvernementale qu'il
avait imposée au monarque, de l'éloignement de tous ceux, Scharnhorst excepté, qui eussent pu conserver vis-à-vis de lui quelque indépendance. Il ne posséda pas cette autorité spontanée qui naît du
respect.

Hardenberg était sans passion pour son œuvre. Il ne devait pas
tarder à laisser s'émanciper les fonctionnaires qu'il avait, au début,
groupés sous sa direction [3]. En 1810, il guidait encore, mais il guidait de fort haut, une armée de collaborateurs jeunes, ardents et
actifs [4]. Il avait plus de bonne humeur que Stein [5]; mais il lui manquait le goût du détail, l'ardeur exclusive des convictions arrêtées.
A peine trouve-t-on, dans toutes les pièces de la réforme agraire, une
ou deux notes de son écriture fine et déliée de diplomate expert. Il
a inspiré [6] peut-être, il a su s'approprier, en tout cas, et faire siens

table. Sa troisième femme, qui mangeait à une petite table, était une ancienne
actrice. Elle valait mieux que les deux premières, dit Raumer, *ibid.*, I, p. 152.
— *Aus dem Nachlasse von* F. A von der Marwitz, I, p. 319. — Pertz, *Das Leben
des Ministers Freiherrn vom Stein*, II, p. 567.

1. Voir Arnim. Pertz, *Stein*, II, pp. 563, 566, 567.
2. Un vizirat, dit Arnim dans sa lettre à Stein. Pertz, *Stein*, II, p. 566.
3. Knapp, *Die Bauernbefreiung und der Ursprung der Landarbeiter in den
älteren Theilen Preussen's*, I, p. 182. — Treitschke, *Deutsche Geschichte*, I, p. 381.
4. Voir Marwitz sur Raumer et Scharnweber. Marwitz, II, pp. 267, 290, 295, 305.
5. Treitschke, I, p. 381. — *Lebenserinnerungen von* F. v. Raumer, I, p. 149.
6. Mamroth, *Geschichte der preussischen Staats-Besteuerung*, pp. 227, 228. — Il
avait des vues singulièrement claires et synthétiques. Voir l'ordre de cabinet
du 6 septembre 1811, qui est son œuvre. Dieterici, *Zur Geschichte der Steuer-
Reform*, p.46. — « Une activité extraordinaire », dit Treitschke, I, pp. 367, 370.
— Knapp, I, pp. 178; II, p. 265, 273, 285. — E. Meier, *Die Reform der Verwaltungs-
Organisation unter Stein und Hardenberg*, p. 172. — *Lebenserinnerungen von*
F. v. Raumer, I, p. 150.

les travaux de ces administrateurs laborieux et éclairés, habitués à serrer de près la réalité et le détail des affaires, passionnés pour la réforme agraire, convaincus de sa nécessité et de son efficacité, et parmi lesquels Scharnweber était le plus ardent et le plus tenace.

Hardenberg et Stein s'étaient, dès l'origine du mouvement de réforme en Prusse, accordés sur plus d'un point. Cet accord ne paraît pas s'être rompu dans l'entrevue mystérieuse de septembre 1810 où Hardenberg, premier ministre, avait été chercher les conseils et l'assentiment de Stein proscrit [1].

L'accord s'était fait, notamment, entre eux sur l'introduction en Prusse du régime représentatif [2]. C'était là une de ces promesses retentissantes que contenaient les édits de Hardenberg. Stein, qui n'avait pas été plus ménager que Hardenberg de grandes promesses et de manifestations sans sanction, lui avait légué celle-là, entre beaucoup d'autres, dans son testament politique [3]. Hardenberg l'avait

1. Hardenberg à Stein, le 11 juillet 1811, Lehmann, *Historische Zeitschrift*, XLVI, p. 187.

2. Häusser, *Deutsche Geschichte*, III, p. 146. — A. Stern, *Abhandlungen und Aktenstücke zur Geschichte der preussischen Reformzeit, 1807-1815*, p. 147.

3. Pertz, *Stein*, II, p. 241. — A. Stern, p. 167. — Voir les idées de Stein sur la constitution de l'ancienne monarchie prussienne, dans son mémoire de mai 1806. Ranke, *Denkwürdigkeiten des Staats-kanzlers Fürsten von Hardenberg*, V, p. 369. Ranke appelle Stein l'auteur intellectuel du système représentatif en Prusse. — A. Stern, p. 148. — Voir un projet de manifeste de Stein, en septembre 1808. Pertz, *Stein*, II, p. 241, — A. Stern, p. 148, — le projet de représentation élaboré par Vincke, le 20 sept. 1808. Pertz, *Denkschriften des Ministers vom Stein*, pp. 1-14, — A. Stern, p. 149, — le premier projet de Rhediger. Pertz, *Das Leben des Feldmarschalls Grafen Neithardt von Gneisenau*, I, pp. 397, 419. — A. Stern, p. 151. — *Aus den Papieren des Ministers und Burggrafen von Marienburg* Theodor von Schön, I, *Selbstbiographie*, p. 49; I, p. 155, — le second projet de Rhediger. A. Stern, p. 247. — Stein soumet ce second projet à la critique de Schön et de Gneisenau. Les idées de Schön ne paraissent pas radicales. Le 7 novembre 1808, Stein résume ses idées en restant dans les généralités. Pertz, *Gneisenau*, I, p. 319. — A. Stern, p. 153. — Voir les idées de Schleiermacher, *ibid.*, p. 154, — celles de Stägemann, Lehmann, *Knesebeck und Schön*, p. 304. — Voir les projets formés, le 29 sept. 1808, par Boyen et, le 14 oct. 1808, par Scharnhorst, Gneisenau, Nicolovius, Süvern, Schön, Grolmann et Rockner. Hassel, *Geschichte der preussischen Politik, 1807-1815*, I, p. 288. — Pertz, *Stein*, II, pp. 250-257. — A. Stern, p. 154. — Tome I, p. 446. — Voir également, comme document sur les idées de Stein en matière de représentation, le débat entre lui, Schön et Auerswald sur les États de la Prusse orientale. Lehmann *Knesebeck und Schön*, pp. 165 à 168, et *Beilagen*, pp. 291 à 304. — Hassel, I, p. 138. — J. Voigt, *Darstellung der ständischen Verfassung Ostpreussen's*, pp. 42, 65, 75, 78, 83. — Voir le testament politique de Stein rédigé par Schön, *Zu Schutz und Trutz am Grabe Schön's von einem Ostpreussen*, pp. 273-280. — Tome I, p. 482. — A. Stern, p. 149. — Un passage peut même être interprété comme favorable au suffrage universel, *ibid.*, p. 149. — Seeley, *Life and Times of Stein*, II, p. 296.

recueillie dans son édit du 27 octobre 1810 [1]. Seulement, la promesse était demeurée vague et ni l'un ni l'autre des hommes d'État prussiens ne paraît y avoir attaché de sens bien précis.

Le régime représentatif est demeuré pour nous, en France, ce qu'il a été depuis le serment du Jeu de Paume. Nous voulons que la repré-

— LANCIZOLLE, *Über Königthum und Landstände in Preussen*. — Voir encore, après la chute de Stein, sa lettre à Schön du 26 déc. 1808. *Aus den Papieren* SCHÖN's, II, p. 67, — sa lettre à Boyen. BASSEWITZ, *Die Kurmark Brandenburg, 1806-1808*, II, p. 632. — A. STERN, p. 156, — les projets de Gneisenau du printemps de 1809. PERTZ, *Gneisenau*, I, p. 489. — La représentation nationale n'est visiblement, pour Gneisenau, qu'un moyen de provoquer l'insurrection nationale. PERTZ, *Stein*, II, p. 578. — Voir le mémoire de Wedell, du 4 septembre 1809. A. STERN, p. 156, — la lettre d'Arnim à Stein. PERTZ, *Stein*, II, p. 567, — Stein approuve Arnim, *ibid.*, II, p. 585. — Voir encore, sur le mouvement en faveur du système représentatif, sous le ministère Altenstein-Dohna. A. STERN, pp. 158, 159. — TREITSCHKE, I, p. 332. — PERTZ, *Stein*, II, p. 749.

1. Sur les idées de Hardenberg en matière de représentation nationale, voir le mémoire de Riga. RANKE, *Hardenberg*, IV, p. 1*. — A. STERN, p. 161. — Voir en octobre 1808, RANKE, *Hardenberg*, IV, p. 242, — les idées d'Altenstein, *ibid.*, IV, p. 228. — Voir le 6 mars 1809, *ibid.*, IV, p. 221. Hardenberg se fait remettre par Dohna, le 22 août 1810, tous les projets élaborés avant son avènement, notamment ceux de Klewitz, du 2 septembre 1809, qui ne se sont pas retrouvés. Dohna se prononce dans le sens conservateur, contre la convocation d'une représentation nationale, contre la convocation d'une assemblée de notables, pour le maintien des anciens États provinciaux. A. STERN, p. 164. — *Aus den Papieren* SCHÖN's, VI, p. 568. — Hardenberg ne veut ni du maintien des anciens États provinciaux, ni d'un changement de la constitution; son idée, au cours de 1810, est de convoquer une assemblée de notables. A. STERN, p. 165. Il paraît, par moments, hostile même à l'idée d'une représentation nationale. — PERTZ, *Stein*, II, p. 509. — *Lebenserinnerungen von* F. v. RAUMER, I, pp. 107, 124. — RANKE, *Hardenberg*, IV, pp. 153, 159. — Hardenberg à Saint-Marsan, le 5 mai 1810. A. STERN, p. 316. — Voir, en février 1810, la réponse de Schuckmann à l'écrit de Raumer sur la constitution anglaise. A. STERN, p. 166. — Voir Hardenberg après l'entrevue de Hermsdorf. PERTZ, *Stein*, II, p. 518. — A. STERN, p. 161, 167, 168. — SYBEL, *Allgemeine deutsche Biographie*, X, p. 581. Hardenberg, dans le quatrième plan financier, et dans l'édit du 27 octobre 1810, parle encore d'une représentation nationale; bien qu'il n'ait l'intention de convoquer qu'une assemblée de notables. A. STERN, p. 168, note 4. — RANKE, *Hardenberg*, IV, p. 173. — La convocation des notables de 1811 ne donne satisfaction ni à Gneisenau, ni à Stein, ni à Arnim. A. STERN, p. 170. — PERTZ, *Gneisenau*, II, p. 94. — PERTZ, *Denkschriften des Ministers vom Stein*, p. 180. — PERTZ, *Stein*, II, p. 567. — Voir Sack, A. STERN, p. 168. — Même après la convocation des députés de 1811, Hardenberg continue à promettre, dans son discours d'ouverture du 23 février 1811, et dans l'édit de finances du 7 septembre 1811, la convocation d'une représentation nationale. La promesse de faire figurer, dans la commission instituée pour le règlement des dettes, des membres élus n'est encore présentée que comme une solution provisoire. A. STERN, p. 172. — Discours du 16 septembre 1811. MARWITZ, II, p. 332. — Voir, en novembre 1812, le chancelier, Bülow et le comte de Hardenberg. A. STERN, p. 190. — Voir le projet de constitution et de représentation nationale dressé, le 18 septembre 1812 (à la suite des instances des représentants convoqués à Berlin), par le comte de Hardenberg, Hippel et Scharnweber, le suffrage indirect et censitaire, quarante-trois représentants; l'assemblée est seulement consultative, *ibid.*, p. 193.

sentation détienne le pouvoir politique. L'Assemblée constituante l'a conquis de haute lutte, en 1789, dès les premiers jours de son existence, et, depuis, nous n'avons jamais considéré sans quelque mépris les assemblées qui n'ont point possédé la réalité du pouvoir. Les Allemands ne sauraient avoir la même conception du système représentatif. Le régime parlementaire est établi en Prusse depuis quarante ans ; et le suffrage universel admis en Allemagne depuis vingt années. L'autorité monarchique ne s'est jamais encore heurtée au suffrage universel : elle s'est trouvée, plus d'une fois, en conflit avec le Parlement ; mais, dans ces conflits, elle n'a rien perdu de ses prérogatives. Lorsqu'en 1810 Stein et Hardenberg parlaient de constitution nouvelle et de représentation nationale, ils n'avaient, ni l'un ni l'autre, si peu que ce fût, la pensée d'affaiblir l'autorité royale, ni d'en faire passer la moindre parcelle à un corps électif [1]. Stein, à Hermsdorf, avait recommandé à Hardenberg de suivre les principes de Richelieu. C'était une mauvaise préface à l'établissement du régime constitutionnel [2].

1. Hippel, dans un projet rédigé vers cette époque, disait : « Il est inutile de prévoir les conflits, il n'y en aura pas. » TH. BACH, *Th. G. V. Hippel*, pp. 116, 119. — A. STERN, pp. 151, 197. — La représentation nationale doit être, dans les idées de Hardenberg, octroyée d'en haut (*eine gute Gabe*), purement consultative (*weil die, in diesem Moment, nothwendige monarchische Form leiden würde*), « parce que la forme monarchique, qui est nécessaire en ce moment, recevrait sans cela une grave atteinte ». PERTZ, *Stein*, II, p. 519. — C'est plus tard seulement qu'on s'avise que le système représentatif implique nécessairement une limitation de la souveraineté, A. STERN, p. 161. — PERTZ, *Denkschriften des Ministers vom Stein*, pp. 104, 178. — Voir également, en novembre 1812, dans la seconde assemblée, le représentant d'Elbing, Poselger, A. STERN, p. 189. — Cependant Stägemann dit, en 1808, *eine Einwirkung des Volkes in die höchste Gewalt*, ibid., p. 154. — LEHMANN, *Knesebeck und Schön*, p. 304, — et, le 14 octobre 1808, Scharnhorst, Gneisenau, Schön, etc., ont proposé de soumettre la question de paix ou de guerre à une représentation nationale, HASSEL, I, p. 288. — PERTZ, *Stein*, II, p. 250, 257, — TOME I, p. 465. — Voir, en ce sens, le projet de Vincke, du 8 août 1808. E. v. BODELSCHWINGH, *Leben des Oberpräsidenten Freiherrn von Vincke*, p. 389, — E. MEIER, p. 132, — A. STERN, p. 150, — et la critique de Stein sur le projet de Rhediger. PERTZ, *Gneisenau*, I, pp. 397, 419. — *Aus den Papieren Schön's*, I, p. 49. — PERTZ, *Denkschriften des Ministers vom Stein*, p. 399. — A. STERN, pp. 130, 151. — TREITSCHKE, I, p. 287. — SYBEL, *Vorträge und Aufsätze*, p. 359. — Voir le second projet de Rhediger, rédigé, semble-t-il, pour répondre aux critiques de Stein. A. STERN, p. 152. — Voir surtout l'avis de Stein, du 7 novembre 1808, rédigé à la suite des critiques auxquelles a été soumis le projet de Rhediger, ibid., p. 153. — Voir Wedell et Stein, PERTZ, *Gneisenau*, I, p. 418. — A. STERN, p. 157.

2. « Je crois que certain ami, qui me prêcha un jour les principes de Richelieu, ne serait guère aussi patient que moi ; mais qu'il n'en soit pas moins assuré de la fermeté et de la conséquence que je ne perdrai jamais de vue, malgré la douceur dans les formes. » Hardenberg à Stein, 11 juillet 1811. LEHMANN, *Historische Zeitschrift*, XLVI, p. 187.

Stein, qui associait quelques tendances libérales à la ténacité des traditions aristocratiques, concevait la représentation nationale, avec ses trois ordres : l'aristocratie foncière, la bourgeoisie des villes, les paysans, comme un grand corps consultatif, destiné à établir un contact réel entre la nation et le gouvernement. Mais si, dans son esprit, cette conception demeurait vague [1], Stein était, du moins, dans ses projets de système représentatif, dans les limites étroites où il les enfermait, probablement plus sincère que Hardenberg [2]. Celui-ci était encore plus éloigné de se départir même d'une parcelle du pouvoir dictatorial qu'il s'était si jalousement constitué. Les organes représentatifs étaient, dans sa pensée, un rouage d'apparat. L'autorité monarchique était, pour une part, entre ses mains. Il ne se souciait pas, ses actes le prouvèrent, de la réduire en rien [3].

Lorsqu'on discutait, au début de ce siècle, en Prusse, sur l'établissement du régime représentatif, l'on n'avait point d'idées nettes sur les rapports qui pouvaient s'établir entre la représentation nationale et l'autorité monarchique.

Mais, sur la constitution même de la représentation, les conceptions n'étaient pas moins confuses. Que représenterait « la représentation nationale [4] »? Les souvenirs des anciens États provinciaux, que le grand Électeur et Frédéric-Guillaume avaient brisés, ne dataient pas d'un siècle. Ils n'étaient point tellement éloignés que l'oligarchie, toute pénétrée du sentiment vivant de sa prépondérance sociale, eût perdu celui de son ancienne prépondérance politique. Elle comptait bien, s'il devait y avoir une représentation, que ce serait elle surtout qui serait représentée. Elle n'était pas moins hostile que le libéralisme moderne, issu de la Révolution française, à la

---

1. A. Stern, pp. 152, 154, 162. — Pertz, Stein, I, p. 425; II, pp. 10, 164, 291, 593; III, p. 448; IV, p. 135. — Pertz, Gneisenau, I, p. 399.

2. Voir son jugement très sévère sur les représentants de Hardenberg. Pertz, Denkschriften des Ministers vom Stein, p. 180. — A. Stern, pp. 170, 173. — Arnim, écrivant à Stein, dit : le roman d'une constitution. Pertz, Stein, II, p. 568.

3. Pertz, Stein, II, p. 519, 520. — Voir aussi le troisième plan financier de Hardenberg. Mamroth, p. 213. — « Dans peu nous terminerons avec MM. les Députés. » Hardenberg à Stein, 19 mai 1811, Lehmann, Historische Zeitschrift, XLVI, p. 186. — A. Stern, p. 161. — Voir les réponses de Hardenberg aux représentants nationaux de 1812; A. Stern, p. 182.

4. « On comprend », écrit Schön, « qu'avant qu'un représentant du peuple pût paraître au Landtag, il était nécessaire qu'il existât dans le pays des citoyens indépendants, ne reconnaissant d'autre souverain que le monarque. » Aus den Papieren Schön's, I, Selbstbiographie, p. 49.

monarchie illimitée [1]. Seulement c'était à son profit qu'elle entendait limiter l'absolutisme. Lorsqu'on parlait de représentation, elle répondait que ce n'était point une nouveauté dans l'État prussien. Les organes représentatifs étaient tout trouvés [2]. Il suffisait de revenir aux anciennes traditions de la Prusse, de rendre quelque vie aux anciens États provinciaux du XVII° siècle, où les seuls éléments qui comptassent dans la société : la noblesse et la bourgeoisie des villes, avaient été, de temps immémorial, représentés [3]. Et l'on vit plus d'une fois confondus, dans les discussions que suscitait l'établissement du régime représentatif, par une équivoque [4] qui surprend nos conceptions modernes, les partisans des anciennes représentations oligarchiques et les précurseurs du parlementarisme.

C'est ainsi qu'au début de la Révolution française, la monarchie avait trouvé en face d'elle la noblesse et les notables avant de se heurter aux assemblées révolutionnaires. Mais, tandis qu'en France les revendications de l'aristocratie, brisée de longue date, avaient été vite éteintes, c'était, en Prusse, le maigre Tiers-État qui jouait les rôles sacrifiés [5].

Hardenberg a convoqué deux « représentations nationales » [6]. La première, composée de membres désignés par le pouvoir, a siégé du

1. Marwitz, II, p. 295.
2. Marwitz, II, pp. 237, 277, 292.
3. Ranke, *Hardenberg*, IV, p. 249. — Marwitz, II, p. 291.
4. Dans son discours du 23 février 1811, Hardenberg oppose bien la représentation qu'il a convoquée aux anciens États provinciaux, Marwitz, II, p. 315 ; — mais Dohna présente le maintien des anciens États provinciaux comme une application du système représentatif, A. Stern, p. 464. — Marwitz a la même conception, Marwitz, II, p. 291. — Voir encore Adam Müller et Raumer. Klose, *Leben Karl Augusts Fürsten von Hardenberg*, pp. 291, 303. — Marwitz, II, p. 291. — Pertz, *Stein*, II, p. 449. — Voir Arnim, *ibid.*, II, p. 567. — « Il faudrait cependant vouloir ce que l'on veut », écrit un inconnu à Stein : « ou la féodalité ou le système représentatif, *oder vollkommenen Feudalismus, oder vollkommene Represen-tation* », *ibid.*, II, p. 573. — Häusser, III, p. 493.
5. On trouve cependant, dans les projets que Raumer rédigeait pour le compte de Hardenberg, quelques tendances semi-démocratiques. Il ne veut pas de chambre haute : « Notre noblesse est incapable d'en former une ». Le droit d'éligibilité doit reposer sur trois bases : la propriété, l'intelligence et la moralité ; mais comme il est impossible d'instituer des censeurs, c'est le libre choix qui se prononcera seul sur l'intelligence et la moralité des candidats. Il ne faut pas restreindre le droit d'électorat aux possesseurs d'une grande fortune. Si on le faisait, les institutions nouvelles ne seraient plus populaires et n'aboutiraient qu'à la reconstitution d'une aristocratie nouvelle. Pertz, *Stein*, II, p. 519.
6. Voir une tentative avortée sous le ministère de Dohna, Pertz, *Stein*, II, p. 509.

mois de février au mois de septembre 1811, du lendemain des grands édits financiers d'octobre 1810 [1], à la grande réforme agraire de septembre 1811. La seconde a siégé de 1812 à 1815. Si l'on jugeait de leur importance par l'oubli où elles ont été laissées jusqu'à une époque récente, on ne l'apprécierait peut-être pas à sa juste valeur [2].

La première de ces Assemblées s'est appelée l'Assemblée des députés du pays. Elle fut composée suivant des principes exposés clairement par la plume de Raumer, interprète fidèle des conceptions politiques du chancelier. La nouvelle représentation doit émaner du Gouvernement seul; elle doit être octroyée gracieusement d'en haut. Le nombre des députés ne doit pas être trop grand; il faut prendre, avec prudence, toutes les précautions nécessaires pour qu'il ne puisse s'organiser ni obstruction, ni opposition contre les mesures prises par le gouvernement [3]. Et, comme si ces principes politiques ne portaient pas assez clairement leur marque d'origine, et n'indiquaient pas suffisamment l'influence des exemples napoléoniens [4], il ajoutait : « Le premier besoin de la nouvelle administration est un journal officiel, calqué sur le modèle du *Moniteur* westphalien » [5].

On conçoit que l'Autriche et la France, Metternich [6] et Saint-

1. MAMROTH, p. 223. — Cette assemblée est convoquée, en partie, pour calmer l'opposition qu'ont soulevée les édits financiers, *ibid.*, p. 456. — TREITSCHKE, I, p. 374. — A. STERN, p. 167. — L'assemblée n'est consultée sur les édits qu'après leur publication, MARWITZ, II, p. 233.

2. A. STERN, pp. 145, 171. — Voir comment Lancizolle parle de l'assemblée de 1811. LANCIZOLLE, p. 170.

3. A. STERN, p. 166, note 3. — MARWITZ, II, p. 284. — PERTZ, *Stein*, II, pp. 519, 520. — Les nouveaux projets de finance ne seront communiqués à la représentation nationale, *ibid.*, II, p. 520; — elle sera purement consultative, *ibid.*, II, p. 519. — « On a pour principe de ne jamais nous donner raison », écrit Arnim à Stein, *ibid.*, II, p. 568.

4. Voir, sur les corps délibérants des assemblées napoléoniennes, la sévérité de Vincke : « eille Possenspiele » ; et les sympathies de Hardenberg. A. STERN, p. 168. — Voir, sur les représentants de Hardenberg, la sévérité de Gneisenau « einen Regierungsapparat », PERTZ, *Stein*, II, p. 577, — et Stein « *Spott des Volkes* ». A. STERN, p. 170. — PERTZ, *Gneisenau*, II, p. 94. — PERTZ, *Denkschriften des Ministers vom Stein*, p. 180, — et, dans le même sens, Arnim. PERTZ, *Stein*, II, p. 567. — Voir, sur la presse, A. STERN, p. 171. — HÄUSSER, III, p. 495. — Hardenberg développe les mêmes conceptions sur la représentation nationale dans son troisième programme financier, celui du 12 ou 13 septembre 1810, qu'il soumet à Stein. MAMROTH, p. 213. — A. STERN, p. 167.

5. PERTZ, *Stein*, II, p. 320. — MAMROTH, p. 213.

6. De Bombelles à Metternich. « Cette mesure sage (la désignation des représentants par le pouvoir) assure d'avance que des esprits turbulents et mal intentionnés ne seront pas mis à même d'exploiter le germe révolutionnaire qui ne laisse pas que de fermenter encore dans beaucoup de têtes. Il est probable, d'après cela, que le pouvoir réservé à ce simulacre d'assemblée ne sera

Marsan [1] se montrassent pleinement rassurés sur les périls révolu-tionnaires que pouvait faire naître, en Prusse, une assemblée de nota-bles constituée sur ces bases [2]. Huit fonctionnaires, représentants de l'administration, dix-huit représentants de la noblesse, onze repré-sentants des villes, huit paysans [3], tous désignés par l'administra-tion [4], ne pouvaient faire courir grand danger à la monarchie prus-sienne. Encore, comme l'aristocratie protestait avec véhémence contre l'admission des paysans, qui avaient toujours été exclus des États provinciaux, le gouvernement lui fit la concession d'accroître le nombre des députés de la noblesse [5]. Le Brandebourg et la Poméranie ayant envoyé, sans autorisation, plus de représentants nobles qu'il ne leur en avait été attribué, on les admit sans difficulté.

Les députés étaient, dans l'esprit de Hardenberg, des intermé-diaires qui devaient se pénétrer de la pensée du gouvernement, expliquer ses intentions, et calmer par là, s'il était possible, l'irrita-tion que paraissaient soulever déjà ses premières mesures [6]. Il ne les convoqua qu'après la promulgation des édits de finance, la partie la plus contestée de son œuvre; et, dès la première séance, dans son discours du 23 février 1811, il leur expliqua sans ambages le rôle qu'il leur réservait. « Le roi », leur dit-il, « n'exige pas seulement l'obéissance. Il veut amener la conviction dans vos esprits [7]. »

Mais telle est la logique des choses que le rôle et l'action d'une

pas de nature à gêner le libre exercice de l'autorité légitime. » 31 décembre 1810. A. STERN, p. 169.

1. Saint-Marsan à Champagny. « On prend soin d'éviter tout ce qui pourrait donner à cette réunion une apparence de corps représentant : le chancelier d'État garde l'initiative en tout. » 26 février 1811, A. STERN, p. 321.

2. Voir cependant les préoccupations de Dohna, en août 1810. A. STERN, p. 163.

3. TREITSCHKE, I, p. 374. — Marwitz dit : 60 membres, en grande majorité nobles, et 6 à 8 paysans. MARWITZ, II, p 274. — RANKE dit : 64 membres. RANKE, Hardenberg, IV, p. 246. — PERTZ, Stein, II, p. 564.

4. Marwitz, avec ses conceptions oligarchiques, proteste très vivement contre ce mode de désignation. MARWITZ, II, p. 272.

5. TREITSCHKE, I, p. 374. — Voir la noblesse des cercles montagneux de la Silésie. KLOSE, Hardenberg, p. 280.

6. Gneisenau à Stein, le 26 juin 1811, et Stein à Gneisenau, le 17 août 1811. PERTZ, Stein, II, pp. 576, 586. — Aus den Papieren SCHÖN's, VI, p. 23. — TREITSCHKE, I, p. 378.

7. MARWITZ, II, pp. 275, 314. — RANKE, Hardenberg, IV, pp. 248-256. — KLOSE, Hardenberg, p. 281. — Voir Gneisenau, PERTZ, Stein, II, p. 577, — le discours du 16 sept. 1811. MARWITZ, II, pp. 330, 335, — le troisième programme financier de Hardenberg du 12 ou 13 septembre 1810. MAMROTH, p. 213. — Il n'autorise point les délibérations collectives; il divise l'assemblée en quatre sections présidées par des fonctionnaires, auxquelles il refuse même le droit d'initiative. MARWITZ, II, p. 319. — HÄUSSER, III, p. 494.

assemblée représentative dépendent beaucoup moins, depuis la Révolution française et l'avènement de gouvernements d'opinion, des intentions de ceux qui les ont convoquées, ou même de leur mode de désignation, que des courants d'opinion qui les portent ou les poussent. Tout nommés par le pouvoir qu'ils étaient, les députés qui s'assemblèrent à Berlin, en février 1811, avaient le vague sentiment de représenter la nation[1]. C'était la première fois que l'on voyait, en Prusse, une assemblée qui ne fût pas simplement provinciale, et qui mît en contact dans une réunion unique, et pour la discussion d'intérêts nationaux, des hommes venus de toutes les provinces de la monarchie.

Seulement les velléités nouvelles que ce rapprochement pouvait faire naître ne devaient profiter ni à la démocratie, ni au Tiers-État. L'oligarchie foncière, qui avait cédé, depuis cent cinquante ans, une large part du pouvoir politique à l'autorité souveraine, n'avait, pour ainsi dire, rien perdu de sa domination sociale. Par la constitution même de la société prussienne, par la prépondérance qu'elle y avait conservée, elle devait nécessairement accaparer la représentation[2].

Hardenberg avait voulu écarter les anciennes organisations oligarchiques, et, quelques précautions qu'il prît, c'étaient elles qui reparaissaient. Les paysans et les citadins devaient faire assez piètre figure[3] devant le groupe des seigneurs fonciers qui s'était renforcé de sa propre autorité. C'était de ce côté que pouvaient naître, pour le gouvernement, non point un péril révolutionnaire, mais quelques difficultés politiques. Les tendances agressives de l'oligarchie ont été, en plus d'un pays, à plus d'une époque, aussi menaçantes pour le pouvoir monarchique que les entreprises de la démocratie. Et, sans vouloir exagérer le danger, on peut dire qu'en 1811 encore, c'était plutôt de ce côté que la monarchie prussienne courait quelque risque.

---

1. A. STERN, p. 171. — MARWITZ, II, p. 272.
2. Au lendemain de la publication des édits d'octobre, en novembre 1810, il semble que ce soit la noblesse elle-même qui réclame la convocation des États pour y défendre ses droits qu'elle considère comme violés. MAMROTH, p. 249. — Voir Adam Müller. A. STERN, p. 172. — DOROW, Denkschriften und Briefe, III, p. 214. — KLOSE, Hardenberg, p. 300. — A la fin de l'assemblée de 1811, c'est Henckel von Donnersmark, parlant au nom de l'aristocratie, qui remercie le roi d'avoir annoncé une représentation nationale. MARWITZ, II, p. 333. — Voir encore A. STERN, p. 159. — Voir le mémoire de Dohna, du 22 août 1810, à Hardenberg, ibid., pp. 162, 165.
3. A. STERN. p. 171.

Dans la petite assemblée de 1811, on retrouva comme un pâle reflet des diètes avec lesquelles avait négocié le Grand Électeur. Une partie de l'aristocratie y arrivait très ardente, très frondeuse, très résolue à défendre ses intérêts, et tout près de la rébellion[1].

C'était déjà un symptôme assez significatif qu'elle eût réussi à imposer le nombre de ses représentants au pouvoir, qui d'abord avait voulu le limiter. Mais son action ne se borna pas là. Lorsqu'on examine l'histoire et les transformations de la législation sociale de Hardenberg, on ne tarde pas à reconnaître que cette maigre assemblée, qui semble avoir traîné, durant quelques mois à peine, une existence obscure, contre laquelle Hardenberg avait pris toutes ses précautions, qu'il avait eu soin de composer lui-même, on reconnaît que cette assemblée réussit à exercer, dans son contact avec les agents administratifs, une action silencieuse, mais efficace, sur l'œuvre législative du chancelier[2].

Son intervention ne fut pas étrangère aux modifications que subirent, en septembre 1811, les édits financiers[3]. Elle exerça sur la réforme agraire une action plus sensible encore. Au lendemain d'un désastre que l'on considérait, dès lors, comme la banqueroute de la classe privilégiée, l'aristocratie foncière sut manifester ce qu'elle avait conservé de vitalité et d'autorité dans la société et dans la politique prussienne.

Elle débuta par une manifestation tapageuse, et le chancelier trouva devant lui, dès le début de sa longue administration, cette opposition féodale[4] dont toutes ses tendances le faisaient l'ennemi, à

---

1. A. STERN, pp. 139, 171. — KLOSE, *Hardenberg*, pp. 280, 282, 297. — TREITSCHKE, I, p. 332, 372, 373. — Voir l'hommage que rend Marwitz à la noblesse; elle est seule à défendre ses droits. Les villes ont oublié qu'elles sont États du royaume. MARWITZ, II, p. 287. — Voir déjà l'esprit de résistance, de provincialisme et le mauvais vouloir des États de la Marche en 1809. PERTZ, *Stein*, II, pp. 492, 499, 509, 570. — A. STERN, p. 463. — CHAPITRE I, p. 15. — LANCIZOLLE, p. 172. — Voir Arnim, PERTZ, *Stein*, II, p. 563, — Stein, *ibid.*, II, p. 585, — les propriétaires nobles de quelques cercles de la Lithuanie et de la Prusse orientale, le 30 novembre 1811. KNAPP, *Die Bauern-Befreiung und der Ursprung der Landarbeiter in den älteren Theilen Preuszen's*, II, p. 276, — la noblesse silésienne, *Lebenserinnerungen von* F. v. RAUMER, I, p. 145. — MARWITZ, II, pp. 287, 288, 289. — HÄUSSER, III, p. 495.

2. MARWITZ, II, pp. 291, 297, 330. — L'action de l'oligarchie ne s'est point exercée dans les réunions collectives, qui furent très rares, mais dans les pourparlers individuels ou dans les quatre sections présidées par les fonctionnaires; discours de Hardenberg, du 23 février et du 16 sept. 1811, *ibid.*, II, pp. 284, 330.

3. DIETERICI, *Zur Geschichte der Steuer-Reform*, p. 32. — KNAPP, I, pp. 182, 183.

4. Pertz signalé, à côté des manifestations de Marwitz, une intrigue de cour

laquelle il ne sut peut-être point résister avec toute la vigueur d'un caractère comme celui de Stein, mais à laquelle toute son œuvre politique allait en somme porter — et c'est son meilleur titre de gloire — des atteintes sensibles [1].

Marwitz était à la fois le théoricien de la caste et son représentant le plus intransigeant [2]. Dès le mois de février 1811, quelques mois après l'avènement de Hardenberg, il avait fait rédiger, par la plume experte d'Adam Müller [3], une remontrance adressée au chancelier. Mais cette œuvre [4] confuse, fort peu intransigeante, de forme littéraire, où Müller avait introduit — et il paraissait avoir pour cela plus d'une raison très personnelle — quelques flatteries à l'adresse du chancelier, n'avait point plu aux compagnons de Marwitz. Il fut seul, trouvant sans doute que toute manifestation d'opposition était bonne, à y apposer sa signature [5]. Ce fut en mai 1811, quelques mois après la réunion des députés, que Marwitz réussit à grouper autour de lui [6] la caste des possesseurs de biens nobles de la Marche de Brandebourg, ou, pour parler plus exactement, les États des cercles de Lebus, Storkow et Beeskow. C'est en leur nom qu'il signa une adresse [7] au roi, des plus audacieuses, qui, cette fois, n'était plus

dirigée par Vosz et qui tendait à renverser le chancelier. PERTZ, *Stein*, II, p. 562. — *Erinnerungen des Feldmarschalls* VON BOYEN, II, p. 91. — Voir MAMROTH, pp. 451, 468, 470. — MARWITZ, II, pp. 266, 290, 298. — Voir l'irritation de Stein qui s'emporte de loin contre la résistance des privilégiés. PERTZ, *Stein*, II, pp. 582, 585, 587. — Hardenberg en est inquiet, *ibid.*, II, p. 563. — MARWITZ, II, pp. 290, 298, 330.

1. Voir LANCIZOLLE, le théoricien du droit oligarchique; il écrit, en 1846, avec une singulière exagération, que Hardenberg a plus fait pour détruire l'ancienne constitution oligarchique, *die landständische Gerechtsame*, que le Grand Électeur lui-même, LANCIZOLLE, p. 162.

2. Voir, sur l'intransigeance de Marwitz, MARWITZ, II, pp. 283, 285, — sur son provincialisme, *ibid.*, II, p. 284, — sur ses conceptions sociales, *ibid.*, II, pp. 237 (note), 241, 277 (note). — TREITSCHKE, I, p. 373. — LANCIZOLLE, p. 177. — LANCIZOLLE trouve lui-même la protestation de Marwitz excessive, *ibid.*, p. 176. — Un ami de Stein, Arnim, qui partage beaucoup des idées de Marwitz, blâme la violence de son opposition. PERTZ, *Stein*, II, p. 566. — Stein approuve Arnim, *ibid.*, II, p. 585. — « Les nouveaux Jacobins », dit-on dans l'autre camp. LANCIZOLLE, p. 176.

3. Raumer raconte que Müller venait de se voir refuser un poste de conseiller d'État, *Lebenserinnerungen von F. v. RAUMER*, I, p. 137. — Voir sur les rapports de Hardenberg et de Raumer avec la presse, avec Heinrich von Kleist et Adam Müller notamment, *ibid.*, I, pp. 228 et suivantes. — KLOSE, *Hardenberg*, p. 299. — PERTZ, *Stein*, II, p. 567. — Voir encore, en mai 1811. C'est Adam Müller qui porte à Stein les lettres de Hardenberg, LEHMANN, *Historische Zeitschrift*, XLVI, p. 183.

4. Elle est publiée par KLOSE, *Hardenberg*, p. 300.

5. MAMROTH, p. 220. — KLOSE, *Hardenberg*, p. 500.

6. MARWITZ, II, p. 288.

7. Boyen fait remarquer, dans ses mémoires, que l'adresse est signée par deux

l'œuvre d'un homme de lettres équivoque, mais traduisait fidèlement les revendications et les pensées intimes de l'oligarchie foncière.

Au milieu de phrases sur l'intérêt national, que dictaient à Marwitz son patriotisme sincère et le souvenir encore récent des désastres de 1806[1], on sent percer le plus singulier esprit provincial. La province est une personne morale qui traite avec le monarque, un État dans l'État; et, si l'idée de l'intérêt national n'est pas absente, elle est du moins au second plan. La Prusse apparaît comme une fédération de provinces[2]. Marwitz fait grief au gouvernement d'avoir mis la main sur la caisse provinciale, cette propriété des États du Brandebourg[3]; de vouloir fondre les dettes provinciales dans une dette d'État; de ne plus respecter l'indépendance et l'individualité de la Marche.

Il y a, toutefois, dans le manifeste des États du Brandebourg autre chose que cette étroitesse provinciale. On y trouve l'exposé très clair des théories politiques du parti féodal[4]. La législation fiscale de Hardenberg, les édits rendus, sans que les États provinciaux aient été consultés, sont, pour Marwitz et ses cosignataires, un pur et simple coup d'État. Rien ne peut être décidé ou projeté, en toute matière qui intéresse la prospérité ou le déclin du pays, sans la connaissance, le conseil et le consentement des États provinciaux, formés, dans chaque province, par l'association traditionnelle des villes et des possesseurs nobles de biens nobles. Cela est écrit dans chacun de ces contrats, de ces traités que le monarque a passés, en 1653 notamment, avec la noblesse de ses provinces, que Frédéric-Guillaume III a de nouveau garantis à son avènement, et qui sont, pour

roturiers, l'un Landrath et bourguemestre de Francfort. *Erinnerungen des Feldmarschalls* von Boyen, II, p. 91. — Voir le texte de l'adresse. Klose, *Hardenberg*, p. 283. — Elle est du 9 mai 1811, *ibid.*, p. 295. — Cette adresse n'est pas isolée. Marwitz, II, p. 288. — Klose, *Hardenberg*, p. 298. — Marwitz concentre toutes ses revendications sur la question constitutionnelle, les droits traditionnels de l'oligarchie, les édits de finance, et parle fort peu de la réforme agraire, Marwitz, *passim*, et II, pp. 304, 314. — Lancizolle, p. 177.

1. On était tellement encore sous l'impression des événements de 1806 et de la banqueroute de la noblesse prussienne, que Marwitz parlait avec réserve des efforts qu'elle avait faits en 1806, et que Hardenberg annotait le passage en écrivant : « Ils n'ont pas été vigoureux. » « *Ist schlecht genug geschehen.* » Klose, *Hardenberg*, p. 285.

2. Marwitz, II, p. 284 (note). — Voir l'esprit provincial même d'un homme comme Arnim qui est un ami de Stein, Pertz, *Stein*, II, p. 565.

3. Marwitz, I, p. 323. — On avait même dû enlever la caisse avec effraction, *ibid.*, II, p. 274. — Klose, *Hardenberg*, p. 292.

4. Voir ces mêmes théories développées par Lancizolle, p. 166.

ces hobereaux, la seule forme valable de la législation prussienne, la
constitution même du royaume [1].

Marwitz cède à la force, mais il proteste pour lui et pour sa des-
cendance à perpétuité. Pour lui, comme pour tout le parti féodal, la
loi est un contrat passé entre le monarque et la noblesse des diverses
provinces, traitant de puissance à puissance [2].

Toute platonique qu'était la rébellion, ce n'en était pas moins une
attaque directe [3] à l'autorité du roi. L'on envoya Marwitz et l'autre
signataire, le vieux Finkenstein, ce débris du règne de Frédéric II,
expier leur crime à la forteresse de Spandau [4]. Le pouvoir monarchique, que Marwitz paraissait méconnaître, s'affirma par un acte
du plus pur arbitraire [5].

Toutefois, si le manifeste de Marwitz donne assez clairement le
résumé des théories politiques de la noblesse prussienne, il ne faudrait chercher ni dans cette manifestation tapageuse, ni dans la
rigueur isolée, bruyante, et d'ailleurs passagère [6], de la répression,
la mesure de l'action de la caste féodale ou des résistances du chancelier [7]. Pour apprécier exactement l'une et l'autre, il faut reprendre
l'histoire de la législation agraire et celle du grand édit du 14 septembre 1811.

Nous savons à quel point Stein avait laissé la réforme agraire [8].
Il avait proclamé la suppression de la sujétion héréditaire et le
libre commerce des biens fonciers. Il avait réalisé une réforme

1. Ce sont les termes du recès de 1653 que Marwitz reproduit dans son adresse.
KLOSE, *Hardenberg*, p. 289. — Marwitz oppose la constitution oligarchique du
royaume à l'absolutisme. MARWITZ, I, p. 323; II, p. 232, 295. — Il appelle même
son état oligarchique un état républicain, II, p. 243. — Voir encore *ibid.*, I,
p. 324; II, pp. 277, 289.
2. KLOSE, *Hardenberg*, p. 292. — Voir la même idée dans l'adresse de Müller,
ibid., p. 309. — LANCIZOLLE, p. 173. — Voir les mêmes théories, même chez un
homme comme Arnim. PERTZ, *Stein*, II, p. 565. — Stein les approuve, *ibid.*, II,
p. 585. — Marwitz, tout en protestant en faveur des droits des anciens États
provinciaux, de l'ancien État oligarchique, reconnaît cependant qu'il ne peut
plus tenir. MARWITZ, I, p. 325.
3. Presque menaçante dans ses termes. MAMROTH, p. 223. — MARWITZ, II, p. 288.
— KLOSE, *Hardenberg*, pp. 295-298.
4. KLOSE, *Hardenberg*, p. 298. — PERTZ, *Stein*, II, p. 569.
5. MAMROTH, p. 224. — MARWITZ, I, p. 324, II; pp. 288, 289.
6. KLOSE, *Hardenberg*, p. 298.
7. Voir, en dehors de Marwitz, le ton parfois violent des réclamations féodales. KNAPP, I, p. 172.
8. TOME I, p. 371.

moins platonique, lorsqu'il avait préparé, sur les vastes domaines royaux, la transformation en petits propriétaires libres d'un grand nombre de tenanciers [1]. Mais ce n'était là qu'une première ébauche. La commission de législation, instituée par Hardenberg, et dont Raumer, comme nous l'avons vu, était l'élément le plus actif, avait dressé le programme d'une nouvelle et plus décisive réforme [2]. Si ce programme eût été réalisé sans modification, il eût constitué une législation révolutionnaire très comparable à celle de la Révolution française [3].

Tous les tenanciers, de quelque ordre qu'ils fussent, petits ou gros, quelle que fût aussi la nature du titre précaire, héréditaire ou viager, en vertu duquel ils détenaient leur propriété partagée, devenaient propriétaires de leur tenure [4]. Le seigneur perdait, sans indemnité, ses droits de co-propriété [5]. Restaient les charges et les corvées. On devait inscrire sur un registre d'hypothèques, créé à cet effet, les charges, services et corvées dus par le tenancier, et les obligations du seigneur en secours ordinaires et extraordinaires de toute nature, et si, dans un an, le règlement ne s'en était point fait à l'amiable, l'État intervenait pour en imposer la liquidation et faire payer, par celle des deux parties au détriment de laquelle le compte se soldait, en argent, en capital ou en terre, le reliquat inscrit à son passif [6].

1. Hardenberg exécute et complète la législation de Stein en ce qui concerne les paysans des domaines. Voir l'ordonnance du 16 mars 1812. PERTZ, *Stein*, II, p. 562.
2. Le projet est élaboré par Raumer, Borsche, Beuth et Ladenberg. KNAPP, I, p. 162, — le 9 oct. 1810, *ibid.*, II, p. 240. — Voir le texte du projet d'édit, *ibid.*, II, p. 243. — La commission, en prenant la direction des travaux, les soustrait à l'administration régulière, *ibid.*, II, p. 239. — *Lebenserinnerungen von F. v.* RAUMER, I, p. 123. — Il en résulte une rupture entre les travaux administratifs de Stein sur la réforme agraire et ceux de Hardenberg. KNAPP, I, p. 161. — Voir l'initiative prise par Raumer, alors fonctionnaire à Potsdam, le 29 avril 1810, et l'accueil fait à son projet par Dohna à la fin de son ministère, *ibid.*, I, pp. 161-162; II, pp. 226, 235. — BASSEWITZ, *Die Kurmark Brandenburg vor 1806*, p. 492.
3. « Le souffle empoisonné de la législation française », dit la noblesse en parlant des édits agraires de Hardenberg, KNAPP, I, p. 180; II, p. 355. — E. MEIER, p. 172.
4. KNAPP, I, p. 162. — L'édit du 27 octobre 1810 dit : « Nous voulons concéder et assurer le droit de propriété à ceux de nos sujets qui n'en jouissent pas encore », MAMROTH, p. 218. — L'édit du 7 septembre 1811 renouvelle les mêmes promesses, *ibid.*, p. 473. — Voir l'ordre de cabinet du 6 septembre, DIETERICI, *Zur Geschichte der Steuer-Reform*, p. 34.
5. KNAPP, I, p. 163; II, p. 239. — *Lebenserinnerungen von F. v.* RAUMER, I, p. 105. — Scharnweber propose de dépouiller le propriétaire même lorsque le paysan n'est qu'un simple fermier, KNAPP, II, p. 240.
6. C'était la suppression des charges féodales contre indemnité. KNAPP, I, p. 163;

Le projet d'édit tentait également de transformer en propriétaires les simples fermiers à temps. Le seigneur devait être déchargé de l'obligation, très lourde pour lui après les désastres de la guerre, de tenir en bon état d'entretien toutes les exploitations dépendant de son bien, s'il abandonnait en toute propriété au fermier la moitié des terres affermées [1].

Il est facile de saisir la portée d'une semblable mesure. Les tenures rurales occupaient dans la Marche électorale les trois cinquièmes du territoire. Dans la Prusse orientale, on peut admettre, d'après les chiffres de la contribution, qu'elles représentaient le cinquième du sol environ [2]. Quelle révolution en Prusse si tous les détenteurs précaires des tenures, exploitant, en petits biens de quinze ou trente hectares au maximum, une part aussi considérable du territoire, fussent devenus propriétaires du sol et si tous les services et toutes les corvées eussent été liquidés!

Mais, si Hardenberg avait l'esprit assez large pour concevoir une œuvre politique de cette portée, la volonté lui manquait pour la réaliser [3], et, peut-être, aussi les moyens d'action. L'histoire nous enseigne que des transformations sociales de cette étendue ne sortent point du cerveau d'un homme. Les obstacles matériels et moraux qui s'opposaient à la réalisation du plan conçu par Hardenberg apparurent, sous une forme palpable, dans la résistance des *députés du pays* [4]. Huit mois après la date où le projet de Hardenberg avait été présenté aux députés [5], le chancelier promulguait l'édit du 14 septembre 1811; et le simple rapprochement de l'édit et du projet primitif mesure déjà la force de résistance de l'aristocratie foncière; ce

II, p. 235. Ce règlement fait, le commerce des terres est libre et le seigneur peut acquérir ce qu'il veut. — Bornhak, *Geschichte des preussischen Verwaltungsrechts*, III, p. 147.

1. Knapp, I, p. 163; II, pp. 234, 240. — C'est l'idée que Stein lui-même émettait dans son mémoire de septembre 1810, Pertz, *Stein*, II, p. 515.

2. Tome I, p. 85. — Knapp, I, p. 164. — Le 18 février 1813, les députés des paysans estiment encore que l'édit du 14 septembre, déjà réduit par rapport au premier projet, eût concédé la propriété à 350 000 familles, *ibid.*, II, p. 346. — Mamroth, p. 273. — Voir pour la Poméranie antérieure, *ibid.*, p. 239.

3. Voir, en 1812, sa faiblesse et ses incertitudes, Knapp, I, pp. 177, 181, 183; II, p. 282.

4. Au contraire de ce qu'il a fait pour les édits de finance, Hardenberg leur soumet le projet, Knapp, I, p. 162. — Voir le discours de Scharnweber, *ibid.*, I, p. 164.

5. Voir, sur la procédure, Knapp, II, p. 241. — Hardenberg forme une commission composée mi-partie de fonctionnaires, mi-partie de membres désignés par lui parmi les députés, tous fonctionnaires ou nobles, *ibid.*, II, pp. 241, 242.

n'était encore qu'un premier effort de l'oligarchie et, déjà, l'on sentait ce que l'état social de la Prusse opposait d'obstacles à la révolution agraire et à la constitution de la petite propriété.

On a comparé les négociations du chancelier avec les députés aux négociations d'un ministère parlementaire avec les chambres. Et, de fait, ce sont ces députés, désignés par le pouvoir, appelés dans la pensée du chancelier à propager ses idées et à défendre ses projets, qui substituèrent leur initiative à celle de la commission de législation instituée par Hardenberg [1]. La réforme, qu'ils subissaient de mauvais gré, prit, sous leur action, un caractère déjà sensiblement différent de celui que le gouvernement lui avait assigné.

Scharnweber [2], qui fut l'agent le plus laborieux, le plus compétent, et le plus actif de la réforme agraire, avait, dès la première séance, fait office de commissaire du gouvernement et développé les idées principales du projet de Hardenberg [3]. Les représentants de la noblesse se sentirent atteints, de suite, dans leurs privilèges de caste, dans leurs habitudes seigneuriales, dans le sentiment singulièrement naïf de l'autorité et de la prépondérance sociales qu'ils considéraient comme leur patrimoine [4]. Le Landrath von Dewitz disait [5], dans une protestation du 26 février 1811 contre le projet de Hardenberg : « Si le possesseur de bien noble n'a plus le droit d'expulser ses tenanciers, tout le charme du séjour sur ses terres sera perdu pour lui ». D'autres ajoutaient : « Du jour où nous aurons pour voisins

1. KNAPP, I, p. 165; II, pp. 241, 257.
2. MAMROTH, p. 166. — « *L'alter ego* du chancelier pour les questions se rapportant à la réforme agraire. » KNAPP, I, p. 164. — Voir son mémoire du 9 nov. 1810, *ibid.*, II, p. 240, — *Genialisch gemüthlich*, dit Schuckman, *ibid.*, II, p. 262. — Voir *ibid.*, II, pp. 273, 346. — L'aristocratie finit par le faire éliminer, *ibid.*, I, p. 181. — D'après Marwitz, Scharnweber supplanta Raumer dans la faveur du chancelier, en 1811. MARWITZ, II, pp. 290, 295. — *Der speculirende Avanturier*, dit Marwitz, *ibid.*, II, p. 305. — Voir le rôle de Scharnweber dans la préparation de l'édit de gendarmerie. E. MEIER, p. 428. — MEIER le considère comme l'auteur de la réforme agraire et de l'édit de gendarmerie, *ibid.*, p. 173. — TREITSCHKE, I, p. 379. — Voir Boyen sur Scharnweber, qui finit par mourir fou, *Erinnerungen des Feldmarschalls* von BOYEN, II, p. 97. — Voir les querelles de Scharnweber et des patriotes en 1813 au sujet de la Landsturm. PERTZ, *Gneisenau*, III, p. 684.
3. KNAPP, I, p. 164; II, p. 248. — MARWITZ, II, p. 295, paraît passer absolument sous silence ou avoir ignoré tous les travaux qui ont précédé la promulgation de l'édit de septembre 1811 sur la réforme agraire.
4. Il n'y a qu'une chose à faire, dit, en 1809, von Briesen : c'est de laisser la direction de la société rurale (*des Rusticales*) dans les mains qui l'ont dirigée jusqu'ici, c.-à-d. dans les mains des propriétaires de biens nobles. A. STERN, p. 158.
5. KNAPP, I, p. 172; II, p. 257.

des propriétaires ruraux indépendants, nos biens deviendront pour nous un enfer [1]. »

Mais ce n'étaient pas seulement les habitudes traditionnelles de prédominance sociale des possesseurs de biens nobles qui étaient menacées; c'étaient aussi leurs intérêts matériels.

Le seigneur perdait dans le premier projet, et sans aucune indemnité, tous ses droits de co-propriété sur les tenures rurales. Ces droits de co-propriété, s'ils n'étaient point seulement des droits théoriques, avaient, il est vrai, quelque chose de platonique [2], l'État faisant toujours difficulté [3] pour autoriser le seigneur, lorsque les tenures devenaient vacantes, à les absorber.

Ce qui apparaissait, sinon comme plus grave, du moins comme plus directement menaçant, c'était la suppression des corvées et des services de tout genre dus par les petits tenanciers [4]. Les hobereaux consentaient encore [5] à voir disparaître les services et les corvées dus par les attelages des gros tenanciers. Ils construiraient des écuries, ils achèteraient des chevaux. Mais la main-d'œuvre humaine gratuite! si on la leur supprimait, la vie deviendrait impossible. Il fallait à tout prix qu'ils pussent trouver des bras. Et, si le petit tenancier était affranchi de tout service, si on lui laissait à la fois sa tenure et tout son temps pour la cultiver, qui donc ferait office de travailleur journalier sur les biens nobles [6]?

Toutes ces objections étaient formulées non seulement par des hobereaux qui, comme Marwitz, n'avaient d'autre qualité pour parler

---

1. KNAPP, I, p. 172; II, p. 274. — Voir les théories de Marwitz sur le rôle social du paysan. MARWITZ, II, pp. 237 (note), 241, 277 (note).

2. On exagérait lorsqu'on disait que le tenancier héréditaire était comme propriétaire. KNAPP, II, p. 226. Le propriétaire noble se considérait au contraire comme propriétaire des tenures. — Voir la Poméranie, ibid., II, p. 374.

3. Voir les efforts de l'aristocratie pour s'affranchir de cette intervention de l'État à la fin du ministère de Stein, TOME I, pp. 367-371.

4. Dohna indique fort bien, le 21 juin 1810, que la concession de la propriété, sans la liquidation des charges réciproques, serait une dérision. KNAPP, II, p. 237. — Voir surtout les réclamations de la noblesse silésienne, et les mémoires présentés par les paysans silésiens. Henckel von Donnersmark dit que les services et corvées du Dreschgärtner silésien sont très incomplets. Il vient travailler chez le propriétaire noble seulement deux ou trois jours par semaine avec une personne; ibid., II, p. 263. — Voir sur les charges, corvées et services féodaux, TOME I, p. 77.

5. Voir Dewitz, Witte. KNAPP, II, pp. 257, 258.

6. KNAPP, I, p. 172. — Voir Schlieben, le 17 juillet 1811, ibid., II, p. 271, — les propriétaires nobles du cercle de Stolpe, le 2 nov. 1811, ibid., II, p. 274. — Voir ibid., II, p. 280.

que leur titre de membres de la caste, non seulement par les députés de la noblesse, mais aussi par quelques-uns de ces fonctionnaires qui formaient le trait d'union entre l'administration prussienne et la caste aristocratique. Les réclamations de la noblesse poméranienne étaient signées par le Landrath von Dewitz [1] qui faisait office, dans l'assemblée, non point de député, mais de représentant du gouvernement.

La noblesse ne se borna pas d'ailleurs à signaler le mal et ne demeura pas inactive. Elle mit, sans hésiter, le projet du gouvernement de côté et proposa, de sa propre initiative, des dispositions nouvelles. Elle sut bien faire quelques sacrifices à l'esprit nouveau. Elle acceptait l'abandon, mais l'abandon contre indemnité, de ses droits de co-propriété sur les tenures [2]. Elle exigeait, en échange, que l'État renonçât à déclarer intangible l'ensemble des tenures rurales, et permît au seigneur d'étendre son domaine propre lorsqu'il en trouverait l'occasion [3]. Elle acceptait encore le rachat des services et des corvées; mais elle voulait en être indemnisée, et l'un des députés de la Marche électorale, von Goldbeck, suggéra un mode d'indemnité qui plaisait fort à l'aristocratie foncière. On lui abandonnerait à forfait une partie du sol [4]; elle demanda d'abord la moitié ou le tiers [5] des tenures selon les cas.

Cette solution parut d'autant plus acceptable que l'évaluation, la liquidation, et le règlement des obligations réciproques du seigneur et du tenancier étaient une opération des plus délicates. Et, si le règle-

1. Knapp, II, p. 257, 26 février 1811. — Voir déjà le mémoire de Dewitz du 22 février 1808, *ibid.*, I, p. 148.
2. Elle subordonne la concession de la propriété au règlement amiable à intervenir. Knapp, I, p. 165.
3. La disparition du *Bauernschutz* était ce à quoi la noblesse tenait le plus. Dans la Prusse orientale où le *Bauernschutz* ne fonctionnait pas en fait, et où, par conséquent, la compensation était nulle, les protestations de la noblesse contre l'édit sont particulièrement violentes, Knapp, I, p. 173.
4. Knapp, I, p. 166, — en mars 1811, *ibid.*, II, p. 258. — On voit déjà poindre, dans le projet de la noblesse, la distinction entre les petits et les gros tenanciers, *ibid.*, II, p. 258. — L'idée de l'indemnité en terres avait déjà été mise en avant dans les nombreux projets élaborés de toutes parts depuis le début du siècle, *ibid.*, I, p. 157, — et encore sous le ministère Dohna, *ibid.*, II, p. 227. — Agrandir les domaines, c'est l'idée dominante de l'oligarchie, *ibid.*, I, p. 158. — Sur quelques points cependant, il semble qu'elle préférerait l'indemnité en argent, *ibid.*, II, pp. 258, 271.
5. Knapp, II, pp. 258, 260. — Elle demandait le tiers des tenures héréditaires, *ibid.*, I, p. 166. — Dans les projets de 1809, il avait été question d'accorder un quart des tenures au propriétaire noble en échange de son droit de co-propriété assez platonique. Les fonctionnaires avaient protesté, *ibid.*, II, p. 233.

ment à forfait devait entraîner nécessairement bien des injustices de détail, il constituait, en tout cas, une simplification des plus pratiques [1].

Les idées suggérées par l'aristocratie foncière prirent ainsi la place du projet élaboré par Raumer. Scharnweber reprit son travail. Il prépara, à la date du 12 juillet 1811, un nouveau projet d'édit sur les bases indiquées par les députés de la noblesse, et ce projet devint, avec de très légers changements, l'édit du 14 septembre 1811 [2].

La promulgation de l'édit fut, de la part des réformateurs théoriques qui environnaient Hardenberg, l'occasion d'un débordement d'enthousiasme. « Vous avez fait [3] », lui disait-on, « ce que Frédéric l'unique n'a pu réaliser. Vous avez assuré aux paysans la propriété de leurs tenures. C'est un événement européen. Bien des millions d'hommes béniront encore, dans plusieurs siècles, les noms de Frédéric-Guillaume et de Hardenberg. »

L'édit, déjà réduit par rapport aux projets primitifs, ne méritait pas de semblables hyperboles. Si, toutefois, il eût été exécuté dans sa teneur, si sa forme nouvelle eût marqué la dernière concession faite aux exigences de l'oligarchie foncière, il eût conservé l'importance d'une réforme à la fois très profonde et assez générale.

La noblesse y avait sans doute mis sa griffe. Elle prélevait sa dîme sur l'opération, puisqu'elle devait acquérir, en toute propriété, un tiers des tenures, plus certainement qu'il ne fallait pour l'indemniser de ce qu'elle perdait. Elle voyait surtout disparaître ce droit de veto du XVIIIᵉ siècle, cette protection gênante que l'État prussien avait étendue jusqu'alors sur le bloc des tenures rurales, en interdisant au propriétaire noble de le réduire par ses tentatives d'accaparement. Toutes ces réserves faites, l'édit du 14 septembre 1811 n'en mettait pas moins un terme au malentendu douloureux des propriétés partagées d'ancien régime [4].

A qui appartenaient, avant l'édit, ces petites tenures, ces morceaux

1. L'aristocratie y gagnait. KNAPP, I, pp. 169, 170, 173, 176. — Voir Dewitz, *ibid.*, II, p. 266. — Voir le rapport de Kunth, du 16 juin 1814, *ibid.*, II, p. 268.
2. KNAPP, II, pp. 261, 262. — Voir, sur la séance du 7 septembre, MARWITZ, II, p. 295 — et sur la séance du 16 sept., *ibid.*, II, *passim*, et p. 304.
3. La phrase est de Häse, à la fois fonctionnaire et représentant (*Steuer-einnehmer*), KNAPP, I, p. 171; II, p. 265.
4. Le 18 février, les députés des paysans protestent contre l'ajournement de l'application de l'édit. KNAPP, II, p. 345.

de terre fécondés par les labeurs, par les misères des serfs, des paysans d'ancien régime? Nous ne saurions leur appliquer nos notions précises sur le droit de propriété. Elles n'appartenaient plus au seigneur, puisqu'il fallait qu'il y maintînt un foyer de tenanciers ruraux, et qu'il n'aurait point eu le droit de les adjoindre purement et simplement à son domaine. Mais elles appartenaient encore moins aux tenanciers [1], qui pouvaient en être expulsés, s'il plaisait au seigneur de les remplacer par de nouveaux occupants. Ainsi s'était prolongée la douloureuse équivoque [2] qui restreignait, qui voilait, qui condamnait à l'incertitude et à la précarité le droit du tenancier sur la terre qu'il occupait et qu'il cultivait. Cette équivoque séculaire, l'édit de septembre la tranchait. Et, s'il eût dû s'exécuter sans modifications, il aurait réalisé en Prusse une *révolution d'une portée incalculable*, en constituant sur une large portion de son territoire la petite propriété rurale.

Mais c'est s'exposer aux plus étranges erreurs que d'arrêter l'histoire des mesures législatives au jour de leur promulgation. Lorsque, quelque trente ans plus tard, on put mesurer les modifications économiques et sociales que l'édit de septembre avait apportées en fait à la constitution de la propriété rurale en Prusse, il fallut bien reconnaître que les réalités étaient loin de correspondre aux espérances qu'il avait suscitées. Comment cela se fit-il?

L'édit accordait un délai de deux ans aux propriétaires nobles et à leurs tenanciers pour s'entendre à l'amiable; et, passé ce délai, mal précisé d'ailleurs, l'État devait intervenir d'autorité [3].

Aussitôt après la promulgation de l'édit, des commissions furent constituées pour en assurer l'exécution [4]. Elles se formèrent dans les diverses provinces, et les rapports qu'elles adressèrent au chancelier semblent constater unanimement le mouvement d'opinion que

---

1. Voir avec quelle facilité, dans tous les projets dressés à cette époque, on dispose des tenures pour en remanier la répartition. On n'a aucun respect pour le lien qui rattache le tenancier à la tenure. KNAPP, I, p. 155; II, p. 231. — *Angesiedeltes Gesinde,* dit Hoffmann, *ibid.*, II, p. 231.

2. Tantôt l'on proclame que c'est le tenancier qui est le propriétaire, tantôt que c'est le seigneur. KNAPP, II, pp. 226, 274, 279.

3. L'édit subordonnait la concession de la propriété à l'entente amiable. KNAPP, I, pp. 163, 169, 174.

4. KNAPP, I, p. 178.

l'édit avait produit au sein de la population rurale[1]. L'espoir prochain, le sentiment de la propriété engendrait partout, disait-on, l'ardeur au travail. Les paysans se rendaient en foule chez ces petits agents d'affaires qui étaient leurs conseillers habituels, les *Winkeladvocaten* [2], et venaient leur demander la solution des mille questions litigieuses que soulevait l'application de l'édit. La population rurale semblait partagée entre les espérances que suscitaient chez elle les perspectives nouvelles qui lui étaient ouvertes, et les craintes qui paralysaient ces mouvements, lorsque se répandait dans la campagne le bruit que l'aristocratie allait obtenir la rupture des promesses contenues dans l'édit de septembre. La part faite à l'optimisme administratif, il paraît impossible de méconnaître l'effet moral, l'agitation même que l'édit produisit parmi les populations rurales de la Prusse [3].

1. Voir en Poméranie, KNAPP, I, p. 171 ; II, p. 266. — Voir le Landrath v. Dewitz, *ibid.*, II, p. 266 ; il paraît craindre qu'en Poméranie les paysans ne s'affranchissent par la violence. — Voir un mouvement en Silésie avant la promulgation de l'édit, KLOSE, *Hardenberg*, pp. 282, 291. — TREITSCHKE, I, p. 376. — Voir encore, en Poméranie, Krüger sur les résultats économiques et moraux de l'édit, KNAPP, II, p. 267. — Voir encore *ibid.*, II, pp. 268, 269, 349. — BORNHAK, *Geschichte des preussischen Verwaltungsrechts*, III, p. 147, assure cependant que, dans la Poméranie postérieure, où le prix du travail et des produits était peu élevé, les paysans résistaient au rachat des charges.

2. KNAPP, II, p. 285.

3. KNAPP, I, p. 178. — Voir le rapport de Lüdecke, du 31 décembre 1815, *ibid.*, II, p. 269. — En attendant, la noblesse en profitait pour se dispenser d'entretenir les tenures. Adresse des paysans du 18 février 1813, *ibid.*, II, p. 346. — Voir Sack, le 15 juin 1814, *ibid.*, II, p. 349. — En Poméranie, 300 villages ont demandé l'application de l'édit et la liquidation des corvées (*Regulirung*), *ibid.*, II, p. 266. — Voir aussi le rapport de Krüger, *ibid.*, II, p. 267. — Voir le rapport de la section du ministère du commerce (Kunth), du 16 juin 1814, sur les résultats obtenus et le mouvement produit dans les Marches, la Poméranie, la Silésie, *ibid.*, II, p. 268. — Les résultats matériels sont plus maigres. Le 31 décembre 1815, Lüdecke, tout en déclarant que les effets de l'édit du 14 sept. 1811 sont considérables, ne signale, dans sa circonscription, qui comprend l'Uckermark, la Priegnitz, la Mittelmark, l'Havelland et Ruppin, que 163 cas de liquidation (*Regulirung*), *ibid.*, II, p. 269. — Ce sont certainement 163 villages et non 163 tenanciers. KEIL, *Die Landgemeinde*, p. 107. — Le 18 février 1813, les députés des paysans de toutes les provinces, sauf la Prusse orientale, protestent contre l'ajournement de l'application de l'édit, KNAPP, II, p. 345. — Scharnweber écrit, le 18 février 1813, que l'exécution incomplète et flottante de l'édit fait plus de mal que de bien, *ibid.*, II, p. 347. — Le comte Hardenberg, en 1813, et Brauchitsch, commissaire général en Poméranie, le 1er août 1813, expriment tous deux la crainte qu'on ne fait attendre plus longtemps au paysan la concession de la propriété et l'exécution de l'édit de sept. 1811, il ne se serve de ses armes pour s'insurger, *ibid.*, II, pp. 347, 348. — Le mouvement parmi les paysans continue après la guerre. Voir Jordan, en Silésie, le 12 oct. 1814 ; l'irritation et l'impatience des paysans, *ibid.*, II, p. 349.

La noblesse, cependant, ne considérait pas l'édit comme définitif. Si les députés avaient paru l'accepter comme un compromis provisoire, la caste des propriétaires fonciers ne se tenait pas pour engagée. Elle continuait à assaillir le roi et le chancelier de protestations de droit et de réclamations de fait [1].

Les protestations de droit étaient des plus vives. Les seigneurs se considéraient comme propriétaires des tenures; c'était à eux qu'on en prenait la moitié ou les deux tiers; c'était une spoliation pure et simple [2], une mainmise violente sur un droit privé, l'importation des idées françaises [3].

Dans les réclamations de fait, on vit poindre, dès le début, la tactique habile par laquelle la noblesse allait réussir à restreindre considérablement la portée de l'édit [4].

Dans un mémoire présenté avant même la promulgation de l'édit, en mars 1811, par Goldbeck, qui était, comme tant d'autres, à la fois fonctionnaire et représentant des intérêts de la caste, perce la pensée de limiter l'application de l'édit à un petit nombre de gros tenanciers [5]. La noblesse déclarait que si l'on pouvait admettre la concession de la propriété à une sorte d'aristocratie paysanne, il était impossible de traiter de même la grande masse des petits tenanciers, qui n'étaient en réalité que des *journaliers ou des serviteurs payés avec de la terre* [6].

Un autre propriétaire noble de la Marche proposait plus simplement de dépouiller les petits tenanciers [7] de leurs terres et de ne leur

1. KNAPP, I, p. 172, — dans la Prusse orientale, *ibid.*, I, p. 173. — Voir *ibid.*, II, pp. 260, 270 et suiv.
2. Hardenberg justifie la mesure en droit en alléguant l'impossibilité où se trouve le propriétaire noble de remplir des obligations légales qui lui sont imposées pour l'entretien des tenures, KNAPP, II, p. 271. — Voir la protestation des propriétaires nobles du cercle de Stolpe, le 2 nov. 1811, *ibid.*, II, p. 273. — Voir celle des États du cercle de Rastenburg, le 14 déc. 1811, *ibid.*, II. p. 276, — des propriétaires nobles de plusieurs cercles de la Prusse orientale et de la Lithuanie, 30 nov. 1811, *ibid.*, II, pp. 276-279.
3. Le souffle empoisonné de la législation française, KNAPP, II, p. 355.
4. KNAPP, II, p. 355. — Schlieben, dans la Prusse orientale, le 7 juillet 1811, *ibid.*, II, p. 271.
5. KNAPP, II, p. 258, les *Bauern*, qui exploitent jusqu'à 90 morgen ou 23 hectares. — Voir TOME I, p. 63. — Voir le projet de déclaration, au commencement de 1812. KNAPP, II, p. 286.
6. KNAPP, II, pp. 231, 258. — Protestation de Schlieben, le 17 juillet 1811 (Prusse orientale), *ibid.*, II, p. 271, — des propriétaires nobles du cercle de Stolpe (Poméranie), du 2 nov. 1811, *ibid.*, II, p. 274. — Voir les états du cercle de Laüenburg, 26 nov. 1811, *ibid.*, II, p. 275.
7. Les *Kossäthen*, mémoire de Wistinghausen, du 25 juin 1811. KNAPP, II, p. 264.

laisser que leur maison et leur jardin. La même proposition était faite en Silésie [1]. L'effet de ces interventions actives et pénétrantes ne tarda pas à se faire sentir. L'édit, d'ailleurs, avait besoin sur plus d'un point d'être expliqué et éclairci. On s'occupa, dès les premiers mois, de le compléter par ce que l'on appelait d'un euphémisme : une *déclaration*; et, sous ce voile, s'agitèrent des projets de réaction [2] qui justifiaient les inquiétudes manifestées par la population rurale. Ces tentatives n'aboutirent qu'après les crises européennes de 1815; mais elles commencèrent dès le lendemain de la promulgation de l'édit, et elles en paralysèrent, dans une certaine mesure, l'exécution [3].

Dès les premiers mois de 1812, furent préparés deux projets nouveaux.

Le premier [4], dressé sous l'influence de l'oligarchie foncière, lui donnait de larges satisfactions. Il précisait les catégories de tenanciers auxquelles pourrait s'appliquer l'édit de septembre. Il limitait l'attribution de la propriété à une catégorie assez étroite, aux paysans proprement dits, c'est-à-dire aux gros tenanciers exploitant, avec un personnel et des attelages à eux, des tenures variant de quinze à trente hectares [5]. C'était un procédé sûr et habile, pour retirer à l'édit, en le laissant subsister dans sa teneur, sa généralité et, par là même, sa portée sociale.

Les partisans convaincus de la réforme agraire, le plus ardent d'entre eux, Scharnweber, essayèrent du moins d'obtenir quelque concession, en échange d'une atteinte aussi essentielle portée à leur œuvre. Scharnweber prépara un second projet [6] qui, en acceptant les restrictions proposées, assurait du moins l'application résolue et immédiate [7] des nouvelles mesures, sans faire dépendre la concession

---

1. Mémoire de février 1811 de la noblesse silésienne. KNAPP, II, p. 263.
2. KNAPP, II, p. 266. — Le premier projet de déclaration, de Bethe, du commencement de 1812, contient déjà une série de concessions à la noblesse, *ibid.*, I, p. 173. — Dewitz lui-même signale cette obstruction et ses dangers, *ibid.*, II, p. 266.
3. Voir le rapport de Lüdeke, KNAPP, II, p. 269. — Voir *ibid.*, II, pp. 266, 267, 268, 269, 345. — L'exécution incomplète de l'édit fait plus de mal que de bien, dit Scharnweber en 1813, *ibid.*, II, p. 297.
4. Projet de déclaration du début de 1812, KNAPP, II, p. 287.
5. KNAPP, II, p. 270. — TOME I, p. 63.
6. KNAPP, I, p. 174. — Voir le projet d'*Interimistikum* de 1812, qui est probablement de Scharnweber, *ibid*, II, p. 288. Le ton en est très résolu.
7. KNAPP, I, p. 174; II, p. 288.

de la propriété, comme l'édit de septembre, d'une entente préalable ou d'un délai mal déterminé.

Les deux projets formaient un ensemble de mesures dont la portée pouvait se résumer ainsi : restreindre étroitement la réforme agraire en en excluant toute la masse des petits cultivateurs; mais, en revanche, assurer du moins aux gros tenanciers, immédiatement et sans autre délai, le bénéfice de l'édit et la propriété du sol.

Ces projets furent soumis aux représentants de la noblesse [1]; mais, entre temps, l'assemblée des députés du pays avait cessé d'exister. Elle avait cédé la place à une assemblée nouvelle et assez semblable qui portait le nom plus pompeux de *représentation nationale* [2]. Celle-ci parut accepter d'abord le compromis avantageux que lui présentait le gouvernement [3]. Mais, au dernier moment, l'aristocratie poussa plus loin ses prétentions et ses succès. Elle admettait volontiers la part du compromis qui lui était avantageuse, la limitation de l'édit aux gros tenanciers. Quant à l'attribution immédiate et sans délai de la propriété, la concession lui parut encore au dernier moment excessive [4]. Il n'y avait pas péril en la demeure; l'édit s'exécutait avec lenteur. L'opposition oligarchique obtint du personnel réactionnaire [5] qui formait alors une partie de l'entourage de Hardenberg, notamment du ministre de la justice, que tout fût ajourné [6].

D'ailleurs, la diplomatie et la situation extérieure de l'Europe absorbaient de plus en plus le chancelier, qui prêtait, à la réforme agraire, une attention plus intermittente et plus distraite que jamais.

La guerre d'indépendance interrompit sans y mettre un terme l'œuvre de la réforme agraire. Au moment où la guerre éclata, la condition des paysans n'avait point été sensiblement modifiée en

---

1. Le 6 mai 1812, KNAPP, II, p. 289. — C'est Scharnweber qui représente le gouvernement, *ibid.*, II, p. 289.

2. Voir sur l'assemblée des représentants le chapitre suivant.

3. KNAPP, I, p. 176. — Séances du 14 au 29 mai 1812; conférences entre deux représentants du chancelier : Scharnweber et Hippel, deux représentants du ministère de la justice : Pfeiffer et Altenstein, deux représentants nationaux : le comte de Hardenberg, et un roturier, le *Lehnschulze* Müller, *ibid.*, II, p. 291.

4. Voir Altenstein, KNAPP, II, p. 342. — Voir en ce sens, même Hippel, qui représente le chancelier dans les conférences, le 26 août 1812, *ibid.*, II, p. 343. — Sa résistance paraît avoir été décisive, *ibid.*, II, p. 345.

5. L'opposition vient surtout du ministre de la justice et d'Altenstein qui joue, comme représentant du ministre de la justice, un rôle important, un rôle d'obstruction. KNAPP, II, p. 343.

6. KNAPP, I, pp. 176, 178; II, p. 342. — Voir Scharnweber, *ibid.*, I, pp. 177, 181. — Son rapport du 19 oct. 1812, *ibid.*, II, p. 345.

fait; tout demeurait en suspens[1]. On pouvait bien mesurer les ampu-
tations qu'avait subies le programme primitif du chancelier. L'oligarchie foncière, engagée dans une lutte ardente contre le parti des
réformes, pouvait enregistrer plus d'un succès. Secondée, dans l'entourage du chancelier, par quelques complicités latentes, secondée
par l'insouciance de Hardenberg lui-même[2], elle apportait, dans les
négociations, toute l'habileté, toute la ténacité des intérêts menacés.
Elle avait ramené, par ses résistances opiniâtres, les projets si vastes,
si étendus, de la commission de législation à l'aspect d'un tronçon
fort réduit et d'une tentative restreinte. L'on pouvait se demander
même, à suivre la marche des événements, si, après quelques nouveaux efforts, elle laisserait subsister quoi que ce fût du grand mouvement réformateur qui avait paru entraîner les milieux politiques
de la Prusse[3], et si, par un jeu de bascule qui n'était pas pour
effrayer sa hardiesse, elle n'allait point passer de la défensive à
l'offensive[4], et substituer, aux tentatives d'émancipation de la démocratie rurale, quelques satisfactions nouvelles accordées à ses propres
besoins de domination sociale et d'extension territoriale.

Il n'en devait pas être ainsi. L'édit de septembre 1811, ballotté,
amputé, transformé maintes fois, n'en devait pas moins demeurer le
point de départ d'un remaniement social considérable[5]. Hardenberg,
en le signant, avait bien signé la charte, restreinte sans doute dans
ses applications, mais s'étendant encore à un groupe de 70 000 cultivateurs[6], et de bien près d'un million d'hectares, la charte de la
petite propriété libre en Prusse.

1. Knapp, I, p. 178; II, pp. 266 à 269, 345, 347, 348.
2. Knapp, I, pp. 176, 182, 184.
3. Le 24 avril 1813, un acte du ministre de l'intérieur tend à arrêter le mouvement créé par l'édit de septembre. Knapp, II, p. 352. — Le 7 septembre 1815,
le roi répond à une pétition, que l'application de l'édit de septembre 1811
demeure suspendue, ibid., I, p. 179.
4. Voir, en février 1814, une pétition des propriétaires nobles de la Prusse
orientale. Knapp, I, p. 179. — En Silésie, la noblesse profite de la misère du paysan
pour accaparer silencieusement un grand nombre de tenures. Jordan, le 12 octobre 1814, ibid., II, p. 350.
5. Die schneidende Gesetze, dit Pertz, Stein, II, p. 590. — Häusser, III, p. 496. —
Cette loi taillait profondément, même cruellement, dans l'état social existant, dit
Treitschke, I, p. 376. — Erinnerungen des Feldmarschalls von Boyen, II, p. 95.
6. Le 18 février 1813, les députés des paysans évaluaient que l'édit, sous sa
première forme, aurait concédé la propriété à 350.000 familles, Knapp, II, p. 346.
— A la fin de 1820, l'édit de septembre n'a encore créé que 18 236 nouveaux
propriétaires, Meitzen, Boden und landwirthschaftliche Verhältnisse des preussischen Staates, I, p. 431. — Keil, Die Landgemeinde, p. 108. — On compte qu'en

Ainsi, l'idée maîtresse des premières tentatives agraires de Hardenberg, de ses *Regulirungsgesetze*, se dégage nettement.

Le paysan s'affranchira des corvées, des services gratuits qu'il doit au seigneur, en lui abandonnant en toute propriété une partie de sa tenure, qu'il n'occupe encore qu'en vertu d'un droit précaire, partagé, mal défini· Le paysan subira, dans l'étendue de la terre qu'il occupe, une amputation; mais il conservera le reste, et il en demeurera, non plus occupant, non plus usager, non plus tenancier, mais définitivement propriétaire; il se retrouvera affranchi de cette chape de plomb, de cette exploitation qui épuise ses forces au profit d'un tiers, affranchi surtout des incertitudes, de la précarité qui limitent son droit sur la terre.

Tel est le plan, telle est l'idée qui fait l'importance de l'œuvre de Hardenberg, dans l'histoire intérieure de la Prusse.

S'il en a laissé réduire la portée par les résistances de l'oligarchie, c'est que la force de caractère était moindre chez lui que l'ouverture de l'esprit. Il semble qu'à trop bien embrasser les questions, à trop bien en saisir tous les aspects, l'esprit perde en force ce qu'il gagne en étendue; qu'à voir toutes les avenues, il ne retrouve plus sa direction; ou peut-être, l'ouverture d'esprit conduisant aisément au scepticisme, perd-il, avec la confiance et la certitude, le principe même de l'action. Serait-il vrai que quelque étroitesse d'esprit soit une qualité nécessaire à l'homme qui veut agir sur son siècle? Les vues larges et pénétrantes de Hardenberg lui font le plus grand honneur; elles ne procurèrent à la Prusse qu'un profit limité.

Quelle force de volonté il eût fallu pour imposer une réforme sociale d'une semblable portée à cette aristocratie foncière des petits hobereaux, qui demeuraient, en dépit de tout, la classe dirigeante de l'État des Hohenzollern [1]! Et d'où donc auraient pu venir à Harden

---

Poméranie, où la province compte 442 milles carrés (PERTZ, *Stein*, II, p. 740), les propriétaires nobles détiennent 200 milles carrés, dont 100 milles carrés en tenures. 70 milles carrés seraient devenus la propriété des paysans. TREITSCHKE, I, p. 376; — mais il n'apparaît pas bien clairement si ce calcul fait la distinction nécessaire des grandes et des petites tenures.

1. Voir, sur le succès des résistances de la noblesse, KNAPP, I, pp. 177, 178, 181, 182, 183; II, pp. 262, 282. — *Denen vieles nachgab*, dit MARWITZ, I, p. 324. — Discours de Hardenberg, du 30 septembre, *ibid.*, II, p. 330. — Voir déjà la résistance de la noblesse aux édits de finance. LANCIZOLLE, p. 174. — KEIL, *Die Landgemeinde*, pp. 104, 107. — PERTZ, *Stein*, II, p. 570. — HÄUSSER, III, p. 495. — Voir, en ce qui concerne l'impôt foncier, TREITSCHKE, I, p. 379.

berg, et aux quelques fonctionnaires éclairés et libéraux que l'administration prussienne lui avait donnés pour auxiliaires, les appuis
extérieurs? Ni de la volonté royale, ni du Tiers-État, qui n'existait
pour ainsi dire pas en Prusse, ni des intéressés eux-mêmes, encore
abaissés à ce niveau où l'oppression est la garantie la plus certaine
de sa propre durée [1].

La lutte etre le chancelier et les hobereaux prussiens s'est poursuivie de 1811 à 1816. L'esprit de caste y a apporté toute sa patiente
ténacité, et le champion des idées de justice sociale n'agissait point
sous l'empire d'une conviction assez profonde et assez vigoureuse
pour avoir pu leur assurer un succès plus décisif.

1. Voir cependant l'adresse des députés des paysans du 18 février 1813. Knapp
II, p. 346.

CHAPITRE IV

Nous avons été tellement façonnés par une sorte d'atavisme au
régime de la centralisation française, et nous nous confinons si
volontiers dans l'habitude tranquille de ce qui nous apparaît comme
national, que nous avons toujours quelque difficulté à nous représenter des systèmes politiques entièrement différents du nôtre. Un
homme d'esprit critiquait le tour qu'a donné à nos idées l'organisation administrative et bureaucratique de la France. Il reprochait
à je ne sais quel homme d'État de ne pouvoir, en parcourant les
riantes campagnes de la France, voir apparaître, au détour d'une

vallée, le clocher d'un village ou la fumée de ses chaumières sans songer aussitôt au maire, à l'adjoint, et surtout au tricorne du gendarme. Ce n'est peut-être point une erreur, après tout, s'il plaît de substituer à l'image de la vie intime celle de la société politique, d'en chercher chez nous, dans ce dernier emblème, la personnification la plus naturelle. Pour combien d'esprits, peu façonnés au maniement des abstractions, le gendarme n'est-il pas la seule apparence concrète de la loi; et n'est-ce pas un symbole de l'état administratif de la France que cet agent de l'autorité centrale, dépendant directement d'elle, chargé d'assurer pour la plus large part l'exécution des lois, portant sur tous les points du territoire l'action hiérarchisée et directe de l'autorité, et auquel aboutit en dernière analyse, pour la plus grande part, le fonctionnement matériel de l'appareil administratif, judiciaire, militaire de la France?

Lorsque Hardenberg voulut tenter de substituer à l'organisation féodale de l'ancienne Prusse une administration centralisée, ce fut, par une sorte de nécessité, vers la hiérarchie administrative de la France [1] qu'il porta ses regards. Sa tentative avortée est demeurée, sous le nom d'édit de gendarmerie, un des événements de l'histoire intérieure de la Prusse.

Tant il est vrai que toute lutte entreprise contre la féodalité ramène presque nécessairement à l'imitation des modèles français. Les détracteurs de la centralisation française y devraient songer plus souvent. C'est sur le sol de la France, c'est par les efforts qui ont été tentés là, c'est par les idées qui ont rayonné de là, qu'a été détruite une organisation sociale subie, durant des siècles, par toute l'Europe, et dont les traces sont loin d'avoir disparu, n'en subsistât-il que les rancunes qu'elle a laissées derrière elle.

La société européenne est plus solidaire qu'on ne pense et si, aux temps du moyen âge, elle a senti cette solidarité dans l'uniformité du réseau féodal répandu sur toute sa surface, elle n'a pas pu s'y soustraire davantage dans la lutte entreprise de toutes parts pour passer de cet état social à un autre. Cette solidarité s'est imposée, bon gré, mal gré, à ceux qui eussent voulu ne rien devoir à la France et qui lui ont dû, en dépit d'eux-mêmes, l'affranchissement du lien

1. BORNHAK, Geschichte des preussischen Verwaltungsrechts, III, p. 55. — TREITSCHKE, Deutsche Geschichte, I, p. 379. — A. STERN, Abhandlungen und Aktenstücke zur Geschichte der preussischen Reformzeit, 1807-1815, p. 141.

féodal et jusqu'aux procédés de cet affranchissement. Nous avons
une tendance aujourd'hui à réagir contre les excès de la centralisation ; nous apprécions moins les effets bienfaisants d'institutions
qui furent assez fortes pour triompher du moyen âge, et nous vou-
drions détruire, au profit du développement individuel, ce qu'elles
ont donné de force en excès à l'État. Mais il faut retourner en esprit
à ces heures où la féodalité fut ébranlée, puis détruite. Les Allemands qui, comme Stein, reportaient sur les institutions politiques
de la France leur rancune et leur haine de patriotes vaincus [1], avaient
beau parler de l'organisation anglaise, de la décentralisation. Au
début de ce siècle, à cette heure et sur ce terrain, décentralisation
et féodalité c'était tout un. Affaiblir, désarmer l'État moderne et centralisé, ne pas créer ses organes nécessaires, — car c'est là qu'on
en était encore en Prusse, — c'était laisser la féodalité maîtresse de
toutes les positions qu'elle détenait.

Dans un État où l'oligarchie conservait, sur tout ce qui dépendait
de ses terres, une part des attributions de la souveraineté, — où tout
essai, si timide qu'il fût, du régime représentatif donnait, comme
image fidèle de la société, une assemblée livrée au parti des hobereaux, — ce que l'État perdait ou ne gagnait point, qui donc en pouvait profiter, à ces premières heures, sinon les seules individualités
qui comptassent encore en Prusse [2], sinon l'aristocratie foncière ?

Le vrai mérite de Hardenberg est d'avoir vu cela. C'est là, nous
semble-t-il, la supériorité logique de ses conceptions sur celles de
Stein [3]. Il a compris que, si l'on ne voulait point s'en rapporter à
l'évolution spontanée et lente du siècle pour dissoudre la féodalité
prussienne, si l'on voulait supprimer brusquement la décentralisation
féodale des vieilles oligarchies allemandes, il n'existait point d'instrument plus sûr que l'appareil coordonné de la centralisation française [4].

1. *Aus den Papieren des Ministers und Burggrafen von Marienburg* THEODOR
VON SCHÖN, I, p. 48. — SEELEY, *Life and Times of Stein*, I, pp. 108, 114. —
LEHMANN, *Scharnhorst*, II, p. 31.

2. Voir Marwitz, il ne compte point les paysans parmi les citoyens. *Aus dem
Nachlasse von F. A.* VON DER MARWITZ, II, p. 235.

3. « Il était d'ailleurs impossible de constituer l'indépendance de la commune
rurale tant que l'indépendance des paysans, des individus, n'était pas assurée
et nous avons vu qu'on était encore, de ce côté, loin du résultat. » BORNHAK, III,
p. 144.

4. TREITSCHKE dit : Ce fut la plus grave erreur de Hardenberg, une rupture
complète avec les grandes idées de Stein. TREITSCHKE, I, p. 379. — BORNHAK dit :

Nous disons que ce fut la supériorité logique de son programme. Il y avait, en effet, contradiction évidente à vouloir, comme Stein, briser l'organisation d'ancien régime, et à repousser les seules armes qui fussent d'une trempe suffisante. Mais ce qui est une supériorité logique n'est pas toujours un avantage dans le domaine des faits. Une coupure aussi brusque, si elle eût été réalisable en Prusse, se fût appelée une révolution. Les circonstances ne s'y prêtaient point et le passé ne l'avait point préparée. Hardenberg y échoua; et la féodalité ne fut point brisée. L'action du chancelier n'eut point la portée qu'il avait calculée. Elle marqua seulement une étape dans cette évolution progressive qu'il rêvait plus brutale ou tout au moins plus rapide.

Le système que représentent ses projets de 1810, de 1811 et de 1812 n'en apparaît pas moins comme un ensemble homogène et bien ordonné. Après avoir emprunté à la France son appareil fiscal, après avoir tenté de lui emprunter les lois révolutionnaires qui y avaient définitivement affranchi la propriété rurale, il voulut de plus, mais avec moins de succès encore, imiter son organisme administratif [1]. Tel est le sens, telle est la portée de l'édit de gendarmerie [2].

Nous avons montré ailleurs comment, en 1808, les collaborateurs de Stein avaient très nettement dégagé le point précis où se maintenait encore, comme en un dernier réduit, le pouvoir politique de

---

« Stein, qui avait émancipé les villes, ne pouvait émanciper les campagnes tant qu'y subsistaient la souveraineté seigneuriale et les droits qui en découlaient. *Il était donc nécessaire* que les tendances conservatrices de Stein fissent place aux tendances libérales de Hardenberg, uniquement préoccupé de la réforme sociale et économique. Les exemples de la France et de la Westphalie ont eu, sur cette œuvre, une influence prépondérante. » Bornhak, III, pp. 144, 145. — Voir une impression analogue dans Keil, *Die Landgemeinde*, p. 111. — Le défenseur de l'ancienne organisation oligarchique, Lancizolle, qui écrit en 1846, ne se méprend pas sur la portée de l'édit : Il n'y a peut-être pas, dit-il, dans toute la législation de cette époque, un acte qui puisse être comparé à celui-là pour la gravité de ses conséquences. Lancizolle, *Ueber Königthum und Landstände in Preussen*, p. 180. — *Einer der allerbedenklichsten, beklagenswerthesten Regierungsacte in Preussen's Geschichte, ibid.*, p. 185.

1. E. Meier, *Die Reform der Verwaltungs-Organisation unter Stein und Hardenberg*, pp. 172, 416. — Bornhak, III, p. 55. — Treitschke, I, pp. 380, 381.

2. E. Meier, p. 432. — Hardenberg participe beaucoup plus directement aux travaux de la réforme administrative qu'à ceux de la réforme agraire, *ibid.*, pp. 172, 173. — D'après Bornhak, Hardenberg voit, dans la réforme administrative, la condition et le préliminaire indispensable de la réforme sociale. Bornhak, III, p. 55. — Lancizolle, pp. 180, 185.

l'aristocratie foncière [1]. Toute l'histoire du développement social avait abouti en Prusse à grouper les individus en petites sociétés morcelées qui affectaient trois formes diverses. C'était d'abord le groupement municipal des villes, puis, lorsqu'on sortait des grandes agglomérations, c'était, sur une portion assez étendue du territoire, le canton des domaines royaux, et, sur tout le surplus de la superficie, sur la plus large part du territoire, le domaine seigneurial. C'étaient là les cellules élémentaires de la société politique. Mais ces petites sociétés élémentaires n'étaient point, comme le sont aujourd'hui les communes françaises, reliées, cimentées, pénétrées par l'action centralisatrice de l'État. L'État monarchique en Prusse, tout fortement constitué qu'il était, s'était superposé à ces organismes élémentaires, mais demeurait presque sans contact avec eux.

Le domaine seigneurial surtout avait conservé, sous la direction de son chef local, la plus large part de son autonomie. Non seulement la surveillance de l'école, de l'église, mais jusqu'à la justice, jusqu'à la police, jusqu'au maintien même de l'ordre social dans ce qu'il a d'essentiel, reposaient entre les mains du propriétaire du domaine, du chef local de cette petite communauté quasi féodale. L'État n'avait point d'autre organe de son autorité, d'autre instrument de son action, que cet agent indépendant et effectivement irresponsable, qui s'appelait le propriétaire du domaine, et qui, de sa terre, de son bien noble, régissait, le plus souvent par des agents dépendants de lui, le village ou les villages voisins.

Le préambule, l'exposé des motifs de l'édit de gendarmerie [2] précisait avec autant de netteté que nous pouvons le faire aujourd'hui l'état social et politique de la Prusse, et le mal auquel il voulait porter remède. Il montrait la Prusse morcelée en collectivités isolées les unes des autres : les communes urbaines, les districts des domaines royaux, et ce qu'il appelait les sociétés seigneuriales, c'est-

---

1. Tome I, p. 419. — Voir l'ordre de cabinet du 30 mars 1809, les travaux préparés sous le ministère de Dohna. E. Meier, pp. 413 et suiv. — Voir le projet préparé par Borsche pour Dohna. *Lebenserinnerungen von F. v. Raumer*, I, p. 112. — Voir dans le projet de Friese, du 30 nov. 1810, l'organisation de la commune rurale. E. Meier, p. 418. — Le projet de Friese supprime le droit de police seigneuriale, *ibid.*, p. 419. — Il maintient, à côté des communes, l'organisation indépendante des biens nobles, *ibid.*, p. 419. — Voir le rôle considérable de Scharnweber dans la préparation de l'édit, *ibid.*, pp. 173, 428.

2. *Edikt wegen Errichtung der Kreis-Direktorien und der Gendarmerie*. E. Meier, p. 432. — Bornhak, III, p. 55. — Treitschke, I, p. 379.

à-dire les circonscriptions des biens nobles qui tenaient la place des communes rurales [1]. Il dépeignait ces sociétés dépourvues de toute représentation ou représentées dans l'État de la façon la plus partiale [2]. Il faisait ressortir la prépondérance exclusive de l'aristocratie foncière dans la direction des affaires publiques. Il insistait enfin — c'était là le motif déterminant de la législation nouvelle — sur l'impuissance des agents directs de l'État planant dans le vide au-dessus de cette société féodale, dépourvus de moyens d'action pour faire pénétrer jusqu'aux individus la volonté centrale, dépendant en somme du bon vouloir d'une classe prépondérante, d'une oligarchie puissante.

L'édit de gendarmerie contenait, en vue de modifier cette organisation politique, deux ordres de dispositions très distincts.

La première partie, qui ne justifiait point le titre de l'édit, et n'avait point trait à la gendarmerie, importait en Prusse la hiérarchie administrative de la France [3]. L'agent traditionnel et hybride de l'administration prussienne, le *Landrath*, qui représentait dans le cercle, dans l'arrondissement prussien, à la fois le dernier organe de l'autorité centrale, et une sorte d'intermédiaire officieux entre l'État et l'aristocratie locale, dont il faisait généralement partie [4], le *Landrath* était remplacé par un pur agent d'État : le directeur du cercle [5]. Les adversaires de la législation de Hardenberg n'ont point tort d'assimiler ce directeur de cercle, sauf l'étendue de son ressort, aux préfets de la centralisation française [6]. On lui adjoignait, pour la forme, un petit nombre de représentants des intérêts locaux, six par cercle [7]. Il n'en demeurait pas moins le maître de l'administration,

1. E. Meier, p. 433.

2. E. Meier, p. 433. — Voir la critique de cette analyse par le défenseur de l'organisation oligarchique, en 1816. Lancizolle, p. 182.

3. Bornhak, III, p. 8. — Keil, *Die Landgemeinde*, p. 109. — L'influence de l'organisation franco-westphalienne devint, malgré la résistance de Dohna, de plus en plus sensible, dit E. Meier, p. 416.

4. Tome I, p. 43. — L'ordre de cabinet du 11 juin 1816 attribue encore aux États, aux *Kreis-Stände*, le droit de présentation pour les postes de *Landräthe*. E. Meier, p. 445.

5. Lancizolle, p. 183. — Treitschke, I, p. 379. — E. Meier, p. 434. — Le directeur de cercle a la *Polizei-Verwaltung*; il est nommé par l'État; il dispose de la gendarmerie, *ibid.*, pp. 434, 437. — Ce sont déjà les idées de Hardenberg, en 1807, dans le mémoire de Riga, *ibid.*, p. 170.

6. Keil, *Die Landgemeinde*, p. 109. — Bornhak, III, p. 8. — E. Meier, p. 416. — Treitschke, I, p. 380. — Voir le dissentiment avec Raumer sur ce point, *ibid.* — *Eine undeutsche verderbliche Neuerung*, dit Treitschke, I, p. 380.

7. Hippel avait proposé de les réduire à trois. E. Meier, p. 439. — Treitschke, I, p. 380.

qui échappait à l'oligarchie. L'édit, en effet, et c'était là, comme
nous l'avons vu, le nœud même de la lutte, l'édit supprimait le
droit de police seigneuriale sur les biens nobles, et le remettait, sous
l'autorité du directeur du cercle, au petit agent rural qui avait été
jusqu'alors une créature du seigneur foncier [1].

Mais comme, dans l'état politique de la Prusse, il était nécessaire
de créer, pour cette administration centralisée, les moyens d'action
qui faisaient défaut, l'édit, dans sa seconde partie, instituait une
gendarmerie [2], placée dans la dépendance exclusive du directeur du
cercle, du nouvel agent d'État, chargée d'assurer l'exécution de ses
décisions, et mêlée même en quelque mesure à l'administration proprement dite [3].

La première partie de l'édit, la plus importante certainement, celle
qui instituait en Prusse une administration d'État centralisée, se
heurta, dès le premier jour, à la double résistance [4] de la féodalité
foncière, et des décentralisateurs de l'école de Stein. Les tentatives
d'application furent timides, tardives et très vite suspendues. Hardenberg renouvela le personnel des Landräthe, élimina ceux qui
montraient trop de partialité pour les intérêts de l'oligarchie [5];

1. TREITSCHKE, I, p. 380. — Le propriétaire du bien noble perd, dans l'édit, non
seulement son droit de souveraineté, mais son droit de présentation du Landrath
et ses droits comme membre-né du *Kreistag*. KEIL, *Die Landgemeinde*, p. 109. —
Il est à remarquer que, dans le mémoire de Riga, en 1807 (E. MEIER, p. 170),
comme dans ses pourparlers avec Schön (voir CHAPITRE II), Hardenberg se montre
contraire à la suppression du droit de souveraineté seigneuriale, qu'il supprime
cependant dans l'édit de gendarmerie. — Les dispositions de l'édit n'ont pas
une netteté absolue. Le propriétaire du bien noble a encore, dans les cas pressants, le pouvoir réglementaire. E. MEIER, pp. 435, 436. — KEIL, *Die Landgemeinde*, p. 110. — Les pouvoirs du directeur de cercle s'étendent aussi sur
les villes et limitent par là, en quelque mesure, l'autonomie municipale, telle
que l'a constituée l'ordonnance de Stein. E. MEIER, p. 435.
2. E. MEIER, p. 424. — Voir le succès de la gendarmerie française organisée
pendant l'occupation, *ibid.*, p. 424. — Stein pour l'imitation du système anglais,
les emplois honorifiques non rétribués, *ibid.*, p. 425. — Voir l'ordre de cabinet
du 15 juillet 1809, qui organise une commission pour préparer l'institution d'une
gendarmerie fonctionnant comme en France : « *zu eben dem Zwecke, wie sie in
Frankreich besteht* », *ibid.*, p. 425. — Le besoin en est si sensible que la gendarmerie est constituée en fait et par l'ordre de cabinet du 24 mars 1812, trois
mois avant la publication de l'édit de gendarmerie, qui est du 30 juillet 1812,
ibid., p. 430.
3. E. MEIER, p. 449.
4. Non seulement à la résistance violente de la noblesse, mais à celle des décentralisateurs conservateurs comme Stein et Vinke. Hippel rompt avec Scharnweber. TREITSCHKE, I, p. 381.
5. *Altständisch gesinnt.* TREITSCHKE, I, p. 380.

mais l'organisation elle-même ne fut point entamée [1]. Les juridictions seigneuriales et le droit de souveraineté seigneuriale devaient
survivre longtemps encore à cette crise.

La seconde partie de l'édit, celle qui instituait la gendarmerie, fut
maintenue après de longs tâtonnements [2]. La gendarmerie de Hardenberg vit ses attributions restreintes, prit un caractère plus militaire [3]. Elle survécut. Toutefois, par là même que le pouvoir administratif ne passait point de l'aristocratie aux fonctionnaires d'État,
la création d'un agent d'exécution, qui, placé sous la dépendance
d'une administration fortement constituée, eût acquis une singulière
importance, perdit beaucoup de sa signification [4].

C'est surtout par son édit de gendarmerie que Hardenberg a
heurté toutes les conceptions politiques des Prussiens [5]. C'est là
surtout qu'il était pris en flagrant délit d'imitation de la centralisation française. Ses projets subirent, de ce côté, un échec bien plus
complet que celui de la réforme agraire [6]. La résistance de l'oligarchie, groupée dans le simulacre de représentation nationale instituée

1. C'est un des principaux griefs formulés contre la mobilité de la législation
de Hardenberg que l'édit de gendarmerie fut présenté, dans le préambule même
de l'édit, comme une institution provisoire. LANCIZOLLE, p. 185. — TREITSCHKE, I,
p. 380. — E. MEIER, pp. 441, 443. — BORNHAK, III, p. 162. — Le motif que
donne Bülow pour suspendre l'exécution de l'édit, en 1825, est assez singulier;
c'est que la disposition qui adjoint des délégués élus au *Kreis-Direktor*, est contraire aux vues du chancelier. E. MEIER, p. 443. — L'édit n'est abrogé qu'en
1825-1828, *ibid.*, p. 444. — Voir son exécution incomplète. KEIL, *Die Landgemeinde*, p. 110. — KLOSE, *Leben Karl August's Fürsten von Hardenberg*, p. 314. —
TREITSCHKE, I, p. 380. — VON BÜLOW-CUMMEROW, *Verwaltung Hardenberg's*, p. 79.

2. E. MEIER, p. 445. — Par l'ordonnance du 30 décembre 1820, *ibid.*, p. 449. —
En 1813, la gendarmerie était assez nombreuse, bien plus qu'elle ne l'a été
depuis, (PRITTWITZ), *Beiträge zur Geschichte des Jahres 1813, von einem höheren
Offizier*, I, p. 500.

3. E. MEIER, p. 449. — L'organisation est très semblable à l'organisation française, *ibid.*, pp. 450, 451. — BORNHAK, III, p. 163. — Voir les discussions sur les
rapports de l'autorité civile et militaire. E. MEIER, p. 425. — Le 14 août 1814, le
roi rappelle aux officiers qu'ils ont à se soumettre aux ordonnances de la gendarmerie; c'est un symptôme assez curieux des tendances de l'époque hostile
au militarisme et qui durèrent peu, *ibid.*, p. 438.

4. E. MEIER, pp. 447-449.

5. Voir les délibérations des représentants du 19 août et du 26 septembre 1812.
E. MEIER, p. 441. — En 1813, les États de la Prusse orientale, en pleine crise
nationale, protestent contre l'édit de gendarmerie. (GERWIEN), *Errichtung der
Landwehr und des Landsturms in Ostpreussen. (Beiheft zum Militair-Wochenblatt,
janv. oct. 1846)*, p. 15. — Voir les réclamations qui se multiplient. E. MEIER,
pp. 440, 441. — LANCIZOLLE, pp. 180, 185. — Voir l'opposition de l'administration prussienne. TREITSCHKE, I, p. 380. — KEIL, *Die Landgemeinde*, p. 110.

6. LANCIZOLLE, p. 180. — KEIL, *Die Landgemeinde*, p. 104.

par Hardenberg, dans la seconde assemblée représentative convoquée par lui, n'y avait pas été étrangère [1].

La première assemblée réunie par Hardenberg, celle qu'il avait composée lui-même, l'assemblée des *députés du pays*, s'était dissoute, peu après la promulgation de l'édit agraire, en septembre 1811. Mais le chancelier avait annoncé que le gouvernement prussien ne se croyait pas dégagé, après la dissolution de cette première assemblée, de la promesse de doter la Prusse d'une représentation nationale. On tenta donc un nouvel essai du système représentatif [2], aussi peu sincère d'ailleurs que le premier, quoique d'une forme différente.

Il était devenu nécessaire de convoquer une commission générale pour régler une question brûlante, qui réveillait toutes les ardeurs de l'esprit provincial, le règlement des réquisitions et des dettes de guerre, et leur répartition entre les diverses provinces de la monarchie [3]. Hardenberg décida que cette commission générale constituerait provisoirement la représentation nationale de l'État prussien [4]. C'était, cette fois, une représentation élue ; mais le chancelier prit toutes précautions pour que cette représentation nationale ne pût devenir ni plus menaçante ni plus inquiétante que la première [5]. Il eut soin de laisser dans le vague ses attributions, et de ne lui accorder, en dehors du règlement des dettes provinciales, aucun pouvoir, aucune compétence précise [6].

On chercha, cette fois encore, une première garantie dans le

1. E. MEIER, p. 441. — LANCIZOLLE dit cependant : « Il est remarquable que, dans cette entreprise législative, si grosse de conséquences, il ne se trouve pas une trace de la participation de la représentation nationale intérimaire qui était alors rassemblée. » LANCIZOLLE, p. 181.
2. Cet essai est encore présenté comme provisoire : voir discours de Hardenberg, du 16 septembre 1811. MARWITZ, II, p. 332. — A. STERN, p. 173. — Voir la réponse de Hardenberg aux représentants, du 15 juillet 1812, *ibid.*, p. 182. — Voir le projet définitif dressé en sept. 1812, *ibid.*, p. 193.
3. Voir l'annonce de la convocation, dans l'ordre de cabinet du 6 sept. 1811. DIETERICI, *Zur Geschichte der Steuer-Reform*, pp. 42, 46. — Voir l'édit du 27 octobre 1810 sur la répartition des dettes. Elle avait été discutée dans les pourparlers qui précédèrent l'avènement de Hardenberg. PERTZ, *Das Leben des Ministers Freiherrn vom Stein*, II, p. 518. — A. STERN, p. 172.
4. A. STERN, p. 172. Édit du 7 septembre 1811.
5. MARWITZ, II, p. 304. — Discours de Hardenberg du 16 sept. 1811, *ibid.*, p. 332.
6. A. STERN, p. 173. — Malgré toutes ses instances, l'assemblée ne peut obtenir que sa compétence soit déterminée. Voir encore à la veille de la guerre d'indépendance, *ibid.*, p. 196. — LANCIZOLLE, p. 179.

petit nombre aes membres de l'assemblée [1]. Chaque province devait désigner quatre délégués : deux pour représenter les possesseurs de biens nobles, deux pour représenter les habitants des villes et du « pays plat ». C'était, en tout, quarante personnes environ, une représentation moins nombreuse encore que celle qui avait formé la première assemblée des notables. Les élections furent faites au scrutin indirect [2], à deux degrés. Les possesseurs de biens nobles élurent dix-huit représentants; les paysans propriétaires, fort peu nombreux d'ailleurs à cette époque, où ils constituaient une sorte d'aristocratie rurale assez clairsemée, déléguèrent huit représentants; les propriétaires urbains eurent huit délégués, et trois grandes villes chacune un [3]. Il est à noter que l'un au moins des députés de l'ordre des paysans appartenait à la caste privilégiée. Le comte de Dohna-Wundlacken représentait les paysans de la Prusse orientale et ces petits propriétaires libres qu'on appelait les *Köllmer* [4].

Hardenberg n'avait pas cherché seulement en France le modèle d'une administration centralisée et ses notions démocratiques sur la constitution de la petite propriété rurale. Il avait emprunté au régime napoléonien une conception plutôt étriquée du système représentatif. Nous avons vu quelle admiration lui inspirait le *Moniteur* officiel du royaume de Westphalie. Il conseilla de même à ses fonctionnaires de prendre toutes les mesures nécessaires pour qu'à l'occasion des élections il ne pût s'organiser aucune opposition contre les mesures du gouvernement [5]; et, comme les représentants des possesseurs de biens nobles silésiens avaient demandé à se tenir en contact avec leurs mandants, et à se renseigner sur leurs vœux et sur leurs besoins, on leur répondit vertement qu'ils devaient savoir

---

1. La composition en est fixée dans l'ordre de cabinet du 6 sept. 1811. Dieterici, *Zur Geschichte der Steuer-Reform*, p. 43. — Discours de Hardenberg du 16 sept. 1811. Marwitz, II, p. 332. — A. Stern, p. 173. — Treitschke, I, p. 378.

2. A. Stern, p. 174. — Treitschke, I, p. 378, à rectifier d'après A. Stern.

3. A. Stern, p. 174. — Treitschke, I, p. 378. — Voir sur les difficultés que créent, à la réunion des représentants, la misère générale, le passage des troupes françaises, au début de la campagne de Russie. Les représentants reçoivent un traitement de leurs commettants. A. Stern, p. 175.

4. A. Stern, p. 180.

5. A. Stern, pp. 167, 173. — Instruction aux *Regierungspräsidien* du 11 février 1812, *ibid.*, p. 174. — Le chancelier paraît même se réserver un droit de contrôle sur les élections, *ibid.*, p. 174. — A. Stern, *Nachrichten von der k. Gesellschaft der Wissenschaften zu Göttingen*, 1882, p. 19.

par eux-mêmes ce qu'ils avaient à faire sans avoir besoin de consulter personne [1].

L'assemblée, une fois constituée, se présenta d'abord chez le ministre v. Schrötter. Elle se réunit, pour la première fois, le 10 avril 1812, sans aucune solennité, dans le château royal, dans l'ancienne salle des délibérations du directoire général [2]. Le 6 juin 1812, Hardenberg n'avait pu encore recevoir les représentants nationaux. Il leur rappelait qu'ils n'avaient qu'une voix consultative et que la forme de leurs délibérations était par suite assez indifférente [3]. Il refusait de faire connaître à l'assemblée l'ensemble de la situation financière [4], et, pour la ramener à des visées plus modestes [5], il rendait l'édit de gendarmerie [6], sans même prendre la peine de le lui faire connaître; puis, lorsque la représentation nationale voulait se saisir, au milieu même des difficultés de l'année 1812, de la question du recrutement [7], il réprimait assez sèchement ces velléités intempestives [8]. L'assemblée n'avait pu obtenir encore, lorsqu'éclata

1. A. STERN, p. 174. — TREITSCHKE, I, p. 379.
2. A. STERN, p. 177.
3. Hardenberg au comte Dohna-Wundlacken, le 6 juin 1812. A. STERN, p. 181. — Il nomme un commissaire du gouvernement pour présider l'assemblée. Il songe d'abord à Sack, puis désigne le comte de Hardenberg, le 1er août 1812, ibid., p. 183. — Il rappelle, le 15 juillet 1812, à l'assemblée qu'elle est organisée, à titre provisoire, pour s'occuper du règlement des dettes, ibid., p. 182.
4. A. STERN, pp. 184, 192.
5. Dans les premières séances, l'assemblée s'ingère manifestement dans le gouvernement; elle conteste, elle discute le mode d'application, les tarifs de l'impôt sur le capital projeté par Hardenberg. Le chancelier la saisit de la convention conclue avec la France; elle en discute les procédés d'exécution. MAMROTH, Geschichte der preussischen Staats-Besteuerung, p. 160.
6. A. STERN, p. 183. — LANCIZOLLE, p. 184. — E. MEIER, p. 441. — TREITSCHKE, p. 374. — A. STERN affirme que, de même, l'édit établissant l'impôt sur le capital et sur le revenu fut rendu sans avoir été communiqué à l'assemblée, ibid., p. 179; — mais il semble en contradiction avec MAMROTH, p. 633. — Dès sa première réunion, l'assemblée a fait, le 25 avril 1812, des représentations sur le projet d'impôt sur le capital, ibid., p. 629. — A. STERN, p. 139. — Dans la 7e séance, Scharnweber lui communique le projet d'édit sur le capital et sur le revenu qui sera définitivement adopté; elle s'y montre unanimement favorable, MAMROTH, p. 633. — Voir RANKE, Denkwürdigkeiten des Staatskanzlers Fürsten von Hardenberg, IV, p. 249. — Arnim à Stein. PERTZ, Stein, II, p. 577.
7. Le 28 octobre 1812, proposition d'Elsner de soumettre à la représentation nationale un projet de loi de recrutement appelant au service toutes les classes de la population. A. STERN, pp. 141, 184.
8. Voir la réponse du comte de Hardenberg approuvée par le chancelier, A. STERN, p. 185. — Voir l'irritation du chancelier contre la représentation nationale, ses réponses blessantes, ibid., p. 186. — Il refuse même, en novembre 1812, de recevoir les délégués de l'assemblée, qui songe à s'adresser directement au roi, ibid., p. 187. — Proposition du comte Dohna et de Bock, ibid., p. 187.

la guerre d'indépendance, que le chancelier consentît à déterminer ses attributions [1]. On rencontre donc, dès la première apparition du régime représentatif en Prusse, cette conception particulière à l'Allemagne, ce conflit permanent au cours duquel le gouvernement monarchique a toujours eu soin de se prémunir contre les empiètements d'un pouvoir voisin du sien et d'origine populaire. Bien avant les conflits de 1863 et de 1875 et les récriminations des oppositions parlementaires de ce temps, Hardenberg a inauguré le parlementarisme d'apparat [2], le *Scheinparlamentarismus*.

L'effort principal de la représentation nationale de 1812, s'épuisa en vaines tentatives pour faire étendre et préciser ses attributions. Il semblait que ce fut là, à la fois, la première nécessité d'un fonctionnement régulier, et le premier pas à faire dans les voies du régime constitutionnel. Chacun, dans l'assemblée, était d'accord — aussi bien les fonctionnaires [3] qui représentaient le Tiers-État des villes, que les délégués de l'aristocratie — pour demander que l'on précisât les pouvoirs de l'assemblée [4]. L'esprit de corps unissait tous les députés dans cette revendication commune [5]. Cette assemblée, dont la compétence n'était pas déterminée, qui n'avait apparemment à délibérer que sur le règlement des dettes provinciales, et que l'on avait cependant baptisée du titre de représentation nationale provisoire, allait devenir ridicule [6]. N'aurait-elle ni le droit de consentir l'impôt, ni

1. Voir les études et les projets de constitution dressés, en décembre 1812, par le comte de Hardenberg, Bülow, Hippel : ils n'aboutissent pas et considèrent tous les assemblées représentatives comme purement consultatives. A. STERN, p. 196. — Quelques actes législatifs de l'époque font mention de l'avis des représentants, *ibid.*, p. 129.

2. C'était un spectacle que le chancelier jugeait utile ; ce n'était pas une institution vivante, dit LANCIZOLLE, p. 189. — On a pour principe de ne jamais nous donner raison, écrit Arnim à Stein en parlant de la première assemblée des notables. PERTZ, *Stein*, II, p. 569.

3. Il ne faut toutefois pas se méprendre sur le sens du mot fonctionnaire qui n'implique pas comme en France, actuellement, une dépendance étroite vis-à-vis du gouvernement central.

4. A. STERN, p. 178.

5. Voir Elsner, représentant des villes de la haute Silésie, A. STERN, p. 178. — Voir les revendications du propriétaire de bien noble, v. Sanden, du représentant des villes lithuaniennes, Bock, *ibid.*, pp. 179, 183. — Voir cependant une sorte d'opposition entre l'aristocratie et les réprésentants des villes, Lange, Bock, Elsner. Cependant v. Burgsdorff s'associe aux représentants des villes, *ibid.*, p. 185. — Voir encore, en nov. 1812, Bock, Lange, le comte v. Dohna et v. Burgsdorff, *ibid.*, p. 188. — Schulz et Poselger, *ibid.*

6. A. STERN, p. 182.

même celui de délibérer sur les lois [1]? Si l'on ne voulait point préciser ses attributions, ce serait — disaient les députés lithuaniens et
le comte de Dohna-Wundlacken [2] — une simple machine à passer
le temps [3], et ils proposaient d'ajourner toute délibération jusqu'à ce
qu'on eût fixé les pouvoirs de l'assemblée [4]. Les représentants de la
noblesse silésienne avaient demandé à se tenir en contact avec leurs
commettants [5]. La noblesse de la Prusse orientale avait réclamé le
droit de rappeler ses délégués à son gré [6]. Les représentants des villes
allaient plus loin. Nous avons été choisis, disait l'un d'eux [7], d'après
les formes que le gouvernement a déterminées, pour élaborer un
projet de constitution qui donne sécurité à la fois au monarque et au
peuple et qui écarte toute cause de conflit entre les citoyens. Et il
ajoutait : « Le respect que nous avons pour les mérites et les vertus
de notre roi n'est pas suffisant pour consolider le lien qui l'unit à son
peuple pour des générations à venir [8] ». Le 4 juin 1812, l'assemblée
tout entière, à l'exception de Dohna-Wundlacken, signa une adresse
au chancelier où elle réclamait, pour l'État prussien, une constitution
et une représentation nationale [9]. Vers le milieu de novembre 1812,
l'assemblée décida par 18 voix contre 12, malgré son président, le
comte de Hardenberg, de s'adresser directement au roi pour lui
demander, ce qu'elle ne pouvait obtenir du chancelier, la fixation
de ses attributions et de sa compétence [10] et pour y joindre le vœu
d'une constitution représentative [11].

1. A. STERN, p. 178. — Voir le discours de Bock, représentant des villes lithuaniennes, le 2 juin 1812, *ibid.*, p. 179. — Les représentants demandent qu'on leur
communique les projets d'édits, le 24 juin 1812, *ibid.*, p. 182.
2. Voir la lettre au chancelier du 27 mai 1812. A. STERN, p. 180.
3. A. STERN, p. 182. — Ces réclamations se poursuivent sans succès et se
renouvellent en oct., en nov. 1812, *ibid.*, p. 187. — Elles deviennent particulièrement vives, à la fois de la part des représentants de la noblesse et des
villes, aux premiers moments de l'agitation nationale, le 13 nov. 1812. Hardenberg paraît n'en tenir aucun compte, *ibid.*, p. 187.
4. A. STERN, p. 181.
5. A. STERN, p. 174.
6. A. STERN, p. 175.
7. Bock, représentant des villes, dans la séance du 13 novembre 1812. A. STERN,
p. 187.
8. A. STERN, *Nachrichten von der k. Gesellschaft der Wissenschaften zu Göttingen*, 1882, p. 28.
9. A. STERN, p. 180. — Voir encore, le 24 juin 1812, *ibid.*, pp. 182, 184.
10. A. STERN, p. 190. — Le représentant Kist, de la Prusse orientale, propose
même à l'assemblée, mais sans succès, de dresser un projet de constitution,
ibid., p. 191.
11. Six membres, nobles et roturiers, refusent de signer l'adresse, A. STERN, p. 194.

On peut trouver dans ces revendications, où se confondaient les
anciennes traditions oligarchiques de l'aristocratie foncière et les
tendances libérales modernes du Tiers-État urbain [1], quelque image
affaiblie, bien affaiblie, de l'Assemblée constituante et du serment du
Jeu de paume [2]. Mais si l'on veut voir dans ce langage quelques
traces d'esprit révolutionnaire, il n'était appelé à avoir en Prusse
aucune portée, ni aucun écho. Le seul écho, du moins, c'étaient les
réponses négatives et parfois brutales du chancelier [3].

Il y avait donc une pointe de naïveté et beaucoup d'inexpérience
politique dans les manifestations du Tiers-État prussien, comme dans
cette adresse où les électeurs au premier degré des villes de la Haute-
Silésie, célébraient avec enthousiasme, au lendemain de la convocation de l'assemblée, la grande réforme politique que le roi venait
d'accomplir [4]. Dohna, l'ancien ministre, qui n'était point un exalté,
appréciait plus justement les faits lorsqu'il traitait de calamité la
réunion d'une assemblée minuscule chargée de représenter la nation
prussienne, et qui, disait-il, sans publicité des séances, sans liberté
de parole ni de presse, n'était plus qu'une parodie du régime représentatif [5].

Et cependant, malgré ses modestes apparences, la représentation
de 1812 tient une place qui n'est point négligeable dans l'histoire
de la Prusse. Pendant longtemps les historiens allemands ne lui ont
pas rendu justice [6]. Son histoire ouvre plus d'un aperçu sur les con-

1. A. STERN, p. 144.
2. « Une assemblée qui a l'honneur de représenter la nation », dit Elsner, représentant des villes de la Haute-Silésie. A. STERN, p. 178. — Hippel se plaint, en
décembre 1812, de l'esprit d'opposition, cependant bien timoré, de l'assemblée,
ibid., p. 197. — Voir surtout en novembre 1812, *ibid.*, p. 187.
3. A. STERN, p. 186. — Il faut du courage, dit Elsner, pour résister aux efforts
qui sont faits pour nous empêcher d'exprimer nos opinions, *ibid.*, p. 138.
4. Neisse, le 10 avril 1812. A. STERN, p. 176.
5. Dohna songe à la fois aux anciens États oligarchiques et à la représentation
telle qu'elle existe en Angleterre. A. STERN, p. 177. — *Aus den Papieren* SCHÖN's,
VI, pp. 553 et suiv.
6. Ce sont les travaux récents de A. STERN qui ont complété tout ce chapitre
de l'histoire intérieure de la Prusse. Il a feuilleté les procès-verbaux de l'assemblée au ministère de l'intérieur; mais il en a surtout retrouvé la série à peu près
complète chez le fils d'un membre de l'assemblée, fonctionnaire et représentant des villes silésiennes, Elsner. Depuis, les travaux de KNAPP, sur la réforme
agraire, et de MAMROTH, sur les édits financiers, ont permis de retrouver, sur
plus d'un point, l'action de la représentation nationale. A. STERN, pp. 133, 178,
— A. STERN, *Abhandlungen und Aktenstücke*, p. 129. *Die Sitzungsprotokolle der
interimistischen Landesrepräsentation Preussen's*. — TREITSCHKE ne mesure pas

ceptions politiques de Hardenberg et son esprit en somme peu
libéral. Elle offre aussi, comme celle de la première assemblée des
notables, l'image de l'état social de la Prusse à cette date. L'élément
urbain et rural, s'il a quelques velléités de se faire entendre, s'il est
troublé de quelque vague désir d'imiter le Tiers-État français, de
quelque obscure réminiscence de la Révolution française [1], parle dans
le vide. Les représentants du Tiers-État n'étaient point portés par
l'opinion de leurs commettants [2] : on avait évité soigneusement toute
publicité [3]. Ils n'étaient point soutenus par la bourgeoisie prussienne
qui demeurait sans vie et sans action politique. L'élément aristocratique seul apparaissait vivace et influent [4].

Contraste singulier ! Ce sont les modèles de la France révolutionnaire, c'est l'idée démocratique venue de France qui ont fait naître
les projets d'organisation représentative [5]. C'est le besoin de faire

exactement l'action que l'assemblée de 1812 a exercée sur la législation du
chancelier. TREITSCHKE, I, p. 379. — A. STERN, p. 130. — MAMROTH, passim, —
KNAPP, Die Bauernbefreiung und der Ursprung der Landarbeiter in den älteren
Theilen Preussen's, I, p. 291. — Voir encore le mémoire de Riedel en 1841.
A. STERN, p. 131. — LANCIZOLLE, p. 179.

1. Voir, en 1809, une opposition entre la noblesse et les représentants du
Tiers-État sur la question constitutionnelle. A. STERN, p. 159. — Voir encore,
en 1812; Scharnweber essaie de déterminer et d'utiliser l'opposition des paysans
aux projets de l'aristocratie contre l'édit agraire de septembre 1811. KNAPP, I,
p. 177. — Voir la protestation, très mesurée, mais très nette, des députés des
paysans contre l'ajournement de l'édit de septembre; le 18 février 1813. La
Prusse orientale n'y semble pas représentée, ibid., II, p. 345. — Voir aussi ce
que dit TREITSCHKE de l'esprit des paysans dans les nouvelles assemblées de
cercle. TREITSCHKE, I, p. 381. — Voir les revendications spéciales des représentants des villes, Elsner. A. STERN, p. 178, — Bock, ibid., pp. 179, 183, —
l'opposition des représentants des villes : Lange, Bock, Elsner, ibid., p. 185, — et
en novembre 1812, ibid., p. 188. — Voir les conflits d'Elsner avec le ministre
v. Schrötter et avec les représentants de la noblesse, ibid., p. 134, — ibid., p. 140.

2. Voir combien Hardenberg est préoccupé de ne point laisser s'établir de
rapports entre les représentants et leurs commettants. A. STERN, p. 174,
A. STERN, Nachrichten von der k. Gesellschaft der Wissenschaften zu Göttingen,
p. 20. — Voir cependant A. STERN, p. 135, — TREITSCHKE, I, p. 379. — La
nation n'est pas mûre pour la représentation, disaient, entre autres, Dohna et
Below. A. STERN, p. 137. — TREITSCHKE dit : l'autorité illimitée de la monarchie absolue pouvait seule ouvrir au peuple prussien les voies de la liberté.
TREITSCHKE, I, p. 375.

3. A. STERN, p. 136. — Voir l'opposition du prince de Hatzfeldt et l'intervention de la censure. On nous tient, dit v. Burgsdorff, dans une sorte d'inco-
gnito. A. STERN, Nachrichten von der k. Gesellschaft der Wissenschaften zu
Göttingen, 1882, p. 12.

4. Voir l'opposition à l'édit de gendarmerie, le 26 sept. 1812, E. MEIER, p. 442,
— les revendications opposées à l'édit agraire, CHAPITRE III. — TREITSCHKE, I,
p. 378.

5. Voir encore la trace de ces préoccupations. PERTZ, Stein, II, p. 567, 749.
— Voir Dohna, août 1810. A. STERN, p. 163.

une place à ces énergies populaires répandues sur l'Europe boule-
versée. Et, en vertu même de la constitution sociale de la Prusse, ce
n'est point une assemblée populaire qui sort de ces timides essais,
c'est une assemblée presque exclusivement oligarchique [1]. Par quelle
étrange illusion d'optique Hardenberg redoutait-il de voir surgir en
ces lieux et en ces temps l'esprit d'une démocratie ou d'un Tiers-
État révolutionnaire? Dans la première des deux assemblées qu'il
convoqua, il faillit se heurter, toutes proportions gardées, à une
chambre introuvable; et, dans la seconde, il rencontra encore sur
son chemin la résistance moins bruyante et l'esprit particulariste de
l'oligarchie prussienne [2].

C'était elle, décidément, qui conduisait l'assemblée. Elle l'entraîna
tout entière à protester contre l'édit de gendarmerie [3]. S'il y avait eu
quelque esprit et quelque courant politique au sein de cette assemblée, on devait s'attendre à voir un édit qui, quelques réserves que
l'on pût avoir à formuler sur ses tendances, brisait la souveraineté
du possesseur de bien noble, ardemment combattu par les représentants de l'aristocratie et soutenu par les représentants du Tiers-État.

1. Les propriétaires fonciers devaient nécessairement avoir la majorité dans
toute représentation. Mémoire de Schön, en 1810. Erwin Nasse, *Die preussiche
Finanz- und Minister-Krisis*, 1810, *Historische Zeitschrift*, XXVI, p. 334. — Voir
des tendances de rébellion oligarchique qui rappellent celles de Marwitz dans
la précédente assemblée, A. Stern, p. 175. — Bornhak, III, p. 54.
2. Voir les récriminations sur l'esprit d'opposition de l'assemblée de 1812.
A. Stern, p. 196. — Treitschke, I, p. 378. — E. Meier, p. 442.
3. A. Stern, p. 183. — *Bei mehreren ihrer bürgerlichen und adeligen Mitglieder
zusammen*; c'est tout ce qui se trouve sur ce point; cependant les paysans
refusent de s'associer à la protestation contre la suppression des juridictions
seigneuriales et du droit de souveraineté seigneuriale. Keil, *Die Landgemeinde*,
p. 110. — Röpell, *Publikationen der Schlesischen Gesellschaft für vaterländische
Kultur*, 1847, pp. 349, 355, 356. — On a déjà vu l'adresse de Marwitz, de mai 1811,
signée par deux roturiers, l'un Landrath et bourguemestre de Francfort. *Erinnerungen aus dem Leben des General-Feldmarschalls Hermann von Boyen*, II, p. 91.
— Treitschke signale l'opposition faite à l'édit de gendarmerie par les féodaux
et par les partisans de la décentralisation anglaise. Treitschke, I, pp. 381, 389. —
Keil, *Die Landgemeinde*, p. III. — En pleine crise nationale, en 1813, les États de
Königsberg protesteront contre l'édit de gendarmerie. (Gerwien), p. 15. —
Procès-verbal de la séance du 9 février des États de Königsberg. Droysen, *Yorck*,
II, (1852), p. 312. — Droysen, *Yorck*, I, p. 448. — *Eine Spionieranstalt gegen die
Volksmänner*, ibid., I, p. 409. — *Aus den Papieren Schön's*, VI, p. 112. — A. Stern,
p. 140, dit, en parlant de l'opposition faite à l'édit de gendarmerie : une tem-
pête. — E. Meier, p. 441. — L'assemblée se prononce, le 19 août, contre le
principe de l'édit. Le 26 septembre, elle formule ses objections, *ibid.*, p. 442.
— La majorité, sinon l'unanimité de l'assemblée, se prononce contre la suppression des justices patrimoniales et du droit de souveraineté seigneuriale, *ibid.*
p. 442, — pour l'élection du *Kreis-Direktor*. Les conceptions oligarchiques de
l'assemblée sont manifestes, *ibid.*, p. 442.

Mais ceux-ci combattirent, avec l'oligarchie, la réforme administrative de Hardenberg. Quelques protestations en faveur de l'édit vinrent seulement des représentants des paysans [1]. Elles furent vite et facilement éteintes dans ce milieu où dominait l'oligarchie [2].

C'était surtout en dehors et à côté de l'assemblée que l'aristocratie foncière exerçait son action. La représentation de 1812 lui servait bien de centre d'action. Mais elle ne s'épuisait pas en délibérations sans sanctions. C'était dans l'œuvre administrative même du chancelier qu'elle intervenait, par ses adresses, par les pourparlers directs de ses représentants avec Hardenberg ou avec les agents administratifs. Nous avons vu quelle action l'oligarchie avait exercée sur la réforme agraire [3]. Nous savons qu'elle avait obtenu la modification des édits financiers [4]. Dans sa lutte contre l'édit de gendarmerie, elle opposa à la réforme administrative une barrière plus infranchissable encore [5]. Elle sut empêcher la constitution de la commune rurale indépendante, et assurer pour un long avenir le maintien de ses droits de souveraineté.

Ce ne fut sans doute pas seulement l'opposition de la représentation nationale qui détermina l'échec de l'édit de gendarmerie et de la réforme organique préparée par Hardenberg. L'aristocratie foncière avait d'autres moyens d'action. La petite assemblée qui groupait à Berlin des représentants de toutes les provinces, ne lui en offrit pas moins, par ses contacts multiples avec l'administration, un centre d'action efficace.

Si large qu'on fasse la part à la critique dans l'appréciation de l'œuvre de Hardenberg, il faut bien, lorsqu'on a constaté le peu de fermeté de son action, les incertitudes et les faiblesses de ses résistances, la mollesse de ses interventions, il faut bien relever ce

1. KNAPP, II, p. 345. — KEIL, Die Landgemeinde, p. 110.
2. En 1815, c'est le prince de Hatzfeldt qui prononce le discours de clôture au nom de l'assemblée. A. STERN, p. 140.
3. CHAPITRE III. — KNAPP, I, pp. 173, 181; II, pp. 257, 263, 266, 270, 283, 287, 342, 343, 345. — MARWITZ, I, p. 324. — A. STERN, p. 141. — TREITSCHKE, I, p. 379. — HÄUSSER, Deutsche Geschichte, III, p. 496.
4. CHAPITRE II. — LANCIZOLLE, p. 171. — PERTZ, Stein, II, pp. 569, 570. — Gneisenau, ibid., II, p. 578. — KEIL, Die Landgemeinde, pp. 104, 107. — HÄUSSER, III, p. 495. — DIETERICI, p. 32. — KNAPP, I, pp. 182, 183.
5. TREITSCHKE, I, p. 381. — A. STERN, pp. 140, 183. — E. MEIER, pp. 441, 442. — KEIL, Die Landgemeinde, p. III.

que le jugement des historiens allemands paraît avoir d'injuste et
d'excessif à son égard.

· Treitschke, qui personnifie peut-être mieux que personne la conception prussienne et chauvine de l'histoire d'Allemagne, appréciant
les premiers résultats de l'activité de Hardenberg, le compare à Stein :
« Quel contraste », dit-il [1], « entre les lois de Stein et les expériences
de Hardenberg! Chez l'un, tout est coordonné, profond, médité. Tout
s'exécute aussitôt sans faiblesse; chez l'autre, que trouve-t-on? Les
incertitudes, le flottement entre les doctrines radicales et les tendances despotiques, une série de lois de finances manquées, de
grandes promesses dangereuses pour l'avenir, de hardies tentatives
abandonnées dès le premier pas, chaque chose faite à la hâte, et,
au milieu de cette agitation de dilettante incomplet, quelques réformes
de haute importance. »

Et Häusser [2], aussi passionné que Treitschke pour l'unité
allemande, mais d'esprit plus large, adresse au chancelier des
reproches analogues, mais plus mesurés. Il le blâme d'avoir plus
d'une fois défait ce qu'il venait de faire, d'avoir proclamé souvent
les réformes sans les réaliser et d'avoir donné à quelques-unes
de ses créations le caractère d'essais provisoires ou de vaines
apparences.

Et, parmi les contemporains déjà [3], même parmi ceux qui n'avaient
point contre l'œuvre de Hardenberg d'hostilité fondamentale, même
parmi ceux chez qui les tendances réformatrices du chancelier
n'éveillaient point l'opposition de l'esprit conservateur ou féodal, on
en rencontre plus d'un qui, dès lors, se dérobe et se refuse. Des

1. TREITSCHKE, I, p. 381.
2. HÄUSSER, III, p. 496.
3. Voir Arnim; mais il a des tendances féodales. PERTZ, Stein, II, p. 566. —
Voir Blücher en 1811. LEHMANN, Scharnhorst, II, p. 386. — Les Dohnas à la
même époque, ibid., II, p. 389. — Scharnhorst écrit, le 1er juillet 1811, à Stein :
« Le sentiment de la perte que nous avons faite, en vous perdant, augmente
chaque jour. Ceci soit dit sans méconnaitre la valeur de Hardenberg, des braven
Herrn von Hardenberg. » PERTZ, Stein, II, p. 572. — Un inconnu écrit à Stein :
« Hardenberg a détruit le dernier espoir des gens de bien. Un sentiment suranné
d'honneur courtisanesque ne suffit pas dans une situation désespérée; l'abondance de formes aimables ne supplée pas au manque d'énergie... et l'on verra
bientôt prévaloir un système où le terrorisme, l'anglomanie, l'esprit révolutionnaire, et l'esprit de laisser-aller se combineront en un mélange qui serait risible,
si la situation n'était si triste », ibid., II, p. 573. — En revanche, Boyen, écrivant
en 1835, confond dans une approbation commune la législation de Hardenberg
et celle de Stein. Erinnerungen des Feldmarschalls VON BOYEN, II, p. 100.

hommes comme Schleiermacher [1] et Gneisenau [2], heurtés par l'aspect extérieur des choses, par ce que le caractère de Hardenberg avait d'équivoque, par son apparence de diplomate et de courtisan, par son entourage, opposaient dès lors Stein à Hardenberg, et portaient au premier, malgré lui, l'adhésion qu'ils refusaient au second. Même à une heure où Stein accordait, du fond de son exil, un concours décidé au chancelier, il semble que tout ait contribué à faire, des deux hommes d'État, les représentants de deux principes contradictoires.

Qu'y a-t-il au fond de cette opposition?

Une certaine opposition de doctrines tout d'abord. Hardenberg est nettement individualiste. La théorie essentiellement individualiste des droits de l'homme, que la philosophie du xviiie siècle a préparée, que la Révolution française a inscrite au frontispice de ses constitutions, a été introduite en Allemagne par la philosophie de Kant. Sans en être aussi pénétré que Schön, Hardenberg est bien, sur ce point, l'adepte des idées de la Révolution française [3]. Mais s'il est individualiste, il n'a cependant pas l'aspect d'un démocrate convaincu. Il a plus d'une fois refusé, avant de le tenter, sans succès, l'effort décisif contre l'organisation féodale, la suppression des droits de souveraineté de l'oligarchie foncière [4]. Il ne concevait pas qu'un propriétaire noble pût avoir à s'incliner devant un de ses sujets, qu'un paysan pût devenir, au regard du seigneur, le représentant de l'autorité publique [5]. Les doctrines égalitaires du xixe siècle s'imposaient à lui par le succès, par leur expansion

---

1. Schleiermacher à Stein. « L'administration à l'heure actuelle a complètement déserté vos voies. Méfiez-vous des hommes qui sont à la tête de notre administration; ils se vantent d'avoir votre confiance pour relever leur crédit et, par derrière, ils font tout pour compromettre (*beschmutzen*) votre mémoire, Pertz, *Stein*, II, p. 575.

2. Gneisenau à Stein, le 26 juin 1811. Pertz, *Stein*, II, p. 576. — « Les choses allaient mal quand vous nous avez quittés; elles n'étaient point désespérées; aujourd'hui nous sommes dans un état lamentable », *ibid.*, II, p. 577. — « Et si la guerre éclate, que l'on rappelle le proscrit, que l'on rappelle Stein », *ibid.*, II, p. 580.

3. Bornhak, III, p. 7. — Lehmann, *Scharnhorst*, II, p. 359. — E. Meier, p. 172,

4. E. Meier, p. 171. — Treitschke, I, p. 380.

5. C'est l'affirmation de Schön. « Hardenberg déclara un autre jour qu'il ne pouvait admettre qu'un juge de paix, un constable, un maire ou, de quelque nom qu'on voulût l'appeler, l'agent de l'administration locale, non attaché à la glèbe, pût le contraindre, lui, propriétaire de bien noble, à se soumettre à son pouvoir réglementaire. » *Aus den Papieren* Sch"n's, I, *Selbstbiographie*, p. 64.

triomphante, par l'impression du bouleversement de la société européenne [1]. Elles ne le pénétraient point d'une conviction intime.

Hardenberg est surtout individualiste par ses doctrines économiques. Sans être, comme Schön, comme beaucoup des administrateurs prussiens de cette époque, un disciple d'Adam Smith, un
économiste fanatique, il veut l'affranchissement des initiatives individuelles [2]. C'est de ce côté que son œuvre législative, que ses édits
financiers ont assuré les résultats les plus étendus et les plus
durables.

Mais Hardenberg est en même temps un admirateur du fonctionnement administratif de la France, de son organisme centralisé. Il
en tente l'importation en Prusse. C'est même à cette tentative,
vouée à l'insuccès, qu'il paraît attacher le plus d'intérêt. Si c'est une
contradiction d'être à la fois individualiste et partisan d'une administration fortement centralisée, Hardenberg n'y a certainement pas
échappé.

Mais est-ce bien une contradiction? On peut vouloir garantir largement les droits de l'individu, et cependant ne pas admettre que
l'État se dessaisisse, au profit d'intermédiaires étagés, des attributions par lesquelles il empiète sur l'action des individus et la limite.
La nation française s'est montrée, plus qu'aucune autre, jalouse d'assurer et de garantir les droits de l'individu. Mais, là où elle les a
amputés, elle a entendu que ce fût au profit de l'État centralisé, et
non au profit de collectivités intermédiaires. Cette double tendance,
qui caractérise le développement politique de la France, se retrouve
chez Hardenberg, et, par là encore, il est bien en Prusse un représentant des idées françaises.

On a reproché à Hardenberg, et on lui a reproché avec raison,
d'avoir représenté ces doctrines avec quelque mollesse. Schön ne
voyait en lui qu'un réformateur peu résolu [3]. Les historiens prussiens
ont signalé le désordre et les flottements de sa législation [4]. D'autres

---

1. « *Der Reflex der allgemeinen Bewegungen der Zeit* », dit RANKE, *Hardenberg*,
IV, p. 248.

2. Voir surtout son discours du 23 février 1811. RANKE, *Hardenberg*, IV, p. 248.
— TREITSCHKE met bien en lumière le mérite et l'action de Hardenberg sur ce
point. TREITSCHKE, I, p. 381.

3. *Aus den Papieren* SCHÖN's, I, *Selbstbiographie*, p. 64. — *Zu Schutz und Trutz
am Grabe Schön's, von einem Ostpreussen*, p. 313.

4. HÄUSSER, III, pp. 489, 492. — TREITSCHKE, I, pp. 369, 371, 379. — *Lebenserinnerungen von* F. V. RAUMER, I, p. 161. — MAMROTH, pp. 226, 227, 454, 459.

lui ont fait grief de la faiblesse de ses résistances à l'oligarchie.
Malgré tout, il est assez aisé d'extraire de ses actes et de sa législation,
les idées directrices, les doctrines essentielles [1].

Il n'en est pas de même de Stein.

Stein a voulu passionnément faire de l'Allemagne un État puissant
et unifié. Nous avons déjà cherché en vain, en dehors de cette passion
dominante, l'unité de sa vie et de sa doctrine [2]. On veut en faire un
libéral; mais il était pénétré de cette idée que l'État n'est fort que
des sacrifices qu'il impose aux individus. On veut en faire un représentant de la continuité conservatrice; mais il est difficile d'être plus
révolutionnaire qu'il ne le fut, lorsqu'il prépara l'insurrection nationale et le bouleversement des petites monarchies allemandes.

Non seulement Stein est en contradiction avec lui-même; — chez qui
ne trouverait-on pas de contradictions? — mais il est essentiellement
mobile et variable dans ses doctrines politiques [3]. Dans les jugements
qu'il a portés sur la législation de Hardenberg, il a sauté d'un extrême
à l'autre. Lorsque ses amis personnels ou lorsque Schleiermacher et
Gneisenau lui faisaient parvenir leurs diatribes personnelles contre le
chancelier [4], il persistait encore, même durant le cours de l'année
1811 [5], à voir dans Hardenberg la réserve de la politique nationale, et,
de sa rude écriture, il ramenait les dissidents à une conception plus
élevée de la politique prussienne, de la politique européenne, à une
vue plus large où devaient s'effacer les griefs personnels et les querelles de détail. Il a même paru admettre, à diverses époques, l'af-

1. Une fixité peu commune dans les doctrines essentielles, dit RANKE, *Hardenberg*, IV, p. 248.

2. TOME I, p. 429.

3. Il n'est rien moins que doctrinaire. *Das metaphysische Kauderwelsch* d'Adam
Müller lui est odieux. Lettre à la princesse Louise. PERTZ, *Stein*, II, p. 584. —
Voir Arnim à Stein contre la rage des théories, *ibid.*, II, p. 564.

4. Voir une lettre d'Arnim de blâme mesuré à l'égard de Hardenberg. PERTZ,
Stein, II, pp. 563, 585.

5. PERTZ, *Stein*, II, p. 582. Stein dit : « Les mesures prises laissent sans doute à
désirer; il n'en faut pas moins soutenir le chancelier. » — Il écrit dans le même
sens à la princesse Louise Radziwill, *ibid.*, II, p. 563. — Il approuve l'attitude
d'Arnim aux États de 1811. Dans une lettre à Gneisenau, du 17 août 1811, il
s'irrite de la sévérité de Gneisenau pour le roi de Prusse. C'est à la nation qu'il
faut s'en prendre d'après lui, *ibid.*, II, p. 587. — « Il me semble que les personnes bien pensantes devraient se rapprocher du chancelier de Hardenberg et
avoir avec lui des explications franches et amicales », écrit Stein à la princesse
Louise, avant août 1811, *ibid.*, II, p. 584. — Boyen, dans ses mémoires, écrits
en 1835, s'exprime dans le même sens. *Erinnerungen des Feldmarschalls* VON
BOYEN, II, pp. 91, 92. C'est une critique mesurée et bienveillante.

franchissement radical de la petite propriété rurale[1]. Plus tard,
toutefois, il a refusé d'associer sa responsabilité aux mesures agraires
de Hardenberg et à l'édit de septembre. Il blâme l'édit de septembre
d'avoir bouleversé et rompu, dans son action brutale, les rapports
traditionnels du propriétaire noble et du tenancier[2]. Il avait si peu
de doctrine qu'il apparaît comme surpris et désarmé quelques années
plus tard, devant les conséquences des actes qu'il a accompli lui-
même et devant le développement des réformes dont il paraît avoir
été l'initiateur[3].

Stein est flottant dans sa doctrine, à la fois soucieux d'associer la
nation à la gestion des affaires, et résolu à ne lui accorder aucun rôle
de direction, à la fois préoccupé d'affranchir l'initiative individuelle,
et convaincu que l'État n'est fort que des limitations et des sacrifices
qu'elle s'impose[4], tantôt représentant dans la politique intérieure les
réserves du droit historique et de l'esprit conservateur, tantôt prêt
à briser tous les obstacles dans une sorte de passion révolutionnaire.
Hardenberg est, pour nous, plus facile à comprendre. Il est aussi
moins agité de courants de passions contradictoires. Il nous apparaît porté par les idées plus modernes[5], par la conception plus

1. En 1801, Stein veut concéder la propriété au petit tenancier. PERTZ, *Stein*,
I, p. 196. — Voir en 1807. TOME I, p. 331. — En 1808, dans son testament politique, rédigé par Schön, il proclame la nécessité de détruire les corvées et les
charges, mais il n'en prévoit la destruction que par voie de transactions amia-
bles. PERTZ, *Stein*, II, p. 312. — Le 2 août 1810, il va plus loin et paraît approuver
par avance l'édit agraire de sept. 1811. Il recommande de transformer les
paysans en propriétaires : « Il faut trancher dans le vif », écrit-il (*man musz
durchgreifen*). La propriété des tenures est alors, à ses yeux, une usurpation de
la noblesse, *ibid.*, II, p. 490.

2. PERTZ, *Stein*, II, *Beilagen*, p. 165; *ibid.*, V, p. 396. — LEHMANN, *Knesebeck
und Schön*, p. 114. — Le 2 août 1810, Stein paraît encore favorable à la réforme.
PERTZ, *Stein*, II, p. 490. — TREITSCHKE parle de la colère de Stein contre l'édit
qu'il appelle une mesure de nivellement bureaucratique. TREITSCHKE, I, p. 377.
— Hippel juge de même l'édit de septembre, *ibid.*, I, p. 376. — PERTZ dit, sans
donner de date, et en semblant viser des impressions de Stein contemporaines : « Stein demeura étranger à ces mesures (la convocation de la seconde
assemblée des représentants). Il désapprouva en particulier, d'une façon décisive, les lois agraires, qu'il considérait comme un bouleversement de la vie
intime des paysans, et dont il n'attendait que des résultats funestes. L'avenir
lui a largement donné raison. » PERTZ, *Stein*, II, p. 571.

3. Lettre de Stein à Schulz, du 19 déc. 1822. MARWITZ, II, p. 228. — E. MEIER,
p. 136.

4. BORNHAK, III, p. 7. — Stein est en opposition avec les tendances individualistes de son siècle, personnifiées par Hardenberg, Humboldt, Altenstein,
Schön. E. MEIER, p. 167.

5. E. MEIER, p. 167.

neuve d'un état social rajeuni, égalisé, uniformisé, et par ce que cette conception même entraînait nécessairement avec elle de plus pénétrant et de plus radical.

Mais ne nous arrêtons point tant aux tendances idéales des deux hommes d'État, tendances complexes toujours et souvent difficiles à réduire en formules. Regardons les réalités pratiques auxquelles l'un et l'autre ont abouti.

L'un et l'autre ont brisé quelques-uns des liens qui bridaient sous l'ancien régime les initiatives individuelles ; mais, de ce côté, les édits financiers de Hardenberg ont une autre portée que les quelques mesures édictées par Stein. Stein a entamé les vieilles barrières. Hardenberg les a largement abattues [1].

Tous deux ont lutté contre l'organisation féodale. Ils ont été tous deux impuissants contre le pouvoir politique que les hobereaux prussiens conservaient sur leurs biens nobles et qui en faisaient autant de petits souverains locaux. Ni Stein ni Hardenberg n'ont brisé, dans les campagnes, la souveraineté de la féodalité foncière. Hardenberg l'a tenté ; il n'y a point réussi. Stein ne l'a même pas essayé [2].

Tous deux ont voulu du moins constituer la petite propriété rurale indépendante. Tous deux se sont associés, par des entreprises de portée diverse, à cette grande évolution sociale qui a, depuis cent ans, transformé la face de l'Europe, modifié de fond en comble la notion même de la propriété du sol, et substitué aux propriétés partagées et subordonnées de la féodalité, la notion de la propriété complète, dans son intégralité et dans son indépendance.

Stein a eu le sentiment qu'il était nécessaire d'entreprendre cette réforme sociale. Il a proclamé l'affranchissement platonique des personnes. Il a constitué sur les domaines royaux un embryon de petite propriété indépendante. Il n'a rien fait d'efficace pour affranchir de la domination des biens nobles la petite propriété dépendante, partagée, subordonnée, qui se groupait autour d'eux. La légende qui a fait de Stein le libérateur du paysan prussien a déme-

---

1. Une mesure d'audace radicale, dit TREITSCHKE, en parlant de la suppression des corporations. TREITSCHKE, I, p. 376. — Stein blâme violemment la suppression des corporations et la liberté de l'industrie. Lettre de Stein à Schulz, du 19 déc. 1822. MARWITZ, II, p. 228.

2. Tome I, p. 483.

sûrement amplifié son œuvre. En dehors des domaines royaux, il
n'a presque rien osé, sauf la suppression platonique de la sujétion
héréditaire, et cette timidité restreint singulièrement la portée de ses
édits. L'école historique allemande commence à le reconnaître, à
revenir des exagérations anciennes [1]. Elle est bien près d'effacer le
bas-relief de la statue de Berlin où l'on voit la foule des serfs
affranchis apporter, aux pieds de Stein, l'hommage de la démocratie
rurale à son libérateur. Quelques années à peine après la chute de
Stien, des réserves sur la portée de son œuvre apparaissent. Vers
1810, Vincke, un disciple, un collaborateur de Stein cependant,
s'épanchait sans réserve sur l'avortement de sa réforme agraire [2];
et il n'était pas le seul. Le ministre v. Schrötter avait rédigé, pour
un petit journal : *l'Ami du peuple*, un panégyrique officiel et sans
réserves de l'édit de Stein. Vers 1812, Scharnweber, esprit moins
administratif et plus indépendant, retrouvait l'article de Schrötter,
et l'annotait avec un scepticisme inquiet et peu laudatif [3]. Quiconque
pénètre au fond du sujet sent, dès lors, que la législation de Stein,
la législation de 1807 et de 1808, a surtout l'aspect d'une manifestation humanitaire et platonique.

Hardenberg, en principe et en fait, a été plus loin. L'édit de septembre 1811, réduit, limité, envisagé seulement dans le résidu final,
dans les conséquences définitives de son application pratique, entraîne
de bien autres résultats, soulève de bien autres questions de droit
public que les édits de Stein. Ce n'est plus ici le souverain qui, sur
ses domaines, fait l'abandon librement consenti d'une domination,
de prérogatives traditionnelles. C'est le chef d'État qui porte une
main révolutionnaire [4] sur les droits traditionnels ou contractuels des
grands propriétaires nobles, et qui transforme, par le fait du prince,
leurs titres de propriété sur les tenures rurales. Les hobereaux ne
s'y trompent pas un instant [5]. C'est là, presque autant que la résistance de l'intérêt menacé, ce qui fait l'ardeur de leur opposition.
Ces vieux titres de domination, dont l'origine obscure et souvent vio-

1. A. STERN, p. 147. — GÖTTE, *Das Zeitalter der deutschen Erhebung*, p. 112.
2. v. BODELSCHWINGH, *Leben des Oberpräsidenten Freiherrn von Vincke*, I, p. 431.
— KEIL, *Die Landgemeinde*, p. 104.
3. KNAPP, *Die Landarbeiter in Knechtschaft und Freiheit*, pp. 90, 91.
4. LANCIZOLLE, p. 177. Les propriétaires dépossédés sont cependant indemnisés.
— TREITSCHKE, I, p. 377.
5. Ils ont accueilli Hardenberg avec quelque espérance. Ils lui deviennent
rapidement plus hostiles même qu'à Stein. TREITSCHKE, I, p. 372.

lente se perd dans la nuit des temps, l'oligarchie ne peut consentir
à les reconnaître périmés par les progrès de l'évolution sociale.
Qu'elle ait réussi, comme elle le fit, à restreindre l'étendue de la mainmise révolutionnaire dont elle se plaignait, l'importance théorique,
la portée fondamentale de l'acte n'en demeure pas moins. Hardenberg a entrepris, sur une moindre échelle, avec d'autres lenteurs et
d'autres ménagements, la liquidation que la France venait d'achever,
la liquidation partielle, mais cependant révolutionnaire de la propriété féodale [1].

C'est par là encore que Hardenberg est, en Prusse, un imitateur
timide, mais un imitateur, de la Révolution française. Treitschke le
reconnaît indirectement lorsqu'il relève chez le chancelier le mélange
des doctrines radicales et des habitudes d'esprit despotiques qui le
rapprochent du jacobinisme; et c'est peut-être dans ce rapprochement, dans cette tournure d'esprit beaucoup plus française qu'allemande [2] qu'il faut chercher le secret de la froideur des Allemands à
l'égard de Hardenberg.

---

1. Voir, sur les conséquences de la réforme de Hardenberg pour l'avenir poli-
tique de la Prusse, KNAPP, *Die Bauernbefreiung in Oesterreich und in Preussen.*
Jahrbuch für Gesetzgebung, Verwaltung und Volkswirthschaft, 1894, p. 429. —
Boyen y voit l'origine du soulèvement national. *Erinnerungen des Feldmarschalls*
VON BOYEN, II, p. 100.

2. BORNHAK, III, pp. 144, 145. — LEHMANN, *Scharnhorst,* II, p. 359.

CHAPITRE V

Irritation et exode des patriotes. — Atteinte portée au sentiment monarchique. — Frédéric-Guillaume et la peur des mouvements révolutionnaires. — Hardenberg se tient en contact avec les patriotes. — Missions données à Gneisenau et à Scharnhorst.

Tandis que Hardenberg poursuivait en Prusse l'œuvre de réorganisation intérieure qu'il avait entreprise, la situation européenne s'était insensiblement modifiée. Les liens noués à Tilsit entre Alexandre et Napoléon se relâchaient peu à peu. Les grands et les menus événements de la vie européenne, source de dissentiments multiples, n'avaient pas tardé à souligner les impossibilités d'une alliance où Alexandre n'apportait pas sa part de docilité, condition indispensable de toutes les amitiés napoléoniennes. Presque aussitôt après l'avènement de Hardenberg, dès la fin de 1810, en tout cas dès le début de 1811, la guerre devint certaine entre la France et la Russie [1]. On put croire un instant qu'elle éclaterait en 1811. Ainsi s'ouvrit pour la Prusse, au cours même d'un effort considérable de transformation intérieure, une nouvelle crise nationale. C'était le renouvellement de celles qu'elle avait traversées entre le traité de Bâle et 1806, pendant la campagne de 1807, durant la guerre de 1809. Mais celle-ci, malgré ses analogies avec les précédentes, présente quelques caractères nouveaux.

La situation même de la Prusse en faisait, pour les troupes françaises opérant en Russie, un point de passage et une base d'opérations obligés. Elle était impliquée ainsi, de la façon la plus directe et la plus inéluctable, dans la querelle qui s'ouvrait. Nous savons qu'en 1807 et en 1808, le gouvernement prussien et la famille royale avaient vécu dans l'attente et dans la crainte d'un décret de Napoléon qui eût rayé l'État prussien du rang des nations. Ces craintes n'avaient point disparu en 1811, bien que le temps écoulé et l'accalmie qui s'était produite en eussent comme émoussé l'angoisse. Elles paraissaient si naturelles qu'un faussaire habile eut l'idée d'en tirer parti. Un chevalier d'industrie, du nom d'Esménard, qui avait couru les aventures dans toutes les parties du monde, qui avait fini

1. Lehmann, *Scharnhorst*, II, p. 344. — Les premières ouvertures de la Russie à la Prusse sont du 7/19 février 1811, *ibid.*, II, p. 347. — Le 27 janvier 1811, le roi écrit à Hardenberg : « les nouvelles de l'extérieur deviennent de plus en plus inquiétantes. » Duncker, *Abhandlungen zur preussischen Geschichte, Preussen während der französischen Okkupation*, p. 342. — *Erinnerungen aus dem Leben des General-Feldmarschalls* Hermann von Boyen, II, p. 116.

par se créer une situation en France, assez au courant de la situation
européenne, agent diplomatique interlope [1], fabriqua, on ne sait
encore sous quelle inspiration, un rapport de Champagny à l'Empereur et des instructions adressées de Paris à Saint-Marsan, l'ambassadeur de France à Berlin [2]. Dans l'un et dans les autres, se trouvait
développé le projet d'anéantir et de démembrer l'État prussien. Ces
pièces, transmises à Hardenberg, ne paraissent pas l'avoir trompé
longtemps [3]. Mais, renseignés ou non renseignés sur l'authenticité du
document, le gouvernement prussien et Frédéric-Guillaume III ne
furent point, jusqu'aux premiers mois de 1812, exempts d'inquiétudes [4]. Alexandre entretenait ces préoccupations par des avertisse-
ments discrets [5]. L'exemple des dernières extensions que venait de
recevoir l'Empire français et, plus encore peut-être, la logique de la
situation étaient bien faits pour inquiéter.

De quelque côté que la Prusse se tournât, l'avenir était également

1. A. STERN, *Abhandlungen und Aktenstücke zur Geschichte der preussischen
Reformzeit*, 1807-1815, p. 98.
2. A. STERN, p. 93. — LEHMANN, *Scharnhorst*, II, p. 347. — HÄUSSER, *Deutsche
Geschichte*, III, p. 537. — Le mémoire d'Esménard est vendu 6000 francs au
gouvernement prussien. Saint-Marsan à Maret, 30 janvier 1812. A. STERN, p. 96.
— A. FOURNIER, *Stein und Gruner in Oesterreich. Ein Beitrag zur Vorgeschichte
der Befreiungs-Kriege. Deutsche Rundschau*, LIII, p. 137. — *Baron* ERNOUF, *Maret,
duc de Bassano*, p. 312.
3. Hardenberg croit, le 7 mars, à l'authenticité du document. Il n'a pas tardé
à en reconnaître la fausseté. LEHMANN, *Scharnhorst*, II, p. 347. — A. STERN, pp. 93,
95, 96, 97, 102. — RANKE connaît ce document et le considère comme authentique. RANKE, *Denkwürdigkeiten des Staats-Kanzlers Fürsten von Hardenberg*, IV,
p. 265. — Duncker également. DUNCKER, p. 382. — BOGDANOWITSCH, *Geschichte des
Feldzuges im Jahre 1812, Aus dem Russischen, von* G. BAUMGARTEN, I, p. 55. —
Aus den Papieren des Ministers und Burggrafen von Marienburg, THEODOR VON
SCHÖN, IV, p. 581. — Czernitscheff et le gouvernement russe, en 1811, connaissent ces pièces et paraissent croire à leur authenticité. A. STERN, pp. 99, 112.
— Voir également les agents anglais. *Politischer Nachlass des Hannoverschen
Staats-und Kabinels-Ministers* LUDWIG VON OMPTEDA, *aus den Jahren 1804-1813,
veröffentlicht durch* F. VON OMPTEDA, II, p. 202. — TREITSCHKE, *Deutsche Geschichte im neunzehnten Jahrhundert*, I, p. 387. — DROYSEN, *Das Leben des Feldmarschalls' Grafen Yorck von Wartenburg*, I, p. 201. — BIGNON, *Histoire de France
sous Napoléon*, X, p. 131.
4. Voir Stein, à Prague : les bruits qui courent : Masséna, roi de Portugal,
et Berthier, roi de Prusse. A. FOURNIER, *Deutsche Rundschau*, LIII, p. 137. — Sur
le projet de transformer la Prusse en République. RANKE, *Hardenberg*, IV,
p. 221. — Beguelin écrit de Paris que Davout sera roi de Prusse. DROYSEN,
Yorck, I, p. 259. — Voir Frédéric-Guillaume, en mars 1811, RANKE, *Hardenberg*, IV, p. 272. — en juillet 1811, DUNCKER, p. 364. — *Erinnerungen des
Feldmarschalls* VON BOYEN, II, p. 147. — Voir l'audience de Napoléon à Krusemark, le 17 décembre 1811. DUNCKER, p. 425. — PERTZ, *Das Leben des Feldmarschalls Grafen Neithardt von Gneisenau*, II, p. 103.
5. *Erinnerungen des Feldmarschalls* VON BOYEN, II, p. 112.

menaçant. Si elle résistait à Napoléon, disaient les partisans de l'alliance française, celui-ci l'écraserait certainement avec les forces imposantes qu'il avait massées en Allemagne, à Hamburg, à Danzig, dans les places fortes de l'Oder. Il en finirait avec elle afin d'aborder l'Empire russe, dégagé de toute préoccupation sur ses derrières. Si la Prusse s'associait à la France, répondaient les patriotes, si Napoléon, grâce à l'alliance de Frédéric-Guillaume III, pouvait commencer sa campagne au Niémen, s'il triomphait de la Russie, quelles perspectives ce nouveau succès laissait-il ouvertes à l'État prussien? N'était-il pas certain d'être englouti par le minotaure, absorbé définitivement dans la domination napoléonienne étendue et consolidée? Et, constatation peu rassurante, les uns et les autres, à s'en tenir aux prévisions les plus vraisemblables, paraissaient avoir irréfutablement raison [1]. La Prusse était bien à la merci de Napoléon.

Quelles pouvaient être, en ce qui concernait la Prusse, les intentions de l'Empereur?

Il semble bien qu'au cours de 1810, il ait eu quelques hésitations sur le sort qu'il lui réserverait. Le 24 avril 1810, lorsqu'il avait voulu faciliter la conclusion de l'emprunt négocié, en Hollande, pour le compte du gouvernement prussien, Napoléon avait fait écrire au ministre de France à la Haye, La Rochefoucauld, qu'il pouvait promettre une garantie de sa part : « en cas d'événements supérieurs à la Prusse [2] ». C'était une formule inquiétante; elle annonçait des arrière-pensées menaçantes pour l'existence de l'État prussien.

Cependant, depuis l'avènement de Hardenberg, l'attention de Napoléon semblait s'être détournée de la Prusse. Il tenait le pays [3]

1. Voir le débat entre Hardenberg et Scharnhorst, au commencement de mai 1811. LEHMANN, *Scharnhorst*, II, pp. 364, 365, — le mémoire de Scharnhorst. DUNCKER, p. 354. — Voir encore le mémoire de Hardenberg, du 2 novembre 1811. (J. VON HORMAYR), *Lebensbilder aus dem Befreiungskriege*, II, p. 86, — LEHMANN, *Scharnhorst*, II, p. 422. — Voir encore le mémoire de Boyen au roi, du 5 juillet 1811. *Erinnerungen des Feldmarschalls* VON BOYEN, II, pp. 175, 396, — en février 1812. DROYSEN, *Yorck*, I, p. 232, — le mémoire de Clausewitz, de 1812. PERTZ, *Gneisenau*, III, p. 633.

2. ERWIN, NASSE, *Die preussische Finanz-und Minister-Krisis, 1810, Historische Zeitschrift*, XXVI, p. 312. — *Correspondance de NAPOLÉON Ier, publiée par ordre de l'empereur Napoléon III*, n° 16.405, XX, p. 354. — Voir, encore, lettre à Lariboisière; *ibid.*, n° 17.714, XXII, p. 181.

3. Il aurait formé, d'après RANKE, le projet d'occuper, sans autre forme de procès, toutes les places fortes. Napoléon à Lariboisière, le 21 mars 1811. Cette lettre, citée par RANKE, *Hardenberg*, IV, p. 271, ne se trouve pas dans la *Cor-*

par ses routes militaires, par l'occupation de Danzig et des places de l'Oder. Il lui imposait ses tarifs et réglait, de Paris, son régime douanier. Il en exigeait la confiscation des marchandises anglaises, l'application des mesures du blocus continental, et appuyait parfois ses exigences d'une menace [1]. Parfois aussi, lorsque lui parvenait un renseignement sur le maintien de l'état militaire de la Prusse, quelque préoccupation semblait lui venir à l'esprit. Ces préoccupations, toutefois, n'étaient pas aiguës [2]. Napoléon semble avoir pensé, à cette date, qu'il serait toujours temps pour lui de régler ses comptes avec la Prusse, soit qu'il fût réduit à en prendre possession avec un médiocre effort, soit qu'elle se rendît sans lutte à ses exigences [3].

Quant au gouvernement prussien lui-même, quelles allaient être, dans la crise qui se préparait, son attitude et sa politique? Nous savons qu'il pesait, sur les conditions mêmes dans lesquelles Hardenberg était rentré au pouvoir, sur ses intentions secrètes, quelque équivoque. On sait très bien ce que voulaient les patriotes. Gneisenau, Scharnhorst et Stein voulaient l'affranchissement de l'Allemagne. Ils avaient juré une haine irréconciliable à la domination napoléonienne. Il est beaucoup plus difficile de dire ce que cherchait Hardenberg. Ces natures complexes, souples, affinées par une grande ouverture d'esprit, assouplies par le maniement et le contact des

respondance de NAPOLÉON à la date indiquée. — Il s'agit vraisemblablement d'une lettre du 11 mars à Lariboisière, où Napoléon lui prescrit d'étudier éventuellement un projet pour enlever de vive force les places fortes restées à la Prusse. *Correspondance de* NAPOLÉON, n° 17.435, XXI, p. 546. — Voir aussi DUNCKER, p. 357.

1. MAMROTH, *Geschichte der preusisschen Staats-Besteuerung*, pp. 730, 731, 732. — DIETERICI, *Zur Geschichte der Steuer-Reform in Preussen*, 1810-1820, p. 15.

2. Voir l'audience à Krusemark, du 17 déc. 1811, et le résumé de Napoléon sur la situation de la Prusse. DUNCKER, p. 425.

3. En septembre et en octobre 1811, il semble, d'après les instructions confidentielles données à Saint-Marsan, que l'Empereur désire plutôt traiter avec la Prusse. A. STERN, pp. 341, 350. — D'après une dépêche de Krusemark, du 29 février 1812, au moment de la conclusion de l'alliance, Maret aurait dit à Krusemark : l'Empereur Napoléon a flotté très longtemps entre la destruction de la Prusse ou une alliance avec elle. HÄUSSER, III, p. 542. — *Mémoires du Général* RAPP, I, p. 162. — DROYSEN, *Yorck*, I, p. 231. — Amélie de Beguelin assure, dans ses mémoires, qu'il y avait auprès de Napoléon un parti favorable à la Prusse : Maret, Sémonville. A. ERNST, *Denkwürdigkeiten von Amalie und Heinrich v. Beguelin*, p. 231. — Voir les ordres donnés à Davout, en sept. 1811. L'Empereur est tout prêt à entrer en Prusse, si le gouvernement ne se rend pas à ses exigences. Voir ci-après p. 156. — *Correspondance de* NAPOLÉON, n° 18.139, XXII, p. 569. — RANKE, *Hardenberg*, IV, p. 286. — DUNCKER, p. 382.

hommes, fuient et se dérobent à l'analyse autrement que les volontés simples [1]. Hardenberg ne subissait sans doute pas sans répugnance la suprématie française. Mais il ne voulait pas aussi passionnément que les patriotes le renversement de la domination napoléonienne. Il n'avait rien d'un caractère entier comme Stein, ni d'un idéaliste ou d'un homme de foi comme Scharnhorst, et si, à l'occasion, il ne manquait point de résolution, ses volontés n'étaient point assez arrêtées pour qu'il les heurtât volontiers aux obstacles en apparence infranchissables [2].

Frédéric-Guillaume III n'avait même point — pour racheter ce que sa volonté avait de plus fuyant et de plus incertain encore [3] — cette ouverture d'idées et de jugement, cet esprit politique de Hardenberg, qui donnèrent cette fois à la politique prussienne un peu plus de tenue qu'elle n'en avait eu précédemment. Boyen, qui voyait alors le roi chaque jour, n'a jamais oublié l'impression qu'il éprouvait, lorsqu'au sortir de conseils où les plus graves discussions politiques et militaires n'avaient pu arracher une décision au souverain, il devait accompagner Frédéric-Guillaume III à la manœuvre, que le roi suivait, durant des heures, avec une ardeur et une passion enfantines. « Il me semblait », écrivait Boyen trente années plus tard, « il me semblait sentir retomber sur ma poitrine la pierre funéraire de ma patrie [4]. »

Hardenberg et le roi tentèrent, tant qu'ils le purent, de se faire illusion sur l'imminence d'une nouvelle guerre européenne. Ni les procédés révolutionnaires de l'insurrection nationale, ni les sacrifices qu'eût entraînés un effort désespéré, ne paraissaient tenter le chancelier [5]. Il ne semblait avoir aucune confiance dans le concours de

1. LEHMANN, Scharnhorst, II, p. 359. — Voir le mémoire du 8 juillet 1811. Erinnerungen des Feldmarschalls von BOYEN, II, pp. 400, 403. — Le 23 mars 1811, l'agent anglais Ompteda écrit : « L'attitude du chancelier de Hardenberg a pour moi quelque chose d'énigmatique. Il y a trois semaines, il a dit à un de mes amis : « Savez-vous ce qu'il m'en coûte de jouer aux yeux de l'Europe le rôle « honteux que je joue en ce moment? » OMPTEDA, Nachlass, II, p. 39.

2. Hardenberg à Stein, le 11 mai 1811. LEHMANN, Historische Zeitschrift, XLVI, p. 185.

3. Erinnerungen des Feldmarschalls von BOYEN, II, p. 136. — OMPTEDA, Nachlass, II, pp. 38, 41, 75. — LEHMANN, Scharnhorst, II, pp. 368, 374. — DUNCKER, p. 345. — RANKE, Hardenberg, IV, p. 272. — PERTZ, Gneisenau, II, pp. 106, 107.

4. Erinnerungen des Feldmarschalls von BOYEN, II, p. 236.

5. Voir son mémoire du 8 juillet 1811. Erinnerungen des Feldmarschalls von BOYEN, II, pp. 400, 404. — LEHMANN, Scharnhorst, II, p. 360.

la Russie [1]. Et, surtout, tant que la crise ne lui parut pas inévitable, il sembla redouter la période de bouleversement et de trouble qui eût suspendu l'effort de réorganisation intérieure auquel il s'était attaché [2]. Lorsqu'on lui proposait d'éloigner le roi de Berlin, de le placer hors des atteintes de la France, il s'y refusait : « Les papiers publics baisseraient », disait-il [3] ; « tous les plans préparés pour le rétablissement de notre crédit et de nos finances seraient anéantis. »

Il était naturel que la Prusse éprouvât ces répugnances. L'œuvre de consolidation intérieure qu'elle avait entreprise, sa situation géographique qui la compromettait nécessairement, lui rendaient les éventualités de guerre également désagréables. Mais il ne dépendait pas d'elle de les éviter. Lorsqu'au début de 1811 elles parurent certaines, plus prochaines même qu'elles n'étaient en réalité, l'embarras du gouvernement prussien fut extrême.

Tout en négociant des deux côtés [4], il se tourna tout d'abord vers la France pour lui prodiguer les assurances de sa coopération. En

1. Voir son mémoire du 13 avril 1811. DUNCKER, p. 349. — LEHMANN, *Scharnhorst*, II, p. 360. — *Erinnerungen des Feldmarschalls* VON BOYEN, II, pp. 111, 163. — OMPTEDA, *Nachlass*, II, p. 39. — Mémoire de Hardenberg, du 10 mai 1811. LEHMANN, *Scharnhorst*, II, pp. 361, 364. — Voir encore, en janvier 1812, *ibid.*, II, p. 436.

2. RANKE, *Hardenberg*, IV, p. 250. — DUNCKER, p. 346. — *Erinnerungen des Feldmarschalls* VON BOYEN, II, p. 352. — OMPTEDA, *Nachlass*, II, p. 40.

3. Le 8 juillet 1811. *Erinnerungen des Feldmarschalls* VON BOYEN, II, pp. 115, 400. — LEHMANN, *Scharnhorst*, II, p. 377.

4. Voir les premières négociations engagées entre Hardenberg et Saint-Marsan, RANKE, *Hardenberg*, IV, p. 267, — la dépêche de Saint-Marsan du 19 mars 1811, A. STERN, p. 322. — DUNCKER, p. 349. — A. STERN fixe les premières ouvertures de la Prusse au 22 mars 1811. A. STERN, pp. 101, 324. — LEHMANN, *Scharnhorst*, II, pp. 361, 362, 368. — Voir le 24 mars, DUNCKER, p. 350, — Hardenberg à Hatzfeldt, le 29 mars; à Krusemark, le 30 mars; le mémoire de Hardenberg, du 13 avril, indiqué par LEHMANN, *Scharnhorst*, II, p. 362. — Le mémoire du 13 avril est analysé par DUNCKER, p. 348. — A. FOURNIER, *Deutsche Rundschau*, LIII, p. 141. — Voir les relations indirectes nouées entre Wittgenstein et Bourrienne. *Archives nationales*, carton A. F. IV. 1690, 3e dossier, pièces 35 et suivantes. Voir ci-après, annexes nos I, II, III, IV, V, pp. 479-482.

Voir sur les ouvertures faites à la Russie, sur les relations entre la Prusse et la Russie, dans l'hiver 1810-1811, se poursuivant à l'insu du ministre des affaires étrangères, Goltz, *Erinnerungen des Feldmarschalls* VON BOYEN, II, pp. 114, 118; puis les lettres du roi, en avril 1811. — LEHMANN, *Scharnhorst*, II, p. 362, mentionne une lettre du 9 avril avec post-scriptum du 10 et du 16. — DUNCKER donne les dates des 7, 12 et 16 avril, DUNCKER, pp. 346 à 348; mais ce sont vraisemblablement les mêmes lettres. — Napoléon fait connaître les ouvertures, que la Prusse lui a faites, à la Russie dont elles excitent très vivement la méfiance. LEHMANN, *Scharnhorst*, II, p. 363. — Scharnhorst à Boyen. *Erin-*

mars 1811, Hardenberg décida Frédéric-Guillaume III, qui y répugnait, à envoyer à Paris ce même baron de Hatzfeldt qui, après avoir failli être fusillé en 1806 sur l'ordre de Napoléon, était devenu à Berlin, comme nous l'avons vu, l'un des chefs du parti français [1].

Le 10 mai, malgré les objections de Scharnhorst et de Gneisenau [2], Hardenberg se résolut à offrir à la France une alliance étroite et à diriger de ce côté ses premières tentatives [3]. Le 14 mai, l'ambassadeur de Prusse à Paris, Krusemark, reçut l'ordre de porter ces propositions à la connaissance du gouvernement français.

Mais Napoléon ne jugeait sans doute point encore l'heure venue de prendre ses dernières et publiques dispositions. Une année devait encore s'écouler avant qu'il s'engageât dans sa nouvelle entreprise. Il est probable qu'il se croyait assuré de plier sans peine le gouvernement prussien à ses volontés, à l'heure qu'il aurait choisie. La politique d'intimidation lui avait toujours parfaitement réussi de ce côté, et ce qu'il savait des préparatifs militaires de la Prusse, rendait suspecte la sincérité de ses ouvertures ; d'ailleurs, l'Empereur préférait les actes aux paroles. Il renforçait ses contingents et massait ses troupes à Hamburg, à Danzig, dans les places fortes

nerungen des Feldmarschalls von Boyen, II, pp. 120, 392. — Voir le mémoire de Boyen au roi sur la double négociation, *ibid.*, II, p. 392. — Voir le mémoire de Hardenberg, du 10 mai. Duncker, p. 355. — Ompteda, *Nachlass*, II, pp. 58, 60. — Voir la lettre du roi au tsar, du 12 mai. (Hormayr), *Lebensbilder*, III, p. 431. — Le roi de Prusse paraît surtout préoccupé de rapprocher la Russie et l'Autriche. Voir un entretien du 4 avril avec Czernitscheff. Lehmann, *Scharnhorst*, II, p. 368. — Ranke, *Hardenberg*, IV, p. 266. — Duncker, p. 345.

1. *Erinnerungen des Feldmarschalls* von Boyen, II, p. 121. — Duncker, p. 351. — Lehmann, *Scharnhorst*, II, pp. 361, 367. — Ranke, *Hardenberg*, IV, p. 267.

2. Pertz, *Gneisenau*, II, pp. 51, 54, 67. — Voir quelque résistance, encore le 23 avril, de la part du roi. Duncker, p. 352. — Voir plus tard, sur ce point, le mémoire de Boyen du 3 juillet et la lettre de Scharnhorst en réponse, *Erinnerungen des Feldmarschalls* von Boyen, II, p. 390.

3. Lehmann, *Scharnhorst*, II, pp. 362-368. — Ranke, *Hardenberg*, IV, p. 268. — Hardenberg présente ces ouvertures aux patriotes et aux agents anglais, tantôt comme des propositions inacceptables destinées à sonder le gouvernement français. Ompteda, *Nachlass*, II, p. 86. — Delbrück, *Das Leben des Feldmarschalls Grafen Neithardt von Gneisenau*, 2ᵉ édition (1894), I, p. 219, — tantôt comme le résultat du peu d'empressement de la Russie à répondre aux avances de la Prusse. Duncker, p. 352. — *Erinnerungen des Feldmarschalls* von Boyen, II, pp. 114, 120. — En fait, le roi, dans la dépêche à Krusemark, bien loin de formuler des conditions inacceptables, se montre disposé à faire de larges concessions à la France. Lehmann, *Scharnhorst*, II, p. 371. — Le 12 mai, le roi écrit au tsar une lettre ostensible. (Hormayr), *Lebensbilder*, III, p. 432, — et une lettre confidentielle. Duncker, p. 359. — Il fait connaître au tsar les propositions faites à la France, mais incomplètement et inexactement. Lehmann, *Scharnhorst*, II, p. 371.

de l'Oder, donnant l'ordre de ne pas prévenir le gouvernement prussien [1]. Et, d'autre part, il accueillait le baron de Hatzfeldt avec la plus grande banalité et ne répondait point aux propositions de la Prusse [2]. Il était dans sa nature de dicter ses volontés à l'heure qu'il aurait choisie, et non de se laisser poser prématurément des questions par ses interlocuteurs.

S'il avait eu pour but d'effrayer la Prusse, il y réussit beaucoup mieux que n'avait pu faire même le faux mémoire d'Esménard. Ce silence, cette réserve, ces préparatifs militaires, que l'on apprenait successivement à Berlin, comme autant de faits accomplis, et qui accumulaient les éléments de la Grande Armée autour des frontières de la Prusse et même dans ses forteresses, au cœur de son territoire, tout cet ensemble était bien fait pour exciter les préoccupations ombrageuses des patriotes ou pour jeter la terreur dans l'âme de Frédéric-Guillaume III [3].

Le premier résultat de ces craintes fut de modifier sensiblement l'attitude du gouvernement prussien. Scharnhorst et les patriotes profitèrent des inquiétudes qui agitaient Hardenberg et le roi. Ils les déterminèrent à abandonner les voies de l'alliance française pour s'engager dans celles de l'alliance russe [4]. La Prusse résolut de tenter à Saint-Pétersbourg une démarche décisive [5]. Le 16 juil-

1. Lehmann, *Scharnhorst*, II, p. 375. — Duncker, p. 343.
2. Duncker, p. 352. — Lehmann, *Scharnhorst*, II, pp. 362, 376, 377. — Ranke, *Hardenberg*, IV, p. 270.
3. Droysen, *Yorck*, I, p. 204. — *Erinnerungen des Feldmarschalls* von Boyen, II, pp. 424, 390, 430, 434. — Lehmann, *Scharnhorst*, II, pp. 353, 363, 376.
4. Le 8 juillet, Hardenberg résiste encore. Voir son mémoire du 8 juillet, *Erinnerungen des Feldmarschalls* von Boyen, p. II, 400. — Duncker, p. 363. — Voir l'impression que font sur le roi les réponses de Paris qui arrivent le 9 juillet, *ibid.*, p. 364.
5. Pertz, *Das Leben des Ministers Freiherrn vom Stein*, III, p. 13. — Voir le mémoire de Boyen, du 3 juillet, et la lettre de Scharnhorst en réponse. *Erinnerungen des Feldmarschalls* von Boyen, II, p. 390. — Des influences diverses ont agi sur Hardenberg. L'éditeur des mémoires d'Amélie de Beguelin dit : « Ce revirement de la politique de Hardenberg auquel Amélie de Beguelin prit une part si glorieuse. » A. Ernst, *Denkwürdigkeiten von Amalie und Heinrich v. Beguelin*, p. 39. — Voir le récit d'Amélie de Beguelin elle-même, *ibid.*, p. 209. — Voir encore Lehmann, *Scharnhorst*, II, p. 378. — Droysen, *Yorck*, I, p. 202. — Le ton de Gneisenau avec Amélie de Beguelin est des plus libres. Le 17 déc. 1812, il lui écrit de Londres pour la féliciter de la naissance d'un de ses enfants : « *Ich wünsche Ihnen Glück... zu den neuen Früchten eines lustigen Augenblicks. Bei Ihrer Frische, wird wohl noch manche Wiederholung zu erwarten sein* ». Lehmann, *Historische Zeitschrift*, LXII, p. 510. — Le 11 juillet encore, Hardenberg paraît fort peu enclin aux résolutions énergiques. Voir sa lettre à Stein. Lehmann, *Historische Zeitschrift*, XLVI, p. 187.

let 1811, Frédéric-Guillaume III adressa à l'empereur Alexandre une lettre personnelle dans laquelle il semblait remettre, sans réserves et sans conditions, son sort entre les mains du tsar [1]. « Vous pèserez tout dans votre sagesse, Sire », disait-il, « et vous vous arrêterez à la résolution la meilleure. C'est dans cette confiance que je m'engage librement, pour le cas d'une guerre entre la France et la Russie, à ne pas prendre d'autre parti que le vôtre. » Scharnhorst dut quitter Berlin pour engager à Saint-Pétersbourg, où il jouissait d'un crédit personnel, la négociation avec la Russie, et pour nouer, par une convention militaire, l'alliance des deux nations et la coopération des deux armées.

C'était un premier succès pour les patriotes qui suivaient, depuis le début de la crise, avec une ténacité et une ardeur extraordinaires, leur politique à eux, distincte de celle du chancelier [2]. En 1811, comme en 1808, comme en 1809, ils conseillaient imperturbablement les résolutions extrêmes. Peut-être pensaient-ils qu'un accord vigoureux des gouvernements européens était possible et pouvait triompher de la puissance napoléonienne. Mais, surtout, il y avait en eux quelques parcelles de cette foi mystique [3], dédaigneuse des obstacles, qui, quatre cents ans plus tôt, avait porté Jeanne d'Arc à Chinon et Charles VII à Reims. Ils ne se dissimulaient point que

---

1. LEHMANN, *Scharnhorst*, II, p. 379. — RANKE, *Hardenberg*, IV, p. 272. — DUNCKER, p. 366.
2. TREITSCHKE, I, p. 388. — HÄUSSER, III, p. 537. — *Erinnerungen des Feldmarschalls* VON BOYEN, II, pp. 115, 166. — Röder à Boyen, *ibid.*, II, p. 438. — OMPTEDA, *Nachlass*, II, p. 41. — Ompteda cite Arnim et Chasot, et dit : « Ils comptent sur le général Scharnhorst qui entretient des relations secrètes avec eux. Ils sont en rapports constants avec l'ex-ministre Stein », *ibid.*, II, p. 42. — « Je suis sûr qu'on a le projet d'organiser une insurrection générale. Je crois qu'il faut s'y attendre », écrit, en novembre 1811, un agent anonyme. A. STERN, p. 368. — Voir le rôle de Stein, ci-après, CHAPITRE VI, pp. 178, 184. — A. FOURNIER, *Deutsche Rundschau*, LIII, p. 141. — Voir le programme de Scharnhorst au 15 avril. LEHMANN, *Scharnhorst*, II, p. 357. — La police autrichienne signalait Stein comme le grand agent insurrectionnel. A. FOURNIER, *Deutsche Rundschau*, LIII, p. 217.
3. Gneisenau, en mars 1811, paraît se faire assez peu d'illusions sur les résultats de la résistance. DUNCKER, p. 343. — Boyen s'efforce au contraire de démontrer qu'on pouvait réussir. *Erinnerungen des Feldmarschalls* VON BOYEN, II, pp. 128, 135, 178. — Ompteda, en exposant les plans des patriotes, paraît sceptique. OMPTEDA, *Nachlass*, II, p. 42. — Voir LEHMANN, *Scharnhorst*, II, p. 442. — DUNCKER, p. 412. — DELBRÜCK, *Gneisenau*, 2e édition, I, p. 228. — Gneisenau écrit au roi, le 20 août : « Je m'honore d'appartenir à cette phalange d'enthousiastes qui ne reculent devant rien pour sauver l'existence même de Votre

c'était l'existence même de l'État prussien qui formait l'enjeu des tentatives désespérées qu'ils conseillaient. Stein, Boyen, Scharnhorst, Gneisenau, Blücher, sentaient fort bien que les Hohenzollern étaient bien près, vers cette date, de subir le sort des Bourbons d'Espagne[1]. Mais ils envisageaient cette chance d'un autre œil que la famille royale ou que Hardenberg[2]. La monarchie des Hohenzollern n'était guère pour eux, à l'heure dont nous parlons, qu'un instrument. Ils se seraient sans doute consolés de le briser[3]. L'essentiel était, à leurs yeux, de sauver, même au prix de l'existence, même au prix d'une suppression momentanée de l'État prussien, le patrimoine moral, de ne point laisser éteindre, faute d'aliments, la flamme vacillante, naissant à peine, vouée encore à tant d'éclipses, qu'ils entretenaient avec un soin jaloux[4].

Ils formaient, depuis le passage de Stein aux affaires, un parti de

Majesté; et il faut en effet de l'enthousiasme pour prendre une résolution que tout calcul égoïste condamne. » Pertz, *Gneisenau*, II, p. 193. — Voir encore la lettre de Gneisenau à Münster, du 28 juillet 1811, *ibid.*, II, p. 165. — Duncker, p. 429.

1. Stein à Kunth, le 28 mars 1811. A. Fournier, *Deutsche Rundschau*, LIII, p. 140. — Lehmann, *Scharnhorst*, II, pp. 353, 358, 422. — *Erinnerungen des Feldmarschalls* von Boyen, II, pp. 121, 390. — Voir Hardenberg lui-même, dans le mémoire du 2 nov. 1811. (Hormayr), *Lebensbilder*, II, p. 86. — Pertz, *Gneisenau*, II, pp. 44, 51, 61, 89, 152.

2. « L'essentiel est de sauvegarder l'existence », écrit Hardenberg, dans son mémoire au roi, du 10 mai 1811. Lehmann, *Scharnhorst*, II, p. 369. — Ranke, *Hardenberg*, IV, p. 282. — Duncker, pp. 355, 415. — « Pour sauver l'existence », écrit encore Krusemark, le 27 février 1812, *ibid.*, p. 440. — Voir le mémoire de Grawert. *Erinnerungen des Feldmarschalls* von Boyen, II, p. 505.

3. « Et si Napoléon s'empare de la personne du roi et s'en sert comme d'un timbre pour ses ordonnances », écrivait Gneisenau à Chasot, le 2 avril 1811. Pertz, *Gneisenau*, II, p. 61. — Gneisenau à Hardenberg, le 5 septembre 1812. Lehmann, *Historische Zeitschrift*, LXII, p. 484. — Voir une lettre de Gneisenau du 14 février 1811. Pertz, *Gneisenau*, II, p. 44, — une lettre du 16 mars à Chasot, *ibid.*, II, p. 51. — « Nous périrons, mais du moins avec honneur. » Gneisenau à Stein, 29 juin 1811, *ibid.*, II, p. 96. — Hardenberg lui-même, dans son mémoire du 2 novembre, dit : « Il restera au roi une vie privée honorable ». — Voir la lettre de Stein à Hardenberg, du 24 avril 1811. Pertz, *Stein*, III, p. 14.

4. Voir les impressions de Gneisenau en mai 1811, de Breslau : « La nation est aussi mauvaise que son gouvernement. Tout le monde désire l'alliance française. » Pertz, *Gneisenau*, II, pp. 87, 93, 95. — Il y a, à cette date, une note de pessimisme dans les impressions de Gneisenau. Voir Ompteda, *Nachlass*, II, p. 42. — Stein, vers la même époque, le 21 juillet 1811, écrit à Hardenberg : « Je partage l'opinion de Votre Excellence sur la faiblesse des acteurs et des moyens, et c'est elle qui doit nous faire désirer la durée de la paix, pourvu qu'il n'existe une volonté bien prononcée de nous perdre et que les conseils du désespoir soient les seuls qui restent à donner ». Lehmann, *Historische Zeitschrift*, XLVI, p. 188.

plus en plus conscient de sa force, de plus en plus actif. S'ils n'étaient
pas, comme Napoléon le répétait, des « agents de l'Angleterre », s'il
y avait, dans leur action politique, autre chose qu'une subordination
aveugle aux intérêts de l'Angleterre [1], il existait cependant, entre
eux et le gouvernement anglais, le seul qu'ils crussent inébranlable
dans sa résistance à Napoléon, des rapports étroits et compromettants [2]. Les deux agents anglais, Ompteda et le comte de Hardenberg, qu'on appelait Hardenberg le Viennois, pour le distinguer du
chancelier, remplissaient chacun, l'un à Berlin, et l'autre à Vienne,
une mission occulte. Ils recevaient leurs instructions de Londres, du
comte de Münster, le ministre hanovrien du prince-régent. Le
2 décembre 1811, Münster écrivait à Ompteda : « Le colonel de
Dörnberg a reçu l'ordre de s'entendre avec les personnes qui, dans
le cas où le roi de Prusse passerait, de bon ou de mauvais gré, du
côté des Français, seraient résolues à agir dans son véritable intérêt
plutôt que d'après les ordres qui pourraient être arrachés au Roi et
qui conduiraient à sa ruine et à celle de la Prusse. Dans une
audience que j'ai eue du régent avec le marquis de Wellesley, S. A.
R. m'a ordonné de vous charger de communiquer les instructions du
colonel de Dörnberg au général Blücher, au conseiller d'État Gneisenau, au général Scharnhorst et de savoir si ces hommes sont
disposés à agir d'après ce plan, s'ils sont en état de le faire et de
quels moyens ils disposent. Il n'y a pas d'autre moyen de salut pour

1. Voir cependant les projets que Gneisenau élabore avec Münster au profit
du Hanovre, ci-après, Chapitre VI, p. 182. — Lettre de Gneisenau à Münster, du
28 octobre 1811. Pertz, *Gneisenau*, II, p. 182. — (Hormayr), *Lebensbilder*, II,
p. 256.
2. La correspondance de Gneisenau et de Münster est publiée par (Hormayr),
Lebensbilder, II, p. 243. — Voir, sur les procédés matériels par lesquels les communications sont établies, *Erinnerungen des Feldmarschalls* von Boyen, II, p. 133.
— Ompteda, *Nachlass*, II, p. 58. — Hardenberg connaît les relations des patriotes
avec les agents anglais. Pertz, *Gneisenau*, II, pp. 184, 199. — Il y prend même
part personnellement. *Erinnerungen des Feldmarschalls* von Boyen, II, p. 451. —
Toutefois, en mars 1811, Ompteda ne peut se faire recevoir par Hardenberg.
Ompteda, *Nachlass*, II, pp. 39, 40. — Les rapports personnels deviennent ensuite
très étroits; mais Ompteda ne paraît plus savoir si Hardenberg parle au
nom du roi, *ibid.*, II, p. 75. — Les patriotes sont, en dehors de Hardenberg,
en rapports personnels avec l'Angleterre. Münster écrit à Ompteda, de Londres,
le 10 septembre 1811 : « L'exactitude de vos renseignements est confirmée par
des lettres de Gneisenau qui nous communique les projets de la Prusse avec
plus d'ouverture que Hardenberg ne l'a fait avec vous. Le ministre n'a pas
besoin de le savoir », *ibid.*, II, p. 99. — Voir sur les rapports de Gneisenau et
des Anglais, Pertz, *Gneisenau*, II, pp. 83, 86, 97, 184. — *Erinnerungen des Feldmarschalls* von Boyen, II, p. 133. — Lehmann, *Knesebeck und Schön*, pp. 73, 74.

l'Allemagne du Nord que de réunir ses forces dans un endroit sûr et de les employer avec plus d'énergie qu'on n'en peut attendre du cabinet prussien [1]. » Les patriotes prussiens ne se montraient point inaccessibles à ces suggestions. Ils témoignaient même aux agents anglais plus de confiance intime qu'au gouvernement prussien lui-même. Gneisenau particuliérement était en rapports personnels et directs avec le comte de Münster [2]. Il lui transmettait ses impressions sur le chancelier de Hardenberg et sur le gouvernement prussien, avec une ouverture [3] très différente de la réserve qu'il observait dans ses rapports avec le ministère prussien.

Stein lui-même, dont la femme était une petite-fille naturelle de Georges II [4], recevait alors, dans son exil, une pension de l'Angleterre [5]. C'était vers lui, c'était vers Stein qu'à cette heure critique, la pensée des hommes d'action se reportait invinciblement [6]. « Le sentiment de la perte que nous avons faite », lui écrivait Scharnhorst, « augmente chaque jour »; et Gneisenau écrivait de son côté : « que l'on rappelle de l'exil le baron de Stein [7] ». Malgré la présence de Hardenberg à la tête du ministère prussien, Stein était resté, pour tous les patriotes, le chef du parti « de la bonne cause »,

1. Ompteda, *Nachlass*, II, p. 175. — Voir la réponse des patriotes, *ibid.*, II, p. 236. — Lehmann, *Knesebeck und Schön*, pp. 73, 74.

2. Pertz, *Gneisenau*, II, p. 163. — Le 14 août, Gneisenau écrit à Münster : « Si notre roi pouvait se décider, j'espère, mon cher comte, que vous serez content de moi », *ibid.*, II, pp. 168, 169.

3. Voir encore l'entrevue entre Gneisenau et les agents anglais Ompteda et Dörnberg. Ompteda demande si l'on est sûr du chancelier. Voir la réponse de Gneisenau, ci-après, p. 155. — Ompteda, *Nachlass*, II, p. 88. — (Hormayr), *Lebensbilder*, II, pp. 213, 214. — Pertz, *Gneisenau*, II, p. 207.

4. Elle était fille du comte de Wallmoden, feldmarschall hanovrien, qui était lui-même fils naturel de Georges II et d'Amélie-Sophie, femme de Gottlieb de Wallmoden, connue sous le nom de comtesse Yarmouth. A. Fournier, *Deutsche Rundschau*, LIII, p. 218.

5. D'après les affirmations d'un rapport de police autrichien qui donne des indications très précises. A. Fournier, *Deutsche Rundschau*, LIII, p. 218.

6. Pertz, *Gneisenau*, II, pp. 55, 93. — Pertz, *Stein*, II, p. 572. — Lehmann, *Scharnhorst*, II, p. 377. — A. Stern, p. 366.

7. Stein paraît, à ce moment, assez en dehors du courant des affaires. Pertz, *Stein*, III, pp. 15 à 20. — Pertz, *Gneisenau*, II, p. 96. Gneisenau à Stein, 29 juin 1811. — Stein dit, dans son autobiographie : « Le comte Arnim de Boitzenburg, un *Gutsbesitzer* considéré et un patriote très énergique, vint me trouver à Prague et me dit que tous les défenseurs de la bonne cause comptaient sur moi : les projets ne me paraissaient pas mûrs, mais je me déclarai prêt à tout. » Pertz, *Stein*, VI, 2, *Beilagen*, p. 173. — Stein, en août 1811, donne des conseils à Hardenberg sur la préparation de l'insurrection nationale. Pertz, *Stein*, III, p. 18. — Ompteda, *Nachlass*, II, p. 42.

comme il était demeuré, pour le parti d'abdication nationale, « le chef de la secte [1] ».

Ce n'était plus cette fois, comme en 1808, par un effort de réorganisation intérieure, que les patriotes prussiens voulaient préparer un avenir à lointaine échéance. En 1811, il leur semblait toucher l'affranchissement du doigt, et la politique des réformes ne suffisait plus à leur impatience [2]. « On lit Adam Smith », écrivait Gneisenau à son ami Chasot [3], « on lit Adam Smith, et l'on oublie ce qui se passe dans le monde. Forgez du fer, des cœurs de fer, des volontés de fer et des armes. » Et il ajoutait, avec un dédain excessif pour les réalités pratiques : « Lorsque vous aurez fait cela, l'argent se trouvera par surcroît ».

Telle était déjà la force des résistances que Napoléon avait accumulées contre lui, telle était, même dans l'Allemagne morcelée qui subissait encore la Confédération du Rhin, la poussée latente du sentiment national [4], que ces patriotes exaltés, plus Allemands que Prussiens, et plus révolutionnaires que monarchistes, formaient, en Prusse,

1. Voir le mémoire de Hatzfeldt, du 6 janvier 1812, remis à Saint-Marsan. A. STERN, p. 378. — Voir les lettres de Hardenberg à Stein. LEHMANN, *Historische Zeitschrift*, XLVI, pp. 185, 187.

2. Gneisenau, dans le jugement qu'il porte sur les réformes, n'est préoccupé que de leur impopularité qui refroidit le patriotisme. PERTZ, *Gneisenau*, II, pp. 54, 83, 84 et passim. — Voir de même Stein, dans ses lettres d'août 1811. PERTZ, *Stein*, III, p. 14.

3. LEHMANN, *Scharnhorst*, II, p. 377. — En mai 1811. PERTZ, *Gneisenau*, II, p. 84.

4. Dans la lettre au tsar, du 16 juillet 1811, que Frédéric-Guillaume écrit sous la dictée de Hardenberg, il dit : « Les puissants moyens d'action que nous pourrions trouver dans l'esprit qui règne partout en Allemagne ». DUNCKER, p. 367. — Et Napoléon à Schwarzenberg, audience du 17 déc. 1811 : « Le ministre est sage ; le roi est un brave homme, mais c'est une mauvaise nation que je n'aime point ; il y a toujours une forte résistance dans les esprits », *ibid.*, p. 425. — OMPTEDA, *Nachlass*, II, pp. 179, 205. — Voir encore Maret à Schwarzenberg, d'après une dépêche de Humboldt. HÄUSSER, III, p. 540. — Napoléon aurait appelé les Prussiens les jacobins du nord. TREITSCHKE, I, p. 387. — Stein dit, dans son autobiographie : « Les idées de guerre populaire, de formation d'une Landwehr et d'une Landsturm se développaient de plus en plus en Prusse. » PERTZ, *Stein*, VI, 2, *Beilagen*, p. 174. — Et il ajoute en termes caractéristiques pour l'état social de la Prusse : « Beaucoup de propriétaires de biens nobles (de *Gutsbesitzer*) étaient disposés à prendre part au mouvement patriotique », *ibid.*, p. 174. — HÄUSSER, III, p. 533. — Voir en sens contraire : Yorck et Scharnhorst. DROYSEN, *Yorck*, I, pp. 209, 218. — Ompteda écrit à Münster, en mars 1811 : « La majorité incline à l'alliance française, mais il y a un parti qui n'est pas tout à fait insignifiant et qui veut l'insurrection nationale. » OMPTEDA, *Nachlass*, II, p. 41. — Lefebvre écrit de même, de Breslau, le 14 nov. 1811 : « L'idée d'une alliance avec la France est pour ainsi dire une idée nationale en Prusse. » A. STERN, p. 369. — Voir le rapport de Gruner à Lieven, de mars 1812. A. FOURNIER, *Deutsche Rundschau*, LIII, p. 227.

avec la complicité bienveillante du chancelier, avec la tolérance contrainte et renfrognée du roi, un gouvernement occulte et latéral[1]. Frédéric-Guillaume III lui-même, qui ne leur ménageait pas les déceptions, les appelait le parti de la bonne cause.

En 1810, lorsque la rentrée de Hardenberg aux affaires avait semblé marquer une sorte de détente dans les rapports avec la France, Scharnhorst avait dû quitter en apparence le ministère de la guerre[2]. Mais le nouveau ministre de la guerre, Hake[3], qui était, sur plus d'un point, l'adversaire de Scharnhorst, avait reçu l'ordre de ne prendre aucune mesure sans s'être concerté avec lui. Scharnhorst, officiellement, n'était plus que chef de l'état-major général et du corps des ingénieurs[4]. En réalité, il était devenu le chef d'une sorte de gouvernement occulte, accepté par le chancelier

1. LEHMANN, *Scharnhorst*, II, p. 396. — PERTZ, *Gneisenau*, III, p. 133. — DUNCKER, p. 416. — Au moment où Gneisenau négocie avec l'Angleterre, Ompteda lui demande s'il a l'appui du roi. Gneisenau répond qu'il ne peut rien garantir. PERTZ, *Gneisenau*, II, p. 174. — Voir l'action que Scharnhorst exerce sur le roi par l'intermédiaire de Boyen. « Je vous conseille d'exposer vos vues au roi et de *ne plus rien* lui cacher. » Scharnhorst à Boyen. *Erinnerungen des Feldmarschalls* VON BOYEN, II, pp. 48, 392. — Voir les rapports de Boyen et de l'ambassadeur russe Lieven. Le ministre des affaires étrangères, Goltz, est tenu à l'écart, *ibid.*, II, p. 118. — « Il y a », dit Ompteda, « un double cabinet. Le ministre des affaires étrangères, Goltz, est entre les mains de l'envoyé westphalien, le baron von Linden. On tient Goltz à l'écart de tout. » OMPTEDA, *Nachlass*, II, p. 39. — Voir l'embarras des agents anglais qui ne savent même plus si Hardenberg parle au nom du roi, *ibid.*, II, p. 75. — Voir les préoccupations qu'inspire à Zichy, en janvier 1812, l'influence possible des patriotes sur le roi. DUNCKER, p. 432.

2. LEHMANN, *Scharnhorst*, II, p. 318. — PERTZ, *Stein*, VI, 2, *Beilagen*, p. 174. — Ce serait Goltz qui aurait désigné à Napoléon Scharnhorst comme un ennemi de la France. RANKE, *Hardenberg*, IV, pp. 227, 232, 233, 250. — Voir, en novembre 1811, la dépêche où l'ambassadeur autrichien à Berlin, Zichy, juge Scharnhorst : « un homme très instruit et capable, mais obstiné dans son opinion, minutieux et, par là même, haï de l'armée entière, lent, indécis; les affaires n'avancent guère avec lui. Il est, indépendamment, un des chefs de cette secte dangereuse que je viens de nommer et qui environne le trône. » A. STERN, p. 119. — Voir également sur l'apparence endormie et trompeuse de Scharnhorst, *Erinnerungen des Feldmarschalls* VON BOYEN, II, p. 117. — Voir la dépêche de Saint-Marsan du 30 juillet 1811 : « on présume que ce commandement sera donné à M. de Scharnhorst, actuellement chef de l'état-major général. C'est un projet du baron de Hardenberg pour éloigner cet officier de la personne du roi. » A. STERN, p. 331. — Voir, en mars 1812, un rapport de police autrichien sur Scharnhorst, le plus capable, dit-on, de l'état-major prussien. A. FOURNIER, *Deutsche Rundschau*, LIII, p. 215.

3. Cependant Blücher compte Hake parmi les *wohlgesinnten*, PERTZ, *Gneisenau*, II, p. 151. — A. STERN, p. 327. — Voir ci-dessus, CHAPITRE 1, p. 22.

4. LEHMANN, *Scharnhorst*, II, p. 321. — *Erinnerungen des Feldmarschalls* VON BOYEN, II, p. 118. — A. ERNST, *Denkwürdigkeiten von Amalie und Heinrich v. Beguelin*, p. 51.

et par le roi[1]. Comme au temps du ministère Altenstein-Dohna, toutes les grandes résolutions de politique générale lui étaient soumises. Lorsque Hardenberg avait pris, au mois de mai, contre son avis, la résolution de proposer à la France un traité d'alliance, il ne l'avait point fait sans soumettre à Scharnhorst la dépêche qu'il devait adresser à l'ambassadeur prussien à Paris, Krusemark[2].

Hardenberg se montrait d'ailleurs fort soucieux de maintenir de toutes parts le contact avec les agents de la conspiration patriotique[3]. Au début de 1811, il s'était montré très froid vis-à-vis d'eux. Le 22 mars 1811, Arnim, le beau-frère de Stein, se plaignait de ne pouvoir approcher Hardenberg. Il accusait le chancelier de s'enfermer dans un nuage[4]. Depuis, Hardenberg était sorti de son nuage. Il avait écrit à Stein[5].

Avant même les débuts de la crise, dès le mois de février, il avait fait, en outre, mander mystérieusement Gneisenau par le chef de la police, Gruner, qui était lui-même un des affiliés[6], et par Scharnhorst. Tous deux avaient eu, en mars, dans le domaine de Tempelberg, une longue conférence[7]. Le roi s'était résolu à liquider par une remise de 37 500 thalers, soit d'environ 140 000 francs, la situation obérée de Gneisenau. Et ce procédé n'avait point laissé Gneisenau insensible. En sortant de l'entrevue, il écrivait à sa femme : « On ne peut pas résister au charme personnel du chancelier. Il m'a accueilli avec tant de cordialité et de noblesse que je lui demeurerai éternellement dévoué. S'il n'y avait pas de femmes, ce serait l'homme le plus parfait. »

1. Voir l'hostilité persistante du monde de cour. *Erinnerungen des Feldmarschalls* von Boyen, II, p. 105. — l'action de Scharnhorst, *ibid.*, II, pp. 48, 118, 390. — Ompteda, *Nachlass*, II, pp. 42, 141.

2. Lehmann, *Scharnhorst*, II, p. 363.

3. Voir ses discussions avec Boyen. *Erinnerungen des Feldmarschalls* von Boyen, II, pp. 390, 403.

4. Arnim à Stein, le 22 mars 1811. A. Fournier. *Deutsche Rundschau*, LIII, p. 139.

5. Pertz, *Stein*, III, p. 15. — A. Fournier, *Deutsche Rundschau*, LIII, p. 214, en juillet. — Voir la correspondance de Hardenberg et de Stein. Lehmann, *Historische Zeitschrift*, XLVI, p. 185. Hardenberg liquide, en juillet, la situation pécuniaire de Stein.

6. A. Fournier, *Deutsche Rundschau*, LIII, p. 225. — Droysen, *Yorck*, I, p. 191.

7. Voir la lettre de Gruner à Gneisenau, du 22 février, et la réponse de Gneisenau, du 1er mars. Pertz, *Gneisenau*, II, pp. 46, 47. — (Hormayr), *Lebensbilder*, II, p. 280. — Lehmann, *Scharnhorst*, II, p. 382. — Voir la lettre de Scharnhorst. Pertz, *Gneisenau*, II, p. 48. — Voir la seconde conférence de Hardenberg et de Gneisenau, à Glienicke, le 21 juillet 1811, *ibid.*, II, p. 103. — A. Ernst, *Denkwürdigkeiten von Amalie und Heinrich v. Beguelin*, p. 34.

Mais ce n'était point seulement la situation personnelle de Gneisenau [1] qui avait fait l'objet de l'entrevue. Hardenberg, après lui avoir remis la lettre du roi, avait pris son avis sur la politique extérieure, sur les projets d'alliance avec la France, sur les préparatifs militaires. Et, depuis l'entrevue, le chancelier entretenait les rapports par une correspondance secrète [2].

On ne sait ce dont on doit le plus s'étonner : de la vigueur de passion avec laquelle les patriotes réussissaient à conserver, au milieu de tant de circonstances défavorables, après tant de déboires, un rôle aussi actif de direction, ou de la puissance des idées qu'ils représentaient et qui leur assuraient, sous un roi aussi faible et aussi pusillanime que Frédéric-Guillaume III, au cœur même, à l'apogée de la domination napoléonienne, cette mainmise sur la politique prussienne [3].

Leur action ne s'exerçait point seulement sur la politique extérieure de la Prusse. Ils n'avaient point perdu les traditions de la politique prussienne, habituée à ne compter que sur sa force. Ils savaient, comme Frédéric II, que les provinces ne se conquièrent pas et que les situations européennes ne se restaurent pas avec la plume. Et, si réduite que fût la Prusse, si faible que parût son appoint, ils travaillaient, avec une concentration d'efforts extraordinaire, à développer la puissance et les préparatifs militaires du petit État dont ils maniaient le gouvernement, prêts, à toute heure, à jeter cet appoint dans la balance.

---

1. Voir le 9 avril. Pertz, *Gneisenau*, II, pp. 50, 62, — et en mai, *ibid.*, II, pp. 78, 104. — Gneisenau à sa femme, *ibid.*, II, p. 207. — A. Ernst, *Denkwürdigkeiten von Amalie und Heinrich v. Beguelin*, p. 37. — A. Stern, pp. 390, 396. — Ompteda, *Nachlass*, II, p. 271. — Durant tout 1812, Gneisenau reste très préoccupé de sa situation pécuniaire et en parle fréquemment dans ses lettres à Hardenberg, Lehmann, *Historische Zeitschrift*, LXII, pp. 479 et suiv.

2. Pertz, *Gneisenau*, II, p. 54. — Gneisenau s'adresse familièrement à Hardenberg : « mein lieber Haug », *ibid.*, II, p. 67. — Voir encore *ibid.*, II, p. 90. — Il paraît, d'après Amélie de Beguelin, que Hardenberg, vers cette date, n'est pas sans méfiance à l'endroit de Gneisenau. A. Ernst, *Denkwürdigkeiten von Amalie und Heinrich v. Beguelin*, p. 213. — En même temps, dans sa correspondance avec Chasôt, Pertz, *Gneisenau*, II, p. 84, — avec Stein, *ibid.*, II, p. 93, Gneisenau ne ménage pas les critiques. — « La nation ne vaut pas mieux que son gouvernement », *ibid.*, II, p. 93. — Voir la seconde conférence entre Hardenberg et Gneisenau, du 21 juillet 1811, *ibid.*, II, p. 103.

3. Voir la lettre du roi, du 14 novembre 1811. Duncker, p. 416. — Voir l'ordre de cabinet, envoyé à Blücher, en avril 1811, où le roi cherche à le rassurer sur ses intentions de fond. Pertz, *Gneisenau*, II, p. 149. — Les patriotes ont toutefois le sentiment qu'ils ne peuvent pas compter sur le roi, *ibid.*, II, p. 184.

Nous savons que Scharnhorst avait vu échouer, sous les prédécesseurs de Hardenberg, ses projets de service obligatoire et généralisé[1], mais qu'il avait poursuivi avec ardeur et succès, en 1810, à l'heure même où la politique prussienne semblait le plus s'abandonner, l'œuvre de la réorganisation militaire.

Au début du ministère de Hardenberg, au milieu des difficultés financières inextricables de 1810, l'entourage du chancelier avait voulu réduire le budget militaire. Scharnhorst avait résisté, et imposé ses volontés. Il avait refait à la Prusse une armée de plus de 40 000 hommes, qui devait se doubler facilement par ses réserves, et peser, en toute hypothèse, de quelque poids dans la balance européenne. « La Prusse », aurait dit Napoléon lui-même à cette date, « me vaut 120 000 hommes[2]. » Et, de fait, il ne pouvait être indifférent à l'Empereur de commencer sa gigantesque entreprise en partant tranquillement des rives du Niémen, ou de débuter par un prologue qui pouvait rappeler la pénible campagne de 1807. Ce n'est point sans y consacrer quelque temps et quelques efforts qu'il eût passé sur le corps de 80 000 Prussiens[3]. Et encore n'eût-il laissé derrière lui qu'une occupation sans sécurité.

Depuis d'ailleurs que l'horizon s'était troublé, Scharnhorst avait accentué son action. La première trace des préoccupations que faisaient naître, en Prusse, les bruits de guerre entre la France et la Russie, apparaît dans un ordre de cabinet du commencement de février 1811[4], que lui et Hake avaient proposé d'un commun accord, et qui augmentait le nombre des recrues appelées dans chaque compagnie.

Puis, dans tout le courant de mars et d'avril, les mesures mili-

<hr />

1. LEHMANN, *Scharnhorst*, II, pp. 390, 394, — CHAPITRE I, p. 23. — CHAPITRE X, p. 315.
2. Cette parole est empruntée à un entretien de Napoléon avec Maret, Saint-Jean d'Angely, Daru. Voir PERTZ, *Gneisenau*, II, pp. 173, 176, notes 23, 24, p. 671. — (HORMAYR), *Lebensbilder*, II, pp. 65, 218. — LEHMANN, *Scharnhorst*, II, p. 442. — Les paroles de Napoléon auraient été communiquées par le sénateur Sémonville à Beguelin, transmises par lui à Gneisenau. A. ERNST, *Denkwürdigkeiten von Amalie und Heinrich v. Beguelin*, p. 220. — Cette indiscrétion se rattacherait à des intrigues d'hostilité entre Maret et Savary, *ibid.*, p. 220. — LEHMANN, *Historische Zeitschrift*, LXII, p. 501.
3. « En Silésie, il se formera une Vendée », aurait dit Napoléon dans l'entretien dont nous parlons ci-dessus, (HORMAYR), *Lebensbilder*, II, p. 65. — Voir encore *Erinnerungen des Feldmarschalls* VON BOYEN, II, p. 415.
4. LEHMANN, *Scharnhorst*, II, pp. 345, 347.

taires s'étaient succédé. Peu à peu, Scharnhorst avait concentré l'armée prussienne le long des côtes de la Baltique, autour des places fortes qui demeuraient à la Prusse [1]. Il avait multiplié les appels de recrues et de *Krümper* et développé ainsi les effectifs [2] qui, à la fin d'août, se trouvaient portés à 74 413 hommes [3]. Il tentait de dissimuler ces mesures à la vigilance des Français [4]. Tantôt il

1. *Erinnerungen des Feldmarschalls* von Boyen, II, pp. 101, 102, 105, 131. — Voir les rapports noués entre Yorck, Schön et Scharnhorst. *Aus den Papieren* Schön's, I, p. 135; I, *Selbstbiographie*, pp. 66, 67. — Duncker, p. 343. — Voir les mémoires de Gneisenau, de mars 1811, des 2, 16, 21, 24 avril. Pertz, *Gneisenau*, II, pp. 51, 61, 67, 71, — les dates rectifiées par Duncker, p. 344, — le mémoire de Boyen, *ibid*. — Droysen, *Yorck*, I, p. 254.

2. Voir les mesures militaires : la concentration de l'armée prussienne, le long des côtes de la Baltique, et le rappel, dans tous les corps concentrés, des hommes en congé. Les ordres sont des 14, 26, 30 mars, 4, 7 avril, (Willisen), *Die Reorganisation der preussischen Armée nach dem Tilsiter Frieden*, II, p. 152, (*Beiheft zum Militair-Wochenblatt, août 1865-octobre 1866*). — Lehmann, *Scharnhorst*, II, pp. 349, 350, 351. — Les mesures militaires continuent lorsque les mouvements des Français paraissent devenir menaçants. Ordres de cabinet des 10, 12, 14, 16 avril 1811, *ibid*., II, pp. 354, 355, 357. — (Willisen), II, p. 152. — Le 12 mai, Scharnhorst propose de nouvelles mesures qui ne sont plus adoptées, Lehmann, *Scharnhorst*, II, p. 373. — Gneisenau écrit en mai : « On n'a fait que la moitié de ce que j'ai projeté ». Pertz, *Gneisenau*, II, p. 82. — Le 30 mai et le 14 juin, on congédie un certain nombre de *Krümper*. Lehmann, *Scharnhorst*, II, p. 374. — Mais, le 25 juin, on forme des dépôts d'exercice, *ibid*. — (Willisen), II, p. 153. — Le 25 juillet, un ordre de cabinet, qui prescrit de nouveau des appels de recrues, indique la reprise des préparatifs militaires, *ibid*., II, p. 155. — Lehmann, *Scharnhorst*, II, p. 381. — (Hormayr), *Lebensbilder*, II, p. 281. — Gneisenau paraît plus ardent encore que Scharnhorst à pousser les préparatifs militaires. Lehmann, *Scharnhorst*, II, p. 394. — *Erinnerungen des Feldmarschalls* von Boyen, II, p. 108. — Pertz, *Gneisenau*, II, pp. 98, 108, 112, 116, 120. — Les mesures militaires paraissent moins actives en août. Cependant on trouve deux ordres de cabinet du 16 août appelant des réserves. (Willisen), II, p. 155. — Lehmann, *Scharnhorst*, II, p. 396. — Un ordre du 22 août constitue la commission militaire, *ibid*., II, p. 399. — Voir l'adoption partielle de ses propositions, le 30 août, *ibid*., II, p. 399. — Boyen à Yorck, le 29 août. Droysen, *Yorck*, I, p. 215.

3. En juillet 1811, Gneisenau dit 124 000 hommes. Gneisenau à Münster, le 28 juillet 1811. Pertz, *Gneisenau*, II, pp. 165, 168, — « et, si nous avions des armes, 300 000 », *ibid*., II, p. 179. — Lehmann, *Scharnhorst*, II, p. 383. — En octobre, Scharnhorst dit, dans le projet de convention militaire avec la Russie, 80 000 hommes, *ibid*., II, p. 412. — Nous prenons le chiffre que donne, à la fin d'août, le lieutenant-colonel Rauch. (Willisen), II, p. 156. — Treitschke, I, p. 388. — Boyen dit 60 000 hommes au milieu de 1811. *Erinnerungen des Feldmarschalls* von Boyen, II, p. 101. — Voir *ibid*., II, pp. 178, 416. 74 553 hommes et le tableau complet des effectifs. — Lehmann, *Scharnhorst*, II, pp. 523, 620, 625, 655, 656.

4. Il n'y réussit point d'ailleurs; dès le 27 avril, Napoléon demande des explications. Saint-Marsan, dit-il, se laisse duper. Le débarquement des Anglais n'est évidemment qu'un prétexte; 27 et 30 avril 1811. *Correspondance de* Napoléon, XXII, pp. 135, 147, n⁰ˢ 17.657, 17.671. — Voir encore, le 4 juin 1811, *ibid*., XXII, p. 238, n° 17.769. — Voir Blücher, à Gneisenau, de Treptow, le 19 août 1811. Pertz, *Gneisenau*, II, p. 147. — (Willisen), II, p. 118.

alléguait les exigences mêmes de la France qui demandait que l'on surveillât les côtes de la Baltique [1], qu'on les couvrît contre un débarquement éventuel des Anglais. Tantôt il employait les soldats rappelés comme de simples ouvriers aux travaux de fortifications [2], ou aux travaux de route. Il accroissait ainsi d'heure en heure la force militaire de l'État prussien [3]. Sans doute ces mouvements n'échappaient pas à la police impériale [4]. Cependant lorsque, à la fin de 1811, Napoléon se renseigna de plus près sur l'état des forces prussiennes, il se plaignit à bon droit d'avoir été mal servi par ses agents [5].

Lorsqu'en juillet, Scharnhorst dut quitter Berlin et la direction effective du ministère de la guerre, pour aller porter à Saint-Pétersbourg les propositions de la Prusse, il laissa derrière lui, chargé de tenir sa place et de pousser les préparatifs de l'insurrection nationale, le plus ardent et le plus résolu des patriotes, l'ancien défenseur de Colberg, Gneisenau [6], que, depuis le mois de mars, il avait mis en rapports personnels et secrets avec le chancelier. Incapable de la résignation douloureuse bien qu'active de Scharnhorst, Gneisenau se préparait à chercher en Espagne un aliment à son activité [7] et une satisfaction à sa haine, lorsque les résolutions nouvelles de Hardenberg et un mot de Scharnhorst l'avaient appelé à Berlin [8], en lui donnant quelque espoir de voir ses vœux patriotiques enfin réalisés. Sensiblement plus exalté que son prédécesseur [9], il imprima

---

1. *Erinnerungen des Feldmarschalls* von Boyen, II, p. 101.

2 Le 28 mars 1811, environ 3 000 *Krümper* sont ainsi rappelés. Lehmann, *Scharnhorst*, II, p. 352. — *Erinnerungen des Feldmarschalls* von Boyen, II, p. 450.

3. Voir l'impression d'Ompteda. Ompteda, *Nachlass*, II, p. 58. — Voir une note, de novembre 1811, envoyée à Napoléon. A. Stern, p. 367. — Gneisenau à Stein. Pertz, *Stein*, III, p. 29.

4. Voir en avril, *Correspondance de Napoléon*, XXII, pp. 135, 147, nᵒˢ 17.657, 17.671. — A. Stern, p. 327.

5. 5 novembre 1811. *Correspondance de Napoléon*, XXII, p. 651, n° 18.241.

6. Lehmann, *Scharnhorst*, II, p. 382. — Pertz, *Gneisenau*, II, pp. 67, 90, 103. — Saint-Marsan n'apprend sa rentrée qu'en septembre. « C'est une victoire de la secte », dit-il. A. Stern, p. 336.

7. Lehmann, *Scharnhorst*, II, p. 383. — Gneisenau à Stein, le 20 juin 1811. Pertz, *Gneisenau*, II, p. 97.

8. Le 20 juillet. Lehmann, *Scharnhorst*, II, p. 383. — Voir le rôle d'Amélie v. Beguelin dans le rapprochement de Gneisenau et du chancelier. A. Ernst, *Denkwürdigkeiten von Amalie und Heinrich v. Beguelin*, p. 34. — Droysen, *Yorck*, I, p. 202.

9. Lehmann, *Scharnhorst*, II, p. 396. — Pertz, *Gneisenau*, II, p. 169. — Häusser, III, p. 538. — Voir le mémoire de la fin de juillet, de Gneisenau et Scharnhorst, que Pertz, II, *Gneisenau*, p. 250, donne à tort comme de Gneisenau seul, et de jan-

aux préparatifs militaires, mais non toutefois sans prendre, malgré l'éloignement, les avis de Scharnhorst, une nouvelle impulsion [1]. Il se tenait personnellement et confidentiellement en rapports avec les agents de la politique anglaise, auxquels il témoignait plus de confiance qu'à son propre gouvernement [2]. Il engageait avec eux des négociations dans lesquelles il n'osait même pas garantir l'assentiment final du roi [3].

Ce fut vers cette date, le 8 août, que, chargé de la direction des affaires militaires de la Prusse, il écrivit son célèbre programme pour la préparation d'une insurrection nationale [4] qui est demeuré longtemps comme le credo du patriotisme allemand et qui reste un des monuments les plus curieux de cette époque agitée. Gneisenau l'adressa à Hardenberg en l'accompagnant d'une pièce de vers qui était destinée à réveiller l'énergie de Frédéric-Guillaume [5].

Ainsi se poursuivait parallèlement en Prusse, durant tout le début de l'année 1811, une double action : celle de la diplomatie qui cher-

---

vier 1812. Duncker, p. 366. — Voir la dépêche de l'ambassadeur autrichien sur Gneisenau : « c'est un des chefs du *Tugendbund* ». Zichy préfère encore Scharnhorst. A. Stern, p. 118, — et la dépêche de Saint-Marsan, *ibid.*, p. 330.

1. Gneisenau à Münster, 28 juillet 1811. Pertz, *Gneisenau*, II, p. 164, — *ibid.*, II, p. 103. — Les projets de la commission militaire, du 23 août; l'avis de Scharnhorst du 9 septembre, *ibid.*, II, p. 155. — Lehmann, *Scharnhorst*, II, p. 394.

2. Voir ses lettres à Münster du 28 juillet et du 14 août 1811. (Hormayr), *Lebensbilder*, II, pp. 244 et suiv., 280. — Pertz, *Gneisenau*, II, pp. 164, 179, 189, 199. — Voir surtout l'entrevue du 2 octobre entre Gneisenau, Ompteda et Dörnberg, *ibid.*, II, p. 207. — *Erinnerungen des Feldmarschalls* von Boyen, II, pp. 132, 431. — Ompteda, *Nachlass*, II, p. 88, — et la lettre de Münster, du 2 déc. 1811, *ibid.*, II, p. 175.

3. Hardenberg connaît ces négociations, Pertz, *Gneisenau*, II, pp. 184, 199, — et y prend part. Ompteda, *Nachlass*, II, p. 75. — Pertz, *Gneisenau*, II, p. 184. — Voir la lettre de Münster, du 2 déc. 1811, Ompteda, *Nachlass*, II, p. 175.

4. Lehmann, *Scharnhorst*, II, p. 394. — Pertz, *Gneisenau*, II, pp. 106 et suiv., 112, 116, 129. — Voir déjà Scharnorst, en 1810. Lehmann, *Historische Zeitschrift*, LVIII, p. 89. — Lehmann *Knesebeck und Schön*, p. 260. — Boyen, *Beiträge zur Kenntnisz des Generals Scharnhorst*, p. 34. — Voir le mémoire du 20 août, de Gneisenau. Duncker, p. 370 — et les confusions de Pertz, *Gneisenau*, II, pp. 137, 143. — Voir Bülow, contre l'insurrection nationale. Duncker, p. 370. — Ranke, *Hardenberg*, IV, p. 274. — Voir Boyen sur l'insurrection nationale et l'opposition des *Linien-Soldaten*. *Erinnerungen des Feldmarschalls* von Boyen, II, p. 130. — Gneisenau à Münster. Pertz, *Gneisenau*, II, p. 165. — « *Jene grandiosen Pläne* », dit Treitschke, I, p. 388. — Voir, sur les plans d'insurrection nationale des patriotes et la résistance qu'ils rencontrent, *Erinnerungen des Feldmarschalls* von Boyen, II, p. 404. — Röder à Boyen, *ibid.*, p. 434. — Voir, au contraire, Yorck pour l'insurrection nationale, Droysen, *Yorck*, I, pp. 209, 229, — sa conférence avec Schön et Scharnhorst, *ibid.*, I, p. 225.

5. Pertz, *Gneisenau*, II, p. 107.

chait sa voie, et celle des patriotes qui préparaient, avec une hâte fiévreuse, les éléments du soulèvement national.

Le revirement qui s'était produit, en juillet 1811, dans la politique prussienne et la mission de Scharnhorst avaient été, pour le parti insurrectionnel, un notable succès. Cependant Scharnhorst avait dû attendre assez longtemps, dans la Prusse orientale, l'agrément du tsar pour l'accomplissement de sa mission [1]. Il n'arriva à Saint-Pétersbourg que le 26 septembre [2] et ne put être reçu par le tsar que le 4 octobre. Il trouva tout d'abord, auprès d'Alexandre, quelque froideur et une méfiance à l'égard de la Prusse qui n'était point absolument injustifiée [3]. Il paraît en avoir assez facilement triomphé. Chargé, avant tout, par Frédéric-Guillaume III de disposer, s'il était possible, Alexandre au maintien de la paix, Scharnhorst s'acquitta sans conviction de cette partie de sa tâche. Il sembla plus préoccupé de discuter avec Alexandre lui-même, et avec ses conseils militaires, avec Phull, un émigré prussien, avec Barclay de Tolly, le plan de la prochaine campagne [4]. Dans ces conférences, furent envisagées et débattues déjà, non sans clairvoyance, les différentes éventualités de la guerre imminente, les diverses combinaisons par où l'on pouvait assurer la coopération de la Russie et de la Prusse, par où l'on espérait user Napoléon.

Scharnhorst était visiblement impressionné par la tactique de Wellington en Espagne, la seule, jusqu'alors, dont n'eût pas triomphé l'armée française. Former à l'exemple des lignes de Torres Vedras, et en adaptant cette tactique aux plaines sableuses des confins orientaux de la Prusse, autant de camps retranchés que la Prusse comptait, dans ces régions, de places fortes défendables, telle semble avoir été sa conception. Il pensait que ces camps retranchés, formés sur les derrières et sur les flancs de l'armée française, pourraient gêner ou

---

1. Il paraît que, si Scharnhorst fut éloigné, avant que la mission fût agréée à Saint-Pétersbourg, ce fut pour céder aux exigences de Saint-Marsan. *Erinnerungen des Feldmarschalls* von Boyen, II, p. 117. — Voir, sur son voyage, *ibid.*, II, pp. 138, 139. — Lehmann, *Scharnhorst*, II, pp. 385, 391, 420. Il part, le 28 juillet, avec Tiedemann. — Il s'arrête longtemps à Dollstädt, le capitaine Bornstedt, qui doit le mander, s'étant trouvé retenu malade à Saint-Pétersbourg, *ibid.*, II, p. 402. — Duncker, p. 368. — *Aus den Papieren* Schön's, IV, p. 597.

2. Lehmann, *Scharnhorst*, II, p. 402.

3. Lehmann, *Scharnhorst*, II, p. 403. — Voir la lettre de Scharnhorst à Boyen. *Erinnerungen des Feldmarschalls* von Boyen, II, p. 392. — Th. v. Bernhardi, *Denkwürdigkeiten des Russichen Generals Grafen von Toll*, II, p. 386.

4. Lehmann, *Scharnhorst*, II, p. 402. — Duncker, p. 368.

paralyser sa marche sur le territoire de la Russie [1]. Les Russes, de
leur côté, ne méconnaissaient point la force de l'adversaire contre
lequel ils allaient avoir à lutter, et, si l'on ne peut dire qu'ils aient
prévu et arrêté, dès lors, ce plan de retraite indéfinie, qui, avec
l'aide de l'hiver, allait assurer leurs succès, on voit poindre dans les
conseils d'Alexandre, surtout, semble-t-il, sous l'inspiration de
Phull [2], le projet de ne point compromettre inutilement ses forces, et
d'user l'adversaire en l'attirant loin de sa base d'opérations [3].

Par malheur pour les projets d'alliance que Scharnhorst devait
mener à bien, la discussion des opérations militaires mettait crûment
en lumière une opposition d'intérêts manifeste entre la Prusse et la
Russie. La Russie croyait, non sans motifs, avoir intérêt à se dérober,
à attirer l'ennemi au cœur de son vaste empire. Le roi de Prusse
n'avait pas la résolution et l'esprit de sacrifice nécessaires pour
admettre que le premier acte de l'alliance fût de livrer le territoire
prussien, sans défense, aux entreprises de l'armée française [4].

1. Il s'engage à cette occasion, sur le rôle des places fortes et la stratégie
défensive dans les camps retranchés, un débat théorique intéressant entre
Scharnhorst et Gneisenau. Boyen, *Beiträge zur Kenntnisz des Generals Scharnhorst*, p. 30. — Lehmann, *Scharnhorst*, II, pp. 403-407. — *Erinnerungen des Feldmarschalls* von Boyen, II, pp. 126, 396, 413. — Voir le programme militaire de
Scharnhorst en 1811, *ibid.*, II, p. 179, — le mémoire de Bülow, du 14 août 1811,
ibid., II, p. 433, — le débat très vif entre Tauenzien et Gneisenau, au sujet de
Colberg, *ibid.*, II, p. 462, — le mémoire de Boyen du 31 déc. 1811, *ibid.*, II,
p. 491.

2. Lehmann, *Scharnhorst*, II, p. 407. — Ompteda, *Nachlass*, II, p. 186. — Pertz,
Stein, III, pp. 9, 31. — *Aus dem Nachlasse des Feldmarschalls* von der Knesebeck.
(*Beiheft zum Militair-Wochenblatt*, *1848*), p. 102.

3. En mars 1811, Alexandre avait développé Schöler, des plans de stratégie
offensive. Lehmann, *Scharnhorst*, II, p. 407. — Pertz, *Stein*, III, p. 9. — La lettre
du mois de mai, du tsar au roi, indique, au contraire, l'intention de se tenir
sur la défensive. Duncker, pp. 362, 404, 405. — Parmi les patriotes prussiens,
Boyen préconisait la stratégie défensive : « Ce serait la plus grave erreur de
croire que la prochaine campagne puisse être terminée facilement par des entreprises audacieuses », écrit-il en 1811. *Erinnerungen des Feldmarschalls* von Boyen,
II, pp. 125, 409, 491, 493. — Bernhardi, *Toll*, II, p. 384.

4. Gneisenau à Hardenberg, le 30 oct. 1812. Lehmann, *Historische Zeitschrift*,
LXII, p. 497. — Ranke, *Hardenberg*, IV, p. 281. — Gneisenau reproche à la Russie
de s'en tenir à la défensive et de décourager ainsi la Prusse. Gneisenau à
Dörnberg, nov. 1811. Pertz, *Gneisenau*, II, p. 236. — Ompteda, *Nachlass*, II, p. 93.
— Voir Yorck pour la stratégie offensive. Droysen, *Yorck*, I, pp. 198, 209, 220.
— Lehmann, *Scharnhorst*, II, pp. 397 et suiv. — Tandis que Hardenberg incri-
minait la réserve de la Russie et l'abandon où elle laissait la Prusse, il est à
noter que Scharnhorst et Boyen approuvaient, au contraire, le parti qu'avait
pris la Russie de ne point faire avancer ses armées et de laisser la Prusse se
défendre dans ses camps retranchés. *Erinnerungen des Feldmarschalls* von
Boyen, II, pp. 113, 123. — Voir le mémoire sur le plan d'opérations russe,

Ce n'était pas là, d'ailleurs, la seule difficulté. Alexandre désirait, avant de conclure une convention militaire, avoir quelque sécurité sur les intentions politiques de la Prusse [1]. Tout en ne dissimulant rien de ses projets militaires à Scharnhorst, il paraissait hésitant et peu rassuré sur la sincérité du gouvernement de Berlin [2]. Il avait laissé assez longtemps sans réponse la lettre de Frédéric-Guillaume du 16 juillet. Ce fut seulement vers le 12 septembre que l'on reçut à Berlin une réponse du tsar. Elle n'émanait pas directement de lui. C'était une dépêche de Schöler, l'aide de camp du Roi de Prusse, envoyé à Saint-Pétersbourg, qui transmettait, à la date du 26 août, le résultat d'un entretien qu'il avait eu avec l'Empereur [3]. Alexandre avait renouvelé à Schöler les assurances qu'il avait déjà données, en juin, au gouvernement prussien, la promesse de considérer toute attaque dirigée contre la Prusse comme s'adressant à la Russie. Il avait ajouté qu'il ferait la guerre avec prudence, mais avec toutes ses forces, et qu'il ne poserait point les armes sans avoir assuré l'indépendance de la Prusse. L'arrivée de Scharnhorst à Saint-Pétersbourg parut déterminer le tsar à s'engager davan-

---

envoyé de Saint-Pétersbourg à Berlin, en 1811, *ibid.*, II, p. 410, — la réponse de Boyen, *ibid.*, II, p. 143, — le mémoire de Bülow, du 14 août 1811, *ibid.*, II, p. 433, — le mémoire de Boyen, du 31 décembre 1811, *ibid.*, II, p. 491.

1. LEHMANN, *Scharnhorst*, II, pp. 410, 412. — DUNCKER, p. 405.

2. LEHMANN, *Scharnhorst*, II, pp. 408, 410. — *Erinnerungen des Feldmarschalls von Boyen*, II, pp. 143, 392.

3. Voir, sur les premières communications du tsar, MARTENS, *Recueil des traités et conventions conclus par la Russie*, VII, p. 16. — Le tsar avait tardé à répondre aux lettres de Frédéric-Guillaume, d'avril et de mai : sa réponse ostensible est du 18 juin. (HORMAYR), *Lebensbilder*, III, p. 433. — LEHMANN, *Scharnhorst*, II, pp. 397, 400, 401. « Häusser, qui paraît ne connaître qu'elle, dit : « *eine kalte, fast trotzige, Antwort* », « une réponse froide, presque insolente. » HÄUSSER, III, pp. 536, 539. — C'est probablement celle dont parle aussi DROYSEN, *Yorck*, I, p. 200, mais il donne la date du 30 juin. — La réponse confidentielle est celle dont parle DUNCKER, p. 361, et dont il donne un extrait. Il serait intéressant de a connaître intégralement ; car elle est importante pour trancher un débat qui a soulevé de vives polémiques. Qui est responsable de la décision que prit la Prusse de s'allier à la France ? Faut-il l'attribuer à la timidité de la Prusse ou à la froideur de la Russie ? Alexandre prenait, dans la dépêche, l'engagement formel de considérer comme une déclaration de guerre toute agression dirigée par Napoléon contre la Prusse. Mais il déclarait en même temps qu'il ne voulait pas jouer le rôle d'agresseur, et qu'il suivrait sur son territoire une stratégie purement défensive, la même qui fut conseillée, en octobre, par les patriotes prussiens. DUNCKER, p. 361. — DELBRÜCK, *Gneisenau*, 2e édition, I, p. 262. — Cet engagement avait une portée considérable. Il n'est pas douteux que Hardenberg n'en ait dissimulé l'étendue aux patriotes et aux agents anglais. Voir ci-après, p. 157. — Voir sur la dépêche de Schöler, LEHMANN, *Scharnhorst*, II, p. 417. — DUNCKER, pp. 383, 385, 389. — DROYSEN, *Yorck*, I, pp. 206, 218, 219, 222.

tage. Dans une lettre autographe du 9 octobre, Alexandre renouvela lui-même les assurances qu'il avait données verbalement à Schöler[1]. Quelques jours plus tard, le 17 octobre[2], la négociation aboutissait à un résultat formel et précis; Scharnhorst obtenait du tsar l'approbation de la convention[3] militaire signée par lui, par Barclay de Tolly et par le chancelier russe Romanzoff. Cette convention assurait, en vue de la guerre imminente, la coopération de la Prusse et de la Russie[4]. Elle débutait, comme l'avait désiré Frédéric-Guillaume, par l'engagement d'un effort commun en vue du maintien de la paix.

Mais Scharnhorst n'avait pas été seulement, à Saint-Pétersbourg, le porte-paroles de son souverain. Entraîné par ses sentiments personnels et par les circonstances, il avait été aussi, en quelque mesure, l'ambassadeur des patriotes, du parti de la bonne cause. Il avait

1. LEHMANN, *Scharnhorst*, II, p. 420. Il s'engage à ne faire la paix que d'un commun accord.

2. LEHMANN, *Scharnhorst*, II, pp. 411, 412, 415.

3. Et, en même temps que la convention, « un maigre projet d'alliance » du 1er octobre (vieux style) : « *einen knappen Bündnisz-Entwurf* ». LEHMANN, *Scharnhorst*, II, p. 415. — MARTENS, VII, pp. 23 et suiv.

4. La convention prévoit des opérations offensives. L'armée russe doit tenter d'atteindre la Vistule si elle le peut. Elle doit détacher 12 bataillons, prêts à passer la frontière prussienne, près de Tauroggen. MARTENS, VII, p. 29. — DUNCKER, pp. 403, 406. — LEHMANN, *Scharnhorst*, II, p. 413. — On a beaucoup discuté, en 1811 et depuis, la portée des engagements pris par la Russie. Hardenberg en dépréciait fort la valeur. Voir sa discussion, en novembre 1811, avec l'agent anglais Ompteda. OMPTEDA, *Nachlass*, II, p. 127. — Voir l'impression de Boyen sur l'importance des engagements pris par les Russes et la discussion du plan d'opérations russe. *Erinnerungen des Feldmarschalls* VON BOYEN, II, pp. 127, 142, 408, — le mémoire de Boyen, du 31 décembre 1811, *ibid.*, II, p. 491. — Voir RANKE : « Scharnhorst n'avait obtenu à Saint-Pétersbourg aucune promesse suffisante en vue de la coopération de la Russie ». RANKE, *Hardenberg*, IV, p. 281. — Voir *contrà*, LEHMANN, *Scharnhorst*, II, pp. 397, 417, 418. — DELBRÜCK, *Gneisenau*, 2e édition, I, p. 241. — Voir encore PERTZ, *Gneisenau*, II, pp. 210, 232, 236. — DUNCKER, pp. 362, 390, 399, 406, 412, 422, 445. — PERTZ, *Stein*, III, pp. 25, 592. — A. STERN, p. 117. — HÄUSSER, III, pp. 540, 541. — TREITSCHKE, I, p. 393. — *Erinnerungen des Feldmarschalls* VON BOYEN, II, pp. 114, 126, 135. — DROYSEN, *Yorck*, I, pp. 206, 223, 235. — Voir l'impression de Gneisenau, en octobre 1812. LEHMANN, *Historische Zeitschrift*, LXII, p. 498, — et Hardenberg lui-même, dans son mémoire du 2 novembre. (HORMAYR), *Lebensbilder*, II, p. 86, — et ci-après p. 157. — Il paraît bien que les avances et les engagements de la Russie ont, ainsi qu'on le verra plus loin, plus gêné Hardenberg qu'ils ne lui ont été agréables. Il a visiblement cherché, tantôt à les déprécier, tantôt à les dissimuler, et a créé par là une confusion qui n'a été dissipée que très récemment. — DROYSEN apprécie de façon très variable les réponses de la Russie. Dans l'édition de 1884, il qualifie les résultats de la mission de Scharnhorst de *wenig befriedigend*, alors qu'il a appelé les premières réponses du tsar *befriedigend*. DROYSEN, *Yorck* (éd. de 1851), I, p. 305 (édit. de 1884), I, pp. 206, 223.

obtenu d'Alexandre qu'il donnât à Wittgenstein, l'un des généraux russes qui commandaient sur la frontière prussienne, l'ordre de se rendre, sans autre instruction, avec les troupes dont il disposait, à tout appel que pourrait lui adresser Yorck, le général prussien. Yorck avait reçu de son côté, du roi de Prusse, une sorte de délégation de souveraineté, plein pouvoir de prendre telle résolution qu'il jugerait nécessaire dans un cas extrême[1]. Le parti militaire comptait profiter de cette double circonstance pour hâter la réalisation de ses projets. Un an plus tard, Gneisenau racontait, dans une lettre à Stein[2], qu'il avait proposé de mettre un terme aux hésitations des cabinets, en obtenant de Yorck qu'il réussît, par quelque démarche audacieuse, à précipiter le début des hostilités.

Alexandre témoignait visiblement plus de confiance aux patriotes, qu'au gouvernement prussien. Il ne s'en était pas moins définitivement engagé. Car il avait fait remettre au général prussien, à Yorck, un ordre qui lui permettait de disposer des corps russes[3].

Mais, dans les trois mois qui s'étaient écoulés, entre le départ de Scharnhorst et la signature de la convention militaire, de la fin de juillet à la fin d'octobre, la situation s'était de nouveau totalement modifiée à Berlin; l'adhésion apparente, que Hardenberg et le roi avaient donnée, en juillet, au projet d'alliance russe, avait été, en tout cas, bien fugitive. Tandis que Scharnhorst remplissait sa mission auprès du tsar, ceux qui la lui avaient confiée renonçaient, s'ils y avaient jamais tenu, à la résolution qui en avait été l'origine.

1. En mai 1811. DROYSEN, *Yorck*, I, pp. 195, 197. — DUNCKER, p. 406, et p. 435, note. — PERTZ, *Gneisenau*, II, p. 163. — *Aus den Papieren* SCHÖN'S, I, *Selbstbiographie*, p. 67; I, p. 135; VI, p. 23. — *Erinnerungen des Feldmarschalls* VON BOYEN, II, pp. 126, 142, 144, 165, 172. — Le 17 mars, après la signature du traité d'alliance avec la France, Yorck renvoie ses pleins pouvoirs au roi, DROYSEN, *Yorck*, I, p. 240. — LEHMANN, *Scharnhorst*, II, p. 412. — SEYDLITZ, *Tagebuch des Yorckschen Korps*, I, p. 31. — HÄUSSER, III, p. 537.

2. Gneisenau à Hardenberg, Buxton, 30 oct. 1812. LEHMANN, *Historische Zeitschrift*, LXII, p. 497. — Gneisenau à Stein, Buxton, le 31 octobre 1812 : « Lorsque je reconnus, à l'été dernier, un manque de cordialité dans les ouvertures de la Russie à la Prusse, et quelque hésitation dans les résolutions belliqueuses, je proposai de profiter de ce que la Russie avait mis le corps de Wittgenstein à notre disposition. Nous aurions provoqué, de notre côté, l'ouverture des hostilités, qui étaient d'ailleurs inévitables ; et nous aurions ainsi entraîné la Russie à la guerre. Mon roi me fit un crime de cette proposition et me regarda comme un homme sans foi ni loi. » PERTZ, *Gneisenau*, II, p. 425. — En février 1812, on avise en hâte Yorck de la signature du traité d'alliance. LEHMANN, *Scharnhorst*, II, p. 436. — DROYSEN, *Yorck*, I, p. 228.

3. DROYSEN, *Yorck*, I, p. 225.

Au moment même où il signait la dépêche du 16 juillet, Frédéric-Guillaume III avait livré le secret de ses réserves mentales, dans une de ces corrections de détail, où son esprit mesquin a trahi plus d'une fois ses hésitations et sa faiblesse. « Je compte de me rendre sous peu dans la Prusse orientale », lui avait fait dire Hardenberg. Mais au moment d'annoncer une résolution aussi décisive[1] qui devait mettre fin à l'ambiguïté des attitudes doubles, et révéler, par l'abandon de sa capitale, par un acte extérieur, une résolution irrévocablement prise, le roi corrigea de sa main, trouvant la formule moins compromettante : « Je pourrai, en cas de besoin, me rendre sous peu dans la Prusse orientale[2]. »

Et quant à l'attitude de Hardenberg lui-même, il avait été visible, dès le début, que plus d'une divergence séparait le chancelier du parti militaire[3]. Hardenberg cherchait à ménager les patriotes, à leur persuader qu'il était d'accord avec eux. Bien qu'il n'eût point le désir d'utiliser les préparatifs militaires, il les laissait cependant se poursuivre[4]. Mais, à chaque instant, il laissait apercevoir des arrière-pensées. Lorsqu'en mai il avait fait partir, pour Paris, ses propositions d'alliance, il avait ralenti les mesures militaires de Scharnhorst. Le 30 mai et le 14 juin, Scharnhorst dut congédier

---

1. Voir l'importance que les patriotes, que Gneisenau, Boyen y attachent. Voir les mémoires de Boyen, des 3 et 5 juillet 1811. *Erinnerungen des Feldmarschalls* von Boyen, II, p. 390. — Voir la résistance de Hardenberg, dans un mémoire du 8 juillet, *ibid.*, II. p. 402.

2. Lehmann, *Scharnhorst*, II, p. 380.

3. Voir la discussion entre Hardenberg et Scharnhorst. Lehmann, *Scharnhorst*, II, p. 363. — Voir *ibid.*, II, p. 359, les refus opposés à Scharnhorst, le 12 mai. — Voir cependant les pleins pouvoirs accordés à Yorck. Droysen, *Yorck*, I, p. 259. — Lehmann, *Scharnhorst*, II, p. 373, — le 25 juin, les nouvelles mesures militaires, *ibid.*, p. 374, — la résistance de Hardenberg aux propositions de Gneisenau. (Hormayr), *Lebensbilder*, II, p. 280. — Pertz, *Gneisenau*, II, p. 61. — Lehmann, *Scharnhorst*, II, p. 382, — ci-après p. 157. — *Erinnerungen des Feldmarschalls* von Boyen, II, p. 103. — En juillet 1811, Blücher contre le chancelier et son entourage. Lehmann, *Scharnhorst*, II, p. 386.

4. Lehmann, *Scharnhorst*, II, pp. 348, 349. — Duncker, p. 350. — Ranke, *Hardenberg*, IV, p. 272. — Le roi résiste davantage aux préparatifs militaires. Lehmann, *Scharnhorst*, II, p. 368. — *Erinnerungen des Feldmarschalls* von Boyen, II, pp. 103, 119. — Voir cependant l'assentiment final du roi, *ibid.*, II, pp. 146, 165. — Mais sa déclaration au prince d'Orange (en sept. 1811?) : « On me pousse à faire de grands préparatifs, je ne sais pas où cela me mènera. » Ompteda, *Nachlass*, II, p. 75. — En juillet, l'agent anglais Ompteda, discutant la sincérité des déclarations résolues de Hardenberg, est disposé à y ajouter foi. « Il n'est pas probable », dit-il en parlant des préparatifs militaires, « que l'on eût déployé une activité aussi étendue et aussi secrète, avec autant d'efforts et de sacrifices, uniquement pour aboutir à faire, contre son gré, cause commune avec la France », *ibid.*, II, p. 58.

une partie des réserves qu'il avait convoquées. Il est vrai qu'avec cette ténacité et cette ruse qui forment un des traits de son caractère, il avait obtenu, le 25 juin, une mesure qui compensait ce déchet : la formation des compagnies de dépôt.

Dans les premiers jours d'août, des signes, plus clairs encore, indiquèrent que la dépêche adressée, le 16 juillet, par Frédéric-Guillaume au tsar ne correspondait point à un parti pris définitif[1] en faveur de l'alliance russe. Lorsque, le 8 août, Gneisenau remit au chancelier son plan historique pour la préparation d'une insurrection nationale, le roi ne ménagea à ces projets de bouleversement, ni l'expression de sa désapprobation, ni celle de son scepticisme et de son ironie[2].

Dans tout le courant d'août, les mesures militaires qui préparaient la résistance effective de la Prusse, ne reçurent point l'impulsion décisive que Gneisenau eût voulu leur imprimer[3]. Hardenberg s'opposa lui-même au départ du roi pour Königsberg[4], à tout ce qui pouvait porter quelque ombrage à Napoléon[5].

Le 26 août, comme le silence de la France, en se prolongeant, devenait de plus en plus inquiétant, Hardenberg fit un pas de plus, et, tandis que Scharnhorst se rendait à Saint-Pétersbourg, pour y

---

1. Gneisenau à Münster. (Hormayr), *Lebensbilder*, II, p. 283. — Pertz, *Gneisenau*, II, p. 169. — Delbrück, *Gneisenau*, I, p. 219. — Lehmann, *Scharnhorst*, II, p. 397. — Häusser, III, p. 538. — Gneisenau écrit à Hardenberg, le 17 décembre 1812 : « Le roi a voulu la guerre l'année dernière ». Lehmann, *Historische Zeitschrift*, LXII, p. 506.

2. Voir le mémoire du 8 août, avec les annotations du roi et les réponses de Gneisenau. Pertz, *Gneisenau*, II, pp. 112 à 142, 133, 164, 184. — Lehmann, *Scharnhorst*, II, pp. 396, 424. — Treitschke, I, p. 389. — Duncker, p. 370. — Pertz, *Stein*, III, p. 21. — *Erinnerungen des Feldmarschalls* von Boyen, II, pp. 127, 136. — Delbrück, *Gneisenau*, 2ᵉ édition, I, p. 226. — « Toutes les critiques dirigées contre les mesures militaires étaient bienvenues auprès du roi parce qu'il en concluait aussitôt que nous n'étions en état de rien entreprendre », dit Boyen. *Erinnerungen des Feldmarschalls* von Boyen, II, p. 140.

3. Duncker, pp. 373, 407. — *Erinnerungen des Feldmarschalls* von Boyen, II, pp. 108, 133, 451. — Pertz, *Gneisenau*, II, pp. 100, 103, 176, 198, 207. — Les chefs militaires poussent d'ailleurs les préparatifs sans ordres. Voir Blücher à Gneisenau, de Treptow, 19 août 1811. Pertz, *Gneisenau*, II, p. 146. — Voir la mission de Schleiermacher en Silésie, *ibid.*, II, p. 163.

4. Le 27 août, Duncker, p. 376. — Lehmann, *Scharnhorst*, II, p. 401. — Ranke, *Hardenberg*, IV, p. 275. — Le 22 août, le roi semble encore prêt à partir. Duncker, p. 371. — Pertz, *Gneisenau*, II, p. 164. — *Erinnerungen des Feldmarschalls* von Boyen, II, pp. 115, 127. — Voir le mémoire de Boyen au roi, du 3 juillet, *ibid.*, II, p. 390, — et le mémoire de Hardenberg, du 8 juillet, *ibid.*, II, p. 402.

5. Lehmann, *Scharnhorst*, II, pp. 396, 398.

négocier une convention militaire avec la Russie, le chancelier, de
son côté, prit l'initiative de nouvelles ouvertures à Saint-Marsan,
et s'engagea progressivement, à Berlin, dans la voie des concessions qui devaient le conduire à l'alliance française [1].

Il faut s'arrêter un instant sur cette démarche de Hardenberg,
sur cet entretien avec l'ambassadeur de France. C'est peut-être,
dans le cours de ces négociations subtiles et compliquées, l'épisode
qui fait le mieux toucher du doigt les ruses et la duplicité du chancelier prussien. L'entretien qu'il eut, le 26 août, avec Saint-Marsan,
fut en réalité une nouvelle avance de la Prusse à la France. C'est
bien ainsi que Saint-Marsan présentait les choses en rendant compte
à son gouvernement de l'entretien qu'il avait eu avec Hardenberg [2].
« Le roi », avait dit Hardenberg, « ne tient point exclusivement aux
propositions qu'il a faites. Si elles ne conviennent pas à S. M. Impériale et Royale, il écoutera avec satisfaction et reconnaissance celles
qu'on voudra lui faire ; mais il voudrait être assuré qu'il a obtenu la
confiance de S. M. l'Empereur. Il désire la paix par-dessus toute
chose. Si malheureusement la guerre doit avoir lieu, il désire alors
de mettre tous ses moyens à la disposition de S. M. l'Empereur et
faire entièrement cause commune avec lui. D'un autre côté, s'il ne
pouvait obtenir aucune confiance et que, dans un cas de guerre, il
vît son pays envahi, il se regarderait comme déshonoré aux yeux de
l'Europe et, même sans espoir de succès, il préférerait s'exposer à
périr les armes à la main.... C'est pourquoi », avait ajouté Hardenberg, « dans la situation des choses dont je vous ai tracé le tableau,
il est impossible que nous ne prenions pas quelques mesures éven-
tuelles. Si S. M. l'Empereur voulait se servir des moyens de la
Prusse, il pourrait compter qu'elle pourrait avoir 100 000 hommes
en tout, en 14 jours, et qu'elle avait (*sic*) le moyen de les armer. »

C'est ainsi que Saint-Marsan traduisait les déclarations de Hardenberg ; et il ajoutait, parlant en son nom personnel : « Je ne puis
douter que, si S. M. Impériale et Royale le juge convenable et le
veut, la Prusse ne soit à lui de très bonne foi ». L'ambassadeur

---

1. LEHMANN, *Scharnhorst*, II, pp. 400, 415. — FAIN, *Manuscrit de 1812*, I, p. 108.
— LEFEBVRE, *Histoire des cabinets de l'Europe*, V, p. 139. — DUNCKER, p. 378. —
Voir la dépêche à Krusemark, *ibid.*, p. 379. — A. STERN, p. 333. — *Erinnerungen des Feldmarschalls* VON BOYEN, II, p. 122. — Presque en même temps,
le 29 septembre, Hardenberg négocie un traité de subsides avec l'Angleterre,
ibid., II, pp. 132, 451.
2. A. STERN, p. 334.

français était parfaitement convaincu des sentiments français et de la
sincérité de Hardenberg[1]. Il ignorait ou atténuait les préparatifs
militaires de la Prusse[2]. Il ne tarissait pas sur les confidences qu'il
recevait de Hardenberg, sur les efforts du chancelier pour écarter
les ennemis de la France.

Mais comment Hardenberg allait-il faire accepter sa démarche
du 26 août aux patriotes prussiens et aux agents anglais? Il ne crai-
gnit pas de la travestir entièrement et d'en faire une sorte d'ultima-
tum adressé à la France. Il avait, disait-il, ouvert l'entretien en
avouant les préparatifs militaires de la Prusse et en déclarant
qu'après tout il valait mieux périr l'épée à la main que de succomber
avec déshonneur[3]. Cette traduction, qui ne manquait pas de fierté,
communiquée aux patriotes, leur inspirait confiance dans la résolution du chancelier[4]. Elle en inspirait aussi aux agents anglais. Elle
leur fit croire que le gouvernement prussien s'engageait résolument
dans l'alliance russe[5] et détermina même l'Angleterre à faire un
effort sérieux pour venir en aide aux préparatifs de la Prusse. Hardenberg s'était gardé de faire connaître le reste de sa conversation
du 26 août avec Saint-Marsan, qui donnait à ses ouvertures un
caractère tout différent[6].

1. Saint-Marsan à Maret, le 12 septembre 1811. A. STERN, p. 338.
2. Dès le mois d'avril, Napoléon est édifié sur l'insuffisance des renseignements
que lui fait parvenir Saint-Marsan, ci-dessus p. 142. — A. STERN, pp. 327, 328,
347, 349, 367. — Voir cependant, le 12 septembre, Saint-Marsan à Maret, *ibid.*,
p. 339. — C'est par le maréchal Davout que Napoléon est le plus exactement
renseigné, *Correspondance de* NAPOLÉON, XXII, p. 237, n° 17.769. — Le 5 novembre 1811, Napoléon veut remplacer Saint-Marsan par un général, *ibid.*, XXII,
p. 654, n° 18.241. — Voir les rapports de l'envoyé westphalien, le baron de
Linden, sur Saint-Marsan. OMPTEDA, *Nachlass*, II, p. 94. — A. STERN, p. 39. —
A. ERNST, *Denkwürdigkeiten von Amalie und Heinrich v. Beguelin*, p. 217. —
A partir du mois d'août 1811, on double Saint-Marsan d'un secrétaire d'ambassade, Lefebvre, qui communique directement avec le ministre. A. STERN, p. 335.
— Mais Lefebvre ne paraît pas très clairvoyant. Il écrit de Breslau, le 24 novembre 1811 : « L'alliance avec la France est, pour ainsi dire, une idée nationale
en Prusse, » *ibid.*, p. 369.
3. LEHMANN, *Scharnhorst*, II, pp. 399, 400.
4. LEHMANN, *Scharnhorst*, II, p. 400. — PERTZ, *Gneisenau*, II, pp. 469, 477. —
Gneisenau à Münster, le 11 septembre 1811, *ibid.*, II, p. 181. — Voir aussi la
dépêche de Linden, du 12 septembre 1811. A. STERN, p. 339. — OMPTEDA,
Nachlass, II, p. 57.
5. PERTZ, *Gneisenau*, II, p. 199. — OMPTEDA, *Nachlass*, II, pp. 57, 87, 92, 118, 176.
— (HORMAYR), *Lebensbilder*, II, p. 213. — Hardenberg à Boyen, le 29 septembre
1811. *Erinnerungen des Feldmarschalls* VON BOYEN, II, pp. 132, 451. — Voir
l'entrevue du 2 octobre. OMPTEDA, *Nachlass*, II, p. 88. — Voir encore, le 19 nov.,
Münster à Ompteda, *ibid.*, II, p. 170.
6. D'après une dépêche du baron de Linden, du 12 septembre, Hardenberg

Il paraît bien que, dans cette série complexe de négociations, que Hardenberg poursuivait alors avec la France, la Russie et l'Angleterre, il avait, dès le début, ses préférences ; il était tout prêt, dès que la France se montrerait disposée à garantir l'existence de la Prusse, en signant avec elle un traité d'alliance, à répondre avec empressement à ses ouvertures. Le reste n'avait jamais été pour lui qu'un pis-aller [1]. Mais la vigueur résolue et l'ardeur intempérante des patriotes intimidaient le chancelier ; il éprouvait le besoin de les ménager en les trompant [2]. Il y réussit presque complètement [3].

va répétant partout depuis huit jours : « s'il le faut, il vaut mieux périr avec honneur ». A. Stern, p. 339. — Voir l'impression des agents anglais. Ompteda, *Nachlass*, II, pp. 72, 74, 102, — et celle des patriotes. Gneisenau à Münster, le 11 septembre 1811. Pertz, *Gneisenau*, II, p. 181. — A. Ernst, *Denkwürdigkeiten von Amalie und Heinrich v. Beguelin*, pp. 40, 213, — et celle de Metternich, qui paraît tout étonné de cette « déclaration péremptoire ». Ompteda, *Nachlass*, II, p. 95. — Ranke donne encore à l'entretien l'aspect d'une déclaration résolue. Ranke, *Hardenberg*, IV, p. 215. — Voir Lehmann, *Scharnhorst*, II, pp. 400, 401. — Duncker, p. 379. — Pertz, *Stein*, III, p. 21. — Häusser, III, p. 538. — Droysen, *Yorck*, I, pp. 206, 207. — Dans la dépêche à Krusemark, qui fait suite à l'entretien de Saint-Marsan avec Hardenberg, Hardenberg renouvelle à la France l'assurance que c'est pour elle qu'il arme, si elle le veut. Lehmann, *Scharnhorst*, II, pp. 400, 401. — « *Duplicität...... sei eine für die Existenz Preuszen's gebotene Pflicht* », a écrit le roi à Alexandre, le 16 juillet 1811. Duncker, p. 366.

1. Voir ci-après, p. 165, note 4.

2. Ceci nous semble résulter de ce qu'il leur a dissimulé le caractère de sa conversation du 26 août avec Saint-Marsan. Lehmann, *Scharnhorst*, II, pp. 400, 401, — Ompteda, *Nachlass*, II, pp. 72, 74, 95, 102, — de ce qu'il n'aurait point montré à Gneisenau l'une au moins des lettres venues de Russie. Lehmann, *Scharnhorst*, II, p. 417 ; mais ce dernier point n'est pas aussi bien établi. — Voir les soupçons que conçoit Boyen, au commencement de 1812, ci-après p. 155. — *Erinnerungen des Feldmarschalls* von Boyen, II, p. 509. — Tandis que Scharnhorst exécute sa mission en Russie, le gouvernement prussien fait surveiller et ouvrir sa correspondance. *Aus den Papieren* Schön's, IV, p. 582.

3. Les rapports des patriotes avec Hardenberg, en 1811, sont presque constamment confiants. — Stein écrit, le 7 mars, à Kunth : « On dit que le ministre de Hardenberg est sérieusement malade. Est-ce vrai ? Ce serait un grand malheur si l'État perdait ce digne serviteur. » A. Fournier, *Deutsche Rundschau*, LIII, p. 138. — Le 7 juillet, Stein écrivait directement à Hardenberg. « Je crains fort les cabales de V. (Vosz ?) et de ses adhérents », *ibid.*, p. 138. — Lehmann, *Historische Zeitschrift*, XLVI, pp. 185-188. — Scharnhorst écrit, le 1er juillet, à Stein, au milieu de ses dissentiments avec Hardenberg : *der brave Herr v. Hardenberg*. Pertz, *Stein*, II, p. 572. — Pertz, *Gneisenau*, II, pp. 49, 53. — Le 2 avril, Gneisenau, écrivant à Chasot, ne paraît pas compter absolument sur l'entourage de Hardenberg : « *die civilistische Umgebungen des Staatskanzlers* », *ibid.*, II, p. 60. — Voir encore Gneisenau à Stein, *ibid.*, II, p. 93, — Gneisenau à Münster, le 28 juillet. Il parle de Hardenberg comme d'un homme qu'il domine plutôt qu'il ne compte sur lui, *ibid.*, II, p. 163. — « Hardenberg n'est rentré au pouvoir », écrit Gneisenau, le 28 juillet, « qu'avec l'assentiment de Napoléon. Un mot de l'Empereur le ferait congédier. Sa première préoccupation est d'être bien avec les autorités françaises », *ibid.*, II, p. 163. — Voir l'entrevue du 29 sept. entre Gneisenau et les agents anglais, *ibid.*, II, p. 207. — Ompteda,

Les patriotes, qui faisaient toujours leurs réserves lorsqu'ils parlaient du roi, et qui se méfiaient extrêmement de la décision du souverain[1], paraissaient, au contraire, à cette date, tout à fait assurés des résolutions de Hardenberg, et, lorsque les agents anglais demandaient à Gneisenau si l'on pouvait compter sur le chancelier, Gneisenau répondait qu'il était sûr de Hardenberg, qu'il le tenait par une femme dont le chancelier était épris[2].

Tandis que Hardenberg jouait ainsi ce double jeu, et prodiguait

Nachlass, II, p. 88. — (HORMAYR), *Lebensbilder*, II, pp. 213, 214. — A. ERNST, *Denkwürdigkeiten von Amalie und Heinrich v. Beguelin*, p. 34.

1. *Erinnerungen des Feldmarschalls* VON BOYEN, II, p. 129. — PERTZ, *Gneisenau*, II, pp. 106, 107, 142. — Par moments, cependant, Gneisenau paraît croire à la résolution du roi, *ibid.*, II, pp. 169, 184. — Voir un épisode très caractéristique : tandis qu'en septembre 1811 Gneisenau négocie avec les agents anglais, Ompteda apprend que le roi, tout en ayant l'air d'approuver les projets des patriotes, a laissé entendre au prince d'Orange qu'il les subissait de mauvais gré. Ompteda demande des explications à Gneisenau qui répond qu'il n'est assuré de rien, que le roi est actuellement partisan de la résistance, mais qu'il peut fort bien écarter demain tous les patriotes, OMPTEDA, *Nachlass*, II, p. 75. — PERTZ, *Gneisenau*, II, p. 184.

2. Voir la lettre de Gneisenau à Münster, du 28 juillet 1811. PERTZ, *Gneisenau*, II, p. 163, — et surtout l'entrevue de Gneisenau avec les agents anglais Ompteda et Dörnberg, le 2 octobre, *ibid.*, II, p. 207. — OMPTEDA, *Nachlass*, II, p. 88. — (HORMAYR), *Lebensbilder*, II, pp. 213, 214. — Voir également, en 1812, l'impression que Hardenberg a laissée à Gruner : « il est bon et sensible, mais faible. » A. FOURNIER, *Deutsche Rundschau*, LIII, p. 237. — Le 12 octobre, Ompteda a des doutes sur la résolution du roi, mais non sur Hardenberg. OMPTEDA, *Nachlass*, II, p. 93. — Boyen semble en partie revenu de cette impression : « Depuis ce moment, le chancelier me parut plus froid dans ses tentatives pour convaincre et entraîner le roi ; il laissa les choses aller ». *Erinnerungen des Feldmarschalls* VON BOYEN, II, p. 134. — OMPTEDA, *Nachlass*, II, p. 207. — Au commencement de 1812, Boyen se montre beaucoup plus précis : « Ne suis-je pas obligé, pour retrouver un fil dans ce labyrinthe, d'admettre que c'est, depuis longtemps, le plan de V. E. de s'attacher à la France, et comment résister à l'impression douloureuse que toutes les manifestations contraires de V. E. ont été calculées pour me tromper? » *Erinnerungen des Feldmarschalls* VON BOYEN, II, p. 599. — Dans ses mémoires, en 1835, Boyen semble en partie revenu de cette impression : « Je me demandai alors si le chancelier n'avait pas en vue, depuis longtemps, le rapprochement avec la France. Je crois qu'il était plutôt conduit par les événements qu'il ne cherchait à les diriger. Il subissait ce qui lui semblait inévitable, et cherchait seulement à dissimuler les inconséquences qui résultaient de sa faiblesse », *ibid.*, II, p. 163. — Scharnhorst, non plus, n'est pas sans méfiance. Déjà, le 26 août, écrivant à Boyen de Döllstädt, où il est loin des événements, il dit : « Peut-être a-t-on déjà traité avec la France », *ibid.*, II, p. 434. — « Le cabinet de Berlin a trop bien reconnu le danger de sa situation pour qu'on puisse douter de la sincérité de cette assurance », écrit Münster, le 19 nov. OMPTEDA, *Nachlass*, II, p. 168. — Voir encore l'impression de Clausewitz, en 1812 : « A part les quelques mois de la guerre autrichienne, il n'y a pas eu un seul mois où un langage très résolu de la France n'ait pu complètement dominer la Prusse. » PERTZ, *Gneisenau*, III, p. 632.

les assurances de sa fidélité à l'ambassadeur de France et aux patriotes prussiens, tandis que Scharnhorst se rendait à Saint-Pétersbourg, Napoléon avait enfin senti que le moment était venu de se relâcher, en quelque mesure, de la réserve absolue qu'il avait observée jusqu'alors au regard des avances de la Prusse.

Le 11 septembre [1], Saint-Marsan répondit aux ouvertures que Hardenberg lui avait faites le 26 août. C'était la première fois que la France paraissait accueillir les propositions d'alliance de la Prusse. La réponse était favorable, bien qu'encore évasive, mais l'Empereur exigeait la suspension des préparatifs militaires de la Prusse. Le 21 septembre [2], Saint-Marsan renouvela ces exigences en menaçant, s'il n'y était pas fait droit, de quitter Berlin. Il promettait, s'il recevait satisfaction, d'engager, avant trois jours, les négociations en vue de l'alliance [3].

Arrivé à ce point de ses pourparlers avec la France, Hardenberg ne put se dispenser de songer à la négociation qui courait en même temps avec la Russie. Précisément, le lendemain même du jour où Saint-Marsan s'était montré disposé à négocier, le 12 septembre [4], étaient arrivées à Berlin les assurances du tsar, celles qu'il avait fait parvenir par Schöler et qui répondaient à la dépêche du 16 juillet. En même temps, l'envoyé spécial du gouvernement prussien, Scharnhorst, approchait de Saint-Pétersbourg. Dans l'embarras que lui causait cette situation plus qu'équivoque, il semble bien que Hardenberg ait livré le secret de ses pensées intimes dans une note qui dut être écrite, le 11 septembre, en sortant de ses conférences avec Saint-Marsan, et qui trahit une hâte évidente de profiter des dispositions de la France. « Il a paru essentiel de répondre le plus promptement possible », écrivait Hardenberg [5], « avant que

1. Dépêche de Maret à Saint-Marsan, du 5 septembre. *Archives des Affaires Étrangères. Correspondance de Prusse*, vol. 248, p. 350. — Entretien de Maret avec Krusemark à Compiègne, le 6 septembre. DUNCKER, p. 384. — Instructions confidentielles à Saint-Marsan, 13 septembre 1811. A. STERN, p. 341.

2. LEHMANN, *Scharnhorst*, II, p. 417. — Le 20, d'après DUNCKER, p. 387. — Le 14 septembre 1811, ordre à Davout d'entrer en Prusse, dès que Saint-Marsan aura quitté Berlin. *Correspondance de* NAPOLÉON, XXII, p. 569, n° 18.139.

3. LEHMANN, *Scharnhorst*, II, p. 417.

4. LEHMANN, *Scharnhorst*, II, pp. 417, 418.

5. LEHMANN, *Scharnhorst*, II, pp. 416, 418. LEHMANN, qui paraît parfois un peu absolu dans ses déductions, donne ici, nous semble-t-il, la preuve qui établit de la façon la plus décisive, les préférences intimes que pouvait avoir Hardenberg, à cette date, pour l'alliance française.

les intentions de la cour de Pétersbourg fussent connues. » Hardenberg écoutait complaisamment les promesses de la France. Il était tout disposé à les accueillir. Le souvenir des engagements formels, pris avec la Russie dans une heure d'inquiétude, lui devenait importun. Les assurances du tsar, transmises par Schöler, vinrent donc troubler plutôt que faciliter l'action de sa diplomatie. Il dissimula, il atténua, aux yeux des patriotes et des agents anglais, la portée des engagements pris par le tsar. Il est douteux qu'il ait donné connaissance, même à Gneisenau, des lettres de l'Empereur de Russie [1]. En tout cas, vers la fin de septembre, il se résolut, contre les avis de Gneisenau et de Boyen [2], à céder sur tous les points aux exigences menaçantes de la France, à suspendre les préparatifs militaires [3]. Blücher, qui inquiétait les Français, fut dépouillé de son

1. Hardenberg, dans une note écrite par lui, entre le 20 et le 30 septembre, justifie les concessions faites à la France par le silence de la Russie. Cette note, probablement ostensible, du 20 au 30 septembre, est en contradiction absolue avec celle que nous venons de citer et où Hardenberg manifeste la hâte de répondre à la France avant de connaître les intentions de la cour de Pétersbourg. LEHMANN, *Scharnhorst*, II, p. 418. — Voir *ibid.*, II, p. 365. — Le 10 ou le 11 octobre, Hardenberg dit de même à l'agent anglais Ompteda : « Nous n'avons pas reçu de la Russie gros comme une tête d'épingle d'ouvertures; l'attitude de la Russie est aussi incompréhensible que coupable ». OMPTEDA, *Nachlass*, II, p. 91. — Voir la surprise des agents anglais lorsqu'ils connaissent les assurances données par la Russie, *ibid.*, II, pp. 121, 171. — A. ERNST, *Denkwürdigkeiten von Amalie und Heinrich v. Beguelin*, p. 216. — Gneisenau écrit à Münster, le 28 déc. 1811. « Nous avons marché en arrière...... L'attitude de la Russie en est en grande partie cause. » (HORMAYR), *Lebensbilder*, II, p. 258. — Le 24 septembre, Gneisenau écrit à Münster : « nous demeurons dans la plus grande incertitude sur la résolution d'Alexandre. » PERTZ, *Gneisenau*, II, p. 205. — « Le point faible de notre politique, c'est l'empereur Alexandre », *ibid.*, II, p. 204. — Gneisenau à Münster, le 2 novembre 1812, *ibid.*, II, p. 425. — LEHMANN déduit de là que Hardenberg a caché à Gneisenau la lettre du tsar. LEHMANN, *Scharnhorst*, II, p. 417. — DROYSEN, *Yorck*, I, p. 219. — Voir aussi les agents anglais, sur la froideur de la Russie. OMPTEDA, *Nachlass*, II, pp. 58, 60. — En tout cas, Hardenberg dissimule à Gneisenau la lettre du roi à Napoléon, du 12 octobre. PERTZ, *Gneisenau*, II, p. 215.

2. *Erinnerungen des Feldmarschalls* VON BOYEN, II, p. 448.

3. Le 12 septembre, le roi écrit à Napoléon, qu'il suspend les préparatifs militaires. DUNCKER, p. 386. — Le 20 septembre, un ordre de cabinet est préparé pour prescrire en sous-main la continuation des mesures militaires, mais le roi ne le signe point. *Erinnerungen des Feldmarschalls* VON BOYEN, II, pp. 132, 447. — D'après DUNCKER, il semble que ce soit le 26 septembre qu'ait été donné l'ordre de suspendre les travaux des places fortes et de congédier les recrues. LEHMANN, *Scharnhorst*, II, p. 419. — (WILLISEN), II, p. 155. — DUNCKER, p. 390. — D'après PERTZ, Hardenberg montre, le 22 septembre, à Saint-Marsan les ordres donnés. PERTZ, *Gneisenau*, II, p. 194. — Le 24 septembre, Gneisenau écrit à Münster qu'on a fait aux instances de Saint-Marsan des réponses dilatoires, *ibid.*, II, p. 203. — Voir l'ordre de cabinet du 26 septembre et les mesures prises pour conserver les réserves tout en paraissant les congédier. *Erinnerungen des*

commandement et remplacé par Tauénzien [1]. Enfin, le secrétaire d'ambassade Lefebvre fut autorisé à se rendre sur tous les points du territoire pour s'assurer de l'état réel de l'armée prussienne [2]. C'étaient là des concessions plus graves et plus positives que toutes les assurances verbales. Le désarmement ne s'effectuait que de mauvais gré et avec lenteur [3]; mais la destitution de Blücher apparaissait comme un indice grave des résolutions pacifiques du gouvernement prussien [4].

La France, cependant, ne pressait point la négociation. Un mois s'écoula encore dans l'attente, et ce ne fut pas avant le 29 octobre [5] que Hardenberg reçut la réponse aux propositions de la Prusse. Les contre-propositions de la France étaient encore rigoureuses [6]. Aucune des réserves proposées par la Prusse, et qui eussent pu lui assurer, dans l'alliance qu'elle allait contracter, quelque indépendance ou

---

Feldmarschalls von Boyen, II, pp. 132, 450. — Ompteda, *Nachlass*, II, p. 87. — Droysen, *Yorck*, I, p. 220. — Voir encore le 2 octobre. Ompteda, *Nachlass*, II, p. 88. — Nouvelles mesures de renvoi, le 7 octobre. Lehmann, *Scharnhorst*, II, p. 419. — Pertz, *Gneisenau*, II, p. 210. — Le 8 octobre, Gneisenau déclare encore aux agents anglais que les mesures de retrait ne sont qu'apparentes. (Hormayr), *Lebensbilder*, II, p. 214. — Ompteda, *Nachlass*, II, p. 109. — Le 9 octobre, les ordres donnés à Yorck établissent qu'on cherche encore à pousser les mesures militaires, autant que le permet la surveillance des Français. Droysen, *Yorck*, I, pp. 220, 226. — En novembre, Napoléon se montre peu satisfait des renseignements que lui apporte Lefebvre. Duncker, p. 423.

1. Le 10 octobre, Lehmann, *Scharnhorst*, II, p. 419. — Voir les lettres de Blücher, en août 1811. Pertz, *Gneisenau*, II, pp. 146 à 154, — l'effet produit par la destitution de Blücher, *ibid.*, II, pp. 211, 212, 216, — la lettre de Blücher du 12 oct., *ibid.*, II, p. 213. — Droysen, *Yorck*, I, p. 221. — Voir, sur Blücher, *Erinnerungen des Feldmarschalls* von Boyen, II, pp. 106, 158. — Ompteda, *Nachlass*, II, p. 89.

2. Le 22 octobre, Lehmann, *Scharnhorst*, II, pp. 419, 423. — Pertz, *Gneisenau*, II, p. 218. — Ompteda, *Nachlass*, II, p. 110. — Duncker, p. 392. — A. Stern, p. 349.

3. Pertz, *Stein*, III, p. 23. — *Erinnerungen des Feldmarschalls* von Boyen, II, pp. 130, 473. — Le 17 décembre, Napoléon dit à Schwarzenberg : « La Prusse paraît vouloir être raisonnable », Duncker, p. 424.

4. Pertz, *Gneisenau*, II, pp. 211, 212, 216. — Häusser, III, p. 539. — Münster à Ompteda. Ompteda, *Nachlass*, II, p. 169. — « Ce sera un grand coup porté à ce parti », dit Saint-Marsan. A. Stern, p. 348. — Le 2 octobre, Hardenberg renouvelle aux agents anglais l'assurance qu'il leur a déjà donnée le 24 juillet (Ompteda, *Nachlass*, II, p. 54), l'assurance que jamais la Prusse ne s'alliera à la France. Pertz, *Gneisenau*, II, p. 207. — Ompteda, *Nachlass*, II, p. 88. — *Erinnerungen des Feldmarschalls* von Boyen, II, pp. 132, 134, 451. — Le 20 octobre, Boyen croit le départ du roi pour Königsberg imminent, *ibid.*, II, pp. 438, 460. — Voir, encore, Ompteda, *Nachlass*, II, p. 103, — et, le 23 décembre, Hardenberg à Boyen. *Erinnerungen des Feldmarschalls* von Boyen, II, p. 477.

5. Lehmann, *Scharnhorst*, II, p. 420. — Duncker, p. 400. — Ranke, *Hardenberg*, IV, p. 276. — Voir les instructions à Saint-Marsan du 22 octobre. A. Stern, p. 350.

6. Le roi les accueille avec un soupir de soulagement. Lehmann, *Scharnhorst*, II, p. 426. — Duncker, p. 401.

quelque profit, n'était admise. Tout au plus lui laissait-on la faculté
de ne pas s'annexer à la Confédération du Rhin.

A l'heure même où la Prusse était mise en présence des dernières
propositions et des exigences de la France, elle recueillait aussi les
résultats de la négociation engagée avec la Russie. La convention
militaire, signée par Scharnhorst à Saint-Pétersbourg, le 18 octobre,
arrivait à Berlin dans les derniers jours d'octobre [1]. Scharnhorst
lui-même la suivait de près [2]. Et l'Angleterre, au début d'octobre,
avait offert à la Prusse un traité de subsides [3]. Hardenberg se trouvait
ainsi simultanément, à la fin d'octobre, en présence des résultats de
la triple négociation qu'il avait engagée à Paris, à Saint-Pétersbourg
et auprès des agents anglais. C'est le mérite de la politique de
Hardenberg, au milieu de ses ruses et de ses faiblesses, qu'à cette
heure encore la Prusse soit demeurée maîtresse de ses destinées.
Dans ses crises antérieures, elle avait été le jouet des événements,
comme un navire désemparé. Cette fois, on sent la main du pilote
et l'action du gouvernail. Au moment décisif, le choix de la Prusse
était libre, et quelle que fût la solution à laquelle elle voulût s'arrêter,
son choix avait été préparé, sans aucun scrupule de loyauté, mais
avec une habileté incontestable.

Hardenberg, placé ainsi en présence des deux voies qui s'ouvraient
devant lui : la soumission à la France, ou la lutte ouverte, prit une
attitude qui semble en contradiction avec les actes mêmes qu'il
venait d'accomplir. Il subissait sans doute la pression des patriotes,
et, dans son grand mémoire officiel du 2 novembre, il se prononça,
on ne sait au juste avec quel degré de sincérité, pour l'alliance
russe [4]. Il exposa ses vues au roi avec une clarté et une netteté

---

1. Voir le premier rapport de Scharnhorst arrivé à Berlin le 3 novembre.
RANKE, *Hardenberg*, IV, p. 282, — sa lettre de Werneuchen, du 3 novembre, à
laquelle sont joints la convention militaire et le projet de traité. LEHMANN,
Scharnhorst, II, p. 415, — DUNCKER, p. 403, — la lettre du tsar du 9 octobre,
arrivée à Berlin vers le 20. LEHMANN, *Scharnhorst*, II, p. 420. — DUNCKER, p. 398.
— DROYSEN, *Yorck*, I, p. 222. — Hardenberg écrit sur son journal, le 25 octobre :
« communication de Lieven sur un traité à signer avec la Russie. » LEHMANN,
Scharnhorst, II, p. 420. — DUNCKER, p. 399.
2. Scharnhorst est chez Hardenberg le 6 novembre. LEHMANN, *Scharnhorst*,
II, p. 424. — Gneisenau à Dörnberg, le 5 novembre : « Scharnhorst arrive et
apporte de bonnes nouvelles. » PERTZ, *Gneisenau*, II, p. 229.
3. *Erinnerungen des Feldmarschalls* VON BOYEN, II, pp. 132, 451.
4. Voir le mémoire (HORMAYR), *Lebensbilder*, II, p. 86, — et les rectifications
de LEHMANN, *Scharnhorst*, II, pp. 421, 423. — DUNCKER, p. 402.

telles que les historiens patriotes de la Prusse voient, dans le mémoire qu'il rédigea alors, l'inspiration directe de Gneisenau et de Scharnhorst[1].

Mais si Hardenberg s'était résolu, à la dernière heure, sous l'influence du parti insurrectionnel, à donner des conseils énergiques, Frédéric-Guillaume III[2] n'était pas d'humeur à les suivre. Paralysé par une méfiance profonde de l'énergie et des ressources de la nation prussienne, il annotait les rapports militaires que lui présentaient Gneisenau, Scharnhorst, Boyen, Blücher, Yorck, Bülow, en demandant où étaient les généraux prussiens qui sussent faire autre chose que porter des chapeaux à plumes. Parfaitement convaincu de l'inanité de tout effort, il ne l'était pas moins de l'inéluctable supériorité de Napoléon. Tout ce qu'il pouvait imaginer, c'était de proposer, dans cette crise redoutable, à Hardenberg, « si la Providence lui refusait des lumières spéciales, de jeter les dés et de leur demander une solution[3] ». « La faiblesse de ce prince est désespérante », écrivaient les agents anglais, « et il faut vraiment une patience à toute épreuve pour vouloir sauver un homme qui a si peu d'envie d'être tiré de la mauvaise situation dans laquelle il se trouve. La peur a tellement pris le dessus dans son âme qu'il est constamment poussé à agir contre sa propre conviction. »

Il venait quelques jours auparavant de refuser de négocier un traité de subsides avec l'Angleterre[4]. Le surlendemain même du jour où Hardenberg lui avait remis son mémoire en faveur de l'alliance russe, le 4 novembre, Frédéric-Guillaume III se prononça pour l'alliance française[5].

---

1. LEHMANN, *Scharnhorst*, II, p. 422.
2. Voir, sur la faiblesse de Frédéric-Guillaume III, les preuves accumulées par LEHMANN, *Scharnhorst*, II, pp. 422, 423, 424. — *Erinnerungen des Feldmarschalls* VON BOYEN, II, pp. 122, 126, 182. — Le roi dit au prince d'Orange : « Tout le monde me conseille de faire des préparatifs sérieux; je ne vois pas ce qui en sortira ». OMPTEDA, *Nachlass*, II, pp. 75, 110. — PERTZ, *Gneisenau*, II, pp. 184, 218, 674. — TREITSCHKE, I, p. 390. — OMPTEDA, *Nachlass*, II, pp. 38, 93, 100, 118, 175. — LEHMANN, *Historische Zeitschrift*, LXII, p. 479. — (HORMAYR), *Lebensbilder*, II, p. 291.
3. LEHMANN, *Scharnhorst*, II, p. 369. — RANKE, *Hardenberg*, IV, p. 274. — OMPTEDA, *Nachlass*, II, p. 390. — DUNCKER, pp. 370, 402. — *Erinnerungen des Feldmarschalls* VON BOYEN, II, p. 138. — Voir l'irritation du roi, à la fin d'oct., contre les patriotes. OMPTEDA, *Nachlass*, II, p. 112. — DROYSEN, *Yorck*, I, pp. 231, 233.
4. *Erinnerungen des Feldmarschalls* VON BOYEN. II, p. 134.
5. RANKE, *Hardenberg*, IV, p. 282. — Voir l'analyse du mémoire du roi. DUNCKER, p. 413. — LEHMANN, *Scharnhorst*, II, pp. 424, 425. — Le roi est visiblement déterminé par un mémoire d'Albrecht, en date du 26 octobre 1811. RANKE, *Hardenberg*, IV, p. 278. — Voir également un mémoire d'Ancillon pour l'alliance française,

Les patriotes ne tardèrent pas à reconnaître qu'ils n'avaient plus aucune action sur le souverain [1]. Ils parurent disposés à attribuer à l'entourage de Frédéric-Guillaume III ce qui semble avoir été de sa part une résolution très personnelle. Ils ne songeaient point à incriminer Hardenberg [2]. Celui-ci, au début de novembre encore, les tranquillisait lorsqu'ils se décourageaient, en leur assurant « que tout espoir n'était pas perdu [3] ». Mais c'était à l'entourage du roi, au parti français, que les patriotes s'en prenaient. Les éditeurs responsables de la résolution du roi, c'était, pour Gneisenau : « un maréchal tombé en enfance (Kalckreuth), une vieille femme de mauvaise réputation, un général distingué par sa stupidité (Köckeritz), un aumônier de cour, courtisan de bas étage (Ancillon) [4], et, joint à

qui doit être à peu près de la même date, *ibid.*, IV, p. 280, — et un mémoire de Grawert. *Erinnerungen des Feldmarschalls* von Boyen, II, p. 156. — Le roi confirme sa décision, le 7 novembre. Duncker, p. 415; — le 14, le 19, *ibid.*, pp. 416, 417.

1. Gneisenau au chancelier, le 29 octobre 1811. Pertz, *Gneisenau*, II, p. 223. — Lehmann, *Scharnhorst*, II, p. 424. — *Erinnerungen des Feldmarschalls* von Boyen, II, p. 149. — Le 28 nov. 1811, Gneisenau à Münster. (Hormayr), *Lebensbilder*, II, p. 259.

2. Gneisenau écrit à l'agent anglais Dörnberg, à la fin d'octobre 1811 : « Le chancelier s'est surpassé lui-même : il a toujours donné les avis les plus topiques et nous a surpassés nous-mêmes en résolution ». Pertz, *Gneisenau*, II, p. 218. — Le 5 novembre encore, Gneisenau écrit à Dörnberg : « *Unser Disponent* (Hardenberg) s'est admirablement conduit », *ibid.*, II, p. 230. — (Hormayr), *Lebensbilder*, II, p. 218. — Le 14 décembre 1811, l'agent anglais à Berlin, Ompteda, écrit à l'agent anglais à Vienne, le comte de Hardenberg : « Le chancelier voit trop peu le roi et ne s'applique pas assez à gagner de l'ascendant sur son esprit;... il succombe sous le poids qui pèse sur ses épaules. Jacobi ne le voit que très rarement, et toujours tellement à la hâte qu'il est impossible de discuter les choses à fond. » Ompteda, *Nachlass*, II, p. 147.

3. Pertz, *Gneisenau*, II, p. 225. — Lehmann, *Scharnhorst*, II, p. 424. — Voir encore, le 11 octobre. Pertz, *Gneisenau*, II, p. 211. — Ompteda, *Nachlass*, II, pp. 150, 151, 158, 198.

4. Gneisenau à Münster, le 10 mars 1812. (Hormayr), *Lebensbilder*, II, p. 260. — Voir l'influence des mémoires d'Albrecht et d'Ancillon, Ranke, *Hardenberg*, IV, pp. 278, 280. — Voir Ompteda, après sa conversation du 30 oct. avec Hardenberg : Le roi est entraîné par le parti adverse. Il en veut à Scharnhorst, Gneisenau et Boyen des mesures auxquelles ils l'ont entraîné. Pertz, *Gneisenau*, II, p. 226. — Ompteda écrit le 14 déc. 1811 : « Nous tâchons surtout de gagner en notre faveur le gouverneur du Prince Royal, Ancillon, qui, par un mémoire, a le plus contribué à faire pencher le Roi du côté de l'alliance avec la France. Je crois que Jacobi a trouvé le vrai moyen de le faire revenir de ses erreurs. En général, et ceci je ne le dis qu'à vous, tout est tellement gangrené ici, sous différents rapports, qu'il n'y a pas beaucoup de satisfaction à s'occuper d'une machine aussi pourrie. » Ompteda, *Nachlass*, II, pp. 147-203. — Voir Stein et Ancillon. Lehmann, *Scharnhorst*, II, p. 424. — *Erinnerungen des Feldmarschalls* von Boyen, II, p. 152. — Stein à Reden, le 23 novembre 1810. A. Fournier, *Deutsche Rundschau*, LIII, p. 133. — Pertz, *Stein*, III, pp. 23, 581.

ces coryphées, ce qu'il y a de pis dans les classes élevées [1]. »
Scharnhorst lui-même était découragé. Il déclarait hautement [2] que,
puisque le roi était résolu à l'alliance française, il devait du moins
embrasser ce parti avec netteté, se remettre entre les mains des partisans de cette politique, et cesser d'exciter, par des démarches contradictoires, les méfiances de celui dont il recherchait l'amitié.

Les patriotes, incapables de se résigner, ne résistèrent cependant
pas à la tentation d'essayer un dernier effort. Si l'on pouvait décider
l'Autriche à se rapprocher de la Russie, ne réussirait-on pas par là
à entraîner le roi? Le vieux baron de Jacobi-Klöst, affilié à la conspiration patriotique et chargé d'en suivre les intérêts à Vienne,
comme il les avait déjà précédemment représentés à Londres, revenait précisément d'Autriche [3]. Il semblait croire que l'on pourrait
déterminer le gouvernement autrichien à se prononcer contre la
France [4]. Sans se faire beaucoup d'illusions [5], les patriotes décidèrent
le roi à confier à Scharnhorst une nouvelle mission confidentielle
et mystérieuse auprès de Metternich, et Frédéric-Guillaume III,
n'aimant point à rien refuser, y consentit. Si la mission eût eu quelques chances de succès, le choix du négociateur n'eût pas été des
plus heureux [6]. Le mystère même dont on l'entourait [7], — Hardenberg,
soit jalousie, soit précaution, avait laissé tout ignorer à Guillaume
de Humboldt, l'ambassadeur de Prusse à Vienne [8], — la réputation
qui précédait Scharnhorst à Vienne, où Metternich le considérait

1. Voir encore Gruner. Ce sont les « *Vornehmen* », les gens distingués, qu'il
accuse de pousser à l'alliance française. « En Prusse une partie seulement des
classes élevées est pusillanime et craintive », écrit-il en mars 1812. A. FOURNIER,
Deutsche Rundschau, LIII, p. 227.
2. LEHMANN, *Scharnhorst*, II, p. 427.
3. LEHMANN, *Scharnhorst*, II, pp. 425, 426. — DUNCKER, pp. 409, 416. — OMPTEDA,
Nachlass, II, *passim*, et pp. 191, 192.
4. Les premiers rapports de Jacobi sont peu encourageants. DUNCKER, p. 416.
— Gneisenau le détermine à dépeindre comme favorables les dispositions du
gouvernement autrichien. LEHMANN, *Scharnhorst*, II, p. 426.
5. OMPTEDA, *Nachlass*, II, p. 120. — PERTZ, *Gneisenau*, II, p. 244. — LEHMANN,
Scharnhorst, II, pp. 426, 427.
6. LEHMANN, *Scharnhorst*, II, p. 426. — DUNCKER, p. 417. — RANKE, *Hardenberg*,
IV, p. 283. — OMPTEDA, *Nachlass*, II, pp. 117, 123.
7. LEHMANN, *Scharnhorst*, II, p. 428. — Voir sur le voyage de Scharnhorst,
OMPTEDA, *Nachlass*, II, pp. 123, 138, 145, 160, 171, 197, 204. — PERTZ, *Gneisenau*,
II, p. 234. — A. STERN, p. 118.
8. Voir, sur la défiance de Hardenberg à l'endroit de Humboldt, OMPTEDA,
Nachlass, II, p. 209. — LEHMANN, *Scharnhorst*, II, p. 428.

comme le chef de la secte abhorrée du *Tugendbund*[1], tout eût contribué à accroître plutôt qu'à diminuer l'éloignement naturel de la cour de Vienne pour la Prusse. Depuis longtemps déjà, Metternich et l'Empereur d'Autriche nourrissaient des projets hostiles à la Prusse[2]. Non seulement ils étaient résolus à suivre la fortune de Napoléon; mais ils se flattaient de trouver, dans cette alliance, quelques avantages qu'une démarche imprudente de la Prusse eût pu leur assurer plus facilement. Si la Prusse s'engageait avec la Russie, l'Autriche ne pouvait-elle espérer prendre part à ses dépouilles? Metternich songeait déjà à obtenir de Napoléon la rétrocession de la Silésie[3]. Aussi n'hésita-t-il pas à conseiller à Scharnhorst[4] d'engager la Prusse dans

1. DUNCKER, p. 418. — A. STERN, p. 118. — Voir la dépêche de Zichy, *ibid.*, p. 119, — et Metternich à Zichy, 25 novembre 1811. « Le choix de cet individu démontre que le chancelier appelle la secte à son secours..... Nous ne pouvons parler à cœur ouvert qu'à un Prussien..... étranger aux vues excentriques d'une ligue qui déjà a causé des malheurs sans nombre à la monarchie prussienne », *ibid.*, p. 119. — Hardenberg défend Scharnhorst mollement : « S'il était dans des liaisons de cette nature, elles seraient subordonnées à ses devoirs », le 4 déc. LEHMANN, *Scharnhorst*, II, p. 430. — Scharnhorst sur le *Tugendbund* et ses rapports avec lui, *ibid.*, II, p. 656. — OMPTEDA, *Nachlass*, II, pp. 135, 140, 198.
2. *Mémoires, Documents et Écrits divers laissés par le prince de* METTERNICH, II, pp. 419, 435, 436, 439, 443. — A. STERN, p. 120. — HÄUSSER, III, p. 533. — OMPTEDA, *Nachlass*, II, p. 54.
3. « Si la France a des vues dangereuses pour la Prusse, si le *Tugendbund* jette la Prusse dans les bras de la Russie (et le premier cas me paraît tout aussi probable que les efforts des membres de cette ligue pour amener le second résultat sont certains), ce pays sera immédiatement inondé par les armées françaises. Cette situation menace de jeter entre les mains d'une puissance, dont les intérêts n'ont rien de commun avec les nôtres, la Silésie, cette province qui, par sa situation, nous conviendrait. » Metternich à l'Empereur François, le 28 déc. 1811. *Mémoires de* METTERNICH, II, p. 431. — RANKE, *Hardenberg*, IV, p. 283, donne une impression inexacte. — LEHMANN, *Historische Zeitschrift*, LXII, p. 491.
4. Scharnhorst à Vienne, du 3 au 29 ou 30 décembre. LEHMANN, *Scharnhorst*, II, pp. 431, 434. — Voir son mémoire du 6 décembre, A. STERN, p. 121. — LEHMANN, *Scharnhorst*, II, p. 428. — Voir l'action des agents anglais. OMPTEDA, *Nachlass*, II, pp. 141, 196. — DUNCKER, p. 419. — Voir la lettre à clef de Scharnhorst à Boyen. OMPTEDA, *Nachlass*, II, p. 135. — Nous suivons ici A. STERN, p. 123, — et LEHMANN, *Scharnhorst*, II, p. 433, — qui affirment tous deux que Metternich pousse délibérément Scharnhorst à l'alliance russe. LEHMANN et STERN ont eu sous les yeux les documents conservés aux Archives de Berlin et de Vienne. — Voir, dans le même sens, le comte de Hardenberg à Ompteda. OMPTEDA, *Nachlass*, II, pp. 137, 148, 164, 178, 200, 204. — Il faut cependant signaler une indication contraire qui résulterait de la publication récente des mémoires de Boyen. Boyen a pris copie du rapport chiffré que Scharnhorst rédige, le 5 janvier, à la fin de la mission. Et, dans un passage de cette copie, dont la fidélité semble douteuse, Metternich aurait dit que « bien que le roi dût être plus malheureux dans l'alliance russe, il était quelquefois nécessaire de gagner du temps ». *Erinnerungen des Feldmarschalls* VON BOYEN, II, p. 475. — DELBRÜCK, *Gneisenau*, 2e édition, I, p. 268, s'appuie sur ce passage. — Gneisenau, analysant le mémoire d'Ancillon, dans une lettre à Boyen du 11 janvier 1812, en cite le passage suivant : « l'Autriche

l'alliance de la Russie. Il se présenta comme soutenant, au sein du cabinet autrichien, contre le parti français, la même lutte que Scharnhorst soutenait à Berlin [1]. Il le tint en suspens [2]; puis, lorsqu'il dut lui opposer une réponse négative [3], il lui donna, en bon apôtre désintéressé, le conseil d'associer, sans hésiter, le sort de la Prusse à celui de la Russie. En réalité, le 28 décembre 1811 [4], Metternich et François II avaient arrêté leurs décisions et s'étaient résolus à l'alliance française.

Scharnhorst revint, le 24 janvier 1812 [5], à Berlin et son retour porta le dernier coup aux espérances du parti militaire. Les dernières négociations avec la France occupèrent encore tout le mois de janvier et celui de février [6]. Mais, dès les premiers jours de janvier,

elle-même a donné le conseil de se lier à la France ». Gneisenau à Boyen. *Erinnerungen des Feldmarschalls* von Boyen, II, p. 497.

1. Boyen, dans ses mémoires écrits en 1836, est encore trompé par l'attitude que Metternich a prise dans ses rapports avec Scharnhorst, *Erinnerungen des Feldmarschalls* von Boyen, II, p. 145. — Metternich joue le même jeu avec les agents anglais et les trompe également. Ompteda, *Nachlass*, II, p. 155. — Duncker paraît moins incrédule que Lehmann au sujet du rôle que Metternich s'attribue. Duncker, p. 422. — La dépêche de Metternich à Zichy, du 29 décembre 1811, prouve que Metternich n'a cessé de considérer Scharnhorst, non comme l'envoyé du roi, mais comme l'envoyé « de la secte ». A. Stern, p. 126.

2. Dans l'audience du 16 décembre, Lehmann, *Scharnhorst*, II, p. 433. — Duncker, p. 419. — « Je perds l'espérance que j'ai eue quelque temps », écrit Scharnhorst, le 24 décembre. Ompteda, *Nachlass*, II, p. 167. — Voir la lettre de Scharnhorst à Boyen, transmise par les agents anglais, *ibid.*, II, p. 160.

3. Audience du 23 décembre. A. Stern, p. 126. — Lehmann, *Scharnhorst*, II, p. 434. — Il semble que la réponse définitive soit du 26 décembre, transmise dans une dépêche de Scharnhorst du 27, à Berlin le 3 janvier. Duncker, p. 427.

4. *Mémoires* de Metternich, II, pp. 422, 435. — Lehmann, *Scharnhorst*, II, p. 434. — Duncker, pp. 422, 427. — Le 23 décembre, Metternich assure encore verbalement à Scharnhorst que l'Autriche demeurera neutre. Ompteda, *Nachlass*, II, p. 164. — En janvier, Schwarzenberg prévient Krusemark que l'Autriche ne pourra se soustraire à l'alliance française. Duncker, p. 436. — Le 14 décembre 1811, l'agent anglais, Ompteda, écrit: « Le cousin (le chancelier de Hardenberg) me dit encore en confidence une chose qui est presque incroyable, c'est que le baron de Humboldt prétend, dans ses rapports, que dans le cas d'une nouvelle guerre continentale, l'Autriche se rangerait du côté de la France ». Ompteda, *Nachlass*, II, p. 146, — et encore, en mars 1812, Stein à Prague ne veut pas croire que l'Autriche soit liée à la France. A. Fournier, *Deutsche Rundschau*, LIII, p. 222. — Voir Gruner, le 2 mai 1812, *ibid.*, p. 234. — Le traité d'alliance austro-français est du 14 mars.

5. Scharnhorst adresse ses rapports de Vienne, les 4, 24, 27 décembre 1811. Duncker, p. 420. — Duncker rectifie Pertz, *Gneisenau*, II, p. 244. — Le dernier rapport de Scharnhorst, sur sa mission, est daté de Neisse, le 5 janvier. Lehmann, *Scharnhorst*, II, p. 435. — Ce rapport est publié sur une copie prise par Boyen. *Erinnerungen des Feldmarschalls* von Boyen, II, p. 473. — Le 15 janvier, le roi se prononce de nouveau pour l'alliance française. Ranke, *Hardenberg*, IV, p. 286. — Le roi reçoit Scharnhorst très froidement. Pertz, *Gneisenau*, II, p. 254.

6. Le 6 novembre, Hardenberg a engagé les négociations avec Saint-Marsan

la Prusse était visiblement résignée à subir la loi du vainqueur [1]. Hardenberg, de son côté, n'avait pas eu grand effort à faire pour se plier, en dépit de son mémoire du 2 novembre, à la politique personnelle de Frédéric-Guillaume III [2]. Les patriotes lui reprochaient de n'avoir pas voulu sacrifier, à ce qu'ils croyaient être ses convictions, sa situation et les avantages qui y étaient attachés [3]. Il est très vraisemblable qu'il n'eut à résoudre aucun cas de conscience, à triompher d'aucun remords. Il est à peu près certain que, depuis le début de 1811, il était résigné à l'alliance française, redoutant seulement que Napoléon n'eût, à l'égard de la Prusse, des intentions plus funestes. L'on peut admettre que son grand mémoire du 2 novembre en faveur de l'alliance russe n'avait été qu'une manifestation d'apparat, peu en rapports avec ses préférences intimes [4].

et formulé de nouvelles propositions. RANKE, *Hardenberg*, IV, p. 384. — DUNCKER, p. 415. — Les nouvelles instructions adressées de Paris à Saint-Marsan sont du 24 décembre, *ibid.*, p. 426. — La Prusse répond le 21 janvier, *ibid.*, p. 430 ; — voir la mission de Knesebeck à Saint-Pétersbourg. DUNCKER, pp. 430, 431, 434, 435, 436. — OMPTEDA, *Nachlass*, II, pp. 186, 209. — A. STERN, p. 371. — PERTZ, *Gneisenau*, II, pp. 25, 555. — (HORMAYR), *Lebensbilder*, III, p. 433. — *Aus dem Nachlasse des Feldmarschalls* VON DER KNESEBECK (*Beiheft zum Militair-Wochenblatt, 1848*), p. 103. — LEHMANN, *Knesebeck und Schön*, p. 24. — PERTZ, *Stein*, III, pp. 23, 581. — HÄUSSER, III, p. 541. — DROYSEN, *Yorck*, I, p. 230, 235. — *Erinnerungen des Feldmarschalls* VON BOYEN, II, p. 173.

1. DUNCKER, p. 429. — « Tout ceci peut être la moutarde après dîner », écrit l'agent anglais Ompteda, le 4 janvier 1812. OMPTEDA, *Nachlass*, II, p. 173.

2. Le contraste entre ses mémoires du 15 janvier 1812 et du 2 novembre 1811, est frappant. LEHMANN, *Scharnhorst*, II, p. 436. — C'est au début de 1812 qu'il fait connaître à Boyen sa résolution de contracter l'alliance française ; il explique sa résolution par la crainte que lui inspirent les projets d'Alexandre sur la Pologne. Mais Boyen ne croit pas à la sincérité de Hardenberg. *Erinnerungen des Feldmarschalls* VON BOYEN, II, pp. 162, 509.

3. A. ERNST, *Denkwürdigkeiten von Amalie und Heinrich v. Beguelin*, p. 292. — LEHMANN, *Scharnhorst*, II, p. 435. — Voir les efforts de Saint-Marsan pour faire arriver aux affaires le parti français. A. STERN, p. 372. — Voir Ompteda sur les préoccupations personnelles de Hardenberg en novembre. OMPTEDA, *Nachlass*, II, pp. 129, 134, 174, 215. — « Le chancelier évite de voir ses amis. Le roi, dont il paraît avoir perdu la confiance, et dont il est également mécontent...... », écrit Ompteda, le 4 janvier 1812, *ibid.*, II, p. 173. — « J'ai peur qu'il n'y ait encore une cabale intérieure qui ne veuille se servir de l'alliance avec la France pour renverser le chancelier », *ibid.*, II, p. 174. — On voit intervenir ici l'opposition réactionnaire qui combattait la politique intérieure du chancelier et dont nous avons parlé, CHAPITRE III, p. 95. — Voir les allusions qu'y fait Stein dans sa lettre à Hardenberg, du 21 juillet 1811, et Merkel à Stein, le 23 juillet 1811. On cite Vosz et Beyme. LEHMANN, *Historische Zeitschrift*, XLVI, p. 188.

4. Nous pensons qu'on peut tirer cette conclusion : 1° de cette vue, développée par Hardenberg, au début de la crise, dans son mémoire du 10 mai, et qui correspond bien à son caractère, que l'essentiel était, dans cette partie difficile, de sauver l'existence. LEHMANN, *Scharnhorst*, II, p. 369 ; — 2° de la résolution qu'il prend, contre l'avis des patriotes, d'offrir à la France, en mai, l'alliance de

Il s'en fallut de peu toutefois que tant d'humilité, de prudence et de duplicité n'eussent été déployées en pure perte, et que Napoléon, en comptant, plus que de raison, sur la pusillanimité du gouverne- ment prussien, ne le poussât, malgré lui, aux résolutions extrêmes. Le 28 février 1812, alors qu'on attendait encore, à Berlin, une réponse aux dernières propositions de la Prusse, le gouvernement prussien, inquiet déjà de ce silence, apprit que les troupes fran- çaises avaient pénétré sur le territoire prussien [1]. Le roi ne s'émut pas encore. A ceux qui s'inquiétaient, il rappela [2], laissant mesurer par là la profondeur de sa résignation, combien l'on s'était mal trouvé, en 1806, de n'avoir pas accepté tranquillement la viola- tion des duchés franconiens. Toutefois, lorsque, le 2 mars encore [3], on apprit que 15 000 Français, partis de Magdebourg, se mettaient en marche sur le Brandebourg sans aucun avis préalable, ces nou- velles successives jetèrent quelque trouble dans l'âme résignée de Frédéric-Guillaume III. Il rappela les trois chefs du parti militaire qui avaient donné leur démission, à la suite des dernières résolu-

---

la Prusse. PERTZ, *Gneisenau*, II, pp. 51, 54, — DUNCKER, p. 352, — *Erinnerungen des Feldmarschalls* VON BOYEN, II, p. 390; — 3° de ce que les résolutions en faveur de l'alliance russe ne se manifestent que lorsque le silence de Napoléon inquiète Hardenberg pour l'existence de la Prusse. DUNCKER, pp. 363, 364; — *Erinnerungen des Feldmarschalls* VON BOYEN, II, pp. 121, 390, 400; — 4° de la résolution qu'il prend, au commencement d'octobre, malgré l'avis des patriotes, de céder aux exigences de la France, en suspendant les préparatifs militaires et surtout en destituant Blücher. LEHMANN, *Scharnhorst*, II, p. 419, — PERTZ, *Gneisenau*, II, pp. 210, 216, — *Erinnerungen des Feldmarschalls* VON BOYEN, II, p. 448; — 5° de la défiance de Hardenberg à l'endroit de la Russie. LEHMANN, *Scharnhorst*, II, pp. 360, 361, 364, 436, — DUNCKER, p. 349; — 6° surtout de l'empressement qu'il manifeste dans la note citée p. 156, à saisir les premières ouvertures de la France dès qu'elles lui parviennent. C'est là, nous semble-t-il, la preuve la plus décisive. LEHMANN, *Scharnhorst*, II, pp. 416, 418; — 7° de ses trahisons à l'égard des patriotes dans tout le cours de 1812, ci-après CHAPITRE VI.
Il reste à expliquer dans cette hypothèse le mémoire du 2 novembre, où Har- denberg conseille de nouveau au roi l'alliance russe. On peut l'attribuer au désir de se ménager les sympathies des patriotes, ou aux craintes que lui inspiraient encore les réponses très évasives de la France.
Les préparatifs militaires paraissent avoir été, soit une concession faite aux patriotes, soit un procédé d'intimidation destiné à faciliter les négociations avec la France. Le fait que Hardenberg, dans son entretien avec Saint-Marsan, lui communique, en les exagérant plutôt, les préparatifs de la Prusse, est une probabilité en faveur de cette hypothèse. Voir RANKE, *Hardenberg*, IV, pp. 266, 270. — LEHMANN, *Scharnhorst*, II, p. 401.
1. LEHMANN, *Scharnhorst*, II, p. 436. — DUNCKER, p. 441.
2. Le 28 février, LEHMANN, *Scharnhorst*, II, p. 437. — PERTZ, *Gneisenau*, II, p. 259. — OMPTEDA, *Nachlass*, II, pp. 218, 234.
3. LEHMANN, *Scharnhorst*, II, p. 437.

tions du souverain : Scharnhorst, Gneisenau et Boyen [1]. Le départ du roi fut résolu [2]. Il était fixé à six heures du soir, lorsqu'arriva la nouvelle de l'accord que Krusemark avait signé à Paris le 24 février [3].

Cette convention que Krusemark avait dû prendre sur lui d'accepter, le couteau sur la gorge, sans qu'il lui fût même possible de s'y faire autoriser par le roi, livrait la Prusse à Napoléon comme un territoire conquis. Il s'assurait le droit de réquisition [4]. A peine les exigences primitives de la France avaient-elles été atténuées sur quelques points. Les obligations de coopération militaire pour la Prusse, les *casus fœderis*, étaient limités et ne s'étendaient plus au cas de guerre en Italie ou au delà des Pyrénées; et, si la France avait refusé tout abaissement du chiffre de la contribution, elle admettait la compensation entre les réquisitions qu'elle allait opérer et le reliquat de la dette prussienne. En somme, à ces faibles réserves près, Napoléon avait su obtenir ce à quoi il tendait depuis plus d'un an. Malgré l'hostilité latente de la Prusse et les ressources dont elle disposait encore, il demeurait, jusqu'aux confins éloignés de la Russie, jusqu'aux rives du Niémen, maître de l'Europe, et à cinq cents lieues de sa capitale, il réglait à son gré, sans un obstacle, le programme et les premiers actes de l'entreprise gigantesque où il allait, en quelques mois, s'engager, se perdre, et engloutir une armée de cinq cent mille hommes.

Malgré tous les efforts du parti militaire, la Prusse subissait une fois de plus les volontés du vainqueur d'Iéna. Elle avait réalisé,

1. Le 29 février, LEHMANN, *Scharnhorst*, II, p. 437. — PERTZ, *Gneisenau*, II, p. 255. — *Erinnerungen des Feldmarschalls* VON BOYEN, II, p. 170.
2. Voir sur les mesures militaires prises à la dernière heure, DUNCKER, p. 442. — DROYSEN, *Yorck*, I, pp. 229, 237.— Voir sur les projets désespérés des patriotes, une communication de Frédéric Dohna. LEHMANN, *Scharnhorst*, II, p. 437, — une autre de Clausewitz. RANKE, *Historisch-politische Zeitschrift*, I, p. 187. — Scharnhorst aurait élaboré, jusqu'à la dernière heure, des projets avec Lieven, peut-être à l'insu de Hardenberg, DROYSEN, *Yorck*, I, p. 233.
3. LEHMANN, *Scharnhorst*, II, p. 438. — PERTZ, *Stein*, III, p. 23. — A. STERN, p. 383.
4. LEHMANN, *Scharnhorst*, II, p. 438. — DE CLERCQ, *Recueil des traités de la France*, II, p. 354. — Les traités sont du 24 février, la ratification du 5 mars. RANKE, *Hardenberg*, IV, pp. 284, 291. — DUNCKER, pp. 439, 493. — Voir la lettre de Goltz à Krusemark. PERTZ, *Gneisenau*, II, p. 262. — PERTZ, *Stein*, III, p. 24. — HÄUSSER, III, p. 542. — ONCKEN, *Oesterreich und Preussen im Befreiungs-Kriege*, I, p. 181. — A. ERNST, *Denkwürdigkeiten von Amalie und Heinrich v. Beguelin*, p. 50. — *Ein Requisitions-Mandat*, dit Boyen. *Erinnerungen des Feldmarschalls* VON BOYEN, II, p. 172.

durant la première moitié de 1811, un effort considérable de préparation militaire, effort inaperçu, qui frappait par son étendue ceux qui en pouvaient pénétrer le secret. On pourrait presque affirmer, sans paradoxe, que les ressources accumulées, à l'automne de 1811, étaient supérieures à celles que la Prusse rassembla à la hâte, au début de 1813, pour s'engager dans la campagne de printemps. Et, au terme même de cet effort militaire, à l'heure où les patriotes croyaient toucher du doigt le but de leurs efforts, la Prusse pliait une fois de plus et subissait docilement l'alliance que sa haine et ses intimes rancunes lui faisaient considérer comme un déshonneur.

On a beaucoup discuté sur les résolutions que prit alors le gouvernement prussien et sur les responsabilités qui y sont attachées. Pourquoi la Prusse et la Russie ne se sont-elles pas engagées de concert dans la lutte contre la France? Cette faute, qui parut et qui paraît encore si grave aux patriotes allemands, est-elle imputable à la faiblesse, à la résignation préméditée de Hardenberg, ou, comme Hardenberg le laissait croire aux agents anglais, à la froideur, au mauvais vouloir d'Alexandre? quelles furent dans la décision finale du gouvernement prussien, la part de Frédéric-Guillaume III et la part de Hardenberg?

Autant qu'on peut discerner les mobiles fondamentaux d'une politique aussi complexe, aussi dissimulée que fut celle de Hardenberg, il est bien vraisemblable qu'il trompait les patriotes, lorsqu'il leur faisait croire qu'il partageait leur résolution. L'alliance russe, l'insurrection nationale n'étaient pour lui qu'un pis-aller, une ressource extrême, au cas où Napoléon eût résolu irrévocablement, dès lors, la suppression de l'État prussien. Les plaintes de Hardenberg sur la réserve des Russes, qui n'était point d'ailleurs telle qu'il se plaisait à la dépeindre, n'étaient point sincères.

Mais, quel jugement faut-il porter sur sa politique? Eut-il raison ou eut-il tort de se séparer de Gneisenau et de ses amis? L'insurrection nationale, préparée par les patriotes prussiens, avait-elle quelque chance d'entraîner l'Europe, d'arrêter Napoléon? Ce sont autant de questions que le patriotisme prussien discutait alors et discute encore avec ardeur. Le fait est que la résolution pusillanime de Frédéric-Guillaume III et la prudence de Hardenberg semblent aujourd'hui avoir préparé la revanche de l'Allemagne plus efficacement que n'eût pu le faire la politique préconisée par le parti militaire.

L'on peut répondre, il est vrai, que si la lutte de 1813 a assuré le succès de la cause à laquelle s'étaient attachés Gneisenau, Scharnhorst et Boyen, ce n'est pas seulement parce que Hardenberg a su réserver opportunément, pour l'heure propice, les forces de la Prusse ; c'est aussi parce que la Prusse et l'Allemagne ont retrouvé à leur service, en 1813, l'ardeur irrépressible de ces mêmes hommes. Peut-être, s'il ne s'était point trouvé, en 1811, un groupe vigoureux pour représenter, avec cette passion, les courants nouveaux qui traversaient l'Allemagne, l'Allemagne n'eût-elle point trouvé non plus à son service, en 1813, le ressort moral qui assura le succès de ses efforts. C'est là, nous semble-t-il, la meilleure justification de la politique quelque peu romantique des patriotes en 1811.

Leur douleur et leur indignation, lorsque l'échec de leurs projets devint certain, furent extrêmes [1]. Depuis quelque temps déjà, Gneisenau ne ménageait plus l'expression de ses sentiments [2]. Tout tempéré qu'il était, Scharnhorst écrivait [3] : « Nos souverains ne

---

1. Stein paraît juger d'abord avec beaucoup de modération. Le 26 janvier 1812, il écrit à la comtesse Lanskoronska : « Le sort de la Prusse et de son roi, qu'on ne peut s'empêcher d'aimer lorsqu'on connaît ses bonnes qualités, me fait trembler ». Et, après l'alliance, il écrit, le 18 mars, à la princesse Louise : « Pour juger la pièce et les acteurs, il faudrait connaître la marche des événements mieux que je ne suis en état de le faire ». PERTZ, *Stein*, III, p. 27. — En mars 1812, Gneisenau paraît peu compter sur Stein. A. FOURNIER, *Deutsche Rundschau*, LIII, p. 233. — Au milieu de mars, Stein reçoit, à Prague, par Dalwigk, Goetzen et Brockhausen, les premières nouvelles de la capitulation de la Prusse, qui l'impressionnent vivement, *ibid.*, p. 215. — C'est seulement lorsque Gruner lui apporte, de la part de Gneisenau, le récit de la crise finale, c'est-à-dire en avril 1812, qu'il paraît s'associer à l'irritation des patriotes. Il est vraisemblable que sa rupture avec Hardenberg, dont l'origine est mal connue, date de là. PERTZ, *Stein*, III, p. 30. — A. FOURNIER, *Deutsche Rundschau*, LIII, p. 215. — Les patriotes reprochent au roi d'abandonner, par sa décision, ceux qui se sont compromis pour lui. *Erinnerungen des Feldmarschalls* VON BOYEN, II, p. 116. — Stein écrit, en avril, à Münster : « la Prusse a trompé, pour la troisième fois, l'espoir de tous les hommes honnêtes et bien intentionnés ». A. FOURNIER, *Deutsche Rundschau*, LIII, p. 226. — Gneisenau à Stein, le 2 avril 1812. PERTZ, *Stein*, III, p. 29. — OMPTEDA, *Nachlass*, II, pp. 222, 223. — SEYDLITZ, *Tagebuch*, I, p. 44. — LEHMANN, *Scharnhorst*, II, p. 436. — Voir la correspondance entre Stein et Hardenberg publiée par LEHMANN. La dernière lettre de Stein est du 21 juillet 1811. C'est, semble-t-il, la dernière communication amicale entre Stein et Hardenberg dont on ait connaissance. LEHMANN, *Historische Zeitschrift*, XLVI, p. 187.

2. Gneisenau à Münster, le 10 mars 1812 (HORMAYR), *Lebensbilder*, II, p. 296. — PERTZ, *Stein*, III, p. 30. — LEHMANN, *Scharnhorst*, II, p. 440, — LEHMANN, *Historische Zeitschrift*, LXII, p. 466. « Nous avons signé avec lâcheté un traité de soumission qui nous souille de honte. » — Voir sur les rapports personnels du roi et de Gneisenau, *ibid.*, p. 468.

3. Sans date, LEHMANN, *Scharnhorst*, II, p. 440.

connaissent plus l'amour de la gloire. On voit qu'ils ont été formés par des maîtres d'école et par des caporaux, et, quant aux grands de la terre, ils ont perdu tout esprit chevaleresque et ne cherchent plus qu'à jouir de la vie. » Et le comte Gröben écrivait à Gneisenau : « Les trônes sont dépouillés de leur pourpre, indignes de leur propre élévation ; mais un nouveau royaume se fonde : c'est celui des forces morales et de la force civique allemande [1]. » Curieuse époque, où, pour beaucoup de ces esprits ardents, la question se posa nettement entre les devoirs du patriotisme et le sentiment monarchique, où, dans la vieille Prusse féodale, monarchique et militaire, le sentiment naissant du patriotisme allemand entraînait aux projets révolutionnaires des hommes formés par la discipline étroite de l'armée de Frédéric [2]. Tout pour le roi et par le roi, disait-on encore au xviii° siècle ; tout pour le roi et pour la patrie, avait-on commencé à dire après les épreuves du début du siècle. Et voici que, pour tous ces hommes, le roi, déconsidéré déjà par ses faiblesses, trahissait la patrie [3]. Frédéric-Guillaume avait le sentiment très vif de cet affaiblissement du lien monarchique et l'on s'en inquiétait autour de lui. Il n'est pas douteux que, parmi les sentiments qui poussaient Frédéric-Guillaume III à l'alliance française, les préoccupations dynastiques, l'horreur des mouvements populaires, n'aient tenu une large place [4]. Au début de janvier 1812,

1. Pertz, *Gneisenau*, II, p. 272.
2. Pertz, *Gneisenau*, II, p. 170. — Voir la lettre de Blücher, lorsqu'on le destitue, le 12 octobre, *ibid.*, II, pp. 215, 217. — Dès le mois de mars 1811, un homme comme Ompteda, qui ne partage point les sentiments de terreur de la Hofburg à l'endroit du jacobinisme, écrit en parlant des patriotes : « Ils préféreraient voir le roi à la tête des troupes ; mais, si l'énergie manque au roi, ils semblent prêts à exécuter leurs plans révolutionnairement et à renverser quiconque s'y opposerait. » Ompteda, *Nachlass*, II, p. 42. — Voir *ibid.*, II, p. 175, — le comte de Hardenberg à Ompteda, le 15 janvier, *ibid.*, II, p. 187, — et les dépêches de Saint-Marsan, A. Stern, p. 337. — Voir les rapports anglais sur Blücher, sur la possibilité de gagner la garnison de Colberg, (Hormayr), *Lebensbilder*, II, p. 215. — Seeley, *Life and Times of Stein*, II, p. 454. — Voir, sur les sentiments de Gneisenau à l'égard du roi, Lehmann, *Historische Zeitschrift*, LXII, pp. 480, 481, 482. — Le 17 déc., Gneisenau, accusant réception à Hardenberg de la décision qui lui a conféré un ordre et concédé une donation, dit : « Je n'en sais aucun gré au Roi. J'ai mille obligations à l'ami bienveillant et je suis heureux de les sentir et de ne m'en sentir aucune pour le Roi », *ibid.*, p. 509. — Voir *Erinnerungen des Feldmarschalls* von Boyen, II, p. 164. — Droysen, *Yorck*, I, pp. 229, 230, 286.
3. Voir, *Erinnerungen des Feldmarschalls* von Boyen, II, p. 168, la protestation du prince de Hesse-Homburg. — Voir la préoccupation du roi de *nationaliser* l'alliance, Duncker, p. 430. — Voir encore Droysen, *Yorck*, I, p. 251.
4. *Erinnerungen des Feldmarschalls* von Boyen, II, p. 104.

à la veille de l'alliance française, un des conseillers les plus écoutés du roi [1], Ancillon, dépeignait à Frédéric-Guillaume, naturellement très accessible à ce genre de préoccupations, le péril révolutionnaire d'un soulèvement national. « Il est très beau de soulever le peuple contre l'étranger », disait-il dans un mémoire des premiers jours de janvier [2]; « mais rien n'est plus dangereux que de décréter un semblable système, qui pourrait aisément conduire à la révolution et livrer le pays à l'anarchie pour le soustraire à la domination étrangère; une république aurait seule le droit de disposer ainsi de la vie et des biens des citoyens. Un monarque ne l'a pas. » Et Gneisenau, auquel le chancelier communiqua ce mémoire d'Ancillon, répondait [3] : « Le soulèvement national conduirait, dit-on, à l'insurrection! Et si les peuples, trahis et abandonnés par leurs souverains, font leurs affaires eux-mêmes, on oubliera bien vite les rois pour suivre les chefs populaires [4]. »

Il est visible que, chez plusieurs des membres du parti insurrectionnel, l'idéalisme patriotique avait triomphé du sentiment monarchique. Stein écrivait à Gruner, le 20 juin 1812 : « Il faut tâcher de convaincre tous nos compatriotes que la patrie est là où se trouvent l'honneur et l'indépendance; que c'est un abus de pouvoir, que font les Princes allemands, de sacrifier l'une et l'autre à leur misérable existence personnelle; que c'est aux peuples de rompre les fers dans lesquels ils veulent les jeter; que ce n'est que par là qu'ils sauvent ces mêmes princes de leur destruction, parce que Napoléon, parvenu à la suprématie générale, brisera ces instruments vils et dispendieux de son esclavage (sic) et rendra l'esclavage des Allemands encore plus complet et plus insoutenable. » Et Gruner répondait, le 20 juillet,

1. Ancillon traduit bien la pensée du roi, Duncker, pp. 429, 430. — *Erinnerungen des Feldmarschalls* von Boyen, II, p. 157. — Gneisenau à Boyen, le 11 janvier 1812, *ibid.*, II, p. 497. — Voir encore le mémoire de Grawert au roi, *ibid.*, II, p. 498.

2. Duncker, p. 428. — Voir le mémoire remis par Hatzfeldt à Saint-Marsan le 6 janvier 1812 : « les sectaires, ou, pour m'exprimer d'une manière plus claire, nos Jacobins allemands ». A. Stern, p. 378. — Le 11 juillet 1811, Hardenberg écrit à Stein : « Les factieux, les factieux! Réprimez les factieux; voilà toujours le langage dont on se sert, et on ne manque pas de vous citer en même temps. » Lehmann, *Historische Zeitschrift*, XLVI, p. 187. — Stein dans sa réponse se défend, *ibid.*, p. 189.

3. Duncker, p. 429. — Gneisenau à Hardenberg, 13 janvier 1812. Lehmann, *Scharnhorst*, II, p. 424. — Gneisenau à Boyen, 11 janvier 1812. *Erinnerungen des Feldmarschalls* von Boyen, II, p. 497.

4. Voir la même idée dans un mémoire de Boyen. *Erinnerungen des Feldmarschalls* von Boyen, II, p. 352.

qu'il convoquerait les officiers saxons et westphaliens : « Je les
emploierai à répandre les principes développés par Votre Excellence ;
ce sont les mêmes que j'ai développés en Prusse dans mes conférences avec les officiers. Je leur ai dit que, maintenant que le roi et
les princes allemands n'étaient plus que les préfets de Napoléon,
personne n'était plus lié à son serment et personne n'avait plus le
devoir de porter les armes pour une cause mauvaise, funeste à la
patrie.[1] »

Non point que ces hommes songeassent à changer la forme du
gouvernement. Peut-être quelques-uns pensaient-ils à substituer au
monarque un autre membre de la famille royale. La plupart s'étaient
familiarisés avec l'idée d'agir contre la volonté du roi. Beaucoup se
résolurent à émigrer. Depuis quelque temps déjà, depuis la crise de
1809, Stein avait maudit la Prusse. Un exode véritable[2] de ce que
la Prusse comptait de meilleur commença au début de 1812. Les uns
se rendirent en Angleterre, les autres en Russie, assurés de défendre,
en face même de leurs compatriotes, que le roi plaçait sous les ordres
de Napoléon, l'existence de l'Allemagne et de la Prusse.

Hardenberg retrouva là, pour le bien de sa patrie, les avantages
de cet esprit délié dont les patriotes lui reprochaient la souplesse
excessive, et qui ne s'engageait jamais irrémédiablement au service
d'aucune cause. Autour de lui, le parti français rentrait en maître
dans la politique prussienne. Hardenberg reconstituait son ministère
sous l'œil approbateur de Saint-Marsan. Le prince de Hatzfeldt
entrait au ministère et, en même temps que lui, Bülow, l'ancien
ministre du roi Jérôme, et Wittgenstein[3]. Kalckreuth, admirateur

---

1. A. FOURNIER, *Deutsche Rundschau*, LIII, p. 244. — Les adversaires des patriotes
exagèrent d'ailleurs le caractère révolutionnaire de leur politique, pour les combattre plus facilement. On veut publier, vers cette date, le testament politique
de Stein pour en tirer parti en ce sens ; voir la lettre d'Arnim du 22 mars 1811,
ibid., p. 139. — Et Zichy, dans une dépêche à Metternich, du 12 mars 1812,
représente le parti patriotique comme ennemi de tout ordre monarchique,
ibid., p. 349.

2. PERTZ, *Stein*, III, p. 26. — OMPTEDA, *Nachlass*, II, p. 222. — HÄUSSER, III, p. 543.
— A. STERN, p. 385. — *Erinnerungen des Feldmarschalls* VON BOYEN, II, p. 186. —
Voir les actes d'insubordination, qui rappellent ceux de 1809, *ibid.*, II, p. 148, —
et les inquiétudes de l'ambassadeur autrichien Zichy, DUNCKER, p. 432. — Voir
le mémoire classique de Clausewitz, TREITSCHKE, I, p. 392. — Stein à la princesse
Louise, le 18 mars 1812, PERTZ, *Stein*, III, p. 28.

3. PERTZ, *Stein*, III, p. 26. — Saint-Marsan à Maret, le 30 janvier 1812, A. STERN,
p. 372. — Voir le mémoire remis par Hatzfeldt à Hardenberg et transmis par lui
à Saint-Marsan, dénonçant « les sectaires », *ibid.*, p. 374. — Voir *ibid.*, p. 387.

obséquieux de Napoléon et courtisan passif d'ancien régime, était commandant des troupes en Silésie [1]. Le corps d'armée prussien, qui devait coopérer à l'action militaire des Français, était placé sous les ordres du général Grawert, qui témoignait à Davout docilité, admiration et complaisance [2]. La nationalité prussienne était comme submergée sous le flot de la Grande Armée. Et, en même temps, Hardenberg, tout en laissant partir les hommes dont il abandonnait la cause, comme Gneisenau et Boyen, les tint liés au sort de la Prusse par quelque mission secrète [3]. Il leur laissa croire qu'au fond il était encore d'accord avec eux [4]. Et, par une habileté sans laquelle la Prusse n'eût peut-être pas joué le rôle qu'elle a tenu en 1813, il retint Scharnhorst, plus fidèle, attaché à l'État prussien. A l'heure même où le chancelier s'engageait définitivement, avec le roi, dans l'alliance française, il chargea l'homme qui venait de préparer l'insurrection nationale d'étudier les mesures qui pouvaient, sous le joug même de l'alliance française, sauvegarder en quelque mesure l'indépendance de la Prusse. Et Scharnhorst, plus assuré que jamais, à cette heure, de la fragilité de l'édifice napoléonien, soutenu, plus que jamais, par sa foi intime, poursuivit mystérieusement, sous la direction de Hardenberg lui-même, la préparation d'un avenir prochain qu'il entrevoyait déjà.

1. Il perd le gouvernement de Berlin; voir ci-après, p. 180.
2. DROYSEN, *Yorck*, I, pp. 249, 253, 260.
3. Scharnhorst, le 18 et le 29, conseille à Hardenberg de congédier Gneisenau, Boyen et lui-même. Gneisenau reçoit en apparence son congé. DUNCKER, p. 436. — Voir ses lettres à Hardenberg, LEHMANN, *Historische Zeitschrift*, XLII, p. 476. — PERTZ, *Gneisenau*, II, pp. 282, 332, — A. STERN, p. 390. — En réalité, Gneisenau part le 21 mars, en mission pour Vienne et Saint-Pétersbourg. DUNCKER, p. 435. — La mission de Gneisenau est connue du roi. PERTZ, *Gneisenau*, II, p. 275. — Scharnhorst reçoit pour mission de mettre en état de défense la portion neutralisée de la Silésie; il est mis également en apparence en congé. DUNCKER, p. 436. — Il part le 26 mars, *ibid.*, p. 435. — Hardenberg profite d'une faute de Kalckreuth, pour le remplacer par Lestocq comme gouverneur de Berlin, *Erinnerungen des Feldmarschalls* VON BOYEN, II, p. 185. — Gneisenau à Stein, le 2 avril 1812. PERTZ, *Stein*, III, p. 29. — Schöler reste envoyé secret à Saint-Pétersbourg. *Erinnerungen des Feldmarschalls* VON BOYEN, II, p. 241. — Voir A. FOURNIER, *Deutsche Rundschau*, LIII, p. 226. — Voir Boyen sur son départ, *Erinnerungen des Feldmarschalls* VON BOYEN, II, p. 168; — sur celui de Tiedemann, *ibid.* — Voir l'embarras de Yorck, qui reçoit l'avis officiel de se mettre en rapports confiants avec Rapp et, en même temps, l'indication officieuse de se montrer réservé avec les Français. DROYSEN, *Yorck*, I, pp. 244, 245.
4. LEHMANN, *Historische Zeitschrift*, LXII, pp. 468, 474. — A. ERNST, *Denkwürdigkeiten von Amalie und Heinrich v. Beguelin*, p. 55. — OMPTEDA, *Nachlass*, II, p. 238.

CHAPITRE VI

LE PARTI INSURRECTIONNEL ET LE GOUVERNEMENT PRUSSIEN
PENDANT LA CAMPAGNE DE RUSSIE. — LA DÉFECTION D'YORCK

I

Le parti insurrectionnel en 1812.

Le parti insurrectionnel après l'alliance française. — Les sociétés secrètes. — Stein à Prague. — Ses rapports avec l'Autriche, la Prusse et l'Angleterre. — L'émigration des officiers prussiens. — Scharnhorst et Boyen après l'alliance. — Gneisenau. — Sa mission en Suède et en Angleterre. — Ses projets. — Gruner à Prague. — Son programme insurrectionnel. — Ses rapports avec Stein, — avec Gneisenau. — La conspiration patriotique et le sentiment monarchique. — Arrestation de Gruner. — Attitude de Hardenberg à l'égard des patriotes. — Ses rapports avec Metternich. — Il se tient en rapports avec les patriotes et il les trahit. — Wittgenstein et Bülow. — Bülow dénonce Gruner à l'Autriche. — Le gouvernement prussien dénonce la conspiration patriotique à la France. — Impressions des patriotes sur l'arrestation de Gruner.

Cependant un moment d'accalmie semblait avoir succédé pour l'Europe centrale aux agitations de 1811. Quatre cent mille hommes avaient franchi le Niémen. Français, Espagnols, Hollandais et Italiens, Polonais et Bavarois avaient, durant des semaines, défilé pêle-mêle. Il semblait que ce fût à la fois la migration des peuples et la confusion des langues[1]; et puis, le grand silence des plaines de la Russie

___

1. On compte que Napoléon a engagé en Russie bien près de 500 000 hommes Il y avait bien plus de 80 000 Allemands : 17 000 Saxons, 18 000 Westphaliens, 25 000 Bavarois et 24 000 Prussiens. RANKE, *Denkwürdigkeiten des Staatskanzlers Fürsten von Hardenberg*, IV, p. 302.

s'était refermé sur ces masses bigarrées et brillantes qui s'achemi-
naient au-devant de leur destin. Quels étaient, dans l'atmosphère
lourde qui pesait cependant sur l'Europe, les projets, les prévisions, les pensées des gouvernements européens, du gouvernement
prussien et des patriotes allemands?

Les patriotes avaient perdu leur mainmise sur le gouvernement
prussien. Mais ils n'étaient point, pour si peu, disposés à renoncer
à leurs projets ni à leurs espérances. Dans leur tournure d'esprit
romantique, ils n'appréciaient pas à sa juste valeur la force positive
que leur apportait le concours des gouvernements [1]. L'État prussien,
dont ils avaient compté se faire un instrument, leur faisant défaut,
ils se jetèrent aussitôt dans de nouvelles entreprises. Poussés par
la nécessité de dissimulation qui pèse sur les faibles, par leur
tempérament, par les courants intellectuels de l'Allemagne, ils
avaient noué, depuis plusieurs années, un réseau de relations
occultes, une conspiration qui se ramifiait à travers l'Allemagne et
qui excitait autant de terreurs injustifiées dans l'âme inquiète
des diplomates européens [2] que d'espérances excessives dans l'imagination des conspirateurs eux-mêmes. On continuait, en 1811, à
donner à cette conspiration une raison sociale qui lui est demeurée
et qui, cependant, depuis plusieurs années déjà, ne lui convenait
plus : on l'appelait le *Tugendbund*. Le *Tugendbund*, qui avait été
fondé, en 1808, à Königsberg, avait été dissous à la fin de 1809;
on peut à peine dire qu'il eût eu le caractère d'une association
secrète [3]. L'existence en avait été connue, suivie de près. Depuis,
le nom de *Tugendbund* était devenu une sorte de terme géné-
rique [4] par lequel on désignait les associations secrètes qui se sont

1. Voir notamment les mémoires de Gneisenau en décembre 1812. PERTZ, *Das
Leben des Feldmarschalls Grafen Neithardt von Gneisenau*, II, p. 457.
2. A. FOURNIER, *Stein und Gruner in Oesterreich*, (*Deutsche Rundschau*), LIII,
p. 247. — Hardenberg à Stein, juillet 1811. LEHMANN, *Historische Zeitschrift*, XLVI,
pp. 185-188. — Voir Hatzfeldt à Paris, en janvier 1813. ONCKEN, *Oesterreich und
Preuszen im Befreiungs-Kriege*, I, p. 95. — *Erinnerungen aus dem Leben des
General-Feldmarschalls* HERMANN VON BOYEN, II, p. 516.
3. A. FOURNIER, *Deutsche Rundschau*, LIII, p. 349.
4. Arnim à Stein, le 22 mars 1811. A. FOURNIER, *Deutsche Rundschau*, LIII,
p. 139; — *ibid.*, pp. 217, 243, 349. — Dans une lettre à Metternich, du 6 août 1812,
Bülow dit : « l'association qu'on appelle *Tugendverein, Deutscher Bund, Eiserner
Bund, Schwarzer Bund* », *ibid.*, p. 352. — Dans une lettre qu'il remet à Gneisenau
lui-même et où il le recommande au prince Eugène de Würtemberg, Wolzogen
écrit : Gneisenau « était le chef du *Tugendbund* en Prusse (contre Napoléon); cela
l'oblige à fuir en Russie ». PERTZ, *Gneisenau*, II, p. 283. — Voir Gneisenau sur le

multipliées, durant toute cette période, sur le sol de l'Allemagne, et même toute l'action anti-napoléonienne et anti-française. On y mêlait les deux Blücher, Scharnhorst, Gneisenau, Chasot, qui n'avaient point fait partie du premier *Tugendbund*[1].

Stein n'était point étranger à toutes ces relations occultes. Confiné dans l'inaction, par son exil, il ne pouvait se résigner à l'inertie ; il n'était point, semble-t-il, malgré ce qu'il a pu dire, sans quelque goût pour les conspirations. S'il n'était point, à lui seul, le centre de ce mouvement et de ces ramifications secrètes, il en tenait cependant plus d'un fil entre ses mains. Depuis la fin de 1808, il était demeuré silencieux, accueilli ou, pour mieux dire, toléré en Autriche. On l'avait relégué loin des siens, dans la petite ville de Brünn ; c'est seulement après la crise de 1809 qu'il obtint de résider à Prague, où il put se réunir à sa femme et à ses enfants [2]. En 1809, Stadion, bien disposé pour lui [3], avait songé un instant à l'employer au service de l'Autriche. De Vienne, on le surveillait étroitement [4]. On interceptait et l'on copiait les lettres mêmes dans lesquelles il assurait n'être l'objet d'aucune surveillance [5]. Son propre secrétaire, Gallenberg, était à la solde de la police autrichienne [6]. Pendant les négociations de paix qui avaient suivi Wagram, Stein avait proposé au gouvernement autrichien d'utiliser ses rapports avec l'Angleterre,

---

Tugendbund et ses rapports avec lui. Gneisenau à Münster, le 13 novembre 1812, *ibid.*, II, p. 436. — Même pour les Allemands de cette époque, le *Tugendbund* était devenu la raison sociale de l'action anti-napoléonienne. « Un *Hofrath* Müller me fit savoir », écrit Merkel, « que comme il voyageait en Allemagne, en 1813, dans l'intérêt du *Tugendbund*... », Eckardt, *Yorck und Paulucci*, p. 42. — Boyen semble nier l'existence des sociétés secrètes, *Erinnerungen des Feldmarschalls* von Boyen, II, pp. 191, 199. — Voir Stein sur le *Tugendbund*, qu'il considère comme existant encore en juillet 1812, Pertz, *Das Leben des Ministers Freiherrn vom Stein*, III, pp. 99, 128, 582.

1. A. Fournier, *Deutsche Rundschau*, LIII, pp. 349, 355.

2. Le 9 juin 1810. A. Fournier, *Deutsche Rundschau*, LIII, pp. 122, 127, 129, 216. — F. Lentner, *Oesterreichische Wochenschrift*, 1874, p. 616. — Pertz, *Stein*, II, p. 325.

3. A. Fournier, *Deutsche Rundschau*, LIII, pp. 122, 123, 210. — F. Lentner, *Oesterreichische Wochenschrift*, p. 619.

4. Surtout après son installation à Prague, A. Fournier, *Deutsche Rundschau*, LIII, pp. 127, 129, 216.

5. A. Fournier, *Deutsche Rundschau*, LIII, p. 140. — La correspondance de Stein avec Kunth était même ouverte deux fois : en Autriche et en Prusse, *ibid.*, p. 141.

6. Rapport autrichien de mars 1812. A. Fournier, *Deutsche Rundschau*, LIII, p. 217. — Le rapport de police rend hommage au caractère de Stein. « Le baron de Stein appartient aux hommes rares qui ont su, dans les agitations orageuses de notre temps, préserver la pureté de leur cœur et la plus sévère vertu. Il sait soumettre ses passions aux lois de la raison », *ibid.*, p. 218.

ses anciennes relations, les préparatifs insurrectionnels de 1808,
même l'ancien *Tugendbund*, pour soulever l'Allemagne du Nord
et former avec la Hesse, le Hanovre et le Brunswick une sorte
de confédération insurrectionnelle dont, cette fois, il excluait la
Prusse [1].

Lorsqu'après la paix de Vienne, en 1809, Metternich avait succédé
à Stadion, les rapports de Stein avec le gouvernement autrichien
s'étaient assez sensiblement modifiés. Le ministre autrichien et le
patriote allemand n'étaient point faits pour s'entendre. Ils éprou-
vaient, l'un pour l'autre, une méfiance constitutionnelle. Metternich
avait donné à Stein le conseil de se tenir tranquille [2] et ne l'avait
toléré sur le sol de l'Autriche qu'en le surveillant de très près par
sa police.

Avec le gouvernement prussien au contraire, et les patriotes qui
étaient demeurés à Berlin, Stein était resté en relations assez suivies. En 1810, il était intervenu, à la demande de Hardenberg, dans
les affaires intérieures de la Prusse pour appuyer, comme nous
l'avons vu, de son autorité, les projets du chancelier. Il avait eu, à
Hermsdorf, une entrevue mystérieuse avec Hardenberg lui-même.
Depuis, il avait tenté, par l'intermédiaire de Metternich et de Hardenberg, de faire lever le séquestre que le décret de proscription
faisait peser sur ses biens [3]. Il avait songé, disait un rapport de
police autrichien [4], au divorce pour faciliter la restitution à sa femme
et à ses enfants de ses biens séquestrés. Il vivait d'une pension d'un
peu plus de 18 000 francs que lui faisait Frédéric-Guillaume III et des
subsides du gouvernement anglais [5].

1. On a beaucoup défendu Stein d'avoir participé au *Tugendbund*; on dit
même qu'il en fut l'adversaire, A. Fournier, *Historische Studien und Skizzen*,
p. 236. — A. Stern, *Abhandlungen und Aktenstücke zur Geschichte der preussischen
Reformzeit*, 1807-1815, p. 28. — Voir Stein sur les sociétés secrètes à la fin de
1812, Pertz, *Stein*, III, pp. 99, 369, 393. — A. Fournier, *Deutsche Rundschau*, LIII,
pp. 126, 217. — Lehmann, *Knesebeck und Schön*, p. 119.
2. A. Fournier, *Deutsche Rundschau*, LIII, p. 126.
3. A. Fournier, *Deutsche Rundschau*, LIII, p. 133. — Voir les lettres de la
femme de Stein à Napoléon et à Schwarzenberg. Pertz, *Stein*, II, p. 754.
4. A. Fournier, *Deutsche Rundschau*, LIII, p. 216.
5. A. Fournier, *Deutsche Rundschau*, LIII, p. 137. — Sur le dernier point on
n'a que l'assurance d'un rapport de police autrichien; mais les renseignements semblent très précis, *ibid.*, pp. 218, 219. — Voir les lettres du début
de 1811, où Stein insiste pour que sa pension prussienne soit transformée en
un capital une fois servi, *ibid.*, p. 138. — Hardenberg à Stein, juillet 1811,
Lehmann, *Historische Zeitschrift*, XLVI, pp. 185-188. — Voir Stein à Münster, le
11 janvier 1811. Pertz, *Stein*, III, p. 43, — le 19 avril 1812, *ibid.*, III, p. 49.

En 1811 [1], il avait été mêlé à toutes les espérances, puis à toutes les déceptions des patriotes prussiens. Hardenberg, en juillet 1811, avait chargé le comte Arnim d'une mission auprès de lui. Et Stein, aussitôt, avait adressé à Hardenberg un programme complet d'insurrection allemande calqué sur le modèle des insurrections tyrolienne et espagnole. Il entretenait des relations suivies avec les agents anglais [2]. Il avait reçu, à l'automne de 1811, à Prague, la visite du prince Guillaume, du propre frère du roi de Prusse. Le prince Guillaume avait-il été envoyé à Stein par son frère? Était-il venu de son propre mouvement ou sous l'inspiration des patriotes? Faut-il voir dans cette visite un indice d'arrière-pensées belliqueuses chez Frédéric-Guillaume III? Faut-il la rattacher aux bruits qui couraient alors, et les patriotes avaient-ils formé le projet de choisir dans la famille royale un chef plus énergique que Frédéric-Guillaume III? On ne sait [3]. Stein demeura fort occupé de ces projets, jusqu'au moment où le tsar, en l'appelant auprès de lui, en mai 1812, ouvrit un autre champ à son activité.

Malgré l'agitation dont Stein était demeuré le centre [4], tous ces conciliabules demeurèrent assez platoniques jusqu'au début de 1812. Les patriotes sentaient bien, malgré tout, le côté factice de cette agitation. Ils ne pouvaient méconnaître que c'eût été pour eux un autre succès d'engager le gouvernement prussien, et l'armée qu'ils lui avaient reconstituée, dans la lutte contre la France et dans l'alliance de la Russie. Aussi, en 1811, avaient-ils surtout cherché à peser sur les résolutions du cabinet prussien. Ce fut au début de 1812, lorsque

1. Voir Stein à Hardenberg, le 24 août 1811. Pertz, *Stein*, III, p. 14. — Stein à Münster, le 19 avril 1812, *ibid.*, III, p. 49.
2. Toutes ces relations étaient minutieusement suivies par la police autrichienne. Voir le rapport de Mertens, de mars 1812. Voir la correspondance de Stein avec le colonel de Steinmetz, « *Welche die bei dem Obristen Steinmetz befindliche Kammerdienersfrau Sophie Hoystoch besorgt. Dieses talentvolle raffinirte Weib scheint überhaupt sich zu verschiedenen Geschäften im diplomatischen Fache mit gutem Erfolge gebrauchen zu lassen* », dit le rapport autrichien. A. Fournier, *Deutsche Rundschau*, LIII, p. 220, — *ibid.*, pp. 217, 219, 224. — Lehmann, *Knesebeck und Schön*, p. 61.
3. Ce voyage avait, d'après les rapports de police autrichiens, un but politique, et, depuis la visite du prince Guillaume, Stein paraissait inquiet d'un rapprochement possible entre la Prusse et la France, A. Fournier, *Deutsche Rundschau*, LIII, pp. 214, 221.
4. Voir Chapitre V, p. 136. — Voir encore Tiedemann à Stein, le 13 août 1812. Lehmann, *Jahrbücher für die deutsche Armee und Marine*, XXIV, p. 144.

la Prusse leur échappa en se soumettant à l'alliance française,
qu'ils renouèrent avec plus d'activité leurs relations secrètes.

Sous le coup de la déception qu'ils éprouvèrent alors, les patriotes
désertèrent tout d'abord la Prusse en assez grand nombre. Une de
ces légendes historiques qui se maintiennent longtemps, sans que
l'on en puisse discerner très clairement l'origine, a évalué à trois
cents le nombre des officiers prussiens qui passèrent au service de la
Russie après la signature du traité d'alliance avec la France [1]. La
critique historique a sensiblement réduit ce chiffre. Mais la portée
morale du fait n'en subsiste pas moins. La fidélité monarchique de
l'armée prussienne était, à cette date, fort ébranlée [2]. Les natures
les plus énergiques, Clausewitz, Dohna, Boyen, refusèrent de suivre
le roi dans l'alliance qu'il subissait et n'hésitèrent pas à émigrer, à
chercher la patrie en dehors de ses frontières [3]. Les chefs du parti,
dans la dispersion à laquelle ils se trouvaient condamnés, poursui-
virent leur mission comme autant d'apôtres.

Scharnhorst [4] avait quitté la direction de l'État-major général

1. La légende a été presque universellement adoptée, de Droysen à Häusser.
Lehmann, *Knesebeck und Schön*, pp. 4, 9. — A. Fournier, *Deutsche Rundschau*,
LIII, p. 215. — *Aus dem Nachlasse des Feldmarschalls* von der Knesebeck (*Beiheft
zum Militair-Wochenblatt, 1848*), p. 104. — Lehmann, *Knesebeck und Schön*, p. 8. —
Pertz, *Gneisenau*, II, p. 268. — *Politischer Nachlass des Hannoverschen Staats-und
Kabinets-Ministers* Ludwig von Ompteda, II, p. 238.

2. Scharnhorst n'a point encouragé l'émigration. Scharnhorst à Tiedemann,
le 28 avril 1812. Lehmann, *Jahrbücher für die deutsche Armee und Marine*, XXIV,
pp. 118, 121. — Voir encore Pertz, *Gneisenau*, II, p. 268. — Lehmann, *Knesebeck
und Schön*, p. 71. — Droysen, *Yorck* (1851), II, p. 265. — Voir sur la stérilité
de cette émigration, Lehmann, *Knesebeck und Schön*, p. 72, — et l'insuccès de
la légion allemande ci-après, p. 181. — Treitschke, *Deutsche Geschichte*, I,
p. 393. — Pertz, *Gneisenau*, II, p. 360. — Voir Gneisenau sur Tiedemann, *ibid.*, II,
p. 369. — *Erinnerungen des Feldmarschalls* von Boyen, II, p. 239. — Voir sur les
projets de pronunciamiento élaborés de concert avec l'Angleterre par Scharnhorst,
Blücher, Gneisenau, Pertz, *Gneisenau*, II, p. 268. — Voir les projets d'Arentschildt
pour le recrutement d'officiers prussiens pour la légion russo-allemande, *ibid.*, II,
p. 270. — Lehmann, *Knesebeck und Schön*, p. 74. — Voir les mesures de rigueur
prises contre les officiers qui émigrent, la séquestration de leurs biens, la peine
de mort. Lehmann, *Scharnhorst*, II, p. 459. — Voir les officiers graciés en 1822,
Militair-Wochenblatt, 1822, p. 2265. — Lehmann, *Knesebeck und Schön*, pp. 6 et 68.

3. Il faut que je cherche la liberté et la patrie au bout du monde, écrit Stein
en se rendant à l'appel d'Alexandre. A. Fournier, *Deutsche Rundschau*, LIII,
p. 216. — Droysen, *Das Leben des Feldmarschalls Grafen Yorck von Wartenburg*,
I, p. 254. — Tiedemann à Stein, 13 avril 1812. Lehmann, *Jahrbuch für die
deutsche Armee und Marine*, XXIV, p. 146. — *Erinnerungen des Feldmarschalls*
von Boyen, II, p. 194.

4. Voir sur la résolution de Scharnhorst de rester au service de la Prusse
Lehmann, *Scharnhorst*, II, p. 447. — Clausewitz, *Hinterlassene Werke*, VIII, p. 4.
— Pertz, *Gneisenau*, I, pp. 242, 269. — Ompteda, *Nachlass*, II, p. 239.

trois jours après la ratification du traité d'alliance avec la France,
le 8 mars 1812. Il demeurait, à Breslau, dans une situation assez
mal définie, chargé de l'inspection des forteresses silésiennes [1].
Boyen avait quitté Berlin le lendemain de l'entrée des Français. Il
s'était retiré également à Breslau où il resta jusqu'au 1er août, jusqu'au moment où il se décida à émigrer en Russie [2].

Il s'était formé en Silésie un cercle de patriotes [3] que Kalckreuth,
le commandant officiel des troupes prussiennes, surveillait d'un œil
haineux et inquiet, et où se rencontraient, sur le territoire neutralisé
par le traité du 24 février, les éléments les plus actifs du parti
patriotique.

Gneisenau avait été congédié le 9 mars 1812 [4]. Mais il avait reçu
en même temps du roi et de Hardenberg une mission occulte [5]. A
Vienne d'abord, puis en Russie [6], puis en Suède [7], puis en Angleterre [8],

1. Le roi suspend, sans en informer Scharnhorst, l'ordre du 30 juin 1810 qui
lui donnait un rôle occulte de direction sur le ministre de la guerre. Lehmann,
Scharnhorst, II, pp. 450, 453. — Scharnhorst reste en correspondance suivie
avec Thile, qui a remplacé Boyen auprès du roi, *ibid.*, II, p. 456. — Voir encore
ibid., II, p. 457. — Lehmann, *Knesebeck und Schön*, p. 69.

2. Lehmann, *Scharnhorst*, II, pp. 446, 460. — Lehmann, *Knesebeck und Schön*,
p. 68. — Pertz, *Stein*, III, p. 134.

3. A. Fournier, *Deutsche Rundschau*, LIII, p. 243. — *Erinnerungen des Feldmarschalls* von Boyen, II, pp. 187, 195, 516. — Lehmann, *Scharnhorst*, II, pp. 455,
456. — Lehmann, *Knesebeck und Schön*, p. 58. — A. Stern, p. 388.

4. Pertz, *Gneisenau*, I, p. 521; II, pp. 103, 274. — Lehmann, *Historische
Zeitschrift*, LXII, pp. 469, 477, 479. — A. Fournier, *Deutsche Rundschau*, LIII,
p. 233. — Lehmann, *Scharnhorst*, II, p. 446. — Lehmann, *Knesebeck und Schön*,
p. 69. — Gneisenau à Münster, le 14 mars 1812. Pertz, *Gneisenau*, II, p. 267. —
Voir sur les rapports du roi et de Gneisenau, *ibid.*, II, pp. 274, 277, 282. —
Lehmann, *Historische Zeitschrift*, LXII, p. 495.

5. Lehmann, *Scharnhorst*, II, p. 446. — Pertz, *Gneisenau*, II, pp. 274, 333, 462. —
Voir l'ordre du cabinet du 9 mars 1812, *ibid.*, II, p. 273. — Il avait déjà été chargé
de mission en Angleterre en 1809. Lehmann, *Historische Zeitschrift*, LXII, p. 467.
— Voir sur les procédés de correspondance secrète, *ibid.*, pp. 491, 495, 513. —
Ompteda, *Nachlass*, II, pp. 295, 305. — Pertz, *Gneisenau*, II, pp. 276, 314.

La mission de 1812 n'est donnée à Gneisenau que verbalement par Har-
denberg, Lehmann, *Historische Zeitschrift*, LXII, p. 469. — Delbrück, *Das Leben des
Feldmarschalls Grafen Neithardt von Gneisenau*, I, p. 265. — Pertz, *Gneisenau*,
II, pp. 276, 507. — Ompteda, *Nachlass*, III, pp. 29, 35. — Voir sur le caractère
de cette mission éventuelle, mais très étendue, dit Hardenberg, Martens,
Recueil des Traités et Conventions conclus par la Russie, VII, p. 50. — Lehmann,
Historische Zeitschrift, LXII, p. 473. — D'après Lehmann, la mission de Gneisenau ne serait, dans la pensée du roi, qu'un moyen de se couvrir vis-à-vis des
puissances anti-napoléoniennes, *ibid.*, p. 475.

6. Il voit Metternich à Vienne, le tsar à Wilna. Pertz, *Gneisenau*, II, pp. 284,
353, 409. — Lehmann, *Historische Zeitschrift*, LXII, p. 471. — Il voit Tiedemann à
Riga. Lehmann, *Jahrbücher für die deutsche Armee und Marine*, XXIV, p. 124.

7. Lehmann, *Historische Zeitschrift*, LXII, p. 471, 488. — Pertz, *Gneisenau*, II, p. 337.

8. Lehmann, *Historische Zeitschrift*, LXII, p. 48. — Le voyage en Angleterre

il devait sonder les gouvernements étrangers et préparer éventuellement les voies à une politique directement contraire à la politique
avouée et officielle du cabinet de Berlin[1]. Mais Gneisenau n'était pas
homme à suivre docilement les indications de Hardenberg ; nous avons
vu quelle ardeur indépendante il mettait au service de ses passions
personnelles. Dans la croisade qu'il entreprit à travers l'Europe, pendant la campagne de Russie, il se fit, sans tenir grand compte des
instructions secrètes de Hardenberg, le missionnaire du patriotisme
allemand, beaucoup plus que l'agent de la politique prussienne.
C'étaient bien ses idées propres, ce n'étaient point celles du gouvernement prussien qu'il exposait dans le grand mémoire qu'il remit,
à la fin d'août 1812, au prince-régent d'Angleterre[2]. Rêverie d'enthousiaste[3] et singulier symptôme, en même temps, de la confusion
qu'avait jetée, dans tous les esprits, le bouleversement de la carte
d'Europe. Gneisenau comptait sur un Français, sur Bernadotte,
alors prince royal de Suède, pour soulever l'Allemagne[4]. Il négociait avec Münster pour faire passer à la solde de l'Angleterre les
allemands émigrés qui servaient alors en Russie et qui formaient la
légion allemande[5]. Il voulait que l'Angleterre organisât un débar-

parait entrepris de sa propre initiative, sans invitation du gouvernement anglais,
« pour demeurer fidèle à la promesse qu'il a faite à ses amis ». Gneisenau à
Stein, 1ᵉʳ septembre 1812. PERTZ, *Gneisenau*, II, p. 358.

1. Une partie de la correspondance de Gneisenau et de Hardenberg est saisie et
communiquée au gouvernement français. Maret le fait savoir discrètement à
l'agent prussien Beguelin à Wilna. LEHMANN, *Historische Zeitschrift*, LXII, p. 485.
— A. ERNST, *Denkwürdigkeiten von Heinrich und Amalie v. Beguelin*, p. 234. —
Gneisenau s'en félicite parce qu'il pense que cette révélation compromettra
irrémédiablement la Prusse avec la France. LEHMANN, *Historische Zeitschrift*,
LXII, p. 507.

2. Et au ministère anglais. LEHMANN, *Historische Zeitschrift*, LXII, p. 483. —
PERTZ, *Gneisenau*, II, pp. 347, 356, 439.

3. Voir sur les plans singuliers conçus par Gneisenau : Incorporation à
l'Angleterre de tous les pays conquis sur Napoléon, transport en Allemagne
des troupes anglaises de la péninsule. PERTZ, *Gneisenau*, II, pp. 423, 424, 432,
434, 443.

4. Voir les illusions de Gneisenau sur Bernadotte. PERTZ, *Gneisenau*, II, pp. 349,
362. — PERTZ, *Stein*, III, pp. 92, 94. — LEHMANN, *Historische Zeitschrift*, LXII,
p. 483. — Voir les projets modifiés le 10 octobre, *ibid.*, p. 490. — PERTZ, *Gneisenau*, II, pp. 335, 338, 339, 352, 358, 361, 362, 411, 423, 436. — PERTZ, *Stein*, III,
pp. 152, 176, 186, 188, 223.

5. Sur le projet de Gneisenau d'aller commander la légion allemande, LEHMANN,
Historische Zeitschrift, LXII, p. 514. — Chasot à Gneisenau, PERTZ, *Gneisenau*, II,
passim et p. 397. — Sur la légion allemande, LEHMANN, *Jahrbücher für die deutsche
Armee und Marine*, XXIV, p. 144. — PERTZ, *Gneisenau*, II, pp. 370, 381, 382, 388,
407, 422, 452, 469, 487. — HÄUSSER, *Deutsche Geschichte*, III, p. 570. — *Erinnerungen
des Feldmarschalls* VON BOYEN, II, p. 241. — Sur le mépris de Gneisenau, en

quément conduit par Bernadotte et qui devait entraîner l'Allemagne. Il semble qu'on lui eût réservé à lui-même le rôle d'un chef d'insurrection populaire [1]. Il proposait à l'Angleterre de constituer, avec le Hanovre et la Hollande, un grand empire allemand de l'Ouest, qui n'eût plus laissé à la Prusse qu'une existence assez réduite [2]; tant, même chez les hommes qui se groupaient autour de la Prusse, les contours de la patrie idéale étaient encore fuyants [3].

Ainsi ce fut une véritable dispersion qui suivit le traité d'alliance avec la France dans le courant de 1812. Stein et Boyen allaient se retrouver en Russie [4]; Gneisenau était en Angleterre; Scharnhorst demeurait, en Silésie, le centre d'un groupe assez important. Les uns allaient offrir leurs services aux gouvernements qui luttaient contre Napoléon; les autres cherchaient à préparer, sur le sol même de la Prusse, et sous le régime de l'alliance française, les éléments de la résistance.

Une tentative d'action plus immédiate fut ébauchée par un autre émigré prussien, le chef de la police générale de Hardenberg, Gruner, qui avait dû, lui aussi, quitter ses fonctions au lendemain de la signature du traité d'alliance avec la France. Gruner [5] était encore un de ces Allemands, étrangers à la Prusse, qui avaient cédé à la force d'attraction de l'État prussien. Il était né à Innsbrück et était entré, en 1805, au service de la Prusse, d'abord par des missions secrètes en France [6], puis dans l'administration proprement dite, et,

déc. 1812, pour les ressources de l'État prussien. Pertz, *Gneisenau*, II, p. 456. — Sur l'incident personnel entre Gneisenau et Stein en déc. 1812, *ibid.*, II, p. 464. — Voir encore Pertz, *Stein*, III, pp. 124, 136, 231.

1. Voir la lettre du 29 août 1812 à Hardenberg. Lehmann, *Historische Zeitschrift*, LXII, p. 481. — « Car on peut toujours présumer que, dès que j'aurais du succès, on voulût s'en prendre à ma famille », *ibid.*, p. 482. — A. Fournier, *Deutsche Rundschau*, LIII, p. 242. — Plus d'une expression donne à penser que Gneisenau s'est vu comme une sorte de chef populaire soulevant l'Allemagne. Voir les lettres de Gröben et de Chasot, Pertz, *Gneisenau*, II, pp. 342, 368, 372, 411, 426.

2. Pertz, *Gneisenau*, II, pp. 339, 447, 467, 472, 475. — Lehmann, *Historische Zeitschrift*, LXII, pp. 473, 505, 514. — Gneisenau à Dörnberg : « ne démembrez pas la pauvre Prusse », Pertz, *Gneisenau*, II, p. 339. — Voir Gneisenau sur le royaume d'Autrasie, *ibid.*, II, pp. 467, 469.

3. Voir sur la situation que crée aux patriotes prussiens l'alliance de la Prusse et de la France. Lehmann, *Historische Zeitschrift*, LXII, p. 473.

4. *Erinnerungen des Feldmarschalls* von Boyen, II, p. 238.

5. A. Fournier, *Deutsche Rundschau*, LIII, p. 223. — Voir l'influence de Justus Möser, un « patriote allemand avant la lettre », sur son éducation, *ibid.*, p. 237.

6. D'après un rapport de police autrichien. A. Fournier, *Deutsche Rundschau*, LIII, p. 224.

de là, de nouveau à la tête de la police. Président de police à
Berlin, en 1809, il avait été mêlé aux incidents compliqués qui
avaient préparé la chute d'Altenstein et l'avènement de Hardenberg.
En 1811, chef de toute la police prussienne, il avait été associé étroitement à l'action des patriotes [1]. Saint-Marsan le signalait alors
comme suspect [2]. Aussitôt après la signature du traité avec la France,
il avait dû céder la place au prince de Sayn-Wittgenstein, qui jouait,
lui aussi, depuis des années, un rôle équivoque, mais très différent,
à la cour de Berlin et dans l'entourage du souverain. Gruner s'était
retiré à Prague [3] et résolu, comme tous les affiliés de la conspiration patriotique, à ne pas demeurer inactif, et à chercher ailleurs
un emploi qu'il ne trouvait plus en Prusse, il s'était mis au service
de l'Empereur de Russie. Il était devenu, sans quitter l'Allemagne,
l'agent de la police russe [4]. C'est probablement dans le courant de
mars 1812 qu'il fit parvenir à Lieven un long rapport [5] où il indiquait l'état des relations nouées, sur le sol de l'Allemagne, entre
les adversaires de la domination française, et l'existence d'une foule
de petites sociétés secrètes s'ignorant les unes les autres et auxquelles étaient affiliés même un certain nombre de princes allemands [6].
Gruner conseillait de donner à toutes ces sociétés un centre commun ; mais son programme même [7], sous ses formes assez pompeuses,
laissait deviner ce que de semblables projets avaient de factice, lorsqu'ils n'étaient point encore soutenus au dehors par les grands courants populaires. Il comptait renseigner le gouvernement russe,

---

1. Voir, sur Gruner, VARNHAGEN VON ENSE, *Denkwürdigkeiten und vermischte
Schriften*, III, pp. 179, 204. — A. FOURNIER, *Deutsche Rundschau*, LIII, p. 224. —
STEFFENS, *Was ich erlebte*, VII, p. 53.

2. A. STERN, p. 367.

3. Il y arrive le 18 avril. A. FOURNIER, *Deutsche Rundschau*, LIII, p. 237.

4. Il était entré, même comme chef de la police prussienne, en rapports avec
Lieven. A. FOURNIER, *Deutsche Rundschau*, LIII, pp. 224, 359. — Voir sur son
passage au service de la police russe qu'il dissimule à tout le monde, *ibid.*,
p. 226, — même à Stein, *ibid.*, p. 334. — Il est d'ailleurs également en rapports
avec Dörnberg, c'est-à-dire avec l'Angleterre, *ibid.*, pp. 234, 237. — Bülow assure
qu'il est subventionné par le gouvernement anglais, *ibid.*, pp. 352, 353. — Mais
la police autrichienne juge après la saisie de ses papiers l'assertion inexacte,
ibid., p. 356. — Hardenberg soupçonne, le 5 avril, les rapports de Gruner avec
la police russe et les signale à Saint-Marsan. A. STERN, p. 391.

5. A. FOURNIER, *Deutsche Rundschau*, LIII, p. 227.

6. A. FOURNIER, *Deutsche Rundschau*, LIII, p. 227.

7. Il semble bien que ce programme ait été remis à la Russie, ou au moins
préparé, alors que Gruner était encore chef de la police prussienne. A. FOURNIER,
Deutsche Rundschau, LIII, p. 231.

travailler l'esprit public, intercepter les dépêches et les convois des Français, former des corps de partisans, encourager la désertion des Allemands enrôlés par Napoléon, et enfin, là où l'état des esprits s'y prêterait, exciter des insurrections [1]. « Je suis loin de penser », écrivait Gruner un peu plus tard [2], « que nous puissions faire ce qu'ont fait les Espagnols ; mais nous ferons toujours quelque chose, et ce quelque chose vaut d'être tenté. « Et, plus tard encore, il disait : « Si j'avais eu des fonds, je n'aurais pas organisé moins de trois bandes d'incendiaires [3]. »

En rapports non seulement avec la Russie, mais aussi avec l'Angleterre et la Suède, il écrivait tout au long, au profit de la police autrichienne qui allait saisir ses papiers, le nom de ses affiliés [4]. Il était en rapports étroits et personnels avec Stein, qu'il fréquenta à Prague jusqu'au départ de Stein pour la Russie, c'est-à-dire jusqu'en mai 1812 [5]. Il lui communiquait tous ses projets. Et Stein s'y attachait avec ardeur, approuvait, et, dans ses longues conférences avec Gruner, retrouvait, assure-t-on, toute sa gaieté [6]. Stein, lorsqu'il se rendit à Saint-Pétersbourg, ne suspendit point ses rapports avec Gruner et c'est sur lui qu'il comptait pour soulever l'Allemagne [7].

Gruner était également en relations avec Gneisenau [8]. Celui-ci tenait entre ses mains les fils de plusieurs associations. Il avait ses listes d'affiliés [9]; il travaillait, de son côté, à Londres, à un projet

1. Le 23 mai 1812, aux agents anglais. A. Fournier, *Deutsche Rundschau*, LIII, pp. 228, 238. — *Erinnerungen des Feldmarschalls* von Boyen, II, p. 198. — Pertz, *Stein*, III, p. 121.
2. Aux agents anglais, le 23 mai 1812. A. Fournier, *Deutsche Rundschau*, LIII, p. 238. — Voir *ibid.*, p. 230.
3. *Mordbrennerbanden.* Le 23 mai 1812, aux agents anglais. A. Fournier, *Deutsche Rundschau*, LIII, p. 238. « L'effet était infaillible », dit-il, « les Français étaient obligés de se retirer sans coup férir, et le peuple, mourant de faim, se serait soulevé. »
4. A. Fournier, *Deutsche Rundschau*, LIII, p. 235. — Harnisch, *Mein Lebensmorgen*, p. 390.
5. Stein quitte Prague le 27 mai 1812. A. Fournier, *Deutsche Rundschau*, LIII, p. 216. — Pertz, *Stein*, III, p. 55.
6. A. Fournier, *Deutsche Rundschau*, LIII, pp. 223, 259, 240. — Varnhagen von Ense, *Denkwürdigkeiten und vermischte Schriften*, III, p. 179.
7. Pertz, *Stein*, III, pp. 75, 79, 91, 94, 105, 117.
8. A. Fournier, *Deutsche Rundschau*, LIII, p. 232. — Voir également Boyen, *Erinnerungen des Feldmarschalls* von Boyen, II, p. 198. — Pertz, *Stein*, III, p. 94.
9. Pertz, *Gneisenau*, II, pp. 117, 336, 343, 360, 436. — A. Fournier, *Deutsche Rundschau*, LIII, p. 252. — Pertz, *Stein*, III, pp. 96, 118, 178.

d'insurrection allemande appuyée sur l'intervention anglaise [1]. Gruner avait adressé à Gneisenau un questionnaire [2] où se révélait le caractère, sinon révolutionnaire ou anti-monarchique, du moins très indépendant, de toute cette action occulte [3]. «. Il est très important », écrivait Gruner, « de savoir comment nous traiterons la Prusse et comment nous agirons .sur son peuple. Faut-il représenter le Roi comme méprisable, comme suspect ou comme opprimé? » Et Gneisenau, qui sentait la question scabreuse, ne voulait pas répondre explicitement. Il soulignait le mot « opprimé » et écrivait en marge : « le mot souligné, à ce qu'il me semble [4] ». Dans une autre lettre, jugeant Hardenberg faible et le roi incapable d'un effort, Gruner écrivait aux agents anglais : « L'un et l'autre ne sont pas à dédaigner comme instruments : le premier est accessible aux impulsions généreuses, et le second inspire confiance à tout ce qui est faible [5]. »

Gruner poursuivait son travail déjà depuis quelques mois ; il avait envoyé plus d'un rapport au comité allemand que Stein avait orga-

1. Voir sa lettre, du 29 août 1812, de Londres, à Hardenberg. LEHMANN, *Historische Zeitschrift*, LXII, pp. 480, 483, 489, 490, 493, 494, 504, 509.

2. A. FOURNIER, *Deutsche Rundschau*, LIII, p. 232.

3. Voir les instructions de Gruner à ses agents. PERTZ, *Stein*, III, p. 126. — , *Erinnerungen des Feldmarschalls* VON BOYEN, II, p. 516. — Le 30 juin 1812, Stein communique à Gruner le plan de débarquement anglo-suédois, et il ajoute : « *Alle Obrigkeiten geändert* ». « Toutes les autorités seront changées. » PERTZ, *Stein*, III, p. 91.

4. A. FOURNIER, *Deutsche Rundschau*, LIII, p. 233. — Ce passage fait impression sur la police autrichienne, *ibid.*, p. 356. — Le 29 août 1812, Gneisenau écrit à Hardenberg dans une de ses lettres chiffrées et écrites en trois langues : « *So hoffe ich unserm Herrn beweisen zu können* (J'espère pouvoir prouver à notre roi) combien je l'aime malgré la diversité des principes. Je tâcherai de raffermir son trône chancelant ; *but he must do something likewise, and prepare things a little* (mais il faut cependant qu'il fasse quelque chose et qu'il prépare quelque peu le terrain). » LEHMANN, *Historische Zeitschrift*, LXII, p. 480. — Le 23 mai 1812, Gruner écrit : « Hardenberg est bon et sensible, mais faible...... Le roi est toujours prêt *ein Knipschen in die Tasche zu schlagen* ; jamais il ne jettera le gant d'une main ferme de son propre mouvement. Cependant tous deux ne sont pas à dédaigner comme instruments. » A. FOURNIER, *Deutsche Rundschau*, LIII, p. 237.

5. A. FOURNIER, *Deutsche Rundschau*, LIII, p. 237. — Voir particulièrement à ce point de vue, les rapports de Gneisenau avec Gröben : « Si ce héros populaire pouvait renverser les rois et les princes domestiqués, renverser avec eux leur oppression et devenir le créateur de l'unité allemande! » PERTZ, *Gneisenau*, II, p. 368. — Voir *ibid.*, II, pp. 342, 368 ; — et l'archiduc Charles à Gneisenau : .« L'Europe ne peut être sauvée par les princes », *ibid.*, II, p. 280. — Gneisenau à Münster, le 4 oct. 1812, *ibid.*,, II, p. 404. — et, le 25 oct. 1812, il revient sur le mot de l'archiduc Charles qui l'a vivement impressionné, *ibid.*, II, p. 409. — Voir A. FOURNIER, *Deutsche Rundschau*, LIII, pp. 348, 546, 547. — PERTZ, *Stein*, III, p. 421.

nisé à Saint-Pétersbourg[1] ; il avait fait signer, à l'un au moins de ses futurs chefs de bande, un serment sentimental et romantique[2], lorsqu'un dénouement prématuré vint mettre un terme à son entreprise. Il fut arrêté, dans la nuit du 21 au 22 août[3], par la police autrichienne[4] ; elle confisqua son argent et saisit ses papiers. Il avait été trahi, et trahi par le gouvernement prussien.

Il faut s'arrêter un instant sur cet épisode qui jette un jour assez cru sur le caractère de Hardenberg, et peut contribuer à éclaircir rétrospectivement les complications de sa politique en 1811.

Le chancelier prussien était, depuis le début de 1812, prisonnier de l'alliance française où il s'était engagé. Mais, en même temps, dans ses tendances de politique intérieure, il s'éloignait de plus en plus de ses origines et de ce mémoire de 1807, de ce programme de Riga où il avait réclamé l'application des principes démocratiques. En avril 1812, il s'était rencontré avec Metternich au congrès de Dresde et, là, les deux ministres s'étaient rapprochés en des confidences intimes. Dans ces conférences, les préoccupations qu'inspirait à tous deux l'action demi-révolutionnaire de ceux qu'ils appelaient les *Tugendbundisten* avaient tenu une large place[5].

En 1811, Hardenberg avait été dominé par les patriotes qui l'entouraient ; il était, en 1812, dominé par le parti réactionnaire, et fort peu national, qui avait envahi les principaux postes de l'État prussien après l'exode des patriotes, par ceux que les patriotes appelaient « le parti français[6] », par Bülow, et Wittgenstein. Hardenberg acceptait cette situation avec une extrême facilité, et lorsqu'on rapproche sa résignation de 1812 des déclarations qu'il

1. A. FOURNIER, *Deutsche Rundschau*, LIII, pp. 240, 243. — PERTZ, *Stein*, III, pp. 68, 75, 77, 79, 91, 94, 105, 117.
2. A. FOURNIER, *Deutsche Rundschau*, LIII, p. 246.
3. A. FOURNIER, *Deutsche Rundschau*, LIII, p. 355. — PERTZ, *Stein*, III, pp. 131, 132.
4. La police autrichienne suit Gruner depuis son arrivée à Prague. Elle connaît ses rapports avec la Russie, depuis qu'elle a mis la main sur les papiers de l'ambassade russe au départ de l'ambassadeur. A. FOURNIER, *Deutsche Rundschau*, LIII, p. 350. — C'est seulement le 25 mai 1812 que Gruner semble se douter que l'Autriche a « déserté sérieusement la bonne cause », *ibid.*, p. 238.
5. A. FOURNIER, *Deutsche Rundschau*, LIII, pp. 350, 351. — A. STERN, p. 389. — ONCKEN, I, p. 79.
6. A. STERN, p. 391. — A. FOURNIER, *Deutsche Rundschau*, LIII, p. 351. — Le 29 janvier 1813, Hatzfeldt, à Paris, essaie de déterminer Napoléon à quelques concessions : « J'engagerais alors ma tête », dit-il, « que nous n'aurons pas de soulèvements populaires. Votre majesté protégera ainsi l'Allemagne contre le fléau des révolutions. » ONCKEN, I, p. 96.

prodiguait en 1811 aux patriotes, on ne peut guère conserver de
doutes sur le peu de sincérité des manifestations qui avaient si facilement inspiré confiance, l'année précédente, à Gneisenau et aux
agents anglais. Mais il ne s'en tint pas à cette duplicité passive, et
commit des actes plus graves.

Il continuait à se maintenir, dans le cours de 1812, personnellement en relations avec le « parti de la bonne cause [1] » ; il se présentait aux patriotes comme une victime des irrésolutions du roi [2]. Le
29 août 1812, Gneisenau lui écrivait de Londres [3] : « Noble ami,
nous vaincrons si vous travaillez avec nous. Vous serez alors le
libérateur de l'Allemagne et de la Prusse et votre nom brillera dans
les fastes de l'histoire, au lieu que, si vous ne saisissez la présente
occasion, vous resterez dans la damnation ; car l'opinion publique
est contre vous en Russie, en Suède, aussi bien que dans ce pays,
où tout le monde est exaspéré contre vous. J'ai essayé de corriger
l'opinion qu'ils ont de vous ; ils vous regardent comme un déserteur
de la bonne cause ; mais je ne réussirai point, tant que vous n'agirez
point comme il faut. Moi, j'espère que nous vivrons ensemble dans
l'histoire » ; et, le 15 octobre, Hardenberg répondait à Gneisenau [4] :
« Vous connaissez nos sentiments à tous deux. (Il parle d'Amélie de
Beguelin et de lui.) Ils sont immuables. Nous pensons souvent à
vous. Puissiez-vous former avec nous un heureux trio (*ein glückliches
Kleeblatt*), et vivre avec nous dans la joie et le repos des grands
actes accomplis. Nos sentiments n'ont point changé. Comptez-y sûrement. Que l'on méconnaisse votre ami (c'est lui-même), cela est
dans la nature des choses. Il faut qu'il s'y résigne comme à tant
d'autres maux. Nous voulons résolument la même chose ; mais il
faut choisir le moment propice pour agir avec succès. C'est à cela

---

1. PERTZ, *Gneisenau*, II, pp. 459, 461, 474. — LEHMANN, *Historische Zeitschrift*,
LXII, pp. 471, 472, 480, 482, 485, 494, 503. — ARNDT, *Nothgedrungener Bericht*, II,
p. 242. — Voir les illusions de Gneisenau sur les dispositions de Hardenberg,
LEHMANN, *Historische Zeitschrift*, LXII, p. 483. — Voir sur les inquiétudes de Hardenberg d'être compromis par les indiscrétions de Gneisenau, *ibid.*, pp. 501, 503.
2. PERTZ, *Gneisenau*, II, pp. 278, 459, 460, 461. — Voir encore Gruner, en
mai 1812. A. FOURNIER, *Deutsche Rundschau*, LIII, p. 237. — PERTZ, *Stein*, III,
p. 127, 130. — Münster écrit à Stein, le 3 novembre 1812 : « Je ne puis pas partager les espérances que Gneisenau fonde encore sur Hardenberg », *ibid.*, III,
p. 187.
3. LEHMANN, *Historische Zeitschrift*, LXII, pp. 471, 481, 484.
4. LEHMANN, *Historische Zeitschrift*, LXII, p. 492. — Voir encore Hardenberg
à Gneisenau en déc., *ibid.*, p. 512.

que nous devons tendre, et que nous tendrons. Le roi connaît le
contenu de vos lettres. Il pense comme nous. Quoiqu'il n'accepte
pas volontiers, comme vous savez, les plans héroïques, il ne restera
point en arrière, pourvu que le risque ne soit pas trop grand et que
le succès soit vraisemblable. »

Or, à l'heure même où le chancelier échangeait ces effusions
avec Gneisenau, il laissait organiser, autour de lui, une action
acharnée et perfide contre les patriotes. Il laissait son gouvernement
jeter, dès 1812, les bases de la persécution[1] dont furent victimes,
après 1815, presque tous les hommes qui avaient participé à la conspiration patriotique. Dans la première moitié de 1812, le gouvernement prussien fit parvenir à Metternich, en vertu d'une convention qui
semble avoir été conclue à Dresde entre Hardenberg lui-même et le
ministre autrichien[2], tous les renseignements qu'il pouvait recueillir
sur l'action occulte des patriotes révolutionnaires. Bülow, devenu chef
du département de la sûreté générale et de la haute police[3], envoya
à Metternich un de ses agents provocateurs, le célèbre Janke, qui
s'était fait admettre, pour en pénétrer les secrets, dans le *Deutscher
Bund*[4]. Janke, qui allait devenir, après 1815, un des agents les
plus actifs de ce qu'on a appelé en Allemagne la persécution des
démagogues, se rendit à Vienne, y dénonça Gruner, dont Bülow
était l'ennemi personnel[5], comme l'agent central des conspirations
anti-napoléoniennes. Bülow adressa en même temps à Vienne une
longue lettre que le ministre de la police autrichienne[6] lui-même
trouvait passionnée. Il y demandait l'arrestation et l'extradition de
Gruner[7]. En des termes[8] qui eussent vraisemblablement surpris les
patriotes, s'ils eussent découvert, dans le gouvernement dirigé par

1. La Prusse se montra beaucoup plus rigoureuse pour les correspondants de
Gruner que l'Autriche. A. FOURNIER, *Deutsche Rundschau*, LIII, p. 358. — PERTZ,
Stein, III, p. 132.
2. A. FOURNIER, *Deutsche Rundschau*, LIII, p. 351. — Voir la lettre de Bülow à
Metternich, du 6 août 1812, *ibid.*, p. 352. — A. STERN, p. 389.
3. A. FOURNIER, *Deutsche Rundschau*, LIII, p. 351. — A. STERN, p. 391.
4. A. FOURNIER, *Deutsche Rundschau*, LIII, pp. 235, 351. — HARNISCH, *Mein
Lebensmorgen*, p. 399.
5. PERTZ, *Stein*, III, p. 132. — A. FOURNIER, *Deutsche Rundschau*, LIII, pp. 351,
359.
6. Hager, voir A. FOURNIER, *Deutsche Rundschau*, LIII, p. 354. — A. STERN,
p. 391.
7. A. FOURNIER, *Deutsche Rundschau*, LIII, p. 352.
8. Voir la lettre de Bülow à Metternich. A. FOURNIER, *Deutsche Rundschau*,
LIII, p. 352.

Hardenberg, de semblables tendances, Bülow signalait comme dangereux les agissements du parti anti-napoléonien [1]. Il assurait qu'il les surveillait attentivement, particulièrement en Poméranie et en Silésie, et que, malgré l'affiliation d'un grand nombre de fonctionnaires prussiens, il espérait bien en venir à bout [2].

Mais il ne suffit pas au gouvernement prussien de donner des gages à Metternich en lui livrant les patriotes dont Hardenberg encourageait l'action en sous main. Tandis que Hardenberg persuadait aux patriotes qu'il subissait par contrainte l'alliance de la France, il livra à la France, à l'ambassadeur français Saint-Marsan, et, par lui, à Maret et à Napoléon, les renseignements qu'il possédait sur l'action occulte dont Gruner tenait les fils [3]. Le rapport que Bülow avait adressé à Metternich sur les agissements du *Tugendbund* et de Gruner fut, en même temps, communiqué par lui à Saint-Marsan et à Maret [4]. Le gouvernement prussien lui-même, le roi de Prusse, livrèrent, par une trahison véritablement odieuse, livrèrent à Napoléon, les hommes qui défendaient avec passion l'indépendance de leur patrie, les hommes dont le même gouvernement, le même souverain, encourageaient en même temps l'action ou subissaient l'ascendant.

Toutefois Gruner ne fut point livré à la Prusse, comme Bülow l'eût désiré et l'avait demandé. Les raisons mêmes pour lesquelles il désirait son extradition déterminèrent l'Autriche à la lui refuser [5]. Gruner fut traité en Autriche avec une douceur relative. Metternich se borna à le garder sous clef jusqu'au milieu d'octobre 1813 [6].

1. « Une action dirigée contre les intérêts de la France et de ses alliés. » A. FOURNIER, *Deutsche Rundschau*, LIII, p. 352.

2. A. FOURNIER, *Deutsche Rundschau*, LIII, p. 352.

3. La participation personnelle de Hardenberg à cette trahison est établie par la dépêche de Saint-Marsan à Maret, du 17 juin 1812, et par celle de Zichy à Metternich, du 14 juin 1812. A. STERN, p. 389. — A. FOURNIER, *Deutsche Rundschau*, LIII, p. 351. — Janke doit communiquer à Saint-Marsan tous les renseignements qu'il recueillera à Vienne. A. STERN, p. 392. — Metternich communique de même, à l'ambassadeur français Otto, un certain nombre de renseignements puisés dans les papiers de Gruner. BIGNON, *Histoire de France sous Napoléon*, XI, pp. 194, 195. — A. STERN, p. 392. — Voir encore *ibid.*, p. 394.

4. A. STERN, p. 391. — A. FOURNIER, *Deutsche Rundschau*, LIII, p. 354.

5. Voir l'impression de Hager, ministre de la police en Autriche. A. FOURNIER, *Deutsche Rundschau*, LIII, p. 364. — Les papiers de Gruner sont communiqués en copie au gouvernement prussien, *ibid.*, p. 358. — Mais Metternich profite de la circonstance pour incriminer le gouvernement prussien en France. Voir PERTZ, *Stein*, III, p. 131, d'après BIGNON, XI, p. 195, semble-t-il.

6. D'accord d'ailleurs avec Hardenberg, qui est bien obligé de se résigner. Hardenberg demande que Gruner soit tenu au secret, et écrit à Metternich :

Les patriotes connurent l'arrestation de Gruner. Wittgenstein s'efforça de leur faire croire qu'il avait été arrêté par l'Autriche, à la demande de la France [1]. Ils surent toutefois que c'était la Prusse qui l'avait spontanément dénoncé. Mais ce fut Bülow qu'ils rendirent responsable de cette trahison [2]. On répétait, dans les milieux patriotiques, que Hardenberg en avait honte [3] et que le roi la désapprouvait [4]. Il est aujourd'hui certain que Hardenberg, personnellement, n'est pas demeuré étranger à ces mesures [5]. Il semble que son entourage l'avait excité contre Gruner, en lui montrant celui-ci tout prêt à livrer les secrets, compromettants pour le gouvernement prussien et pour Hardenberg, dont il était détenteur [6] comme ancien chef de la police prussienne.

« Gruner a agi envers la Prusse, et surtout envers moi, avec une fausseté indigne, en faisant croire en même temps, là où il a pensé que cela avancerait son but, que je me trouvais secrètement d'accord avec ses entreprises. » A. Fournier, *Deutsche Rundschau*, LIII, pp. 357, 362.

1. A. Fournier, *Deutsche Rundschau*, LIII, p. 357. — Häusser est encore dans l'erreur sur ce point. Häusser, III, p. 570. — Boyen également. *Erinnerungen des Feldmarschalls von Boyen*, I, p. 198. — Treitschke, I, p. 412.

2. Pertz, *Stein*, III, p. 132, lettre de Friesen à Stein. — Voir encore, *ibid.*, III, p. 185. — Le 17 décembre 1812, Gneisenau écrit de Londres à Amélie de Beguelin, l'amie de Hardenberg, ces phrases qui ouvrent un jour assez inquiétant sur l'action des sociétés secrètes : « Prévenez donc Bülow qu'il ne se serve pas de la police secrète pour poursuivre les amis de la bonne cause; car, sans cela, je ne serai plus moi-même en état de le sauver. Sa conduite est très imprudente. Vous saurez, chère amie, faire parvenir cet avertissement avec prudence. » Lehmann, *Historische Zeitschrift*, LXII, p. 510. — Pertz, *Gneisenau*, II, p. 366, ne connaît pas la trahison de Hardenberg. — On accuse aussi Kalckreuth. — Pertz écrit cependant : « il fut arrêté à l'instigation de la police prussienne. » Pertz, *Stein*, III, p. 131.

3. Voir la preuve indiscutable de la trahison de Hardenberg, ci-dessus, p. 189. — A. Stern, pp. 389, 394. — A. Fournier, *Deutsche Rundschau*, LIII, p. 351.

4. Voir la lettre de Friesen. Pertz, *Stein*, III, p. 132. — Pertz, *Gneisenau*, III, p. 76.

5. A. Stern, pp. 389, 391. — A. Fournier, *Deutsche Rundschau*, LIII, p. 350. — C'est une lettre de Hardenberg à Metternich qui décide celui-ci à faire arrêter Gruner au lieu de l'expulser seulement du territoire autrichien, comme il y avait d'abord songé, *ibid.*, p. 350. — Voir, sur la conduite de Hardenberg à l'endroit de Gruner, la lettre de Gruner du 17 janvier 1813, *ibid.*, p. 359. — Hardenberg va jusqu'à prévenir l'ambassadeur autrichien, Zichy, que Gruner, alors chargé de la police secrète, a su dérober le chiffre de la correspondance autrichienne. Zichy à Metternich, 2 novembre 1812. A. Stern, p. 392.

6. Il s'agit, semble-t-il, de l'organisation de ses « bandes de brigands ». A. Fournier, *Deutsche Rundschau*, LIII, pp. 351, 354, 355, 356, 360. — Maimsdorf, *Geschichte der geheimen Verbindungen der neuesten Zeit*, I, p. 138. — Harnisch, *Mein Lebensmorgen*, p. 303.

II

Le gouvernement prussien en 1812.

Impressions de l'Europe au début de la campagne de Russie. — Arrière-pensées des gouvernements. — Rapprochement de Hardenberg et de Metternich. — Prévisions de l'un et de l'autre. — Doutes sur la fermeté d'Alexandre. — Première nouvelle de l'incendie de Moscou. — Nouveaux renseignements sur le désastre de la Grande Armée. — Programme des patriotes. — Les conseillers de Frédéric-Guillaume III. — Le mémoire d'Albrecht. — Les vues personnelles de Frédéric-Guillaume III. — Les vues de Hardenberg. — Pusillanimité du roi. — Retard des préparatifs militaires. — Critique de la politique de Frédéric-Guillaume III.

Tandis que les patriotes s'épuisaient ainsi en efforts impuissants, en action passionnée, ou en conspirations puériles, que devenait la politique des cabinets de l'Europe centrale? Il semble que Napoléon n'ait pas mesuré très exactement les dispositions intimes de ceux auxquels il avait imposé son alliance. Ses lieutenants, dans leur naïveté, s'étonnaient que les nations européennes n'acceptassent pas avec une sorte d'enthousiasme la domination française. Lui-même, avec une tout autre portée dans l'esprit, aveuglé sans doute par les servilités dont son plus proche entourage lui donnait le spectacle exclusif, — il n'en eût point toléré d'autre autour de lui, — trompé peut-être aussi par les facilités d'assimilation qu'il avait rencontrées dans certaines parties de l'Allemagne, lui-même n'était pas exempt de quelques illusions du même genre.

Tout au plus ses sorties renouvelées contre les idéologues donnent-elles à penser que certaines échappées sur la fâcheuse persistance des courants moraux faisait revivre en lui, par accès, le sentiment lancinant de la fragilité de son œuvre [1]. En réalité, soit par aveuglement d'infatuation, soit par une croyance illimitée dans la toute-puissance de la contrainte matérielle, il tablait sur l'insondable servilité des monarchies européennes et les croyait plus domestiquées encore qu'elles ne l'étaient [2].

La servilité était bien sans bornes; elle n'était point sans arrière-pensées [3]. C'est la faiblesse irrémédiable de toute domination

1. Oncken, I, pp. 61, 97.
2. « Les Prussiens ne sont pas une nation; ils n'ont aucune fierté nationale; ce sont les Gascons de l'Allemagne », dit-il à Bubna, le 1er mars, Oncken, I, p. 39.
3. Voir particulièrement la dépêche de Hardenberg à Metternich, du 4 sep-

brutale de ne pouvoir éviter, chez ceux qui la subissent, les résistances intérieures, et les réserves latentes. Et c'était une erreur de croire, en 1812, à la résignation des peuples ou même des gouvernements européens.

Au cours des négociations qui avaient précédé la conclusion du traité d'alliance avec la France, Hardenberg avait eu plus d'une hésitation. Et, s'il n'avait voulu suivre les patriotes ni dans leur passion de résistance, ni dans leur croyance aveugle à l'écroulement prochain de Napoléon, son attitude et ses flottements révélaient certainement, en lui, d'autres résolutions qu'une résignation définitivement désarmée à la domination napoléonienne, d'autres prévisions qu'une croyance fataliste à la supériorité invincible de l'Empereur.

Dans cette grande parade de Dresde, où Napoléon parut, pour la dernière fois, en Allemagne, dans tout l'éclat d'une suprématie incontestée, il semble que les deux *alliés* de l'Empire, Hardenberg et Metternich, se fussent rapprochés en des confidences d'un ton nouveau[1]. On les retrouve, au lendemain de cette réunion, sur un pied d'intimité bien différent de la réserve qui avait marqué les négociations de la fin de 1811[2].

Il ne faudrait point conclure de ces rapprochements que l'Europe se préparât dès lors à la résistance. Nous sommes toujours trop portés à juger les situations politiques d'après les événements, connus de nous, qui les ont dénouées. Il est assez facile de penser, lorsqu'on vient de lire le récit de la retraite de Russie, que les hommes politiques devaient prévoir, dans le courant de 1812, l'anéantissement de la Grande Armée et l'effondrement de l'Empire. Il n'en était rien. Metternich escomptait, avec une belle assurance d'infaillibilité, encore le 5 octobre 1812, le succès des armes françaises et la capitulation rapide d'Alexandre[3]. Hardenberg, d'esprit plus ouvert, n'allait pas si loin. Il était moins affirmatif. Quoiqu'il eût fort peu de confiance dans la force de résistance des Russes et moins encore dans la fer-

tembre 1812. Oncken, I, p. 8. — Voir même Metternich, dans sa réponse du 5 octobre, *ibid.*, I, p. 17.

1. Treitschke, I, p. 394. — Pertz; *Gneisenau*, II, p. 459. — Voir la correspondance suivie entre Metternich et Hardenberg à partir des premiers jours de septembre. Elle passe par Zichy, et Humboldt ne la connaît pas. Oncken, I, p. 5.

2. Droysen, *Yorck*, I, p. 318. — Voir la mission de Natzmer en septembre. Treitschke, I, p. 401. — Voir la dépêche de Hardenberg à Metternich, du 4 septembre. Oncken, I, p. 8.

3. Oncken, I, pp. 16, 18.

mcté d'Alexandre [1], quoiqu'il considérât comme vraisemblable, de la part de l'Empereur de Russie, un revirement analogue à celui qui avait suivi Austerlitz et Friedland, il allait cependant jusqu'à envisager la possibilité d'un échec de Napoléon. Seulement l'audace de ses espérances s'arrêtait à mi-chemin. Seule la passion d'un Stein, d'un Gneisenau ou d'un Scharnhorst pouvait entrevoir l'écroulement prochain, subit, d'un Empire qui avait donné tant de preuves de sa vigueur, de ses ressources inépuisables, du génie de son chef. Mais un homme comme Hardenberg, comment pouvaient lui apparaître les conséquences d'un échec de la France en Russie [2]? Ce n'était pas l'affranchissement qu'il en attendait, c'était la Grande Armée rejetée sur l'Europe centrale, une aggravation de servitude, une prolongation de luttes et d'efforts, de nouveaux sacrifices demandés, imposés par le maître [3].

Ce scepticisme, explicable après tout, provenait moins encore, en 1812, d'une croyance résignée à l'invincibilité de Napoléon que de l'attente presque assurée d'une nouvelle volte-face d'Alexandre [4]. Les derniers événements avaient bien pu révéler quelques symptômes de l'affaiblissement qui menaçait l'édifice napoléonien. Mais les vingt années qui venaient de s'écouler avaient aussi donné le spectacle

1. ONCKEN, I, p. 3. — Voir un rapport, du début de septembre, très compétent et optimiste sur la résistance des Russes, que Hardenberg transmet à Metternich, mais sans y ajouter foi, *ibid.*, I, p. 5. — Voir surtout la lettre de Hardenberg à Metternich, du 4 septembre 1812, *ibid.*, I, p. 8, — Metternich, le 3 octobre, *ibid.*, I, p. 16, — Stein et le -tsar, en juin 1812. PERTZ, *Stein*, III, pp. 55, 152, — et le 25 septembre 1812. PERTZ, *Gneisenau*, II, p. 407. — A. FOURNIER, *Deutsche Rundschau*, LIII, p. 221, — Gruner, en mai 1812, *ibid.*, p. 237. — Les impressions militaires de Gneisenau sur les préparatifs des Russes sont très défavorables. LEHMANN, *Historische Zeitschrift*, LXII, *passim.* — Chasot, dans une lettre à Gruner, du 22 juin 1812, donne une note très optimiste. A. FOURNIER, *Deutsche Rundschau*, LIII, p. 241. — TREITSCHKE, I, p. 395. — Gneisenau à Münster, le 1er mars 1812, sur l'insécurité d'Alexandre et de Romanzoff. PERTZ, *Gneisenau*, II, pp. 266, 284. — PERTZ, *Stein*, III, pp. 60, 152. — Gneisenau à Stein, fin août 1812, *ibid.*, III, p. 178, — et Stein, le 29 septembre, *ibid.*, III, p. 181, — Stein à Münster, le 3 octobre 1812, *ibid.*, III, p. 183. — Gneisenau sur l'armée russe, mémoire de juin 1812, PERTZ, *Gneisenau*, II, pp. 315, 329. — Gneisenau à Hardenberg, le 13 juillet 1812, *ibid.*, II, p. 333. — Voir une note plus optimiste dans le mémoire que Gneisenau remet au gouvernement anglais, *ibid.*, II, p. 348, — *ibid.*, II, p. 365. — « Que toutes ces grandes résolutions viennent du petit Alexandre », écrit Gneisenau, le 10 octobre 1812, *ibid.*, II, p. 406.

2. LEHMANN, *Historische Zeitschrift*, LXII, p. 473.

3. Hardenberg à Metternich, le 4 septembre 1812, ONCKEN, I, p. 8. — Hardenberg à Gneisenau, le 29 décembre 1812. LEHMANN, *Historische Zeitschrift*, LXII, p. 511.

4. Voir l'appréciation d'Alexandre, en 1813, sur sa résolution de 1812. Rapport de Lebzeltern, du 5 juillet 1813. ONCKEN, I, p. 2.

continu, presque ininterrompu, de la faiblesse des vieilles monarchies
d'ancien régime, de leurs rivalités irrémédiables, de leurs trahisons
réciproques, de l'impossibilité d'une action vigoureuse de chacune
d'elles en particulier, et d'une action commune de toutes réunies.
En 1812, les peuples pouvaient avoir le sentiment de la fragilité de la
domination française, le pressentiment de sa chute prochaine. Les
gouvernements européens se jugeaient eux-mêmes. Ils étaient énervés
par le spectacle prolongé de leur propre faiblesse. Ils avaient la
conviction profonde, moins encore de la puissance et des ressources
de Napoléon, que de leur propre et irrémédiable impuissance.

C'était le 24 février 1812 que la Prusse avait signé le traité d'alliance avec la France. L'armée française avait franchi le Niémen le
24 juin. Elle était entrée à Moscou le 14 septembre. Lorsque Metternich répondait aux questions de Hardenberg, le 5 octobre 1812 [1],
parlant encore avec assurance du triomphe final de Napoléon, il connaissait cependant déjà la prise et l'incendie de Moscou [2]. En Prusse,
on jugeait déjà mieux. Il semble que l'on fût plus vite et plus sûrement renseigné [3]. L'ambassadeur prussien en France, Krusemark,
avait été invité à rejoindre Maret à Wilna [4], tandis que le chargé
d'affaires autrichien, Floret, demeurait en arrière à Königsberg,
plus éloigné des nouvelles [5]. L'incendie de Moscou avait paru à Hardenberg le signe d'une résolution de résistance désespérée de la part
du peuple russe et d'Alexandre [6]. Il l'avait dit à l'ambassadeur autrichien à Berlin, le comte Zichy. Dès le 29 septembre, il lui avait communiqué ses impressions clairvoyantes sur ce point délicat, qui était
l'objet des principales préoccupations de l'Autriche et de la Prusse.
Dès les premiers jours d'octobre, l'incendie de Moscou apparut aux
hommes bien informés comme le symptôme d'un revirement défavorable aux armes françaises [7]. Mais l'incertitude planait toujours sur les

1. ONCKEN, I, p. 15.
2. LEHMANN, *Scharnhorst*, II, p. 480. — La nouvelle arrive le 29 septembre à
Berlin, ONCKEN, I, p. 21. — Voir le rapport pessimiste d'un témoin oculaire sur
l'armée russe que Metternich reçoit au début d'octobre, *ibid.*, I, p. 13, — la
conversation de Metternich avec Humboldt, le 15 septembre, *ibid.*, I, p. 15.
3. ONCKEN, I, p. 5.
4. ONCKEN, I, pp. 7, 12. — Voir les négociations de Krusemark et de Beguelin
avec Maret à Wilna, *ibid.*, I, p. 11.
5. Floret resta à Königsberg jusqu'au 16 octobre. ONCKEN, I, p. 12.
6. Voir Gneisenau et Gröben. PERTZ, *Gneisenau*, II, pp. 341, 365.
7. PERTZ, *Gneisenau*, II, pp. 417, 421. — PERTZ, *Stein*, III, pp. 157, 192. —
ONCKEN, I, pp. 21, 22. — *Erinnerungen des Feldmarschalls* VON BOYEN, II, p. 220.

intentions du tsar [1]. Elles continuaient à inspirer les plus vives méfiances. L'on ne voulait pas croire à sa constance. Napoléon n'y crut pas lui-même, puisqu'il engagea de Moscou l'imprudente négociation qui l'y retint si tardivement [2]. Ce fut seulement à la fin d'octobre que l'on sut, dans les capitales de l'Europe centrale, que l'on sut, à n'en pouvoir douter, la résolution de l'Empereur de Russie de ne point déserter la lutte décisive où il était engagé [3]. Le 28 octobre, le gouvernement prussien avait reçu une lettre écrite, le 2 octobre, par le comte Lieven sous la dictée du tsar [4]. Et, le 5 novembre, M. de Butjakin était arrivé à Vienne, chargé par l'empereur Alexandre d'une mission spéciale [5].

Peu à peu, la situation se transformait [6], et de nouveaux horizons s'ouvraient. Dès le début, malgré l'entente que Hardenberg et Metternich paraissaient préoccupés de maintenir, une certaine divergence se manifesta entre les vues de l'Autriche et celles de la Prusse [7]. Hardenberg sembla de suite moins éloigné des résolutions énergiques que Metternich. L'Autriche se flattait d'obtenir de l'affaiblissement de Napoléon une pacification générale dont elle serait la médiatrice [8]. Hardenberg déclarait, le 29 octobre, à Zichy que « le roi de Prusse, sans l'Autriche, ne pourrait rien entreprendre, mais que, si cette puissance l'assistait, il n'hésiterait pas à changer de système et à rassembler tous ses moyens pour faire une tentative de récupérer son indépendance [9] ». Dès les premiers jours de novembre,

—Voir l'impression produite sur le tsar lui-même. Pertz assure que ses cheveux blanchirent en quelques jours. Pertz, *Stein*, III, p. 158.

1. Oncken, I, pp. 4, 16. — Pertz, *Gneisenau*, II, pp. 405, 407, 410, 412. — Lehmann, *Historische Zeitschrift*, LXII, pp. 489, 493.

2. Oncken, I, p. 33. — *Erinnerungen des Feldmarschalls* von Boyen, II, p. 295.

3. Oncken, I, p. 4. — *Erinnerungen des Feldmarschalls* von Boyen, II, pp. 235, 521. — Pertz, *Gneisenau*, II, pp. 417, 418, 590. — Lehmann, *Historische Zeitschrift*, LXII, p. 497.

4. Oncken, I, pp. 22, 23. — Pertz, *Stein*, III, pp. 155, 159. — Lehmann, *Historische Zeitschrift*, LXII, pp. 500, 501, 502. — Duncker, *Abhandlungen zur preussischen Geschichte, Preuszen während der französischen Okkupation*, p. 452. — Pertz, *Gneisenau*, II, pp. 393, 430.

5. Häusser, IV, p. 5. — Oncken, I, p. 29.

6. Les journaux annoncent à Berlin : le 12, que Napoléon a quitté Moscou ; le 21, qu'il est à Smolensk ; le 5 décembre, qu'il a quitté Smolensk ; le 10 décembre, la nouvelle du combat de la Bérésina. Lehmann, *Scharnhorst*, II, p. 464. — Voir le revirement dans la lettre de Gneisenau à Gröben, le 13 novembre. Pertz, *Gneisenau*, II, p. 433.

7. Metternich à Hardenberg, le 5 octobre, Oncken, I, p. 17. — Hardenberg, le 28 novembre, *ibid.*, I, p. 31. — Pertz, *Stein*, III, p. 103.

8. Oncken, I, pp. 18, 19, 31, 33. — Duncker, p. 449.

9. Oncken, I, pp. 27, 31. — Treitschke, I, p. 401. — Voir les lettres de Hardenberg

Saint-Marsan ayant demandé, de la part de Napoléon, un accroissement du contingent prussien, Hardenberg avait répondu par un refus [1].

Durant la seconde quinzaine de novembre, les rapports des agents prussiens se succédèrent, ne laissant ignorer ni la dissolution de la Grande Armée [2], ni l'état d'esprit presque insurrectionnel de la population prussienne [3]. Le 21 novembre, Krusemark envoyait de Wilna un rapport officiel où apparaissaient les premières nouvelles de la déroute [4], mais où lui-même encore n'entrevoyait, comme conséquence de ces premiers événements, que les calamités d'une nouvelle occupation française dans les provinces orientales de la Prusse [5]. Le 10 décembre, Napoléon était passé à Varsovie [6], le 14 décembre à Dresde [7]. Il devançait, mais il portait en même temps avec lui, par

---

à Gneisenau, du 15 octobre. LEHMANN, *Historische Zeitschrift*, LXII, p. 493, — et au début de novembre : « Ce serait folie de marcher seuls », *ibid.*, p. 500. — Le 13 novembre, Hardenberg charge Gneisenau de déclarer au prince-régent, au nom de la Prusse, que celle-ci considérerait la paix comme un grand bien, *ibid.*, p. 502. — PERTZ, *Gneisenau*, II, p. 460. — OMPTEDA, *Nachlass*, II, p. 312. — DUNCKER, p. 450. — Gneisenau lui-même répond, le 17 décembre : « Il faut diriger nos espérances du côté de l'Autriche ». LEHMANN, *Historische Zeitschrift*, LXII, p. 505. — Le 28 novembre, dans ses rapports avec Krusemark et avec Saint-Marsan, Hardenberg paraît chercher à obtenir de Napoléon un agrandissement territorial de la Prusse en Pologne. LEHMANN, *Scharnhorst*, II, p. 477. — LEFEBVRE, *Histoire des cabinets de l'Europe*, V, p. 186. — Saint-Marsan à Napoléon, le 17 décembre 1812. A. STERN, p. 396.

1. DUNCKER, p. 451. — ONCKEN, I, p. 28.

2. LEHMANN, *Scharnhorst*, II, p. 471. — TREITSCHKE, I, p. 398. — Voir, le 10 novembre, encore quinze jours après le passage de la Bérésina, les illusions de Clausewitz sur ce qui reste de troupes à Napoléon. PERTZ, *Gneisenau*, II, p. 437. — Il semble que ce soit seulement à partir du 28 novembre que les rapports de Krusemark commencent à donner une idée complète de la situation. DUNCKER, p. 452.

3. ONCKEN, I, pp. 42, 91, 131. — LEHMANN, *Scharnhorst*, II, p. 468, — Rapport de Schön, du 11 novembre 1812, *ibid.*, II, pp. 472, 477. — « C'est l'opinion du peuple que, lors même que le roi renoncerait à son indépendance, le droit du peuple à l'indépendance demeure imprescriptible. » Adresse de Lüttwitz à Hardenberg, du 12 novembre 1812, pour être remise au roi, *ibid.*, II, p. 477. — Hardenberg communique à Saint-Marsan l'adresse de Lüttwitz et la nouvelle de son arrestation, A. STERN, p. 393. — Le 20 novembre 1812, Saint-Marsan écrit à Maret : « Le caractère du roi et son ministre est tel, que, dans la supposition même où les armées de Sa Majesté l'Empereur aient senti des revers, je n'aurais pas craint de les voir changer de système. J'aurais plutôt redouté des insurrections populaires dirigées contre le gouvernement même », *ibid.*, p. 393.

4. ONCKEN, I, p. 33. — LEHMANN, *Historische Zeitschrift*, LXII, p. 502.

5. ONCKEN, I, p. 35.

6. ONCKEN, I, p. 42. — On sait, le 14 décembre, à Berlin que Napoléon est passé le 12 à Glogau, DUNCKER, p. 452. — Voir l'effet du 29° bulletin, HÄUSSER, IV, p. 5.

7. ONCKEN, I, p. 44.

l'abandon des restes de l'armée, la première et l'irrécusable certitude
d'un désastre irrémédiable.

Dès que tout doute eut été dissipé sur le sort de la Grande Armée,
il apparut clairement à la nation prussienne que l'heure de l'affranchissement avait sonné [1]. L'idée venait naturellement à l'esprit des
patriotes de profiter sans tarder de la destruction matérielle et morale
qui désemparait la puissance napoléonienne pour affranchir l'Allemagne jusqu'au Rhin. Un médiocre effort eût suffi, assuraient-ils.
Aucune résistance n'était à craindre. Quelle que fût l'activité de Napoléon, il ne pouvait, en moins de quelques mois, reconstruire sur
ses ruines l'édifice qui venait de s'effondrer.

Mais, tandis que les patriotes poursuivaient leurs plans d'insurrection en Allemagne, les cabinets n'étaient point en état de suivre
d'une résolution aussi rapide, la brusquerie du revirement qui s'était
accompli et l'évolution de la réalité. C'est à cette heure, où il semble
que l'enthousiasme du dehors eût dû porter, soulever ces faibles
gouvernements, que quelque audace, quelque souffle de passion eût
dû pénétrer la politique des cabinets, c'est à cette heure que le gouvernement prussien, Frédéric-Guillaume III surtout, ont découvert
sous son aspect le plus saisissant l'abîme qui les séparait de la
nation.

Hardenberg, tout affaibli qu'il paraissait, écrivait cependant, en
décembre 1812 [2], sur son journal : « Pourquoi n'écraserait-on pas

1. Gneisenau à Hardenberg, le 17 décembre 1812, de Londres. LEHMANN, *Historische Zeitschrift*, LXII, p. 506. — Gneisenau, le 6 janvier, *ibid.*, p. 515. — PERTZ,
Gneisenau, II, p. 451. — *Erinnerungen des Feldmarschalls* VON BOYEN, II, pp. 264,
321, 535, 547. — LEHMANN cite les rapports adressés au gouvernement prussien
par Beguelin de Wilna, par Krusemark de Varsovie, par Buchholz de Posen,
par Schulz de Gumbinnen et par Schön de Gumbinnen. LEHMANN, *Scharnhorst*,
II, p. 471. — Voir Marwitz, le 31 décembre 1812, *ibid.*, II, p. 472. — *Aus dem
Nachlasse von*. F. A VON DER MARWITZ, I, pp. 330, 334. — [FRANZECKY], *Die
Formation der freiwilligen Jäger-Detachements bei der preussischen Armee, im
Jahre 1813. Beiheft zum Militair-Wochenblatt, 1845-1847*, p. 150. — Rapport de
Thile au roi, de la fin de décembre 1812. LEHMANN, *Scharnhorst*, II, p. 476. —
Voir *ibid.*, II, pp. 469, 473.

2. Le 23 novembre 1812, il écrit à Gneisenau : « Oh! pourquoi n'utilise-t-on
pas mieux le moment actuel qui passera si vite? » LEHMANN, *Historische Zeitschrift*, LXII, p. 502. — Le 26 novembre, tout en suivant l'Autriche, Hardenberg
manifeste quelque regret des illusions de l'Autriche sur la possibilité d'une pacification générale, ONCKEN, I, p. 31. — Au début de janvier, Hardenberg s'oppose au
départ pour Breslau, conseillé par Scharnhorst et par Knesebeck lui-même, et
refuse de recevoir, à Berlin ou à Breslau, Boyen revenant de Russie. LEHMANN,
Scharnhorst, II, p. 481.

les Français durant la retraite ¹? » Il continuait à prodiguer aux
patriotes, dans sa correspondance, les assurances de sa résolution.
Elles n'étaient pas plus sincères que par le passé.

Le roi avait demandé, dans les derniers jours de décembre, l'avis des
conseillers qui l'entouraient. Ce n'étaient plus les patriotes; c'étaient
ceux que les patriotes appelaient de vieilles femmes, ceux à la pusillanimité desquels ils s'étaient heurtés, chaque fois qu'ils avaient conseillé une résolution énergique. C'était la coterie de cour, c'était
Ancillon, Albrecht, Knesebeck ², et au milieu d'eux tous, Hardenberg
les dominant de son ouverture d'esprit, et aussi de velléités un peu
plus hardies.

Ancillon avait remis son mémoire entre le 30 décembre et le 4 janvier ³, Albrecht, le 17 décembre ⁴. Knesebeck avait écrit le sien le
23 ⁵. Le 25, Knesebeck, Ancillon et Hardenberg avaient examiné la
situation dans une entrevue tenue soigneusement secrète ⁶.

Des hommes d'action auraient aperçu surtout la nécessité de compléter par un effort vigoureux les premiers résultats atteints, de
frapper sur le coin, de conquérir une indépendance entrevue, mais
non assurée, avant de spéculer sur les conditions à venir d'une réorganisation européenne. Loin de là, ces politiques, s'ils sentaient leur
joug ébranlé, méconnaissaient la nécessité des efforts qui restaient
encore à accomplir ⁷; enclins à la temporisation, ils paraissaient
inquiets de ce que la Russie pouvait avoir noué d'alliances ⁸ ou con-

---

1. Lehmann, *Scharnhorst*, II, p. 473.
2. Brockhausen et Tauenzien également, Lehmann, *Scharnhorst*, II, p. 476. —
Duncker, p. 456.
3. Lehmann, *Scharnhorst*, II, p. 475. — Duncker dit le 24 décembre, Duncker, p. 457.
4. Lehmann, *Scharnhorst*, II, p. 479. — Duncker, p. 454. — Oncken, I, p. 44,
présente le mémoire d'Albrecht comme plus énergique qu'il n'est en réalité.
5. Lehmann, *Scharnhorst*, II, p. 479. — Duncker, p. 456. — Knesebeck conseille le départ de Berlin, le rappel des *Krümper*, *ibid.*, p. 457.
6. Lehmann, *Scharnhorst*, II, p. 473.
7. On a fait remarquer avec raison que Hardenberg, en donnant, le 26 décembre, la formule de cette politique, en avait fait lui-même la critique :
obtenir de grands résultats sans grands sacrifices, Lehmann, *Scharnhorst*, II,
p. 480. — Marwitz, I, p. 320.
8. Lehmann, *Scharnhorst*, II, p. 478. — Ranke, *Hardenberg*, IV, p. 324. — Voir le
traité d'Abo où la Russie se réserve de s'étendre aux dépens de la Prusse jusqu'à
la Vistule, *ibid.*, IV, pp. 326, 327. — Mais le tsar n'attache pas grande importance à cette clause, *ibid.*, IV, p. 328. — Voir Ancillon, le 4 février, Oncken, I,
p. 165. — *Erinnerungen des Feldmarschalls* von Boyen, II, p. 250. — Voir les
entretiens de Boyen avec le tsar et le parti qui, à la cour d'Alexandre, réclame
la frontière de la Vistule, *ibid.*, II, pp. 520 à 528. — Voir l'intervention de Stein
et de Wilson, *ibid.*, II, p. 526.

tracté d'engagements dans l'isolement où on l'avait laissée [1]. Ils ne se sentaient point attirés par les puissances qui venaient de briser la domination napoléonienne. Ils inclinaient au contraire vers le groupe intermédiaire qui, l'Autriche en tête, avait subi de mauvaise humeur l'alliance napoléonienne pour laisser passer la tourmente [2]. Les conseillers que Frédéric-Guillaume III consulta à cette date ne voulaient point de l'alliance russe [3] qui impliquait un effort vigoureux d'affranchissement. On a remarqué que pas un d'entre eux ne la conseilla [4]. Ils penchaient vers l'alliance autrichienne [5] qui signifiait temporisation et réserve.

Aucune équivoque ne peut subsister sur ce qu'était à ce moment, à la fin de décembre 1812, l'état d'âme de Frédéric-Guillaume III [6]. Il écrivait, le 25 décembre, de Potsdam à Hardenberg : « Il se trouve que le mémoire d'Albrecht contient presque littéralement mes propres vues [7] ». Or, dans ce mémoire, en date du 17, Albrecht écrivait [8] : « Il semble que le moment soit venu de déclarer à la cour de Vienne que la Prusse veut en tout faire cause commune avec l'Autriche et que, par conséquent, cette puissance peut compter sans réserve sur la Prusse, soit qu'elle veuille s'en tenir à l'alliance française, soit qu'elle veuille marcher contre la France. »

1. Voir le roi, dans son écrit du 28 décembre, ONCKEN, I, p. 47, — l'instruction de Knesebeck, du 4 janvier, *ibid.*, I, p. 119.

2. La ligue européenne, dit Metternich, ONCKEN, I, p. 143.

3. Voir la méfiance de Frédéric-Guillaume III pour la Russie, LEHMANN, *Scharnhorst*, II, p. 474. — ONCKEN, I, p. 47. — Voir Zichy contre le parti russe, le 4 janvier. *ibid*, I, p. 528. — Voir sur Romanzoff, PERTZ, *Stein*, III, p. 56. — Hardenberg est le seul qui formule une réserve éventuelle en faveur de l'alliance russe. Elle peut, dit-il, devenir un moyen d'éviter de moindres maux. LEHMANN, *Scharnhorst*, II, p. 479.

4. LEHMANN, *Scharnhorst*, II, p. 479. — Voir cependant le mémoire de Knesebeck, DUNCKER, p. 457.

5. LEHMANN, *Historische Zeitschrift*, LXII, p. 474. — ONCKEN, I, pp. 46, 47. — DUNCKER, pp. 458, 459, 460. — HÄUSSER, IV, p. 6.

6. A la nouvelle du passage de Napoléon à Glogau, c'est-à-dire vers le 15 décembre, le roi dit à Hardenberg : « Les difficultés vont renaître à tout bout de champ et notre situation n'en sera que plus pénible. » LEHMANN, *Historische Zeitschrift*, LXII, p. 475. — Hardenberg écrit, le 29 décembre, à Gneisenau : « Le roi est résolu à tout entreprendre de concert avec l'Autriche pour la bonne cause ». LEHMANN, *Historische Zeitschrift*, LXII, p. 474. — Voir les notes approbatives du roi sur le mémoire très décourageant d'Ancillon (du 30 décembre au 4 janvier), LEHMANN, *Scharnhorst*, II, p. 475. — DUNCKER, p. 461. — MARWITZ, I, p. 330. — Voir sur la faiblesse du roi, Gneisenau à Münster, en décembre 1812. PERTZ, *Gneisenau*, II, p. 457.

7. LEHMANN, *Scharnhorst*, II, p. 479. — DUNCKER, p. 454.

8. LEHMANN, *Scharnhorst*, II, p. 479. — DUNCKER, p. 455.

Il serait peut-être injuste d'assurer que Hardenberg fut entraîné sans réserves dans le même courant d'idées. Il remit à son tour au roi, le 26 décembre, un mémoire où il exposait ses propres vues. Il était peut-être à moitié sincère lorsque, dans ce mémoire, il esquissait un programme d'action résolue [1], comme lorsque, dans sa dépêche du 28 novembre à Metternich [2], il manifestait quelque répugnance pour les lenteurs ou les négociations tortueuses de l'Autriche. Mais il infirmait par avance lui-même ce qu'il y avait d'un peu plus décidé dans son attitude, lorsqu'il se subordonnait, lui aussi, aux résolutions si voilées encore, si incertaines de la Hofburg [3]. Il ne paraissait pas moins défiant de tout mouvement populaire que le roi lui-même, pas moins décidé à réprimer les premières velléités du mouvement national [4]. Et, cependant, il allait encore trop vite et trop loin pour le tempérament de Frédéric-Guillaume III. On put le reconnaître lorsque le roi, le 28 décembre, répondit de sa main au mémoire que Hardenberg avait rédigé le 26. Ce faible esprit voulait que l'on attendît le printemps, que l'on vît alors ce que ferait Napoléon [5], s'il agirait offensivement ou défensivement contre la Russie, que l'on laissât la Russie s'engager dans une nouvelle campagne, et que l'on se résolût, alors seulement, à lui apporter le concours uni de l'Autriche et de la Prusse [6].

1. ONCKEN, I, p. 45.
2. ONCKEN, I, p, 31. — HÄUSSER, IV, p. 6.
3. ONCKEN, I, pp. 45, 46. — DUNCKER, p. 461. — Hardenberg à Gneisenau, le 29 décembre, LEHMANN, *Historische Zeitschrift*, LXII, pp. 511, 513. — Cependant Hardenberg ajoute, dans sa lettre du 9 janvier : « Pourvu que l'Autriche ne soit pas avec la France, il y a encore des cas où l'on pourrait compter sur nous », *ibid.*, p. 513. — Voir encore sur le mémoire d'Albrecht, du 17 décembre, les observations marginales de Hardenberg, du 26 décembre, et les réponses du roi. Le roi ne veut rien faire sans l'Autriche. Hardenberg serait encore disposé à agir « pourvu que l'Autriche ne fût pas contre nous ». LEHMANN, *Scharnhorst*, II, p. 474. — Voir l'entrevue de Marwitz et de Hardenberg, vers le 25 décembre, MARWITZ, I, pp. 330, 334. — DUNCKER, p. 458.
4. Hardenberg à Beguelin, 5 décembre 1812 : « Rien de plus urgent, sans contredit, que de réprimer dans le principe ces effervescences », et Ancillon, le 27 décembre : « Il est bien triste que, depuis 1809, il se soit répandu dans les esprits des maximes subversives de tout ordre social. Beaucoup de gens se sont persuadés que la nation pouvait prendre l'initiative, et que cette nation, c'est eux. Il faut les réprimer, c'est le meilleur moyen de donner de la confiance aux Français. » LEHMANN, *Scharnhorst*, II, p. 477, — Hatzfeldt à Paris, 29 janvier 1813. ONCKEN, I, p. 94.
5. Il est très sceptique sur la résolution de l'Autriche, ONCKEN, I, p. 465.
6. LEHMANN, *Scharnhorst*, II, p. 475, — ONCKEN, I, p. 46. — La simple lecture de ce mémoire du roi fait tomber les assertions des historiens qui se sont efforcés de démontrer que la résolution de Frédéric-Guillaume III de tenter un effort

Le 4 janvier [1], vingt et un jours après la nouvelle du retour de Napoléon, Knesebeck quitta Berlin pour aller porter à Vienne les résolutions, flottantes et molles, arrêtées dans les conciliabules dont nous venons de parler et des assurances presque soumises d'étroite coopération [2]. Et, symptôme plus significatif que tout autre, alors que les minutes comptaient, alors que Napoléon reconstituait fiévreusement ses forces anéanties, alors qu'il semblait nécessaire d'armer activement, à quelque parti que l'on dût s'arrêter, le gouvernement prussien ne sut point, même en janvier 1813, commencer résolument ses préparatifs militaires [3].

Les défenseurs officieux de Frédéric-Guillaume III ont certainement commis une erreur lorsqu'ils ont affirmé qu'il prit, avant la fin

d'affranchissement avait été prise à la fin de 1812, notamment celles de TREITSCHKE, I, p. 402. — ONCKEN, I, p. 47. — Voir les impressions des patriotes, l'entrevue de Scharnhorst et de Boyen à Ratibor, le 8 janvier 1813. *Erinnerungen des Feldmarschalls* VON BOYEN, II, p. 303.

1. DROYSEN dit le 2 janvier, DROYSEN, *Yorck*, I, p. 326.

2. ONCKEN, I, p. 122. — Hardenberg écrit, le 29 décembre, à Gneisenau : « Knesebeck, qui est maintenant, comme Ancillon, plein de zèle pour la bonne cause, part en secret pour Vienne et verra Scharnhorst en chemin ». LEHMANN, *Historische Zeitschrift*, LXII, p. 511. — Voir encore le 9 janvier, *ibid.*, p. 512. — Il y a une forte exagération à dire, comme ONCKEN, I, p. 44 : des résolutions décisives.

3. TREITSCHKE est ici fort inexact. TREITSCHKE, I, pp. 402, 403. — DUNCKER, p. 455. — Voir quelle maigre idée a le gouvernement prussien en janvier 1813 des ressources militaires de la Prusse. ONCKEN, I, p. 187. — Les préparatifs de 1811 n'ont jamais été complètement rapportés. Voir l'effectif de l'armée prussienne, au 22 avril 1812. Il dépasse notablement l'effectif du traité. LEHMANN, *Scharnhorst*, II, pp. 451, 467. — Le 29 décembre 1812, Hardenberg assure à Gneisenau qu'on pousse les préparatifs militaires ; mais il manifeste la plus grande crainte d'être prématurément compromis. LEHMANN, *Historische Zeitschrift*, LXII, p. 512. — Le 9 janvier, il écrit : « Les ordres sont *préparés* pour porter nos forces, en dehors du corps auxiliaire, à 60 000 hommes, *ibid.*, p. 573. — *Das ist im Hauptpunkt*, dit-il, *ibid.* — DUNCKER, p. 462. — Voir l'impression très décisive de Boyen sur les lenteurs du gouvernement. *Erinnerungen des Feldmarschalls* VON BOYEN, II, p. 304. — Cependant Seydlitz a vu Bülow à Königsberg, le 28 décembre. Bülow aurait déjà rassemblé 7000 hommes de bataillons de réserve. DROYSEN, *Yorck*, I, p. 351. — LEHMANN assure que, du 15 décembre au 12 janvier, aucune mesure militaire n'est prise, sauf un ordre du 19-20 décembre qui, d'après LEHMANN, aurait eu exclusivement pour but de soustraire les approvisionnements à l'invasion russe. LEHMANN, *Scharnhorst*, II, p. 482. — Voir la dépêche de Saint-Marsan, du 10 décembre 1812. A. STERN, p. 397. — TH. GROBBEL, *Die Konvention von Tauroggen* (*Marburger Dissertation*), 1892, p. 58. — Yorck, le 13 janvier, se plaint du retard des mesures militaires. Voir surtout, comme particulièrement décisif, le sentiment de Scharnhorst sur le retard des mesures militaires dans ses mémoires de Breslau, du 9 janvier et du 14 janvier, LEHMANN, *Scharnhorst*, II, pp. 485, 486. — HÄUSSER, IV, pp. 46, 47, donne une impression inexacte. Ce qui peut tromper en quelque mesure, c'est que les chefs militaires agissent spontanément, en dehors du gouvernement. — (PRITTWITZ), *Beiträge zur Geschichte des Jahres 1813, von einem höheren Offizier*, I, pp. 9, 18.

de décembre, la résolution de s'associer à la lutte contre Napoléon[1].
L'adhésion explicite qu'il a donnée, le 25 décembre, au mémoire
d'Albrecht indique dans quel courant d'idées il était entraîné. Il y
demeura longtemps encore; il semble que, chez lui, deux préoccupations surtout aient arrêté tout élan, l'aient retenu à terre[2] :
la terreur d'abord que lui inspiraient les ressources et le génie de
Napoléon; l'idée de voir l'Allemagne affranchie de suite jusqu'au
Rhin par un effort vigoureux lui semblait une chimère et une pure
folie[3]. Et puis, il se complaisait dans son indécision constitutionnelle; sa pusillanimité aimait les attitudes doubles qui couvraient
d'une prolongation volontaire d'humilité les préparatifs commençants
de la révolte et de l'indépendance.

Le patriotisme prussien exigeait, il eût mérité des chefs plus clairvoyants et plus résolus. Nous avons déjà décrit plus d'une fois cet
éternel débat, où se formait et se trempait la nationalité prussienne,

---

1. Voir Droysen, *Yorck*, I, p. 326; mais il ne connaît pas tous les documents. —
Voir la lettre de Metternich à Hardenberg, du 22 octobre 1814, faisant allusion
au noble élan qui a entraîné le roi de Prusse à la fin de 1812. Droysen, *Yorck*, I,
p. 318. — Le roi écrit, le 28 décembre : « Si Napoléon accepte des conditions modérées, et si la paix générale (car il ne peut s'agir que de celle-là) est
mise sur pied au mois d'avril, nous aurons atteint le plus beau résultat. »
Lehmann, *Scharnhorst*, II, p. 475. — Le roi, dans toute cette période, n'a songé qu'à
marcher sous l'égide de l'Autriche. — Voir, sur l'erreur de Duncker, p. 446, qui
prend pour sincère la lettre de Hardenberg à Gneisenau, du 15 octobre 1812,
Grobbel, p. 55, et toutes les sources indiquées par lui. — Oncken, I, p. 28, commet la
même erreur que Duncker. — Voir également sur l'erreur de Ranke, *Hardenberg*,
IV, p. 343, qui considère la conférence du 25 décembre comme l'origine d'une
politique résolue, Grobbel, p. 76. — Voir de même Treitschke, I, p. 402. —
Pour toute cette période, il faut suivre Ranke, Treitschke et Duncker avec la
plus grande réserve. Le parti pris de défendre la mémoire de Frédéric-Guillaume III contre le reproche de faiblesse les a entraînés aux erreurs les plus
sensibles. — Oncken soutient une autre thèse. Pour lui, le Roi a pris sa résolution dès le début; mais il en ajourne successivement l'exécution. Oncken, I,
pp. 47, 182, 248, 274. — Il exagère, lui aussi, lorsqu'il indique que le choix de
Knesebeck, pour la mission de Vienne, est le symptôme d'une politique de
résolution, *ibid.*, I, p. 118. — Scharnhorst considère que c'est seulement le
23 février 1813 que le parti du roi fut pris. Oncken, I, p. 182; — et Boyen assure
qu'il eût dépendu de Napoléon, avec quelques concessions, de retenir Frédéric-
Guillaume III dans l'alliance française. *Erinnerungen des Feldmarschalls* von
Boyen, II, pp. 314, 324. — Voir encore Häusser, IV, p. 42, — et surtout l'adhésion
du roi au mémoire d'Albrecht, le 25 décembre, ci-dessus, p. 199.

2. Oncken, I, p. 122. — Häusser, IV, p. 42.

3. Voir en janvier 1813. Knesebeck compte, au printemps, que l'on aura pour
lutter contre Napoléon : 129 000 Russes, 30 000 Suédois et *30 000 Prussiens*. Oncken,
I, p. 127. — Le gouvernement prussien lui-même a la plus maigre idée de ses
propres ressources. Voir encore Stein à Münster, le 6 octobre 1811. Pertz, *Stein*,
III, p. 48.

débat renouvelé, rajeuni jusqu'à nos jours, par les opinions divergentes des historiens nationaux de la Prusse.

Cette fois, il semble qu'il soit impossible de ne pas donner tort d'une façon décisive à Frédéric-Guillaume III [1]. L'on peut certainement soutenir qu'avant 1806, puis en 1808, en 1809, en 1811 [2], il ait eu raison de plier. Il est fort douteux qu'à aucune de ces époques une résolution énergique eût changé sensiblement le sort de l'Europe. Il est très facile d'admettre, au contraire, que le gouvernement prussien, dans ses faiblesses et dans ses temporisations, n'était alors que l'agent de la fatalité, la victime d'une situation européenne qui avait pesé même sur des intentions et une volonté comme celles de Stein. En 1812, en 1813, au contraire, il est beaucoup plus probable que Frédéric-Guillaume III et son gouvernement auraient pu, par une action plus vigoureuse, hâter la marche des événements. Ils agirent au contraire comme des obstacles dans le courant naturel des choses, comme des témoins d'asservissement prolongé dans une situation renouvelée.

Il n'est d'ailleurs pas nécessaire de spéculer hypothétiquement sur les conséquences qu'auraient pu avoir d'autres résolutions. Ces actes virils qu'ils refusaient s'imposaient avec une telle nécessité que d'autres les accomplirent sans eux, malgré eux, presque contre eux. La solution qu'ils refusaient d'apporter vint du dehors. Elle vint de ce corps prussien qui devait coopérer avec l'armée française, de ces soldats auxquels le traité du 24 février avait imposé non pas seulement le poids théorique de l'alliance, mais encore la cohabitation directe, l'obligation immédiate et palpable d'une subordination dans les rangs de la Grande Armée.

III

La capitulation de Tauroggen.

Le contingent prussien. — Grawert. — Yorck. — Macdonald. — Ses rapports avec Yorck. — La campagne de Courlande. — Le rôle des Prussiens. — Les émigrés prussiens. — Tiedemann. — Situation critique de Macdonald au commencement de décembre. — La retraite. — Pourparlers de Yorck avec les Russes depuis le mois de septembre. — Rupture de Yorck avec Macdonald à la fin de

1. Voir cependant ONCKEN, I, p. 11.
2. ONCKEN, I, p. 181.

novembre. — Yorck communique au gouvernément prussien ses pourparlers
avec les Russes. — Attitude du roi. — Son entretien avec Seydlitz. — Yorck
séparé de Macdonald par le corps de Diebitsch. — Assurances politiques données par le tsar. — Le gouvernement prussien refuse de donner des instructions à Yorck. — Situation tragique de Yorck. — Ses hésitations. — Première
conférence avec Diebitsch. — Préoccupations de Yorck. — Arrivée de Seydlitz.
— Ordre de Macdonald de rejoindre à Tilsit. — Yorck ne peut se soustraire à
ses responsabilités. — Yorck et Clausewitz. — La convention de Tauroggen. —
Ses conséquences.

Nous avons dit que le général Grawert avait été tout d'abord
désigné pour commander le contingent prussien. Très âgé, très suspect aux patriotes par son admiration pour les Français [1], il le devint
bientôt plus encore par ses faiblesses. Il ne savait rien refuser : ses
concessions dépassaient même les stipulations du traité. Il avait
laissé occuper par les Français Pillau [2], qui aurait dû rester entre les
mains des Prussiens. Mais, très affaibli intellectuellement et physique-
ment, il demanda bientôt lui-même à être remplacé. Il le fut par le
général Yorck, qui lui avait été, dès le début, donné comme auxiliaire.
La désignation d'Yorck avait été faite sur l'initiative de Scharnhorst [3].
Le choix du personnel auquel Scharnhorst a confié les principaux
postes militaires de l'État prussien a été un des éléments essentiels
de l'action qu'il a exercée sur les événements militaires. Celui
d'Yorck fut décisif.

Nous nous souvenons que Yorck avait été un des adversaires les plus
déterminés de Stein. Il appartenait non point tant au parti aristocratique, — il était le fruit de l'union tardivement légitimée d'un officier et
d'une fille d'ouvrier [4], — qu'aux tendances conservatrices et rétro-
grades. Il avait vu du plus mauvais œil les tentatives de réforme de
Scharnhorst. Caractère fermé et difficile [5], il avait dû, au temps de
Frédéric II, quitter l'armée prussienne. Rigoureux à lui-même et aux
autres, il avait toute l'autorité nécessaire à l'exercice du commande-

---

1. DROYSEN, *Yorck*, I, p. 255.
2. DROYSEN, *Yorck*, I, pp. 249, 260.
3. LEHMANN, *Scharnhorst*, II, p. 452. — Le 12 mars 1812, Yorck a été désigné
comme second commandant du corps auxiliaire; le 13 avril, il prend le commandement au lieu et place de Grawert, DROYSEN, *Yorck*, I, pp. 239, 249, 262. —
DROYSEN, *Yorck* (1851), I, p. 527. — *Erinnerungen des Feldmarschalls* VON BOYEN,
II, p. 196.
4. CHARRAS, *Histoire de la guerre de 1813 en Allemagne*, p. 19.
5. DROYSEN, *Yorck*, I, pp. 211 et suiv., 308. — PERTZ, *Gneisenau*, II, p. 485.
— RANKE, *Hardenberg*, IV, p. 332. — L. v. REICHE, *Memoiren*, I, pp. 253, 257, 259, 288.
— *Erinnerungen des Feldmarschalls* VON BOYEN, II, p. 96. — PERTZ, *Stein*, III, p. 81.

ment. Il avait résisté à la débâcle morale de 1806, et sauvé, dans sa sphère, par quelques actes de vigueur, l'honneur des armes. Par un étrange jeu du destin, c'est à cet adhérent endurci des vieilles doctrines, des conceptions traditionnelles [1] qu'il fut réservé d'incarner, à l'heure décisive, le soulèvement national de la Prusse, par un acte de rupture flagrante avec les règles élémentaires de la discipline militaire et monarchique.

Depuis le début de la campagne de Russie, Macdonald commandait, à l'extrême gauche de la Grande Armée, le dixième corps dont faisaient partie les troupes prussiennes, avec quelques contingents de la Confédération du Rhin. Les Prussiens ont plus d'une fois, alors et depuis, rendu hommage à la correction et à la délicatesse de procédés du maréchal français [2]. Il n'était certes ni brutal, ni passionné. Mais, quelque désir qu'il eût de ménager les Prussiens, quelque tact qu'il y mît, il ne put éviter, dans ses rapports avec Yorck, de vifs et fréquents dissentiments. Il y avait plus que de la dignité dans l'attitude de Yorck [3]. Elle trahissait la mauvaise humeur, et, sous l'aspect d'une correction voulue, des grondements intérieurs. Quelques-uns même des officiers prussiens la blâmaient ouvertement [4], tant l'opposition du patriotisme et des tendances d'abdication nationale se retrouvait partout.

Le tout était d'ailleurs tempéré, même chez Yorck, par un sentiment, plus militaire que national, d'admiration pour les triomphes de l'armée française, par le désir de l'égaler [5], d'effacer la tache, l'impression de dédain qu'avaient pu laisser les souvenirs de 1806. Yorck conserva en somme au corps prussien, — et ce n'était point

1. Voir sa soumission à la volonté du roi. DROYSEN, Yorck, I, p. 231. — « Je ne suis ni Russe ni Français; je suis plus qu'un Prussien, je suis un serviteur du roi, fidèle et sans réserve », ibid., I, p. 244. — TREITSCHKE, I, p. 403.
2. « Un homme d'honneur, intelligent et bienveillant. » Sa finesse et son autorité. Ses bons procédés pour les officiers prussiens. Voir le témoignage du major v. Brause, DROYSEN, Yorck, I, p. 256. — L'on dit, en même temps, qu'il paraissait fatigué de la guerre, se montrant peu aux troupes, ibid., I, p. 283, — incapable d'une exaction, ibid., I, p. 283. — Voir encore, au moment de la défection d'Yorck, ibid., I, p. 366. — C. E. W. Freiherr von CANITZ und DALLWITZ, Denkschriften. Aus dem Nachlasse herausgegeben, pp. 46, 47. — Beaucoup des appréciations de DROYSEN sont empruntées presque littéralement à CANITZ.
3. DROYSEN, Yorck, I, p. 284.
4. DROYSEN, Yorck, I, pp. 247, 261, 284, 302, 307. — CANITZ, Denkschriften, p. 82. — SEYDLITZ, Tagebuch des Yorckschen Korps, I, pp. 83, 85, 152, 154, 160, 168.
5. DROYSEN, Yorck, I, p. 256. — CANITZ, Denkschriften, p. 45. — TREITSCHKE, I, p. 403.

un résultat banal, — sous les ordres de Macdonald, à côté des contingents allemands de la Confédération, son intégrité, son unité distincte et le sentiment de son individualité nationale [1].

Macdonald avait été, depuis le début de la campagne, abandonné à lui-même. Franchissant la frontière prussienne, il avait occupé la Courlande; il avait pénétré jusqu'aux abords de Riga [2]; mais il n'avait pu en entreprendre le siège et s'était tenu sur la rive gauche de la Dvina. A la fin d'août [3], puis à la fin de septembre [4], Yorck avait eu à repousser l'offensive des Russes. Du 16 au 19 novembre [5], au moment où se dessinait l'échec de Napoléon, le X° corps avait dû faire face à de nouvelles agressions. Macdonald avait confié à un favori de la princesse Borghèse, au général Bachelu [6], et au général prussien Hünerbein, des opérations qui, bien qu'assez mal conduites, avaient cependant ramené les Russes dans leurs positions initiales.

Les historiens prussiens sont fort préoccupés de démontrer que tout ce qui fut bien fait, durant cette campagne de Courlande, le fut par les Prussiens et par Yorck [7], comme s'ils avaient hérité de l'ardent désir qu'avaient alors les officiers prussiens d'effacer les souvenirs désastreux de 1806. Chez les uns et chez les autres, l'amour-propre militaire a primé la passion nationale. Ils ont à cœur de montrer qu'ils ont bien servi Napoléon. Ce qu'il y avait ainsi d'anormal dans la situation du contingent prussien, la contradiction manifeste entre les courants nationaux de la Prusse, la situation que lui créaient ses traditions

---

1. DROYSEN, *Yorck*, I, p. 284. — Voir sur l'attitude des Prussiens au début de la campagne, RANKE, *Hardenberg*, IV, p. 302. — DROYSEN, *Yorck* (1851), I, p. 353.

2. Voir le rôle de Tiedemann dans la défense de Riga. LEHMANN, *Jahrbücher für die deutsche Armée und Marine*, XXIV, p. 124. — PERTZ, *Gneisenau*, II, p. 371.

3. Le combat de Dahlenkirchen est du 22 août. Les troupes prussiennes y font des pertes sérieuses. DROYSEN, *Yorck*, I, p. 264.

4. Voir Yorck à Bauske, DROYSEN, *Yorck*, I, pp. 272, 279. —Après les combats de Bauske, le roi de Prusse envoie des ordres pour le mérite, 4000 thalers pour Yorck et 3000 pour Kleist, *ibid.*, I, p. 379. — CANITZ, *Denkschriften*, p. 60.

5. Le mouvement offensif de Paulucci commence le 13 novembre, DROYSEN, *Yorck*, I, p. 228.

6. Voir sur l'épisode du général Bachelu qu'on ménage malgré son incapacité, DROYSEN, *Yorck*, I, p. 289. — CANITZ, *Denkschriften*, p. 66.

7. CLAUSEWITZ, VII, p. 216, dit en parlant d'Yorck : « Il avait peut-être un sentiment excessif de ce que les troupes prussiennes avaient donné devant Riga ». — CANITZ, *Denkschriften*, p. 46. — BAGENTZKY, *Geschichte des Regiments Colberg*, p. 94. — DROYSEN, *Yorck* (1851), I, p. 477. — TREITSCHKE, I, p. 403. — LEHMANN, *Scharnhorst*, II, p. 462 — (FRANZECKY), p. 450. — DROYSEN, *Yorck*, I, p. 283. — Voir l'impression de Macdonald sur les Prussiens, *ibid.*, I, p. 289. — SÉGUR, *Histoire et Mémoires*, V, p. 414, parle d'une lettre de reproches de Macdonald à Yorck à propos des affaires de Bauske. — DROYSEN, *Yorck*, I, p. 300.

et son histoire et les obligations qu'elle avait contractées en entrant
dans l'alliance française ressortait en traits apparents. Combien, dans
ce renversement de toutes choses, il était singulier que l'armée
prussienne, reconstruite avec tant de peine, en dépit et en haine de
l'occupation française, fût employée à soutenir et à sauvegarder,
au delà des frontières prussiennes, l'aile gauche de la Grande
Armée! Combien étaient saisissantes aussi, dans les combats qui se
livrèrent au-devant de Riga, ces rencontres entre Prussiens émigrés,
passés au service de la Russie, et Prussiens restés fidèles au drapeau et engagés avec la France! On vit un patriote prussien,
comme Tiedemann [1], servant dans l'armée russe, rencontrer la mort
sous les balles prussiennes en invitant à déserter les soldats prussiens qui servaient Napoléon; et Yorck, qui allait affranchir la
Prusse, quelques mois plus tard, par sa défection, ne trouvait, pour
juger cette fin, que des paroles de blâme et d'aigreur [2].

Dès les premiers jours de novembre, Macdonald s'était montré
préoccupé de son isolement et de l'absence de nouvelles. Puis, au
milieu de novembre, il avait recueilli les premiers bruits publics du
désastre. Les lettres de Maret, d'un ton toujours optimiste, ne com-

---

1. LEHMANN, *Knesebeck und Schön*, p. 53. — PERTZ, *Gneisenau*, II, pp. 369, 371,
406. — *Memoiren des k. preussischen Generals Freiherrn* L. V. WOLZOGEN, p. 96.

2. Voir sur les appels adressés aux troupes du corps prussien par le comité
allemand de Stein, PERTZ, *Stein*, III, p. 79, — et sur les tentatives de von der Goltz,
ibid., III, p. 81. — Voir sur la mort de Tiedemann à Dahlenkirchen le 22 août,
DROYSEN, le *Tagebuch* de SEYDLITZ, et les rectifications dont il est l'objet. DROYSEN
Yorck, I, p. 263. — Voir particulièrement le rapport d'Yorck sur le combat
de Dahlenkirchen. Les Prussiens du corps auxiliaire trouvent en face d'eux
les Prussiens passés au service de la Russie. Ils sont extrêmement excités les
uns contre les autres. Yorck, racontant la mort du patriote prussien, Tiedemann, dit : « c'est une bonne chose qu'il soit mort; nous serons plus tranquilles »; et, parlant d'un autre officier prussien (v. Preusser), au service des
Russes, qui a été grièvement blessé le 22, il ajoute : « Il l'a bien mérité ».
Et lui, qui va capituler quatre mois plus tard, il dit en parlant de Tiedemann : « Il s'est rendu méprisable... en faisant à l'un de nos bataillons la
proposition honteuse de capituler ». Le rapport de Yorck est publié plus complètement dans l'édition de 1851 de DROYSEN, *Yorck*, I, p. 364. — Tiedemann, qui a
connaissance de l'indignation de Yorck contre les « déserteurs », écrit une apologie.
LEHMANN, *Jahrbücher für die deutsche Armee und Marine*, XXIV, p. 146. — D'un
autre côté, les officiers prussiens faits prisonniers par les Russes à Dahlenkirchen
passent au service de la Russie et Yorck s'en indigne. DROYSEN, *Yorck* (édition,
de 1884), I, p. 266. — LEHMANN, *Jahrbücher für die Deutsche Armee und Marine*, XXIV
p. 139. — Voir sur la mort de Tiedemann, CANITZ, *Denkschriften*, p. 54. — PERTZ,
Gneisenau, II, p. 369. — LEHMANN, *Jahrbücher für die Deutsche Armee und
Marine*, XXIV, p. 119. Dans ses lettres, Tiedemann appelle les Prussiens d'Yorck :
l'ennemi. — Voir encore *Erinnerungen des Feldmarschalls* VON BOYEN, II, p. 239.

mencèrent à trahir de préoccupations ouvertes que vers le 26 novembre. Les nouvelles inquiétantes se succédèrent à partir de cette date. Le désastre de la Bérésina est du 26-29 novembre. Et ce fut seulement le 18 décembre que Macdonald reçut un mot que Berthier lui adressait, de Wilna, le 9, où il lui annonçait que l'armée ne pouvait tenir à Wilna et l'invitait à se replier sur Tilsit et à évacuer la Courlande. Le même jour, à peine quelques heures plus tard, il recevait un second ordre, daté du 12, et dans lequel Murat lui prescrivait de hâter son mouvement.

Ces retards devenaient graves; mais ce n'était point par un simple hasard que l'ordre de Berthier, du 9, était parvenu si tardivement à Macdonald[1]. Berthier avait commis l'imprudence de le confier à un officier prussien, le major de Schenck; et celui-ci, retardant intentionnellement sa marche[2], avait mis neuf jours à se rendre de Wilna à Mitau. Yorck était beaucoup plus vite et plus sûrement renseigné. Dès le 8 décembre, un de ses officiers, Canitz[3], lui avait rapporté de Wilna des renseignements précis, sûrs, et qui devançaient de beaucoup ceux dont Macdonald pouvait s'entourer.

Ce fut le 18 décembre seulement que Macdonald commença sa retraite de Mitau sur Tilsit[4]. Il laissait Yorck à l'arrière-garde avec le corps prussien. Yorck partit le 20[5]. Le 22 décembre, Yorck annonçait à Macdonald qu'il exécutait ses ordres; le 24 encore, il lui écrivit qu'il le suivait et arriverait le 25 à Koltiniani[6].

En réalité, Yorck était en pourparlers avec les Russes, à l'insu de Macdonald[7], et depuis fort longtemps. Déjà, dès le 23 septembre, le

---

1. DROYSEN, *Yorck*, I, pp. 329, 330, 331. — *Archives historiques du Ministère de la Guerre. Correspondance de la Grande Armée.* Berthier à Macdonald, 9 déc. 1812. Berthier à Macdonald, 12 déc. 1812. Macdonald à Berthier, 19 déc. 1812, ci-après, annexes nᵒˢ XIX, XX, XXI, pp. 497, 498. — CANITZ, *Denkschriften*, pp. 71, 97. — CLAUSEWITZ, VII, p. 207.
2. DROYSEN, *Yorck*, I, p. 331. — (PRITTWITZ), I, p. 9. — *Aus den Papieren des Ministers und Burggrafen von Marienburg* THEODOR VON SCHÖN, VI, p. 47.
3. CANITZ, *Denkschriften*, pp. 70, 86. — DROYSEN, *Yorck* (1851), I, p. 538. — DROYSEN, *Yorck*, I, pp. 298, 309, 310, 311, 329, 330.
4. DROYSEN, *Yorck*, I, p. 331.
5. DROYSEN, *Yorck*, I, p. 331.
6. Yorck marche avec une lenteur significative; le fait est reconnu par CANITZ, *Denkschriften*, p. 80.
7. Il semble y avoir eu de premiers pourparlers connus de Macdonald avec les Russes, SEYDLITZ, *Tagebuch*, II, p. 58. — CANITZ, *Denkschriften*, p. 54. — GROBBEL, p. 22.

général russe Essen[1], qui commandait à Riga, avait écrit à Yorck[2]. Le
1er novembre, il lui avait fait connaître la retraite de Moscou, la
situation compromise de Napoléon, et lui avait proposé de livrer
Macdonald[3]. Puis, il avait été remplacé à Riga par un nouveau
gouverneur. Ce fut, dans cette confusion des nationalités, un Italien,
insinuant et délié, Paulucci[4], qui se chargea de poursuivre, dans une
correspondance écrite en français, ces négociations entre Russes et
Prussiens. Il y apporta, dès le début, la plus vive insistance; sa première lettre à Yorck est du 14 novembre[5]; puis les communications
se succèdent sans interruption, le 1er décembre, le 7, le 11, le 15,
le 22[6].

Les Russes tentaient d'ailleurs toutes les voies. Ils avaient sondé
la fidélité de Macdonald lui-même, et lui avaient fait par un émigré
français, le colonel Rapatel, des ouvertures[7] qu'il avait brusquement
repoussées. Paulucci n'était pas seul en rapports avec Yorck. Wittgenstein, le commandant d'une des deux armées russes qui se préparaient à couper la retraite de Napoléon, était entré, de son côté, en
relations avec le commandant du corps prussien. Le 21 novembre,
le prince Repnin était arrivé à Riga, porteur d'un message de Wittgenstein pour Yorck[8]. Et cette seconde négociation, se greffant sur la

1. ECKARDT, *Yorck und Paulucci*, p. 26.
2. Voir les précédents, le projet de convention militaire de 1811, ci-dessus,
p. 149. — MARTENS, *Histoire des Traités et Conventions conclus par la Russie*, VII,
p. 27. — Les premiers rapports de Yorck avec les Russes de Riga sont des rapports
désobligeants. DROYSEN, *Yorck*, I, p. 266. — L'entrevue qui suit la lettre d'Essen
du 3 sept. ne mène à rien. Il semble qu'Essen n'ait pas osé parler, *ibid.*, I,
pp. 267, 268. — ONCKEN, I, pp. 26, 27.
3. DROYSEN, *Yorck*, I, p. 287.
4. ECKARDT, pp. 31, 58. — Paulucci paraît avoir agi avec une initiative qui dépassait ses instructions, *ibid.*, p. 48. — GROBBEL, p. 30. — DROYSEN, *Yorck*, I, p. 300.
— Sur Paulucci, voir Clausewitz à Tiedemann, 28 juin 1812. LEHMANN, *Jahrbücher
für die Deutsche Armee und Marine*, XXIV, p. 143. — Il semble qu'il ait été mêlé
à passablement d'intrigues. PERTZ, *Gneisenau*, II, p. 284. — PERTZ, *Stein*, III,
pp. 101, 109.
5. DROYSEN, *Yorck*, I, p. 301. — Voir les communications établies entre les
Russes et les Prussiens, ECKARDT, p. 38.
6. Voir la lettre du 1er déc. DROYSEN, *Yorck*, I, p. 306, — celle du 7, *ibid.*, I, p. 312, —
celle du 11, *ibid.*, I, p. 314. — Celle du 15 est apportée aux avant-postes par Frédéric
Dohna, *ibid.*, I, p. 315. — Celle du 22 communique à Yorck les engagements politiques du tsar, *ibid.*, I, p. 341. — Voir une dernière lettre de Paulucci du 28, *ibid.*, I,
p. 352. — ECKARDT, pp. 59 et suiv.
7. Elles sont connues des Prussiens, DROYSEN, *Yorck*, I, p. 299. — Voir aussi la
mission d'Eckesparre auprès de Macdonald, *ibid.*, I, p. 299.
8. DROYSEN, *Yorck*, I, p. 304; — la lettre de Wittgenstein est du 13, GROBBEL,
p. 30. — ECKARDT, pp. 48, 68 et suiv.

première, avait excité le dépit de Paulucci[1], ardemment désireux de conserver l'honneur d'une si brillante capture.

L'attitude de Yorck au regard de ces ouvertures ne fut point telle qu'on pourrait l'attendre de son personnage. Concentré, strict à lui-même et aux autres, il l'était sans aucun doute; on a voulu en faire de plus un caractère résolu et rectiligne. Il semble qu'il y ait à corriger sur ce point le portrait légendaire de celui qu'on appelait « le vieux loup », « le vieux grognard ». Derrière la sincérité brutale, dépourvue d'aménité dont se targue l'Allemand du Nord, comme derrière l'apparente ouverture du méridional, la complexité de la nature humaine a parfois ménagé des doubles fonds. Yorck fut amené à accomplir un acte décisif, où vint se synthétiser l'effort d'affranchissement de l'Europe. Mais l'acte s'est imposé à l'individu par une sorte d'inéluctable nécessité. L'individu n'était pas, autant qu'on l'a dit, l'homme de son acte. Les Allemands, comme il était naturel, Charras lui-même, paraissent s'y être mépris en quelque mesure. Les nuances ont leur prix ici, car nous sommes bien au cœur de la formation de la Prusse contemporaine.

Yorck se conduisit, dans ses rapports avec les Russes, en fin diplomate[2]. Écrivant à Paulucci et à Wittgenstein, le 20 et le 26 novembre, puis le 5, le 8, le 16, le 20 décembre[3], d'abord en français puis en allemand, il répondit de la façon la plus évasive, mais en laissant deviner toutefois le désir de poursuivre cette correspondance équivoque.

De tout cela, Macdonald n'apprit pas un mot. Yorck entretenait avec lui les relations les plus tendues, réclamait, récriminait[4]. Le 27 novembre, il avait poussé Macdonald à un éclat[5]. Lui-même évitait

1. DROYSEN, *Yorck*, I, p. 304. — Paulucci veut arrêter Seydlitz au passage à la fin de déc., *ibid.*, I, p. 331. — Voir la lettre de Paulucci à l'Empereur. DROYSEN, *Yorck* (1851), I, p. 451. — ECKARDT, p. 52.
2. Voir sa première réponse verbale à la lettre de Paulucci du 14 nov. DROYSEN, *Yorck*, I, p. 303.
3. Le 20 nov. à Paulucci, DROYSEN, *Yorck*, I, p. 304, — le 26 nov. à Wittgenstein, *ibid.*, I, p. 307, — le 3 déc. à Paulucci en allemand, *ibid.*, I, p. 307. — Le 6 déc., il écrit au roi : « Je ferai patienter le marquis Paulucci par une réponse insignifiante ». PERTZ, *Stein*, III, p. 247. — Voir ses lettres, le 8, à Paulucci, DROYSEN, *Yorck*, I, p. 313, — le 16, à Paulucci, *ibid.*, I, p. 316, — le 20, à Paulucci, en français, pour lui annoncer sa retraite, *ibid.*, I, p. 340. — ECKARDT, pp. 66 et suiv.
4. DROYSEN, *Yorck*, I, pp. 284, 285, 291.
5. Voir la lettre de Macdonald du 27 novembre. DROYSEN, *Yorck*, I, p. 292. — DROYSEN, *Yorck* (1851), I, p. 535. — Voir une lettre de Macdonald à Maret sur l'état du corps prussien, du 10 déc. 1812, interceptée par les cosaques, et com-

soigneusement de se mettre apparemment dans son tort[1]. Il était
aigre, mais correct, reconnaissant ses erreurs s'il en avait commis,
parfois même trop correct : « Le soldat prussien », écrit-il le
13 novembre à Macdonald, « saura se soumettre, quand il le
faut, à toutes les privations pour mériter l'applaudissement de
Votre Excellence. » Toutefois il avait su rendre, après l'éclat du
27 novembre, les rapports à peu près impossibles entre son chef
direct et lui.

En même temps, il tient soigneusement le gouvernement prussien
au courant des pourparlers qu'il dissimule à Macdonald. Le 5 novembre, il envoie Brandenburg au roi pour lui faire connaître les premières ouvertures d'Essen[2]. Le 28 novembre, il expédie une estafette à Berlin[3]. Le 30 novembre, il fait partir le capitaine Schack[4].
Le 5 décembre, les événements se précipitant, il dépêche à Berlin
Seydlitz, l'homme de sa confiance et de son intimité[5]. Il le charge
d'exposer clairement la situation et de demander des directions
nettes.

Mais, à Berlin, on était plus politique encore que Yorck. Outre
l'incertitude qui se prolongeait et se renouvelait dans une situation
dont l'aspect changeait d'heure en heure, nous savons qu'on n'y était
point d'humeur à se compromettre. Tandis que Yorck attendait avec
anxiété le retour de ses messagers, on les retenait. Ils entraient tous
dans la caverne, mais n'en ressortaient point[6]. Brandenburg avait dû

muniquée à Yorck plus tard par Diebitsch, DROYSEN, *Yorck* (1851), I, p. 538. —
CANITZ, *Denkschriften*, pp. 69, 89. — RANKE, *Hardenberg*, IV, p. 333.
1. Voir l'accueil que Yorck fait à la lettre de Macdonald. Il suppose qu'elle a
été écrite pour le pousser à bout. DROYSEN, *Yorck*, I, pp. 294, 299. — Voir sa
réponse du 28 nov., *ibid.*, I, p. 296. — Voir encore, *ibid.*, I, pp. 297, 298, 299,
300, 309, 320, 321. — CANITZ, *Denkschriften*, p. 69. — Voir le rapport de Henckel
von Donnersmark au Roi de Prusse sur l'attitude de Yorck à l'égard de Macdonald. DROYSEN, *Yorck*, I, p. 296.
2. DROYSEN, *Yorck*, I, p. 287.
3. Pour y faire connaître sa querelle avec Macdonald. DROYSEN, *Yorck*, I, p. 295.
4. DROYSEN, *Yorck*, I, p. 298, 301. Il demande à la suite de ses dissentiments
avec Macdonald à être déchargé du commandement. — Voir, sur cette demande,
l'explication de GROBBEL, p. 26. — Hardenberg écrit le 6 déc., à Krusemark,
pour lui dire de faire en sorte que Yorck demeure à la tête du contingent prussien. ONCKEN, I, p. 44.
5. DROYSEN, *Yorck*, I, p. 307. — Voir la lettre au roi, du 4 déc. Yorck assure
qu'en dehors de Seydlitz personne ne connaît ses négociations avec les Russes.
PERTZ, *Stein*, III, p. 248.
6. Cependant Yorck a reçu de Berlin, vers le 15 déc., une première réponse
écrite le 6 déc. Elle ne correspond point à la situation puisque, le 6, on ne connaît point à Berlin le passage de la Bérésina. Il semble toutefois qu'on y con-

d'abord partir de Berlin le 13 décembre, pour rejoindre Yorck. On avait ajourné son départ au 15, au 17, puis au 18 [1]. Le 21 seulement, Seydlitz, qui avait apporté les propositions les plus précises des Russes et les demandes les plus instantes de Yorck, put quitter Berlin [2]. Mais Yorck n'en devait pas être beaucoup plus avancé.

Hardenberg n'avait rien confié ni à l'un ni à l'autre qui pût éclairer Yorck sur les véritables intentions du gouvernement prussien. Les dépêches ne contenaient pas un mot, pas une instruction sur les propositions russes. Elles insistaient, au contraire, sur l'étroitesse des liens qui unissaient le Roi de Prusse à l'Empereur des Français [3]. Yorck était laissé à lui-même avec une sorte de cynisme. On abandonnait la solution aux hasards d'une résolution individuelle qu'on se réservait de désavouer en cas d'insuccès [4].

Le roi avait eu une conversation personnelle avec l'aide de camp de Yorck avant son départ, et cette conversation n'avait pu qu'ajouter aux incertitudes de Seydlitz. Frédéric-Guillaume III avait rappelé que Napoléon était un grand génie qui saurait toujours trouver des

naisse les premières ouvertures d'Essen à Yorck. La réponse est des plus réservées, mais Yorck peut en conclure qu'on ne désapprouve pas ses négociations avec les Russes. DROYSEN, Yorck, I, p. 316. — GROBBEL, p. 27. — Schack voit, le 8 déc., le major Thile de l'entourage du roi; le 10, il a une audience du roi; la mission de Schack se rapporte au conflit de Yorck et de Macdonald. Tandis qu'il attend, Seydlitz arrive le 13 déc. DROYSEN, Yorck, I, p. 216, — GROBBEL, p. 53. — Brandenburg attend depuis le commencement de novembre.

1. Brandenburg emporte un ordre de cabinet du roi, du 12, une lettre de Hardenberg, du 15, une lettre du major Thile à Yorck, du 15, une lettre de Hardenberg, du 17. On renseigne Yorck, mais on ne lui donne aucune indication précise; il n'est pas fait allusion aux pourparlers avec les Russes. DROYSEN, Yorck, I, pp. 320 à 323. — DUNCKER, p. 454. — Il semble d'après DROYSEN, Yorck, I, p. 360, que Brandenburg n'ait pas pu passer.

2. DROYSEN, Yorck, I, p. 324.

3. DROYSEN, Yorck, I, pp. 321, 323.

4. DROYSEN, Yorck, I, p. 328, indique cette explication sans se l'approprier. — Dans sa première édition, DROYSEN, I, p. 491, conclut que Yorck a agi de son propre mouvement, sinon contre la volonté explicite, du moins contre la volonté vraisemblable du roi. — Depuis, DUNCKER, p. 455, — et ZIPPEL, Zeitschrift für preussische Geschichte, II, p. 502, ont tenté d'établir que Yorck avait la conviction fondée d'agir conformément aux intentions du roi; mais cette tentative ne tient point devant la lettre publiée par LEHMANN, Historische Zeitschrift, LXIV, p. 385, — et devant le travail de GROBBEL, Die Konvention von Tauroggen, (Marburger Dissertation), 1893. — L'impression reste celle de DROYSEN : c'est que Yorck a agi contre la volonté du roi. — Voir toutes les appréciations citées par GROBBEL, p. 12. — Il est important de noter qu'un mémoire, remis au roi, le 17 déc., probablement celui d'Albrecht, discute par avance la défection de Yorck et déconseille de l'autoriser, GROBBEL, p. 56. — DUNCKER, p. 453. — ONCKEN, I, p. 129.

ressources; il avait conseillé de ne pas trancher le nœud gordien; mais, afin que ceci ne pût être interprété comme un ordre, il avait conseillé aussi d'agir selon les circonstances [1]. Il semble même qu'il eût été plus loin et qu'il eût interdit expressément toute convention avec les Russes.

Cependant, en Courlande, la crise approchait, Macdonald poursuivait sa retraite. Il laissait Yorck à une journée de marche derrière lui, après lui avoir donné rendez-vous à Tauroggen. Macdonald, avisé tardivement du sort de la Grande Armée, avait d'ailleurs lieu d'être préoccupé. Il devait craindre de voir sa retraite coupée. Il n'avait pu s'arrêter à Tauroggen, où il avait donné rendez-vous à Yorck; il avait dû hâter sa marche, se porter aussitôt sur Tilsit. Mais, quoiqu'il eût trouvé déjà la ville occupée par les Russes, il avait pu, avec l'aide d'une partie des troupes prussiennes, demeurées auprès de lui sous les ordres de Massenbach, chasser les Russes, s'établir à Tilsit et assurer ses communications.

1. DROYSEN, *Yorck*, I, p. 324. — TREITSCHKE, I, p. 405. — SEYDLITZ, dans son *Tagebuch*, ajoute que le roi lui aurait déclaré qu'il était prêt à rompre l'alliance avec la France, dès que la situation politique se serait éclaircie; mais on semble indiquer que cette phrase a été ajoutée par crainte de la censure et par ménagement. Le *Tagebuch* a été publié en 1823, au fort de la réaction. GROSSEL, p. 14. — PERTZ, *Stein*, III, p. 255, n'a retenu que cette phrase du *Tagebuch*. — Voir également PERTZ, *Gneisenau*, II, p. 483. — DUNCKER, p. 455. — RANKE dit : « On ne voit pas que Yorck ait été autorisé de Berlin ». RANKE, *Hardenberg*, IV, p. 336; et HÄUSSER, dit : « Seydlitz ne reçut point d'indications claires. » HÄUSSER, IV, p. 15. — Voir également ONCKEN, I, pp. 43, 129. — Boyen assure que Yorck n'avait point d'instructions secrètes, mais qu'il pouvait se croire autorisé à agir avec une certaine initiative, par les pleins pouvoirs qui lui avaient été attribués l'année précédente. *Erinnerungen des Feldmarschalls* VON BOYEN, II, p. 312. — Il est établi par le témoignage de Yorck et du roi lui-même, lorsqu'on fit passer à la censure le *Tagebuch* de Seydlitz, que Yorck n'avait aucune instruction, ni du roi, ni du *Tugendbund* (comme on le disait en 1820). Seydlitz avait écrit dans son *Tagebuch* que Yorck n'avait reçu ni instructions publiques, ni instructions secrètes. Le roi fit supprimer le passage en disant : « Il est inutile de mentionner la non-existence d'instructions secrètes pour le général Yorck. » DROYSEN, *Yorck*, I, p. 325. — Seydlitz porte en même temps à Yorck un ordre du 20 décembre, qui, en l'informant des pouvoirs donnés à Bülow, donne à Yorck, dès qu'il sera rentré sur le territoire prussien, le commandement de la province, « *die Fürsorge für die Sicherheit der Provinz* », *ibid.*, p. 325. — Une lettre récemment publiée par LEHMANN, *Historische Zeitschrift*, LXIV, p. 388, indique que le roi, d'après Hardenberg, s'est prononcé explicitement contre toute convention avec les Russes. Hardenberg ignore si cette décision du roi a été communiquée à Seydlitz. LEHMANN semble indiquer que Seydlitz, affilié à la conspiration patriotique, a connu la décision du roi et l'a dissimulée. — Voir *Erinnerungen des Feldmarschalls* VON BOYEN, II, p. 310. — RANKE, *Hardenberg*, IV, p. 336. — Voir la lettre de Seydlitz à Paulucci, le 27 décembre, où il lui demande le passage; il semble indiquer que sa mission est conforme aux intérêts des Russes. ECKARDT, p. 109.

Yorck marchait derrière, poursuivi, assez mollement, semble-t-il, par les Russes de Riga[1], lorsqu'en arrivant, le 25 décembre, à Koltiniani, il trouva un détachement de l'armée de Wittgenstein, 2000 Russes sous les ordres du général Diebitsch, interposés, par un véritable hasard, entre lui et Macdonald et paraissant intercepter ses communications[2].

Telle était, le 25, la situation militaire.

Quant aux négociations, elles avaient pris un caractère à la fois plus pressant et plus grave. Yorck ne négociait plus seulement sur le point de savoir s'il quitterait le dixième corps français pour se joindre aux Russes ou pour neutraliser le contingent prussien; il était amené, par la force des choses, à négocier les conditions mêmes de l'alliance à conclure entre la Prusse et la Russie. On ne pouvait songer, et Yorck y songeait moins que personne, à livrer le contingent prussien aux Russes sans exiger de garanties[3]. Alexandre n'avait pas hésité à engager sa parole[4]. Le 18 décembre, l'Empereur de Russie avait autorisé Paulucci à déclarer qu'il était prêt à prendre l'engagement « de ne pas poser les armes, tant qu'il n'aurait pas réussi à obtenir, pour la Prusse, un agrandissement territorial assez considérable par son étendue pour lui faire reprendre parmi les puissances de l'Europe la place qu'elle y occupait avant la guerre de 1806 »[5].

---

1. DROYSEN, *Yorck*, I, p. 332. — GROBBEL, p. 39.

2. Voir, sur les opérations des Russes, DROYSEN, *Yorck*, I, p. 340. — Diebitsch a coupé la ligne de marche du 10ᵉ corps, l'a dépassée et a été jusqu'à Lafkof au nord; et c'est en revenant sur ses pas qu'il intercepte la marche de Yorck, BOGDA-NOWITSCH, *Geschichte des Feldzuges im Jahre 1812. Aus dem Russischen von* G. BAUMGARTEN, III, p. 360. — *Erinnerungen des Feldmarschalls von* BOYEN, II, p. 312.

3. Yorck en demande indirectement, dès sa première lettre à Paulucci du 20 nov. DROYSEN, *Yorck*, I, p. 304.

4. Alexandre n'a cessé de chercher à se tenir en contact avec la Prusse. Le 11 mars 1812, Lieven assure à Hardenberg que l'amitié d'Alexandre pour la Prusse reste la même. Le 8 août, il se plaint à Schöler, demeuré secrètement à Saint-Pétersbourg, de ce que le baron de Hardenberg ne paraît pas se prêter à l'idée, que Lieven lui a communiquée, d'établir des rapports secrets. Le 2 octobre, il assure de nouveau qu'il veut relever la Prusse au rang de puissance indépendante. LEHMANN, *Scharnhorst*, II, p. 478. — TREITSCHKE, I, p. 393. — DUNCKER, p. 441. — RANKE, *Hardenberg*, IV, p. 328.

5. Voir le texte donné par DROYSEN, *Yorck* (1851), I, p. 550, de la lettre d'Alexandre. — Voir *ibid.*, I, p. 341. — L'Empereur invite Paulucci à communiquer ces assurances à Yorck, « mais sans y donner de plus grande latitude ». Ces mots, qui se trouvent dans le document publié par ECKARDT, *Yorck und Paulucci*, p. 98, — manquent dans la copie conservée aux archives de Berlin. DUNCKER, p. 776. — Voir le texte rectifié par LEHMANN, *Scharnhorst*, II, p. 483. — La différence des deux textes s'explique tout naturellement, Paulucci a recopié la lettre en suppri-

Ainsi, tandis que le gouvernement de Berlin demeurait associé à l'Autriche, les circonstances voulaient que ce fût entre un général prussien laissé sans instructions, et l'Empereur de Russie, poussé par la gravité et l'urgence de la situation, que se nouât le système des alliances de la Prusse, et que fussent posées les bases de sa reconstitution future. Et cette négociation était, des deux parts, conduite par des Allemands. Le général de l'armée russe, qui barrait la route à Yorck, était un Allemand acclimaté de longue date en Russie. Il eut à côté de lui, à l'heure décisive, les Prussiens qui avaient préféré servir leur patrie contre leur roi plutôt qu'avec lui : Dohna, le gendre de Scharnhorst, et Clausewitz.

Ce qu'il y avait de dramatique, à cette heure, dans la crise européenne, dans le revirement subit de la fin de 1812, venait comme se matérialiser dans la situation du contingent prussien et de son chef. Loin des conventions et des lâchetés officielles, sur ces neiges lointaines, on voyait surgir, en traits saisissants, l'occasion unique que l'anéantissement de la Grande Armée offrait à l'Europe de secouer son joug, la nécessité d'un grand effort lançant les nationalités à la conquête de l'indépendance, la violence des situations créées, imposées par la domination napoléonienne. Et le drame était aussi dans les situations individuelles.

Le général, auquel on demandait de trahir le chef direct que les circonstances lui avaient donné, de passer aux ennemis officiels de sa patrie, de signer une capitulation qu'un effort moyen pouvait lui éviter, n'était-il point dans une situation tragique? Il ne pouvait servir l'intérêt national sans trahir les règles élémentaires de l'honneur militaire, et il ne pouvait suivre les voies normales de la discipline et de la règle sans manquer à l'impulsion évidente, supérieure, du sentiment national. Lui, le soldat vigoureux qui avait résisté au courant de lâcheté des capitulations de 1806, c'était par une capitulation [1], cette fois, qu'il était appelé à donner le signal du réveil national. Et le conflit n'était pas moins aigu entre le devoir monarchique et le devoir national. Un Gneisenau, un Stein n'eussent pas eu d'hésitation. Le sentiment national les avait affranchis de la discipline monarchique. Mais Yorck, perdu dans ces neiges, loin de toute direction, obligé d'en-

mant la dernière phrase dans la copie communiquée à Yorck, GROBBEL, p. 47. — PERTZ, *Stein*, III, p. 251.
1. Voir cette impression, [PRITTWITZ], I, p. 28.

gager tout le système politique de sa patrie... Apparut-il jamais plus
clairement quelle chimère c'est de penser que la discipline doit aller
jusqu'à la suppression de la conscience individuelle [1]?

Cet acte audacieux de patriotisme et d'indiscipline, de courage et
de trahison, Yorck l'accomplit sans s'en dissimuler les conséquences,
en mettant, sans métaphore, sa tête aux pieds du roi [2]. Il ne l'accomplit point sans hésitations.

Ces hésitations n'ont point suffisamment été mises en lumière.
Droysen, dans son récit si détaillé, si minutieux, n'a pu les passer sous
silence. Il s'excuse de dénaturer la portée de l'acte en l'analysant.
Mais l'irrésolution d'Yorck a été ressentie, plus vivement encore,
par l'un des contemporains, par l'un des acteurs de ce drame historique. L'un des Prussiens qui se trouvaient auprès de Diebitsch,
Clausewitz [3], qui sentait le sort de la Prusse suspendu à la décision de
Yorck, dut, dans ces nuits dramatiques, quelques heures d'angoisse
cruelle à la méfiance que lui inspirait le caractère du commandant
prussien. Les historiens prussiens le récusent. Clausewitz [4] représentait, disent-ils, l'hostilité des émigrés contre les officiers restés
attachés au drapeau [5]. Il semble qu'ils aient trop atténué la portée
de son témoignage.

1. Le cas de conscience se reproduit, plus d'une fois, pour les officiers prussiens subalternes placés sous les ordres directs de Macdonald. Droysen, *Yorck*,
I, p. 336. — Yorck laisse d'ailleurs ses officiers libres de le suivre ou de ne pas
le suivre, *ibid.*, I, p. 356.

2. La note de la page 213 établit que Yorck agit contre ce qu'il devait supposer
être la volonté du roi. Il est assez curieux que Lehmann, dont les publications
et les travaux ont établi ce point, a débuté en 1875 par une opinion différente.
Voir Lehmann, *Knesebeck und Schön*, p. 75. — Le point a son importance; l'armée
a-t-elle eu, de 1806 à 1813, une politique à elle, différente de celle du gouvernement et du souverain? Dans la conclusion de son travail de 1875, p. 75,
Lehmann assure que, des trois pronunciamientos de l'armée prussienne : la campagne de Schill en 1809, l'émigration des trois cents officiers prussiens en 1812
et la capitulation de Tauroggen, il ne reste rien; et que l'armée prussienne n'a
cessé d'être un modèle de discipline monarchique. Cette conclusion ne tient
plus aujourd'hui. Lehmann a bien réduit, sinon détruit, la légende de l'émigration des 300 officiers prussiens. Mais la capitulation de Tauroggen a bien
été un pronunciamiento; nous avons vu que ce fut loin d'être le seul projeté ou
réalisé. Lehmann lui-même, p. 74, signale ce qu'avaient de singulier les pourparlers du parti militaire avec les agents anglais, au début de 1812, et leurs
réponses à Ompteda, *ibid.*, p. 74.

3. Voir sur Clausewitz, Lehmann, *Knesebeck und Schön*, p. 54, et les sources
indiquées p. 55.

4. Droysen, *Yorck*, I, p. 343. Clausewitz avait deux de ses frères dans le corps
de Yorck.

5. L'intervention des Prussiens émigrés dans la conclusion de la convention
est le seul service réel qu'ils aient rendu à leur pays. Partout ailleurs, leur

C'est le 25 décembre que Yorck, encore à deux journées de marche de Tauroggen, avait rencontré à Koltiniani le corps de Diebitsch. Il n'entreprit point de briser l'obstacle ; il entra, dès le 25, en conférence avec Diebitsch [1]. Celui-ci, très loyalement, avoua qu'il n'était point en état d'arrêter les Prussiens ; il pouvait leur faire quelque mal ; il ne pouvait les empêcher de passer. Il le reconnut alors, dans sa pre-mière conférence avec Yorck [2] ; il l'a reconnu depuis dans une lettre adressée à Jomini en 1817, où il rappelle ces événements [3].

Yorck, dans cette première conférence, ne prend point parti ; il demande aux Russes de faire mine, tout au moins, de lui barrer la route. Il veut une excuse, et l'on règle de concert le programme d'une reconnaissance qui sera exécutée le lendemain par les Prussiens [4].

On se sépare ; Clausewitz, qui a assisté à la conférence, se retire plein de méfiance [5]. Il conseille à Diebitsch de se garder d'une attaque de nuit. Au milieu de la nuit, des coups de fusil éclatent. Clausewitz se lève en sursaut plein d'alarmes [6].

Le lendemain 26, Yorck reçoit du corps russe, qui se trouve sur ses derrières, par Frédéric Dohna [7], la lettre de Paulucci, qui lui transmet l'engagement formel qu'Alexandre s'est résolu, le 18, à prendre vis-à-vis de la Prusse et que nous avons rappelé, l'engage-ment de restituer à la Prusse son ancien état politique. Il exécute la reconnaissance convenue la veille. Mais il en modifie le programme [8]. Il s'avance, il fait mine de tourner par le nord la position des Russes, il poursuit son mouvement. Le 27, il arrive à Schelell, le 28, à Tau-

---

action a été stérile. LEHMANN, *Knesebeck und Schön*, p. 72. — Gneisenau écrit, le 8 janvier 1813 : « Tous les Prussiens qui sont au service de la Russie ont le désir d'en sortir ». PERTZ, *Gneisenau*, II, p. 482.

1. DROYSEN, *Yorck*, I, p. 343.
2. DROYSEN, *Yorck*, I, p. 344. — CANITZ, *Denkschriften*, p. 81. — Voir l'impres-sion de Yorck lui-même sur ce point. DROYSEN, *Yorck* (1851), III, p. 496. — GROBBEL, p. 42.
3. *Archives historiques du Ministère de la Guerre. Correspondance de la Grande Armée*, 24 mars 1814. Diebitsch à Jomini, Mohileff, le 9 mai 1817. Voir Annexe n° XXII ci-après, p. 499.
4. DROYSEN, *Yorck*, I, p. 344. — Voir la conversation de Yorck avec Dohna, *einen Schein der Nothwendigkeit*, *ibid.*, I, p. 345.
5. DROYSEN, *Yorck*, I, p. 344.
6. En réalité, il s'agissait bien d'une attaque ; mais c'était une reconnaissance qui venait de l'autre côté : de Massenbach et de Macdonald, et qui, destinée à rétablir les communications avec Yorck, se heurtait aux Russes à Koltiniani, dans la nuit du 25 au 26. DROYSEN, *Yorck*, I, pp. 335, 345.
7. DROYSEN, *Yorck*, I, p. 345.
8. Il est sur le point d'en venir aux mains avec des cosaques. DROYSEN, *Yorck*, I, p. 346. — GROBBEL, p. 41. — ECKARDT, p. 113.

roggen[1]. Clausewitz est de plus en plus inquiet[2]. Yorck va poursuivre sa marche sur Tilsit et échapper aux Russes.

Le 27, Yorck a écrit au roi de Prusse, dont il n'a toujours point reçu de réponse. Il dépeint son embarras en l'absence de toute instruction ; mais il laisse apercevoir que sa décision est bien près d'être arrêtée[3]. Il entrevoit, dès lors, la résolution finale à laquelle il aboutira trois jours plus tard, et il cherche, en même temps, avec une minutie de précautions, qui diminue sensiblement la grandeur de son acte, à se couvrir des apparences de la contrainte. Il organise, avec une rouerie véritable, le scénario de cette contrainte apparente[4]. Le hasard voulut toutefois qu'il fût placé, avec une sorte de brutalité, en face de ses responsabilités[5].

Il demeurait, par la faiblesse et la lenteur des Russes, maître de la situation militaire[6]. Puis, le 29, Seydlitz[7] arriva de Berlin[8].

1. Droysen, *Yorck*, I, p. 347.

2. Droysen, *Yorck*, I, p. 346. — Clausewitz, VII, p. 225. — Grobbel, p. 50.

3. Voir la lettre confidentielle de Yorck au roi, du 27 déc. Pertz, *Stein*, III, p. 256. — Droysen, *Yorck*, I, p. 347 ; — mais Yorck, qui est fort rusé et plein de précautions, envoie en même temps au roi une lettre officielle et ostensible où il dénature la situation et en dissimule une bonne part. C'est la lettre que nous reproduisons Annexe n° XXIII, p. 500. *Archives historiques du Ministère de la Guerre. Correspondance de la Grande Armée.* Yorck au roi de Prusse, 27 déc. 1812. — Cette lettre fut remise à Macdonald et c'est de sa succession qu'elle revint aux archives. — Henckel von Donnersmark, qui portait à Berlin le message d'Yorck, a vraisemblablement remis en passant ce rapport ostensible à Macdonald. L'arrivée de Henckel, qui quitta Yorck le 27, paraît avoir fixé le gouvernement prussien sur les intentions de Yorck ; car Hardenberg écrit, sur son *Tagebuch*, le 2 janvier : « Arrivée de Henckel avec la première nouvelle de la capitulation de Yorck avec les Russes ». Oncken, I, p. 329. — (Prittwitz), I p. 22.

4. Voir sa conférence avec Clausewitz, dans la nuit du 28, le projet de convention qu'il prépare et les conditions multiples auxquelles il subordonne son agrément. Il est visiblement préoccupé de se couvrir des apparences de la contrainte. Droysen, *Yorck*, I, p. 349. — Dohna à Paulucci, le 28 déc. Eckardt, p. 113. — *Graf* W. L. V. Henckel von Donnersmark, *Erinnerungen aus meinem Leben*, pp. 166-168. — Clausewitz, VII, p. 221. — Grobbel, p. 49. — Yorck à Paulucci, le 29 déc. « J'ai dû prendre librement une résolution à laquelle j'aurais aimé me voir forcé. » Eckardt, p. 115.

5. Droysen, *Yorck*, I, p. 350. — Voir encore l'impression de Kleist et de Thile, II, d'après Pertz, *Gneisenau*, II, p. 486.

6. Grobbel, p. 45.

7. Voir les raisons pour lesquelles le *Tagebuch* de Seydlitz est particulièrement réservé sur la convention ; l'intervention de la censure et la malveillance du roi pour Seydlitz depuis la convention de Tauroggen. Droysen, *Yorck*, I, p. 325. — Grobbel, p. 13. — Seydlitz paraît avoir pris sur lui d'agir contrairement aux ordres du roi auprès de Bülow, à Memel et même auprès d'Yorck. Grobbel, p. 62.

8. Droysen, *Yorck*, I, pp. 349, 352, 353, 360, 367. — Droysen, *Yorck* (1851), I, p. 550.

Yorck put savoir, dès lors, qu'il ne recevrait point d'instructions, qu'on ne voulait point lui en donner. La seule indication qu'il pût trouver, dans les dépêches de Hardenberg ou dans les rapports de Seydlitz, c'était de s'en tenir à l'alliance française [1]. Et, en même temps, Yorck recevait de Macdonald, qu'il n'avait point trouvé à Tauroggen au rendez-vous assigné, un des nombreux émissaires que le maréchal lui avait envoyés. Les cosaques avaient laissé passer un billet de Macdonald prescrivant à Yorck de venir le joindre à Tilsit [2].

Ainsi, le 29, Yorck eut la certitude de tenir entre ses mains le nœud des événements, pris à la gorge par la nécessité d'engager irrémédiablement la politique prussienne et peut-être le sort des armes, soit en passant avec un effort moyen sur le corps des Russes, soit en trahissant son chef pour s'unir à eux. Macdonald lui prescrivait de le rejoindre à Tilsit. Les patriotes prussiens qui entouraient Diebitsch le conjuraient d'affranchir la Prusse, et son roi l'abandonnait à lui-même, prêt à le désavouer [3].

Le 29, à midi, Diebitsch, inquiet de tant de lenteur, commençait à

1. Droysen, *Yorck*, I, p. 349. — Voir la lettre de Hardenberg à Thile, du 2 janvier 1813, publiée par Lehmann, *Historische Zeitschrift*, LXIV, p. 388. Hardenberg, parlant de la convention conclue à Memel entre Russes et Prussiens, écrit : « Cette convention, conclue non seulement sans l'autorisation du roi, mais encore contre l'ordre formel du roi d'éviter toute démarche de ce genre, ordre dont je ne me souviens plus si Seydlitz l'a connu. » — Grobbel, p. 61. — Il semble qu'il y ait là encore une action secrète des patriotes contraire à la volonté du roi et tolérée par Hardenberg, *ibid.*, p. 62. — Les Prussiens du corps de Yorck ne peuvent se figurer l'état d'esprit du roi et du gouvernement, Eckardt, p. 65. — « De tout ce que nous supposions au corps, je n'ai pas trouvé ici la moindre trace », écrit Henckel, de Potsdam, le 3 janvier. Henckel von Donnersmark, *Erinnerungen*, p. 174.

2. Un ordre du 24 de Macdonald à Yorck paraît ne pas être parvenu à celui-ci. Canitz, *Denkschriften*, p. 73. — Droysen, *Yorck*, I, p. 353. — Ce qui paraît le plus grave pour le caractère d'Yorck, c'est que, lorsqu'il fut appelé à rendre compte de sa conduite devant un conseil de guerre, il nia avoir reçu, après le 24 déc., aucun ordre de Macdonad. Droysen est assez embarrassé par cette affirmation, qui est contredite par des témoignages irrécusables. Il essaie d'expliquer la contradiction dans un appendice à son édition de 1851, voir Droysen, *Yorck* (1851), I, pp. 484, 553. — Mais des renseignements plus précis l'ont amené dans l'édition de 1884 à indiquer avec plus de détails la nature de l'ordre formel que Yorck reçut le 26 déc. de Macdonald. L'affirmation de Yorck devant le conseil de guerre apparaît donc comme manifestement inexacte. Droysen lui-même signale la défense de York, devant le conseil de guerre, comme « empreinte de sophistique ». Droysen, *Yorck* (1851), II, pp. 145, 261. — Grobbel, p. 45.

3. Yorck, qui, le 27, paraissait à peu près résolu à signer la convention avec les Russes, paraît, au contraire, dans la journée du 29, et sous le coup des nouvelles qu'il a reçues, résolu à rompre. Grobbel, p. 64. — Seydlitz, *Tagebuch*, II, p. 246. — Eckardt, pp. 62, 73, 109, 111, 114; d'après les notes laissées par Frédéric Dohna, il donne l'ordre de ne plus accueillir de parlementaire.

partager les préoccupations de Clausewitz. Il prescrivit à celui-ci de se rendre de nouveau auprès de Yorck et de lui porter une lettre du général d'Auvray, le chef d'état-major de Wittgenstein, annonçant que, le 29, l'armée de Wittgenstein serait sur la rive gauche du Niémen, fermant la retraite de Tilsit à Königsberg [1].

Clausewitz arriva à Tauroggen comme la nuit tombait. Dohna [2] était déjà auprès de Yorck; celui-ci était d'une humeur exécrable. Il semblait prêt à rompre : « Allez-vous-en », dit-il aussitôt à Clausewitz, « je ne veux plus avoir affaire à vous. Vos damnés cosaques ont laissé passer un message de Macdonald qui me prescrit de marcher sur Piktupöhnen et de venir l'y rejoindre. Ceci met fin à toute hésitation; vos troupes n'arrivent pas; vous êtes trop faibles; il faut que je marche; j'en ai assez de ces négociations qui peuvent me coûter la tête [3]. » Clausewitz dit qu'il ne voulait pas répondre aux paroles du général, qu'il le priait, comme on était dans l'obscurité, de faire apporter de la lumière, ayant à lui communiquer quelques lettres. Et, comme Yorck paraissait hésiter à le recevoir, il ajouta : « Votre Excellence ne veut cependant pas m'obliger à repartir sans avoir accompli ma mission. »

Yorck fait apporter de la lumière, appelle son chef d'état-major, le consulte. Il réfléchit, il est toujours visiblement préoccupé de se couvrir d'un prétexte : « Clausewitz », dit-il, « vous êtes un Prussien. Croyez-vous que la lettre de d'Auvray soit sincère, et que les troupes de Wittgenstein seront réellement, le 31, aux points qu'il indique. Pouvez-vous m'en donner votre parole d'honneur? »

Clausewitz répond : « Je garantis la sincérité de la lettre, d'après la connaissance que j'ai du général d'Auvray et de tout l'état-major du corps de Wittgenstein. Quant à savoir si leurs prévisions se réaliseront, c'est une autre affaire. Votre Excellence sait qu'à la guerre, avec la meilleure volonté du monde, on reste souvent en deçà des lignes qu'on s'est tracées. »

Yorck réfléchit encore; il se décide enfin : « Vous me tenez », dit-il. « Dites au général Diebitsch que je me trouverai demain matin de bonne heure aux avant-postes russes. » Puis il ajouta : « Je ne ferai

1. DROYSEN, *Yorck*, I, p. 354.
2. Voir sur le rôle de Dohna, ECKARDT, pp. 53, 56, 114, — sur l'émigration de Dohna, qui est le gendre de Scharnhorst, *Erinnerungen des Feldmarschalls* VON BOYEN, II, p. 195.
3. DROYSEN, *Yorck*, I, p. 354.

pas les choses à moitié, je vous amènerai Massenbach » (c'est-à-dire la portion du contingent prussien qui était restée avec Macdonald) [1].

Il écrivit le jour même au roi [2], à Macdonald [3], fit porter ses lettres ; et, le 30 au matin, dans le moulin de Poscherun [4], il signa la convention qui, sans associer le contingent prussien à l'armée russe, le neutralisait, lui assignait une portion du territoire prussien à occuper, afin de lui permettre d'attendre la décision royale, et l'obligeait, en tout cas, à ne point agir, de deux mois, contre les Russes [5].

« Lorsque l'on analyse les grands événements historiques, ils se dissolvent », écrit un des historiens prussiens qui voudraient sans doute trouver Yorck plus résolu [6]. La défection de la Prusse apparaît en effet ici plutôt comme la conséquence forcée d'une situation donnée que comme l'acte vigoureux d'une volonté humaine. L'événement n'en fut pas moins décisif. La portée et les conséquences en furent incalculables. On avait été fort inquiet à Königsberg et à Berlin du corps de Macdonald. On s'était rassuré en apprenant son entrée à Tilsit ; et voici que, dans cette débâcle effroyable de la Grande Armée, la défection inattendue de la Prusse donnait à la déroute une impulsion nouvelle. A Königsberg, l'impression, le trouble eurent quelque chose de tragique [7].

Macdonald [8], abandonné même de la portion du contingent prussien qu'il avait conservée auprès de lui [9], dut évacuer Tilsit, se replier

---

1. Tout ce récit d'après Droysen, qui l'emprunte lui-même à Clausewitz. DROYSEN, *Yorck*, I, p. 355.

2. Voir le texte de la lettre au roi, DROYSEN, *Yorck*, I, p. 359. Il expose qu'il a été contraint à signer la convention et qu'il a fait ce qu'il a pu pour réserver la décision du roi. Il termine en donnant au roi le conseil de se dégager de l'alliance française. — Comparer le texte de la lettre de Yorck, communiquée par Hardenberg à Saint-Marsan, *Archives historiques du Ministère de la Guerre. Correspondance de la Grande Armée*, 30 décembre 1812. — Voir encore la lettre de Yorck au roi, du 3 janvier, portée par Brandenburg. Il le presse de prendre une résolution et de rompre avec la France. DROYSEN, *Yorck*, I, p. 367.

3. Voir la lettre à Macdonald, publiée par DROYSEN, *Yorck*, I, p. 364. — L'original français est aux *Archives historiques du Ministère de la Guerre. Correspondance de la Grande Armée*, Yorck à Macdonald, 30 déc. 1812.

4. Les 6 personnes réunies : Yorck, Röder et Seydlitz pour les Prussiens, Diebitsch, Clausewitz et Dohna pour les Russes, sont six Allemands. GROBBEL, p. 71.

5. DROYSEN, *Yorck*, I, p. 357. — Yorck a profité de la rivalité de Diebitsch et de Paulucci pour améliorer à son profit la convention. ECKARDT, p. 126.

6. DROYSEN, *Yorck*, I, p. 348. — Voir Kleist. PERTZ, *Gneisenau*, II, p. 486.

7. (PRITTWITZ), I, p. 26.

8. Macdonald paraît, jusqu'à la fin, ne s'être pas défié personnellement de Yorck, DROYSEN, *Yorck*, I, p. 338. — CANITZ, *Denkschriften*, p. 77 ; — mais on s'en défiait autour de lui, DROYSEN, *Yorck*, I, p. 360.

9. Voir la lettre de Yorck à Massenbach et la résolution de Massenbach,

encore. Le dixième corps, qui eût pu devenir un centre de rallie-
ment, une digue à l'invasion, se désorganisait à son tour. Les Russes
avaient espéré le saisir [1]. Dans une lettre écrite quelques années plus
tard, Dichitsch, rappelant le service qu'il avait rendu à la cause de
l'Europe en signant la capitulation de Tauroggen, rappelait aussi les
causes pour lesquelles on ne lui en sut pas un gré suffisant. Les
Russes avaient pensé que la défection d'Yorck leur livrait Macdonald.
On en voulut à Wittgenstein et à Diebitsch de l'avoir laissé échapper.

Quelques faciles explications que le patriotisme prussien trouvât à
la résolution de Yorck, les Français avaient le droit de parler de
trahison [2]. Les conséquences immédiates de la défection de Yorck
furent redoutables et ce ne fut pas un pur prétexte qu'allégua Napoléon
lorsque, dans son allocution du 10 janvier, il justifia par « la trahison du
général Yorck » la levée extraordinaire qu'il demandait à la France [3].
Le dixième corps avait acquis, par la destruction de la Grande Armée
et par l'épuisement des Russes, une importance exceptionnelle. Sa
dissolution subite était, pour Napoléon, comme un nouveau désastre.
Mais les conséquences morales en Allemagne de la défection d'York
furent plus redoutables encore. Avant de les mesurer, il nous faut
retourner pour un instant auprès du gouvernement prussien.

DROYSEN, *Yorck*, I, p. 361. — Massenbach parait encore plus hésitant que Yorck.
Il se couvre d'un ordre de Yorck. DROYSEN, *Yorck* (1851), I, p. 495. — CANITZ,
Denkschriften, p. 78 — Voir la lettre de Massenbach, DROYSEN, *Yorck*, I, p. 364.
— et le texte original français, *Archives historiques du ministère de la guerre*.
Correspondance de la Grande Armée. Massenbach à Macdonald, 31 déc. 1812.
  1. Paulucci à l'Empereur, 2 janvier 1813. ECKARDT, p. 121.
  2. Macdonald se sépare des quelques Prussiens demeurés auprès de lui en
termes amicaux et en les chargeant de ses remerciements pour le corps prussien.
DROYSEN, *Yorck*, I, p. 366.
  3. Il annonce cependant déjà, dans son entretien du 31 décembre avec Bubna,
ses préparatifs militaires pour le printemps de 1813. ONCKEN, I, pp. 63-92; — mais
ONCKEN, I, p. 86, atténue trop l'importance de la capitulation d'Yorck.

CHAPITRE VII

LE GOUVERNEMENT PRUSSIEN AU DÉBUT DE 1813

Résolutions du gouvernement au début de janvier 1813. — Knesebeck. — Sa mission à Vienne. — Ses instructions du 4 janvier. — Méconnaissance complète de la situation.
Les événements se précipitent. — Premières nouvelles de la capitulation d'Yorck. — Instances de la Russie. — La lettre de Lieven. — La mission de Boyen. — Ses entretiens avec Alexandre. — Péripéties de son voyage. — Sa lettre à Hardenberg. — La lettre du tsar à Yorck.
Première modification dans l'attitude du gouvernement prussien. — Post-scriptum des instructions de Knesebeck. — La mission de Natzmer auprès du tsar.
Réserve de l'Autriche. — Elle refuse de s'engager avec la Prusse et pousse celle-ci discrètement à l'alliance russe. — Nouvelles instances de la Russie. — Boyen à Ratibor. — Son entrevue avec Scharnhorst. — Arrivée de ses rapports à Berlin. — Retour de Natzmer. — Lettre personnelle d'Alexandre.
Départ de Frédéric-Guillaume III pour Breslau. — Prolongation de ses irrésolutions après le départ de Berlin. — Nouvelle lettre du tsar. — Hardenberg prend son parti. — Scharnhorst associé de nouveau au gouvernement.
La situation à Breslau. — Le parti français. — Les conseillers du roi. — Les patriotes. — État d'esprit de Frédéric-Guillaume III au début de février. — Le mémoire d'Ancillon du 4 février. — Méconnaissance du rôle de la Prusse en Allemagne. — Timidité du programme d'Ancillon. — Résistance prolongée de Frédéric-Guillaume III. — Premier pas vers l'alliance russe. — Knesebeck revient de Vienne. — Sa mission auprès du tsar.
Napoléon aurait-il pu maintenir le gouvernement prussien par quelques concessions? — Pourquoi il ne le fit pas. — Illusions de ses agents sur la sincérité du gouvernement prussien. — Méfiance de Napoléon. — Projets d'alliance dynastique avec la Prusse. — La mission de Narbonne.

Nous savons à quelles décisions avaient abouti les conciliabules qui avaient eu lieu à Berlin, à la fin du mois de décembre 1812. S'en tenir étroitement à l'alliance autrichienne, suivre fidèlement le cabinet de Vienne, quelles que fussent ses résolutions, et par suite ajourner toute mesure déclarée et vigoureuse : telle semblait être la voie où allaient s'engager Frédéric-Guillaume III et Hardenberg. Rarement le gouvernement prussien avait manifesté vis-à-vis de l'Autriche aussi peu d'indépendance, autant de soumission [1].

Knesebeck dut quitter Berlin, le 4 janvier 1813, pour aller se faire à Vienne l'agent de cette politique. Superficiel et inconsistant, Knesebeck a donné de sa légèreté plus d'une preuve [2]. On sait qu'il n'était point du parti des patriotes. Le roi l'appréciait pour cela même. En 1807, et en 1809 déjà, il avait été chargé, mais sans succès, de tenter à Vienne un rapprochement entre la Prusse et l'Autriche [3]. Au début de 1812, après la mission de Scharnhorst, il avait été envoyé à Saint-Pétersbourg, par Frédéric-Guillaume III, pour y déterminer, s'il était possible, Alexandre au maintien de la paix [4]. Il était du groupe des courtisans qui se trouvaient le plus près de Frédéric-Guillaume III; son influence était considérable; car les instructions qui dirigèrent sa mission à Vienne étaient calquées sur le mémoire qu'il avait écrit lui-même, et remis au roi, le 23 décembre [5].

Il conseillait de suivre la politique autrichienne. Mais telle était l'agitation créée par les derniers événements, et la force déjà sensible du courant national, qu'un courtisan même, comme Knesebeck, ne pouvait se dispenser de tenir le langage de l'exaltation patriotique. « L'heure a sonné », écrivait-il, le 23 décembre [6]. « La Némésis s'est éveillée. Le bien l'emportera une fois de plus sur le mal, la liberté sur la tyrannie, la vérité sur le mensonge. Qu'elle triomphe la déesse vengeresse!... Et toi, ma patrie, lève-toi de nouveau et reprends ta place, la place qui t'appartient par la culture de ton peuple et l'humanité de ton souverain! » Et ce pathos concluait

1. Oncken, *Oesterreich und Preuszen im Befreiungs-Kriege*, I, p. 118. — Voir le mémoire de Knesebeck, du 23 déc., *ibid.*, I, p. 117.

2. Voir le récit qu'il a laissé de sa mission à Saint-Pétersbourg et la critique de ce récit. Lehmann, *Knesebeck und Schön*, p. 15. — Voir, *contrà*, Oncken, I, p. 116. — C'est Hardenberg qui paraît avoir fait désigner Knesebeck tandis que les agents anglais recommandaient Jacobi, affilié à la conspiration des patriotes, *ibid.*, I, p. 116. — Voir le désaveu infligé par Metternich à Knesebeck, Oncken, I, p. 146. — *Erinnerungen aus dem Leben des General-Feldmarschalls* Hermann von Boyen, II, p. 120. — Pertz, *Das Leben des Feldmarschalls Grafen Neithardt von Gneisenau*, III, p. 74.

3. Oncken, I, pp. 111, 114.

4. Voir sur cette mission de Knesebeck, ci-dessus, Chapitre V, p. 163, note.

5. Chapitre VI, p. 201. — Lehmann, *Scharnhorst*, II, p. 473. — Oncken, I, p. 117. — Ranke, *Denkwürdigkeiten des Staatskanzlers Fürsten von Hardenberg*, IV, p. 343.

6. Oncken, I, p. 116.

à l'alliance autrichienne. Hardenberg s'appropriait les conclusions; mais il faisait ses réserves sur le pathos. « Que le négociateur », écrivait-il [1], « se garde avant tout de son imagination; qu'il juge les choses exactement et sans parti pris, non pas d'après ses désirs, mais d'après l'examen prosaïque des choses. » Et il ajoutait, dans une phrase que le roi eût pu signer : « L'exécution d'un semblable dessein (il s'agit de l'effort d'indépendance) reste, quoi qu'on en dise, chose terrible. Et où sont les cerveaux, ou, pour mieux dire, où est le cerveau qui dirigera l'action? »

L'instruction remise, le 4 janvier, à Knesebeck était donc, après revision, de l'allure la plus prosaïque. On y sentait percer la crainte que la Russie ne conquît une influence prépondérante en Allemagne et en Europe [2]. On y trouvait peut-être aussi quelques illusions sur l'audace et la fermeté de Metternich [3], quelque velléité de presser, d'accentuer les décisions de la politique autrichienne [4]; mais ces velléités mêmes étaient paralysées par une subordination complète des résolutions de la Prusse à celles de l'Autriche, par une sorte de mainmise de Metternich sur Hardenberg [5]. « La détermination des bases de la pacification générale », disaient les instructions de Knesebeck [6], « créera sans doute de graves difficultés. Le caractère de l'empereur Napoléon rend vraisemblable, dans une situation où son orgueil est engagé, son refus de les accepter. Et peut-être l'Autriche ne les présentera-t-elle pas avec une vigueur suffisante pour que ce refus entraîne assurément la guerre. Peut-être laissera-t-on à ce souverain le temps de se présenter de nouveau au printemps à la tête d'une armée redoutable. S'il était possible alors d'attirer une seconde fois cette armée au delà du Niémen et au cœur de la Russie, il semble qu'un succès complet fût assuré; mais il faudrait que le passage du

---

1. ONCKEN, I, p. 117. — RANKE, *Hardenberg*, IV, p. 364.
2. ONCKEN, I, pp. 119, 122. — DUNCKER, *Abhandlungen zur preussischen Geschichte. Preuszen während der französischen Okkupation*, p. 462. — Voir sur le programme de la Prusse pour la reconstitution de l'Allemagne, ONCKEN, I, p. 126, — le programme de Knesebeck. RANKE, *Hardenberg*, IV, p. 344. — DUNCKER, p. 462. — TREITSCHKE, *Deutsche Geschichte*, I, p. 409.
3. ONCKEN, I, p. 119. — *Aus dem Leben des Generals Oldwig von* NATZMER, pp. 93, 95, 100.
4. Voir la réponse de Hardenberg à Metternich, du 28 nov., ONCKEN, I, p. 31, — *ibid.*, I, pp. 118, 120, 122.
5. Voir encore Zichy, le 6 janvier. ONCKEN, I, p. 135.
6. ONCKEN, I, p. 121. — Voir encore l'instruction complémentaire, *ibid.*, I, p. 124. — LEHMANN, *Scharnhorst*, II, p. 484.

T. II. 15

Niémen par les troupes françaises fût, pour la Prusse et pour l'Autriche, le signal d'un changement de système et d'une alliance avec la Russie[1], que tout fût convenu d'avance avec la Russie, et que les mesures préparatoires fussent concertées de longue main. Un débarquement des Anglais et des Suédois, la collaboration du Danemark, si on peut l'obtenir, assureraient le succès de ce plan. Le colonel Knesebeck le développera, si les circonstances s'y prêtent, mais avec la plus grande prudence; car il est de la plus haute importance que l'empereur Napoléon n'en apprenne rien. Au cas où il serait adopté, il faudrait que les Russes évitassent de passer sur le territoire prussien. »

Ainsi, à l'heure où Napoléon ne comptait plus 40 000 hommes de troupes valides en Allemagne, quelques semaines à peine avant le soulèvement de la Prusse orientale, avant le soulèvement passionné de l'Allemagne, avant les dates de février et de mars 1813, inoubliables pour le patriotisme prussien, quelques jours après la capitulation de Tauroggen, les politiques prussiens n'envisageaient d'autre avenir qu'un recommencement de la campagne de Russie[2].

C'était s'exposer à d'étranges réveils; et le gouvernement prussien allait être secoué par quelques heurts qui devaient rapidement ébranler l'échafaudage de ses combinaisons compliquées. L'Autriche était assez hors du courant, elle avait gardé encore un semblant d'existence assez respectable, pour s'essayer progressivement, dans une réserve prudente, à asseoir son indépendance ou à préparer son intervention[3]. La Prusse était sur le passage même de l'avalanche.

Le 2 janvier, avant même le départ de Knesebeck, on put prévoir à Berlin la résolution de Yorck[4]. Le 4 janvier au soir, on y reçut la nouvelle positive de la capitulation de Tauroggen. Et, vers la même

---

1. C'est l'écho des notes du roi, du 28 déc. Voir ci-dessus, Chapitre VI, p. 200.
2. Häusser, *Deutsche Geschichte*, IV, p. 42.
3. Voir l'entretien de Boyen et du tsar. *Erinnerungen des Feldmarschalls von Boyen*, II, p. 525. — Oncken, I, pp. 152, 167. — Natzmer, pp. 92-95. — Voir, sur la différence entre la situation de l'Autriche et celle de la Prusse, le mémoire de Scharnhorst, Breslau, le 14 janvier. Lehmann, *Scharnhorst*, II, p. 486. — Voir les dépêches de Metternich à Floret, en décembre 1812, et la négociation de Bübna à Paris. Oncken, I, pp. 45 à 68, 84, — l'ordre à Schwarzenberg du 24 janvier et la conversation de Bübna avec Napoléon, du 3 février, *ibid.*, I, pp. 106, 119, 123, — le premier rapport de Knesebeck, de Vienne, le 13 janvier : « l'Autriche se bornera à des paroles », *ibid.*, I, pp. 132, 148.
4. Lehmann, *Scharnhorst*, II, p. 483. — [Prittwitz], *Beiträge zur Geschichte des Jahres 1813, von einem höheren Offizier*, I, p. 22.

heure, la Russie tentait des efforts désespérés pour ébranler l'inertie
du gouvernement prussien.

Les intentions de la Russie, l'usage qu'elle ferait de sa victoire
avaient pu sembler quelque temps douteux. Le monde russe était
traversé de courants d'opinion divers [1]. La Russie, comme l'Angleterre, a été plus d'une fois partagée entre le désir d'intervenir dans
les affaires de l'Europe, ou de demeurer un monde à part. Kutusoff, le parti vieux russe, voulaient que l'on s'arrêtât à la frontière;
que l'on se contentât d'avoir libéré le sol de la Russie; que l'on
profitât des succès obtenus pour étendre, aux dépens de la Prusse,
la frontière russe jusqu'à la Vistule [2]. Mais Alexandre avait mieux le
sentiment de la situation européenne; il inclinait vers l'intervention [3].
Une sorte d'ambition personnelle le poussait aussi à se faire *le
libérateur de l'Europe* [4]. Nous savons comment, dans tout le cours
de 1811, il avait espéré rattacher le gouvernement prussien à sa
cause. Il avait échoué. Aussitôt après ses premiers succès, il reprit,
de ce côté, ses tentatives. Dès le 2 octobre, il avait fait écrire
par Lieven une lettre qui était parvenue à Berlin le 28 octobre et
qui insistait pour que la Prusse et l'Autriche s'entendissent en vue
d'un effort d'affranchissement [5].

Dans les premiers jours de novembre, il avait confié un message
direct pour le roi de Prusse à l'un des officiers prussiens qui étaient
allés chercher, jusqu'à Saint-Pétersbourg, l'occasion de combattre
Napoléon. Boyen avait quitté Breslau, au commencement d'août,
pour aller rejoindre, sur les bords de la Newa, les Allemands qui

---

1. *Erinnerungen des Feldmarschalls* von BOYEN, II, p. 250. — Stein à Münster,
le 14 nov. 1812. PERTZ, *Stein*, III, p. 208.
2. Voir Kutusoff, Romantzoff. PERTZ, *Stein*, III, p. 211. — Voir l'attitude de
Paulucci à Memel. RANKE, *Hardenberg*, IV, p. 357.
3. Le tsar nourrit le projet de reconstituer la Pologne et joue double jeu avec
la Prusse. Il écrit, le 13 janvier, à Czartoriski : « Une publicité intempestive
donnée à mes intentions sur la Pologne jetterait complètement l'Autriche et
la Prusse dans les bras de la France : résultat qu'il est très essentiel d'empêcher : d'autant plus que ces deux puissances me témoignent déjà les meilleures
dispositions. » La lettre est saisie par les Autrichiens. HÄUSSER, *Deutsche Geschichte*, IV, p. 51. — BIGNON, *Histoire de France sous Napoléon*, XI, p. 412.
4. Le 14 janvier, Metternich, annotant un rapport de Knesebeck, dit : « Depuis
que Romantzoff est à peu près complètement écarté des affaires, l'entourage de
l'Empereur Alexandre assure qu'il ira de l'avant ». ONCKEN, I, p. 139. — Voir l'entretien d'Alexandre avec Boyen, vers la fin d'octobre. *Erinnerungen des Feldmarschalls* von BOYEN, II, p. 257.
5. ONCKEN, I, pp. 26, 123.

avaient émigré en Russie [1]. Il était arrivé à Saint-Pétersbourg, le 25 octobre, au milieu de l'agitation causée par la nouvelle des premiers succès. Il en était reparti, le 13 novembre, après deux longs entretiens avec l'Empereur de Russie lui-même, chargé d'une mission secrète pour le roi de Prusse [2].

Alexandre avait développé [3] devant lui, avec une entière ouverture, la critique de sa propre politique depuis la rupture avec la France et ses jugements sur la situation actuelle. Il avait manifesté, sinon de l'irritation, du moins quelque aigreur vis-à-vis de la Prusse. Au début de la campagne, disait-il, la Prusse m'a prodigué les protestations. Elle s'est excusée de la contrainte qui pesait sur elle et l'empêchait seule de s'associer à moi. Le moment est venu de montrer si ces déclarations étaient sincères. Et il terminait par un dilemme qui présentait un aspect comminatoire [4]. Si la Prusse veut se déclarer pour nous, disait-il, — et sa situation le lui permet, — je lui rendrai ses anciennes frontières, ou tout au moins des compensations que l'on trouverait en Saxe [5]. Si elle ne fait rien, si elle prouve par là que les protestations qu'elle me prodigue depuis le début des hostilités ne sont qu'un leurre, je serai obligé de la sacrifier et de la démembrer [6]. Et l'ambassadeur d'Angleterre à Saint-Pétersbourg, Cathcart, avait voulu recevoir personnellement Boyen [7] et lui avait tenu un langage analogue : il lui donnait les meilleures assurances, si la Prusse se déclarait; il manifestait les dispositions les plus hostiles, si elle hésitait plus longtemps.

1. *Erinnerungen des Feldmarschalls* von Boyen, II, p. 194.
2. *Erinnerungen des Feldmarschalls* von Boyen, II, p. 239.
3. Voir les deux rapports de Boyen au roi de Prusse sur ses entretiens avec Alexandre. *Erinnerungen des Feldmarschalls* von Boyen, II, p. 520. Les mémoires, écrits par Boyen trente ans plus tard, paraissent, au moins sur quelques points, plus explicites que les deux rapports. — Les rapports de Boyen paraissent avoir été remis à Scharnhorst qui les a envoyés, de Breslau, à Hardenberg, le 15 janvier 1813. Lehmann, *Scharnhorst*, II, p. 485.
4. Voir surtout le second rapport de Boyen, les menaces dirigées contre les provinces prussiennes, les vues d'Alexandre sur la ligne de la Vistule, *Erinnerungen des Feldmarschalls* von Boyen, II, p. 526.
5. *Erinnerungen des Feldmarschalls* von Boyen, II, p. 525. — Alexandre indique dès lors l'intention de reprendre les provinces polonaises, *ibid.*, II, p. 256. — Voir sa lettre à Czartoriski interceptée par les Autrichiens ci-dessus, p. 227, note 3. — Haüsser, IV, p. 51.
6. *Erinnerungen des Feldmarschalls* von Boyen, II, pp. 256, 525. — L'Empereur donne à Boyen, pour l'accréditer, une note de sa main, mais non signée, *ibid.*, II, p. 256. — Lehmann, *Scharnhorst*, II, pp. 483, 484. — Voir encore Scharnhorst, dans son mémoire du 30 janvier, *ibid.*, II, p. 493.
7. *Erinnerungen des Feldmarschalls* von Boyen, II, pp. 258, 527.

La mission de Boyen, qui avait fait à l'improviste, d'un émigré
prussien, l'ambassadeur secret de la Russie et de l'Angleterre, ne
s'accomplit point sans encombre. Boyen avait quitté Saint-Pétersbourg avec un agent de l'ambassade d'Angleterre, avec Walpole [1],
chargé lui aussi d'une mission du gouvernement anglais auprès de
la cour de Vienne. Tous deux arrivèrent à la frontière autrichienne,
le 2 décembre. On laissa bien passer Walpole ; mais la police
autrichienne arrêta Boyen. Elle le traita en suspect, en agitateur
politique, en représentant de « la secte ». Elle le retint, durant
un grand mois, dans les neiges du petit village juif frontière, de
Radzilowo d'où aucune de ses tentatives ne put le dégager [2]. Il
paraît aussi qu'il y eut, dans le retard de sa mission, autre chose
que l'horreur sincère de Metternich pour les agitateurs politiques
et pour le *Tugendbund* [3]. L'occasion ne lui parut peut-être pas mal
choisie pour rendre un mauvais service à la Prusse.

Boyen, ne pouvant parler, écrivit à Hardenberg. Mais le sujet était
délicat. Sous les apparences convenues et puériles d'une correspondance commerciale, il essaya de lui laisser deviner le caractère et
l'importance de sa mission, les menaces d'Alexandre [4]. Ces lettres
passèrent, pour arriver à Berlin, par Vienne, et par l'intermédiaire des deux agents hanovriens : Ompteda [5] et le comte Hardenberg, qui représentaient secrètement, à Berlin et à Vienne, les
intérêts de l'Angleterre. Elles n'y furent rendues que le 30 décembre,
près de six semaines après le jour où Boyen avait quitté Saint-
Pétersbourg [6].

En même temps, l'Empereur de Russie suivait encore d'autres
négociations par lesquelles il espérait entraîner, sinon le gouver-

1. *Erinnerungen des Feldmarschalls* VON BOYEN, II, p. 259.
2. *Erinnerungen des Feldmarschalls* VON BOYEN, II, p. 262.
3. C'est l'impression de Boyen, *Erinnerungen des Feldmarschalls* VON BOYEN,
II, p. 265. — Voir aussi peut-être l'intervention de Humboldt, *ibid.*, II, p. 263,
— *ibid.*, II, pp. 529, 534.
4. ONCKEN, I, p. 123. — *Erinnerungen des Feldmarschalls* VON BOYEN, II, p. 268.
— Voir le texte des trois lettres à Hardenberg, *ibid.*, II, p. 543. — Les termes
de la lettre établissent que Hardenberg avait conservé des relations secrètes
avec Boyen, comme avec la plupart des patriotes.
5. ONCKEN, I, p. 123. — *Erinnerungen des Feldmarschalls* VON BOYEN, II, pp. 263,
531.
6. ONCKEN, I, p. 123. — LEHMANN, *Scharnhorst*, II, p. 483. — *Politischer Nachlass
des Hannoverschen Staats-und Kabinets-Ministers Ludwig* VON OMPTEDA, II, p. 325.
— La lettre est aussitôt communiquée à l'ambassadeur autrichien Zichy,
ONCKEN, I, p. 123.

nement prussien, du moins l'armée prussienne. C'étaient les pourparlers qui s'étaient poursuivis, dans le cours de novembre et de
décembre, entre les généraux russes et Yorck. Nous savons que la
lettre du 18 décembre, que le tsar avait fait parvenir par Paulucci
au général prussien, contenait, à l'égard de la Prusse, un engagement politique de portée considérable. Cette lettre remise par
Paulucci à Yorck, le 26 décembre, fut vraisemblablement apportée
à Berlin, par Henckel, le 2 janvier[1].

Ainsi, dans les premiers jours de janvier, le gouvernement prussien avait reçu, sur les intentions du tsar, plus d'une indication pressante. C'étaient, sans parler de la lettre de Lieven, reçue le 28 octobre,
les dépêches envoyées par Boyen de Radzilowo, et, surtout, l'engagement formel pris par Alexandre à la date du 18 décembre. Il ne
faut point oublier que c'était l'heure aussi où la capitulation d'Yorck
menaçait de déchirer, comme une toile d'araignée, le programme de
temporisation du cabinet de Berlin[2].

Nous savons déjà que ces chocs répétés ne suffirent point pour
faire sortir le gouvernement prussien de sa réserve, ni pour lui
inspirer quelque résolution. Knesebeck partit pour Vienne le 4 janvier; et, dans la nuit même du 4, le roi résolut de désavouer
Yorck, de le destituer, de le remplacer, à la tête du corps prussien,
par un nouveau chef, d'accorder à la France toutes les satisfactions
qu'elle exigeait au sujet de la capitulation de Tauroggen.

Toutefois il n'était pas dans les habitudes de Frédéric-Guillaume III
de s'engager irrémédiablement en aucun sens. L'invasion russe était
imminente, les instances du tsar assez menaçantes. Il fallait se réserver
aussi de ce côté, prévoir l'heure où l'alliance russe s'imposerait
comme une nécessité inéluctable. L'on se résolut donc à ajouter un
post-scriptum aux instructions de Knesebeck[3]. Serait-il encore
possible de se tenir longtemps liés à l'Autriche, de temporiser,

1. TREITSCHKE, I, p. 409. — Voir ci-dessus, CHAPITRE VI. p. 218, note 3. — LEHMANN,
Scharnhorst, II, p. 483. — RANKE, Hardenberg, IV, p. 345. — DUNCKER, p. 465. —
Baron ERNOUF, Maret, duc de Bassano, p. 451.
2. Hardenberg écrit, dans son Tagebuch : « 2 janvier, arrivée de Henckel avec
les premières nouvelles de la capitulation de Yorck avec les Russes; 4 janvier,
dîné chez Augereau. Au dessert, nouvelles de la capitulation, en présence de
Saint-Marsan, Narbonne, etc. Chez le roi, chez S. M. Knesebeck envoyé à
Vienne. » ONCKEN, I, p. 129.
3. ONCKEN, I, p. 118. — Le parti russe fait des progrès, écrit Zichy, le 4 janvier, ibid., I, p. 128. — RANKE, Hardenberg, IV, p. 346. — DUNCKER, p. 467.

d'arrêter la Russie dont les progrès se poursuivaient? Le gouvernement prussien commençait à en douter. Il se résolut à demander à l'Autriche l'autorisation de traiter directement avec la Russie. Il fallait, semble-t-il, même pour s'isoler d'elle, qu'il eût son assentiment [1].

Mais les instructions de Knesebeck reçurent un autre post-scriptum plus inattendu. Le 5 janvier, Frédéric-Guillaume III, après avoir désavoué la capitulation de Tauroggen, et destitué Yorck, avait chargé l'un de ses adjudants, Natzmer, de porter au corps prussien l'expression de ses volontés. Natzmer reçut en même temps une autre mission d'un caractère tout différent [2]. A l'heure même où Frédéric-Guillaume III prodiguait à la France les assurances de sa fidélité [3], à l'heure où il semblait se mettre aux pieds de l'Au-

---

1. ONCKEN, I, pp. 124, 125, 128. — L'on subordonne à l'assentiment de l'Autriche même le départ pour Breslau, *ibid.*, I, p. 129. — RANKE, *Hardenberg*, IV, p. 346. — TREITSCHKE, I, p. 411. — Hardenberg à Scharnhorst, le 3 janvier. LEHMANN, *Scharnhorst*, II, p. 484.

2. Natzmer a laissé deux rapports sur sa mission : l'un, qui a été rédigé en 1831, pour répondre aux questions de DROYSEN, et qui a été utilisé dans la biographie d'Yorck ; l'autre, le premier en date, qui paraît un brouillon du rapport officiel, lequel ne s'est point conservé. *Aus dem Leben des Generals Oldwig von Natzmer*, p. 91. — RANKE, *Hardenberg*, IV, p. 347. — Natzmer et Bernhardi font dater les résolutions énergiques de Frédéric-Guillaume III de la mission de Natzmer, c'est-à-dire du 5 janvier; mais cette interprétation ne tient pas devant les documents publiés par LEHMANN. — Voir ci-après, p. 235, note 4. — NATZMER, p. 11. — RANKE, *Hardenberg*, IV, p. 347. — Natzmer est arrivé, le 13 janvier, à Bobersk, au quartier général d'Alexandre, *ibid.*, IV, p. 347, — et rentré le 19, à Berlin, *ibid.*, IV, p. 353. — Il est assez difficile de discerner, dans le récit de Natzmer, s'il a reçu réellement l'ordre de porter le désaveu du roi à Yorck, ou s'il est convenu qu'il se fera arrêter en chemin par les Russes. Les deux récits de Natzmer sont contradictoires. NATZMER, pp. 92, 94, 95, 98. — PERTZ, *Das Leben des Ministers Freiherrn vom Stein*, III, p. 268. — Au tsar qui lui demande si les mesures prises contre Yorck correspondent aux volontés réelles du roi, Natzmer répond non. NATZMER, p. 99. — RANKE, *Hardenberg*, IV, p. 349. — TREITSCHKE, I, p. 409. — Hardenberg écrit, le 9 janvier, à Gneisenau : « Le général Yorck a capitulé avec notre corps fort mal à propos (*auf eine unLLuge Art*). Le roi ne peut que le désavouer. Kleist est nommé commandant. Mais nous faisons signe à l'empereur Alexandre. » LEHMANN, *Historische Zeitschrift*, LXII, p. 512. — D'après TH. GROBBEL, *Die Konvention von Tauroggen*, (*Marburgische Dissertationes*), 1892, p. 74, qui réfute DUNCKER, p. 474, et RANKE, *Hardenberg*, IV, p. 347, la mission de Natzmer n'est qu'une manifestation destinée à corriger en Russie l'effet du désaveu d'Yorck. Il est chargé de porter au tsar des conditions inacceptables et sa mission n'a d'ailleurs point de suites. — Voir DROYSEN, *Das Leben des Feldmarschalls Grafen Yorck von Wartenburg* (édition de 1851), I, pp. 371, 372, — (édition de 1884), I, pp. 398, 454. — DUNCKER, p. 472. — ONCKEN, I, p. 133. — *Erinnerungen des Feldmarschalls* VON BOYEN, II, p. 316. — LEHMANN, *Scharnhorst*, II, p. 483. — Ci-après, p. 233.

3. ONCKEN, I, pp. 85, 98. — LEHMANN, *Scharnhorst*, II, p. 493. — RANKE, *Hardenberg*, IV, p. 344. — DUNCKER, p. 467. — HÄUSSER, IV, p. 41.

triche, et demander, pour la moindre de ses résolutions, son assentiment et son laissez-passer, il chargeait Natzmer de porter à la Russie des propositions de rapprochement encore assez peu formelles [1].

Mais la diplomatie prussienne recevait, sur les divers points où elle opérait, un accueil fort différent. Knesebeck n'obtenait point de réponse nette. L'Autriche voulait offrir sa médiation en vue d'une pacification générale; elle ne se souciait point de se lier à la Prusse [2]; soit que, décidée elle-même à se réserver, elle ne voulût point se trouver compromise dans les résolutions précipitées que la Prusse pouvait, par sa situation, se trouver amenée à prendre, soit qu'elle redoutât l'esprit révolutionnaire dont la Prusse lui semblait le foyer. Zichy, l'ambassadeur d'Autriche à Berlin [3], écrivait que la Prusse était à la veille d'un bouleversement. Et le déchaînement populaire semblait assurément à la Hofburg un péril plus redoutable que la domination napoléonienne. Metternich recommandait à Zichy d'observer, vis-à-vis du gouvernement prussien, la plus grande passivité; et Zichy, s'étant engagé jusqu'à déconseiller à Berlin l'alliance russe [4], reçut une remontrance des plus vives [5]. C'était l'Autriche elle-même qui poussait la Prusse dans les bras de la Russie [6].

De ce côté, les instances se précipitaient [7]. On avait enfin recueilli à Berlin des notions précises sur la mission de Boyen [8]. L'émissaire d'Alexandre avait été retenu à Radzilowo jusqu'au 31 décembre. Hardenberg avait obtenu qu'il fût délivré [9]. Mais telle était la peur

---

1. TREITSCHKE, I, p. 414. — HÄUSSER, IV, p. 45. — Voir le récit de Natzmer, de 1851. NATZMER, pp. 92, 93, 96. — Son premier récit est en contradiction formelle avec le second, ibid., p. 95. — ONCKEN, I, pp. 122, 124.

2. ONCKEN, I, pp. 132, 145, 148, 154. — RANKE, Hardenberg, IV, pp. 339, 353, 364. — TREITSCHKE, I, pp. 411, 414. — Les deux récits de Natzmer sont encore en contradiction sur ce point. D'après le second, il est chargé, le 5 janvier, de porter au tsar les assurances les plus formelles sur la coopération de l'Autriche. D'après le premier, le roi paraît au contraire n'avoir aucune confiance dans le concours de l'Autriche, NATZMER, pp. 93, 95, 100.

3. ONCKEN, I, pp. 128, 133.

4. Rapport de Zichy, du 22 janvier. ONCKEN, I, pp. 132, 133.

5. ONCKEN, I, p. 137.

6. Voir le rapport de Knesebeck, du 13 janvier, ONCKEN, I, p. 132. — Voir ibid., I, pp. 134, 136, 143, 162, — et l'empereur François à la fin de janvier, ibid., I, p. 151. — TREITSCHKE, I, p. 414.

7. Voir la dépêche de Zichy, du 22 janvier, ONCKEN, I, p. 133.

8. Les rapports de Boyen sont remis à Scharnhorst, qui les envoie, le 15 janvier, de Breslau au chancelier. LEHMANN, Scharnhorst, II, p. 485.

9. Erinnerungen des Feldmarschalls von BOYEN, II, p. 298. — Voir encore ONCKEN, I, p. 123. — Hardenberg remet à Scharnhorst, le 3 janvier 1813, en l'en-

que l'on ressentait à Berlin d'être compromis que Hardenberg lui-même n'avait voulu assigner à Boyen qu'un rendez-vous mystérieux et écarté dans la Haute-Silésie, à Ratibor. Traité en pestiféré par le gouvernement autrichien, et presque autant par celui de son pays, Boyen avait traversé l'Autriche sous l'œil de la police. Il était arrivé à Ratibor le 6 janvier. Il y avait été rejoint deux jours plus tard par Scharnhorst [1]. Entrevue pathétique où Scharnhorst avait apporté ses impressions décourageantes sur l'inertie et la lâcheté du gouvernement, mais en même temps l'expression de la confiance que Hardenberg savait, malgré tout, inspirer encore aux patriotes [2], tandis que Boyen avait pu, pour la première fois depuis son départ de Saint-Pétersbourg, s'expliquer en toute confiance et exposer sans réserve l'objet de sa mission.

Les ouvertures qu'Alexandre lui avait faites le 13 novembre, avant la retraite de Russie, parvinrent ainsi à Berlin le 18 janvier [3]. Elles avaient perdu beaucoup de leur actualité ; car, depuis, le roi avait reçu d'Yorck la lettre écrite par le tsar le 18 décembre, et, bientôt, la partie se liait plus directement entre la Prusse et la Russie. Le 20 janvier, l'aide de camp du roi, Natzmer, était revenu à Potsdam. Les Russes ne l'avaient point laissé pénétrer jusqu'à Yorck ; mais il avait vu le tsar à Bobersk, le 13 janvier ; et il rapportait à Frédéric-Guillaume III les résultats de son entretien [4]. C'étaient les instances les plus pressantes de s'allier à la Russie et les promesses les plus rassurantes pour la reconstitution de la Prusse.

Le roi, sous la pression de ces instances, sous la pression des événements, se résolut à un premier acte, à une première démarche ostensible d'allure indépendante. Déjà, depuis quelque temps, on

voyant au-devant de Boyen, une lettre qui ne s'est point conservée. LEHMANN, *Scharnhorst*, II, p. 484.

1. *Erinnerungen des Feldmarschalls* VON BOYEN, II, pp. 298, 299, 302, 303.

2. Boyen veut aller à Berlin pour faire des représentations au roi et pour soutenir le chancelier. *Erinnerungen des Feldmarschalls* VON BOYEN, II, p. 304.

3. D'après LEHMANN, la première lettre de Boyen, écrite de Radzilowo, arrive le 30 déc. OMPTEDA, *Nachlass*, II, p. 325. — LEHMANN, *Scharnhorst*, II, p. 583. — Boyen a vu Scharnhorst le 8 janvier à Ratibor, *Erinnerungen des Feldmarschalls* VON BOYEN, II, p. 302. — Il a écrit encore de Francfort-sur-l'Oder à Hardenberg, *ibid.*, II, p. 305. — NATZMER, p. 102.

4. ONCKEN, I, pp. 133, 144. — TREITSCHKE, I, p. 415. — RANKE, *Hardenberg*, IV, p. 253. — HÄUSSER, IV, p. 45. — NATZMER, pp. 93, 101. — Les Français le soupçonnent, car ils donnent l'ordre de l'arrêter, *ibid.*, pp. 93, 101. — Voir son passage aux avant-postes, *ibid.*, pp. 97, 98.

parlait à Berlin du projet qu'avaient la famille royale et le gouvernement de se retirer à Breslau [1], dans la portion neutralisée des États
prussiens. Dans une dépêche du 7 janvier, Saint-Marsan annonçait à Paris ces intentions [2]. La résolution fut arrêtée le 20 ; et il
semble bien que la connaissance plus exacte des intentions de la
Russie n'y ait point été étrangère [3]. Les événements poussaient
insensiblement et irrésistiblement ce gouvernement misérable et
incertain vers l'indépendance, vers l'alliance russe, vers ses destinées
futures.

Encore le roi ne fit-il ce premier pas qu'en tremblant. Boyen a
laissé un tableau vivant de ces incertitudes. Il avait enfin rejoint le
gouvernement et le roi à Breslau dans les derniers jours de janvier.
Il ne les avait point trouvés dégagés, même après le changement de
résidence, des terreurs qui pesèrent, jusqu'à la dernière heure, sur la
politique prussienne. C'était la nuit que Hardenberg recevait Boyen,
en des entrevues secrètes, pour échapper à l'observation des Français
et à la surveillance cependant si intermittente de Saint-Marsan [4].
C'est là, dans ces entretiens nocturnes, que Hardenberg racontait à
Boyen ce qu'il avait eu de difficultés à obtenir quoi que ce fût de
la pusillanimité de Frédéric-Guillaume III. Il assurait qu'il avait dû
se traîner, en pleurant, aux pieds du roi pour lui arracher une résolution. Il n'avait pu même le décider au départ de Berlin, à cette
première démarche si indiquée et si urgente, que par une fable. On
avait fait courir le bruit que la garnison française de Berlin se
mettait en marche, sans doute pour venir arrêter le roi à Potsdam ;
et cette nouvelle seule avait déterminé Frédéric-Guillaume III au
départ [5].

---

1. Voir, contre le départ, l'ambassadeur autrichien Zichy, dans sa dépêche
du 4 janvier. ONCKEN, I, p. 128; — mais Metternich l'approuve, *ibid.*, I, p. 125.
— Voir, sur le départ pour Breslau, le *Tagebuch* de Hardenberg, *ibid.*, I, p. 133,
— et l'empereur d'Autriche, *ibid.*, I, p. 180. — Voir la manifestation de l'assemblée des représentants pour le départ. RANKE, *Hardenberg*, IV, p. 353. —
Natzmer dit avoir été chargé de faire savoir à Alexandre que le roi attend
pour se rendre à Breslau que les Russes aient franchi la Vistule, NATZMER,
pp. 95, 99. — Hardenberg s'est d'abord opposé au départ, conseillé par Knesebeck. RANKE, *Hardenberg*, IV, p. 353. — HÄUSSER, IV, p. 47.
2. A. STERN, *Abhandlungen und Aktenstücke zur Geschichte der preussischen
Reformzeit, 1807-1815*, pp. 401-402. — LEHMANN, *Scharnhorst*, II, p. 490.
3. NATZMER, p. 93. — Natzmer est revenu dans la nuit du 19 au 20. RANKE,
Hardenberg, IV, p. 353, — HÄUSSER, IV, p. 47.
4. *Erinnerungen des Feldmarschalls* VON BOYEN, II, p. 308.
5. *Erinnerungen des Feldmarschalls* VON BOYEN, II, p. 309.—LEHMANN, *Scharnhorst*,

L'exode du roi et de Hardenberg en Silésie, qui était bien un premier pas dans la voie de l'affranchissement, n'eut point encore une portée décisive. Napoléon avait fait dire par Saint-Marsan qu'il trouvait cette démarche toute naturelle [1] et les patriotes n'étaient pas au bout de leurs déceptions [2]. Ils avaient cru que le roi n'était point libre à Berlin [3]. Ils l'avaient, en tout cas, beaucoup répété, pour excuser les libertés qu'ils prenaient à l'égard de la volonté royale. Ils purent reconnaître de suite que le voisinage de l'occupation française n'était pas la seule entrave qui l'enchaînait. Il se montra à peine plus résolu à Breslau qu'à Berlin [4]. Il avait fait des ouvertures à la fois à la France, à l'Autriche et à la Russie. Il se trouvait bien ainsi et se croyait garanti de toutes parts.

Hardenberg, du moins, parut changer sensiblement d'attitude [5]. Chaque jour, en effet, modifiait la situation. L'Autriche ne répondait

II, pp. 489, 490. — Frédéric-Guillaume arrive à Breslau le 25 janvier et Hardenberg le 26, ibid., II, p. 490. — D'après d'autres récits, les craintes de Hardenberg et du roi auraient été sincères. HIPPEL, Beiträge zur Charakteristik Friedrich Wilhelm's III, p. 63. — RANKE, Hardenberg, IV, p. 252. — HÄUSSER, IV, p. 47. — Voir la dépêche de Saint-Marsan, du 18 janvier 1813. A. STERN, p. 403. — OMPTEDA, Nachlass, III, p. 344. — FAIN, Manuscrit de 1813, I, p. 235. — A. ERNST, Denkwürdigkeiten von Amalie und Heinrich v. Beguelin, p. 259. — ONCKEN, I, p. 290. — KLOSE, Leben Karl August's Fürsten von Hardenberg, p. 363. — La Russie, de son côté, entretient ces alarmes. NATZMER, pp. 93, 99.

1. ONCKEN, I, p. 137. — LEHMANN, Scharnhorst, II, p. 490.

2. Natzmer dit en 1851 : Le roi, aussitôt, après mon retour, décida le départ pour Breslau, d'où il devait déclarer la guerre à Napoléon. NATZMER, p. 92.

3. HÄUSSER, IV, p. 47.

4. Nous avons indiqué plus haut, p. 202, pourquoi il est impossible de suivre les historiens qui placent la résolution du Roi en décembre, notamment TREITSCHKE, I, p. 402. — Voir l'impression de Natzmer qui fait dater la résolution de Frédéric-Guillaume III de sa mission, c.-à-d. du 5 janvier, NATZMER, p. XI. — HÄUSSER, IV, p. 44, donne une impression plus exacte sur le détachement progressif de l'alliance française; mais il exagère encore la résolution du roi, ibid., IV, p. 46. — Les documents publiés par LEHMANN, surtout le mémoire d'Ancillon du 4 février et l'approbation que le roi y donne, les impressions des patriotes aussi, établissent, d'une façon indiscutable, l'irrésolution du roi, prolongée jusqu'en février 1813. Il faut ajouter le défaut de décision dans les préparatifs militaires. Il faut noter également que, le 10 février encore, Yorck est laissé dans l'incertitude sur les résolutions du gouvernement. DROYSEN, Yorck, I, p. 456. — Aus den Papieren des Ministers und Burggrafen von Marienburg THEODOR VON SCHÖN, IV, p. 582. — Schön affirme cependant, mais dans une lettre datée de 1855, que Hardenberg lui fit connaître, le 19 janvier, la résolution du Roi, de rompre avec la France. Zu Schutz und Trutz am Grabe Schön's, von einem Ostpreussen, p. 376. — Le 4 janvier, Schön a écrit à Yorck : « On m'écrit de Berlin que le Roi est décidé ». DROYSEN, Yorck, I, p. 393.

5. Voir ONCKEN, I, pp. 77, 159, les communications à Zichy. — Voir Hardenberg, le 3 février, ibid., I, p. 160. — Voir, sur Hardenberg, le témoignage de OMPTEDA, Nachlass, III, p. 24.

.pas aux avances soumises de la Prusse [1]. Napoléon, peu habitué à céder devant les situations difficiles, ne semblait nullement enclin aux concessions qui eussent sans doute facilement rattaché à sa politique le gouvernement prussien [2]. Il s'en tenait avec Krusemark aux assurances de la bienveillance la plus vague [3]. A l'intérieur, le mouvement national se développait. Enfin le tsar ne cessait de presser le gouvernement prussien. Le 21 janvier, en arrivant à Lyck, sur le territoire prussien, il avait écrit à Frédéric-Guillaume III une nouvelle lettre [4] et renouvelé ses instances. Hardenberg n'y demeura pas insensible. Les patriotes l'avaient toujours considéré comme un des leurs, malgré toutes ses faiblesses et toutes ses manœuvres. Le 29, quelques jours après son arrivée à Breslau, il parut réellement passer dans leur camp, et assiégea de concert avec eux la volonté royale [5].

Le milieu où se trouvait la cour à Breslau était moins étouffé que celui de Berlin [6]. Dans la capitale, l'occupation française avait tenu, en quelque mesure, le gouvernement en tutelle. Ici, l'on vivait dans la fièvre. Les partis s'agitaient, et les opinions se croisaient. L'ancien parti français, celui qui ne savait qu'admirer Napoléon et voulait mettre la Prusse à ses pieds, était encore représenté [7]. C'était le vieux maréchal Kalckreuth qui en était la personnification, capté autrefois et pour toujours par quelques flatteries personnelles de

1. LEHMANN, *Scharnhorst*, II, p. 493. — ONCKEN, I, pp. 132, 145, 148. — Voir notamment la réponse de l'empereur François qui clôt la négociation le 28 janvier, *ibid.*, I, p. 154.

2. *Erinnerungen des Feldmarschalls* VON BOYEN, II, pp. 314, 324. — LEHMANN, *Scharnhorst*, II, p. 493. — HÄUSSER, IV, p. 52.

3. Rapport de Krusemark, arrivé à Berlin le 28 janvier. LEHMANN, *Scharnhorst*, II, p. 493.

4. Le tsar a écrit, le 6 janvier, une lettre transmise par Yorck, et le 21 janvier. Les deux lettres arrivent le 27 à Breslau. LEHMANN, *Knesebeck und Schön*, pp. 322, 323. — LEHMANN, *Scharnhorst*, II, pp. 494, 495.

5. RANKE, *Hardenberg*, IV, p. 356. — TREITSCHKE place à tort la décision de Hardenberg en décembre. TREITSCHKE, I, pp. 407, 408. — ONCKEN fait coïncider le revirement de Hardenberg avec l'arrivée à Breslau. ONCKEN, I, pp. 159, 160. — Zichy écrit, le 3 février : « Hardenberg est comme électrisé », *ibid.*, I, p. 161. — Voir cependant le rapport de Hardenberg au Roi, du 28 janvier 1813, très enclin à croire aux assurances de la France. LEHMANN, *Scharnhorst*, II, pp. 493, 494. — Néanmoins LEHMANN place délibérément le revirement de Hardenberg au 28 ou 29, après la réception : des lettres de l'Empereur de Russie, arrivées le 27; du rapport de Krusemark arrivé le 28. LEHMANN voit le signe du revirement dans le commissorium du 28, relatif aux préparatifs militaires, et dans le rappel de Knesebeck, qui est du 29. Voir LEHMANN, *Scharnhorst*, II, p. 494.

6. Voir la description de Breslau à cette date, *Erinnerungen des Feldmarschalls* VON BOYEN, II, p. 318.

7. *Erinnerungen des Feldmarschalls* VON BOYEN, II, p. 319.

l'Empereur. Hatzfeldt le représentait à Paris [1]. Haugwitz même, ce vieux débris de 1806, avait reparu à Breslau [2]. L'entourage plus immédiat et plus actif de Frédéric-Guillaume III manœuvrait autrement. Ses conseillers les plus proches sentaient bien qu'à cette heure la manifestation de tendances semblables heurtait trop apparemment les courants dominants. Ils ne conseillaient plus l'adhésion ouverte, la soumission à la France; mais ils insistaient sur les dangers des résolutions précipitées, sur les ressources du génie de Napoléon, sur la nécessité de s'appuyer au concert européen, surtout sur les dangers des mouvements populaires. Ils étaient d'autant plus assurés de traduire fidèlement la pensée du roi qu'ils la recueillaient de sa bouche avant de la reproduire et ne le conseillaient que selon ses désirs.

Il existait, parmi les patriotes aussi, des tendances divergentes [3]. Les uns, comme Boyen [4] et Gneisenau, allaient aux extrêmes. Ils voulaient déchaîner un soulèvement populaire immédiat et général, écraser durant la retraite les débris désorganisés de l'armée française, soulever de suite l'Allemagne jusqu'au Rhin. D'autres étaient plus politiques et moins ardents. Ils n'envisageaient point sans quelque préoccupation la lutte décisive qui, visiblement, se préparait pour le printemps prochain. Ils craignaient qu'en la reportant plus près de la frontière du Rhin on ne décuplât les ressources de Napoléon. Scharnhorst avait reconquis un rôle de direction avouée [5]. Il insis-

---

1. ONCKEN, I, p. 94. — On parle de remplacer le ministère Hardenberg par un ministère Hatzfeldt. HÄUSSER, IV, p. 46.

2. *Erinnerungen des Feldmarschalls* VON BOYEN, II, p. 319.

3. Le 4 janvier, à Berlin, Zichy écrit: « Le parti russe, et tout ce qui est contre le système actuel, pousse le roi à rompre avec la France ». ONCKEN, I, p. 128.

4. *Erinnerungen des Feldmarschalls* VON BOYEN, II, p. 321.

5. Voir le *commissorium* du 28 janvier. LEHMANN, *Scharnhorst*, II, p. 490. — Voir, sur Scharnhorst, le rapport de Hatzfeldt, du 4 mars, à la suite d'une conversation avec Maret, *ibid.*, II, p. 490. — Voir la dépêche de Zichy, du 3 février. ONCKEN, I, pp. 160, 177, 182. — OMPTEDA, *Nachlass*, III, p. 24. — Voir la confiance que Scharnhorst inspire au dehors. *Erinnerungen des Feldmarschalls* VON BOYEN, II, p. 253. — Voir les hésitations du roi à répondre aux premières instances de Scharnhorst en janvier, *ibid.*, II, p. 304. — Sur les vues de Scharnhorst, en janvier, février 1813, *ibid.*, II, p. 321. — Sur l'influence que les patriotes attribuent à Scharnhorst sur le roi. PERTZ, *Stein*, III, p. 129. — On retrouve ici de nouveau un mémoire de Scharnhorst qui semble en contradiction avec tout ce que l'on sait de son attitude. Il s'y place sur le terrain de l'alliance française; il assure que la capitulation d'Yorck est un déshonneur pour les armes de la Prusse. LEHMANN, sans donner toutefois de preuves décisives, présente ce mémoire comme un mémoire ostensible, et l'explique par la nécessité de la dissimulation. LEHMANN, *Scharnhorst*, II, p. 485.

tait pour que l'on hâtât les préparatifs militaires et que l'on s'associât
à la Russie [1].

Hardenberg manœuvrait entre ces courants divers, poussant délibérément le roi, depuis la fin de janvier, vers l'alliance russe [2], et Frédéric-Guillaume III, défiant profondément de son peuple et de lui-
même, tout plein encore des souvenirs de la débâcle de 1806, terrifié
par l'ombre de Napoléon, prêtait une oreille naïvement anxieuse aux
propos les plus insignifiants que Krusemark lui transmettait de Paris [3].

L'un des courtisans les plus soigneux à recueillir la pensée du roi
et à la lui représenter ensuite comme un miroir fidèle, Ancillon, a
laissé dans un mémoire, daté encore du 4 février [4], et où le roi a
mis sa signature par une adhésion explicite [5], un résumé fidèle des
pensées qui dominaient à cette heure Frédéric-Guillaume III. Sans
doute, il éprouvait une répugnance intime à subir la domination
ou l'alliance française; mais cette répugnance ne le déterminait
point à sortir de son apathie. Il ressentait un éloignement instinctif
pour le mouvement national qui se déchaînait à cette heure autour
de lui [6], sans comprendre que lui seul le poussait, par son aveugle
résistance, à prendre un caractère anti-monarchique. Il semblait
qu'enfermé dans sa morose apathie, il n'aperçût, dans l'allure nouvelle de cette insurrection nationale, que la rupture du lien monarchique. Il abreuvait d'amertumes et de dégoûts, des manifestations

1. Voir le mémoire de Scharnhorst, du 30 janvier. LEHMANN, *Scharnhorst*, II,
p. 492.
2. *Erinnerungen des Feldmarschalls* von BOYEN, II, p. 322. — LEHMANN, *Scharnhorst*, II, p. 499.
3. LEHMANN, *Scharnhorst*, II, p. 493. — HÄUSSER, IV, p. 50.
4. ONCKEN, I, p. 165.
5. LEHMANN, *Scharnhorst*, II, pp. 498, 499. — Hardenberg, au contraire, fait
ses réserves : voir ses observations marginales. ONCKEN, I, p. 164. — RANKE,
Hardenberg, IV, p. 355.
6. Voir le langage tenu par Hatzfeldt à Paris le 29 janvier. ONCKEN, I, p. 94. —
Voir l'attitude des chefs militaires. LEHMANN, *Knesebeck und Schön*, pp. 315, 320.
— LEHMANN, *Scharnhorst*, II, p. 489. — Yorck à Bülow, *ibid.*, II, p. 487. — Bülow à
Borstell, *ibid.*, II, p. 487. — Hardenberg à Zichy, *ibid.*, II, p. 488. — « L'homme », écrit
Ancillon, en parlant de Stein « qui se trouve aujourd'hui, en Prusse (*c'est-à-dire
dans la Prusse orientale*), à la tête de l'administration, porté par tempérament
aux mesures violentes et par principe aux formes républicaines, échauffé par
les succès, aigri par les injustices personnelles, n'est certes pas propre à calmer
l'effervescence générale et à faire marcher les esprits dans les ornières de
la loi. » Mémoire d'Ancillon, du 4 février, *ibid.*, II, p. 498. — Voir également
les inquiétudes d'Ancillon au sujet de Yorck. RANKE, *Hardenberg*, IV, p. 354. —
« A une heure », écrit TREITSCHKE, « où l'État prussien semblait en proie sans
réserve aux puissances infernales (*dämonische Macht*) de la Révolution et où le
roi semblait être à côté de la nation et non plus à sa tête. » TREITSCHKE, I, p. 412.

d'un éloignement presque haineux, les Boyen, les Scharnhorst. Il méconnaissait étrangement les ressources que le patriotisme de la Prusse
lui préparait. S'il n'eût tenu qu'à lui, il eût paralysé tout ce qu'il
avait autour de lui de vigueur et de forces, prêtes à se sacrifier pour
l'avenir de la Prusse, et pour lui-même [1].

Personne moins que lui n'a pressenti la mission allemande de la
Prusse. Lorsqu'on cherchait, autour de lui, à déterminer ce que, dans
la réorganisation de l'Europe qui devenait vraisemblable, la Prusse
devait rechercher et demander, c'était à la Pologne que ses conseillers
songeaient. Ils rêvaient de faire de la Prusse une sorte d'État intermédiaire entre l'Allemagne et la Russie. Au début de janvier [2],
ils avaient prescrit à Knesebeck de revendiquer le grand-duché de
Varsovie. Ils songeaient bien à réserver à la Prusse une influence
prépondérante sur l'Allemagne du Nord; mais ils voulaient, avant
tout, « rassurer les princes de la Confédération du Rhin sur l'état de
possession, sauf à entamer avec eux, dans la suite, des négociations
particulières sur des objets particuliers ».

Ce n'était point vers l'Allemagne que les yeux de Frédéric-Guillaume III étaient tournés. C'était vers l'Est que les convoitises de
la Prusse se dirigeaient. Comme si l'on eût pris à tâche de heurter
les projets polonais d'Alexandre, la Prusse se préparait à exiger de
lui, comme compensation, ces vastes plaines du dernier partage,
où, vingt années plus tôt, elle avait failli submerger elle-même sa
propre nationalité dans d'immenses territoires de race slave. Et, le
4 février encore, Ancillon, traduisant la pensée du roi, écrivait [3] :
« J'entends crier l'Allemagne..... Je réponds que l'Allemagne ne
saurait être le but principal, l'objet de première ligne, la condition
absolue de tout bien dans la marche de la politique de la Prusse [4].
L'affranchissement de l'Allemagne serait un moyen précieux d'obtenir

1. Voir encore, le 8 janvier 1813, l'entrevue de Scharnhorst et de Boyen à
Ratibor et les impressions de Scharnhorst, *Erinnerungen des Feldmarschalls* VON
BOYEN, II, p. 303. — Voir Frédéric-Guillaume contre le mouvement national, le
16 janvier. LEHMANN, *Scharnhorst*, II, pp. 489, 493.
2. ONCKEN, I, pp. 125, 126, 127. — RANKE, *Hardenberg*, IV, p. 344. — DUNCKER,
p. 402. — TREITSCHKE, I, p. 409.
3. LEHMANN, *Scharnhorst*, II, p. 497.
4. Hardenberg réplique; il veut pour la Prusse l'état antérieur à 1805. « Sans
doute », dit-il dans une phrase significative, « nous sommes avant tout Prussiens;
mais c'est comme Prussiens que nous devons exiger d'autres garanties que celles
d'une paix qui nous donnerait pour voisins Napoléon et les préfets titrés de la
Confédération du Rhin. » ONCKEN, I, p. 166. — RANKE, *Hardenberg*, IV, p. 355.

le but national, d'assurer notre existence et notre indépendance; mais ce moyen lui-même ne saurait être notre fin première, et, en s'opiniâtrant à ce moyen, on pourrait manquer le but. Si une partie des princes allemands ne veut pas secouer le joug et le préfère à la liberté, si une autre ne peut pas le secouer faute de forces suffisantes, si l'Autriche refuse de faire flotter ses bannières sur le Rhin et de présider au mouvement généreux que les amis de l'humanité désirent, rappelons-nous que nous sommes Prussiens premièrement et avant toutes choses. »

Où était alors la vocation allemande et la mission tribunitienne des Hohenzollern? Il faut, pour comprendre ce qu'une semblable faiblesse alors recélait d'impéritie, se représenter, pour un instant, dans ses grands traits, le tableau dont nous retracerons plus loin les détails : le soulèvement de la Prusse orientale, l'explosion d'une véritable fureur nationale, les volontaires accourant de toutes parts, la nation se soulevant malgré le Roi, les débris de la Grande Armée repoussés jusqu'à l'Elbe, les cosaques entrant à Berlin au milieu de l'enthousiasme populaire, les événements et le peuple prussien devançant de loin ceux qui avaient pour tâche de les diriger.

La conclusion du mémoire d'Ancillon, c'était que la Prusse tentât entre la Russie et la France une médiation pacifique et qu'elle s'associât à la Russie, seulement si la France repoussait les conditions raisonnables qu'on lui proposait [1]. Ancillon se faisait, d'ailleurs, sur les dispositions pacifiques de Napoléon, les plus singulières illusions [2]. Le mémoire du 4 février n'était point un simple développement oratoire, une manifestation platonique [3]. Malgré les objections de Hardenberg, le roi y avait donné son adhésion en déclarant au chancelier, le 5 février, qu'il trouvait ce mémoire tout à fait conforme à ses idées [4], et les actes du gouvernement y répondaient. Pressé par son entourage, maintenu surtout par son irréductible entêtement, Frédéric-Guillaume III résistait même à la pression douce et à la finesse de Hardenberg [5]. Il a réussi à imprimer à l'heure décisive, jusqu'à la

---

1. LEHMANN, *Scharnhorst*, II, pp. 498, 499. — RANKE, *Hardenberg*, IV, p. 355.
2. LEHMANN, *Scharnhorst*, II, p. 497.
3. ONCKEN dit très inexactement : « Le malheureux plan d'Ancillon fut rejeté. La réponse, ce furent les instructions de Knesebeck du 8 février, préparées par son mémoire du 6. » ONCKEN, I, p. 170. — Voir LEHMANN, *Scharnhorst*, II, p. 499.
4. LEHMANN, *Scharnhorst*, II, p. 498.
5. Voir le *Tagebuch* de Hardenberg, LEHMANN, *Scharnhorst*, II, p. 495, — le

douzième heure, à la politique prussienne un cachet d'équivoque et de complète incapacité [1].

C'était le 27 janvier que les dernières instances de l'Empereur de Russie étaient parvenues à Berlin. Elles étaient datées de Lyck, du 21 janvier. Le tsar était sur le territoire prussien. L'armée russe avait franchi la frontière. Le 3 février, Knesebeck était rentré de Vienne [2]. Il n'avait obtenu que des réponses très réservées [3]. Les événements, la force même des choses imposaient donc au gouvernement prussien la décision qu'il n'avait pas su prendre de sa propre initiative. La Russie exerçait le droit du plus fort. Il n'était plus possible de se soustraire à ses instances. Frédéric-Guillaume III y répondit de mauvaise humeur et gauchement. Ce ne fut point Scharnhorst, comme il eût semblé naturel, qui fut envoyé au quartier général d'Alexandre. Ce fut Knesebeck [4]. Le choix du messager [5] indiquait, à lui seul, que Frédéric-Guillaume III ne suivait pas encore sans réserves les inspirations des patriotes [6] et celles de Hardenberg. Il n'était même pas encore résolu à négocier franchement l'alliance russe [7]. Knesebeck partit seulement le 9 février, treize jours après la réception des dernières instances de l'Empereur de Russie [8]. Encore prit-il ses mesures pour ne rejoindre qu'avec une sage lenteur le quartier général d'Alexandre.

mémoire du roi, du 26 janvier, *ibid.*, II, p. 496, — l'approbation qu'il donne au mémoire d'Ancillon du 4 février, *ibid.*, II, p. 498. — Voir encore HÄUSSER, IV, p. 50.

1. LEHMANN, *Scharnhorst*, II, p. 493. Voir particulièrement les instances répétées de Scharnhorst pour qu'on imprime quelque caractère de résolution et de rapidité aux mesures militaires. Scharnhorst le 30 janvier, *ibid.*, II, p. 492, — et le 4 février, *ibid.*, II, p. 500. — HÄUSSER, IV, p. 46, exagère la décision des mesures militaires. — TREITSCHKE fausse ici complètement le tableau de la situation. Il dit : « Ainsi la couronne préparait la lutte avec fermeté et prudence. » TREITSCHKE, I, p. 416. — L'impression que donne HÄUSSER est plus exacte; c'est un détachement lent et progressif de la France. HÄUSSER, IV, p. 44.

2. *Tagebuch* de Hardenberg. ONCKEN, I, p. 161. — LEHMANN, *Scharnhorst*, II, p. 493.

3. ONCKEN, I, p. 154.

4. ONCKEN, I, p. 159.

5. *Erinnerungen des Feldmarschalls* VON BOYEN, II, pp. 316, 320. — LEHMANN, *Scharnhorst*, II, pp. 499, 500. — TREITSCHKE, I, p. 416.

6. *Erinnerungen des Feldmarschalls* VON BOYEN, II, p. 316.

7. Cependant la mission de Knesebeck, annoncée à Saint-Marsan et à Napoléon par Hatzfeldt, produit à Paris l'effet d'une mesure significative. ONCKEN, I, pp. 94, 173, 174, 175, 181. — OMPTEDA, *Nachlass*, III, p. 25. — Scharnhorst considère que c'est seulement le 25 février que le roi a pris le parti de rompre avec la France. ONCKEN, I, p. 182.

8. LEHMANN, *Scharnhorst*, II, p. 500. — On a envoyé d'abord au tsar, le 29 jan-

On s'est demandé s'il n'eût pas été facile à Napoléon de mieux utiliser les faiblesses du gouvernement prussien, de l'enchaîner par quelques concessions; et de parer, par là, aux premières conséquences de l'anéantissement de son armée en Russie [1]. Mais outre que, pour avoir maintenu le gouvernement prussien dans ses chaînes, il n'eût pas réussi à comprimer le soulèvement de l'Allemagne, mais seulement à lui donner un caractère plus révolutionnaire, Napoléon, s'il eût cherché à vivre de concessions, n'aurait plus été lui-même.

Dès lors, se pose la question qui prit, dans les grandes crises de 1813 et de 1814, une telle acuité, et qui a soulevé, depuis, tant de débats. Napoléon pouvait-il sauver pour lui-même, et, plus tard, lorsque l'existence nationale même parut compromise, pouvait-il sauver pour la France, une part de la puissance qu'il avait acquise, en en sacrifiant une autre part? Il semble que la constitution même de sa nature, les causes qui l'avaient fait ce qu'il était, une sorte de nécessité s'y soient opposées. Sa puissance était assise sur la domination matérielle, sur la certitude que l'on avait de son invincible supériorité, sur la terreur qu'elle inspirait, ou du moins sur la conviction où l'on était de n'y pouvoir résister. Sa politique était une politique de coups de force.

C'est par là même qu'elle était condamnée à se montrer aussi exigeante dans la faiblesse que dans la force, à jouer toujours le tout pour le tout, à prendre, dans le désastre, un aspect de folle infatuation [2], de puérilité presque, et à perdre beaucoup de sa tenue.

L'on ne saurait donc être surpris que Napoléon ne se soit pas prêté alors à des concessions qu'il refusa même à l'heure de la ruine. Les agents qui furent en contact avec le gouvernement prussien, Augereau, qui commandait à Berlin, Saint-Marsan, l'ambassadeur, Narbonne, auquel l'Empereur avait confié une mission spéciale, lui conseillaient de s'attacher la Prusse par quelques sacrifices. Ils jugeaient mal la situation et le caractère de l'Empereur. Ils ne

vier, Brandenburg avec des lettres insignifiantes, *ibid.*, II, p. 499, — puis Schack, le 5, *ibid.*, II, p. 500. — Scharnhorst proposait Boyen, *ibid.*, II, p. 500.

1. Voir particulièrement Boyen, *Erinnerungen des Feldmarschalls* VON BOYEN, II, p. 314. — HÄUSSER, IV, p. 52.

2. Voir la lettre de Napoléon à l'Empereur d'Autriche, du 7 janvier 1813. ONCKEN, I, p. 71.

jugeaient pas mieux la situation de la Prusse. Ils furent trompés, jusqu'à la fin, sur la marche des événements [1], par ce qu'ils constataient d'obséquiosité et de faiblesse réelle au cœur même de la monarchie prussienne. Ils garantirent jusqu'au bout la fidélité et la sincérité du gouvernement prussien.

Sur Saint-Marsan même pèsent quelques soupçons. Son défaut de clairvoyance fut tel qu'il a permis d'incriminer sa fidélité [2]. Il avait fait évader Stein en 1808. Les agents secrets de l'Angleterre se félicitaient du relâchement de sa surveillance. Les patriotes prussiens eux-mêmes ont cru de sa part à quelque complicité tacite. Il semble difficile d'expliquer tout dans sa conduite par une bienveillance naturelle qui l'aurait mal disposé à se faire le serviteur actif de la politique napoléonienne, ou par un aveuglement voisin de l'inintelligence.

Napoléon lui-même fut moins aveugle que ses agents. Il était fixé depuis quelque temps déjà, sur ce qu'il pouvait attendre de la fidélité de la Prusse. Comme on lui proposait, le 12 janvier, de lui envoyer de Hollande un corps de troupes étrangères, en grande partie prussiennes, il écrivait en marge du rapport : « s'ils sont Prussiens, ils ne valent rien [3]. » Mais il croyait en même temps à la possibilité de comprimer, par la force, des sentiments qu'il n'ignorait pas [4]. Il a dit, le 1er mars 1813, à Bubna, un mot significatif; dans une évocation imprévue des souvenirs de la Révolution, il a trahi les préoccupations que lui inspirait l'apparition des forces populaires : « Vous auriez dû voir », disait-il [5], « la terrible effervescence où j'ai trouvé le peuple français quand je l'ai pris; maintenant ils marchent tranquilles. »

Ce ne fut point par des concessions qu'il essaya de maintenir le gouvernement prussien. Ce fut par un projet d'alliance de famille. Cherchant, dans sa fuite de Russie, à reconstruire déjà l'échafaudage brisé de sa domination, préoccupé de ce qu'il sentait d'hostilité en

1. HÄUSSER, IV, p. 44. — A. STERN, p. 400. — Les premiers doutes de Saint-Marsan sont du 9 février, *ibid.*, p. 403. — Voir la lettre d'Augereau, du 12 janvier, NATZMER, p. 103.

2. Voir ci-dessus, CHAPITRE I, p. 31, — et *Erinnerungen des Feldmarschalls von Boyen*, II, p. 319.

3. *Archives historiques du Ministère de la Guerre. Correspondance de la Grande Armée*, note marginale de l'Empereur sur un rapport du 12 janvier 1813.

4. Il paraît croire surtout à l'impuissance de la Prusse, TREITSCHKE, I, pp. 410, 411. — Voir sa lettre au prince Eugène, en mars, *ibid.*, I, p. 410. — Voir encore *ibid.*, I, p. 411.

5. ONCKEN, I, p. 158.

Prusse, il ne trouva, pour y parer, qu'une conception de politique dynastique. Ce fut de Dresde même qu'il envoya Narbonne en Prusse, le chargeant d'y faire naître, avec les plus grandes précautions, l'idée d'un mariage entre le prince royal de Prusse et une princesse de la famille Bonaparte [1]. Une semblable tentative, à une pareille heure, trahissait bien, dans son esprit aussi, quelques illusions sur ce qu'il était possible d'attendre même du gouvernement de Frédéric-Guillaume III. Ces ouvertures ne furent d'ailleurs point repoussées et ce fut pour y répondre que le prince de Hatzfeldt fut envoyé à Paris [2].

L'attitude du roi de Prusse dans cette crise décisive n'eut, pour son pays, qu'un avantage. Ce fut d'inspirer à ses ennemis quelques illusions. Non point qu'il y ait eu, de la part de Frédéric-Guillaume III, une dissimulation volontaire. C'est à peine si l'on peut dire que lui-même ne fut pas sincère. Il l'était vraisemblablement plus en affichant sa complaisance envers la France qu'en jouant la résolution avec la Russie. Mais c'est bien par ce qu'il y avait d'à peu près sincère dans sa soumission à la France qu'il a le. plus contribué à tromper le gouvernement français, non point sans doute sur sa propre pusillanimité, mais sur l'imminence et la portée du mouvement national qui se préparait en Prusse. C'est de ce côté qu'il nous faut maintenant tourner nos regards.

1. Oncken est mal renseigné sur ce point et nie la négociation. Oncken, I, p. 93. — Voir Treitschke, I, p. 409, le journal de Hardenberg du 7 janvier 1813. — Häusser, qui connaît le projet, en attribue l'initiative à Hardenberg. Häusser, IV, p. 44. — Droysen, Yorck, II, p. 5. — Voir A. Stern, p. 400. — Klose attribue également à Hardenberg l'initiative du projet d'alliance qu'il considère comme une ruse, Klose, Hardenberg, p. 361. — Duncker est mieux renseigné. Duncker, pp. 456, 474. — Thiers, Histoire du Consulat et de l'Empire, XV, p. 205, fait une allusion passagère à l'initiative prise par Napoléon de formuler une proposition d'alliance. — Voir la dépêche confidentielle de Saint-Marsan du 12 janvier 1813. Fain, Manuscrit de 1813, I, p. 210. — Nous donnons en annexes les rapports de Narbonne, qui fut chargé de cette mission et qui n'en parle lui-même qu'avec beaucoup de réserve. Ces rapports donnent un tableau intéressant de la situation à Berlin, au début de 1813. Archives nationales. Carton A. F. IV. 1590, 4° dossier, pièces 237 et suiv. Voir ci-après Annexes nᵒˢ VI, VII, VIII, IX, X, XI, XII, XIII, XIV, XV, XVI, XVII, XVIII, pp. 483 à 497.

2. Il y arrive le 21 janvier, Oncken, I, p. 94. — Voir également sur la mission, dont il ne connaît pas l'objet, Boyen, Erinnerungen des Feldmarschalls von Boyen, II, p. 216. — Voir Treitschke, I, p. 410, qui paraît ne pas connaître non plus l'objet de la mission de Hatzfeldt. Il semble du reste que la mission de Hatzfeldt ne soit qu'un moyen de donner le change à la France. — Voir la scène entre Hardenberg et Hippel, Häusser, IV, p. 45.

CHAPITRE VIII

LES ORIGINES DU SOULÈVEMENT DANS LA PRUSSE ORIENTALE
LES PLEINS POUVOIRS RUSSES DE STEIN

La Prusse orientale. — Esprit et situation de la province. — Arrivée des Russes.
— Incertitudes sur les intentions politiques des Russes. — Yorck après la capi-
tulation de Tauroggen. — Macdonald échappe à la poursuite des Russes. —
L'incident de Memel et l'attitude des Russes. — Yorck et Schön. — Yorck à
Königsberg.
Arrivée des nouvelles de Berlin, le 10 janvier. — La nouvelle de la capitulation
à Berlin. — Le souper chez Augereau. — Les résolutions du roi. — L'arrivée
du messager de Yorck, le major v. Thile. — Irritation du roi. — La mission de
Natzmer. — Natzmer arrêté par les Russes. — Découragement de Yorck. — Il
se résout à ignorer les ordres du roi.
Premières mesures d'action indépendante prises par Bülow. — Yorck et Bülow. —
Nouvelles difficultés avec les Russes. — Les Russes s'arrêtent à la Vistule. —
Nouvelles résolutions de Yorck. — Sa marche offensive. — Arrivée de Stein.
Stein pendant la campagne de 1812. — Stein mandé par l'Empereur de Russie,
en mai 1812. — Saint-Pétersbourg en 1812. — Stein et Mme de Staël. — Prévisions de Stein au début de la campagne. — Ses projets de débarquement
en Allemagne et d'insurrection allemande. — Défaut d'esprit pratique de Stein.
— Avortement de ses projets. — Stein après la retraite de Moscou. — Influence
de Stein sur le tsar. — Son mémoire du 17 novembre. — Ses vues sur l'Allemagne. — Son irritation contre les souverains allemands. — Scène avec l'impératrice mère. — Le comité allemand. — Correspondance de Stein avec Münster.
— Ses vues sur la Prusse. — Le royaume guelfe de Münster. — Situation de
la Prusse en Allemagne. — Départ d'Alexandre pour l'armée. — Stein le suit.
— Les pleins pouvoirs russes de Stein.

Ce fut, comme on pouvait le prévoir, sur les territoires orientaux
de l'État prussien, les premiers envahis par les Russes, que débuta
le mouvement national. C'est sur le vieux territoire de l'ordre teuto-
nique qui avait formé l'une des moitiés, mais seulement l'une des
moitiés, de la Prusse du xviie et du xviiie siècle, que la Prusse et
l'Allemagne du xixe ont conquis leurs premiers titres.

La province de la Prusse orientale était comme le poste avancé
du monde germanique au seuil du monde slave. Elle avait une individualité des plus tranchées[1]. C'était à Königsberg, dans le centre
intellectuel et vivace de son université[2], de la vieille Albertina, déjà
deux fois centenaire, que Kant avait fondé et professé une philosophie dont l'influence morale sur l'Allemagne entière avait été et était
encore étendue et profonde. C'était sur ces confins de la race germanique[3] que le gouvernement prussien avait été chercher un refuge
écarté aux heures de détresse qui avaient suivi 1806. L'aristocratie
foncière, très unie par les liens de l'esprit provincial, se vantait d'y
être plus éclairée qu'ailleurs. L'on eût vainement cherché, dans les
autres provinces, la classe assise des paysans libres et propriétaires
qui s'était formée sur ce sol, et à qui, depuis peu, en 1808, on avait
dû faire une place dans les États provinciaux[4]. Le seul Prussien d'origine qui eût joué un premier rôle dans l'œuvre des réformes intérieures et dans les crises de l'État prussien, Schön, était de la Prusse
orientale et tout imbu de son esprit provincial[5]. C'était encore dans
ce milieu, à Königsberg, qu'avaient été élaborés et promulgués tous
les grands projets de réformes, toutes les réformes de 1808. On avait
parfois, dans les Marches, à Berlin, protesté contre le caractère provincial de l'œuvre politique de 1808. On avait presque été tenté d'y
voir l'insurrection d'une province contre le gouvernement central.
Le monde de cour, l'entourage du roi dans la capitale, regardait de mauvais œil les « démocrates » de la Prusse orientale.
C'étaient les symptômes d'un antagonisme qui prenait sa source
autant dans l'esprit local que dans l'opposition des théories politiques[6].

Et puis, la province avait eu ses destinées particulières de province

1. DROYSEN, *Das Leben des Feldmarschalls Grafen Yorck von Wartenburg*, I,
p. 409.
2. HÄUSSER, *Deutsche Geschichte*, IV, p. 23.
3. Les avant-postes du monde civilisé, *Aus den Papieren des Ministers und
Burggrafen von Marienburg* THEODOR VON SCHÖN, I, *Selbstbiographie*, p. 85. —
HÄUSSER, IV, p. 23.
4. TOME I, p. 358. — DROYSEN, *Yorck*, I, p. 409. — HÄUSSER, IV, p. 23. —
LEHMANN, *Knesebeck und Schön*, pp. 165-168; — ibid., *Beilagen*, pp. 291 à 304. —
HASSEL, *Geschichte der preussischen Politik*, 1807-1815, I, p. 138. — PERTZ, *Das
Leben des Ministers Freiherrn vom Stein*, II, p. 166. — J. VOIGT, *Darstellung der
ständischen Verfassung Ostpreussen's*, 1822, pp. 42, 65, 75, 78, 83.
5. LEHMANN, *Knesebeck und Schön*, p. 84.
6. Voir encore les inquiétudes des patriotes de la Prusse orientale sur les tendances réactionnaires d'Yorck. DROYSEN, *Yorck*, I, p. 410.

frontière. Au xviii° siècle, à l'époque des grandes guerres de Frédéric II et des invasions russes, à l'époque où les Hohenzollern reconstituaient leurs provinces en les colonisant, il avait fallu plus d'une fois recréer celle-là. Dans les crises du xixe siècle, elle avait été ravagée comme aucune autre. Dévastée, en 1807, par la campagne d'Eylau [1], abîmée, en 1812, par le passage de la Grande Armée et ses réquisitions [2], elle avait eu plus que sa part d'épreuves.

Et voici que, tandis qu'à Vienne et à Berlin on se demandait quelle était la portée exacte du désastre de Napoléon, tandis qu'on continuait à y trembler devant le nom de la Grande Armée, imaginant encore ses corps constitués et les restes imposants de ses cinq cent mille hommes, voici que les Prussiens de l'Est touchaient du doigt ce désastre, tel que l'humanité n'en a pas vu beaucoup de semblables, ces généraux et ces milliers d'officiers fuyant en haillons et en robes de femmes [3], cette pourriture qui encombrait les hôpitaux, le spectacle vivant et palpable d'une destruction matérielle et morale [4] que les récits ne pouvaient rendre et que l'imagination avait peine à se représenter.

Les velléités de soulèvement se faisaient jour [5], la population ici et là faisant le coup de feu contre les Français en retraite, trouvant dans ce désordre le courage de résister en face à l'autorité française. Le sentiment de la vengeance, si longtemps comprimé, s'exaltait d'heure en heure. Le flegme du Nord explique seul que l'explosion n'en ait pas été plus générale et plus irrésistible [6]. Ainsi, tout natu-

---

1. Un cinquième de la population a disparu. DROYSEN, *Yorck*, I, p. 373.
2. DROYSEN, *Yorck*, I, p. 374. — LEHMANN, *Knesebeck und Schön*, p. 149. — HÄUSSER, IV, p. 22. — [GERVINEN], *Organisation der Landwehr in der Provinz Ostpreussen (Beiheft zum Militair-Wochenblatt, janv.-oct. 1846)*, pp. 1-2; — *Beiträge zur Kunde Preussen's*, VII, *Ostpreussen's Schicksale im Jahre 1812.*
3. Auerswald, le 18 déc. DROYSEN, *Yorck*, I, p. 374. — HÄUSSER, IV, p. 23.
4. Voir sur les incidents de la retraite. DROYSEN, *Yorck*, I, p. 377.
5. Voir Schön, dès le 11 nov., à Hardenberg. DROYSEN, *Yorck*, I, p. 374. — LEHMANN, *Knesebeck und Schön*, pp. 149, 308. — PERTZ, *Stein*, III, p. 386. — FRICCIUS, *Geschichte des Krieges in den Jahren 1813 und 1814*, I, p. 54, l'incident de Königsberg, le meurtre d'un gendarme sous les yeux de Murat. — Voir encore HÄUSSER, IV, p. 23. — Voir, sur les mauvais traitements infligés par les paysans aux restes de l'armée française, le rapport de Schön à Hardenberg du 21 déc. 1812. LEHMANN, *Knesebeck und Schön*, p. 311. — Voir, sur les villes, le rapport du 16 déc., *ibid.*, p. 310. — Voir les délégations envoyées à Stein, à la fin de janvier, de la Marche électorale, par Stägemann, *Aus dem Nachlasse von F. A. VON DER MARWITZ*, I, pp. 334, 337. — Autobiographie de Stein, PERTZ, *Stein*, VI, 2, *Beilagen*, p. 182.
6. Voir Bärsch à Königsberg. TREITSCHKE, *Deutsche Geschichte*, I, p. 417. — Voir les hésitations à Königsberg, dans le courant de janvier. DROYSEN, *Yorck*, I, p. 408.

rellement, l'abîme se creusait entre l'état moral de cette province
éloignée [1], et celui du misérable gouvernement dont nous avons
décrit les hésitations et la pusillanimité.

D'ailleurs, tandis que le gouvernement central était, depuis la conclusion de l'alliance française, en proie aux hésitants, les fonctions
administratives étaient demeurées, dans la Prusse orientale, aux mains
des patriotes. Là aussi, la conspiration patriotique avait étendu ses
ramifications; elle n'était point sans contact avec l'administration [2].
Schön était à Gumbinnen, président du gouvernement de la Lithuanie. Il avait, auprès de lui, Schulz, un collaborateur actif et ardent,
dévoué aux idées nationales [3]. Frédéric Dohna, en pénétrant dans la
province, allait se trouver chez lui. Tous étaient animés d'un esprit
bien différent de celui qui régnait à Berlin. Tel était le milieu où
Yorck, qui venait de signer, sur le territoire russe, la capitulation
de Tauroggen, pénétrait en franchissant la frontière.

Lorsqu'après cent années écoulées, avec la connaissance des événements, nous revenons sur l'histoire de ces temps, nous mesurons,
dans toute leur étendue, les haines qu'avait préparées la domination
napoléonienne; nous en connaissons l'explosion, nous avons sous
les yeux le grand courant de résistance qui a soulevé l'Europe. Il
nous semble aujourd'hui comme évident qu'une sorte d'élan unanime
ait dû l'entraîner vers un but apparent, du jour où la destruction de
la Grande Armée lui eut frayé les voies de l'indépendance.

Il s'en faut qu'il en ait été ainsi. Il est bien vrai que les nations

---

— Voir particulièrement le rapport de Schön à Hardenberg, du 11 novembre 1812.
LEHMANN, *Knesebeck und Schön*, pp. 308-309, — et celui du 24 déc., *ibid.*, p. 312. —
Dans la lettre à Thile, du 10 février, Yorck dit : « Il aurait été bien facile à
un intrigant de donner à ces dispositions de la nation une direction dangereuse. Je vous assure qu'il fallut assez de peine pour tenir tout le monde dans
le calme. » PERTZ, *Stein*, III, p. 292.

1. Schön, Auerswald envoient bien des émissaires à Berlin : mais nous avons
vu quelle situation ils y trouvent. HÄUSSER, IV, p. 24.

2. Voir les lettres de Schulz et de son frère des 18 et 21 janvier 1813. [GER-
WIEN], p. 5. — DROYSEN, *Yorck*, I, p. 410. — Voir la lettre du 22 janvier 1813,
[Flesche] à Hardenberg, de Memel. « Le *Regierungs-Rath*, Schulz, de Gumbinnen
est venu à Memel. Il a raconté qu'il allait organiser une insurrection populaire;
il a été aussitôt rappelé. Le ministre baron de Stein a été à Gumbinnen. Il est
maintenant à Königsberg et je ne me trompe pas en croyant que le *Tugend-
Verein* se lève et qu'un gouvernement populaire apparaîtra bientôt. » LEHMANN,
Knesebeck und Schön, p. 322. — PERTZ, *Stein*, III, p. 306.

3. C'est un des agents de la conspiration patriotique : voir la lettre de
Schulz à Yorck, du 18 janvier. [GERWIEN], p. 5. — DROYSEN, *Yorck*, I, p. 411. —
LEHMANN, *Knesebeck und Schön*, p. 322. — PERTZ, *Stein*, III, p. 306.

étaient entraînées vers l'indépendance, ajournant, dans la simplicité
des sentiments qui les dominaient, les arrangements politiques; il
est bien vrai que la force irrésistible des soulèvements nationaux a
fini par tout emporter. Mais il y eut plus d'une incertitude, et plus
d'une heure douteuse [1]. Les gouvernements, soit par défaut de clairvoyance, soit par le sentiment des intérêts divergents qu'ils incar-
naient, et que la probabilité d'une réorganisation européenne mettait nécessairement en jeu, ont perdu la direction des événements.
Et telles ont été leurs hésitations, que des esprits clairvoyants ont
pu se demander s'il n'avait pas tenu alors à peu de chose que la
diversité des intérêts politiques ne maintînt séparés, cette fois encore,
ceux dont l'effort commun était nécessaire pour affranchir l'Europe [2].

La Russie avait-elle réellement intérêt à faire cause commune avec
la Prusse? Son intérêt national n'était-il pas de s'arrêter à la Vistule, de démembrer la Prusse, qui s'était rangée sous la bannière de
Napoléon, de lui reprendre les lambeaux de territoire slave qu'elle
détenait, de se créer, de ce côté, la frontière qui lui manquait et de
refaire son armée? Beaucoup de Russes, les vrais Russes, Kutusoff
en tête, le croyaient de très bonne foi [3].

Autant, aujourd'hui, il nous semble que la coalition européenne et
la chute de Napoléon aient dû être les conséquences forcées et presque

1. Häusser, IV, p. 21. — Voir notamment à Königsberg. Droysen, *Yorck*, I, p. 408.
2. Voir notamment en ce sens Seeley, *Life and Times of Stein*, III, p. 3.
3. Voir l'histoire des prétentions de la Russie sur la frontière de la Vistule
et la possession de la Prusse orientale. Lehmann, *Knesebeck und Schön*, p. 157. —
Pertz, *Stein*, III, p. 206. — Bernhardi, *Denkwürdigkeiten des k. Russ. Generals
C. F. Grafen von Toll*, II, pp. 387-401. — Voir l'état d'esprit de la plupart des
généraux russes, d'après Droysen, *Yorck*, I, p. 380. — Häusser, IV, p. 24. —
Ranke, *Denkwürdigkeiten des Staatskanzlers Fürsten von Hardenberg*, IV, p. 357.
— Voir les déclarations du général Lanskoï, à la fin de décembre ou au commencement de janvier. Droysen, *Yorck*, I, p. 375, — le rapport du *Polizei-
Direktor* de Memel, Flesche à Hardenberg, le 27 décembre 1812. Lehmann, *Knesebeck und Schön*, p. 320, — les inquiétudes à Berlin, Saint-Marsan à Maret,
9 juillet 1813. A. Stern, *Abhandlungen und Aktenstücke zur Geschichte der
preussischen Reformzeit, 1807-1815*, p. 401. — Voir, en revanche, la proclamation
de Wittgenstein, du 21 décembre. Droysen, *Yorck*, I, p. 375, — la proclamation de Kutusoff, du 21 décembre, *ibid.*, I, p. 376. — Pertz, *Stein*, III, p. 251.
— Lehmann, *Knesebeck und Schön*, p. 145. — Häusser, IV, p. 24. — La résolution
du tsar de continuer la guerre, malgré les avis de Kutusoff, est du milieu de
décembre. Alexandre quitte Saint-Pétersbourg le 16 décembre. Droysen, *Yorck*,
I, p. 380. — Häusser, IV, pp. 20, 25. — Voir Paulucci, Eckardt, *Yorck und
Paulucci*, p. 56. — Droysen, *Yorck*, I, p. 381. — Voir la situation dominante
de Kutusoff. Malgré les ordres de l'Empereur, il demeure à Wilna. Häusser, IV,
p. 25. — Bernhardi, *Toll*, II, p. 371. — Voir la lettre de Kutusoff du 12 janvier,
ibid., II, p. 378.

immédiates de la retraite de Russie; autant il est certain que le
lendemain parut alors bien douteux aux contemporains. C'était une
heure de revirement brusque et complet, où les plus graves responsabilités s'engageaient à l'improviste, une heure critique, où tout
était remis en question, une heure d'incertitude désorientée pour
tous ceux que n'emportait pas la passion aveugle d'indépendance. Les
grands esprits peuvent seuls au milieu de l'action sentir, sans se
laisser troubler, la force inéluctable des causes générales et la direction forcée qu'elles impriment aux événements.

Nulle part les incertitudes n'ont été plus angoissantes que sur les
territoires lointains de la Prusse orientale, isolés maintenant par
l'invasion russe [1]. Personne ne les a ressenties plus vivement que les
patriotes prussiens [2] qui s'y trouvaient réunis, que Yorck surtout, qui
venait, à lui seul, sans y être préparé, de porter tout le poids de la
crise européenne et de trancher le nœud gordien. Qu'adviendrait-il
de lui s'il s'était trompé? Si véritablement ce n'était pas l'unique
affaire de détruire Napoléon, d'affranchir l'Europe, de refaire la
Prusse. Si la Prusse restait l'alliée de Napoléon et la Russie
l'ennemie de la Prusse, sa capitulation n'était plus alors un signal
d'affranchissement, c'était une défaillance militaire, une trahison qui
livrait la terre prussienne à l'ennemi. Sa vie, son honneur même,
étaient à la merci des conséquences de son acte [3].

La capitulation était du 30 décembre. Yorck était arrivé à Tilsit le
4 ou 5 janvier 1813. Ce furent des heures d'anxiété. Dans l'inaction
forcée, la détente avait suivi l'excitation du premier moment; même
dans le corps prussien, beaucoup d'officiers vacillaient dans le jugement qu'ils portaient eux-mêmes sur leur situation et sur leur acte [4].
Yorck, comme un homme sorti de la direction de sa vie et de ses
idées, ne s'était pas affranchi, le lendemain, des irrésolutions qui
l'avaient agité la veille [5].

Une première déception l'attendait. Macdonald, avec les restes du
dixième corps, avait échappé à la poursuite des Russes. Il s'en était
fallu de bien peu, d'une erreur, d'un hasard, qu'il n'eût été coupé dans

1. DROYSEN, Yorck, I, p. 408. — HÄUSSER, IV, p. 26.
2. Schulz à Yorck, le 18 janvier. DROYSEN, Yorck, I, p. 411. — HÄUSSER, IV, p. 21.
3. DROYSEN, Yorck, I, p. 382.
4. DROYSEN, Yorck, I, p. 384. — Schulz à Schön, le 3 janvier, ibid., I, p. 385. —
HÄUSSER, IV, p. 26.
5. PERTZ, Stein, III, p. 268. — HÄUSSER, IV, p. 26. — DROYSEN, Yorck, I, p. 387.

sa retraite, à quelques heures de Tilsit. Il avait passé [1]. Yorck avait bien compté qu'en signant la capitulation, il livrait son ancien chef à l'armée de Wittgenstein, et supprimait l'une des dernières forces organisées qui restaient aux Français [2]. Et voici que Macdonald, avec ses 6 000 hommes, se retirait librement sur Königsberg [3].

Le 3 janvier, l'émissaire et le confident de Schön [4], Schulz [5], envoyé de Gumbinnen à Tilsit, au-devant de Yorck, trouva celui-ci écrasé sous le poids de sa responsabilité. « Arrivez vite », écrivait-il à Schön [6], « Yorck est très isolé; il a besoin d'être soutenu. Je l'ai vu hier. Il a l'air bien moins d'un héros qui vient de libérer l'Europe que d'un malfaiteur qui attend son jugement. Et quelques canailles d'officiers de son corps, auxquels j'ai parlé, tiennent encore pour les Français et point pour les braves Russes. » Le 4 janvier, Schulz écrivait encore à Schön [7] : « Il est bien fâcheux que Votre Excellence n'ait pu parler à Yorck; il se sent douloureusement abandonné. »

Le 4 janvier [8], Yorck reçut une nouvelle inquiétante. Les Russes étaient entrés à Memel [9]. Malgré l'engagement pris dans la capitulation de Tauroggen, Paulucci avait traité la ville en pays conquis [10],

1. DROYSEN, *Yorck*, I, pp. 381, 383, 384. — [PRITTWITZ], *Beiträge zur Geschichte des Jahres 1813, von einem höheren Offizier*, I, p. 36.
2. DROYSEN, *Yorck*, I, pp. 382, 386, 388. — Voir la lettre de Schulz, du 3 janvier, *ibid.*, I, p. 386. — HÄUSSER, IV, p. 26. — [PRITTWITZ], I, p. 28.
3. Il évacue Königsberg le 4, presque aussitôt après y être entré. DROYSEN, *Yorck*, I, p. 390.
4. Schön a envoyé à Yorck le comte Lehndorf-Steinorth, qui arrive le 30 décembre à Tilsit. Yorck demande à Schön de venir au plus tôt; mais Schön ne veut pas quitter Gumbinnen. Il envoie Schulz. DROYSEN, *Yorck*, I, p. 384. — *Aus den Papieren* SCHÖN's, I, p. 174.
5. Voir sur Schulz. DROYSEN, *Yorck*, I, p. 411. — LEHMANN, *Knesebeck und Schön*, p. 148.
6. Le 3 janvier. DROYSEN, *Yorck*, I, pp. 386, 388. — « Yorck n'est pas un Atlas », *ibid.*, I, p. 385.
7 DROYSEN, *Yorck*, I, pp. 387. — Yorck paraît avoir été, durant les premiers jours de janvier, dans des dispositions assez variables. Schulz, le 4 janvier, écrit encore : « Yorck est résolu à faire un second et un troisième pas », *ibid.*, I, p. 387. — Le 5 janvier, Yorck écrit à Bülow : « Je ferai le second pas si le roi m'y autorise », *ibid.*, I, p. 392. — Le 6 janvier, Schön trouve Yorck résolu, *ibid.*, I, p. 393. — HÄUSSER, IV, p. 26.
8. DROYSEN, *Yorck*, I, p. 391.
9. LEHMANN, *Historische Zeitschrift*, LXIV, p. 385, — et ci-après, p. 258.
10. DROYSEN, *Yorck*, I, pp. 391, 402, 403. — Lettre de Paulucci au tsar, du 8 janvier, ECKARDT, p. 51. — LEHMANN, *Knesebeck und Schön*, p. 145. — Voir les tendances d'annexion à la Russie, à Memel. Lettre du directeur de police de Memel, le 13 janvier 1813, *ibid.*, pp. 159, 320, 321, 328. — *Aus den Papieren* SCHÖN's, I, *Selbstbiographie*, p. 85, — et la seconde autobiographie, *ibid.*, VI, p. 43. — FÖRSTER, *Geschichte der Befreiungs-kriege*, II, p. 791. — *Zu Schutz und Trutz am Grabe Schön's von einem Ostpreuszen*, p. 338.

mis la main sur l'administration au nom du gouvernement russe, traité les Prussiens en prisonniers de guerre, mis l'embargo sur les navires prussiens. On sut plus tard que c'était un acte isolé, — dépit de Paulucci de n'avoir point signé lui-même la capitulation [1]. Yorck ne devait pas moins se demander avec quelque inquiétude si, malgré les déclarations d'Alexandre, l'occupation russe n'allait pas prendre un caractère nouveau et inacceptable [2]. Les corps russes d'ailleurs étaient épuisés [3]; leur marche militaire était incertaine. Macdonald avait échappé, et l'on ne savait encore si les Français ne parviendraient pas à reconstituer, avec les débris de leur armée, un noyau de résistance suffisant pour arrêter les Russes [4].

Malgré tout, pour la population, les Russes étaient des alliés [5].

---

1. Lehmann, *Knesebeck und Schön*, p. 146. — Droysen, *Yorck*, I, p. 404.

2. Ranke, *Hardenberg*, IV, p. 357. — Treitschke, I, p. 417. — Voir les déclarations du général Lanskoï à la fin de décembre ou au commencement de janvier. Droysen, *Yorck*, I, p. 375. — Voir les mesures prises par les Russes qui dispersent les *Krümper*, *ibid.*, I, p. 394, — lettre de Schön, du 28 décembre, Lehmann, *Knesebeck und Schön*, p. 314, — rapport de Wiszmann, du 12 janvier, *ibid.*, p. 317, — rapport de Krausenek de Graudenz, le 15 janvier, *ibid.*, p. 318, — Sievers à Königsberg, journal d'Auerswald, 6 janvier. *Zu Schutz und Trutz am Grabe Schön's*, p. 344, — le 5 janvier, conflit entre Yorck et Wittgenstein, *ibid.*, p. 395.

3. Rapport de Kutusoff du 13 décembre. Droysen, *Yorck*, I, p. 379. — Voir l'armée de Wittgenstein, *ibid.*, I, p. 380. — Häusser, IV, p. 25. — Voir cependant, en sens contraire, un rapport de Schön, du 29 décembre 1812. Lehmann, *Knesebeck und Schön*, p. 314, — et un autre, du 27 décembre. Droysen, *Yorck* (édit. de 1852), II, p. 273.

4. Droysen, *Yorck*, I, pp. 386, 388, 392.

5. Il faut corriger, par quelques réserves, l'impression que donne Lehmann, *Knesebeck und Schön*, p. 151. — Voir Droysen, *Yorck*, I, p. 376. — Les incidents à Memel sont assez vifs; voir Schulz et Schön. « Nous ne haïssons pas moins l'apathie asiatique que le despotisme français », *ibid.*, I, p. 404. — Pertz, *Stein*, III, p. 269. — Schön reprend, dans sa lettre à Schlosser (voir ci-après, p. 289, note 6), le mot de Schulz sur « l'apathie asiatique ». *Aus den Papieren Schön's*, I, *Selbstbiographie*, p. 85, — et seconde autobiographie, *ibid.*, VI, p. 43. — Lehmann, *Knesebeck und Schön*, p. 147. — Lehmann, *Stein, Scharnhorst und Schön*, p. 46. — Voir quelques scènes de pillage des Cosaques à Oletzko; Hoyoll au ministre de la justice, 14 janvier. Lehmann, *Knesebeck und Schön*, p. 317. — Voir encore à Schirwindt. A Tilsit, le major v. Kall repousse les cosaques par la force. Rapport de Schön à Hardenberg, du 20 décembre 1812, *ibid.*, p. 310. — Wiszmann, le 15 janvier, *ibid.*, p. 318, — le 19 et le 20, *ibid.*, p. 319. Mais ce sont des incidents; les Russes avaient manifestement l'ordre de ne pas traiter la Prusse en pays ennemi. Voir Lehmann, *Knesebeck und Schön*, pp. 152 à 154. — Schön à Hardenberg, le 23 décembre, le 27 décembre au roi, *ibid.*, p. 155. — Droysen, *Yorck* (1852), II, pp. 272, 274. — Voir particulièrement le rapport de Schön à Hardenberg, du 22 décembre 1812. Lehmann, *Knesebeck und Schön*, p. 314, — celui du 26 décembre et celui d'Auerswald du 27, *ibid.*, p. 313, — le rapport de Wiszmann du 12 janvier, *ibid.*, p. 316. — Häusser, IV, p. 24. — Pertz, *Stein*, III, p. 260. — Treitschke, I, p. 417. — Il y avait même dans la province des tendances d'adhésion complète à la Russie. Voir la lettre de Scharn-

La masse ne pouvait voir autrement. Königsberg, la capitale de la province, venait d'être évacuée par les Français [1]. Wittgenstein y entrait, le 6 janvier [2], au milieu des acclamations populaires. On pardonna même aux cosaques quelques scènes de pillage [3].

Le 6 janvier aussi, Yorck avait enfin reçu, à Tilsit, la visite de Schön [4]. Ils arrêtèrent de concert les mesures à prendre. Ils furent d'accord pour ne point laisser l'insurrection se déchaîner en scènes isolées, pour conserver à l'autorité constituée la direction des événements. Schön apportait à Yorck le concours important de l'administration civile [5], associée dorénavant aux chefs militaires, l'autorité personnelle considérable dont il jouissait dans la province où il était né et qu'il administrait. Le 8 au soir, Yorck s'était rendu de sa personne à Königsberg. Le 9, les étudiants de l'Albertina étaient venus en pompe, en grande solennité universitaire, acclamer en lui le libérateur de la Prusse [6]. C'était le premier témoignage de l'ardente participation des éléments intellectuels à l'œuvre de l'indépendance. Telle était la situation au 10 janvier dans la Prusse orientale : Yorck n'avait toujours point de nouvelles de Berlin; il ne se sentait encore franchement soutenu [7] ni par son entourage, ni par l'action militaire des Russes.

Le 10, arrivèrent à Königsberg les premières nouvelles de Berlin, bien inattendues, presque écrasantes [8]. C'est par un message de Mac-

horst à Hardenberg, du 18 décembre 1812. LEHMANN, *Knesebeck und Schön*, p. 166, — le rapport du directeur de police de Memel, le 3 janvier 1813, *ibid.*, p. 159. — Saint-Marsan à Maret, 9 janvier 1813. A. STERN, p. 401. — D'après PERTZ, *Stein*, III, p. 260, c'est l'administration qui comprime les tendances de la province favorables aux Russes. — Voir le rapport d'Auerswald, du 7 janvier. LEHMANN, *Knesebeck und Schön*, p. 315, — celui du 10, *ibid.*, p. 316, — et celui d'Hoyoll du 14 janvier, *ibid.*, p. 317.

1. Le 4 janvier 1813. DROYSEN, *Yorck*, I, p. 390.
2. DROYSEN, *Yorck*, I, p. 394.
3. DROYSEN, *Yorck*, I, p. 390.
4. DROYSEN, *Yorck*, I, pp. 392, 393, 394, 405.
5. Voir également Auerswald. DROYSEN, *Yorck*, I, p. 394.
6. DROYSEN, *Yorck*, I, pp. 394, 395. — TREITSCHKE, I, p. 417.
7. HÄUSSER, IV, p. 26. — Voir les impressions de Schulz au 18 janvier. DROYSEN, *Yorck*, I, p. 408. — Les manifestations des États de la Prusse orientale datent des jours suivants : le 14 et le 17 janvier, *ibid.*, I, pp. 409, 410, 411. — « La convention de Tauroggen n'aurait été qu'un jeu si les États n'avaient été ce qu'ils furent. » LEHMANN, *Knesebeck und Schön*, p. 124.
8. Yorck a certainement cru que le roi approuverait la convention et se séparerait nettement de la France. Voir la lettre du 2 janvier à Wittgenstein. DROYSEN, *Yorck*, I, p. 388, — l'impression de Henckel, *ibid.*, I, p. 396, — et ci-dessus, CHAPITRE VI, p. 249, note 1. — Voir l'arrivée des nouvelles à Königsberg. DROYSEN,

donald que le gouvernement prussien avait appris la capitulation de Tauroggen [1]. Le message arriva au milieu d'un souper qui réunissait chez Augereau, le 4 janvier au soir, Saint-Marsan, Hardenberg, Hatzfeldt et Narbonne [2]. Malgré l'apparence qu'il se donna, Hardenberg n'en fut pas particulièrement surpris. Les dépêches, reçues quelques jours auparavant [3], laissaient pressentir la résolution de Yorck, et lorsque les Français lui avaient annoncé, le 2 janvier [4], l'arrivée de Macdonald à Tilsit, il avait cru prudent de leur laisser deviner quelques inquiétudes sur le sort du contingent prussien [5]. Le chancelier n'en joua pas moins l'indignation [6]. Sa grande préoccupation, à cette heure, était de ne point paraître suspect aux Français [7]. Il se précipita chez le roi et en revint, le même soir avant minuit, pour communiquer à Saint-Marsan les résolutions de Frédéric-Guillaume III [8]. Nous savons déjà quelles étaient ces

Yorck, I, pp. 396, 399. — Häusser, IV, p. 27. — Stein paraît également avoir été convaincu, à son arrivée dans la Prusse orientale, que le roi n'hésiterait pas à profiter du mouvement de la Prusse orientale pour rompre avec les Français. *Aus den Papieren* Schön's, VI, p. 43. — Voir encore la même conviction chez Bülow, le 20 janvier. Pertz, *Stein*, III, p. 643.

1. Droysen, *Yorck*, I, p. 397.
2. Droysen, *Yorck*, I, p. 397.
3. Duncker, *Abhandlungen zur preussischen Geschichte, Preuszen während der französischen Okkupation*, p. 464. — De même les rapports de Seydlitz. Lehmann, *Historische Zeitschrift*, LXIV, p. 388, — ceux de Heller et de Henckel. Droysen, *Yorck*, I, p. 396. — [Prittwitz], I, p. 22. — Le 29 décembre, Hardenberg écrit à Gneisenau : « Notre corps, qui s'est toujours battu avec courage et bonheur, est actuellement en retraite, revenant de Courlande avec une division française, de Macdonald, que l'on dit en bon état, le tout environ 25 000 hommes. Lehmann, *Historische Zeitschrift*, LXII, p. 511. — Voir, Oncken, *Oesterreich und Preuszen im Befreiungskriege*, I, p. 129, les deux notes du *Tagebuch* de Hardenberg du 2 et du 4 janvier.
4. Duncker, p. 463.
5. A. Stern, p. 398. — Hardenberg à Saint-Marsan, le 3 janvier. *Aus dem Leben des Generals Oldwig* von Natzmer, p. 87. — Duncker, p. 466.
6. Saint-Marsan à Maret, le 4 janvier. A. Stern, p. 399. — Droysen, *Yorck*, I, p. 397.
7. Droysen, *Yorck*, I, p. 397. — A. Stern, p. 399. Saint-Marsan à Maret, le 4 janvier. — Duncker, p. 468. — Hardenberg écrit, le 4 janvier, à Gneisenau : « Le général Yorck a capitulé avec notre corps fort maladroitement. Le roi ne peut faire autrement que de le désavouer. Kleist est nommé commandant, mais nous faisons signe à l'empereur Alexandre. » Lehmann, *Historische Zeitschrift*, LXII, p. 512. — Duncker, p. 473. — Ompteda à Münster. *Politischer Nachlass des Hannoverschen Staats-und Kabinets-ministers Ludwig* von Ompteda, II, p. 340.
8. C'est d'après le récit qu'il fait à Saint-Marsan, en revenant de chez le roi, le même 4 janvier, que le roi aurait dit : « Il y a de quoi prendre une attaque d'apoplexie ». Fain, *Manuscrit de 1813*, I, p. 203. Dépêche de Saint-Marsan à Berthier. — A. Stern, p. 399. — Saint-Marsan conçoit quelques doutes; il ne comprend pas que Henckel, le 2 janvier, n'ait pas apporté la nouvelle de la

résolutions. Yorck était destitué; il devait être arrêté, remplacé par Kleist [1] à la tête du contingent prussien. Kleist recevait l'ordre de se tenir à la disposition de Murat, à qui l'Empereur avait remis le commandement suprême [2]. Les troupes seraient rappelées. Le colonel Natzmer, l'adjudant du roi, allait partir, dès le lendemain matin, pour faire connaître ces résolutions à Yorck [3].

Le lendemain matin, au point du jour, le messager d'Yorck, le major Thile [4], arriva à son tour. Yorck l'avait fait partir, le 30 décembre, avec le texte de la convention; mais il avait dû faire un détour. Il arriva le 5. Il se croisa avec Natzmer dans l'antichambre du roi [5]. Il fut reçu aussitôt par Frédéric-Guillaume III [6]. Le roi était profondément irrité de l'initiative de Yorck, non moins irrité de se voir à l'improviste si gravement compromis. Mais il n'osa pas donner libre cours à ces sentiments dans son entretien avec Thile [7].

capitulation; il exprime quelque méfiance, mais non à l'endroit de Hardenberg. Il fait remarquer que Henckel n'a pas vu Hardenberg. Saint-Marsan à Maret, le 4 janvier 1813, *ibid.*, p. 399.

1. Voir, sur Kleist, PERTZ, *Gneisenau*, II, p. 485.

2. Saint-Marsan à Maret, le 4 janvier 1813. A. STERN, p. 399.

3. DROYSEN, *Yorck*, I, p. 397. — OMPTEDA, *Nachlass*, II, p. 338. — La mission de Natzmer paraît avoir été décidée dès le 4 janvier. NATZMER, p. 91.

4. C'est le frère de celui qui a succédé à Boyen auprès du roi. DROYSEN, *Yorck*, I, p. 396.

5. DROYSEN, *Yorck*, I, p. 397. Thile a vu au passage Wittgenstein et Schön.

6. ONCKEN, I, p. 129.

7. DROYSEN, *Yorck*, I, p. 397. — Voir au sujet de ces incidents les souvenirs personnels de l'empereur Guillaume Ier. NATZMER, p. 87. — Voir sur l'irritation profonde du roi, qui n'a jamais pardonné à Yorck la convention de Tauroggen, GROBBEL, *Die Konvention von Tauroggen (Marburger Dissertation)*, 1892, p. 11. GROBBEL énumère les marques de défaveur dont Yorck n'a cessé d'être accablé depuis. Il les rapproche de la faveur dont Yorck jouissait auparavant. — Voir encore, *ibid.*, p. 72. — *Aus dem Nachlasse von F. A.* VON DER MARWITZ, I, p. 330. — ONCKEN, I, p. 129. — L'explication que Hardenberg donne aux agents anglais et à Gneisenau du désaveu de Yorck, c'est qu'on est compromis trop tôt, *ibid.*, I, p. 131. — DUNCKER, pp. 469, 473, — Hardenberg à Gneisenau, le 9 janvier. LEHMANN, *Historische Zeitschrift*, LXII, p. 514. — NATZMER, p. 91. — Hardenberg dit cependant quelque chose de plus à Ompteda, « que le général Yorck avait parfaitement tort d'avoir agi ainsi; qu'il avait eu tort surtout d'être entré dans des discussions politiques ». OMPTEDA, *Nachlass*, II, p. 339. — Voir, sur l'irritation très sincère du roi et sur sa rancune à l'égard d'Yorck, *Erinnerungen aus dem Leben des General-Feldmarschalls* HERMANN VON BOYEN, II, pp. 309, 313. — Il est à noter que, jusqu'au 10 février, le roi laisse Yorck dans l'ignorance de ses résolutions. DROYSEN, *Yorck*, I, p. 436. — DUNCKER va jusqu'à dire que le roi approuve la résolution de Yorck. DUNCKER, pp. 465, 472. — D'après une lettre de Schön à Brünneck, du 25 février 1855, Schön aurait su à Gumbinnen, dès le 19 janvier, que le désaveu de Yorck n'avait pour but que de couvrir la responsabilité personnelle du Roi. Mais il semble bien que ce soit là seulement une communication officieuse du chancelier à Schön. *Zu Schutz und Trutz am Grabe Schön's*, p. 376. — RANKE, *Hardenberg*, IV, p. 345.

Natzmer partit le 5 janvier au soir. Il était chargé, comme nous le savons, non seulement des ordres du gouvernement destinés au contingent prussien, mais aussi d'une mission diplomatique et d'une proposition d'alliance pour l'Empereur de Russie [1]. Les Russes, informés de l'objet de sa mission, ne lui permirent point de prendre le chemin de Tilsit. Ils lui refusèrent toute communication avec Yorck et le dirigèrent aussitôt sur le quartier général d'Alexandre [2].

Toutefois la nouvelle des résolutions prises par le roi de Prusse parvint de Berlin à Königsberg par des lettres privées, dès le 10 janvier [3]. Et le capitaine v. Schack, qui avait quitté Berlin en même temps que Natzmer, sans mission officielle il est vrai, mais avec la connaissance précise des décisions du roi [4], en apporta à Königsberg, le 11, la confirmation indubitable [5]. Yorck, qui n'avait jamais été affranchi d'hésitations et de doutes, voulut, sous ce coup, abandonner la partie. « Le corps ne m'obéira plus », disait-il [6]. De fait, l'un des colonels, le colonel Below, refusait d'obéir à Yorck, ne voulait plus recevoir d'ordres que du chef désigné par le roi, de Kleist [7]. D'autres, hésitants, s'adressaient à la fois à Yorck et à Kleist [8]. Yorck, résolu à se démettre, somma Kleist de prendre le commandement. Celui-ci s'y refusa, décidé à suivre le sort de son chef, dont il avait partagé la responsabilité [9].

1. Voir sur la mission de Natzmer, CHAPITRE VII, p. 231, note 2.
2. Il est assez difficile de savoir si Natzmer avait reçu réellement l'ordre de se rendre auprès d'Yorck pour lui porter les décisions du roi, ou s'il avait l'ordre de se laisser arrêter par les Russes; voir le premier récit de Natzmer, NATZMER, p. 92, la note de la page 93. — Wittgenstein offre à Natzmer de le laisser se rendre, à titre privé, auprès de Yorck. Natzmer refuse « pour plusieurs raisons », *ibid.*, pp. 97, 98, 99. — [GERWIEN], p. 6.
3. Voir le *Tagebuch* d'Auerswald : « La convention n'est pas acceptée. L'aide de camp Natzmer doit arrêter Yorck et Massenbach; les Russes ne le laissent pas passer, 10 janvier. » DROYSEN, *Yorck*, I, p. 399.
4. Parti le 5 janvier, Schack arrive le 10, à Heilsberg, au quartier général de Wittgenstein, qui le laisse continuer sur Königsberg. DROYSEN, *Yorck*, I, p. 398. — Voir les deux versions contradictoires de Natzmer sur la mission de Schack. D'après l'une, Schack doit faire connaître à Yorck « le véritable sens de la mission de Natzmer ». Dans l'autre, Natzmer ignore si Schack a reçu des instructions particulières. NATZMER, p. 94 et la note.
5. DROYSEN, *Yorck*, I, p. 399. — Schack apporte également la nouvelle de la mission de Hatzfeldt à Paris. Il est renvoyé par Yorck, le 11 janvier, pour porter au roi les nouvelles ouvertures faites par l'Empereur de Russie. DUNCKER, pp. 481, 482.
6. DROYSEN, *Yorck*, I, p. 400. — HÄUSSER, IV, p. 27. — TREITSCHKE, I, p. 418.
7. NATZMER, p. 95.
8. Voir le commandant de Pillau, Treskow. DROYSEN, *Yorck*, I, p. 419. — PERTZ, *Stein*, III, p. 268. — LEHMANN, *Knesebeck und Schön*, p. 197.
9. DROYSEN, *Yorck*, I, p. 400. — C'est cependant Kleist qui écrit au commandant de

Ce fut seulement après ce refus que Yorck prit une nouvelle et grave résolution, celle d'ignorer les ordres du roi, qui ne lui étaient point encore, il est vrai, officiellement parvenus et de les tenir pour non avenus [1]. Il venait de recevoir, le 12 [2], la nouvelle que Bülow, commandant des troupes prussiennes dans la Prusse occidentale, par une démarche moins grave et moins décisive que celle de Yorck, mais cependant assez significative, se soustrayait, lui aussi, à l'action du gouvernement central. Stationné d'abord à Königsberg, il avait accru, depuis quelque temps, ses effectifs et avait rappelé à la hâte les hommes en congé [3]. Puis, voyant les Français près d'évacuer Königsberg, il s'était brusquement séparé d'eux. Depuis [4], il refusait obstinément d'obéir aux instructions de Murat, puis à celles du prince Eugène. Séparé naguère de Yorck par des dissentiments aigus, il n'avait pas hésité [5], à la nouvelle de la capitulation de Tauroggen, à lui envoyer son beau-frère le capitaine v. Auer, pour lui porter son adhésion.

Le 13 janvier, Yorck écrivit une lettre personnelle à Bülow. Il semble qu'alors il eût pris définitivement son parti. « Que veut-on donc à Berlin? » écrivait-il [6]. « Est-on tombé si bas que l'on n'ose plus briser les chaînes que, depuis cinq ans, nous portons avec tant

---

Pillau, *ibid.*, I, p. 407. — L'impression de Stein, dans son autobiographie, c'est que l'autorité de Yorck, dans le corps, est ébranlée et que Kleist s'emploie à la maintenir. PERTZ, *Stein*, VI, 2, *Beilagen*, p. 182. — Schön, dans sa seconde autobiographie, décrit la même scène entre Yorck et Kleist; mais il la place au 24 janvier. Cette seconde autobiographie est de 1844. Voir CHAPITRE IX, ci-après, p. 290, note. — *Aus den Papieren* SCHÖN's, VI, p. 49. — PERTZ, *Stein*, III, p. 276, semble placer de même la scène avec Kleist au 24 janvier. — Mais la lettre de Bülow à Borstell, du 20 janvier, où il y est fait allusion, indique qu'elle a eu lieu avant le 20. PERTZ, *Stein*, III, p. 643.

1. DROYSEN, *Yorck*, I, p. 400. — Les premières nouvelles envoyées par Henckel de Berlin peuvent donner à Yorck l'impression qu'à Berlin on cherche à gagner du temps. DROYSEN, *Yorck*, I, pp. 396, 408. — PERTZ, *Stein*, III, p. 268.

2. DROYSEN, *Yorck*, I, p. 400. *Tagebuch* d'Auerswald, le 12 : « Bülow donne son adhésion à Yorck. » Réponse de Bülow à la lettre que Yorck lui a écrite le 5.

3. Voir les premières mesures de Bülow, dès le 20 déc. 1812, [GERWIEN], p. 3, — et à la nouvelle de la convention de Tauroggen, le 1er janvier 1813. DROYSEN, *Yorck*, I, p. 389. — [PRITTWITZ], I, pp. 9, 12, 14, 15, 19.

4. Voir la lettre de Bülow au roi, du 18 janvier, LEHMANN, *Knesebeck und Schön*, p. 318. — PERTZ, *Stein*, III, p. 643. — Voir la lettre de Bülow à Borstell, du 17 janvier 1813, *ibid.*, III, p. 641. — [PRITTWITZ], I, p. 42. — Le 23 cependant, Bülow écrit à Yorck qu'il ne peut commencer ses opérations sans ordres. DROYSEN, *Yorck*, II (1852), p. 70.

5. [PRITTWITZ], I, p. 31. — DROYSEN, *Yorck*, I, p. 400.

6. PERTZ, *Stein*, III, p. 640. — DROYSEN, *Yorck*, I, p. 401. — HÄUSSER, IV, p. 24. — TREITSCHKE, I, p. 418.

d'humilité?... Mon cœur saigne; mais je suis résolu à briser les liens de la discipline, et à faire la guerre pour mon propre compte. L'armée veut la guerre contre la France; le peuple la veut », écrivait le vieux monarchiste aristocrate qu'était Yorck; et il ajoutait : « le roi la veut, mais la volonté du roi n'est pas libre; c'est à nous de le libérer. Il faut que nous achetions, au prix de notre sang, notre liberté et notre indépendance nationale. Les recevoir de mains étrangères comme un don gratuit, c'est nous attacher au pilori; c'est nous livrer au mépris du monde et de la postérité. Agissez, général, il le faut; sans cela tout est perdu.. »

Yorck avait, on le voit, fait quelque chemin. Il n'en était plus aux demi-mesures, aux ambiguïtés de la capitulation de Tauroggen. Il semblait alors avoir voulu, en neutralisant son corps, dissimuler à lui-même et aux autres la portée de l'acte qu'il accomplissait. Aujourd'hui, il annonçait à Bülow qu'il allait marcher avec 50 000 hommes sur Berlin et sur l'Elbe. Et il prenait les mesures nécessaires pour compléter son corps et presser l'appel des recrues [1].

Et cependant, combien tout, autour de lui, semblait encore incertain [2]! Le 11 janvier, Kleist, que Yorck avait envoyé, aussitôt après la signature de la convention, au quartier général d'Alexandre [3], en était revenu, rapportant à Königsberg les meilleures assurances [4]. Mais, malgré tout, les Russes paraissaient hésitants. L'incident de Memel n'était pas encore réglé [5]. Wittgenstein, celui des généraux russes

1. Il prend le gouvernement de la province, en vertu de l'ordre du cabinet du 20 décembre, qui le lui a donné éventuellement en cas de retraite. DROYSEN, *Yorck*, I, p. 405. — HÄUSSER, IV, p. 28. — LEHMANN, *Knesebeck und Schön*, p. 175. — Voir aussi le souvenir des pleins pouvoirs de 1811, ci-dessus, CHAPITRE V, p. 149, — et DROYSEN, *Yorck* (1851), I, p. 262. — Voir les ordres de cabinet des 2 mars et 20 décembre 1812. [GERWIEN], p. 4. — Voir, sur le caractère incomplet des mesures prises jusqu'à l'arrivée de Stein, PERTZ, *Stein*, III, p. 269. — TREITSCHKE, I, p. 417. — Stein, dans son autobiographie, PERTZ, *Stein*, VI, 2, *Beilagen*, p. 182. — Voir les lettres de Yorck à Bülow, le 1er et le 5 janvier. DROYSEN, *Yorck*, I, pp. 391, 394, 406, 408. — PERTZ, *Stein*, III, pp. 264, 268. — Voir la dépêche de Zichy, du 3 février, de Breslau : « Il est certain que le général Yorck arme en Prusse comme s'il avait les ordres les plus pressants du roi ». ONCKEN, I, p. 160.

2. Voir encore, le 18 janvier, les lettres de Schulz à Schön. DROYSEN, *Yorck*, I, p. 408. — HÄUSSER, IV, p. 26. — [GERWIEN], p. 58.

3. Le 4 janvier. DROYSEN, *Yorck*, I, pp. 394, 400. — *Erinnerungen des Feldmarschalls* VON BOYEN, II, p. 316.

4. Et une lettre d'Alexandre pour le roi de Prusse. DROYSEN, *Yorck*, I, p. 400.

5. Rapport de Flesche, du 16 janvier 1813. LEHMANN, *Knesebeck und Schön*, p. 324. — DROYSEN, *Yorck*, I, p. 404. — Voir la suite de l'incident de Memel. DROYSEN assure que Schön envoie Plotho au-devant d'Alexandre pour menacer de soulever la province contre les Russes si Memel n'est pas rendu aux Prus-

qui accusait les meilleures dispositions pour les Prussiens [1], prenait vis-à-vis de Yorck un ton impérieux [2], et, symptôme plus grave, les Russes épuisés [3] ne paraissaient pas devoir franchir la ligne de la Vistule [4]. Arrivés le 14 à Elbing, ils s'arrêtaient [5]. Alexandre avait bien envoyé personnellement, auprès de Yorck, le prince Dolgorouki, pour y régler amicalement les questions pendantes [6]. Mais Yorck était frappé, plus encore que par les hésitations des Russes, par la désorganisation de leur armée.

Le 21, cependant, il se compromit davantage encore. Dans la convention elle-même, le 30 décembre, il avait, de sa propre autorité, neutralisé le corps prussien; le 19 janvier, il avait été plus loin, il avait résolu de ne point tenir compte des ordres du roi. Le 21, il

siens. Stein obtient d'Alexandre qu'il mette fin à l'incident. En fait, en mars encore, l'attitude des Russes à Memel paraît suspecte. DROYSEN, *Yorck*. I, p. 413. — *Aus den Papieren* SCHÖN's, I, *Selbstbiographie*, p. 86; VI, p. 42. — LEHMANN, *Knesebeck und Schön*, p. 159. — PERTZ, *Stein*, III, pp. 269, 273. — Toute une polémique s'est engagée sur la question de savoir dans quelle mesure le règlement de l'incident de Memel est dû à la résistance de Schön. *Zu Schutz und Trutz am Grabe Schön's*, p. 351. — LEHMANN, *Knesebeck und Schön*, p. 162. — Voir, sur le refus de Paulucci, à Memel, d'obéir aux ordres qui lui sont donnés, NATZMER, p. 102. — *Zu Schutz und Trutz am Grabe Schön's*, p. 341. — LEHMANN, *Knesebeck und Schön*, p. 148. — [GERWIEN], pp. 5, 16. — HÄUSSER, IV, p. 26. — Schulz à Memel, le 27 janvier. *Zu Schutz und Trutz am Grabe Schön's*, p. 347. — SEYDLITZ, *Tagebuch des Yorckschen Korps*, I, p. 298. — LEHMANN, *Stein, Scharnhorst und Schön*, p. 47. — Schön écrit, dans une lettre du 20 janvier, en parlant de Memel : « On commence à devenir plus conciliant », *ibid.*, p. 47.

1. DROYSEN, *Yorck*, I, pp. 375, 380, 387. — CLAUSEWITZ, *Hinterlassene Werke*, 2e édit., VII, p. 368. — BERNHARDI, *Toll*, II, p. 406. — LEHMANN, *Knesebeck und Schön*, p. 143. — PERTZ, *Stein*, III, p. 213. — Schön, dans sa lettre à Schlosser (*Aus den Papieren* SCHÖN's, I, *Selbstbiographie*, p. 31, — PERTZ, *Stein*, III, p. 626, — *Preussische Jahrbücher*, XXX, p. 213), dit : « Le corps de Wittgenstein accepta ma proposition de se borner à l'occupation militaire du pays ». — Voir le discours du tsar à Lyck, le 21 janvier. PERTZ, *Stein*, III, p. 272. — *Erinnerungen des Feldmarschalls* VON BOYEN, II, p. 322.

2. HÄUSSER, IV, p. 26. — LEHMANN, *Knesebeck und Schön*, p. 143. — DROYSEN, *Yorck*, I, pp. 395, 404. — NATZMER, p. 98. — Voir les premiers rapports des Russes avec Bülow. [PRITTWITZ], I, p. 50.

3. DROYSEN, *Yorck*, I, p. 405. — *Aus den Papieren* SCHÖN's, I, *Selbstbiographie*, p. 94.

4. DROYSEN, *Yorck*, I, pp. 402, 407. — Voir les déclarations du tsar à Natzmer, le 13 janvier. Il poussera un corps au delà de la Vistule; mais il attendra la décision du roi avec le gros de ses forces sur la Vistule. NATZMER, p. 99. — Voir l'impression de Stein, à Ploczk, le 9 ou 10 février 1813. *Zu Schutz und Trutz am Grabe Schön's*, p. 355. — Son témoignage est tout à fait décisif sur la faiblesse des Russes et l'importance du soulèvement de la Prusse orientale qui leur permet seul d'avancer, *ibid.*, p. 363. — Stein au président v. Knobloch, le 9 ou 10 février 1813, *Vossische Zeitung*, 4 avril 1838.

5. DROYSEN, *Yorck*, I, p. 402.

6. DROYSEN, *Yorck*, I, p. 404.

fit plus encore : il donna à ses troupes l'ordre de se porter en avant, de quitter Tilsit pour marcher sur Elbing et sur la Vistule [1]. Comme il l'avait écrit à Bülow, il ouvrait les hostilités contre les Français que le gouvernement de Berlin traitait encore en alliés.

Rarement peut-être le poids fatal des causes qui dirigent les événements historiques a été plus sensible que dans les entraînements successifs qui amenèrent progressivement à une résolution aussi énorme l'homme qui naguère défendait, contre le parti des réformateurs militaires, la constitution de l'ancienne armée et la vieille conception de la discipline monarchique [2]. Ses résistances, ses hésitations rendent plus apparent le caractère inéluctable du mouvement qui l'entraîne, comme la tension d'une chaîne laisse mieux apercevoir la force qui agit sur elle.

Mais aussi, dans les découragements qui semblèrent plus d'une fois, durant ces premières semaines de janvier, près de paralyser le soulèvement national [3], dans les obstacles que lui créaient l'inertie et le mauvais vouloir du gouvernement, dans les incertitudes où il put sembler bien près d'avorter, on mesure mieux l'écrasante responsabilité que prenaient le roi de Prusse et ses conseillers. Il ne tint pas à eux d'étouffer, dans son germe, l'explosion du patriotisme allemand, et tout ce qu'elle portait avec elle de conséquences d'avenir pour l'Allemagne et pour la Prusse.

Le 22 janvier, Stein arriva à Königsberg, et la situation changea aussitôt d'aspect [4]. Stein était entré, depuis plusieurs mois déjà, dans les conseils de l'Empereur de Russie. Aussitôt après sa rupture avec la France, Alexandre avait songé à l'ancien ministre prussien. Il le manda le 27 mars 1812 [5]. Stein était demeuré une des espérances,

---

1. DROYSEN, *Yorck*, I, p. 407. — HÄUSSER, IV, p. 28.
2. Ce monarchiste sans monarque, dit TREITSCHKE, I, p. 418.
3. DROYSEN, *Yorck*, I, p. 408.
4. Stein écrit : « Il résulta de la rupture des relations entre la Prusse orientale et Berlin un ralentissement dans la marche des événements auquel il importait de mettre un terme : je déterminai l'Empereur de Russie à me confier une mission. » PERTZ, *Stein*, VI, 2, *Beilagen*, p. 182. — [GERWIEN], p. 7.
5. Voir l'appel du tsar. PERTZ, *Stein*, III, p. 599. — Stein à Münster, en avril 1812, *ibid.*, III, p. 50. — Stein reçoit l'appel du tsar le 19 mai. A. FOURNIER, *Stein und Gruner in Oesterreich, Ein Beitrag zur Vorgeschichte der Befreiungskriege*, *Deutsche Rundschau*, LIII, p. 216. — PERTZ, *Das Leben des Feldmarschalls Grafen Neithardt von Gneisenau*, II, p. 314. — *Erinnerungen des Feldmarschalls* VON BOYEN, II, p. 240. — PERTZ, *Stein*, III, p. 49.

un des piliers de l'Europe anti-napoléonienne, et l'Empereur de Russie
n'avait évidemment point oublié sa rencontre de 1808 avec Stein [1].
Stein répondit à l'appel du tsar qui lui parvint le 19 mai 1812 [2].

La Russie était devenue, par le fait même de sa rupture imminente
avec la France, le rendez-vous de tous les ennemis de Napoléon [3],
le refuge de tous les émigrés, depuis Stein jusqu'à Mme de Staël.
C'était un foyer de haine concentrée, un milieu très agité et très
vibrant. La guerre de 1807 avait déjà été, pour les Russes, une
guerre nationale; celle de 1812 le fut bien plus encore [4]. Il n'était
pas prudent, en 1812, de parler français dans les rues de Saint-
Pétersbourg [5]. On avait sifflé Racine au théâtre et presque lapidé les
acteurs. Mme de Staël en pleurait; elle se jetait en larmes sur
son sofa, en s'écriant : « O mon Racine, ô ces barbares [6]! » Stein, au
contraire, beaucoup moins accessible aux impressions esthétiques,
tout enthousiasmé par la vigueur du sentiment national des Russes,
avouait sans fard qu'il était de cœur avec *ces barbares*; il les approuvait de manifester à tout propos leurs passions; car il en partageait
la vivacité et la simplicité primitive [7]. Il avait entendu Mme de Staël
lire ce chapitre de son livre sur l'Allemagne [8] où elle définit le
caractère des Allemands : « Aucune nation n'est plus capable de
sentir et de penser que la nation allemande; mais, quand le moment
de prendre un parti est arrivé, l'étendue même des conceptions
nuit à la décision du caractère. » Stein avait été, et pour cause,
frappé de ce jugement; il avait demandé la permission de le copier
et l'avait aussitôt envoyé à sa femme [9].

Stein avait escompté, avant tout le monde, et même quelque peu
prématurément, l'écroulement de la domination napoléonienne.

1. Voir, sur l'impression que Stein avait faite sur le tsar en 1808, TOURGUÉ-
NEFF, *la Russie et les Russes*, I, p. 420. — SEELEY, II, p. 471.
2. Stein avait d'abord songé à se faire donner une mission du gouvernement
anglais en Russie. PERTZ, *Stein*, III, pp. 43, 49, 51, 53, 55. — SEELEY, II, p. 468.
3. Sur l'action des émigrés prussiens en Russie, voir Stein auprès du tsar.
Clausewitz, Tiedemann à Riga. LEHMANN, *Jahrbuch für die deutsche Armee und
Marine*, XXIV, p. 124. — Voir les mémoires de Gneisenau au tsar. PERTZ,
Gneisenau, II, p. 336. — PERTZ, *Stein*, VI, 2, *Beilagen*, pp. 175, 176.
4. PERTZ, *Stein*, III, p. 113.
5. *Erinnerungen des Feldmarschalls* VON BOYEN, II, pp. 249, 252, 528. — Voir,
sur l'esprit particulier de Saint-Pétersbourg, PERTZ, *Stein*, III, pp. 109, 163.
6. ARNDT, *Erinnerungen aus dem äuszeren Leben*, p. 163. — SEELEY, II, p. 501.
7. SEELEY, II, p. 502.
8. MME DE STAËL, *De l'Allemagne*, p. 575.
9. A. FOURNIER, *Deutsche Rundschau*, LIII, p. 120. — PERTZ, *Stein*, III, p. 163.

C'était chez lui article de foi [1]; mais, pas plus que tant d'autres, il n'avait prévu le mode et la rapidité de l'effondrement. Au début de la campagne de Russie [2], il était convaincu que l'entreprise militaire de Napoléon réussirait, que les Russes seraient vaincus et qu'Alexandre serait faible [3]. Bien qu'il fût devenu le conseiller d'Alexandre, il comptait beaucoup plus sur la fermeté anti-napoléonienne des Anglais que sur celle de l'Empereur de Russie [4]. Il escomptait la défaite des Russes; il était préparé à tout [5], même à fuir jusqu'à Astrakhan. Mais ces prévisions ne le troublaient point, depuis qu'il avait constaté la puissance du mouvement patriotique en Russie. Il était convaincu que Napoléon se briserait, non point contre les armées d'Alexandre, ni contre la fermeté de son caractère, mais contre le sentiment national des Russes [6]. Si étrange que cela puisse sembler de la part de ce chevalier de l'Empire germanique, il fondait son espoir sur les soulèvements populaires.

On a souvent dit qu'à l'heure difficile où l'Empereur de Russie, trompant bien des calculs, ceux de Napoléon surtout, a signé, d'un acte de sa volonté mobile, l'arrêt de mort de la Grande Armée en ne capitulant pas après la prise de Moscou [7], Stein avait joué un rôle décisif auprès du tsar en lui inspirant la résolution qui lui manquait [8]. Stein ne s'est point attribué le mérite de la résolution du tsar. Pour lui, si Alexandre, toujours variable et capricieux jusque-là, s'est montré, pour la première fois, ferme et constant au mois d'octobre 1812, c'est que la puissance du sentiment national et religieux des Russes ne lui permettait point de ne pas l'être [9].

1. Stein à Münster, 6 octobre 1811. PERTZ, Stein, III, p. 45. — SEELEY, II, p. 504.
2. PERTZ, Gneisenau, II, p. 346.
3. Voir le 10 septembre 1812. PERTZ, Stein, III, p. 152.
4. PERTZ, Stein, III, pp. 152, 175, 181, 182. — HÄUSSER, IV, p. 29. — Le 21 décembre, il écrit à Münster avec quelque regret : « l'Angleterre a trop tardé; l'Allemagne est aux pieds des Russes. » PERTZ, Stein, III, p. 230.
5. PERTZ, Stein, III, p. 157.
6. Stein à Münster, le 3 oct. 1812. PERTZ, Stein, III, p. 183. — Stein à sa femme, le 19 sept. 1812, ibid., III, p. 172. — Stein à Münster, le 24 sept. 1812, ibid., III, p. 174. — Stein à Gneisenau, le 29 sept. 1812, ibid., III, pp. 181, 182. — Voir l'opinion de Stein sur le tsar, lorsqu'il répond à son appel. SEELEY, II, pp. 473, 480.
7. PERTZ, Stein, III, p. 156. — SEELEY, II, p. 540. — Voir, sur les impressions à Saint-Pétersbourg et l'attitude de Stein à la nouvelle de l'incendie de Moscou, PERTZ, Stein, III, p. 159.
8. TREITSCHKE, I, p. 396. — PERTZ, Gneisenau, II, p. 365. — Voir la discussion de ce point, SEELEY, II, p. 549.
9. Stein à Münster, 25 sept. 1812. PERTZ, Stein, III, p. 174 — Stein à Gneisenau. PERTZ, Gneisenau, II, p. 407. — PERTZ, Stein, VI, 2, Beilagen, p. 179.

Stein s'était employé jusqu'alors, à Saint-Pétersbourg, à préparer les voies au mouvement insurrectionnel de l'Allemagne [1]. Il demeura, comme nous savons, en communication avec Gruner, jusqu'à l'heure où celui-ci fut arrêté par la police autrichienne. Il resta en relations, quelquefois orageuses, avec Gneisenau qui nourrissait les mêmes projets en Angleterre.

Autant d'ailleurs il se montrait clairvoyant lorsqu'il prédisait l'effondrement rapide de la puissance napoléonienne, autant il semblait dépourvu d'esprit pratique [2] lorsqu'il s'efforçait de mettre en œuvre et d'organiser l'insurrection de l'Allemagne. Il pensait que, sous l'impression d'un débarquement des Anglais, des Suédois et de la légion allemande qu'il tentait d'organiser en Russie, l'Allemagne se soulèverait [3]. Mais les Anglais se souciaient peu d'ajouter un nouvel effort à celui qui leur coûtait, en Espagne, tant de sang et d'argent, ou de recommencer une tentative comme celle qui avait si piteusement échoué à Walcheren. Bernadotte n'était pas plus facile à mettre en mouvement [4]. La légion allemande ne prospérait pas en Russie [5]. Les tentatives d'embauchage parmi les troupes régulières de la Prusse et le corps d'Yorck ne réussissaient pas mieux [6]. L'idée de séduire les maréchaux français [7] était puérile. Quant aux efforts que tentait Gruner, sous la direction de Stein, pour organiser des

1. Voir le mémoire présenté au tsar, les 18 et 20 juin, aussitôt après son arrivée en Russie. Pertz, *Stein*, III, pp. 68, 74.

2. Treitschke, I, p. 401.

3. Le 6 oct. 1811, il écrit à Münster : « On ne peut pas compter sur une insurrection spontanée et subite dans l'Allemagne du Nord. Il faudra armer la nation sous la protection d'une armée régulière. » Pertz, *Stein*, III, p. 47. — Voir son mémoire du 18 sept. 1812 au tsar. Il dit : « la guerre doit avoir le caractère d'une guerre populaire »; mais il ne la conçoit qu'appuyée sur le débarquement anglais, *ibid.*, III, p. 147. — Stein à l'Empereur, le 18 août 1812, *ibid.*, III, p. 114. — Voir *ibid.*, III, pp. 73, 87, 93, 97, 121, 186. — Le 1er décembre 1812, Stein écrit à Gneisenau : « Puisque la providence nous indique une autre voie que celle du débarquement anglais », *ibid.*, III, p. 227. — « Attendre que la grande question soit tranchée par les peuples eux-mêmes, je suis trop vieux pour cela », écrit Gneisenau. Gneisenau à Stein, de Stockholm, le 14 juillet 1812, *ibid.*, III, p. 95. — Voir encore Treitschke, I, p. 399.

4. Pertz, *Stein*, III, pp. 87, 92, 93, 98, 186.

5. Voir ci-dessus, Chapitre VI, p. 181. — Lettre du 1er août 1812. Pertz, *Stein*, III, p. 616. — Seeley, II, pp. 523, 531.

6. Voir ci-dessus, Chapitre VI, p. 207, Tiedemann. — Pertz, *Stein*, III, p. 79. — Seeley, II, p. 530.

7. Voir le mémoire de Stein du 18 juin 1812. C'est un écho des programmes qu'il a élaborés à Prague avec Gruner. Pertz, *Stein*, III, p. 71. — Il est certain, dit-il, que Soult a négocié avec les Anglais après Essling, *ibid.*, III, p. 73. — Voir encore sa lettre du 20 juin au tsar, *ibid.*, III, pp. 75 et suiv.

bandes insurrectionnelles, pour soulever l'Allemagne par la diffusion des écrits de Arndt [1], pour centraliser l'action des sociétés secrètes [2], nous avons vu qu'ils n'eurent d'autre résultat appréciable que l'arrestation de Gruner [3]. En somme, tous ces projets, auxquels Stein et Gneisenau ont consacré tant de peines et d'ardeur, ont avorté. Ils dénotent, chez Stein, une passion irrépressible, mais assez peu d'esprit pratique [4].

Les événements, qui allaient donner raison aux prévisions de Stein, justifièrent ses prédictions par des procédés tout autres que ceux qu'il avait imaginés [5]. L'hiver russe avait détruit les forces françaises et c'était l'armée russe qui, pénétrant sans obstacle sur le territoire prussien, allait donner aux Allemands l'occasion de rompre leurs liens. Stein rendit, là où il était, un premier et décisif service à la cause de l'Allemagne, le jour où il posa, dans les conseils de la Russie, la question critique de savoir si, oui ou non, elle poursuivrait la guerre au delà de ses frontières.

Dès le 17 novembre, il aperçut, avant tout le monde, les conséquences de la retraite de Napoléon, les questions vitales qui se posaient pour l'avenir de l'Europe [6]. Peut-être n'avait-il pas contribué personnellement, en octobre 1812, aux résolutions de résistance d'Alexandre, après l'incendie de Moscou. Il est beaucoup plus vraisemblable que son influence fut décisive [7], le jour où l'Empereur

1. Mémoire du 18 juin 1812. Pertz, *Stein*, III, pp. 70, 116, 117.
2. Voir Stein sur les sociétés secrètes : « S'il y a des personnes bien intentionnées qui s'y complaisent, pourquoi ne pas se prêter à cette petite faiblesse? » Pertz, *Stein*, III, p. 99. — Schön reproche à Stein de se plaire aux conspirations. Lehmann, *Knesebeck und Schön*, p. 118.
3. Toutes ces tentatives sont fort désorientées par l'arrestation de Gruner. Pertz, *Stein*, III, pp. 133, 134.
4. Seeley, II, pp. 527, 529. — Pertz, *Gneisenau*, II, pp. 410, 423, 464. — Le résultat le plus tangible de l'action de Stein, durant cette période, c'est la reprise des relations entre les Anglais et les Russes. Pertz, *Stein*, III, pp. 83, 103, 153.
5. Münster à Stein, le 3 nov. Pertz, *Stein*, III, p. 187. — Même après la nouvelle de la retraite de Napoléon, Stein songe encore à ses plans de débarquements en Allemagne, *ibid.*, III, p. 201.
6. Dès le 1ᵉʳ novembre, avec Walpole, il réclame pour l'Allemagne la frontière des Vosges; mais les plans de constitution allemande qu'il trace alors sont bien confus. Pertz, *Stein*, III, pp. 201, 202, 210, 212. — Même le mémoire du 17 nov. ne contient rien de précis sur la reconstitution de l'Allemagne, sauf la dépossession, par droit de conquête, des petits princes. — Pertz, *Stein*, VI, 2, *Beilagen*, pp. 179, 180.
7. Voir l'appréciation de Pfuel. Pertz, *Stein*, III, p. 584. — Voir le mémoire de Stein du 17 novembre, *ibid.*, III, p. 218; — voir *ibid.*, III, p. 221. — Pertz, *Stein*, VI, 2, *Beilagen*, pp. 179, 180, 181. — Lehmann, *Scharnhorst*, II, p. 483. —

de Russie, parvenu aux frontières de son Empire, se résolut à poursuivre la guerre contre la France jusqu'à la destruction de sa puissance. Alexandre a pris à son compte le programme que Stein lui a
proposé, le 17 novembre, non plus comme un programme théorique [1], mais avec l'insistance des résolutions imminentes.

On rencontre encore, dans ce mémoire de Stein du 17 novembre 1812, un singulier mélange de précision résolue et vigoureuse et d'imaginations nuageuses. En même temps que des instances
pressantes en vue d'une action résolue, le mémoire contenait un plan
de reconstruction de l'Allemagne; et ce projet de reconstitution
manquait certainement de portée et de précision. C'était un programme
vague d'unité allemande [2]; mais un programme plutôt négatif; car il
était fait surtout de haine contre les petites souverainetés allemandes. Le premier article, c'était la dépossession par droit de conquête des princes et rois allemands [3]. C'était contre eux que Stein
nourrissait, de longue date, une passion violente, ressassant, sans fin,
leurs crimes contre l'unité allemande, plein d'écœurement et de
dégoût pour les misères de leur incapacité, de leur corruption, de leur
étroit égoïsme [4].

L'impératrice douairière de Russie était une Allemande, une Allemande de Würtemberg. Elle avait songé, dit-on, au lendemain du
meurtre de Paul Ier, à déposséder son fils de la couronne impériale.
Un jour, à la grande fête de cour qui suivit la nouvelle de la retraite
des Français, elle dit : « Et, maintenant, si un seul soldat français
repasse la frontière de l'Allemagne, je rougirai d'être une femme

SEELEY, III, p. 20. — RANKE, *Hardenberg*, IV, p. 358. — HÄUSSER, IV, p. 29. —
DROYSEN, *Yorck*, I, p. 379. — Stein est éloigné du tsar du 5 au 16 janvier, *ibid.*,
p. 402. — Dans une lettre du 7 novembre, Stein exprime le doute qu'il soit possible de déterminer les Russes à une politique d'intervention. HÄUSSER, IV,
p. 24. — Voir l'impression de Schön sur la portée de l'intervention de Stein.
Zu Schutz und Trutz am Grabe Schön's, p. 255.

1. Voir déjà, avant les événements décisifs, la série des mémoires de Stein,
les deux mémoires, remis au tsar, peu après son arrivée, les 18 et 20 juin 1812.
PERTZ, *Stein*, III, pp. 68, 74, — la réponse au prince Auguste d'Oldenburg, de
Drissa, *ibid.*, III, p. 96, — les deux mémoires au tsar du 18 sept. 1812, *ibid.*,
III, p. 140. — TREITSCHKE, I, p. 399.

2. TREITSCHKE, I, pp. 399, 400. .

3. PERTZ, *Stein*, III, pp. 214, 215, 216; VI, 2, *Beilagen*, p. 181. — RANKE, *Hardenberg*, IV, p. 359.

4. Stein à Münster, le 6 octobre 1811. PERTZ, *Stein*, III, p. 46, — Mémoire
du 18 juin 1812, *ibid.*, III, p. 68. — Stein à Gruner, *ibid.*, III, p. 82. — Réponse
au prince Auguste d'Oldenburg, en juillet 1812, *ibid.*, III, p. 97. — Stein à
Schön, le 16 décembre. *Aus den Papieren* SCHÖN'S, I, p. 134. — TREITSCHKE, I,
p. 399.

allemande ». Stein rougit, puis blêmit de colère. Il se leva et, après
s'être incliné, répondit à l'impératrice : « Votre Majesté a bien tort
de prononcer ces paroles et de porter un semblable jugement sur
la grande, honnête et vaillante nation à laquelle elle a l'honneur
d'appartenir. Elle eût dû dire : « J'ai honte, non pas du peuple
« allemand, mais de mes frères, cousins et pairs, les princes alle-
« mands. » Et il ajouta : « Oui, j'ai vu tous ces événements, j'ai
vécu sur le Rhin en 1791, 92, 93, 94. Le peuple n'a point mérité de
blâme ; mais vous n'avez pas su le diriger. Si les rois et princes allemands avaient fait leur devoir, pas un Français n'aurait franchi ni
l'Elbe, ni l'Oder, ni la Vistule, pour ne rien dire du Dniester. » Singulière thèse à soutenir à la cour de Russie et devant une princesse
allemande ! Et, cependant, tel était Stein qu'il n'existe aucune raison
de douter de la fidélité du récit. L'impératrice prit bien la sortie et
répondit : « Vous avez peut-être raison, baron, et je vous remercie
de la leçon [1]. »

L'idée que Stein se faisait de l'unité allemande allait bien au delà
même de ce que le XIXᵉ siècle a vu réaliser [2]. C'était un temps et un
cerveau qui tenaient peu de compte de l'état de fait, de la résistance
des formes traditionnelles. Sur ce chapitre, Stein cessait brusquement d'être l'adepte des théories conservatrices et du droit historique. Il eût broyé princes et rois allemands sous sa botte. Il voulait
constituer d'emblée, pour les déposséder, un pouvoir central et fort,
et faire table rase des souverainetés grandes ou petites.

Alexandre avait, sur sa demande, formé, dès le mois de juin 1812,
un comité allemand [3], chargé de traiter toutes les questions que pouvait soulever l'affranchissement de l'Allemagne. Outre Stein, Kotchoubey [4], et, plus tard, Lieven, Alexandre y avait introduit le prince
d'Oldenburg [5], son allié et son confident, très bien en cour tout au

1. Pertz, *Stein*, III, p. 199. — Seeley, II, p. 505.
2. Treitschke, I, p. 399. — Stein à Münster, le 6 oct. 1811. Pertz, *Stein*, III,
p. 47. — Le mémoire au tsar du 18 sept. 1812 est plus atténué, *ibid.*, III, p. 140.
— Le mémoire du 17 nov. 1812 est encore moins radical, *ibid.*, III, p. 214.
3. Voir les instructions officielles pour le comité. Le § 1, après avoir indiqué
la nécessité d'organiser un service de renseignements, d'entretenir l'esprit
public, de recruter la légion allemande, dit : « empêchant toutefois, autant que
possible, tout mouvement spontané ». Pertz, *Stein*, III, pp. 74, 77, 144, 621 ;
VI, 2, *Beilagen*, p. 178. — Pertz, *Gneisenau*, II, p. 381. — Seeley, II, p. 513.
4. Sur Kotchoubey. Pertz, *Stein*, III, p. 57.
5. Pertz, *Gneisenau*, II, p. 408. — Pertz, *Stein*, III, pp. 59, 114. — Voir Stein à
Schön, le 21 déc. 1812. *Aus den Papieren Schön's*, VI, p. 61.

moins, et qui personnellement s'était attiré la sympathie de Stein. Mais Stein ne le suivait pas dans les réserves qu'il formulait, bien naturellement, en faveur des princes allemands [1], dont il était. En août, le prince avait été remplacé par son père le duc d'Oldenburg; et, comme celui-ci personnifiait avec beaucoup plus de raideur les théories et les revendications des petits princes allemands, Stein avait posé la question de cabinet, et obtenu d'Alexandre l'exclusion du duc d'Oldenburg [2].

Stein savait fort bien qu'en faisant aussi aisément table rase des souverainetés monarchiques [3], qu'en déchaînant toutes les forces populaires, il était, comme on l'en accusait à Vienne, comme il l'avait été en 1808 et plus encore qu'en 1808, tout près d'une politique révolutionnaire et démocratique [4]. Il ne s'arrêtait point pour cela. Il voulait passionnément la destruction de Napoléon et l'unité allemande. Il comptait pour rien, dans ses calculs, les forces organisées des souverains allemands.

La correspondance qu'il entretint à cette date avec le comte de Münster [5] est des plus instructives pour l'appréciation de ses idées. Münster était le vieil aristocrate hanovrien qui gérait, pour le compte de Georges III, alors prince régent, plutôt que pour le compte de l'Angleterre, les affaires du Hanovre. Stein, embrassant dans la sympathie des haines communes tous ceux qui détestaient cordialement les Français, Napoléon, et leur domination, Münster était un de ses favoris politiques.

« Je parcourais leur correspondance », écrit Arndt [6], le fidèle compagnon et l'historiographe de Stein, « et, lisant entre les lignes, je saisissais la différence des deux caractères. Stein était un fier chevalier d'Empire, l'imagination pleine du souvenir des Hohenstaufen,

1. Voir Stein, sur un projet du prince d'Oldenburg, en juillet 1812. PERTZ, Stein, III, p. 97.
2. PERTZ, Stein, III, pp. 114, 181; VI, 2, Beilagen, p. 178. — SEELEY, II, p. 525.
3. Stein à Münster, le 6 oct. 1811. PERTZ, Stein, III, p. 46. — Stein à Gruner, ibid., III, p. 83.
4. « On ne jacobinisera pas les pays occupés », écrit-il en juillet 1812; « mais on y organisera tout avec unité et force, en vue seulement du bonheur et de la liberté de la nation allemande, à laquelle les princes ne sont pas moins obligés que le dernier de leurs sujets de subordonner leurs avantages particuliers. » PERTZ, Stein, III, p. 98. — Voir encore Stein à Gneisenau, le 29 sept. 1812, ibid., III, p. 182.
5. Voir, sur le rôle de Münster et des agents anglais, PERTZ, Stein, III, p. 41.
6. PERTZ, Stein, III, p. 116.

voulant l'Allemagne grande et libre. Münster était le hobereau aristocrate et courtisan du xviii° siècle. Combien de fois les ai-je trouvés en contradiction !... Stein ne concevait qu'une manière de conduire cette guerre : l'insurrection terrible à la mode des Espagnols et des Tyroliens, l'insurrection à faire dresser les cheveux sur la tête. Il voulait la nation en armes, les forces unies de tous les cœurs et de tous les bras. En réalité, Münster eût presque dit qu'il préférait supporter encore le joug de Napoléon pendant dix ou vingt ans, attendre une occasion, plutôt que de permettre aux forces populaires de prendre conscience d'elles-mêmes. Il avait peur des démagogues. Pour Stein, c'étaient là des craintes mesquines, et Münster était un hobereau. « La vérité », disait-il, « c'est que c'est un Westphalien, « et le malheur de ces Bas-Allemands c'est qu'ils pèsent tout et « veulent voir le coq avec ses ergots dans l'œuf frais pondu; et « puis, il a trop respiré l'air de cour de l'aristocratie hanovrienne. « Au demeurant, le meilleur homme du monde et le plus fidèle « compagnon. »

Il y avait à cette heure plus d'un homme d'État en Europe, plus d'un gouvernement qui, comme Münster, eût préféré vingt années de servitude au déchaînement des forces démocratiques. Stein avait assez médité sur l'histoire des vingt dernières années, il y avait participé d'assez près, comprimé dans son ardent cerveau assez de colères, pour savoir ce que l'on pouvait attendre des gouvernements européens. Il dominait de sa clairvoyance, de la netteté de ses vues et de son parti pris, tous les hommes qui dirigeaient alors la politique européenne. Il savait d'où pouvaient venir, d'où pouvaient venir seulement le salut et l'affranchissement. Il était tout prêt à crever l'outre d'Éole.

Il proposait de substituer, aux souverainetés existantes, un comité central d'administration, ce que Münster appelle une dictature à quatre têtes [1]. A peine, dans les projets de Stein, les grands États étaient-ils mieux traités que les petits. « Nous pouvons espérer », écrit Stein avec quelque dédain [2], « que l'Autriche et la Prusse com-

---

1. Voir la même idée dans la réponse de Stein au prince Auguste d'Oldenburg. PERTZ, *Stein*, III, p. 96, — le mémoire de Stein à l'empereur Alexandre, du 18 septembre, *ibid.*, III, p. 114. — Münster à Stein, le 30 novembre, *ibid.*, III, p. 188. — Mémoire de Stein à l'empereur Alexandre, du 17 novembre, *ibid.*, III, p. 217. — Stein invoque l'exemple des représentants en mission de la Convention, *ibid.*, III, p. 217. — TREITSCHKE, I, p. 400.

2. PERTZ, *Stein*, III, p. 214. — TREITSCHKE, I, p. 400.

prendront enfin leur véritable intérêt; qu'elles n'emploieront pas
plus longtemps à river leurs propres chaînes ce que Dieu leur a
prêté de forces pour travailler au bonheur de leurs peuples. »

Et, ici encore, sa correspondance intime avec Münster, dans une
lettre du 20 novembre, éclaire bien ses vues.

« Je regrette », dit-il [1], « que Votre Excellence s'obstine à me
traiter de Prussien [2]... Je n'ai qu'une patrie qui s'appelle l'Allemagne,
et, de même que l'ancienne constitution avait fait de moi un citoyen
de la grande patrie allemande (*il était chevalier d'Empire*), et non
de l'un quelconque des États qui la partagent; de même mon cœur
n'appartient qu'à elle et non à l'une de ses parties. Nous sommes
dans une époque de transition; les dynasties me sont complètement
indifférentes; ce sont pour moi de simples instruments; mon désir
est que l'Allemagne devienne grande et forte, qu'elle puisse recouvrer
son indépendance, sa nationalité, le libre gouvernement de ses
affaires, conquérir entre la Russie et la France la situation qui lui
appartient, qu'il est de l'intérêt même de l'Europe qu'elle occupe.
... Mon credo, c'est l'unité; et, si l'on n'y peut arriver de suite,
qu'on prépare du moins la transition. Mettez ce que vous voudrez à
la place de la Prusse. Dissolvez-la. Fortifiez, tant que vous voudrez,
l'Autriche. Donnez-lui la Silésie, la Marche électorale, l'Allemagne
du Nord..... Ramenez la Bavière, le Würtemberg et Bade à l'état
où ils étaient avant 1802. Faites de l'Autriche la maîtresse de l'Allemagne. Je le veux; cela est bon, si cela est praticable [3]. »

Münster, en représentant autorisé du particularisme hanovrien et

1. Stein à Münster, le 1er décembre 1812. Pertz, *Stein*, III, p. 225.
2. Le 27 août 1811, Münster écrit à Stein : « Dois-je croire que vous êtes encore
jusqu'à un certain point plus Prussien qu'Allemand? » Pertz, *Stein*, III, p. 44. —
Dans le programme que Stein trace, le 1er novembre, il considère les forces de
la Prusse comme inexistantes, *ibid.*, III, p. 203; — il incorpore les troupes
prussiennes dans l'armée de débarquement anglaise, *ibid.*, III, p. 203, — et,
dans l'Allemagne reconstituée, il fait un rôle très effacé à la Prusse, *ibid.*, III,
p. 202. — Stein à Pozzo, *ibid.*, III, p. 206. — Dans son programme du 17 novembre 1812, Stein conseille de changer le ministère prussien, d'y appeler
Schön, Scharnhorst et Dohna. Il ne parle pas de Hardenberg, *ibid.*, III, pp. 214,
215, 216. — Il tient la Prusse en tutelle, et Münster critique assez justement
cette partie de ses projets, *ibid.*, III, p. 242. — « C'est avec l'Angleterre et avec
l'Autriche qu'il faut régler le sort de l'Allemagne », *ibid.*, III, p. 218. — Stein
à Münster, le 1er décembre 1812, *ibid.*, III, p. 225, — le 10 décembre, *ibid.*, III,
p. 229. — Il est tout à fait inexact de dire, comme le fait Pertz, qu'à cette
date Stein confond l'avenir de l'Allemagne et celui de la Prusse, *ibid.*, III, p. 240.
3. Stein à Münster, le 1er décembre 1812. Pertz, *Stein*, III, p. 226. — Gneisenau à Stein, en décembre 1812. Pertz, *Gneisenau*, II, p. 467.

des idées de conservation monarchique, répondait [1] : « Vous dites
que les dynasties vous sont indifférentes; elles ne me le sont point.
Elles représentent des traditions qui remontent au delà des siècles. »
Et Münster faisait, aux dépens de la Prusse, l'éloge des Guelfes, de
la maison de Hanovre. Il racontait à Stein l'impression du Régent
à la lecture de sa lettre. Georges avait été frappé, avec assez de bon
sens, de ce qu'il y avait de menaçant pour la monarchie dans les
théories de Stein. « Si les dynasties sont si indifférentes à Stein »,
disait-il [2], « qu'est-ce donc qui l'empêche de parler de nous comme
il parle de la Prusse? » Et Münster, poursuivant sa propagande
hanovrienne, développait un plan aussi peu pratique, et beaucoup
plus égoïste, que celui de Stein [3]. « La puissance de la Prusse
n'est plus qu'un souvenir. Elle peut continuer à végéter entre l'Elbe
et la Vistule, comme un pouvoir de second et de troisième ordre [4].
Pourquoi ne pas accorder la frontière de la Vistule à la Russie pour
prix de ses succès?... et que Votre Excellence songe, d'autre part,
à ce que je lui ai dit de la création d'un grand État allemand entre
l'Elbe et le Rhin, formé des provinces restées sans maître. »

Le prince-régent reprenait ainsi à son compte, en l'étendant, la
conception du royaume de Westphalie [5]. Et les patriotes allemands
étaient tellement désorientés par les faiblesses de la Prusse qu'un
homme comme Gneisenau pouvait s'approprier ce projet [6]. Mais
Stein y voyait poindre les convoitises du particularisme allemand et
suivait d'autres voies.

Dans son mémoire du 17 novembre, il avait aussi laissé la trace de
ces haines ardentes qui traduisaient son action en campagnes personnelles d'une vigueur extrême. Il voulait balayer les ministres prussiens. Il ne comptait même plus sur Hardenberg [7]. Il l'avait encore

1. Pertz, *Stein*, III, p. 241.
2. Pertz, *Stein*, III, p. 242.
3. Pertz, *Stein*, III, p. 242. — Häusser, IV, p. 30.
4. Münster à Stein, le 3 novembre 1812 : « le soi-disant roi de Prusse. »
Pertz, *Stein*, III, p. 187, — *ibid.*, III, p. 49.
5. Pertz, *Stein*, III, p. 239. — Voir le plan de Münster, approuvé par le
prince-régent. Häusser, IV, p. 30.
6. Chapitre VI, p. 182. — Pertz, *Gneisenau*, II, p. 456. — Pertz, *Stein*, III, p. 239.
— Häusser, IV, p. 30.
7. Il ne parle pas de lui dans son mémoire au tsar, du 17 novembre; et, le
1er décembre 1812, il écrit à Münster : « Je n'attends rien du chancelier de
Hardenberg; il est perdu dans la sensualité et dans la faiblesse, écrasé par
l'âge ». Pertz, *Stein*, III, p. 227. — Voir la seconde autobiographie de Schön.
Aus den Papieren Schön's, VI, pp. 43, 44.

défendu en 1810. En 1813, c'en est fait. Il juge Hardenberg perdu pour la cause nationale, énervé par l'exercice du pouvoir, abîmé dans la sensualité. Et, contre le chancelier de l'Empire russe, contre Romanzoff [1], partisan des demi-mesures, il engage une de ces campagnes vigoureuses et triomphantes [2] comme celles qu'il a menées, en 1806 et en 1807, contre le cabinet du roi de Prusse. C'est vraisemblablement lui qui a déterminé Alexandre à retirer sa confiance à Romanzoff [3] pour l'accorder à Nesselrode.

Combien la Prusse alors semblait près de faillir à ses destinées! Son gouvernement acceptait les jugements méprisants que l'on portait sur elle [4]. Il les croyait justifiés. L'Autriche repoussait les avances de la Prusse. Le Hanovre et l'Angleterre la guettaient. L'égoïsme russe était tout prêt à l'abandonner, ne sachant encore s'il aiderait à la démembrer ou à la reconstruire. Les patriotes allemands en étaient venus à la mépriser.

A quoi ont tenu ses destinées? Aux causes anciennes qui échappaient alors aux émigrés prussiens de 1812, et qui avaient développé sur son sol un sentiment national dont la vigueur brisa toutes les résistances, aux causes profondes qui transformèrent, presque malgré lui, l'organisme de l'État prussien en un instrument d'affranchissement pour l'Allemagne, qui dirigèrent la main hésitante du général Yorck, lorsqu'il signa la capitulation du contingent prussien, et qui se traduisirent avec tant d'éclat dans les irrésistibles manifestations de la forte volonté de Stein.

Alexandre avait pris, le 19 décembre, le parti de se rendre de nouveau à l'armée [5] qu'il avait dû quitter après l'abandon de Smolensk. Stein le suivit. Il quitta Saint-Pétersbourg le 5 janvier [6], traversant les scènes de dévastation que la retraite de Russie avait semées derrière elle. Il arriva, le 11, à Wilna [7], rejoignit Alexandre; et, parvenu le 16, à Raczki, tout près de la frontière prussienne,

1. Voir, sur Romanzoff, PERTZ, *Gneisenau*, II, p. 359. Gneisenau à Stein, 1er septembre 1812. — PERTZ, *Stein*, III, pp. 152, 178, 181, 183; VI, 2, *Beilagen*, p. 181. — RANKE, *Hardenberg*, IV, p. 358. — SEELEY, II, p. 541.
2. Voir le mémoire du 17 novembre. PERTZ, *Stein*, III, p. 219.
3. PERTZ, *Stein*, III, pp. 221, 230.
4. PERTZ, *Stein*, III, pp. 47, 202, 203, 209, 626.
5. C'est l'heure où il prend, contrairement aux avis de Kutusoff, la résolution de continuer la guerre, au delà de la frontière prussienne. DROYSEN, *Yorck*, I, p. 386. — HÄUSSER, IV, pp. 28, 29. — PERTZ, *Stein*, VI, 2, *Beilagen*, p. 181.
6. PERTZ, *Stein*, III, p. 262.
7. PERTZ, *Stein*, III, p. 267; VI, 2, *Beilagen*, p. 182.

il se fit délivrer par lui, le 18, les pleins pouvoirs qu'il avait rédigés lui-même[1], témoignage irrécusable de son influence sur l'Empereur de Russie et symptôme décisif de la politique d'intervention où s'engageait Alexandre.

« Utiliser les ressources de la Prusse en faveur de la bonne cause, organiser l'armement de la milice et de la population[2] d'après les plans formés et approuvés, en 1808, par Sa Majesté le roi de Prusse, destituer ou éloigner ceux que Stein jugerait malveillants, prendre des mesures de surveillance et de direction pour guider les autorités, jusqu'à ce qu'un accord définitif eût été conclu avec le roi de Prusse », tels étaient les pleins pouvoirs de Stein[3].

S'ils ne prêtaient à aucune ambiguïté quant à leur étendue, ils laissaient planer de singuliers doutes sur la nature de la mission qu'ils conféraient à Stein[4]. N'eût été le caractère du grand patriote allemand auquel ils avaient été remis, ils eussent pu signifier aussi

1. PERTZ, *Stein*, VI, 2, *Beilagen*, p. 182. — DROYSEN, *Yorck*, I, p. 415.
2. Ce sont les expressions de l'original français des pleins pouvoirs (GERWIEN), p. 7. — PERTZ, *Stein*, III, p. 644. — La traduction allemande remise aux Etats porte : *die Bewaffnung des Militairs und der Nation*. — Voir le texte original publié avec beaucoup d'incorrections. *Aus den Papieren* SCHÖN's, VI, p. 130. — La lettre de Stein, du 22 janvier, porte les mots de Landwehr et de Landsturm qui n'étaient pas encore usuels. PERTZ, *Stein*, III, p. 274. — *Zu Schutz und Trutz am Grabe Schön's*, p. 363.
3. Voir le texte français des pleins pouvoirs de Stein (GERWIEN), p. 7. — Le texte est donné en allemand par PERTZ, *Stein*, III, p. 270, — et en français, *ibid.*, III, p. 544. — *Aus den Papieren* SCHÖN's, VI, p. 130. — Voir sur le caractère des pleins pouvoirs, CHAPITRE IX, p. 283, note 2.
4. Stein a déjà écrit à Schön, dans les premiers jours de janvier, pour lui donner des instructions de la part de l'Empereur de Russie. DROYSEN, *Yorck*, I, p. 393. — Stein à Schön, le 17 janvier. PERTZ, *Stein*, III, p. 269. — Stein à Schön, le 16 décembre. TREITSCHKE, I, p. 418, — la lettre de Kutusoff à Yorck, du 20 janvier, parvenue à Yorck le 2 février, laisse, malgré les formes courtoises de la lettre, percer la tendance de subordonner le corps prussien aux généraux russes. DROYSEN, *Yorck*, I, p. 414. — Voir les notes remises par Natzmer à Droysen sur ce point et sur le projet qu'aurait formé Stein d'administrer directement la Prusse orientale. Natzmer n'a pas vu Stein et n'a pas eu connaissance de ce projet. NATZMER, p. 102. — Voir les polémiques engagées plus tard à ce sujet. LEHMANN, *Knesebeck und Schön*, p. 131. — PERTZ, *Stein*, III, p. 272; n'aperçoit pas ce qu'il y a de délicat dans les pleins pouvoirs de Stein. — RANKE, *Hardenberg*, IV, p. 359. — LEHMANN, *Knesebeck und Schön*, p. 170. — Voir l'appréciation de Stein, dans son autobiographie, sur ses pleins pouvoirs. Il a pour objectif de soutenir Yorck et de mettre en œuvre les ressources de la province. PERTZ, *Stein*, VI, 2, *Beilagen*, p. 182. — Voir encore l'impression d'Auerswald sur les pleins pouvoirs de Stein. Auerswald à Hardenberg, 23-24 janvier 1813. LEHMANN, *Knesebeck und Schön*, p. 172. — Voir Frédéric-Guillaume III au reçu de la lettre du 21 janvier, dans laquelle Alexandre lui notifie les pleins pouvoirs de Stein, *ibid.*, pp. 172, 325. — DUNCKER, p. 487. — CHAPITRE IX, p. 283, note 2.

bien la mainmise de la Russie sur une province prussienne que l'appui bienveillant prêté par l'envahisseur à l'insurrection nationale [1].

Ce fut muni de ce document que Stein, après s'être arrêté deux jours à Gumbinnen, pour y conférer avec Schön, arriva le 22 janvier à Königsberg.

---

1. HÄUSSER, IV, p. 31. — DROYSEN, *Yorck*, I, p. 414. — DROYSEN suppose que les pleins pouvoirs de Stein ont été communiqués au roi de Prusse dans la lettre du 21, datée de Lyck et portée par le lieutenant de Werner, *ibid.*, I, p. 415. — LEHMANN, *Knesebeck und Schön*, pp. 170, 325. — Le 13 janvier, le tsar fait des déclarations très rassurantes à Natzmer. Il ne veut pas porter atteinte à la discipline dans les États prussiens. NATZMER, p. 101.

CHAPITRE XI

LES ÉTATS GÉNÉRAUX DE KÖNIGSBERG

Nouvel incident au sujet des pleins pouvoirs russes de Stein. — Proposition
de les faire disparaître des actes. — Ils y demeurent annexés. — Conclusion
à en tirer.
Caractères généraux des événements de la Prusse orientale.

Le soulèvement de la Prusse orientale fait époque dans l'histoire
de Prusse. Ce n'est pas seulement que, dans ce mouvement d'indépendance, le patriotisme prussien puisse retrouver ses premiers titres.
Ce fut aussi la première fois qu'en Prusse la nation intervint dans
la conduite des affaires, y prit, dans l'abandon du gouvernement,
par les organes émanés d'elle, un rôle d'initiative et de direction.
Enfin c'est là qu'il faut chercher, pour une large part tout au moins,
l'origine de la constitution militaire actuelle de la Prusse, l'origine à
laquelle elle a dû son empreinte. C'est la première page de toute une
partie de l'histoire du XIXᵉ siècle.

Les territoires évacués par l'armée française s'étendaient, dès
lors, sur trois gouvernements, sur trois circonscriptions d'États
provinciaux. Aussitôt après le départ des troupes françaises, l'idée
surgit, sur ces territoires, d'une réunion des États généraux. On
proposait de réunir les États provinciaux des trois gouvernements
de Gumbinnen, de Königsberg, de Marienwerder, c'est-à-dire des
trois provinces de la Lithuanie, de la Prusse orientale, de la Prusse
occidentale partiellement évacuée. C'était une sorte de représentation
nationale des territoires affranchis, les États généraux d'un tiers
au moins de la monarchie.

Il ne faut pas oublier quelle était la composition des États. Nous
savons ce qu'avait été l'assemblée des députés du pays, en 1811, et
quelle prépondérance y avait exercée l'aristocratie foncière. Les
institutions représentatives de la Prusse orientale n'étaient pas tout
à fait semblables à celles des autres provinces de la monarchie.
Stein les avait modifiées en 1808. Il avait obtenu qu'il fût donné
voix délibérante aux propriétaires ruraux libres qui n'étaient point
nobles et qui, jusqu'alors, n'avaient été admis aux États qu'à titre
consultatif [1]. Même ainsi rajeunis, les États demeuraient l'image
assez fidèle d'une société qui n'avait rien de démocratique.

1. Lehmann, *Knesebeck und Schön*, p. 166. — Pertz, *Das Leben des Ministers
Freiherrn vom Stein*, II, 166. — J. Voigt, *Darstellung der ständischen Verhältnisse
Ostpreussen's*, pp. 42, 65, 75, 78-83. — Hassel, *Geschichte der preussischen Politik*,
1807-1815, I, p. 138. — Tome I, p. 358.

D'où vint l'idée d'une convocation des États généraux? Elle était née, avant même l'arrivée de Stein, sur le sol de la province. Dès le début de janvier, l'aristocratie foncière avait fait des ouvertures au général russe, à Wittgenstein [1], et s'était déclarée prête à former de nouveaux corps de troupes sous le commandement du général Yorck. Le 10 janvier, un certain nombre des propriétaires nobles de la province, les mêmes pour la plupart qui devaient, quelques semaines plus tard, représenter la Prusse orientale aux États de Königsberg [2], s'étaient assemblés spontanément. Ils s'étaient bornés à rédiger une adresse au roi, à le supplier d'abandonner l'alliance française pour l'alliance russe [3]. D'autres ne tardèrent pas à aller plus loin. Quatre possesseurs de biens nobles de la Prusse orientale, von der Gröben, Bodelschwingh, Zieglinsky et Ciesielsky, firent, dès le 18 janvier, de premières démarches pour provoquer une convocation générale des cercles, c'est-à-dire des assemblées élémentaires de l'oligarchie locale [4].

Le comité permanent des États de la Prusse orientale et de la Lithuanie, les représentants de l'oligarchie foncière, paraissaient accueillir ce projet sans défaveur [5]. Dans la Prusse occidentale, au contraire, le collège de gouvernement, les fonctionnaires, refusaient catégoriquement de participer à toute convocation qui ne fût pas émanée du souverain. C'étaient surtout les fonctionnaires qui repoussaient le projet de von der Gröben [6].

Nous nous souvenons que Yorck et Schön s'étaient trouvés d'accord, dans leur première entrevue du 6 janvier, pour interdire

---

1. *Aus dem Leben des Generals Oldwig* von Natzmer, pp. 98, 101. — Treitschke, *Deutsche Geschichte*, I, p. 416.
2. Lehmann, *Knesebeck und Schön*, p. 187. — Häusser, *Deutsche Geschichte*, IV, p. 28.
3. Droysen, *Das Leben des Feldmarschalls Grafen Yorck von Wartenburg*, p. 411. — Lehmann, *Knesebeck und Schön*, p. 177. — Häusser, IV, p. 28. — Treitschke, I, p. 447. — Seeley, *Life and Times of Stein*, III, p. 54.
4. Ils ont réuni les États de leurs cercles « *auf russische Instanz* », dit le *Tagebuch* d'Auerswald. Droysen, *Yorck*, I, p. 412. — Lehmann, *Knesebeck und Schön*, pp. 177, 326, 331. — *Zu Schutz und Trutz am Grabe Schön's von einem Ostpreussen*, p. 401. — Pertz, *Das Leben des Feldmarschalls Grafen Neithardt von Gneisenau*, III, p. 670.
5. Lehmann, *Knesebeck und Schön*, pp. 178, 326.
6. Droysen, *Yorck*, I, p. 420. — Lehmann, *Knesebeck und Schön*, p. 185. — *Aus den Papieren des Ministers und Burggrafen von Marienburg* Theodor von Schön, I, p. 172. — Pertz, *Stein*, III, p. 275. — *Zu Schutz und Trutz am Grabe Schön's*, pp. 403, 408. — Voir encore la lettre de Korff, du 23 janvier. Lehmann, *Knesebeck und Schön*, p. 328.

toute action isolée et garder, s'ils le pouvaient, entre leurs mains, la direction du mouvement [1]. Yorck était fort indigné de l'initiative des propriétaires nobles de la Prusse orientale [2]. Et le président de la province, Auerswald lui-même, avait traité le projet d'insurrectionnel. Il avait fait emprisonner von der Gröben [3].

Le mouvement était dirigé par les propriétaires nobles [4]. Mais, pour émaner de la noblesse, le projet n'en était pas moins révolutionnaire. Cár, c'était au roi seul qu'il appartenait de convoquer les États [5]. Aussi, jusqu'à l'arrivée de Stein, tous ces projets échouèrent-ils, soit par l'opposition des organes administratifs, soit par le défaut de résolution de ceux qui en avaient pris l'initiative.

En quittant le quartier général d'Alexandre à Lyck, le 19 janvier [6], Stein s'était rendu à Gumbinnen [7], où il avait rencontré en la personne de Schön, un collaborateur intime de 1808 [8]. On a recherché,

1. DROYSEN, *Yorck*, I, pp. 393, 413.
2. Auerswald à Hardenberg, 23 janvier 1813. LEHMANN, *Knesebeck und Schön*, p. 331.
3. Auerswald à Hardenberg, 23 janvier 1813. LEHMANN, *Knesebeck und Schön*, pp. 178, 331. — DROYSEN, *Yorck*, I, p. 412. — Wiszmann, écrivant à Auerswald, parle de la *trahison* de la noblesse de la Prusse orientale. *Zu Schutz and Trutz am Grabe Schön's*, p. 404. — Voir l'irritation d'Auerswald au sujet de la pro-clamation patriotique du bourguemestre de Königsberg, Heidemann. LEHMANN, *Knesebeck und Schön*, p. 316.
4. Voir particulièrement le procès-verbal de la réunion provoquée par v. der Gröben et qui est exclusivement composée de *Gutsbesitzer*. LEHMANN, *Knesebeck und Schön*, p. 329. — Voir la lettre de Scharnhorst à Hardenberg, du 18 déc. 1812. Il n'est point dans la Prusse orientale; mais il connaît bien la province. Il écrit : « on se tournera certainement, en Prusse, du côté des Russes; car l'irritation de la noblesse, des négociants et même d'une partie des fonctionnaires contre le gouvernement est extrême. » LEHMANN, *Knesebeck und Schön*, p. 156. — Lorsque Wiszmann proteste contre la réunion des États, il parle à Auerswald de la *trahison de la noblesse* de la Prusse orientale. *Zu Schutz und Trutz am Grabe Schön's*, p. 404. — Voir cependant le rapport adressé de Memel à Hardenberg, le 22 janvier. « Le ministre baron de Stein est à Königs-berg. Je ne me trompe pas en croyant que le *Tugendverein* se lève ; nous aurons bientôt un gouvernement *populaire*. » LEHMANN, *Knesebeck und Schön*, pp. 156, 322. — DROYSEN, *Yorck*, I, p. 412. — PERTZ, *Stein*, III, pp. 292, 306, 307.
5. DROYSEN, *Yorck*, I, p. 416.
6. Voir l'arrivée d'Alexandre à Lyck, le 19 janvier. DROYSEN, *Yorck*, I, p. 413.
7. Sur les préliminaires de l'entrevue de Stein et de Schön à Gumbinnen, *Aus den Papieren* SCHÖN's, I, *Selbstbiographie*, p. 86; I, p. 139; VI, pp. 42, 43, 66, 601. — PERTZ, *Stein*, III, pp. 269, 273. — *Zu Schutz und Trutz am Grabe Schön's*, p. 346. — LEHMANN. *Knesebeck und Schön*, p. 160. — ARNDT, *Erinnerungen aus dem äusseren Leben*, p. 178.
8. Voir, sur les rapports personnels intimes de Stein et de Schön, ARNDT, *Meine Wanderungen und Wandelungen mit dem Reichsfreiherrn vom Stein*, p. 108, — et ci-dessus, CHAPITRE I, p. 20. — C'est un premier point de savoir si, dès ce moment, Schön a protesté contre les pleins pouvoirs russes de Stein. DROYSEN l'af-

avec quelque passion, si c'était dans cette entrevue qu'avait été décidée la convocation des États. L'initiative vint-elle de Stein ou de Schön[1] ? Et dans quelle mesure chacun d'eux peut-il en revendiquer le mérite ?

L'idée d'une convocation des États devait venir assez naturellement à l'esprit de Stein. En 1808, il avait proclamé la nécessité d'assurer la participation de la nation à la gestion de ses affaires. En 1813, dans les heurts précipités de ces crises décisives et de

firme. Droysen, *Yorck*, I, p. 415. — Il aurait refusé d'en prendre connaissance. Lettre de Schön à Schlosser, en 1849. *Aus den Papieren* Schön's, I, *Selbstbiographie*, p. 88. — Dans sa lettre à Simson, du 12 décembre 1847 (*Aus den Papieren* Schön's, I, *Berichtigungen*. — *Zu Schutz und Trutz am Grabe Schön's*, p. 341), Schön affirme très positivement qu'il a protesté contre les pleins pouvoirs russes de Stein et son ingérence dans l'administration intérieure. *Aus den Papieren* Schön's, I, *Selbstbiographie*, p. 89. — Lehmann, *Knesebeck und Schön*, p. 89. — Les protestations,, même assez formalistes, de Schön contre l'ingérence des Russes dans l'administration intérieure, dès le début de l'occupation, sont établies par une lettre de lui, du 28 décembre 1812, *ibid.*, p. 314. — Dans une lettre du 30 janvier 1813, à Hardenberg, Schön parle des pleins pouvoirs de Stein. Il semble en réduire la portée : « *eine militairische Maszregel* », dit-il : et il n'y semble faire aucune objection. Pertz, *Stein*, III, p. 645. — Lehmann. *Knesebeck und Schön*, pp. 173, 325. — Dans son rapport du 11 décembre 1813, Schön écrit : « Stein demanda plusieurs mesures que les sujets prussiens ne lui concédèrent point. » *Aus den Papieren* Schön's, I, p. 172. — Voir également la seconde autobiographie de Schön, de 1844 (*Zu Schutz und Trutz am Grabe Schön's*, p. 367). *Aus den Papieren* Schön's, VI, pp. 43-45. — Voir, sur la physionomie de l'entrevue, Arndt, *Meine Wanderungen*, p. 110. — Pertz donne fort peu de détails. Pertz, *Stein*, III, p. 273. — Voir encore la lettre de Schön à v. Brünneck, du 25 février 1855. *Zu Schutz und Trutz am Grabe Schön's*, p. 376. — Il semble, d'après une lettre de 1854, que Schön ait communiqué les résultats de l'entrevue à Dohna, Auerswald et Yorck, *ibid.*, pp. 399, 431. — Förster, *Neuere und neueste preussische Geschichte*, II, 2ᵉ édit., p. 194.

1. Sur la question de savoir de qui vint l'idée de la convocation des États, voir Lehmann, *Knesebeck und Schön*, p. 163. — Friccius attribue la convocation à Schön. Lehmann, *Knesebeck und Schön*, p. 142. — Häusser également. Häusser, IV, p. 28. — Mais voir Lehmann sur l'influence de Schön sur Häusser. Lehmann, *Knesebeck und Schön*, p. 185. — Wiszmann à Hardenberg, 6 février 1813 ; Wiszmann à Besser, le 30 janvier 1813, *ibid.*, pp. 185, 186. — Voir encore la lettre significative de Wiszmann. La *Regierung* de la Prusse occidentale, dont il est le président, a résisté à la convocation des États, et, le 6 février, faisant son rapport à Hardenberg, il écrit : « J'ai eu l'occasion de me convaincre, à Königsberg, que M. de Stein ne renoncerait, en aucun cas, à une réunion de députés de tous les ordres..... Nous n'avons pas jugé à propos de persister dans notre refus de nous associer aux deux autres provinces », *ibid.*, 345. — Dans la lettre à Schlosser, Schön, parlant de l'entrevue de Gumbinnen, dit : « nous tombâmes d'accord qu'il était nécessaire que le pays manifestât son opinion en faveur de l'acte de Yorck. » *Aus den Papieren* Schön's, I, *Selbstbiographie*, pp. 88, 90 ; VI, pp. 43, 45. — *Zu Schutz und Trutz am Grabe Schön's*, p. 369. — Dans un rapport du 11 décembre 1813, Schön reconnaît explicitement que l'initiative est venue de Stein, et il présente la convocation comme une mesure « qu'on n'a pu refuser à Stein », *Aus den Papieren* Schön's, I, p. 172. — Voir également ci-après le rapport du 10 février, p. 290. — Droysen, *Yorck*, I, pp. 416, 420. — Pertz, *Gneisenau*, II, p. 690.

ces actions rapides, il était naturel qu'il voulût associer à l'effort
d'indépendance la nation par ses représentants, sans s'inquiéter de
la forme exclusive et traditionnelle de cette représentation. Il est
beaucoup plus douteux que Schön se soit montré fort empressé
à convoquer une sorte de représentation nationale. Dans un rapport
adressé à Hardenberg, quelques jours plus tard, il a laissé une
preuve palpable de ses scrupules. Il est probable qu'il s'est borné
à accepter l'idée de Stein, en entourant son adhésion des réserves
d'un formalisme plus ou moins étroit.

En tout cas, il suffit de rapprocher les faits pour constater la portée
immédiate de l'intervention de Stein. Le 20 janvier, Auerswald
avait fait arrêter von der Gr''ben, le membre de la noblesse prussienne qui avait provoqué la réunion générale des cercles[1]. Le 22,
Stein arrive à Königsberg[2]; et aussitôt, en vertu de ses pleins pouvoirs, il invite Auerswald à convoquer les États[3]. Le 23, le lendemain
même de l'arrivée de Stein, et le 24[4], Auerswald adresse lui-même,
dans les trois provinces, les ordres en vue de la convocation des
États généraux. Le 24 janvier, l'assemblée préparatoire provoquée
par l'initiative de von der Gröben, est autorisée à la demande de Stein

1. *Zu Schutz und Trutz am Grabe Schön's*, p. 431. — Lehmann, *Stein, Scharnhorst und Schön*, p. 58.

2. Droysen, *Yorck*, I, p. 416. — Pertz, *Stein*, III, p. 273.

3. Pertz, *Stein*, III, p. 274. — Droysen, *Yorck*, I, p. 416. — Arndt, *Meine
Wanderungen*, p. 125. — Schön assure, dans la lettre à Schlosser, que Stein
aurait montré ses pleins pouvoirs à Auerswald, seulement plus tard à la suite
des premières difficultés. *Aus den Papieren* Schön's, 1, *Selbstbiographie*, p. 90.
— Lehmann, *Knesebeck und Schön*, p. 181. — Stein a communiqué ses pleins
pouvoirs à Auerswald, sans les lui remettre, *ibid.*, p. 390. — *Zu Schutz und Trutz
Grabe Schön's*, p. 371. — Il y a un point qui est mal éclairci. L'ordre de convocation adressé par Stein à Auerswald et publié par Pertz, *Stein*, III, p. 274, est
daté du 22. — D'après le rapport d'Auerswald à Hardenberg du 23-24 janvier 1813,
Auerswald n'aurait reçu cet ordre que le 23. Lehmann, *Knesebeck und Schön*,
p. 331. — Il y a là un retard difficile à expliquer; de plus, le journal d'Auerswald qui porte déjà, à la date du 23 : « Stein fixe un *Landtag* général au
5 février » (*Zu Schutz und Trutz am Grabe Schön's*, p. 415), — place de nouveau
à la date du 24, l'ordre de convocation (*Zu Schutz und Trutz am Grabe Schön's*,
p. 400). — On explique ce fait par une impatience de Stein qui aurait renouvelé
plus brusquement, le 24, l'ordre donné le 22 (*Zu Schutz und Trutz am Grabe
Schön's*, p. 400); mais l'explication n'est pas concluante. — Il faut noter, en outre,
que les convocations ont été envoyées dans les provinces, le 23, d'après Droysen,
Yorck (1852), II, p. 340, — Pertz, *Stein*, III, p. 274, — et le 24, d'après le rapport
d'Auerswald. Lehmann, *Knesebeck und Schön*, p. 331, — ci-après p. 288, note 2.

4. Ci-après p. 288, note 2. — Droysen, *Yorck* (1852), II, p. 300. — Pertz, *Stein*, III,
p. 274. — Auerswald paraît avoir cédé, mais manifesté des réserves dès le début.
Rapport d'Auerswald du 24 à Hardenberg, Lehmann, *Knesebeck und Schön*, p. 331.
— *Zu Schutz und Trutz am Grabe Schön's*, p. 396. — Pertz, *Gneisenau*, II, p. 690.

et réunit trente-sept propriétaires de biens nobles de la province, qui manifestent leurs sentiments patriotiques [1]. Quelques jours plus tard, von der Gröben, l'auteur de cette convocation, demeuré en prison tandis que son projet s'exécute, est relâché sur les instances de Stein [2]. Un revirement aussi brusque, aussi complet, ne peut s'expliquer que par l'autorité morale de Stein, que par la vigueur avec laquelle sa forte volonté savait briser les obstacles [3].

Sur plus d'un point, d'ailleurs, durant son court séjour à Königsberg, il donne l'impulsion et agit en maître [4]. Il lève d'un acte d'autorité le blocus continental [5]. Il mande à Königsberg les présidents des gouvernements des trois provinces évacuées. Il réalise, auprès des commerçants de Königsberg, un emprunt destiné à faire face aux premiers besoins [6]. Il donne, le 1er février, malgré la résistance des fonctionnaires prussiens, cours légal au papier russe

1. Stein écrit à Auerswald, le 23 janvier, pour lui demander de laisser cette assemblée se réunir. LEHMANN, *Knesebeck und Schön*, pp. 186, 327. — Voir la lettre de Auerswald du 23, cédant à la demande de Stein, *ibid.*, pp. 187, 327, — le rapport d'Auerswald, du 24 janvier, à Hardenberg, *ibid.*, p. 331. — Voir sur les résolutions de l'assemblée, *ibid.*, p. 189, — le procès-verbal de la réunion du 24, *ibid.*, p. 329.

2. Auerswald aurait refusé à Stein de relâcher v. der Gröben d'après DROYSEN, *Yorck*, I, p. 417. — Voir l'intervention de Stein sur les instances de Bodelschwingh. LEHMANN, *Knesebeck und Schön*, p. 186. — Auerswald à Hardenberg, 2 février, *ibid.*, pp. 195-337. — Il semble, au milieu de quelques affirmations contradictoires, qu'Auerswald ait d'abord refusé, puis ait fini par céder de mauvais gré. PERTZ, *Gneisenau*, II, p. 691. — LEHMANN, *Knesebeck und Schön*, pp. 195, 337. — *Zu Schutz und Trutz am Grabe Schön's*, p. 418.

3. LEHMANN, *Stein, Scharnhorst und Schön*, p. 58. — Voir les rapports d'Auerswald, *ibid.*, p. 99. — SEELEY, III, p. 58. — Dans sa dépêche, du 3 février, de Breslau, Zichy écrit : « A Königsberg, le ministre v. Stein a convoqué les Etats de la Prusse pour le 5 de ce mois. J'apprends de bonne source qu'il a envoyé ici un émissaire au roi pour lui donner l'assurance que « dans quelque « situation qu'il se trouve, il ne sera jamais assez ingrat pour oublier ses « devoirs de sujet et d'ancien serviteur du roi, et que dans cette qualité, il ne « cessera d'agir sans relâche avec zèle et dévouement dans l'intérêt de son sou-. « verain ». ONCKEN, *Oesterreich und Preussen im Befreiungskriege*, I, p. 160.

4. Il est à remarquer que, dans son rapport à Alexandre de février, c'est surtout sur les mesures qui suivent, plus que sur la convocation des États, que Stein s'étend. PERTZ, *Stein*, III, p. 646. — PERTZ donne une impression assez vive de son intervention, *ibid.*, III, p. 274. — DROYSEN, *Yorck*, I, p. 416. — Il veut mettre la main sur les caisses, sur l'administration intérieure, convoquer le comité des États pour lui faire créer un papier-monnaie. Voir sur ce dernier point *Aus den Papieren* SCHÖN's, 1, *Selbstbiographie*, p. 90. — LEHMANN, *Knesebeck und Schön*, pp. 180, 192. — *Tagebuch* de Hardenberg, *ibid.*, p. 192. — PERTZ, *Stein*, III, p. 648. — PERTZ, *Gneisenau*, II, p. 691.

5. DROYSEN, *Yorck*, I, p. 424. — PERTZ, *Stein*, III, p. 277. — LEHMANN, *Knesebeck und Schön*, p. 189.

6. PERTZ, *Stein*, III, pp. 278, 647 ; VI, 2, *Beilagen*, p. 182. — LEHMANN, *Kne-*

sur le territoire occupé [1]. Fidèle à ses colères contre les princes qui
ont trahi la cause de l'Allemagne, il menace de séquestrer les biens
du duc de Dessau [2].

La vigueur de l'intervention de Stein n'est point douteuse. L'autorité avec laquelle il sut imposer ses résolutions n'est pas moins
manifeste. Mais comment les fonctionnaires des provinces orientales
acceptaient-ils cette sorte de dictature? Ils appartenaient en grand
nombre au parti patriotique. Ils avaient accueilli Stein à la première
heure avec sympathie [3]. Il était demeuré, pour les patriotes, le chef
de 1808. Arndt, qui accompagnait Stein, avait assisté à Gumbinnen
à son entrevue avec Schön. Il avait été frappé de la déférence respec-
tueuse de Schön dans cette rencontre, où Schön semble cependant
avoir réussi à tempérer en quelque mesure l'ardeur de Stein [4]. Yorck
lui-même était, comme il arrive souvent aux esprits peu philosophiques, modifié dans ses conceptions politiques par ses propres
actes. Il semblait lui-même avoir oublié ses rancunes contre les
réformateurs de 1808 et contre Stein [5].

Mais ces premières impressions se transformèrent de suite, et,
presque aussitôt, l'on vit apparaître les hésitations, et surgir les conflits personnels les plus aigus [6]. On a attribué ces conflits à des

---

sebeck und Schön, p. 190. — Rapport d'Auerswald à Hardenberg, 24 janvier
1813, ibid., p. 332. — Rapport d'Auerswald, 2 février, ibid., p. 336. — Zu Schutz
und Trutz am Grabe Schön's, p. 446.

1. DROYSEN, Yorck, I, p. 424. — LEHMANN, Knesebeck und Schön, pp. 193, 195.
— Voir la résistance d'Auerswald et des fonctionnaires prussiens sur ce point,
ibid., p. 194. — PERTZ, Stein, III, p. 282. — Ils finissent par céder aux injonctions
de Stein, ibid., III, pp. 284, 648. — Zu Schutz und Trutz am Grabe Schön's, p. 448.
— LEHMANN, Stein, Scharnhorst und Schön, p. 99. — « Les fonctionnaires prussiens sont encore sous l'influence française; ils ne sont pas capables d'une
résolution libre et indépendante », écrit Stein, le 2 février 1813. PERTZ, Stein,
III, p. 283.

2. Aus den Papieren SCHÖN's, I, Selbstbiographie, p. 88; VI, p. 43. — PERTZ,
Stein, III, p. 645. — LEHMANN, Knesebeck und Schön, pp. 173, 325. — Zu Schutz
und Trutz am Grabe Schön's, p. 382.

3. Voir l'accueil d'Auerswald et d'Alexandre Dohna. DROYSEN, Yorck, I, p. 416.
— La version de DROYSEN sur ce point, le bon accueil des fonctionnaires et
le prompt revirement motivé par les empiétements de Stein se retrouvent dans
la lettre de Schön à Schlosser du 3 mars 1849. Aus den Papieren SCHÖN's, I,
Selbstbiographie, p. 90; VI, p. 51. — LEHMANN, Knesebeck und Schön, pp. 179-
186. — Zu Schutz und Trutz am Grabe Schön's, pp. 369-370, 400. — PERTZ, Stein,
III, p. 274.

4. LEHMANN, Knesebeck und Schön, pp. 160, 162. — ARNDT, Meine Wanderungen, p. 108. — ARNDT, Erinnerungen, p. 178. — PERTZ, Stein, III, p. 273.

5. DROYSEN, Yorck, I, p. 416. — PERTZ, Stein, III, p. 268.

6. DROYSEN, Yorck, I, pp. 417, 424, 427. — PERTZ, Stein, III, p. 285. — A Grau-

causes fort diverses. Pour les uns, Stein, tentant de gouverner la province au nom du tsar, a soulevé contre lui, par l'origine étrangère de sa mission, et par la brusquerie ordinaire de ses procédés [1], de vives résistances [2]. Il a provoqué l'opposition du patriotisme prussien à l'ingérence russe, et bientôt, isolé et repoussé de tous côtés [3], il est apparu comme un agent de trouble, comme un obstacle même au libre développement du mouvement national. Il a été contraint de quitter la place au bout de quelques jours [4].

Pour d'autres, au contraire, l'action de Stein a été prépondérante durant les quinze journées qu'il a passées à Königsberg. Il a donné l'impulsion, suscité les énergies, imposé ses solutions et ne s'est retiré

denz, le commandant, le major v. Krauseneck, refuse de laisser partir le député. DROYSEN, *Yorck*, I, p. 425, — LEHMANN, *Knesebeck und Schön*, p. 341. — Voir Schön sur les relations de Stein avec Auerswald, Yorck et Dohna, DROYSEN, *Yorck*, I, p. 425. — *Aus den Papieren* SCHÖN's, I, *Selbstbiographie*, p. 90. — ARNDT, *Meine Wanderungen*, p. 125. — Voir sur le conflit avec Dohna, PERTZ, *Stein*, III, p. 286. — Voir le conflit entre Auerswald et Stein ci-dessus, p. 280, note 2. — PERTZ, *Stein*, VI, 2, *Beilagen*, p. 182, — la lettre de Schön à Hardenberg, du 30 janvier 1813. PERTZ, *Stein*, III, p. 645. — LEHMANN, *Knesebeck und Schön*, p. 173. — Voir, sur le caractère aigu du conflit avec Auerswald, Stein au président de Knobloch, le 9 ou 10 février 1813, *Vossische Zeitung*, 1838, 4 avril. — *Zu Schutz und Trutz am Grabe Schön's*, p. 401. — *Aus den Papieren* SCHÖN's, VI, p. 51, — les rapports d'Auerswald. LEHMANN, *Stein, Scharnhorst und Schön*, p. 99. — HÄUSSER, IV, p. 31.

1. DROYSEN, *Yorck*, I, pp. 424, 426; — voir la fermeté de Stein dans l'affaire de Gröben et des monnaies russes. LEHMANN, *Knesebeck und Schön*, pp. 187, 193. — DROYSEN, *Yorck*, I, pp. 417, 423. — « Stein très impérieux même à l'égard d'Yorck », écrit Auerswald, le 28 janvier, *ibid.*, I, p. 424. — Voir Stein à Knobloch, *Vossische Zeitung*, 1838, 4 avril, — LEHMANN, *Knesebeck und Schön*, p. 196. — FR. FÖRSTER, *Neuere und Neueste preussische Geschichte*, II, p. 863. — Auerswald, le 31 janvier. « Yorck mécontent de Stein à cause de sa grossièreté. ». *Zu Schutz und Trutz am Grabe Schön's*, p. 451. — Voir le journal d'Auerswald : « Stein grossier même avec Scheffner », *ibid.*, p. 482, — la lettre de Schön à Schlosser. *Aus den Papieren* SCHÖN's, I, *Selbstbiographie*, pp. 88, 90, — la seconde autobiographie, *ibid.*, VI, p. 51, — *Zu Schutz und Trutz am Grabe Schön's*, p. 401, — sur les brutalités de Stein, ses querelles avec Arndt, Gneisenau, Niebuhr, LEHMANN, *Knesebeck und Schön*, p. 196. — Voir, contrà, LEHMANN, *Stein, Scharnhorst und Schön*, pp. 58, 59, 99, — et le ton mesuré de quelques-unes des lettres de Stein, notamment de celle du 23 janvier, à Auerswald. LEHMANN, *Knesebeck und Schön*, p. 186.

2. DROYSEN, *Yorck*, I, p. 417. — PERTZ, *Stein*, VI, 2, *Beilagen*, p. 182. — Rapport de Schön, 11 déc. 1813. *Aus den Papieren* SCHÖN's, I, p. 172. — Voir l'impression de BOYEN, *Beiträge zur Kentniss des Generals Scharnhorst*, p. 40, — les rapports d'Auerswald, des 1er et 2 février. LEHMANN, *Stein, Scharnhorst und Schön*, p. 99.

3. Voir la querelle de Stein avec Yorck, DROYSEN, *Yorck*, I, p. 424, — même avec Dohna, avec Auerswald, qui refusent tout contact, malgré leur patience, dit DROYSEN, *ibid.*, I, p. 424. — *Aus den Papieren* SCHÖN's, I, *Selbstbiographie*, p. 90; VI, p. 51.

4. Voir sur le départ de Stein, le 7 février, ci-après, p. 299, note 4.

qu'une fois son œuvre accomplie. Par une reproduction assez fidèle
des événements de 1807, il est intervenu, cette fois encore, pour
donner, dans une situation troublée et indécise, le coup de bélier
d'une volonté puissante et bien arrêtée [1].

La mission de Stein avait certainement, dans la conception que
nous nous faisons aujourd'hui du devoir national, un caractère très
délicat [2], que Stein lui-même, avec son absence complète de tact,
ne sentait peut-être pas suffisamment. Quelques ménagements qu'y
eût mis Alexandre, de quelques précautions qu'il s'efforçât d'atténuer
l'occupation russe [3], malgré le choix d'un plénipotentiaire allemand,
d'un ancien premier ministre prussien, d'un patriote comme Stein, il
s'agissait bien d'un acte de souveraineté exercé, sur le territoire de la

---

1. Voir le récit de Schlosser, qui donne lieu à la lettre rectificative de Schön,
du 3 mars 1849. Schlosser, *Geschichte des 18. und 19. Jahrhunderts*, 1re édit.,
VI, 2, p. 925. — *Zu Schutz und Trutz am Grabe Schön's*, p. 321. — Wiszmann à
Hardenberg, le 6 février. Lehmann, *Knesebeck und Schön*, p. 335.

2. Voir ci-dessus, p. 272, note 4. — Droysen, *Yorck*, I, pp. 414, 415, 445. — *Aus den
Papieren Schön's*, I, *Selbstbiographie*, p. 88; I, p. 172. — Natzmer, pp. 101, 102.
— Lehmann, *Knesebeck und Schön*, p. 131. — Pertz, *Stein*, III, p. 272; VI, 2, *Beilagen*, p. 182. — Ranke, *Denkwürdigkeiten des Staatskanzlers Fürsten von Hardenberg*, IV, p. 359. — Treitschke, .I, p. 418. — [Prittwitz], *Beiträge zur Geschichte
des Jahres 1813, von einem höheren Offizier*, I, p. 301. — Seeley, III, pp. 41 43. —
Voir sur le caractère de la mission de Stein et le dissentiment qui paraît s'être
produit à ce sujet à Gumbinnen, le 19 janvier, entre Stein et Schön, ci-dessus,
p. 277, note 8. — Lehmann atténue le caractère des pleins pouvoirs russes de Stein.
Lehmann, *Knesebeck und Schön*, p. 170. — Dans son rapport du 23 janvier, à
Hardenberg, Auerswald parle des pleins pouvoirs comme lui ayant été seulement
montrés et comme respectant l'action administrative des fonctionnaires prussiens,
ibid., pp. 172, 330. — Schön donne la même impression dans sa lettre à Hardenberg, du 30 janvier 1813, Pertz, *Stein*, III, p. 645. — Lehmann, *Knesebeck und
Schön*, p. 173. — Cette interprétation, qui ne concorde pas absolument avec le
texte même des pleins pouvoirs, semble indiquer que Stein avait été amené
dans l'application à modérer, à limiter la portée de ses pleins pouvoirs. *Zu
Schutz und Trutz am Grabe Schön's*, p. 384. — Dans sa note du 22, Auerswald
apprécie au contraire très nettement la portée des pleins pouvoirs de Stein,
ibid., p. 411. — Les fonctionnaires prussiens s'efforçaient bien naturellement,
en écrivant à Berlin, d'atténuer le caractère des pleins pouvoirs. — Sur l'impression de Frédéric-Guillaume III, voir Duncker, *Zeitschrift für preussische Geschichte*, VIII, p. 792, — Lehmann, *Knesebeck und Schön*, p. 172, — les instructions
de Knesebeck du 8 février. Oncken, I, p. 185. — Ce qui caractérise les pleins
pouvoirs, c'est la phrase citée ci-dessous, p. 284. — Stein, en rédigeant ses pleins
pouvoirs, avait bien l'intention d'administrer au nom de l'Empereur de Russie
les provinces prussiennes. Lehmann démontre que ce n'était qu'un exercice
normal du droit de conquête. Lehmann, *Stein, Scharnhorst und Schön*, p. 51.
Mais ce serait reconnaître qu'Alexandre et Stein entraient, dans la Prusse orientale, en conquérants, c'est-à-dire en ennemis. — Voir encore Droysen, *Yorck*, I,
p. 445. — Häusser, IV, p. 31.

3. Stein obtient par son intervention personnelle que la province reste à l'abri
des réquisitions russes, Lehmann, *Knesebeck und Schön*, p. 191. — Pertz, *Stein*,
III, p. 280.

Prusse, par un souverain qui était encore officiellement en guerre avec elle. Souvenons-nous que Stein était autorisé « à prendre des mesures de surveillance et de direction pour guider les autorités, à utiliser les ressources du pays en faveur de la bonne cause, à organiser l'armement de la milice et de la population, à destituer ou éloigner ceux qu'il jugerait malveillants »; enfin dans une phrase particulièrement significative, l'Empereur de Russie ajoutait : « Cette mission sera terminée au moment que nous aurons conclu un arrangement définitif avec le roi de Prusse. *Alors l'administration de ces provinces lui sera rendue.* » La direction de la politique russe ne paraissait pas si manifestement fixée [1] que le patriotisme prussien, tout hésitant encore à ses premiers pas, ne fût en droit d'éprouver, en présence d'une intervention étrangère aussi résolue, quelques scrupules et quelques susceptibilités [2].

Stein pouvait inquiéter encore pour d'autres raisons. La convocation des États était une nécessité, si l'on voulait créer un organe d'action commune, donner un centre moral à l'insurrection. Certes, depuis 1808, le parti des réformes et du patriotisme n'était point disposé à marchander à la nation sa part d'initiative. C'était dans cette initiative même que, dès le lendemain de 1806, tous les réformateurs, Hardenberg comme Stein, et Schön comme Hardenberg, avaient entrevu et cherché le salut. Mais les circonstances étaient telles que cette initiative ne pouvait s'exercer sans une usurpation évidente sur la prérogative royale. La situation militaire supprimait tout contact matériel avec le pouvoir central; l'attitude pusillanime du gouvernement avait brisé tout lien moral entre lui et le soulèvement national [3]. La con-

---

1. Voir ci-dessus, Chapitre VIII, p. 252, — Kutusoff à Yorck, le 20 janvier. Droysen, *Yorck*, I, p. 414. — Voir la lenteur avec laquelle se règle l'incident de Memel, ci-dessus Chapitre VIII, p. 258, — Natzmer, p. 102. — Lehmann, *Knesebeck und Schön*, p. 148. — (Gerwien), *Organisation der Landwehr in der Provinz Preuszen* (*Beiheft zum Militair-Wochenblatt*, janvier-octobre 1846), p. 5. — Häusser, IV, p. 26. — Pertz, *Stein*, III, 269. — Voir la lenteur de la marche des Russes, Natzmer, p. 99. — Droysen, *Yorck*, I, pp. 402, 407. — Notes anonymes remises à Yorck en janvier 1813. Lehmann, *Knesebeck und Schön*, p. 319.

2. Rapport d'Auerswald, du 7 janvier 1813. On craint, si l'on ne s'associe aux Russes, qu'ils ne s'emparent de la province, Lehmann, *Knesebeck und Schön*, p. 315. — Voir les inquiétudes à Berlin, Saint-Marsan à Maret, le 9 janvier 1813. A. Stern, *Abhandlungen und Aktenstücke zur Geschichte der preussischen Reformzeit, 1807-1815*, p. 401. — Ranke, *Hardenberg*, IV, p. 360.

3. On a évidemment espéré, au début, que le soulèvement de la province entraînerait le roi; mais ces espérances sont vite dissipées. Voir sur le voyage de Wiszmann à Berlin, Treitschke, I, p. 417.

vocation des États était le premier acte nécessaire du mouvement
d'indépendance. Mais aucun subterfuge ne pouvait enlever à cette
convocation son caractère révolutionnaire. C'était bien la substitution
d'une autorité révolutionnaire à l'autorité défaillante du monarque [1].
C'était une action usurpatrice désavouée d'avance par le roi lui-
même.

Stein ne s'en troublait pas autrement. Auerswald assure même,
dans son journal, que Stein donna l'ordre aux fonctionnaires prussiens, au moment le plus aigu du conflit, de rompre toute communication avec le gouvernement de Berlin [2]. Nous savons ce qu'il pensait
des souverainetés allemandes, et, s'il avait naguère réservé d'autres
sentiments à la Prusse, c'était sous bénéfice d'inventaire, tant qu'il
avait espéré faire de l'État prussien un agent d'affranchissement.
Depuis que les défaillances réitérées du gouvernement prussien avaient
brisé ses dernières illusions, il avait, pour la souveraineté du roi de
Prusse, à peu près le même mépris que pour celle des petits princes [3].
Il semblait que, dans la violence de ses convictions et dans la passion
de ses haines, il éprouvât plaisir à broyer les droits héréditaires de ces
princes qu'il rendait responsables dans le passé de l'incapacité politique de l'Allemagne. Mais il se rendait mal compte lui-même de ce
qu'il y avait d'anti-monarchique dans son action. Entraîné par ses
passions profondes contre les souverainetés morcelées, il était prêt à
briser le droit monarchique, non pas, tant s'en faut, au nom des
principes modernes du droit populaire et républicain, mais au nom
de l'unité allemande. Il est bien encore, par là, l'une des personnifi-
cations les plus fidèles de l'esprit allemand. L'Allemagne n'a pu faire
son unité qu'en piétinant le droit monarchique, qu'en renversant,
de toutes parts, les fétiches du droit traditionnel. Si la logique dominait l'esprit des hommes, il semble que, nulle part, le principe de

1. DROYSEN, *Yorck*, I, p. 419. — RANKE, *Hardenberg*, IV, p. 361. — LEHMANN,
Knesebeck und Schön, p. 194. — Wiszmann, le 6 février, *ibid.*, p. 335. — *Aus den
Papieren* SCHÖN's, I, *Selbstbiographie*, pp. 88, 90; VI, p. 44. — *Zu Schutz und
Trutz am Grabe Schön's*, p. 369. — Voir, sur les sentiments d'Auerswald, Stein
au président v. Knobloch. *Vossische Zeitung*, 1838, 4 avril, — *Zu Schutz und
Trutz am Grabe Schön's*, p. 401. — Rapport du 22 janvier adressé, de Memel,
à Hardenberg. LEHMANN, *Knesebeck und Schön*, p. 322. — Voir également Bärsch
à Königsberg. TREITSCHKE, I, p. 417.
2. A la date du 24 janvier. DROYSEN, *Yorck*, I, p. 419. — *Zu Schutz und Trutz
am Grabe Schön's*, pp. 405, 425. — LEHMANN, *Stein, Scharnhorst und Schön*, p. 58.
— HÄUSSER, IV, p. 32.
3. Voir ci-dessus CHAPITRE VIII, p. 265.

la monarchie traditionnelle, de la monarchie de droit divin, ne dût
être plus ébranlé que sur ce sol, où le développement historique de
l'unité nationale lui a imprimé tant de secousses matérielles, où le
défaut de patriotisme national des dynasties régnantes lui a porté
tant d'atteintes morales. Il n'en est rien cependant, et, si l'on ne sai-
sissait ce contraste entre la solidité des dynasties dans le gouvernement intérieur des peuples, et leur fragilité sur le terrain plus
large de l'unité allemande, on ne comprendrait bien ni l'histoire
d'Allemagne au xixe siècle, ni le caractère de Stein.

En 1813, Stein était un précurseur. Il était presque encore une
exception. Les fonctionnaires prussiens n'étaient point à son niveau;
ils n'étaient point préparés à manifester, au regard du droit monarchique, même cette sorte d'indépendance localisée. Nous avons
essayé de montrer ailleurs ce qu'était l'administration prussienne.
Elle avait son caractère à elle, bien des mérites; elle n'était point
préparée aux responsabilités de semblables crises. Comme tout le
milieu allemand du début de ce siècle, elle demandait encore, pour
se façonner à l'action, plus d'une épreuve et plus d'une leçon. Il lui
manquait cette décision nette et vigoureuse, ce goût des responsabilités par lesquels Stein a tranché si énergiquement sur ses compatriotes et contemporains.

Les fonctionnaires de la Prusse orientale, qui se trouvaient, à cette
aurore de l'indépendance allemande, réunis à côté ou en face de
Stein, appartenaient certainement aux meilleurs éléments de l'administration prussienne, aux plus résolus. Dohna, Auerswald, Schön,
Yorck ont joué, dans le mouvement national, les premiers rôles. Ils
avaient, aux heures pénibles du début, donné les témoignages les
moins banals de la vigueur spontanée de leur patriotisme. Et
cependant on les trouve, à ces heures décisives, formalistes[1], presque
mesquins, hésitants devant leurs responsabilités. On les trouve aussi

1. Voir la résistance d'Auerswald aux premières initiatives du mouvement
national ci-dessus, p. 280. — LEHMANN, Knesebeck und Schön, pp. 187, 197, 316.
— Stein au président v. Knobloch, le 9 ou 10 février 1813. Vossische Zeitung, 1838,
4 avril. — Zu Schutz und Trutz am Grabe Schön's, p. 401, — dans l'affaire de
l'emprunt contracté par Stein. Rapports d'Auerswald des 24 janvier et 2 février,
ibid., p. 140, — ibid., p. 194. — PERTZ, Stein, III, p. 282. — Voir Schön, Aus den
Papieren SCHÖN'S, VI, p. 43. — FR. FÖRSTER, Neuere und Neueste preussische Geschichte, II, p. 863. — La résistance de Schön à la publication des proclamations russes. Lettre de Schön, du 28 décembre 1812. LEHMANN, Knesebeck und
Schön, p. 314. — L'administration réprime les sympathies russes. PERTZ, Stein,
III, pp. 260, 284.

querelleurs [1] : car s'ils ne s'entendent point avec Stein, ils ne s'entendent pas non plus entre eux. Par une étrange contradiction, ils marquent, d'une empreinte de timidité et de réserve, la première explosion d'un mouvement national, qui fut passionné et violent.

Il semble que le programme que Stein apportait avec lui ait subitement refroidi les sympathies de ceux auxquels il demandait de se faire ses collaborateurs. On peut croire surtout que la passion de volonté et de colère dont il appuyait ses projets contribua à rendre, presque aussitôt, le conflit aigu; il fit éclater, par sa forte carrure, le moule étroit du formalisme administratif.

Les hésitations s'accentuèrent surtout lorsque, le 24, arrivèrent, par les journaux du 19, les nouvelles publiques de Berlin [2]. Ce n'était plus seulement par quelques bruits colportés que l'on pouvait pressentir le désaveu infligé par le roi aux premiers actes d'Yorck. Le désaveu était patent, public, répandu partout, paralysant les volontés [3]. On avait bien vécu d'abord, et l'on devait bien vivre encore de la fiction de la captivité du roi [4]. On s'efforçait de plier par là le droit monarchique, que l'on ne voulait point abandonner, à l'irrésistible courant qui entraînait tout. Mais le roi avait eu trois semaines pour se rendre libre; il ne l'avait pas fait; il acceptait donc son esclavage [5]. Et quel caractère allait prendre l'action des fonctionnaires prussiens? Désavoués par leur roi, s'ils poursuivaient leur œuvre, n'avaient-ils pas l'air de trahir leur patrie pour passer au service de la Russie? Le désaveu du roi donnait aux pleins pouvoirs russes de Stein un

1. Droysen, *Yorck*, I, pp. 429, 430. — Lehmann, *Stein, Scharnhorst und Schön*, p. 61. — Les rapports sont tendus entre Auerswald et Schön, qui est son gendre. *Zu Schutz und Trutz am Grabe Schön's*, p. 462. — Voir la lettre de Schön, du 30 mars 1851, et son jugement sur Yorck, *ibid.*, p. 468. — Lehmann, *Stein, Scharnhorst und Schön*, p. 63. — Voir la nomenclature des jugements acerbes portés par Schön sur ses contemporains, *ibid.*, p. 84.

2. Droysen, *Yorck*, I, p. 417. — Natzmer, p. 104. — Auerswald, le 24. *Zu Schutz und Trutz am Grabe Schön's*, p. 433.

3. La commission de gouvernement instituée à Berlin par le roi au moment de son départ, sous la direction du ministre Goltz, invite Yorck à se méfier des intrigues russes. Voir l'ordre de cabinet du 28 janvier, porté par Brandenburg à Graudenz et qui prescrit au commandant de ne rien livrer au corps de Yorck, tant qu'il est dans sa situation actuelle. Droysen, *Yorck*, I, pp. 431, 433. — Treitschke, I, p. 418. — [Prittwitz], I, p. 141.

4. Yorck à Bülow, le 13 janvier, ci-dessus, p. 258. — *Aus den Papieren Schön's*, I, *Selbstbiographie*, p. 88. — Lehmann, *Knesebeck und Schön*, p. 213.

5. Droysen, *Yorck*, I, p. 413.

caractère de plus en plus suspect. L'inquiétude achevait de paralyser les volontés [1].

Le lendemain de l'arrivée de Stein à Königsberg, le 23 janvier, comme nous l'avons vu, Auerswald avait prescrit les dispositions nécessaires pour assurer, dans les cercles, l'élection des députés qui devaient composer les États. Toutefois, en homme prudent, il avait pris ses précautions : il assura à Hardenberg, dans un rapport du 24, qu'il avait écrit en sous main aux *Landräthe*, leur demandant de faire savoir aux assemblées de cercles qu'il s'agissait seulement de réunir officieusement à Königsberg les délégués des propriétaires de biens nobles [2]. Le 24, les journaux de Berlin arrivèrent à Königsberg. Tout concourait à troubler les esprits [3]. Les froissements personnels s'accentuaient. On put croire un instant la politique nationale compromise [4].

1. DROYSEN, *Yorck*, I, p. 418. — HÄUSSER, IV, p. 32.
, 2. Voir la lettre aux *Landräthe*, du 23 janvier 1813, qui est une convocation officielle sans réserves. DROYSEN, *Yorck*, II (1852), p. 290; I (1884), p. 416, — et le rapport d'Auerswald à Hardenberg, des 23-24 janvier 1813. LEHMANN, *Knesebeck und Schön*, pp. 172, 182, 330, 331. — Il paraît établi que, sur la demande de Stein, du 22, qu'il a reçue le 23, Auerswald a lancé les convocations le 23 pour les *Landräthe* de sa province. LEHMANN, *Knesebeck und Schön*, p. 182. — *Zu Schutz und Trutz am Grabe Schön's*, pp. 371, 396, — puis, qu'il a invité les *Regierungen* des deux provinces voisines à opérer de même, le 24, pour la Prusse occidentale (Wiszmann à Marienwerder), (voir la réponse de la *Regierung* de Marienwerder, LEHMANN, *Knesebeck und Schön*, p. 342), — et on ne sait au juste quand, pour la Lithuanie (Schön à Gombinnen). — Le rapport du 24 d'Auerswald à Hardenberg fait connaître qu'il a prévenu les *Landräthe* de sa province, dès le 23, qu'il ne s'agissait que d'une réunion privée; on ne voit pas sur quoi s'appuie l'anonyme (*Zu Schutz und Trutz am Grabe Schön's*, p. 413), pour assurer que, dans son rapport du 24, Auerswald fait allusion, en parlant ainsi, aux mesures qu'il prendra le lendemain 25, et dont il est question ci-après, p. 289. — Pour la *Regierung* de la Prusse occidentale, il est probable qu'Auerswald ne l'a pas prévenue du caractère privé de la réunion; car celle-ci, dans sa réponse du 25, contrairement à ce qu'assure l'anonyme, suppose bien qu'il s'agit d'une réunion officielle des États. LEHMANN, *Knesebeck und Schön*, p. 332. — *Zu Schutz und Trutz am Grabe Schön's*, p. 411.
3. LEHMANN, *Knesebeck und Schön*, p. 183. — Les journaux de Königsberg, du 30, publient l'ordre du roi de Prusse qui prescrit aux populations de se comporter envers les Français comme envers des alliés, *ibid.*, p. 197. — PERTZ, *Stein*, III, p. 275. — *Aus den Papieren* SCHÖN's, IV, p. 49. — Voir à quel point l'on est encore dans l'incertitude, le 6 et le 7 février. *Tagebuch* d'Auerswald. DROYSEN, *Yorck*, 1, p. 454. — DUNCKER, *Abhandlungen zur preussischen Geschichte. Preussen während der französischen Okkupation*, p. 482. — HÄUSSER, IV, p. 32.
4. DROYSEN, *Yorck*, I, p. 325. — Wiszmann, le 19 janvier, et les notes anonymes remises à Yorck. LEHMANN, *Knesebeck und Schön*, p. 319. — Le 25 janvier, en l'absence de Wiszmann mandé par Stein à Königsberg, la *Regierung* de la Prusse occidentale refuse de procéder à la convocation et aux élections des États généraux, *ibid.*, pp. 331, 332, 333. — Le 28, Wiszmann déclare, à Königsberg, qu'il procédera aux élections, le caractère de la réunion ayant été ramené

Stein avait l'impression très nette du flottement des volontés. Le 25 janvier, Auerswald revint sur sa décision du 23. Il prescrivit formellement [1] aux agents administratifs de ne point expédier la première convocation. Il leur écrivit qu'il s'agissait seulement d'une réunion officieuse de députés, convoqués pour entendre les communications du plénipotentiaire de Sa Majesté l'Empereur de Russie [2]; puis, froissé ou inquiet, résolu à n'avoir plus de contact avec Stein [3], il se déclara malade [4], et désigna Brandt pour présider à sa place la convocation des États [5].

Schön lui-même, qui, plus tard, s'est vanté d'avoir été l'un des initiateurs du mouvement d'indépendance [6], n'était point empressé

à celui d'une réunion officieuse de députés, *ibid.*, p. 333. — *Zu Schutz und Trutz am Grabe Schön's*, p. 402. — *Aus den Papieren* SCHÖN'S, VI, p. 114.

1. Voir la lettre, DROYSEN, *Yorck*, II (1852), p. 291. — Rien n'y indique que les *Landräthe* eussent été déjà prévenus officicuesement. PERTZ, *Stein*, III, p. 275. — DROYSEN, *Yorck*, I, p. 420. — LEHMANN, *Knesebeck und Schön*, pp. 182, 183. — LEHMANN, *Stein, Scharnhorst und Schön*, p. 58. — (GERWIEN), p. 9. — PERTZ, *Stein*, III, p. 274. — Voir encore la note des fils d'Auerswald. PERTZ, *Gneisenau*, II, p. 691. — Auerswald à Wiszmann, le 25 janvier. LEHMANN, *Knesebeck und Schön*, p. 185. — *Aus den Papieren* SCHÖN'S, VI, p. 51. — *Zu Schutz und Trutz am Grabe Schön's*, pp. 392, 402. — FR. FÖRSTER, *Neuere und Neueste preussische Geschichte*, II, p. 863.

2. Voir avec quel soin les fonctionnaires de la Prusse occidentale, notamment, se rattachent, pour couvrir leur responsabilité, à cet artifice de procédure. Wiszmann à Hardenberg, le 6 février 1813. LEHMANN, *Knesebeck und Schön*, p. 335. — Sur le caractère assez factice de l'artifice de procédure lui-même, voir la variété des termes qu'emploie Schön pour désigner ce qui était bien une réunion des États. LEHMANN, *Stein, Scharnhorst und Schön*, p. 56. — RANKE, *Hardenberg*, IV, p. 361. — *Erinnerungen aus dem Leben des General-Feldmarschalls* HERMANN VON BOYEN, II, p. 379.

3. DROYSEN, *Yorck*, I, p. 424. — Stein au président v. Knobloch, le 9 ou 10 février, *Vossische Zeitung*, 1838, 4 avril. — *Zu Schutz und Trutz am Grabe Schön's*, pp. 401, 418. — PERTZ, *Gneisenau*, III, p. 690. — LEHMANN, *Stein, Scharnhorst und Schön*, p. 59.

4. Le 1er février. DROYSEN, *Yorck*, II (1852), p. 293. — Voir la note des fils d'Auerswald. PERTZ, *Gneisenau*, II, p. 692. — PERTZ, *Stein*, III, p. 285. — Stein accuse Auerswald d'avoir allégué une maladie fictive, *ibid.*, VI, 2, *Beilagen*, p. 182. — *Aus den Papieren* SCHÖN'S, I, *Selbstbiographie*, pp. 90-91. — ARNDT, *Meine Wanderungen*, p. 123. — Rapport d'Auerswald, du 2 février. LEHMANN, *Knesebeck und Schön*, p. 336. — *Zu Schutz und Trutz am Grabe Schön's*, p. 450.

5. LEHMANN, *Knesebeck und Schön*, pp. 198, 203, 206. — DROYSEN, *Yorck*, I, pp. 425, 426.

6. Voir la critique des souvenirs de Schön, et notamment la critique des dates. LEHMANN place la rédaction de la première autobiographie de Schön dans les années 1838-1839, LEHMANN, *Knesebeck und Schön*, p. 84; — le document le plus incriminé est une lettre à Schlosser, intercalée dans l'autobiographie, et qui est du 3 mars 1849. *Aus den Papieren* SCHÖN'S, I, *Selbstbiographie*, p. 84. — Voir sur l'histoire de la lettre à Schlosser, publiée incomplètement par PERTZ, *Stein*, III, p. 649, — *Zu Schutz und Trutz am Grabe Schön's*, p. 320. — Voir sur la date de la lettre à Simson, du 12 décembre 1847, *Aus den Papieren* SCHÖN'S, I,

à se compromettre. Il écrivait quelques jours plus tard, dans un rapport adressé à Hardenberg[1] : « Je ne vis point de motifs d'arrêter par un acte d'autorité (*polizeilich*), en ce qui concernait ma province, la réunion des États convoqués par le *Landhofmeister* v. Auerswald. Mais, en même temps, je ne me trouvai aucune compétence, pour y intervenir, ce qui concernait les États ne rentrant point dans le cercle de mes attributions. »

Les Prussiens eux-mêmes ne peuvent méconnaître que ces hésitations jettent une ombre sur les premières heures de la guerre d'indépendance. Quelle en était l'origine? Elles pouvaient tenir à deux causes. Le patriotisme prussien pouvait s'alarmer devant l'intervention russe; et le sentiment monarchique pouvait s'inquiéter des initiatives indépendantes qui s'imposaient à la nation. Il n'est pas sans intérêt de rechercher quel rôle chacun de ces deux sentiments a pu jouer dans les événements du début de 1813.

La nation elle-même n'a point ressenti devant l'invasion russe de préoccupations bien sensibles. Les masses ont une tendance à sentir

Berichtigungen. — Zu Schutz und Trutz am Grabe Schön's, p. 341. — Sur la seconde autobiographie, dont l'anonyme donne des extraits et dont il place la rédaction en 1844 (*ibid.*, p. 367), autobiographie qui n'a pas été intégralement publiée, voir Lehmann, *Stein, Scharnhorst und Schön*, p. 47.

Sur les souvenirs de Schön eux-mêmes, voir la critique très acerbe de Lehmann. Lehmann, *Knesebeck und Schön*, pp. 87, 173. — Voir Friccius, *Geschichte des Krieges in den Jahren 1813-1814*, — Friccius, *Geschichte der Befestigungen und Belagerungen Danzigs*, — les impressions de Friccius sur le rôle de Schön et la critique de Lehmann, *Knesebeck und Schön*, p. 134. — Voir l'impression de Boyen, *Scharnhorst*, p. 40. — Voir sur les rapports de Schön avec Schlosser, avec Droysen, avec Pertz, avec Varnhagen von Ense. Lehmann, *Knesebeck und Schön*, pp. 136, 137, 138. — Schön paraît juger que Droysen ne lui a pas attribué le rôle qui lui appartenait, *ibid.*, p. 138. — Voir les doutes de Förster sur l'exactitude des souvenirs de Schön. F. Förster, *Neuere und neueste Geschichte Preussen's*, 1ʳᵉ édition, II (1854), p. 871. — *Zu Schutz und Trutz am Grabe Schön's*, pp. 323, 324. — Il est certain que Schön a, dans ses souvenirs, sensiblement atténué ses réserves au sujet de la convocation des États. Il suffit, pour en être convaincu, de comparer notamment sa lettre à Schlosser, du 3 mars 1849, *Aus den Papieren Schön's*, I, *Selbstbiographie*, p. 88, — et la lettre du 10 février 1813 de Schön à Hardenberg. Lehmann, *Knesebeck und Schön*, p. 340. — En faveur de Schön, le témoignage de Stein, dans son autobiographie : « Les États, animés du plus noble esprit, sous l'influence de l'éminent président v. Schön. » Pertz, *Stein*, VI, 2, *Beilagen*, p. 182.

1. Schön à Hardenberg, le 10 février, Droysen, *Yorck* (1852), II, pp. 77, 336. — Lehmann, *Knesebeck und Schön*, pp. 184, 340. — Auerswald à Wiszmann, le 25 janvier 1813, *ibid.*, p. 185. — Les défenseurs de Schön ont tenté d'infirmer la portée du rapport de Schön en le présentant comme un rapport ostensible, destiné à être ouvert par les Français. On ne peut admettre que leur démonstration soit concluante sur ce point. *Zu Schutz und Trutz am Grabe Schön's*, pp. 389, 455. — Schön à Förster, en janvier 1854, *ibid.*, p. 458. — Lehmann, *Stein, Scharnhorst und Schön*, p. 43.

simplement. La lenteur, avec laquelle les nouvelles lointaines se propageaient, laissait aux premières impressions toute leur vivacité. La haine contre l'occupation française était cuisante comme une plaie ouverte. La joie de l'affranchissement entraînait tout. Les Russes furent accueillis en libérateurs [1]. A Lyck, le tsar fut reçu par les discours de bienvenue [2]. Un des agents de Schön aurait dit aux Russes que les Prussiens avaient autant d'éloignement pour l'apathie asiatique que pour le despotisme français [3]; Schön veut même avoir menacé, si l'on ne suivait pas ses avis, de retourner la province et de la soulever contre les Russes [4]. Il paraît bien douteux que cela fût possible dans les conditions où le contact avait eu lieu. Il est même difficile de penser que, dans les milieux dirigeants, la résistance à l'ingérence russe ait été aussi caractérisée, aussi consciente, aussi résolue qu'on l'a dit parfois [5]. Les réserves nationales des fonc-

1. Voir ci-dessus, CHAPITRE VIII, p. 253, — et particulièrement les rapports de Schön et d'Auerswald publiés par LEHMANN. *Knesebeck und Schön*, pp. 310 et suiv.
On peut relever cependant des tendances complexes. L'administration résiste. Schulz en conflit avec les Russes à Memel. DROYSEN, *Yorck*, I, p. 404. — PERTZ, *Stein*, III, p. 269. — LEHMANN, *Knesebeck und Schön*, p. 148. — Les patriotes de Danzig demandent qu'on leur envoie des Prussiens et non des Russes. DROYSEN, *Yorck*, I, p. 410. — Voir les conflits de Yorck avec Wittgenstein, *ibid.*, I, p. 395. — Sievers, à Königsberg, le 16 janvier. *Tagebuch* d'Auerswald. *Zu Schutz und Trutz am Grabe Schön's*, p. 344, — les avis envoyés de Berlin par Goltz, DROYSEN, *Yorck*, I, p. 431, — la lettre d'Yorck, du 10 février. DROYSEN, *Yorck*, II (1852), p. 328, — et le mémoire de la commission générale d'organisation de la Landwehr, en réponse à un rapport du 23 février, *ibid.*, II (1852), p. 532. — (GERWIEN), p. 9.
En sens contraire, on peut noter l'entrée des Russes à Königsberg et l'accueil qui leur est fait, DROYSEN, *Yorck*, I, p. 394, — une lettre de Scharnhorst, du 18 décembre. LEHMANN, *Knesebeck und Schön*, p. 156, — le rapport du directeur de police de Memel, du 13 janvier, *ibid.*, p. 159, — les efforts que doit faire l'administration pour comprimer les tendances russophiles. PERTZ, *Stein*, III, pp. 260, 284. — L'assemblée, réunie le 24 janvier 1813, sur la convocation de von der Gröben se montre sympathique aux Russes. LEHMANN, *Knesebeck und Schön*, p. 188. — Voir le procès-verbal de la séance, *ibid.*, p. 329.
2. DROYSEN, *Yorck*, I, p. 413. — PERTZ, *Stein*, III, p. 272. — LEHMANN, *Knesebeck und Schön*, pp. 161, 325. — Voir le retentissement du discours de bienvenue prononcé à Lyck par Gisevius. Rapport de Schön, du 11 décembre 1813. *Aus den Papieren* SCHÖN's, I, p. 176.
3. DROYSEN, *Yorck*, I, p. 404. — *Aus den Papieren* SCHÖN's, I, *Selbstbiographie*, p. 86. — Voir ci-dessus, p. 252.
4. *Aus den Papieren* SCHÖN's, I, *Selbstbiographie*, p. 86. — DROYSEN, *Yorck*, I, p. 413. — Voir la dissertation de LEHMANN sur cette menace qu'aurait faite Schön. LEHMANN, *Knesebeck und Schön*, p. 156. — PERTZ, *Stein*, III, pp. 269, 586. — *Zu Schutz und Trutz am Grabe Schön's*, p. 359. — LEHMANN, *Stein, Scharnhorst und Schön*, p. 48.
5. BOYEN, *Scharnhorst*, p. 40, — *Erinnerungen des Feldmarschalls* VON BOYEN, II, p. 331. — HÄUSSER, IV, p. 31. — PERTZ, *Gneisenau*, II, p. 691.

tionnaires prussiens n'ont été nulle part jusqu'à une résistance caractérisée à l'action du plénipotentiaire russe.

Le sentiment de leur responsabilité vis-à-vis du roi, les scrupules du sentiment monarchique doublés d'un formalisme ancien étaient plus en éveil chez eux que les inquiétudes du sentiment national [1]. La marche même des événements, les rapports et les documents officiels indiquent que les agents prussiens étaient assez satisfaits en somme de pouvoir se couvrir, au regard de leur gouvernement, du titre que Stein portait avec lui, et de la pression qu'il exerçait sur eux [2]. C'est la conclusion qui se dégage, mieux encore que de leurs manifestations et de leurs rapports, des actes eux-mêmes et du développement des faits.

Le 26, des nouvelles officieuses venues de Berlin permirent, en y mettant quelque bonne volonté, de penser que l'attitude extérieure du roi ne répondait pas à ses sentiments intimes. Depuis le 5 janvier, Frédéric-Guillaume III, bien qu'il sût que le premier désaveu de la capitulation de Tauroggen n'était point parvenu jusqu'à Yorck, ne l'avait point renouvelé [3]. De plus, l'on avait vu arriver à Königsberg, le 26 janvier, Thile, qui avait quitté Berlin le 24, la veille du départ du roi pour Breslau. Il avait reçu mission de communiquer à Yorck, tout destitué qu'il était, la nouvelle du départ de Frédéric-Guillaume III pour Breslau. En revanche, il n'avait point été chargé de lui notifier les mesures prises à son

1. Treitschke, I, p. 417; — même au regard des Français, le sentiment national n'est pas partout bien net et bien prononcé. Rapport d'Auerswald du 7 janvier. Lehmann, *Knesebeck und Schön*, p. 318. — Résistances de Wiszmann à la convocation des États. Droysen, *Yorck*, I, p. 420. — Pertz, *Stein*, III, p. 275. — Lehmann, *Knesebeck und Schön*, p. 333. — « Les fonctionnaires prussiens sont encore sous l'influence française », écrit Stein, le 2 février. Pertz, *Stein*, III, p. 283. — Voir Wiszmann sur la *trahison* de la noblesse de la Prusse orientale. *Zu Schutz und Trutz am Grabe Schön's*, p. 404. — Wiszmann est déplacé sur la plainte de la noblesse, *ibid.*, p. 408. — Auerswald, le 27 janvier, *ibid.*, p. 403. — Auerswald écrit, le 16 janvier : « Wiszmann est plus Français que Russe », *Zu Schutz und Trutz am Grabe Schön's*, p. 403. — Voir, à Graudenz, Droysen, *Yorck*, I, p. 425. — Stein sur le parti français à Breslau. Pertz, *Stein*, VI, 2, *Beilagen*, p. 182. — Auerswald, le 7 janvier. Lehmann, *Knesebeck und Schön*, p. 315.
2. Wiszmann à Hardenberg, le 6 février 1813. Lehmann, *Knesebeck und Schön*, p. 335. — *Tagebuch* d'Auerswald, du 24 janvier. *Zu Schutz und Trutz am Grabe Schön's*, p. 400. — Yorck au roi. Pertz, *Stein*, III, p. 290. — Droysen, *Yorck*, I, p. 451. — Procès-verbal de la séance du 5 février. Droysen, *Yorck*, II (1852), pp. 229, 300. — Rapports d'Auerswald, des 23-24 janvier, 1, 2, 13 février. Lehmann, *Knesebeck und Schön*, pp. 181, 190. — Droysen, *Yorck*, II (1852), pp. 291, 330.
3. Droysen, *Yorck*, I, p. 420.

égard [1]. C'étaient encore là de faibles indices [2]. Ils permirent cependant aux patriotes de la Prusse orientale de supposer chez leur souverain encore plus de résolution secrète qu'il n'en avait réellement [3]. Yorck, si fort ébranlé d'abord par les premières nouvelles de Berlin [4], reprit courage. Le 27 janvier, il fit savoir qu'il tiendrait pour non avenues les décisions royales tant qu'il les connaîtrait seulement par les journaux, les chefs militaires en Prusse n'ayant point l'habitude de recevoir leurs instructions par cette voie [5]. Son corps reconstitué marchait de l'avant. Il atteignit Elbing le 6 février [6].

Une période d'accalmie relative avait succédé, à Königsberg, aux premiers chocs provoqués par l'arrivée de Stein. Les États avaient été convoqués et leur réunion se préparait. Lorsqu'elle fut à la veille de s'accomplir, les responsabilités reparurent avec un caractère plus aigu et plus pressant. Et, durant les journées du 3 et du 4 février, elles se heurtèrent en une nouvelle crise [7].

1. DROYSEN, *Yorck*, I, pp. 421, 455. — LEHMANN, *Knesebeck und Schön*, p. 183. — DUNCKER, p. 483.

2. Le 25 janvier, arrive Auer, envoyé par Bülow. DROYSEN, *Yorck*, I, p. 421. — Il fait connaître le bruit qui court : le roi a dû quitter Potsdam, le 22, pour se rendre en Silésie. SEYDLITZ, *Tagebuch des Yorckschen Korps*, II, p. 300. — Dès le 25, Auerswald inscrit sur son journal la nouvelle du départ du roi pour Breslau. *Zu Schutz und Trutz am Grabe Schön's*, p. 439. — Il est probable que, le 25, des dépêches importantes pour Stein sont arrivées de Berlin. Voir le journal d'Auerswald, *ibid.*, p. 441. — LEHMANN, *Knesebeck und Schön*, p. 172. — DUNCKER, *Zeitschrift für preussiche Geschichte*, VIII, p. 792. — Schön assure, dans sa lettre à Brünneck, du 15 février 1853, qu'il aurait connu, dès le 19 janvier, la résolution du roi de rompre avec les Français, par un courrier de Hardenberg. Schön vient à Königsberg, le 24. *Zu Schutz und Trutz am Grabe Schön's*, p. 376. — Le 10 février, Schön écrit à Hardenberg que Stein, en le mandant à Königsberg, le 3 février, lui a fait savoir que les nouvelles reçues lèveraient certainement ses scrupules. LEHMANN, *Knesebeck und Schön*, p. 340. — Lettre à clef de Hardenberg à Stein, du 1er février. RANKE, *Hardenberg*, IV, p. 362. — DUNCKER, p. 487. — Voir, sur l'incertitude qui subsiste encore à Königsberg, même après la nouvelle du départ pour Breslau, lettre de Schack, du 8 février, DROYSEN, *Yorck*, II (1852), p. 335. — *Aus den Papieren* SCHÖN's, VI, p. 51. — DROYSEN, *Yorck* (1884), I, pp. 431, 434, 455, 457. — HÄUSSER, IV, p. 32.

3. Auerswald va jusqu'à écrire dans son *Tagebuch* : « Le major Thile apporte l'approbation du roi pour les actes d'Yorck et pour tout ce qui a été fait ici ». DROYSEN, *Yorck*, I, p. 422. — Le départ pour Breslau fait un grand effet dans la Prusse orientale, *ibid.*, I, p. 423.

4. DROYSEN, *Yorck*, I, p. 421. — *Aus den Papieren* SCHÖN's, VI, p. 49. — Voir encore le ton découragé et aigri de Yorck, dans sa lettre du 10 février 1813. PERTZ, *Stein*, III, p. 294.

5. DROYSEN, *Yorck*, I, p. 422. — Le 31, il donne l'ordre au major Schill de marcher sur l'Oder, *ibid.*, I, p. 422. — PERTZ, *Stein*, III, p. 275. — *Zu Schutz und Trutz am Grabe Schön's*, p. 443. — (GERWIEN), p. 6.

6. DROYSEN, *Yorck*, I, p. 433. — (GERWIEN), p. 6.

7. DROYSEN, *Yorck*, I, pp. 425, 427, 429, 430.

Arrivé depuis quelques jours à Königsberg, Stein avait déjà le sentiment des difficultés que rencontrait son action personnelle. Il semble qu'il eût tempéré ses ardeurs. Peut-être avait-il eu, au début, la pensée de diriger la province au nom de ses pleins pouvoirs russes, et de donner libre carrière à ce que son tempérament avait de dictatorial. Mais, déjà calmé, semble-t-il, par sa première entrevue du 19 janvier avec Schön à Gumbinnen, il l'avait été mieux encore par le spectacle des querelles et des hésitations qui avaient failli dans les derniers jours compromettre, à son origine, le mouvement national. Il a certainement senti les résistances qu'il allait provoquer, les périls qu'il allait faire naître, s'il tentait lui-même, après avoir pris l'initiative de la convocation des États, de prendre encore la présidence de leurs délibérations [1].

Il manda donc Schön à Königsberg le 3 février [2] et lui offrit de prendre cette présidence [3]. Mais nous savons, par les termes mêmes du rapport que Schön adressa quelques jours plus tard à Hardenberg, qu'il ne se sentait, pour jouer un rôle aussi marqué, ni titre, ni vocation. Schön refusa la mission que Stein l'engageait à assumer [4]. Auerswald, dont ç'eût été la charge de présider, était malade [5]. Le

1. Rapport d'Auerswald, du 2 février. Lehmann, *Stein, Scharnhorst und Schön*, p. 99. — Voir particulièrement la lettre de Stein à Yorck. Pertz, *Stein*, III, p. 287.

2. *Tagebuch* d'Auerswald. *Zu Schutz und Trutz am Grabe Schön's*, p. 461. — D'après Pertz, il l'aurait mandé à la suite d'un conflit avec Dohna, au sujet de l'émission du papier-monnaie. Pertz, *Stein*, III, p. 286. — Voir le rapport d'Auerswald, du 2 février. Lehmann, *Knesebeck und Schön*, p. 337. — Schön arrive le 3. *Tagebuch* d'Auerswald. *Zu Schutz und Trutz am Grabe Schön's*, p. 461. — C'est son second voyage à Königsberg; il est déjà venu le 24, voir ci-dessus, p. 293, note 2. — Lehmann, *Knesebeck und Schön*, pp. 183, 199, 203. — Droysen, *Yorck*, I, p. 425. — *Aus den Papieren* Schön's, I, *Selbstbiographie*, p. 90.

3. Schön assure à Auerswald qu'il n'est pas chargé par Stein de présider l'assemblée. Auerswald à Brandt, 4 février 1813. Lehmann, *Knesebeck und Schön*, p. 338. — Droysen, *Yorck*, I, p. 426. — Il paraît certain que Stein a offert à Schön. Voir Schön à Hardenberg, le 10 février 1813. Droysen, *Yorck* (1852), II, p. 336. — Lehmann, *Knesebeck und Schön*, pp. 198, 340. — (Gerwien), p. 9. — *Zu Schutz und Trutz am Grabe Schön's*, p. 454.

4. Droysen, *Yorck* (1852), II, p. 77. — Lettre de Schön à Förster de 1854. *Zu Schutz und Trutz am Grabe Schön's*, p. 455.

5. Voir, sur le rôle d'Auerswald, les polémiques qui s'engagent en 1844. La fille d'Auerswald publie — en réponse, semble-t-il, au livre de Friccius, *Geschichte des Krieges in den Jahren 1813 und 1814* — un livre intitulé : *Ein Blick auf die einstige Stellung der Oberpräsidenten Auerswald und Schön in Königsberg in Preussen, mit Rücksicht auf einige dahin bezügliche Schriften, von Eveline Ernestine v.* Bardeleben, *geborene* von Auerswald, *Stuttgart, 1844*, où elle prend très vivement Schön à partie, Lehmann, *Knesebeck und Schön*, p. 135. — Voir Droysen, *Yorck*, I, pp. 424, 425. — Lehmann, *Knesebeck und Schön*, p. 184, sur les

délégué désigné par lui, Brandt, voulait de même se dérober et n'avait pas d'autorité [1]. Stein écrivit alors à Yorck [2], le 4 février, pour lui demander de prendre la direction des délibérations des États.

Yorck ne s'est pas montré d'abord mieux disposé [3] que Schön. Dans la conférence qui réunit, au cours du 4 février, Stein, Schön et Yorck, les dissentiments les plus vifs se sont produits [4]. Stein semble avoir de nouveau menacé d'agir en dictateur et de brusquer personnellement les solutions [5]. Yorck paraît avoir répondu sur le même ton [6]. Le fait est qu'il sortit brusquement, accusant Stein de compromettre la politique nationale et menaçant de s'exiler en Angleterre [7]. Les fonctionnaires prussiens qui se trouvaient en face de Stein, étaient décidément partagés entre la crainte de s'abandonner à l'ingérence russe, s'ils laissaient agir Stein [8], et la crainte d'usurper

fonctions d'Auerswald et de Brandt. — Auerswald reparait aussitôt après le départ de Stein. *Aus den Papieren* Schön's, I, *Selbstbiographie*, p. 95. — Voir encore Arndt, *Meine Wanderungen*, p. 125.

1. Brandt à Auerswald, le 3 février 1813, Lehmann, *Knesebeck und Schön*, p. 338. — Droysen, *Yorck*, I, pp. 425, 426. — Lehmann, *Knesebeck und Schön*, pp. 198, 204. — [Gerwien], p. 9.

2. Voir la lettre de Stein à Yorck. Pertz, *Stein*, III, p. 286. — Voir, sur l'erreur de la date, Lehmann, *Knesebeck und Schön*, p. 205. — Droysen, *Yorck*, I, p. 426. — Pertz, *Stein*, III, p. 287.

3. Le refus d'Yorck résulte des récits de Schön. Droysen, *Yorck*, I, p. 428, — et du fait même que Stein lui avait offert, dans sa lettre du 4 février, et qu'un dissentiment s'en était suivi. Cependant Yorck, dans sa lettre du 10 février, se fait un mérite de ce que le Landtag s'est tenu sous sa direction. Pertz, *Stein*, III, p. 292.

4. Droysen, *Yorck*, I, pp. 429, 430. — Häusser, IV, p. 32.

5. Droysen dit : Il est possible que Stein ait annoncé l'intention de présider lui-même. Droysen, *Yorck*, I, p. 427. — Yorck l'affirme, dans sa lettre à Thile, Pertz, *Stein*, III, p. 292. — Schön le conteste, en termes très violents pour Yorck, dans sa lettre à Pertz, du 30 mars 1851. *Zu Schutz und Trutz am Grabe Schön's*, p. 468. — Pertz, *Stein*, III, pp. 291, 292. — Lehmann, *Stein, Scharnhorst und Schön*, p. 63.

6. Droysen, *Yorck*, I, p. 425. — *Aus den Papieren* Schön's, I, *Selbstbiographie*, p. 92. — Arndt, *Meine Wanderungen*, p. 125.

7. Droysen, *Yorck*, I, p. 428. — *Aus den Papieren* Schön's, I, *Selbstbiographie*, p. 93. — Pertz, *Stein*, III, p. 288.

8. Les deux sources principales sont la lettre de Schön à Schlosser. *Aus den Papieren* Schön's, I, *Selbstbiographie*, p. 92, — *ibid.*, pp. 88, 90; I, p. 172; VI, p. 52. — *Zu Schutz und Trutz am Grabe Schön's*, p. 369, — et la lettre d'Yorck à l'adjudant-général Thile, du 10 février. Pertz, *Stein*, III, p. 291, — puis divers indices recueillis par Droysen, *Yorck*, I, pp. 426, 428, 429. — Il semble résulter de ces témoignages, — discutés par Lehmann, *Knesebeck und Schön*, p. 205, — que Yorck refusait de prendre la responsabilité de la convocation des États et s'opposait en même temps à ce que Stein en prît la direction. — D'après la seconde autobiographie de Schön (*Aus den Papieren* Schön's, VI, p. 53), il sem-

sur l'autorité du roi, s'ils agissaient eux-mêmes [1]. Ils avaient déjà admis ou désiré que Stein prît l'initiative de la convocation des États et les couvrît ainsi vis-à-vis du roi. Ils hésitaient à faire un pas de plus, et à lui donner, sur l'assemblée elle-même, une sorte d'autorité. Ils voulaient pouvoir lui imputer la responsabilité de la convocation sans lui laisser prendre la direction de l'assemblée [2]. Mais ils se trouvaient nécessairement entraînés, par là, à de nouvelles initiatives devant lesquelles ils reculaient.

En fin de compte, Schön [3] se rendit de nouveau auprès de Stein, auprès d'Yorck, et par son entremise on se mit d'accord sur un compromis [4], sur un programme d'apparat conventionnel, qui voilait

bierait que le débat eût porté sur le départ de Stein et que ce fût en promettant de quitter Königsberg que Stein eût aplani les difficultés que soulevait son caractère de plénipotentiaire russe.

1. Voir Schön dans sa lettre à Förster du 8 janvier 1854 : « Cette réunion avait été convoquée à la demande de Stein, commissaire russe. Yorck n'aurait pu se présenter comme substitut de Stein sans abandonner son rôle de gouverneur général prussien de la province. » *Zu Schutz und Trutz am Grabe Schön's*, p. 466.

2. C'est bien le sens de la lettre de Yorck à Thile, du 10 février. « Un *Landtag* fut convoqué sous l'influence des Russes; pour que cette influence ne s'exerçât pas aussi sur les délibérations et ne compromît pas par trop les droits de souveraineté du roi..... » PERTZ, *Stein*, III, p. 392. — Voir, dans le même sens, la lettre de la commission générale. DROYSEN, *Yorck*, II (1852), p. 425. — Yorck dit, dans sa lettre au roi : « Le patriotisme de tous, prêt à tous les sacrifices... se serait rattaché à cette autorité étrangère... Je sentis le besoin... d'accueillir, au nom de Votre Majesté Royale, l'expression de ces résolutions élevées de la masse et je me résolus à les conduire. » PERTZ, *Stein*, III, p. 291.

3. LEHMANN s'efforce de démontrer que les dissentiments n'étaient point aussi aigus que les font les récits inspirés par Schön. Il s'appuie sur ce que, le 2 février, Auerswald avait cédé aux injonctions de Stein sur le cours légal du papier russe, sur ce que Yorck, dans sa lettre confidentielle du 10 février, ne fait point allusion à ses querelles avec Stein. Plus précise serait l'affirmation de Stein : « Je ne me suis pas trompé », a-t-il dit à Ploczk, « dans ma confiance dans les Prussiens orientaux. Seul le président v. Auerswald s'opposa à mes justes demandes. » C. L. E. v. K(NOBLOCH), *Vossische Zeitung*, 1838, 4 avril. — LEHMANN, *Knesebeck und Schön*, p. 200. — Cependant le dissentiment de Stein et de Yorck paraît aussi indiscutable que celui de Stein et de Auerswald. Il est établi par la lettre même de Yorck, du 10 février, PERTZ, *Stein*, III, p. 292.

4. La question discutée si vivement par LEHMANN, *Knesebeck und Schön*, p. 207, — *Zu Schutz und Trutz am Grabe Schön's*, p. 476, — de savoir si ce compromis est un succès ou une défaite pour Stein est d'importance secondaire. Il semble toutefois, qu'en acceptant l'appel que les États lui adressèrent, Yorck ait été amené à prendre une plus large part de responsabilité qu'il n'était disposé à le faire tout d'abord. Dans sa lettre à Thile, du 10 février, il assure qu'il a fait prévaloir sa volonté sur celle de Stein. PERTZ, *Stein*, III, p. 292. — De son côté Stein dit, dans son autobiographie, mais avec une part d'inexactitude manifeste : « Je déterminai le général Yorck, comme gouverneur général, à convoquer une réunion des États ». Stein confond visiblement la convocation et la direction de l'Assemblée. PERTZ, *Stein*, VI, 2, *Beilagen*, p. 182. — D'après Schön, Yorck et Stein se séparent en bons termes, le 7. *Aus den Papieren*

assez mal les difficultés de la situation, mais qui fut suivi dans la réalité.

Stein, qui avait provoqué la réunion des États, et auquel on voulait toujours laisser la responsabilité de leur convocation, leur adressa, pour leur expliquer les motifs de cette convocation, une lettre [1] dont les termes furent soigneusement pesés et qui semble avoir été rédigée par Schön. A partir de ce moment, Stein devait s'effacer ; mais s'il s'effaçait, qui donc allait prendre la direction d'une assemblée qui avait été appelée par le plénipotentiaire de l'Empereur de Russie, et que l'on ne voulait point faire siéger sous sa direction [2]? La difficulté pour avoir été reculée n'était pas supprimée. On admit que, dans cette réunion, la « voix de la nation » se ferait entendre et adresserait un pressant appel au général Yorck. Mais si les États manquaient de titre pour se réunir, Yorck ne manquait pas moins de titre pour répondre à leur appel. On imagina, pour dissimuler cette lacune, une nouvelle subtilité. Avant la capitulation de Tauroggen, alors que Yorck se retirait de concert avec Macdonald, et que la rentrée des troupes prussiennes sur le territoire national devenait imminente, le 20 décembre 1812 [3], le général prussien avait reçu du roi commission de gouverneur général de la province, pour le cas où il y pénétrerait. On exhuma l'ordre de cabinet du 20 décembre ; on le supposa encore valable, dans la situation nouvelle créée par les événements, et Yorck s'en fit un titre d'action régulière [4].

Schön's, I, *Selbstbiographie*, p. 95. — *Zu Schutz und Trutz am Grabe Schön's*, p. 496. — Ranke, *Hardenberg*, IV, p. 362.

1. Voir le texte de la lettre de Stein à Brandt, dictée par Schön, le 4 février 1813. (Gerwien), p. 9. — Droysen, *Yorck*, II (1852), p. 293 ; I (1884), p. 429. — *Aus den Papieren* Schön's, I, *Selbstbiographie*, p. 94 ; VI, p. 70. — Pertz, *Stein*, III, pp. 287, 587. — *Zu Schutz und Trutz am Grabe Schön's*, p. 481.

2. La commission générale, élue par les États, répondant à une lettre, du 23 février, de la députation militaire de la *Regierung* de la Prusse orientale, dit : « Après que les États eurent été convoqués par Son Excellence le *Landhofmeister*, à la demande du plénipotentiaire impérial russe, le ministre von Stein ; après que celui-ci eut refusé au commissaire royal de faire aucune proposition et eut simplement déclaré, dans un court billet, qu'il croyait l'assemblée réunie pour délibérer sur l'armement du pays, après qu'il eut été bien manifesté ainsi que toute cette transaction n'était point placée sous l'influence russe, mais était une affaire purement prussienne..... ». Droysen, *Yorck*, II (1852), p, 325.

3. Voir également en 1811 ci-dessus, Chapitre V, p. 149, — *Aus den Papieren* Schön's, I, *Selbstbiographie*, p. 66 ; I, p. 135 ; IV, pp. 569, 592. — Voir les deux ordres de cabinet, du 2 mars et du 20 décembre 1812. (Gerwien), pp. 4, 7.

4. A mettre en regard, l'ordre de cabinet du 13 février 1813, de Breslau, où le roi refuse encore de statuer sur la situation du gouvernement de la Prusse orientale. Droysen, *Yorck*; I, pp. 432, 439. — Voir la préoccupation d'Yorck, dans la

Lorsqu'on cherche à dégager le caractère essentiel des événements, un fait apparaît dominant. Tout l'effort des Prussiens a tendu à obtenir de Stein qu'il adressât lui-même le premier appel aux États, en s'appuyant sur les pleins pouvoirs qu'il tenait de l'Empereur de Russie [1]. Et c'est bien ce qui eut lieu. Les Prussiens ont légitimé les premiers actes du mouvement d'indépendance par le titre russe que Stein portait avec lui.

C'est en montrant ses pleins pouvoirs à Auerswald que Stein le détermina à lancer ses convocations du 23 janvier [2]. C'est en vertu de ses pleins pouvoirs qu'il lui donna, le 22, dès son arrivée à Königsberg, et par écrit, l'ordre de convoquer les États. Et plus tard, lorsque les susceptibilités nationales commençaient déjà à s'inquiéter, le 4 février, tout le monde fut encore unanime à laisser au délégué de l'Empereur de Russie la responsabilité de la convocation. Schön lui-même rédigea la nouvelle lettre que Stein adressa, le 4 février, au délégué d'Auerswald et qui devait être communiquée

rédaction du procès-verbal de la séance du 5, de se couvrir d'un titre d'action régulière, en alléguant son mandat éventuel de gouverneur général de la province. Supplément au procès-verbal de la séance du 5, et lettre d'Yorck du 9. Droysen, *Yorck*, II (1852), pp. 299, 300. — Lehmann, *Knesebeck und Schön*, p. 213. — Droysen, *Yorck*, I, pp. 405, 441. — *Zu Schutz und Trutz am Grabe Schön's*, p. 505. — Voir le rapport de Schön, du 11 décembre 1813. *Aus den Papieren* Schön's, I, p. 172. — Ce fut la version officielle en 1813. Le procès-verbal de la séance du 7 dit même que Yorck agit « au nom du roi ». Droysen, *Yorck*, II, (1852), p. 302. — « Yorck prend, sans mandat, les fonctions de gouverneur de la province », écrit Auerswald dans son *Tagebuch*, à la date du 16 janvier. *Zu Schutz und Trutz am Grabe Schön's*, p. 344. — Voir Droysen, *Yorck*, II (1852), p. 95. — J. Voigt, *Leben des Grafen von Dohna-Schlobitten*, p. 24. — Lehmann, *Knesebeck und Schön*, p. 212.

1. Droysen, *Yorck*, I, pp. 428, 429. « Lui, Stein, était appelé, *comme commissaire russe*, animé de sentiments prussiens et allemands, à prendre cette initiative », dit Schön lui-même, dans sa lettre à Schlosser, du 3 mars 1849. *Aus den Papieren* Schön's, I, *Selbstbiographie*, p. 94. — Les députés du cercle d'Oletzko disent même : « Nous avons été élus sur l'ordre du ministre d'État v. Stein », *ibid.*, VI, p. 108.

2. Voir sur ce point et sur l'importance des pleins pouvoirs, base de toute l'action de Stein, la démonstration de Lehmann, *Knesebeck und Schön*, p. 181. — Les fonctionnaires allèguent partout, pour couvrir leur responsabilité, les pleins pouvoirs russes de Stein, *ibid.*, p. 189. — Pertz, *Stein*, III, p. 277. — *Zu Schutz und Trutz am Grabe Schön's*, p. 432. — Voir les rapports d'Auerswald, des 24 janvier et 2 février, où il se couvre des pleins pouvoirs de Stein, *ibid.*, pp. 190, 331, 336, — les documents des 23, 24 janvier et 1er février. Droysen, *Yorck*, II (1852), p. 291, — le rapport d'Auerswald du 13 février, *ibid.*, p. 330, — la note du 24, sur le *Tagebuch* d'Auerswald : « Stein donne l'autorisation de convoquer le *Landtag*. » *Zu Schutz und Trutz am Grabe Schön's*, p. 400, — l'impression de Frédéric Dohna, dans les notes communiquées à Gerwien. (Gerwien), p. 1f. — Yorck, dans sa lettre à Thile, du 10 février : « Un *Landtag* fut convoqué sous l'influence des Russes. » Pertz, *Stein*, III, p. 292, — et la lettre de Yorck au roi, *ibid.*, III, p. 290.

aux États. Et s'il n'y était pas fait mention explicite des pleins pouvoirs russes, il y était spécifié très nettement que l'initiative de la réunion venait de Stein.

Après la réunion des États, les fonctionnaires prussiens continuèrent encore, pour légitimer leur action, à se couvrir de l'initiative prise par Stein. Le 5 février, dès le début de la première séance, le délégué d'Auerswald, v. Brandt [1], fait connaître que le *Landhofmeister* (Auerswald) a promis de communiquer à l'Assemblée les pleins pouvoirs du ministre d'État Stein qui lui ont été remis à lui-même. Il ajoute que cette communication n'ayant pas encore été faite, il a l'intention de la réclamer [2]. Puis on donne lecture de « la lettre du ministre d'État v. Stein, dans laquelle Son Excellence déclare qu'elle a pris l'initiative de cette réunion pour appeler les États à délibérer sur le choix des moyens à employer pour assurer la défense du pays [3] ».

Le 7 février, deux jours après la réunion des États, Stein quitta Königsberg [4].

1. LEHMANN, *Knesebeck und Schön*, p. 206.
2. Procès-verbal de la séance du 5 février. DROYSEN, *Yorck* (1852), II, p. 297. — LEHMANN, *Knesebeck und Schön*, p. 181. — La communication est faite dans la seconde séance, *ibid.*, p. 212.— *Erinnerungen des Feldmarschalls* VON BOYEN, II, p. 329.
3. Procès-verbal de la séance du 5 février. DROYSEN, *Yorck*, II (1852), p. 297.
4. Toute une polémique est encore engagée sur le caractère du départ de Stein. Quitte-t-il Königsberg parce que sa présence y était un obstacle qu'il importait de faire disparaître? Voir Schön dans sa lettre à Schlosser. *Aus den Papieren* SCHÖN's, I, *Selbstbiographie*, pp. 95, 96; VI, p. 53. — DROYSEN, *Yorck*, I, p. 429. — Ou bien retourna-t-il auprès d'Alexandre parce que son œuvre était accomplie? Il part le 7 au soir. Voir son rapport à Alexandre. PERTZ, *Stein*, III, p. 649. — LEHMANN, *Knesebeck und Schön*, p. 208. — (GERWIEN), pp. 16, 17. — Voir, sur la date du départ, *Zu Schutz und Trutz am Grabe Schön's*, pp. 364, 370, 485, 487. — LEHMANN, *Stein, Scharnhorst und Schön*, p. 66. — Le rapport à l'Empereur de Russie est du 5 d'après DROYSEN, *Yorck*, I, p. 430. — Il porte implicitement sa date, quoique PERTZ ne la donne pas. PERTZ, *Stein*, III, p. 649. — LEHMANN place la rédaction du rapport au tsar le 7. LEHMANN, *Knesebeck und Schön*, p. 205. — PERTZ, *Stein*, III, p. 296, est très sobre sur le départ de Stein. — Sur la question de savoir si Stein, au moment où il part, a accompli la mission qu'il s'est donnée dans ses pleins pouvoirs, voir le débat entre LEHMANN, *Knesebeck und Schön*, p. 209, — et l'anonyme. *Zu Schutz und Trutz am Grabe Schön's*, p. 488. — Voir une lettre de Stein à Scharnhorst, du 23 janvier, où il lui annonce sa prochaine arrivée à Breslau, ce qui n'implique pas l'intention d'un long séjour à Königsberg. LEHMANN, *Stein, Scharnhorst und Schön*, p. 66. — Dans son rapport du 11 décembre 1813, Schön écrit lui-même : « Le délégué russe repartit après avoir reçu réponse. » *Aus den Papieren* SCHÖN's I, p. 173. — Dans la lettre à Schlosser, Schön écrit que Stein apprit la résolution des États, la veille de son départ, *ibid.*, I, *Selbstbiographie*, p. 95. — Voir, sur le départ de Stein, qu'il place au 8, TREITSCHKE, I, p. 420. — SEELEY, III, p. 70. — HÄUSSER, IV, p. 32. — PERTZ, *Gneisenau*, II, p. 691.

Ainsi, sur ce point, il ne subsiste aucun doute. La convocation des États généraux de la Prusse orientale, auxquels la Prusse moderne doit pour une part son indépendance et ses institutions militaires, a été, de l'aveu même des patriotes prussiens et à leur demande expresse, l'acte d'un gouvernement étranger[1]. Aucun des Prussiens qui avaient la direction des événements, et qui comptaient parmi les patriotes les plus résolus, n'a voulu en prendre l'initiative. C'est sur la convocation de Stein, agissant comme plénipotentiaire de l'Empereur de Russie, que les États de la Prusse orientale se sont réunis[2].

Qu'est-ce à dire, lorsque l'on cherche à dégager la philosophie des événements, si ce n'est que les scrupules du sentiment monarchique au regard d'un acte d'allure révolutionnaire ont été plus forts, chez les fonctionnaires prussiens[3], que les scrupules de leur patriotisme en face de l'ingérence russe[4]. Ils avaient deux voies ouvertes devant eux. Séparés de leur gouvernement, désavoués d'avance par leur roi, et, cependant, assez pénétrés du sentiment croissant de l'indépendance nationale pour avoir compris la nécessité d'entraîner la nation, ils avaient le choix entre deux résolutions. Ils pouvaient prendre l'initiative révolutionnaire, mais purement nationale, d'une convocation des États généraux, sauf à faire ratifier plus tard leurs actes. Cela, ils ne l'ont pas voulu. Auerswald a emprisonné les Prussiens qui en ont eu les premiers l'idée. Schön a refusé l'honneur de cette initiative. Que restait-il donc? Par le

1. Voir particulièrement sur ce point très fortement établi, LEHMANN, *Knesebeck und Schön*, p. 210. Toute la thèse de LEHMANN, qu'il soutient en incriminant avec beaucoup d'âpreté les intentions de Schön, tend à établir, et établit qu'en somme les États ont accepté l'initiative de Stein. — Voir encore, *ibid.*, p. 211, — et la lettre d'Yorck au roi, publiée par PERTZ d'après FRICCIUS, *Geschichte des Krieges in den Jahren 1813-1814*, p. 87 : « L'ancien ministre, v. Stein, un homme profondément dévoué à la cause de la Prusse et de l'Allemagne, est venu ici. Muni des pleins pouvoirs de S. M. l'Empereur de Russie, il a convoqué, par l'intermédiaire du *Landhofmeister*, v. Auerswald, une assemblée des États. » PERTZ, *Stein*, III, p. 290.

2. Ceci est reconnu nécessairement des deux côtés dans les polémiques que nous avons suivies, voir *Zu Schutz und Trutz am Grabe Schön's*, p. 515.

3. LEHMANN, *Knesebeck und Schön*, p. 197. — Voir le récit de l'entrevue de Gumbinnen, dans la seconde autobiographie de Schön. *Aus den Papieren* SCHÖN's, VI, p. 43, — et la lettre de 1854. *Zu Schutz und Trutz am Grabe Schön's*, p. 369, — *ibid.*, p. 379. — TREITSCHKE, I, p. 418. — Voir encore Auerswald. Stein au président v. Knobloch, les 9, 10 février 1813. *Vossische Zeitung*, 1838, 4 avril. — *Zu Schutz und Trutz am Grabe Schön's*, p. 401.

4. C'est en cela que les éloges décernés aux fonctionnaires prussiens pour avoir fait face à l'ingérence russe paraissent excessifs. BOYEN, *Scharnhorst*, p. 48. — (GERWIEN), p. 16. — *Zu Schutz und Trutz am Grabe Schön's*, p. 380.

fait des circonstances et par sa propre faiblesse, la volonté royale
captive et débile se dérobait à eux. Ils n'avaient plus à choisir, pour
se légitimer [1], qu'entre la volonté nationale ou l'Empereur de Russie.
Ils ont préféré l'Empereur de Russie. Ils se sont appuyés sur le titre
étranger que Stein portait avec lui. C'est lui qui a convoqué les États
généraux couvrant ainsi provisoirement et imparfaitement les fonctionnaires prussiens vis-à-vis de leur roi [2]; mais imposant à la dignité
nationale un sacrifice que leur patriotisme ne sentait peut-être pas
dans toute son étendue.

Ainsi pensèrent et ainsi agirent les fonctionnaires prussiens auxquels échut, sur les territoires affranchis par la retraite des Français,
la direction des affaires, la responsabilité effective des destinées de la
Prusse.

Mais comment les États eux-mêmes, une fois réunis, jugèrent-ils
les actes qui avaient préparé leur convocation? Ils se trouvaient en
face du fait accompli et furent plus préoccupés de prendre les résolutions urgentes commandées par la situation que de remonter aux
sources de leur existence [3]. Cependant, lorsqu'on parcourt leurs
laconiques procès-verbaux [4], on y retrouve la trace d'inquiétudes et
de scrupules de conscience apparents [5]. Il est possible dans les négo-

1. Voir toute la casuistique pour démontrer que la réunion des États est un
acte normal. Zu Schutz und Trutz am Grabe Schön's, p. 477. — Erinnerungen
des Feldmarschalls von Boyen, II, p. 329 : « comme en dehors des pleins pouvoirs
de Stein toute base leur manquait pour poursuivre leurs délibérations. » —
Häusser, IV, p. 33.
2. Voir les instructions de Knesebeck, du 8 février, pour sa mission auprès du
tsar. Oncken, I, pp. 173, 185.
3. On ne cherchait pas le « pourquoi », mais « le comment », dit Droysen,
Yorck, I, p. 440.
4. Voir sur les procès-verbaux, Zu Schutz und Trutz am Grabe Schön's, p. 502.
— Maurenbrecher, Grenzboten, 1876, p. 245. — D'après l'anonyme, Droysen a
publié les procès-verbaux d'après une copie assez sommairement faite par Brandt
pour Auerswald. Gerwien les a également publiés d'après une copie plus soi-
gnée, faite pour Yorck. Enfin ils sont publiés dans les papiers de Schön, d'après
une copie, certifiée authentique officiellement, et envoyée par Auerswald à la
commission générale, c'est-à-dire à Dohna. Droysen, Yorck, II (1852), p. 290. —
(Gerwien), pp. 9 et suiv. — Aus den Papieren Schön's, VI, p. 63. — Zu Schutz
und Trutz am Grabe Schön's, p. 502. — Voir le relevé des erreurs de la copie
de Droysen, ibid., p. 503. — Voir, sur la question de savoir si les originaux
existent à Königsberg, Zu Schutz und Trutz am Grabe Schön's, p. 500. — Voir,
sur la publication des actes du Landtag par R. Muller, Lehmann, Stein,
Scharnhorst und Schön, p. 69.
5. Voir notamment l'incident de la première séance, lorsque l'Assemblée veut
se déclarer compétente pour écouter les propositions qui pourront lui être

ciations intimes d'un petit cercle, de voiler les contradictions par des compromis, de dissimuler, sous les rédactions vagues, le caractère délicat des situations. La passion des assemblées d'hommes et des discussions publiques fait souvent éclater les compromis et apparaître les points sensibles.

Schön s'était efforcé, dans la lettre qu'il avait rédigée et soumise à la signature de Stein, de trouver une formule qui ne fût ni un acte de rébellion contre l'autorité royale, ni une acceptation trop apparente de l'ingérence russe [1] : quelque habileté qu'il y eût apportée, il ne put dissimuler le caractère équivoque du compromis. La convocation des États cessait par là d'être un acte hardi d'initiative indépendante et nationale. Elle n'en portait pas moins une atteinte indiscutable à la prérogative royale, par la méconnaissance des volontés apparentes et probablement des volontés réelles du souverain. Elle n'en imposait pas moins, par l'acceptation d'une intervention étrangère, un sacrifice sensible à la dignité nationale. Il n'est pas douteux que les États eux-mêmes en eurent le sentiment.

Soixante-dix personnes [2] s'étaient réunies, le 5 février, dans la salle des États à Königsberg. C'était, par moitié, des nobles représentant la caste, des propriétaires de biens nobles et des roturiers représentant les villes et les propriétaires libres, les *Köllmer* [3]. La presque totalité des roturiers était investie de fonctions administratives municipales

faites ; on tombe d'accord pour limiter étroitement sa compétence aux termes mêmes de la convocation signée par Stein. Procès-verbal de la séance du 5 février. Droysen, *Yorck*, II (1852), p. 298. — Voir la préoccupation manifeste d'Yorck, dans sa lettre du 9, *ibid.*, II, p. 300, — *ibid.*, II, p. 325. — Lehmann, *Stein, Scharnhorst und Schön*, p. 70. — Voir les nombreux symptômes de résistance, de la part des villes de la Prusse occidentale, les députés qui se déclarent malades, les limitations du mandat, les protestations en séance, la protestation même de Königsberg contre la Landwehr. Voir les procès-verbaux et Droysen, *Yorck*, I, p. 449. — Mais cette opposition semble dirigée autant contre l'établissement de la Landwehr que par un scrupule théorique. *Zu Schutz und Trutz am Grabe Schön's*, p. 519. — Ci-après Chapitre XII, p. 382.

1. Droysen, *Yorck*, I, p. 429. — « La lettre fut écrite en termes très généraux de façon à ne laisser apparaître ni une exigence russe, ni une rébellion contre la volonté de notre roi », écrit Schön, dans sa lettre à Schlosser, du 3 mars 1849. *Aus den Papieren* Schön's, I, *Selbstbiographie*, p. 94.

2. Voir la liste des membres de l'assemblée dans le procès-verbal de la séance du 5 février. Droysen, *Yorck*, II (1852), p. 293. — Droysen, *Yorck*, I, p. 439.

3. Lehmann, *Knesebeck und Schön*, p. 165. — Il y avait exactement, en dehors du comité des États, vingt-six représentants de la noblesse, treize représentants des *Köllmer*, dont un noble, dix-neuf représentants des villes, dont un noble. Droysen, *Yorck*, II (1852), p. 293.

ou publiques. Malgré la quasi-égalité numérique, la prépondérance de la noblesse était évidente [1]. Le président, désigné par les États, lui appartenait. La délégation, envoyée à Yorck, comprenait trois représentants de la noblesse sur cinq membres [2]. Le bureau qui fut constitué dans la première séance comprenait quatre membres de la noblesse et un roturier, le bourgmestre de Königsberg [3]. La commission générale pour l'organisation de la Landwehr fut formée de six nobles et de six roturiers; la présidence en fut confiée à Dohna [4].

La scène du 5 février ne manque pas de solennité. Les États ont entendu la lecture de la lettre de Stein [5]. La réunion déclare alors unanimement que ses délibérations ne peuvent avoir un but précis et régulier que si elles sont dirigées par l'autorité militaire qui connaît à la fois la pensée de S. M. le roi et les besoins de l'armée [6]. Et l'on envoie une délégation au général Yorck [7]. Cette délégation est

1. Voir le rapport de Schön à Hardenberg, du 10 février 1813. L'Assemblée est pour lui une réunion de *Gutsbesitzer*. LEHMANN, *Knesebeck und Schön*, p. 341. — « L'assemblée, une réunion des hommes les plus riches et les plus considérés de la province », dit PERTZ, *Stein*, III, p. 288. — Voir Schön, le 11 décembre 1813. « Tous les *Gutsbesitzer* importants sont venus eux-mêmes. » *Aus den Papieren* SCHÖN's, I, p. 173, — et Stein, dans son rapport à l'Empereur de Russie, du 5 février, dit : « L'Assemblée des États, ou de la noblesse et des villes, a eu lieu aujourd'hui; elle est composée des groupes les plus marquants par leur propriété, les plus estimables par leur caractère. » PERTZ, *Stein*, III, p. 648. — Voir encore la protestation des propriétaires fonciers du cercle de Schaaken. *Aus den Papieren* SCHÖN's, VI, p. 120. — Voir les procès-verbaux et DROYSEN, *Yorck*, I, p. 449.

2. Procès-verbal de la séance du 5 février. DROYSEN, *Yorck*, II (1852), p. 297. — A la fin de la séance, on ajoute deux roturiers, un représentant des villes et un des *Köllmer*, *ibid.*, p. 229.

3. Procès-verbal de la séance du 5 février. DROYSEN, *Yorck*, II (1852), p. 299.

4. Procès-verbal de la séance du 8 février. DROYSEN, *Yorck*, II (1852), p. 308. — Yorck à la commission générale, le 16 février, *ibid.*, II, p. 318.

5. La communication des pleins pouvoirs n'est pas faite dans la première séance; elle est seulement annoncée. Procès-verbal de la séance du 5 février, DROYSEN, *Yorck*, II, p. 297. — LEHMANN, *Knesebeck und Schön*, pp. 181, 211, 212. — PERTZ, *Stein*, III, p. 288. — Voir le récit de Schön, dans la lettre à Schlosser, du 3 mars 1849. *Aus den Papieren* SCHÖN's, I, *Selbstbiographie*, p. 96.

6. Procès-verbal de la séance du 5 février. DROYSEN, *Yorck*, II (1852), p. 297. — *Erinnerungen des Feldmarschalls* VON BOYEN, II, p. 329.

7. Schön, dans son rapport du 11 décembre 1813, dit : « Le *Landtag*, soucieux de ses devoirs envers le roi, refusa au plénipotentiaire russe toute fonction (*Gestellung*) fondée sur un titre étranger et se tourna vers le général Yorck ». *Aus den Papieren* SCHÖN's, I, p. 172. — PERTZ, *Stein*, III, p. 288. — DROYSEN, *Yorck*, I, p. 439. — Il n'y a cependant, dans cette première séance, aucune protestation contre les pleins pouvoirs de Stein et, bien loin de là, les députés paraissent très soucieux de ne pas sortir, dans leurs délibérations, du terrain délimité par les propositions de Stein. Voir notamment la manifestation des représentants de la ville de Königsberg. Procès-verbal de la séance du 5 février. DROYSEN, *Yorck*, II

composée de cinq membres, conduits par le président. Yorck se rend au milieu de l'assemblée [1]. Il s'adresse aux « représentants de la nation » [2]. Il leur communique ses résolutions. Il leur demande de nommer une délégation qui se mettra en rapports avec lui. La délégation est aussitôt nommée. Elle élabore, dans la journée du 6, le projet d'organisation de la Landwehr. Ce projet est adopté, sans modifications sensibles, dans la journée du 7 [3].

Nous reviendrons ailleurs sur ce projet, sur son élaboration, sur ses caractères. Nous recherchons ici ce qu'ont été les tendances politiques, les scrupules monarchiques ou nationaux des États de Königsberg. Dès le début, les manifestations de loyalisme et de patriotisme abondèrent. Dans le compromis arrêté le 4, Stein, Schön et Yorck avaient bien tenté de voiler l'origine russe de la convocation, par l'appel adressé aussitôt à la plus haute autorité prussienne de la province, à Yorck, qui tout destitué et désavoué qu'il fût, était censé représenter le Roi [4]. Les États n'en sentent pas moins la nécessité de compenser ce que leur présence seule implique d'audace anti-monarchique par les protestations réitérées et débordantes de leur loyalisme [5]. Dans la seconde séance, après le vote du projet militaire, Brandt a donné communication aux États des pleins pouvoirs russes de Stein. Il fait suivre aussitôt cette communication d'une déclaration de fidélité au Roi et les États répondent dans le même sens [6].

A la même séance du 7, la lecture du procès-verbal de la première séance donne lieu à un nouvel incident, relaté dans un protocole spé-

(1852), p. 298. — LEHMANN, *Knesebeck und Schön*, p. 211. — Voir également le récit de Boyen qui est d'autant plus significatif que Boyen exagère et loue la résistance à l'ingérence russe. Les États, d'après lui, ne se décident à statuer sur la Landwehr que parce qu'il en est fait mention dans les pleins pouvoirs. *Erinnerungen des Feldmarschalls* VON BOYEN, II, p. 330. — HÄUSSER, IV, p. 31.

1. Procès-verbal de la séance du 5 février. DROYSEN, *Yorck*, II (1852), p. 299.
2. Voir la publication de Yorck, du 12 février 1813. *Aus den Papieren* SCHÖN's, VI, p. 179.
3. Procès-verbal de la séance du 7. DROYSEN, *Yorck*, II (1852), p. 301.
4. Procès-verbal de la séance du 7 et lettre d'Yorck du 9 février. DROYSEN, *Yorck*, II (1852), pp. 300, 303.
5. LEHMANN, *Knesebeck und Schön*, pp. 210, 211. — Procès-verbal du 5 février. DROYSEN, *Yorck*, II (1852), p. 298, — du 8, *ibid.*, II, p. 215. — *Zu Schutz and Trutz am Grabe Schön's*, p. 519. — LEHMANN, *Stein, Scharnhorst und Schön*, p. 70. — Dans son rapport à Hardenberg, du 10 février, Schön paraît très préoccupé de mettre en lumière ces affirmations de loyalisme, LEHMANN, *Knesebeck und Schön*, p. 341. — PERTZ, *Stein*, III, p. 288.
6. Procès-verbal de la séance du 7. DROYSEN, *Yorck*, II (1852), p. 303. — DROYSEN, *Yorck* (1884), I, p. 444.

cial [1]. « Il a paru, à la lecture du procès-verbal », dit ce protocole, « que certains doutes pourraient s'élever et que l'on pourrait peut-être penser que les États n'avaient entrepris de diriger les efforts de la province que sur le désir de Sa Majesté l'Empereur de Russie. Le président, élu par les États [2], s'est alors exprimé ainsi en leur nom : « Les négociations poursuivies jusqu'ici ont suffisamment établi « que Sa Majesté l'Empereur de Russie est animé des intentions les « plus légales [3] et qu'il a laissé à la province le soin de faire ce « qu'elle jugeait possible pour le bien du Roi et de la patrie. C'est « bien là l'esprit (Gesichts-punckt) qui a animé les États ; c'est « pour cela qu'ils se sont engagés seuls dans cette entreprise et « qu'ils se sont adressés volontiers à Son Excellence le lieutenant « général v. Yorck, comme au représentant militaire le plus élevé du « souverain, comme au plus fidèle serviteur du Roi, au plus ardent « défenseur de la patrie. » Et le protocole continue par une série de déclarations emphatiques de dévouement au roi [4].

Yorck a les mêmes préoccupations. Il revoit, corrige, en accentuant ses déclarations de loyalisme, le compte rendu du discours qu'il a tenu à la première séance et en fait annexer la copie corrigée au procès-verbal [5].

Le 9 encore, les États se préoccupent d'un bruit, qui court à Marienwerder, et d'après lequel « la province de la Prusse orientale manquerait à ses devoirs envers le roi, et aurait envoyé une députation à l'Empereur de Russie pour s'offrir à lui [6] ». Ils considèrent

1. Procès-verbal spécial du 7 février. DROYSEN, Yorck, II (1852), p. 304. — LEHMANN, Knesebeck und Schön, pp. 211, 212.
2. Voir, sur Dohna, ses sentiments à l'égard de Stein, d'après Schön, DROYSEN, Yorck, I, pp. 425, 445.
3. Légales et non loyales, (GERWIEN), p. 12. — DROYSEN, Yorck, II (1852), p. 304. — Zu Schutz und Trutz am Grabe Schön's, p. 531. — Aus den Papieren SCHÖN's, VI, p. 102.
4. Le respect pour la volonté royale va si loin que les États repoussent un projet émané de l'initiative d'un cercle (voir ce projet Aus den Papieren SCHÖN's, VI, p. 99. — Zu Schutz und Trutz am Grabe Schön's, p. 594), et déclarent ne pouvoir accepter que le projet présenté par Yorck parce que celui-ci, semblable à un projet élaboré déjà dans la guerre précédente, a, pour lui, la présomption de l'approbation royale. Procès-verbal de la séance du 7 février. DROYSEN, Yorck, II (1852), p. 302. — Zu Schutz und Trutz am Grabe Schön's, p. 519. — LEHMANN, Stein, Scharnhorst und Schön, p. 70. — Voir encore la protestation des grandes villes contre les mesures d'exécution prises pour assurer le fonctionnement de la Landwehr, DROYSEN, Yorck, II (1852), p. 315, — et ci-dessus p. 301, note 5.
5. DROYSEN, Yorck, II (1852), pp. 300, 312.
6. Voir le procès-verbal spécial à cet incident, du 9 février 1813. DROYSEN,

comme injurieuses pour eux les instructions données par les villes de
la Prusse occidentale à leurs députés, et leur interdisant de se prêter
à toute délibération contraire à leur devoir de sujets. Ils protestent
encore dans un protocole spécial [1].

Schön a assuré que les États s'étaient insurgés contre les pleins
pouvoirs russes de Stein [2]. C'est aller trop loin. Ce serait certainement dénaturer le caractère de l'appel adressé à Yorck le 5, ou du
discours prononcé, le 7, par Dohna [3] que de leur donner une semblable interprétation. Le discours de Dohna ne dépassait point la
portée de réserves assez vagues, et ces réserves mêmes ne pouvaient
rien contre les faits. Les États ne voulaient point s'affranchir des
principes du droit monarchique, ou, pour mieux dire, dans la situation forcément révolutionnaire qui leur était faite, des fictions du droit
monarchique. Ils étaient par là contraints de s'appuyer sur le titre
russe que Stein portait avec lui, et un dernier incident vint rendre
apparente la fatalité qui pesait sur eux. A la fin de la seconde séance,
une proposition fut faite, dont la trace a disparu dans un certain
nombre de relations. Auerswald l'a intentionnellement effacée dans
son rapport [4] : « Après la lecture du procès-verbal », dit le protocole
original de la seconde séance, « l'assemblée fit remarquer que les

Yorck, II (1852), p. 313. — Il s'agit peut-être du mémoire de Schrör, de
Marienwerder, de la fin de janvier. « Il n'y a qu'une voix en Prusse pour le
système russe, et, si le gouvernement embrasse le système opposé, la conséquence infaillible sera la perte des provinces situées de l'autre côté de la Vistule. » ONCKEN, I, p. 180. — HASSEL, Zeitschrift für preussische Geschichte, 1875,
pp. 221, 222. — Zu Schutz und Trutz am Grabe Schön's, p. 323.
    1. Procès-verbal spécial du 9 février. DROYSEN, Yorck, II (1852), p. 314. —
LEHMANN, Knesebeck und Schön, p. 212. — DROYSEN, Yorck (1884), I, p. 449.
    2. Dans la lettre à Schlosser, du 3 mars 1849, Aus den Papieren SCHÖN's, I,
Selbstbiographie, p. 95, — et, déjà, dans son rapport du 11 décembre 1813, Aus
den Papieren SCHÖN's, I, p. 172, — et dans celui du 10 février 1813. LEHMANN,
Knesebeck und Schön, p. 340. — DROYSEN, Yorck, II (1852), p. 336, — mais avec
plus de mesure.
    3. LEHMANN, Knesebeck und Schön, p. 211. — Zu Schutz und Trutz am Grabe
Schön's, p. 516. — Le discours de Dohna aurait plutôt le caractère d'une acceptation implicite de l'initiative de l'Empereur de Russie, DROYSEN, Yorck, II (1852),
p. 304. — Voir même le texte de la lettre de la commission générale; c'est le
document qui se prononce le plus nettement contre l'ingérence russe et il ne
va pas si loin; il dit : « après qu'il eut été bien manifesté que toute cette affaire
n'avait point été traitée sous l'influence russe ». Mais il reconnaît « que l'assemblée a été convoquée à la demande du plénipotentiaire impérial russe », ibid., II
(1852), p. 325.
    4. Voir le rapport, du 13 février 1813, d'Auerswald à Hardenberg. DROYSEN,
Yorck, II (1852), p. 332. C'est une des traces entre beaucoup d'autres de l'embarras et de l'esprit timoré des fonctionnaires prussiens.

pleins pouvoirs du ministre v. Stein n'étaient point nécessaires,
puisque l'Assemblée avait tenu ses séances sous l'autorité du lieutenant général v. Yorck, et la proposition fut faite de retirer, des actes
des États, l'original de ces pleins pouvoirs ». Rien de plus; il n'est
fait mention d'aucune résolution [1] et, en fait, les pleins pouvoirs sont
annexés aux procès-verbaux [2].

Qu'est-ce à dire? Si ce n'est qu'il ne dépendait d'aucune manifestation d'effacer les faits accomplis. Les pleins pouvoirs de Stein n'ont
point disparu et ne pouvaient disparaître parce qu'aucun sujet du roi
de Prusse n'avait voulu prendre l'initiative de la convocation des
États [3].

Ce sont là peut-être des faits qui, dans le grand courant de résistance qui entraînait la Prusse, n'eurent point l'importance immédiate
qu'ils ont prise depuis. Si on les a discutés avec passion et retournés

1. L'épisode manque dans le procès-verbal publié par DROYSEN, *Yorck* (1852),
II, p. 304. — Dans la version donnée par GERWIEN, la proposition d'écarter les
pleins pouvoirs n'est point formulée. A l'observation que les pleins pouvoirs ne
sont pas nécessaires, « l'assemblée répond qu'elle ne craint pas la désapprobation du Roi puisqu'elle a l'assurance du général Yorck qu'il agit comme fidèle
sujet du roi et en son nom ». (GERWIEN), p. 12. — Le passage qui fait allusion à
l'incident est biffé dans le brouillon du rapport officiel dressé par Auerswald
sur la réunion des États. LEHMANN, *Knesebeck und Schön*, p. 212.
  Nous suivons une copie du procès-verbal, prise aux archives provinciales de
Königsberg, et un extrait de ce même procès-verbal trouvé dans les papiers de
VOIGT. LEHMANN, *Knesebeck und Schön*, p. 212. — Voir encore le texte publié,
Aus den Papieren SCHÖN's, VI, p. 84, — d'après une copie authentique, *Zu Schutz
und Trutz am Grabe Schön's*, p. 507. — Ces trois copies portent que la proposition fut faite d'écarter des actes les pleins pouvoirs de Stein. C'est la version
que nous avons suivie, c'est aussi celle que donne LEHMANN, d'après les deux
copies qu'il a eues sous les yeux. LEHMANN, *Knesebeck und Schön*, pp. 211, 212. —
Zu Schutz und Trutz am Grabe Schön's, pp. 505, 533, 535. — L'incident ne paraît
pas avoir de conclusion.
  DROYSEN affirme cependant que l'assemblée a résolu d'écarter les pleins pouvoirs; mais on ne voit pas sur quoi il se fonde. DROYSEN, *Yorck*, I, pp. 445, 446.
— Voir également (GERWIEN), p. 15.
  2. WITT, *Ueber den preussischen Landtag* (*Raumer's historisches Taschenbuch*,
1857), p. 613. — LEHMANN, *Knesebeck und Schön*, pp. 181, 212. — *Zu Schutz und Trutz
am Grabe Schön's*, p. 521. — Une copie, du moins, reste annexée aux procès-
verbaux; car l'original semble être resté entre les mains de Stein; c'est d'après
lui que PERTZ a sans doute publié son texte. PERTZ, *Stein*, III, p. 644. — Les
archives de Königsberg ont conservé une copie, d'ailleurs incorrecte, des pleins
pouvoirs. C'est une copie certifiée de cette copie qui est publiée *Aus den Papieren*
SCHÖN's, VI, p. 130. — *Zu Schutz und Trutz am Grabe Schön's*, p. 521.
  3. DROYSEN donne une impression juste, lorsqu'il écrit : « On se rendait à
l'appel russe; l'on n'en était que plus tenu de savoir agir dans le véritable
esprit prussien. » DROYSEN, *Yorck*, I, p. 434. — GERWIEN dit avec moins de jus-
tesse : « L'assemblée sut faire front des deux côtés à la fois, contre amis et
ennemis. » (GERWIEN), p. 16.

en tous sens, c'est qu'ils portent avec eux une philosophie. Si nous nous y sommes arrêté, c'est pour y dégager, s'il est possible, quelques traits du génie national, l'absence de toute participation populaire dans la direction du mouvement, cette direction réservée à un petit nombre de propriétaires fonciers nobles et de fonctionnaires, le contraste du formalisme le plus timide dans un mouvement passionné, de subtilités casuistiques dans une action vigoureuse, et, surtout, ce trait dominant, d'un enthousiasme retenu qui ne se laisse point emporter par la logique des intentions, comme l'enthousiasme français, jusqu'au terme de ses idées, et qui ne craint point, pour satisfaire aux scrupules du formalisme, de contredire, dans les formes de ses manifestations, le principe même de son action.

CHAPITRE X

LA LANDWEHR DES PROVINCES ORIENTALES

C'est dans les premières semaines de 1813 que s'est forgée, presque en quelques heures, sous la pression toute-puissante des événements, la constitution militaire qu'avaient préparée, pour la Prusse moderne, les courants intellectuels du xviii° siècle, l'histoire entière de l'État prussien, et les crises récentes qu'il venait de traverser.

La transformation de l'armée prussienne en 1813 n'a pas seulement laissé, dans les institutions militaires, des traces durables; c'est par là que la Prusse a contribué, pour une large part, à imprimer sa marque au siècle qui se termine. La guerre d'indépendance a créé, en Prusse, un organisme original, parfaitement adapté au milieu social où il s'était formé [1], et portant déjà avec lui les garanties de sa durée et de son développement. La Prusse est demeurée fidèle, à travers tout le xix° siècle, au moins sur ce point, aux idées directrices qui avaient fait son salut et sa résurrection. Elle a réussi par là non seulement à affermir les bases de sa puissance future, mais à imposer partout, et jusque sur le sol de la France révolutionnaire, l'imitation des institutions qu'elle avait créées.

Nous avons indiqué ailleurs [2] les courants intellectuels qui avaient préparé la réforme militaire en Prusse, et dominé ou partagé, jusqu'en 1808, les réformateurs eux-mêmes. La vieille constitution militaire de la Prusse [3], celle qui datait du grand Électeur, de Frédéric-Guillaume Ier [4], de Frédéric II, avait suscité des réactions d'origine diverse, mais tendant au même but. L'esprit philosophique et le développement humanitaire du xviii° siècle, avaient créé un courant de protestation contre les rigueurs du militarisme prussien, un courant d' « anticaporalisme » prononcé. Puis, les vieilles armées de mercenaires, condamnées par les progrès de l'esprit philosophique, l'avaient été mieux encore par le succès des armées révolutionnaires. Enfin, les revers de l'État prussien, ses humiliations, l'affaissement de la nationalité allemande, rendaient palpable, depuis 1806, la nécessité d'une force militaire puissamment organisée, d'une reconstitution nationale, dont la puissance militaire était la condition indispensable. Ç'avait été la raison d'être de la Prusse d'incorporer, au sein de l'Allemagne, l'idée de l'État moderne, l'idée d'un État forte-

1. LEHMANN, *Knesebeck und Schön*, p. 284.
2. TOME I, p. 395.
3. Voir, sur son développement, LEHMANN, *Knesebeck und Schön*, p. 286.
4. Voir l'idée du service obligatoire sous Frédéric-Guillaume Ier, TOME I, p. 393. — LEHMANN, *Knesebeck und Schon*, p. 285. — Voir Scharnhorst, en 1810, sur les origines du service obligatoire en Prusse, *ibid.*, p. 285.

ment outillé pour l'accomplissement des fins sociales, pour la première de toutes, pour la défense de la sécurité et de la grandeur nationale. Les mêmes causes profondes qui avaient fait surgir l'État prussien, au sein de l'Allemagne morcelée du XVIIIᵉ siècle, le poussaient à forger, pour l'Allemagne asservie de 1812, l'instrument de sa libération prochaine. Et les événements qui s'étaient accomplis depuis vingt ans marquaient à la Prusse la voie où elle pouvait rencontrer ce qu'elle cherchait.

L'expansion, l'exemple et l'influence de la Révolution française, en révélant des sources nouvelles de force nationale et d'énergie populaire, portaient à demander ce développement de puissance à l'extension, à la nationalisation du service militaire. Nous avons montré, chez les patriotes prussiens, l'admiration des armées révolutionnaires [1]. L'exemple des insurrections européennes a eu aussi, sur l'esprit de l'Europe anti-napoléonienne, une influence décisive [2]. Les guerres de Vendée, l'insurrection tyrolienne, l'insurrection espagnole surtout, qui mettait en échec, d'une façon permanente, l'invincibilité de Napoléon, ont exercé une action morale considérable, en prouvant la force du sentiment national, lorsqu'il était poussé jusqu'à l'abnégation du sacrifice. L'admiration enthousiaste de Gneisenau, de Clausewitz, de Stein, pour les Vendéens, les Tyroliens et les Espagnols [3], allaient jusqu'à l'imitation servile des procédés. Ainsi, tout ce qui s'était passé depuis vingt ans, les succès militaires de la Révolution, les résistances qu'elle avait rencontrées, celles qui arrêtaient Napoléon, tout démontrait qu'il faudrait désormais chercher la puissance militaire au cœur des nations. Et l'on voyait peu à peu se répandre et prévaloir l'idée du service national, généralisé, obligatoire.

Mais, dès l'origine, apparurent deux courants très distincts.

Les armées de métier, avec leur formalisme étroit, étaient condamnées. Les armées vraiment fortes n'étaient point celles qu'on cherchait à entraîner par de longues habitudes; mais celles que portait la vigueur d'un sentiment national. Et, cependant, l'on ne pou-

---

1. PERTZ, *Das Leben des Feldmarschalls Grafen Neithardt von Gneisenau*, I, p. 301. — LEHMANN, *Scharnhorst*, II, p. 290. — TOME I, p. 406.
2. LEHMANN, *Knesebeck und Schön*, p. 268. — PERTZ, *Gneisenau*, III, p. 130. — ARNDT, *Schriften an und für seine lieben Deutschen*, I, pp. 291, 301.
3. PERTZ, *Gneisenau*, II, p. 45; III, pp. 654, 662, 668. Mémoires de Gneisenau et de Clausewitz.

vait contester qu'il ne fût nécessaire de faire, dans les luttes armées, une place à l'instruction et à l'éducation militaires. Quelle part allait-on réserver à chacun de ces éléments, à la vigueur spontanée des sentiments nationaux, à l'éducation spéciale du métier? Que seraient les nouvelles armées? Allait-on incorporer la nation dans les cadres de l'armée, ou dissoudre l'armée dans la nation? On généralisait les charges militaires. Mais dans quelle mesure perdraient-elles, en se généralisant, de leur rigueur et de leur précision?

On voit apparaître les tendances, sur quelques points tout à fait contradictoires, qui aboutissaient en somme, par des chemins divers, à la même conclusion, au même terme d'évolution, à l'établissement du service obligatoire généralisé [1]. Elles ont créé, par leurs contradictions mêmes, une équivoque qui n'a cessé de peser jusqu'à nos jours, à travers toutes les crises militaires du xixe siècle, sur la notion du service obligatoire [2]. Tandis que les uns y voient la généralisation du service militaire, la conception claire du devoir militaire agrandie, étendue à tous, d'autres y cherchent au contraire l'allégement des charges par leur extension même, la brèche faite au système des armées de métier, des vieilles armées permanentes [3].

La plupart des organismes sociaux ne se fondent et ne durent qu'en opérant, dans la réalité, la conciliation des théories contradictoires qui partagent l'esprit des hommes; c'est ainsi que le service obligatoire généralisé rapproche, dans une sorte de transaction commune, les admirateurs et les détracteurs de l'esprit militaire. Mais les tendances contraires qu'il a conciliées se livrent encore, dans les discussions que suscite son mode d'application, les plus rudes combats. Et la contradiction intime de ces tendances laisse planer sur l'institution elle-même une sorte d'équivoque permanente.

Nous savons à quels résultats avaient abouti les premières tenta-

---

1. Voir particulièrement le rapport à l'appui du projet du 4 février 1810. LEHMANN, *Knesebeck und Schön*, p. 267. — Voir encore, *ibid.*, p. 280, Scharnhorst le 1er mai et le 17 nov. 1810. — Voir ROTTECK, les Landwehrs autrichiennes, *ibid.*, p. 283.

2. Cette équivoque se retrouve chez Schön, qui envisage la fusion de l'armée régulière et de la milice, tantôt comme un moyen de nationaliser l'armée régulière, tantôt comme une manifestation de l'esprit militaire qui veut enrégimenter la milice. LEHMANN, *Knesebeck und Schön*, p. 252, — et chez le représentant du constitutionnalisme libéral en Allemagne, Rotteck. v. ROTTECK, *Ueber stehende Heere und National-miliz*, p. 132. — LEHMANN, *Knesebeck und Schön*, p. 275. — Voir encore, *ibid.*, p. 282.

3. Voir les tendances de Rotteck, LEHMANN, *Knesebeck und Schön*, p. 283.

tives entreprises, au lendemain du traité de Tilsit, par Scharnhorst,
pour reconstituer la puissance militaire de la Prusse. Sauf sur le
point décisif du recrutement de l'armée, il avait, presque partout,
rajeuni les institutions militaires de la Prusse et son personnel [1]. Il
avait, progressivement, préparé des réserves à l'armée réduite que le
traité de Tilsit laissait à la Prusse, soit en faisant rapidement passer
sous les drapeaux, pour les renvoyer au bout de quelques mois dans
leurs foyers, soit même en faisant exercer sommairement dans les
cantons, un certain nombre d'hommes astreints au service. Il s'était
ainsi réservé la possibilité de doubler rapidement le petit effectif de
paix que la Prusse s'était engagée à ne pas dépasser. Et, tandis que
le roi rejetait les projets des réformateurs qui lui demandaient
d'édicter le service obligatoire, les rigueurs du traité de Tilsit et la
nécessité de les tourner conduisaient insensiblement à l'application
pratique d'un service plus généralisé et plus réduit.

Mais ce premier résultat, quelle qu'en dût être l'importance pratique, apparaissait aux réformateurs prussiens comme un expédient.
Les questions fondamentales du recrutement de l'armée et de sa
constitution sociale les préoccupaient incessamment. Dès 1807,
Scharnhorst avait eu d'autres projets [2]. Le 31 août 1807 [3], à Memel,

1. Voir l'appréciation des résultats obtenus, dans le mémoire de Clausewitz,
écrit cependant au moment où les patriotes sont le plus découragés. PERTZ,
Gneisenau, III, pp. 636-646.
2. Voir l'énumération complète des projets auxquels Scharnhorst a participé,
LEHMANN, *Stein, Scharnhorst und Schön*, p. 80. — Voir sur les projets anciens,
sur le projet de milice qui s'exécute en 1803, LEHMANN, *Knesebeck und Schön*, p. 287.
— Voir, sur un projet d'octobre 1806, de Dohna (mort en 1810, le père d'Alexandre
Dohna) et du duc de Holstein, membre du *Tugendbund*, lettre de Schön à Gottschalk, *Neue Preussische provinzialblätter*, V, I, — LEHMANN, *Knesebeck und Schön*,
pp. 232, 234. — Voir particulièrement sur les projets d'armée nationale, au lendemain d'Iéna et sur la résistance des États de la Prusse orientale, les documents publiés par DROYSEN, *Das Leben des Feldmarschalls Grafen Yorck von
Wartenburg*, II (1852), pp. 277 et suiv. — LEHMANN, *Knesebeck und Schön*, pp. 234,
241. — Voir, sur un projet élaboré par Scharnhorst dès 1806, *ibid.*, pp. 249-345.
3. LEHMANN, *Knesebeck und Schön*, p. 232. — (SCHERBENING) *Die Reorganisation
der preuss. Armee nach dem Tilsiter Frieden*, I, p. 76. (*Beiheft zum Militair-
Wochenblatt, 1854-1856.*) — Voir les notes de Stein, de Schön et de Gneisenau
sur le projet d'armée de réserve du 31 août 1807, (GERWIEN), *Errichtung der
Landwehr und des Landsturms in Ostpreuszen im Jahre 1813 (Beiheft zum Militair-
Wochenblatt*, 1846), p. 68. — Les travaux de Scharnhorst, à cette époque, sont :
un mémoire du 31 juillet (SCHERBENING), I, p. 76, — un projet d'armée de
réserve, du 31 août, *ibid.*, I, p. 82, — puis, un projet de la main de Scharnhorst,
dit projet provisoire pour la *constitution de troupes provinciales* rédigé à la
suite des travaux de la commission, *ibid.*, I, p. 88. — (GERWIEN), p. 62. — LEHMANN,
Knesebeck und Schön, p. 239. — Voir, sur les projets de 1807, TOME I, p. 396. —
(GERWIEN), pp. 8, 9.

il avait présenté au roi un projet provisoire d'armée de réserve, un peu plus tard un projet provisoire pour la constitution de troupes provinciales [1]. Il se proposait alors de créer, derrière l'armée permanente, une seconde armée destinée, soit à maintenir l'ordre, soit même à coopérer à la défense du pays [2], mais entièrement distincte de la première. Les troupes provinciales devaient être formées d'hommes n'ayant point passé par les rangs de l'armée permanente. Elles se recrutaient dans les classes aisées de la population, parmi les hommes assez riches pour s'équiper eux-mêmes à leurs frais [3]. Ainsi, une armée permanente puisant ses éléments dans la portion la plus misérable de la société, des troupes provinciales dont l'accès était réservé comme un privilège aux classes aisées, telle était, en 1807, la conception fort peu égalitaire [4] de Scharnhorst.

1. Voir le texte du second projet, (GERWIEN), pp. 62-67. — Voir particulièrement le préambule, *ibid.*, pp. 62-64. — C'est vraisemblablement à ce projet que font allusion les pleins pouvoirs russes de Stein. Voir, sur le caractère de ce projet, DROYSEN, *Yorck*, I, p. 435. — Voir, sur la participation de Stein aux projets de 1807-1808, (GERWIEN), pp. 9, 62, 67. — Les pleins pouvoirs russes de Stein font allusion à un projet « approuvé en 1808 » par le roi, *ibid.*, p. 8. — Les États, dans leur séance du 7, font allusion à un projet « approuvé durant la précédente guerre ». Procès-verbal de la séance du 7. DROYSEN, *Yorck*, II (1852), p. 302, — et DROYSEN écrit qu'ils ont voulu parler des projets de 1811. DROYSEN, *Yorck*, I, p. 443. — LEHMANN, *Knesebeck und Schön*, pp. 231, 244. — Dans sa lettre du 21 déc. 1812 à Schön, Stein dit : « Pour les armements, on pourrait rétablir les dispositions que Scharnhorst a prises en 1810-1811. » *Aus den Papieren des Ministers und Burggrafen von Marienburg* THEODOR VON SCHÖN, VI, p. 61.

2. Voir la critique de Schön sur ce point, dans la lettre à Gottschalk. LEHMANN, *Knesebeck und Schön*, pp. 245, 246, 248, 249. — *Aus den Papieren* SCHÖN's, IV, p. 600. — Voir ses observations, du 4 déc. 1807, sur le projet de 1807. (GERWIEN), p. 68. — (SCHERBENING), I, p. 96.

3. DROYSEN met en lumière ce côté saillant du projet. DROYSEN, *Yorck*, I, p. 436. — Voir les observations de Schön, dans la lettre à Gottschalk, sur ce projet, et ses efforts peu concluants pour démontrer que ce n'était point un projet d'armée nationale, mais seulement un projet de constitution de forces de police intérieure. LEHMANN, *Knesebeck und Schön*, pp. 245, 254. — (GERWIEN), pp. 62-64. — (SCHERBENING), I, p. 195. — Il est bien établi, par le préambule du projet provisoire de 1807, que c'était pour tromper Napoléon que l'on donnait à la milice l'aspect d'une force de police intérieure. (GERWIEN), p. 64.

4. Sur ce point, la critique de Schön, dans la lettre à Gottschalk, porte. LEHMANN, *Knesebeck und Schön*, p. 245, — *Preussische Provinzial-Blätter*, 1848, V. — *Zu Schutz und Trutz am Grabe Schön's, von einem Ostpreussen*, p. 546. — Il faut consulter les notes sommaires de Stein, de Schön et de Gneisenau sur le projet d'armée de réserve. Elles sont capitales pour l'histoire des idées des réformateurs prussiens. Tous trois affirment le principe du service obligatoire. Tous trois excluent le remplacement. Schön seul accuse des tendances démocratiques en protestant contre les dispositions qui réservent le service de l'armée permanente aux citoyens trop misérables pour s'équiper eux-mêmes. (GERWIEN), p. 68. — Voir sur le projet de 1807, Boyen en 1819. LEHMANN, *Knesebeck und Schön*, pp. 244-254.

A la fin de 1808, Scharnhorst avait de nouveau proposé au roi la création d'une *garde nationale* [1], qui rappelait assez fidèlement les troupes provinciales de son projet de 1807.

En 1809, dans l'agitation qui suivit la bataille d'Essling, au cours de la crise nationale dont le contre-coup ébranla la Prusse, de nouveaux projets furent élaborés pour la réorganisation de l'armée prussienne [2]. Tandis qu'une commission d'armement préparait les mesures destinées à développer l'armée permanente, le roi avait constitué, le 6 juin 1809, une commission de réorganisation dont Scharnhorst, Boyen et Schön [3] faisaient partie. Cette commission avait soumis au roi, dès le 1er juillet 1809, un projet assez semblable à ceux de 1807 et de 1808 [4]. Derrière l'armée permanente et les réserves destinées à la compléter, la milice devait englober tous les citoyens sans

---

1. *Aus den Papieren* Schön's, IV, p. 570. — Ce projet, que Schön a connu, contredit son affirmation que Scharnhorst n'est jamais revenu à ses projets de 1807. Lehmann, *Knesebeck und Schön*, p. 259. — (Scherbening), I, p. 319. — Voir le préambule du projet de 1807, (Gerwien), pp. 62-64. — Voir le rapprochement du projet de 1808 et de celui de 1807. Lehmann, *Knesebeck und Schön*, p. 255.

2. Il existe quelque confusion dans l'histoire des projets de 1809 et de 1810. Deux commissions ont fonctionné :

1° En 1809, une commission d'armement. Lehmann en indique les travaux. Lehmann, *Knesebeck und Schön*, p. 260. — Il signale et analyse, au sujet de ces travaux, deux documents inédits, un rapport du 27 juin 1809, et un rapport de Scharnhorst, du 15 juillet 1809, *ibid.*, pp. 260, 261. — Il indique la similitude des mesures projetées alors pour le développement de l'armée permanente avec celles réalisées en 1813. — Voir encore Lehmann, *Scharnhorst*, II, pp. 288, 289. — Il s'agit surtout du développement de l'armée permanente; on n'a que quelques indications de Scharnhorst au sujet de la milice. Lehmann, *Knesebeck und Schön*, p. 260. — Le rapport de la commission d'armement sur la milice, que Scharnhorst mentionne dans son rapport du 15, ne s'est pas retrouvé. Lehmann, *Scharnhorst*, II, p. 292, note 4. — Boyen fait allusion à un projet de milice élaboré par Scharnhorst lui-même, en 1809, qui est également perdu. Boyen, *Beiträge zur Kenntnisz des Generals Scharnhorst*, p. 34. — Lehmann, *Scharnhorst*, II, p. 394, note 4.

2° Une autre commission a fonctionné en 1809; c'est la commission de réorganisation ou de conscription, instituée le 6 juin 1809. Lehmann, *Knesebeck und Schön*, p. 261. — (Willisen), *Die Reorganisation der preuss. Armee nach dem Tilsiter Frieden*, II, p. 107 (*Beiheft zum Militair-Wochenblatt*, *1865-1866*). — Chapitre I, p. 23. — Elle paraît avoir présenté de premières propositions, le 1er juillet 1809. Lehmann, *Scharnhorst*, II, 290. — Le projet de loi qu'elle a préparé n'est point conservé. Lehmann analyse cependant ses propositions, vraisemblablement d'après un rapport, *ibid.*, p. II, 290. — Elle a continué ses travaux et a abouti finalement au projet du 5 février 1810. Voir (Willisen), II, p. 107. — Lehmann, *Knesebeck und Schön*, pp. 261, 274. — Voir encore les mémoires de Scharnhorst, des 28 janvier, 16 juillet, 22 novembre 1810. Lehmann, *Scharnhorst*, II, p. 394. — Lehmann, *Historische Zeitschrift*, LVIII, pp. 64 à 105.

3. Schön n'y demeure qu'un temps. (Scherbening), II, p. 107. — Lehmann, *Knesebeck und Schön*, p. 261.

4. Voir l'analyse du projet. Lehmann, *Scharnhorst*, II, p. 290.

exception, sans faculté de remplacement. Mais, ici encore, le projet, dont le préambule invoquait cependant l'exemple des lois militaires de la Révolution [1], séparait la société en deux catégories : les citoyens assez aisés pour servir dans les bataillons de volontaires, et le reste, versé dans la milice proprement dite [2]. Ce projet avait été rejeté; mais la commission avait, quelques mois plus tard, renouvelé ses propositions, et conclu de nouveau à l'établissement du service obligatoire généralisé [3].

En 1811, lorsque l'imminence de la guerre de Russie plaça la Prusse dans l'alternative d'une alliance avec la France ou d'une aventure désespérée, les patriotes avaient préparé de nouveaux projets [4], qui portaient la trace de ce que la situation avait, à cette heure, de plus tendu et de plus dramatique [5]. Cette fois Scharnhorst n'était plus là. Il avait quitté Berlin, en juillet, pour accomplir les missions secrètes qui lui avaient été confiées. Il laissa à d'autres [6]

1. LEHMANN, Scharnhorst, II, p. 290.

2. LEHMANN, Scharnhorst, II, p. 292.

3. Le 5 février 1810; voir le texte de ces propositions. (WILLISEN), II, p. 107. — Voir la discussion qui s'élève, dans l'élaboration du projet, au sujet du remplacement. Le rapport final de la commission rejette le remplacement, au nom de la noblesse pauvre, qui se trouverait ainsi sacrifiée au paysan et à l'industriel enrichis, ibid., II, p. 109. — LEHMANN, Knesebeck und Schön, p. 274. — Altenstein défend au contraire l'idée du remplacement au nom des classes cultivées et de l'aristocratie, ibid., p. 275. — (WILLISEN), II, p. 110. — Alexandre Dohna, en 1810, accepte le service obligatoire, mais pour la milice seulement, LEHMANN, Knesebeck und Schön, p. 277. — Voir la commission de 1810 contre le remplacement, ibid., p. 279, — et un débat assez peu clair entre Scharnhorst et Dohna, sur le système des milices anglaises, ibid., p. 279.

4. Voir, sur la question de savoir si Schön a préparé, en 1811, un projet de Landwehr de concert avec Yorck et contre l'opposition de Scharnhorst, la lettre de Droysen à Schön, Aus den Papieren SCHÖN's, I, Selbstbiographie, p. 66; I, p. 135; IV, pp. 569, 592, 596; VI, p. 49. — Schön à Droysen, le 16 mars 1850, ibid., IV, p. 595. — Zu Schutz und Trutz am Grabe Schön's, p. 573. — Voir la lettre de Stein à Schön, du 21 déc. 1812. « Il faudrait aussitôt rétablir les dispositions prises par Scharnhorst en 1810-1811 », Aus den Papieren SCHÖN's, VI, p. 61. — Voir LEHMANN, Knesebeck und Schön, p. 229. — DROYSEN, Yorck, I, pp. 225, 436. — Schön à Gottschalk. Neue preussische Provinzial-blätter, V, 1. — WITT, Ueber den preussischen Landtag, (Raumer's Historisches Taschenbuch, 1857), p. 545. — « Lauter Fiktionen », dit LEHMANN, Knesebeck und Schön, p. 230. Il semble indiquer qu'il s'agit du projet de Gneisenau qu'on a pris à tort pour un projet d'Yorck et de Schön. — Voir encore Zu Schutz und Trutz am Grabe Schön's, p. 576. — Voir sur l'entrevue de Schön et de Scharnhorst, le 19 août 1811, ibid., p. 577. — KLIPPEL, Das Leben des Generals von Scharnhorst, III, p. 60. — Sur l'entrevue de Yorck et de Schön: DROYSEN, Yorck, I, p. 225, — ibid., I (1851), p. 520. — Zu Schutz und Trutz am Grabe Schön's, p. 579. — LEHMANN, Stein, Scharnhorst und Schön, p. 78.

5. LEHMANN, Knesebeck und Schön, p. 262.

6. Voir cependant sa participation d'après LEHMANN, Knesebeck und Schön, p. 230, — et LEHMANN, Scharnhorst, II, p. 394.

le soin de tracer le programme des mesures militaires par lesquelles
la Prusse pouvait tenter, si elle se séparait de la France, de sauvegarder son indépendance. Ce programme, qui était plutôt celui
d'une insurrection populaire que d'une réorganisation militaire [1], a
été exposé dans deux documents demeurés classiques et où le
patriotisme guerrier des Prussiens aime à rechercher ses premiers
titres : le mémoire présenté au roi par Gneisenau, le 8 août 1811,
et intitulé « Plan pour la préparation d'une insurrection populaire »,
et le mémoire que Clausewitz rédigea pour les patriotes, en février
1812, à la veille de l'alliance française [2].

· L'imminence certaine de graves événements, l'irritation contenue
d'une subordination forcée au service de l'ennemi, l'imagination
allemande doublée du romantisme de l'époque, avaient conduit, à
cette date, les conceptions des chefs militaires jusqu'à de singulières
extrémités.

La milice de Gneisenau [3], comme celle des projets de Scharnhorst [4],
ne comporte pas d'exemptions ni de remplacement; elle élit ses
officiers et ne sort pas de la province. Elle est à peine organisée;
elle l'est si peu qu'elle semble se confondre avec la levée en masse
que Gneisenau prévoit derrière elle [5]. L'esprit de Gneisenau est
visiblement dominé par l'exemple de l'insurrection espagnole [6]. Tout

1. LEHMANN défend le projet contre ce reproche. LEHMANN, *Knesebeck und
Schön*, pp. 230, 268. — PERTZ, *Gneisenau*, III, p. 130. — Voir Gneisenau. « Ce
sera une insurrection (levée en masse), ou un armement partiel (Landwehr
ou milice). La seconde est moins difficile à exécuter; la première est plus puissante », *ibid.*, II, p. 116.

2. Voir le texte du mémoire de Clausewitz. PERTZ, *Gneisenau*, III, p. 261.

3. Voir le texte du mémoire. PERTZ, *Gneisenau*, II, p. 112. — Voir ci-dessus, CHA-
PITRE V, p. 144. — DROYSEN, *Yorck*, I, p. 437. — Sur la participation de Scharnhorst
à l'élaboration des projets de Gneisenau, voir CHAPITRE V, p. 144. — (HORMAYR),
Lebensbilder aus dem Befreiungskriege, II, p. 280. — PERTZ, *Gneisenau*, II, p. 263,
avec une erreur de date. — LEHMANN, *Knesebeck und Schön*, p. 363. — DUNCKER,
*Abhandlungen zur preussischen Geschichte. Preuszen während der französischen
Okkupation*, p. 370.

4. Voir le rapprochement des projets, LEHMANN, *Knesebeck und Schön*,
p. 263.

· 5. PERTZ, *Gneisenau*, II, pp. 116, 117, 118, 120, 132, 139. — Le mémoire est intitulé : Plan pour la préparation d'une insurrection populaire, *ibid.*, II, p. 112, —
et, à côté du mot : insurrection populaire, le roi écrit : « Cette lutte désespérée
que l'on veut préparer [*der (seyn sollende) Kampf der Verzweiflung*], vaut en
tout cas mieux et est plus honorable qu'une soumission volontaire », *ibid.*, II,
p. 112.

· 6. Voir à quel point l'exemple de l'Espagne revient constamment à l'esprit
des patriotes, PERTZ, *Gneisenau*, II, p. 112, — et la Vendée dans le mémoire de
Clausewitz, *ibid.*, III, pp. 654, 662.

semble abandonné à la vigueur des initiatives individuelles, presque sans apparence d'organisation régulière [1].

Le mémoire, rédigé par Clausewitz un peu plus tard [2] et qui fut comme une sorte de profession de foi des patriotes prussiens, du parti militaire tout au moins [3], est d'un romantisme moins exubérant que le mémoire de Gneisenau [4]. On y rencontre plus de clarté et plus de méthode. Dans la troisième partie de ce mémoire, consacrée aux mesures militaires, Clausewitz met au premier plan l'armée permanente, portée à 200 000 hommes [5] par l'adjonction de ses réserves. C'est derrière cette armée considérable, et qui excédait de beaucoup les ressources de la Prusse en hommes exercés, qu'il prévoit l'insurrection nationale [6], la Landsturm, entièrement distincte de l'armée permanente.

Il est curieux de noter à quel point ces chefs militaires ont d'éloignement, on pourrait dire de mépris, pour la conception mesquine qui n'imagine point de force militaire en dehors d'une organisation minutieusement, étroitement et longuement préparée, et qui néglige les ressources vives de la nation. Gneisenau n'a-t-il pas été, en 1807, jusqu'à condamner les armées permanentes? « On se plaint », écrivait-il alors, « de l'énervement et de la démoralisation des peuples. Rien n'y a plus contribué que les armées permanentes qui ont tué l'esprit national et l'esprit militaire. Elles sont une force plus ima-

1. Le roi écrit en marge : « L'exécution de ce plan et le chaos ce sera tout un ». Pertz, *Gneisenau*, II, pp. 114, 132, — et Gneisenau répond : « L'exécution sera plutôt tumultuaire que chaotique », *ibid.*, II, p. 115. — Gneisenau appelle lui-même sa milice une insurrection, *ibid.*, II, p. 123. — « Le désordre est organisé pour gêner l'ennemi », *ibid.*, II, p. 132. — Chaque village se choisit un chef, *ibid.*, II, p. 133.
2. Pertz, *Gneisenau*, III, p. 653. — Voir, sur le projet de Clausewitz, Droysen, *Yorck*, I, p. 437.
3. Pertz, *Gneisenau*, III, p. 624.
4. Dans la partie générale et rétrospective du programme, les mesures proposées sont : « la formation d'une milice *générale* et le service de deux ou trois ans, qui, si on l'avait adopté en temps utile, aurait pu donner, en 1811, 150 000 hommes exercés ». Pertz, *Gneisenau*, III, p. 635.
5. Il dit 100 000 hommes, que l'on peut, avec quelque effort, porter à 150 000. Pertz, *Gneisenau*, III, p. 147; — plus loin il dit : 200 000 hommes, *ibid.*, III, p. 652. — Il suppose qu'on en extraira une armée de campagne de 80 000 hommes, *ibid.*, III, p. 653.
6. Il est à noter que, dans son programme, Clausewitz supprime la Landwehr qui forme dans les autres projets un moyen terme entre l'armée régulière et la Landsturm. Pertz, *Gneisenau*, III, p. 653. — Il se montre, en parlant de la Landsturm, moins confiant que Gneisenau, et déclare qu'elle ne pourra pas produire les mêmes effets qu'une armée permanente, *ibid.*, III, p. 654.

ginaire que réelle [1]. » Et, cependant, les préoccupations et le tour
d'esprit de l'homme de métier se trahissent malgré tout. Rien n'égale
la hardiesse avec laquelle les patriotes prussiens font appel à l'insurrection nationale, si ce n'est le soin rigoureux avec lequel ils séparent
l'armée permanente de l'insurrection nationale [2]. C'est bien là le
trait dominant de tous les projets élaborés par les chefs militaires
de 1806 à 1813 ; c'est la séparation absolue [3] qui s'établit dans
leur esprit entre l'armée permanente, complétée par les réserves
que Scharnhorst lui a préparées, et cette autre armée, milice,
Landwehr, troupes provinciales, garde nationale, ou de quelque
autre nom qu'ils l'appellent, dans l'organisation de laquelle leur
imagination se donne carrière [4].

1. Pertz, *Gneisenau*, I, p. 320. — Voir cependant la persistance avec laquelle
Schön accuse Scharnhorst de n'avoir que de l'éloignement pour les armées
nationales. *Aus den Papieren* Schön's, I, *Selbstbiographie*, p. 67; IV, pp. 568, 592.
— Lettre de Schön à Droysen du 16 mars 1850, *ibid.*, IV, p. 596, — *ibid.*, IV,
p. 602. — Lettre de Schön à Dohna, en 1821. *Zu Schutz und Trutz am Grabe
Schön's*, p. 555. — Voir Scharnhorst dans son projet de 1807. (Gerwien), p. 62. —
Lehmann, *Knesebeck und Schön*, p. 247. — Voir, en 1833, la protestation de Beyme
contre le terme de *Linien-soldat* appliqué par Schön à Scharnhorst. Beyme à
Schön, 21 mai 1833, *ibid.*, p. 345. — Voir Clausewitz, dans son mémoire de
1812 : « Ce serait un culte ridicule pour le sabre, la cartouchière et la basse
tactique que d'admettre que l'insurrection nationale n'écraserait pas l'ennemi
sous ses masses décuples. » Pertz, *Gneisenau*, III, p. 655. — Voir encore, en
avril 1813, Scharnhorst et Gneisenau : « Il serait dangereux de ne confier la
défense du roi et de l'indépendance nationale qu'aux armées permanentes »,
ibid., III, p. 131. — Voir Boyen en 1836. *Erinnerungen aus dem Leben des
General-Feldmarschalls* Hermann von Boyen, II, p. 274.

2. Voir le débat, sur ce point, entre Schön et Scharnhorst. Lehmann, *Knesebeck
und Schön*, p. 229. — Droysen, *Yorck*, I, p. 223. — Voir Scharnhorst dans son
projet de 1807. (Gerwien), p. 32. — Lehmann, *Knesebeck und Schön*, p. 247. — Voir
Gneisenau dans son projet de 1811. Pertz, *Gneisenau*, II, p. 125.

3. Voir la critique de Schön sur ce point, le 4 décembre 1807, (Gerwien), p. 68, —
et la contradiction où il tombe avec lui-même. La fusion des deux armées
pouvait, en effet, apparaître et apparaissait, tantôt comme la nationalisation de
l'armée permanente, tantôt comme l'absorption de l'armée nationale. On retrou-
verait les mêmes courants dans la Révolution française. Lehmann, *Knesebeck
und Schön*, p. 233. — Voir les réponses de Gneisenau aux observations de Schön,
du 4 décembre 1807. (Gerwien), p. 68.

4. Le roi écrit en marge du projet de Gneisenau : « Ce n'est que de la
poésie », et Gneisenau répond : « Qu'est-ce donc que le sentiment de fidélité
monarchique, sinon de la poésie? » Pertz, *Gneisenau*, II, p. 137. — Voir même
le projet de 1807, de Scharnhorst, qui est le moins romantique des chefs
militaires. (Gerwien), p. 62. — Lehmann, *Knesebeck und Schön*, p. 247. — Scharnhorst, dans tous ses projets, a conçu la milice comme plus organisée et plus
militarisée que ne le fait Gneisenau en 1811. Lehmann, *Stein, Scharnhorst und
Schön*, p. 80. — Mais Scharnhorst veut aussi la milice entièrement distincte de
l'armée régulière. — « Ce ne sont pas », dit Clausewitz en parlant de la Landsturm, « des fantômes de l'imagination. C'est exactement ainsi que les choses
se sont passées en Vendée. » Pertz, *Gneisenau*, III, p. 654. — Les patriotes

Ils veulent pour la Prusse et pour l'Allemagne, unie dans le sen
timent de sa nationalité, d'autres forces que la petite armée du traité
de Tilsit. Les leçons de la Révolution française, leurs propres défaites
leur ont appris que les armées puissantes se forment au cœur des
nations. Mais deux préjugés dominants les arrêtent encore et les
portent à juxtaposer, sans les confondre, l'armée permanente et
l'armée nationale. C'est la répugnance, l'horreur encore insurmontable qu'inspire, à la fin du xviii° siècle, le service militaire à l'Allemand cultivé [1]; c'est peut-être aussi, inconscient, et dissimulé dans
un recoin de leur pensée, le préjugé de métier. Et c'est ainsi qu'ils
arrivent à entrevoir, derrière l'ancienne armée permanente, en guise
de nationalisation du service militaire, la levée en masse [2], l'insurrection parée de toutes les couleurs que l'imagination du Nord peut
lui prêter, violente par toutes les rancunes qu'une oppression prolongée a amassées, romantique comme une conspiration, organisée
dans tous ses détails avec une sorte de puérilité [3].

Il faudrait toutefois se garder de croire que cette insurrection
soit, dans leurs projets, un hors-d'œuvre. Bien loin de là; et
c'est ce qui forme le trait original de leurs conceptions. Gneisenau
est tout près de placer l'insurrection nationale au premier plan [4].

admettent qu'au son des cloches toute la population s'arme et se soulève spontanément. Voir *ibid.*, III, pp. 655-658.

1. Tome I, p. 375. — *Aus den Papieren Schön's*, IV, p. 568. — Voir Scharnhorst
lui-même, dans son projet de 1807. (Gerwien), p. 61. — Lehmann, *Knesebeck
und Schön*, p. 247.

2. Voir déjà les projets de la Prusse orientale, en 1806. Droysen, *Yorck*, II
(1852), p. 227. — Lehmann, *Knesebeck und Schön*, p. 234. — Voir Scharnhorst sur
la levée en masse. Lehmann, *Scharnhorst*, I, pp. 337, 505; II, pp. 93, 187, 362.

3. Scharnhorst cependant, en 1807, s'efforce de donner à la levée en masse
quelque organisation militaire. (Gerwien), p. 62. — Lehmann, *Knesebeck und Schön*,
p. 247. — Voir le livre de Arndt, *Was bedeutet Landsturm und Landwehr?* — Voir
le plan de Gneisenau. L'insurrection populaire n'est préparée que dans la mesure
strictement nécessaire. Les chefs du mouvement ne se connaissent pas entre
eux. Pertz, *Gneisenau*, II, pp. 112, 113.

4. Gneisenau écrit dans son programme : « Une insurrection est moins facile
à vaincre qu'une armée en bataille rangée ». Pertz, *Gneisenau*, II, p. 123. —
Clausewitz met l'armée régulière plus au premier plan; mais il faut noter que
tout son mémoire est d'un ton un peu retenu et a pour but de prouver que
les patriotes ne sont pas des exaltés, *ibid.*, III, p. 652. — Il dit que « si la
Landsturm ne peut pas avoir l'action d'une armée permanente, elle assurera
cependant les résultats suivants...... », *ibid.*, III, p. 654. — Voir encore Gneisenau dans sa lettre du 20 août, Duncker, p. 370. — Pertz, *Gneisenau*, II,
p. 192. — Voir Boyen pour l'insurrection nationale, *Erinnerungen des Feldmarschalls* von Boyen, II, pp. 104, 130. — Röder à Boyen, *ibid.*, II, p. 434. — Bülow
contre l'insurrection nationale. Duncker, p. 370. — Ranke, *Denkwürdigkeiten des
Staats Kanzlers Fürsten von. Hardenberg*, IV, p. 274. — Voir Yorck pour l'in-

Tant est ancrée dans leur esprit la conviction que la domination napoléonienne ne peut être vaincue que par les forces déchaînées du sentiment national.

Souvenons-nous aussi que ces plans étaient conçus et nourris au temps de la toute-puissance napoléonienne, de l'occupation permanente, aux heures d'écrasement où la reconstitution d'une armée régulière de 200 000 hommes était pour la Prusse une impossibilité, où l'on ne pouvait songer, sans folie, à engager la petite armée du traité de Tilsit, avec ses 40 000 hommes, contre les masses débordantes de la Grande Armée. C'était par une sorte de nécessité que le patriotisme prussien, réduit aux extrémités [1], cherchait un dernier refuge à ses espérances, dans la description complaisante d'un effort violent et désordonné [2]. Il est bien vrai que le soulèvement national de 1813 devait réaliser quelques-unes de ces imaginations; mais, sous la forme qu'elles avaient prise en 1811 et en 1812, la part de l'illusion romantique y était encore trop large.

Après la destruction de la Grande Armée en Russie, la lutte prit un autre aspect. Elle apparut moins inégale et plus serrée. Les chances se faisant moins disproportionnées, il ne suffit plus au patriotisme prussien de chercher son dernier refuge d'indépendance dans la résistance négative des guérillas espagnoles. La lutte régulière des armées organisées ne sembla plus impossible. L'armée permanente et l'insurrection nationale, si soigneusement séparées dans les projets antérieurs, dans les mémoires de 1811 et de 1812, tendirent insensiblement à se rapprocher. Les circonstances nouvelles devaient nécessairement modifier, par degrés, le programme des patriotes et les procédés de résistance.

surrection nationale. Dnoysen, *Yorck*, I, pp. 209, 225, 229. — Gneisenau à Münster, Pertz, *Gneisenau*, II, p. 165. — *Jene grandiösen Pläne.* Treitscuke, *Deutsche Geschichte*, I, p. 388. — Voir encore, en avril 1813, le programme de Gneisenau et de Scharnhorst pour l'organisation de la Landsturm. Pertz, *Gneisenau*, II, p. 562; III, p. 138. — Voir l'incident caractéristique avec Scharnweber, *ibid.*, III, p. 684.

1. Voir la réponse de Gneisenau au roi qui reproche à son plan de n'être qu'un chaos. Gneisenau répond : « Nous n'avons pas le choix ». Pertz, *Gneisenau*, II, pp. 114, 115. — Voir *ibid.*, II, p. 125. — « Nous n'avons le choix qu'entre la soumission ou une résistance incomplète. La résolution doit sortir de la nécessité du salut, non de sa facilité », *ibid.*, III, p. 642. — Voir le débat entre Gneisenau et Scharnweber, *ibid.*, III, p. 686. — Boyen, *Beiträge zur Kenntniss des Generals Scharnhorst.*

2. La préoccupation de Gneisenau est de maintenir, pendant quelques années, l'indépendance par les luttes de l'insurrection populaire, jusqu'à ce que le salut puisse venir du dehors. Pertz, *Gneisenau*, II, p. 116.

D'ailleurs, les projets élaborés depuis 1806 avaient autant le caractère d'œuvres d'imagination que de documents législatifs. Ils n'avaient
eu aucune répercussion positive. Les lois qui régissaient le recrutement avaient été, depuis 1806, à peine modifiées [1]. Cette fois, en
1813, sur ces territoires orientaux qui, par le cours des événements,
formaient comme une petite patrie isolée dans la grande, on touchait
du doigt l'application imminente. Les projets de Landwehr de la
Prusse orientale se distinguent par là de ceux que les patriotes
avaient préparés quelques mois plus tôt. Ils ont marqué la première
étape dans la voie des réalisations.

Stein avait fait inscrire dans ses pleins pouvoirs, comme l'un des
objets essentiels de sa mission [2], l'organisation de la Landwehr et de
la Landsturm. Au milieu des difficultés que suscitait la convocation
des États, Stein n'avait point perdu cet objectif de vue [3]. Le soir
même de la première séance des États, dès le 5 février au soir, Yorck
présenta [4] à la commission qu'il avait fait désigner un projet complet
d'organisation de la Landwehr [5]. Ce plan avait été préparé avant la
convocation des États, dans les journées qui avaient précédé.

Il avait fait, dans les premiers jours de février, l'objet de conférences [6] entre Clausewitz et les deux frères d'Alexandre Dohna,

1. (WILLISEN), II, pp. 96 et suiv. — (FRANZECKY), *Die Formation der freiwilligen
Jäger-Detachements im Jahre 1813*, (*Beiheft zum Militair-Wochenblatt, 1845-1847*),
p. 451.
2. Voir cependant l'autobiographie. PERTZ, *Das Leben des Ministers Freiherrn
vom Stein*, VI, 2, *Beilagen*, p. 182.
3. D'après DROYSEN, tandis que Yorck s'occupera de l'armée permanente, Stein
charge de l'organisation de la Landwehr, l'autorité civile, notamment Alexandre
Dohna, DROYSEN, *Yorck*, I, p. 436. Mais cette vue ne correspond pas à la réalité.
4. Rapport d'Auerswald, du 13 février 1813. DROYSEN, *Yorck*, II (1852), p. 331
— DROYSEN, *Yorck* (1884), I, p. 442.
5. DROYSEN, *Yorck*, I, p. 442. — LEHMANN, *Knesebeck und Schön*, p. 214. — (GER-
WIEN), p. 14.
6. LEHMANN, *Knesebeck und Schön*, p. 215. — Le projet, élaboré à la demande de
Stein, par les officiers venus du service russe, par Clausewitz, serait passé de
lui à Frédéric Dohna et de celui-ci à Alexandre Dohna. Récit de Frédéric Dohna
dans (GERWIEN), p. 11. — Alexandre Dohna, dans sa lettre du 28 février 1820, à
Schön, fait un récit assez semblable : « Dans mes papiers », dit-il, « se trouvent
le premier plan, rédigé pour la formation de la Landwehr prussienne par le
général Clausewitz, après conférence avec mes frères Louis et Frédéric, — le
premier projet d'ordonnance que je dressai d'après cela, avec les corrections de
la main de Stein. Je vous ai soumis le tout dans la matinée en compagnie de
feu mon frère. On conféra sur ce projet avec Yorck et avec les États et beaucoup de modifications y furent apportées. » J. VOIGT, *Leben des Grafen von Dohna-*

Frédéric et Louis Dohna. Avant d'être porté aux États, le projet avait été revu par Alexandre Dohna, par Stein et par Schön. Matériellement, c'est Clausewitz qui l'a rédigé [1]. Il dut même le rédiger hâtivement [2]; car il fut obligé de quitter Königsberg, dès le 4 février [3], pour aller prendre part au siège et à l'occupation de Pillau que les Français [4] évacuèrent vers cette date. Il n'eut sans doute aucune peine à mettre au net des idées qui lui étaient familières. Le projet portait la trace de la hâte avec laquelle il avait été rédigé. Clausewitz y avait omis, par inadvertance, les dispositions relatives à la nomination des officiers [5].

La commission des États, saisie, dès le 5 au soir, du projet d'Yorck, en délibéra, dans la journée du 6 [6], et soumit ses résolutions aux États dans leur seconde séance du 7 février [7]. Les États approuvèrent le projet le même jour.

Ainsi l'assemblée se trouvait entraînée à commettre un nouvel empiétement sur la prérogative royale. Comment pourrait-elle concilier encore celui-là avec les apparences du loyalisme? Pour éviter de donner, à la convocation même des États, un caractère insurrectionnel, on avait eu recours aux pleins pouvoirs russes de Stein. Pour que le rôle de direction attribué à Yorck ne prît point l'aspect d'une usurpation sur l'autorité souveraine, on avait exhumé les pouvoirs éventuels de gouverneur général que Frédéric-Guillaume III

Schlobitten, p. 27. — (GERWIEN), p. 11. — *Aus den Papieren* SCHÖN's, VI, p. 443. — DROYSEN, *Yorck*, I, pp. 436, 438. — *Zu Schutz und Trutz am Grabe Schön's*, pp. 554, 560, 597. — LEHMANN, *Stein, Scharnhorst und Schön*, p. 73. — Quant aux modifications qui ont pu être proposées et acceptées dans ces conférences, elles résultent de la comparaison : 1° du texte du projet de Clausewitz. (GERWIEN), p. 70, — 2° des procès-verbaux du comité des États auquel Yorck a soumis le projet. LEHMANN, *Knesebeck und Schön*, p. 339, — 3° du texte définitivement adopté par les États. (GERWIEN), p. 73.

1. Voir le texte du projet rédigé par Clausewitz, d'après les papiers de Frédéric Dohna. (GERWIEN), p. 70. — DROYSEN assure que c'est sur l'insistance des Dohna que Clausewitz a rédigé le projet. DROYSEN, *Yorck*, I, p. 437. — (GERWIEN), p. 11. — DROYSEN dit : « il n'est pas douteux, mais il n'est pas prouvé que Yorck ait connu le projet de Dohna », DROYSEN, *Yorck*, I, p. 438. — *Aus den Papieren* SCHÖN's, IV, p. 600. — (GERWIEN), p. 11.

2. LEHMANN, *Knesebeck und Schön*, p. 215.

3. *Zu Schutz und Trutz am Grabe Schön's*, p. 650.

4. Il est le 6 devant Pillau. DROYSEN, *Yorck*, I, p. 438.

5. LEHMANN, *Knesebeck und Schön*, p. 215.

6. DROYSEN. *Yorck*, I, p. 443. — Voir les procès-verbaux de cette commission, retrouvés par LEHMANN dans les papiers de VOIGT. LEHMANN, *Knesebeck und Schön*, pp. 222, 338, — *Zu Schutz und Trutz am Grabe Schön's*, p. 567.

7. Procès-verbal de la séance du 7 février. DROYSEN, *Yorck*, II (1852), p. 302.

lui avait attribués à la fin de décembre 1812. Il s'agissait, cette fois, de faire œuvre d'initiative et de décision législatives pour l'ensemble des territoires évacués. Comment colorer ce nouvel acte révolutionnaire [1]? Les États n'avaient pour élaborer un projet d'organisation militaire aucun titre régulier. En leur soumettant un texte, Yorck avait substitué sa propre initiative à l'initiative du monarque. Il n'avait pour le faire aucune qualité. Dans la crise décisive que traversait la province, devant l'urgence pressante des décisions et des actes, il fallait même faire un pas de plus. Il ne suffisait pas de préparer et d'adopter un texte de loi. Il était indispensable de passer à l'exécution, sans attendre la sanction royale [2]. Et c'est ce qui fut fait [3].

Cependant, devant l'échec significatif que les faits infligeaient aux principes de la monarchie absolue, la casuistique des fonctionnaires prussiens voulut encore se persuader à elle-même qu'elle respectait les formes, rendre du moins au droit monarchique cette sorte d'hommage que l'hypocrisie rend à la vertu [4]. On décida de soumettre respectueusement au roi les résolutions des États, en les accompagnant d'une adresse. On lui ferait observer que, dans les conjonctures actuelles, il était impossible d'obtenir immédiatement la sanction royale, — que, d'autre part, le danger pressant ne permet-

1. Cela était d'autant plus difficile qu'on avait plus insisté précédemment sur le caractère purement officieux de la réunion, et sur l'objet très spécial de la mission : faire face aux besoins militaires des Russes. Voir particulièrement, à ce point de vue, le rapport du 30 janvier de la *Regierung* de la Prusse occidentale. LEHMANN, *Knesebeck und Schön*, p. 334. — Voir encore DROYSEN, *Yorck*, II (1852), p. 326 ; I (1884), p. 443. — *Zu Schutz und Trutz am Grabe Schön's*, p. 476. — Voir l'incident du 7; on repousse le projet du cercle de Tapiau, sous prétexte qu'on n'en peut adopter d'autre que celui de Yorck, parce qu'on sait que ce dernier est conforme à un projet précédemment adopté par le Roi. DROYSEN, *Yorck*, II (1852), p. 302. — *Erinnerungen des Feldmarschalls* VON BOYEN, II, p. 330. — *Zu Schutz und Trutz am Grabe Schön's*, p. 571, — *Aus den Papieren* SCHÖN's, VI, p. 98. — Il est encore à remarquer que, dans les procès-verbaux, on ne donne pas aux délibérations des États la forme de résolutions. Voir les procès-verbaux et DROYSEN, *Yorck*, I, p. 443. — Les scrupules venaient aussi du caractère des projets : l'armement populaire; voir Schön et Schlieben. *Aus den Papieren* SCHÖN's, VI, p. 54.
2. Voir les tentatives pour excuser et couvrir ce nouvel empiétement, dans le procès-verbal de la séance du 7 février. DROYSEN, *Yorck*, II (1852), pp. 302, 303.
3. Voir le procès-verbal de la séance du 8. DROYSEN, *Yorck*, II (1852), p. 305.
4. Voir particulièrement la réponse de la commission générale à la lettre, du 23 février, de la députation militaire de la *Regierung* de la Prusse orientale : Les États n'ont jamais posé la question de savoir si une Landwehr devait être formée; leur seule affaire était de donner avis sur un projet qui leur était soumis. DROYSEN, *Yorck*, II (1852), p. 326.

tait point de perdre un instant, — qu'il importait d'exécuter de suite les résolutions prises [1].

Auerswald lui-même, si méticuleux, si timoré, et dont la responsabilité comme fonctionnaire — il était commissaire royal aux États de la Prusse orientale — était directement engagée, associa cette responsabilité à celle des États généraux de Königsberg [2]. Malgré quelques scrupules manifestés par Brandt [3], son délégué, il déclara qu'il était d'accord avec les États, qu'il approuvait les résolutions prises, et qu'il y avait lieu d'arrêter de suite les mesures nécessaires pour leur exécution [4]. Il pensait seulement que l'on pouvait ajourner l'organisation de la Landsturm qui présentait un moindre caractère d'urgence [5].

Le soir même du 7 février [6], Yorck eut une conférence avec Dohna et avec le comité des États, et donna des ordres pour presser l'exécution des décisions prises [7]. Le choix du délégué qui devait porter l'adresse au roi ne se fit point sans difficultés [8]. Les États songeaient à Dohna-Schlodien. Auerswald, quoique son beau-frère, sentant mieux que personne ce que la mission avait de délicat, et le jugeant de caractère trop emporté, le fit écarter. Ce fut Louis Dohna qui fut choisi [9].

1. Procès-verbal du 8. Droysen, *Yorck*, II (1852), p. 306. — Voir la formation du régiment de cavalerie nationale, déclaration de Yorck, du 8 février, *ibid.*, p. 308. — Droysen, *Yorck*, I (1884), p. 446. — Yorck à la commission générale, le 16 février. Droysen, *Yorck*, II (1852), p. 318. — Voir l'embarras d'Auerswald, dans son rapport du 13 février, pour expliquer à Hardenberg qu'on procède aux mesures d'exécution, sans attendre la décision royale, *ibid.*, p. 325.

2. Voir le document, signé le 11 février par Auerswald, et conservé par Dohna, *Aus den Papieren* Schön's, VI, p. 175. — Voir le procès-verbal du 8, avec les corrections qu'Auerswald y fait après coup. Droysen, *Yorck*, II (1852), p. 305. — *Zu Schutz und Trutz am Grabe Schön's*, p. 595, — (Gerwien), p. 13. — Voir la note des fils d'Auerswald. Pertz, *Gneisenau*, II, p. 632.

3. Voir la lettre de Brandt, du 9 février. Droysen, *Yorck*, II (1852), p. 317. — Droysen, *Yorck*, I, p. 450. — (Gerwien), p. 13.

4. Droysen, *Yorck*, II (1852), p. 305. — Voir l'opposition qu'il fait, à la fin de février, à l'action de la commission générale, *ibid.*, p. 326. — Droysen, *Yorck*, I (1884), p. 446.

5. Lehmann, *Knesebeck und Schön*, p. 322. — Voir sur les modifications qu'Auerswald a pu apporter au projet. Rapport du 13 février. Droysen, *Yorck*, II (1852), p. 334. — Witt, p. 596.

6. Droysen, *Yorck*, I, p. 446.

7. Schön, dans sa seconde autobiographie, dit que l'assemblée donna pleins pouvoirs à Dohna pour dresser le plan de la Landwehr et presser son exécution. *Aus den Papieren* Schön's, VI, p. 56.

8. Procès-verbal du 8 février. Droysen, *Yorck*, II (1852), p. 309. — Droysen, *Yorck*, I (1884), p. 447.

9. Droysen, *Yorck*, I, p. 447. — Dohna-Brunau. Lehmann, *Knesebeck und Schön*, p. 240.

L'adresse fut rédigée par Heidemann [1], le bourgmestre de Königsberg. Elle débordait de protestations de loyalisme. Les États s'y
faisaient aussi petits que possible. Réunis au nom (*im Auftrage*)
de la province, ils n'avaient eu d'autre but que de faire connaître au
souverain les sacrifices qu'ils étaient prêts à faire [2].

Yorck écrivit au Roi dans le même sens. Il laissait toutefois percer
un sentiment un peu plus explicite de la gravité et du caractère
exceptionnel des mesures adoptées [3].

« Je dépose humblement aux pieds de Votre Majesté », disait-il [4],
« le projet de formation d'une Landwehr en Prusse. Il y a des moments
où les nations, comme les individus, ne peuvent espérer le salut qu'en
sortant des voies ordinaires. Les États de Votre Majesté traversent
une de ces crises. La création de la Landwehr et de la Landsturm
sera la branche de salut. Nous nous sommes inspirés du plus pur
patriotisme, de la fidélité la plus absolue à Votre Majesté, de la
conviction profonde que l'indépendance de la patrie peut seule assurer le bonheur du souverain sur son trône et du plus humble de ses
sujets dans la plus misérable chaumière. Pénétrées de ces sentiments,
les provinces de Votre Majesté situées de ce côté de la Vistule, ont
espéré servir d'exemple aux autres provinces de la monarchie, en
faisant connaître l'étendue des sacrifices que leur fidélité et leur
dévouement étaient prêts à accomplir..... Représentant de Votre
Majesté dans ces provinces, je n'ai pas craint de lui déplaire, en
accueillant, dans les circonstances actuelles, ces témoignages de
loyauté et de dévouement. Je les dépose respectueusement aux pieds
de Votre Majesté. »

Puis Yorck, oubliant peut-être trop qu'il avait refusé de prendre
l'initiative de la convocation des États et qu'il s'était abrité derrière
les pleins pouvoirs russes de Stein, ajoutait :

« J'ai cru d'autant plus qu'il était de mon devoir de prendre la
direction de ces délibérations qu'il m'a paru plus conforme à la

---

1. DROYSEN, *Yorck*, I, p. 417. — Voir, sur Heidemann, HÄUSSER, *Deutsche
Geschichte*, IV, p. 37.
2. Voir l'adresse. DROYSEN, *Yorck*, II (1852), p. 311.
3. Il est important de noter que l'on ne connaît pas encore à Königsberg, pas
avant le 14 février, les décisions du roi du 3 février, la formation des bataillons
de volontaires et la suppression des exemptions. Ces mesures ne sont connues
officiellement que le 18 février. (GERWIEN), p. 14.
4. DROYSEN, *Yorck*, I, p. 451.

dignité de Votre Majesté et d'un État indépendant d'écarter toute influence étrangère, fût-elle même amie. »

Des débats assez vifs s'élevèrent encore, dans les jours qui suivirent, entre Auerswald[1], Yorck et Dohna au sujet de diverses dispositions du projet. Le 13 février seulement, Louis Dohna put partir pour aller porter à Breslau le projet d'organisation de la Landwehr, adopté par les États généraux de Königsberg.

Ce projet[2] tel qu'il fut adopté par les États, dans son texte définitif, offrait beaucoup d'analogie avec ceux qu'avait élaborés le parti militaire durant les années qui avaient précédé.

Le préambule du projet adopté par les États indique encore nettement l'idée dominante, la préoccupation de préparer, tout à fait en dehors de l'armée permanente, derrière elle, une insurrection nationale. « L'expérience des derniers temps », y est-il dit, « a démontré de la façon la plus décisive, et jusqu'à l'évidence, qu'il n'est qu'un moyen de sauvegarder la liberté et l'indépendance des États. Il faut que les armées permanentes, aussi fortes et aussi nombreuses que possible, soient soutenues par des levées extraordinaires. Ces levées extraordinaires se composent : 1° de la Landwehr, 2° de la Landsturm. »

« Il importe de bien spécifier que le recrutement de l'armée permanente[3], la formation de ses dépôts destinés à la fortifier aussi rapidement et aussi vigoureusement que possible, demeurent entièrement distincts de ces levées extraordinaires. Les mesures qui ont trait au recrutement et au renforcement de l'armée permanente suivront leur cours ordinaire. Les dispositions qui suivent ne s'y rapportent point et n'y peuvent porter aucune atteinte. »

La destination de la Landwehr est de soutenir l'armée permanente, lorsqu'elle doit battre en retraite, et de rendre ainsi possible la défense de la province. Elle ne peut être réunie que lorsque l'ennemi a franchi la frontière de la province[4]. L'obligation du service dans

1. Voir Brandt à Auerswald, le 9 février 1813. Droysen, *Yorck*, II (1852), p. 310. — Rapport d'Auerswald, du 13 février, *ibid.*, p. 335. — Voir encore Droysen, *Yorck*, I (1884), p. 450, — les conférences des 11, 12 et 13, *ibid.*, I, p. 450.
2. Voir le texte du projet, [Gervien], p. 73, — le résumé du projet, Droysen, *Yorck*, I, p. 438.
3. Le 6 février, la commission des États, avant de procéder à la formation de la Landwehr, approuve le prélèvement de 13 000 hommes pour l'armée permanente, en dehors des 6 000 déjà appelés pour renforcer le corps de Yorck. Lehmann, *Knesebeck und Schön*, p. 338.
4. Cette disposition paraît avoir été introduite entre la rédaction du projet de

la Landwehr est plus étendue que dans l'armée permanente. Les hommes de dix-huit à quarante-cinq ans y sont astreints [1]; mais chacun a la faculté de présenter un remplaçant [2]. On réunit, dans chaque commune ou sur chaque bien noble, les hommes assujettis au service; on appelle les volontaires, puis, lorsqu'ils se sont déclarés, on procède au tirage au sort des hommes nécessaires pour compléter le contingent [3]. Toutefois le tirage au sort ne paraît pas être une règle absolue. Une certaine latitude est laissée à l'arbitraire du « magistrat » dans les villes ou du propriétaire de bien noble dans les campagnes [4], pour désigner les hommes qui feront partie de la Landwehr.

L'organisation de la Landwehr est confiée — et ceci est un trait caractéristique des tendances politiques des États — à des commissions générales et à des commissions spéciales qui rappellent les anciens organes d'administration oligarchique, antérieurs à la fondation du pouvoir monarchique [5]. Ces commissions sont élues par les

---

Clausewitz et les délibérations de la commission. Cependant, Clausewitz limitait l'emploi de la Landwehr à la défense de la province. LEHMANN, *Knesebeck und Schön*, p. 229. — Voir, sur la disparition de ces limitations lorsque les événements se précipitent, *ibid.*, p. 269.

1. Voir, sur ce point, la commission, dans la séance du 6 février. LEHMANN, *Knesebeck und Schön*, p. 339, — et le procès-verbal de la séance du 7. DROYSEN, *Yorck*, II (1852), p. 302.

2. Cette disposition est introduite dans le projet, le 6 février, par la commission des États. LEHMANN, *Knesebeck und Schön*, p. 339. — Yorck, écrivant à la municipalité de Königsberg, qui proteste contre la Landwehr, fait valoir, le 18 février, la faculté du remplacement. DROYSEN, *Yorck*, II (1852), p. 320. — Voir également, sur l'exemption des pasteurs et des instituteurs, Procès-verbal de la séance du 7, *ibid.*, II (1852), p. 302. — Voir la commission, le 6 février. LEHMANN, *Knesebeck und Schön*, pp. 223-339. — Voir sur l'exemption des mennonites, qui est refusée, Procès-verbal de la séance du 8, *ibid.*, pp. 224, 306. — *Aus den Papieren* Schön's, VI, p. 123. — Voir sur l'importance de la disposition qui introduit la facilité de remplacement et exclut, par là, le principe du service obligatoire. LEHMANN, *Knesebeck und Schön*, p. 223. — Voir au contraire FRICCIUS qui célèbre la Prusse orientale pour avoir introduit l'idée du service obligatoire bien qu'il connaisse cette disposition. FRICCIUS, *Geschichte des Krieges in den Jahren 1813 und 1814*, I, pp. 71 et suiv.

3. DROYSEN, *Yorck*, I, p. 442. — Cette disposition est introduite, le 6 février, par la commission. LEHMANN, *Knesebeck und Schön*, p. 339.

4. (GERWIEN), p. 74.

5. Procès-verbal de la séance du 7 février. DROYSEN, *Yorck*, II (1852), p. 302, — et celui du 9, *ibid.*, p. 314. — DROYSEN, *Yorck*, I (1884), p. 443. — La commission des États, dans sa séance du 6, ne veut admettre dans les commissions d'organisation de la Landwehr qu'un membre militaire. LEHMANN, *Knesebeck und Schön*, p. 339, — et deux ayant servi, *ibid.*, p. 340. — Voir le dissentiment entre les États et Yorck, au sujet de la désignation de la commission générale. Yorck exige et obtient que les membres soient désignés par lui sur une liste contenant deux fois plus de noms qu'il n'en doit être retenu. (GERWIEN), p. 14.

États de la province [1] ; ce sont des organes de décentralisation aristocratique, composés, dans chaque cercle, d'un représentant de la noblesse, d'un représentant des villes, d'un représentant des propriétaires libres. Elles échappent entièrement à l'action administrative. Ce sont elles qui nomment les officiers de la Landwehr [2], placés formellement sur le même pied que les officiers de l'armée permanente [3].

Ainsi constitution, non plus tout à fait, comme dans les premiers projets du parti patriotique, d'une insurrection nationale, d'une levée en masse, mais bien d'une armée de seconde ligne plus organisée, toujours entièrement distincte de l'armée permanente, recrutée avec un certain arbitraire et avec faculté de remplacement [4], ne devant servir que sur le sol de la province, commandée par des officiers désignés par les organes de l'oligarchie provinciale, tel est le projet qui sortit des délibérations des États généraux de Königsberg.

Le projet originel, celui que Clausewitz avait rédigé [5], avait subi, durant cette élaboration cependant si rapide, de notables modifications. Il avait été modifié dans les conférences qui précédèrent la réunion des États. Le projet que Yorck soumit à l'assemblée n'était déjà plus celui que Clausewitz avait préparé. Et les États amendèrent encore sur quelques points, dans les délibérations du comité d'abord [6], puis dans la séance plénière des États, le projet que Yorck leur présenta [7].

1. Voir déjà dans les projets de Scharnhorst, de 1807. Les États passent la revue des milices : LEHMANN, *Knesebeck und Schön*, p. 250. — Voir encore sur le caractère oligarchique de la Landwehr, *ibid.*, p. 266, — FRICCIUS, *Geschichte des Krieges von 1813 und 1814*, I, p. 94. — (GERWIEN), p. 75. — DROYSEN, *Yorck*, I, p. 442.

2. DROYSEN, *Yorck*, I, p. 443. — Voir la commission des États, le 6 février. LEHMANN, *Knesebeck und Schön*, pp. 339, 340.

3. Cette disposition ne passera point dans la pratique. En fait, les privilèges d'ancienneté et de commandement des officiers de carrière sont maintenus par l'ordre de cabinet du 21 août 1813, malgré les réclamations de l'élément civil. [PIRTTWITZ], *Beiträge zur Geschichte des Jahres 1813, von einem höheren Offizier*, II, p. 371.

4. Voir sur l'importance de ces deux limitations : remplacement et emploi provincial, en dehors des travaux de LEHMANN, TREITSCHKE, *Deutsche Geschichte*, I p. 449. — RANKE, *Hardenberg*, IV, p. 363.

5. (GERWIEN), p. 70.

6. Voir les procès-verbaux du comité. LEHMANN, *Knesebeck und Schön*, p. 338.

7. Voir, sur les modifications que l'assemblée fait subir au projet de la commission : Procès-verbal de la séance du 7. DROYSEN, *Yorck*, II (1852), p. 302. — DROYSEN, *Yorck* (1884), I, p. 444. — LEHMANN, *Knesebeck und Schön*, p. 227.

L'une de ces modifications était tout à fait fondamentale. Elle
touchait au principe qui, pour les patriotes et pour Clausewitz,
dominait toute la législation nouvelle, au principe de l'obligation [1].
Clausewitz avait prévu la constitution d'une armée de seconde ligne
qui ne devait, pas plus que la Landwehr des États, être appelée à
servir en dehors des limites de la province [2]. Mais il n'avait pas
prévu la faculté de remplacement qui excluait le principe du service
obligatoire généralisé [3]. Il semble démontré que ce fut Dohna qui
introduisit cette disposition fondamentale dans le texte du projet [4].

Sur un autre point encore, les États avaient modifié le projet de
Clausewitz et lui avaient imprimé leur marque à eux. Ils avaient
développé, avec un soin particulier, l'organisation et les attributions
des commissions oligarchiques qui devaient surveiller et diriger l'établissement et l'organisation de la Landwehr. Clausewitz avait prévu
que les membres de la commission générale seraient nommés par
le souverain [5]. Les États se réservèrent de les désigner. La préoccupation de décentralisation oligarchique et provinciale était partout
apparente.

Nous avons, sur les débats qui ont précédé et sur les divergences
de vue qui ont suivi l'adoption du projet d'organisation de la
Landwehr, peu de renseignements [6]. Il est certain toutefois que

---

1. Voir particulièrement sur ce point, LEHMANN, *Knesebeck und Schön*, p. 271.
— FRICCIUS, *Geschichte des Krieges von 1813 und 1814*, I, p. 96. — Une société se
forme à Königsberg, pour la négociation des remplacements, *ibid.*, I, pp. 93, 114.
— FRICCIUS, *Belagerung von Danzig*, p. 188. — LEHMANN montre à quel point ce
caractère fondamental du projet de la Prusse orientale a été méconnu. KURZ,
Geschichte der Landwehr, II, p. 216. — Merckel, dans (GERWIEN), p. 25. — FRICCIUS,
Geschichte des Krieges von 1813 und 1814, I, pp. 93, 114. — FRICCIUS, *Belagerung
von Danzig*, p. 188. — Voir encore HÄUSSER, IV, p. 36. Il passe sous silence la
faculté de remplacement. — Voir, sur l'idée du service obligatoire dans tous les
projets anciens élaborés par les patriotes, LEHMANN, *Knesebeck und Schön*, p. 272.
2. Voir la comparaison du projet élaboré par Clausewitz et du texte adopté
par les États. LEHMANN, *Knesebeck und Schön*, p. 218. — *Zu Schutz und Trutz am
Grabe Schön's*, p. 581. — Voir sur l'effacement progressif de cette idée, si générale
au début, que la Landwehr ne doit être employée que dans la province, *ibid.*,
p. 268.
3. LEHMANN, *Knesebeck und Schön*, p. 222.
4. Il est établi que la disposition a été introduite par la commission des États,
présidée par Dohna. LEHMANN, *Knesebeck und Schön*, p. 339. — Ci-dessus CHA-
PITRE IX, p. 303. — Cependant, en 1810, Dohna, se séparant d'Altenstein, avait
accepté l'idée du service obligatoire dans la milice, LEHMANN, *Knesebeck und Schön*,
p. 277.
5. (GERWIEN), pp. 71, 75. — DROYSEN, *Yorck*, I, p. 438.
6. Procès-verbal de la séance du 7 février. DROYSEN, *Yorck*, II (1852), p. 302. —
Rapport d'Auerswald, du 13 février, *ibid.*, p. 335.

l'établissement du service généralisé, même avec la faculté de remplacement, même dans une sorte d'armée provinciale, qui ne devait point sortir des frontières de la province, apparaissait comme une conception hardie, et comme une mesure rigoureuse[1]. Quels que fussent l'élan patriotique et la pression des circonstances, l'on n'était pas suffisamment habitué encore à dépouiller le service militaire de l'aspect brutal et répugnant qu'il avait eu dans l'ancienne armée prussienne. Le sacrifice paraissait rigoureux et le patriotisme prussien était bien jeune encore. Les protestations ne manquèrent point.

Il y avait à peine six années qu'en 1806, en plein état de guerre, sur le sol de la même province, la caste militaire elle-même, la noblesse de la Prusse orientale, avait protesté, au nom de ses privilèges, contre un projet d'établissement du service obligatoire[2]. Cette fois la caste aristocratique semblait entraînée. Mais les résistances venaient du Tiers-État des villes. Le Tiers-État de la Prusse occidentale ne s'était point prêté sans opposition à la convocation des États généraux. Les villes, même dans la Prusse orientale, protestèrent avec force contre l'adoption du projet d'organisation de la Landwehr[3]. Arndt lui-même, le patriote fanatique, déclarait que la Landwehr

1. Voir l'appréciation de DROYSEN. Parlant d'un projet qui prévoit l'emploi limité au sol de la province, le prélèvement par voie de tirage au sort et la faculté de remplacement, il écrit que ce projet avait quelque chose de brutal, de radical. DROYSEN, *Yorck*, I, p. 430.

2. LEHMANN, *Knesebeck und Schön*, pp. 226, 234 et suiv. — DROYSEN, *Yorck*, II (1852), pp. 277 et suiv. — On opposait alors, au projet d'armée nationale, la conception de l'armée régulière, et l'on disait : « Il faut que les propriétaires de biens nobles restent sur la terre pour maintenir, autant que possible, le peuple dans l'ordre », *ibid.*, II, p. 281. — Voir encore la protestation de 1808, signée des Dohna. LEHMANN, *Knesebeck und Schön*, p. 240. — Les signataires sont les mêmes qui organiseront la Landwehr en 1813, *ibid.*, p. 241.

3. Voir la protestation des villes de Königsberg, Elbing, Memel et Tilsit, qui est formulée après la séparation de l'assemblée, *Aus den Papieren* SCHÖN's, VI, pp. 124 à 129. — WITT, p. 613. — Voir la protestation de Königsberg, qui demande à être exemptée du service de la Landwehr. DROYSEN, *Yorck*, II (1852), p. 320. — Voir la réponse d'Yorck qui explique que la charge est légère et qui s'appuie notamment sur la faculté de remplacement, *ibid.*, p. 320. — Voir la protestation d'Elbing que l'assemblée refuse d'accueillir. *Aus den Papieren* SCHÖN's, VI, p. 135. — Procès-verbal du 8 février. DROYSEN, *Yorck*, II (1852), p. 310, — (GERWIEN), p. 14. — Voir encore la résistance des grandes villes aux mesures d'exécution prises pour assurer le fonctionnement de la Landwehr. DROYSEN, *Yorck*, I (1852), p. 315. — Voir la protestation faite, au nom des mennonites, par le député de Königsberg, Zimmermann, qui est mennonite. *Aus den Papieren* SCHÖN's, VI, p. 103. — Voir encore Schön, le 27 février 1813 : « Königsberg se montre très chiche », *ibid.*, VI, p. 180. — Voir encore la protestation adressée directement au roi par Königsberg. LEHMANN, *Knesebeck und Schön*, p. 225. — Le service obligatoire a rencontré les mêmes résistances à Berlin, Breslau, etc., *ibid.*, p. 227.

n'était qu'un effort momentané, et qu'on pourrait, après la guerre, réduire l'armée permanente des deux tiers [1].

Mais si le projet, malgré la faculté de remplacement et la limitation du service au sol de la province, inquiétait par ses rigueurs une partie de la population, il inquiétait aussi, et il était bien de nature à inquiéter, par un autre aspect, par son caractère de décentralisation oligarchique, les représentants du pouvoir central [2].

Auerswald ne s'était pas borné à effacer d'un trait de plume tout ce qui était relatif à l'organisation de la Landsturm [3]. Dans les conférences qui eurent lieu le 11 février entre Yorck et Auerswald, le 12 entre Auerswald et Dohna, le 13 entre Yorck et Schrötter, de vifs dissentiments paraissent s'être produits [4] : « Nous voguons sur une mer orageuse », écrivait le comte Lehndorff à Schön [5]. Les représentants de l'élément administratif protestaient contre la disposition qui assujettissait tous les fonctionnaires, sans exception, au service de la Landwehr [6]. Puis, ils semblaient préoccupés de l'empiétement que constituait sur l'autorité royale l'organisation de la commission générale et des commissions spéciales [7].

Le 12, Yorck écrivait au roi la lettre [8] à laquelle nous avons emprunté déjà quelques citations. Le ton vis-à-vis du monarque en est assez libre. Elle respire tout au moins quelque décision et se ressent de la situation d'action indépendante que Yorck avait assumée. Il faisait allusion, en essayant de les écarter de l'esprit du monarque, aux craintes que pouvaient susciter les empiétements de l'oligarchie provinciale.

« Un monarque comme Votre Majesté », écrivait Yorck [9], « trouve

1. Treitschke, I, p. 420.
2. Voir la protestation du cercle d'Oletzko. *Aus den Papieren* Schön's. — Procès-verbal du 8. Droysen, *Yorck*, II (1852), p. 310. — Voir les conflits des agents administratifs et de la commission générale à la fin de février, *ibid.*, p. 326. — Voir le rapport d'Auerswald, du 13 février, *ibid.*, p. 335.
3. Lehmann, *Knesebeck und Schön*, p. 222. — Voir son opposition à l'action de la commission générale. Droysen, *Yorck*, II (1852), p. 326.
4. Rapport d'Auerswald, du 13 février. Droysen, *Yorck*, II (1852), p. 335. — Auerswald assure qu'il a eu le dessus. Voir encore Droysen, *Yorck*, I, p. 450. — Les dissentiments paraissent avoir porté sur l'obligation du service pour les fonctionnaires et sur le rôle des commissions générales, *ibid.*, I, p. 451.
5. Droysen, *Yorck*, I, p. 451.
6. Droysen, *Yorck*, I, pp. 451, 452.
7. Droysen, *Yorck*, I, pp. 451, 453, 460.
8. Droysen, *Yorck*, I, p. 451.
9. Droysen, *Yorck*, I, p. 452. — Voir un autre extrait de cette lettre, d'après Friccius, *Geschichte des Krieges in den Jahren 1813 und 1814*, I, p. 87. — Pertz,

la meilleure protection dans l'amour de ses sujets et n'a pas à partager les préoccupations d'un despote. Le plus léger abus d'une puissance empruntée serait aussitôt frappé d'un châtiment terrible. La confiance que Votre Majesté témoignera à ses fidèles sujets produira les plus heureux résultats. L'union entre le monarque et ses sujets n'a jamais été plus nécessaire. Puisse-t-elle élever nos âmes et nous donner la force d'agir. »

« Que Votre Majesté Royale veuille bien considérer avec faveur, avec une juste appréciation de leur mérite, des actes qui furent impérieusement commandés par la fidélité et par le dévouement mêmes. L'anéantissement de l'État prussien ne peut être dans les plans de la Providence... C'est maintenant ou jamais, pour lui, l'heure de développer toutes ses énergies, et, par là, de reconquérir son indépendance. »

« Puisse-t-on ne point laisser échapper, sans la saisir, l'occasion favorable et fugitive... »

Louis Dohna partit, le 13 février, pour Breslau, afin de porter au Roi le projet d'organisation de la Landwehr, l'adresse des États et la lettre d'Yorck.

Mais l'on ne pouvait attendre la sanction royale pour passer aux mesures d'exécution [1], et l'on n'y songeait point d'ailleurs. Dans leur séance du 8 février [2], les États avaient, sans délai, procédé à la formation de la Commission générale d'organisation de la Landwehr [3]. Alexandre Dohna avait été nommé président par acclamation; puis, douze membres avaient été élus, parmi lesquels Dohna et Yorck désignèrent les membres de la Commission.

Complètement abandonnées à elles-mêmes par le gouvernement central [4], les provinces orientales étaient pour ainsi dire contraintes à

Stein, III, p. 290. — Voir le texte complet. Bräuner, Geschichte der preussischen Landwehr, p. 79.

1. Procès-verbal de la séance du 8. Droysen, Yorck, II (1852), p. 306. — Rapport d'Auerswald à Hardenberg, du 13 février, ibid., p. 335. — Note des fils d'Auerswald. Pertz, Gneisenau, II, p. 632. — Schön, dans la lettre à Schlosser, du 3 mars 1849. Aus den Papieren Schön's, I, Selbstbiographie, p. 96. — Voir, sur l'incertitude où l'on est encore, à cette date, à Königsberg, sur les intentions du roi, ci-dessus, Chapitre IX, p. 293, note 2. — Voir, sur les nouvelles reçues le 8 février, le Tagebuch d'Auerswald. Droysen, Yorck, I, p. 454, — et, sur la situation où on laisse intentionnellement Yorck jusqu'à cette date, ibid., I, p. 450.

2. Procès-verbal du 8 février. Droysen, Yorck, II (1852), p. 306.

3. Procès-verbal du 8 février. Droysen, Yorck, II (1852), p. 308.

4. Yorck à la commission générale. Droysen, Yorck, II (1852), p. 318.

agir dans la pleine indépendance de leur initiative. Un officier du
corps de Yorck écrit, le 16 février : « Nous sommes dans l'ignorance
absolue des projets de formation en Silésie; aussi nous marchons
d'après nos propres vues [1] ». Yorck avait demandé aux États la
création d'un régiment de cavalerie. On y procéda de suite. Le
16 février, Yorck installa la commission générale [2]. Il lui prescrivit
de prendre de suite toutes les mesures nécessaires pour préparer la
convocation, l'équipement, l'entretien des hommes de la Landwehr,
afin qu'il ne restât plus qu'à lancer les convocations [3]. Il signalait à la
commission les divergences de vues qui le séparaient encore d'Auerswald sur un ou deux points. Il avait, ajoutait-il, soumis les deux
projets, le sien et celui d'Auerswald, au roi ; mais la pression des circonstances le déterminait à décider que l'on procéderait immédiatement à l'organisation de la Landwehr [4].

Le 17, Yorck institua, comme commandant en chef, puis comme
inspecteur de la Landwehr, Louis Dohna et Alexandre von Bardeleben
qui avaient été élus par la commission générale. Le 18, il transmit
les fonctions de gouverneur général, pour la durée de son absence ou
jusqu'à la décision du roi, au général von Massenbach. Le 19, il
quitta Königsberg pour reprendre le commandement des troupes [5].

On dut attendre à Königsberg la décision du roi pendant plus d'un
mois [6]. Elle n'y devait parvenir que le 25 mars.

L'importance des événements de la Prusse orientale a été très
diversement appréciée. On a beaucoup discuté pour savoir s'il fallait

1. DROYSEN, *Yorck*, I, p. 458.—Les journaux du 14 février publient, à Königsberg,
la proclamation du 3 février, sans que Yorck ait reçu aucun avis, *ibid.*, I, p. 461.
2. DROYSEN, *Yorck*, I, p. 459.
3. DROYSEN, *Yorck*, II (1852), p. 318. — Il fait procéder même au tirage au sort,
ibid., p. 319. — Voir les rapports de la commission générale avec les organes
administratifs, *ibid.*, pp. 322, 323, — les réserves formulées par les agents
administratifs, le 23 février. Ils distinguent l'exécution et la préparation à
l'exécution, *ibid.*, p. 324. — Voir la lettre de la commission générale en réponse
à celle du 23 février, *ibid.*, p. 326, — et sa protestation contre les restrictions
que les agents administratifs veulent opposer à l'action de la commission générale, *ibid.*, p. 326.
4. Voir la lettre du 16 février à la commission générale. DROYSEN, *Yorck*, II
(1852), p. 318. — DROYSEN, *Yorck*, I (1884), p. 460. — Voir encore, sur la responsabilité que prend Auerswald, en donnant aux fonctionnaires l'ordre d'exécuter les
dispositions relatives à l'organisation de la Landwehr, la note des fils d'Auerswald. PERTZ, *Gneisenau*, II, p. 692.
5. DROYSEN, *Yorck*, II (1852), p. 321. — DROYSEN, *Yorck*, I (1884), p. 461.
6. Voir l'incertitude prolongée à Königsberg sur les intentions vraies du roi.
DROYSEN, *Yorck*, I, pp. 456-458.

chercher l'origine de la Landwehr et des institutions militaires de la Prusse moderne dans le projet adopté à Königsberg, par les États de la Prusse orientale, le 7 février 1813, ou dans l'ordonnance générale qui fut rendue à Breslau, un peu plus d'un mois plus tard, le 17 mars 1813. Est-ce le soulèvement des premiers territoires affranchis qui a entraîné le gouvernement central, et qui lui a imposé ou dicté, par une initiative hardie, les mesures à prendre et les modèles à suivre? Ou bien l'explosion isolée des provinces orientales, qu'expliquait leur libération anticipée, devança-t-elle seulement de quelques semaines, sans les influencer, les résolutions du gouvernement central?

Nous verrons, lorsque nous suivrons les résolutions du gouvernement central, en mars, que l'influence des événements de la Prusse orientale ne peut, en somme, être contestée. Mais, si l'on en a discuté l'importance avec quelque passion, on n'a pas moins discuté les conditions dans lesquelles a été préparé, à Königsberg même, le projet adopté par les États et on a eu quelque peine à désigner d'un commun accord les hommes auxquels revenait l'honneur de ce grand acte [1].

Si les polémiques soulevées à ce sujet ont été vives, c'est qu'il s'agissait de revendiquer la paternité intellectuelle de la Landwehr, et, par là, de tout l'ensemble des institutions militaires de la Prusse, — tantôt pour l'élément militaire, pour Scharnhorst et Clausewitz, contre l'élément civil administratif représenté par Dohna et par Schön, — tantôt pour une province prussienne contre les agents du gouvernement central, pour la plupart d'origine étrangère à l'État prussien, — tantôt pour le parti que l'on pourrait appeler conservateur et aristocratique représenté par Stein, contre le parti progressiste et populaire, représenté par Schön.

Les Prussiens recherchent donc, avec quelque passion, à qui doit être attribuée la paternité intellectuelle du projet adopté par les États. Est-ce à Clausewitz, à cet émigré qui rentrait en Prusse avec l'armée russe, après avoir joué à Tauroggen le rôle décisif que nous

---

1. Voir l'origine du débat sur la paternité de la Landwehr. LEHMANN, *Knesebeck und Schön*, p. 244. — Lettre de Boyen à Bülow, sur un projet de Schön, le 20 avril 1819, *ibid.*, p. 344. — *Zu Schutz und Trutz am Grabe Schön's*, p. 553. — Voir la lettre très mesurée de ton d'Alexandre Dohna, du 28 février 1820, *ibid.*, p. 55. — J. VOIGT, *Dohna*, p. 27. — *Aus den Papieren* SCHÖN's, VI, p. 443. — Lettre de Schön à Dohna, de 1821. *Zu Schutz und Trutz am Grabe Schön's*, p. 555.

savons? Est-ce à Alexandre Dohna [1], le président des États de Königsberg?

Si c'est Clausewitz qui a créé la Landwehr, l'honneur en rejaillit sur Stein [2] qui l'avait chargé spécialement, en vertu de ses pleins pouvoirs, de préparer le projet, sur Scharnhorst aussi [3], dont Clausewitz était le disciple fidèle, familier avec le maître lui-même et avec ses idées.

Si c'est Dohna, le président des États, le chef de l'aristocratie locale, c'est aux États eux-mêmes, c'est à l'élément provincial que revient le mérite de la création.

Schön a revendiqué explicitement cet honneur pour Alexandre Dohna [4]; et Dohna, qui était cependant simple et modeste, se l'est attribué lui-même.

Alexandre Dohna [5] n'était point un homme de premier ordre; s'il a joué, aux États de Königsberg, un rôle considérable, il n'avait laissé, comme ministre de l'intérieur en 1810, que des souvenirs médiocres et Schön lui-même avait jugé sévèrement sa faiblesse [6].

1. Voir l'assertion de Schön : « Après le départ de Stein, Dohna développa le système de la Landwehr et de la Landsturm. Clausewitz, alors major russe, ne fit dans cette circonstance que le chef d'orchestre. » *Aus den Papieren* SCHÖN's, I, *Selbstbiographie*, p. 97. — LEHMANN, *Knesebeck und Schön*, p. 214. — D'après DROYSEN, *Yorck*, I, p. 442, c'est le projet de Dohna que Yorck s'approprie. — Voir encore Schön, sur le rôle de Clausewitz, dans la seconde autobiographie, qui est manifestement inexacte. *Aus den Papieren* SCHÖN's, VI, p. 57. — Voir encore un autre récit de Schön; l'assemblée aurait donné pleins pouvoirs à Dohna pour dresser le projet de la Landwehr, *ibid.*, VI, p. 56. — Voir sur les assertions de Schön, *Erinnerungen des Feldmarschalls* VON BOYEN, II, p. 331.

2. Voir Schön, dans la lettre à Schlosser, du 3 mars 1849. *Aus den Papieren* SCHÖN's, I, *Selbstbiographie*, p. 96.

3. C'est surtout ici que l'on peut trouver excessif le raisonnement de ceux qui veulent attribuer à Scharnhorst la paternité de la Landwehr de la Prusse orientale; il faudrait, au moins, réduire l'argument à la portée très générale de l'influence que Scharnhorst pouvait avoir eue sur Clausewitz, ou mieux encore de la communion d'idées qui pouvait exister entre eux. Voir d'ailleurs, au chapitre suivant, le problème de l'opposition que Scharnhorst fait au projet de Königsberg, problème encore mal éclairci. — Voir encore TREITSCHKE, I, p. 419. — BOYEN, *Beiträge zur Kenntniss des Generals Scharnhorst*, p. 44. — (GERWIEN), p. 11. — ARNDT, *Erinnerungen aus dem äusseren Leben*, p. 184. — *Erinnerungen des Feldmarschalls* VON BOYEN, II, p. 331. — BRÄUNER, p. 111.

4. Voir notamment *Aus den Papieren* SCHÖN's, IV, pp. 596, 600, — et la lettre de 1821. *Zu Schutz und Trutz am Grabe Schön's*, p. 555. — Voir encore ARNDT, *Meine Wanderungen und Wandelungen mit dem Reichsfreiherrn vom Stein*, p. 139.

5. Boyen réduit le rôle de Dohna au discours qu'il prononce dans la séance du 7. *Erinnerungen des Feldmarschalls* VON BOYEN, II, p. 331. — DROYSEN attribue à Alexandre Dohna ce qu'il y a de populaire dans le projet. Cette interprétation ne concorde point avec son rôle en 1809, voir ci-dessus, CHAPITRE I, p. 16. — DROYSEN, *Yorck*, I, p. 436.

6. Voir les jugements de Schön sur Dohna, en 1809, CHAPITRE I, p. 14. — LEHMANN,

On allègue en faveur de Clausewitz [1] que le projet qui servit de base à tous les pourparlers était rédigé de sa main. De plus, Clausewitz a été l'un des premiers penseurs militaires de son siècle. Familiarisé, par de longues méditations, avec les projets de réorganisation, il venait, quelques mois auparavant [2], de rédiger tout un programme pour les patriotes. On ne le voit guère se laissant dicter les articles d'un projet organique. Il ne put cependant, sur un point essentiel, en ce qui concerne l'obligation même du service, faire prévaloir ses idées.

De ce que Clausewitz paraît avoir eu, dans la genèse de la Landwehr de Königsberg, un rôle prépondérant, on a peut-être tiré des conclusions excessives, lorsqu'on a voulu faire remonter à Stein ou à Scharnhorst le mérite immédiat de cette initiative. Nous verrons plus loin quelle fut l'attitude de Scharnhorst, au regard du projet des États, lorsqu'il en fut saisi, à Breslau ; et, quant à Stein, il n'a jamais participé de très près à la conception des projets militaires [3], ni exprimé, sur la matière, d'idées générales dominantes. Il paraît, ici comme en 1808, être intervenu surtout pour donner l'impulsion décisive, pour déterminer la solution. Lui-même, dans son autobiographie succincte, ne fait, dans le récit de son séjour à Königsberg, aucune allusion à la création de la Landwehr.

Ces débats ont été trop ardents, ils tiennent, dans l'histoire nationale de la Prusse, trop de place pour qu'il n'en fût pas fait mention ici. Ils se rattachent, nous semble-t-il, à une conception trop étroite. La Landwehr a été le produit de courants intellectuels trop anciens,

---

Stein, Scharnhorst und Schön, p. 72. — *Aus den Papieren* SCHÖN's, II, pp. 50, 51, 52, 58. — MEJER, *Schön und Niebuhr (Preussische Jahrbücher*, XXXI), p. 506.

1. Voir, en ce sens, en dehors des travaux de LEHMANN, TREITSCHKE, I, p. 419. — RANKE, *Hardenberg*, IV, p. 363. — *Erinnerungen des Feldmarschalls* VON BOYEN, II, p. 331. — HÄUSSER met sur le même pied Dohna et Clausewitz, agissant à l'instigation de Schön. HÄUSSER, IV, p. 35.

2. Voir le rapprochement du projet de 1812 et de celui de 1813. LEHMANN, *Knesebeck und Schön*, p. 216. — LEHMANN ne met pas en lumière une différence très sensible : dans le programme de 1812, la Landwehr est laissée de côté; voir ci-dessus, p. 318.

3 Voir les manifestations de Stein en faveur du service obligatoire d'après LEHMANN, *Knesebeck und Schön*, p. 222, — ses notes sur le projet d'armée de réserve, le 5 janvier 1808. [GERWIEN], p. 68. — Stein voulait élever une statue à Scharnhorst. PERTZ, *Gneisenau*, III, p. 69. — Voir (SCHERBENING), I, p. 95. — Stein à Gagern, 6 mai 1822. — PERTZ, *Stein*, II, p. 353; V, p. 706. — Stein rendant compte, dans son autobiographie, de l'œuvre des États de Königsberg, parle des mesures prises pour développer l'armée permanente, et passe sous silence la création de la Landwehr. PERTZ, *Stein*, VI, 2, *Beilagen*, p. 182.

et de circonstances immédiates trop pressantes, pour qu'il soit possible d'en faire l'œuvre exclusive des hommes ou de l'un des hommes qui ont préparé le projet qui fut soumis aux États de Königsberg, ou des États eux-mêmes, bien qu'ils aient réussi à lui imprimer leur marque. L'attribution des paternités intellectuelles est toujours difficile; mais, ici surtout, l'idée avait été conduite, par les événements, trop près de sa réalisation pour que l'action des individus puisse paraître prépondérante [1].

L'idée d'une réforme radicale de l'organisation militaire, l'idée de nationaliser l'armée avait fait son chemin en Prusse depuis la Révolution française et, surtout, depuis les désastres de 1806. Elle avait inspiré les projets dont nous avons suivi l'énumération depuis 1807, les tentatives de réforme qui n'avaient point abouti, mais qui, particulièrement en 1809, avaient été sérieusement poursuivies, avec l'assentiment du roi lui-même. Répandue, agitée depuis des années, l'idée trouvait un milieu intellectuel préparé de longue date. La Landwehr de la Prusse orientale n'a pas été une création improvisée, mais le dernier terme d'une longue série d'essais, en même temps que la première épreuve pratique de projets longuement mûris et souvent remaniés [2].

1. Voir la lettre de Schön à Schlosser, du 3 mars 1849 : « Lorsqu'on appelait l'excellent Dohna, et à bon droit, l'auteur de la Landwehr, il protestait et disait: « Dieu a parlé sans intermédiaire. *Vox populi, vox dei.* » *Aus den Papieren* SCHÖN's, I, *Selbstbiographie*, p. 98. — DROYSEN, *Yorck*, I, pp. 435, 438. — DROYSEN, *Yorck*, II (1852), pp. 277 et suiv. — LEHMANN, *Knesebeck und Schön*, p. 234. — HÄUSSER, IV, p. 33. — Voir le livre de Arndt, écrit et répandu à Königsberg, visé même dans les manifestations des États. ARNDT, *Was bedeutet Landsturm und Landwehr.*

2. (GERWIEN), pp. 8, 9. — LEHMANN, *passim.* — *Erinnerungen des Feldmarschalls* VON BOYEN, II, p. 331. — HÄUSSER, IV, p. 33.

CHAPITRE XI

LE TRAITÉ DE KALISCH

Que devenait cependant le gouvernement prussien et quelle situation allait rencontrer à Breslau le délégué que les États de Königsberg avaient chargé d'y porter leurs décisions et leurs adresses?

Nous avons laissé le roi, au milieu de février, aussi peu résolu à

Breslau [1] qu'à Berlin, énervé par son incurable timidité, plus enclin à s'attacher à l'Autriche qu'à la Russie, négociant encore, non sans quelque espoir de succès, avec Napoléon [2], et engagé simultanément sur les trois voies qui conduisaient à Saint-Pétersbourg, à Vienne [3], et à Paris. La Prusse semblait cependant, par la force des choses et la pression des circonstances, se rapprocher sensiblement de la Russie [4]. Les négociations engagées de ce côté, par les voies indirectes, depuis plus de deux mois, avaient pris un caractère plus officiel et plus précis. Knesebeck avait quitté Breslau, le 9 février [5], pour se rendre auprès d'Alexandre et répondre aux avances de plus en plus pressantes que le gouvernement prussien avait reçues du tsar [6].

1. Ci-dessus, Chapitre VII, p. 235. — D'après Lehmann, le roi ne se résout à rompre avec la France que le 23 février. Lehmann l'admet, d'après une confidence de Scharnhorst à Ompteda. *Politischer Nachlass des hannoverschen Staats-und Kabinets-Ministers Ludwig von Ompteda*, III, p. 32. — Lehmann, *Scharnhorst*, II, p. 514. — Droysen, *Das Leben des Feldmarschalls Grafen Yorck von Wartenburg*, II, p. 3. — *Erinnerungen aus dem Leben des General-Feldmarschalls Hermann von Boyen*, II, pp. 325, 336. — Pertz, *Das Leben des Ministers Freiherrn vom Stein*, III, p. 300. — Häusser voit les premiers indices de détachement dans une dépêche du 15 février. Häusser, *Deutsche Geschichte*, IV, p. 52. — Oncken place la résolution du roi au 23 février. Oncken, *Œsterreich und Preussen im Befreiungskriege*, I, p. 248.

2. Oncken, I, p. 189. — Lehmann, *Scharnhorst*, II, p. 501. — Voir l'impression de Saint-Marsan. Oncken, I, p. 289. — Voir, le 2 mars encore, après la signature du traité de Kalisch, Droysen, *Yorck*, II, p. 10. — A. Stern, *Abhandlungen und Aktenstücke zur Geschichte der preussischen Reformzeit*, 1807-1815, p. 404. — Pertz, *Stein*, III, p. 300. — Häusser, IV, p. 51. — Voir les reproches de la Russie sur l'attitude de la Prusse à l'égard de la France, la lettre d'Alexandre. Oncken, I, p. 251. — Duncker, *Abhandlungen zur preussischen Geschichte. Preussen während der französischen Okkupation*, p. 497. — Voir encore Fain, *Manuscrit de 1813*, I, p. 245. — Lehmann, *Scharnhorst*, II, p. 503. — Voir encore sur le caractère et la sincérité des ouvertures faites par la Prusse à la France, *ibid.*, II, p. 505. — Voir encore Hardenberg, dans un rapport au roi, du 28 janvier : « ce que Napoléon a dit au général Krusemark est sans doute très vague ; mais plusieurs de ses propos offrent néanmoins beaucoup d'intérêt », *ibid.*, II, p. 494. — Les concessions de la France arrivent à Breslau, le 17 mars. « Quatre semaines plus tôt », dit Lehmann, « elles eussent assuré la victoire au parti de la médiation », *ibid.*, II, p. 517. — Häusser, IV, p. 52.

3. Voir, sur l'attachement de la Prusse à l'Autriche, Oncken, I, pp. 183, 209, 282. — Ranke, *Denkwürdigkeiten des Staatskanzlers Fürsten von Hardenberg*, IV, p. 364. — Et sur l'hostilité et la réserve secrète de l'Autriche vis-à-vis de la Prusse, Oncken, I, p. 282. — L'Autriche, lorsqu'elle saisit la correspondance de Czartoriski et d'Alexandre, la cache à la Prusse, *ibid*, I, pp. 219, 229.

4. Voir, sur le peu de sincérité fondamentale de ses ouvertures et les réserves encore de Frédéric-Guillaume, Lehmann, *Scharnhorst*, II, p. 506. — Hardenberg s'engage de plus en plus ; voir Hardenberg à Knesebeck, le 21 février. Le 19 février, il fait des ouvertures à l'Angleterre et à la Suède, *ibid.*, II, p. 513.

5. Oncken, I, pp. 183, 187, 197. — Duncker, p. 490.

6. Oncken, I, pp. 183, 184, 195, 209. — Lehmann, *Scharnhorst*, II, p. 507.

Il avait rejoint le quartier général d'Alexandre, à Klodawa, le 15 février[1].

Le projet de traité, qu'il était chargé d'y porter, avait été dicté par les conseillers immédiats et intimes de Frédéric-Guillaume III. Ils voulaient que l'État prussien redevînt ce qu'il était au commencement de 1806 et que, de nouveau, les yeux tournés vers l'Est, comme au temps des partages polonais, il jetât son dévolu sur ces immenses territoires slaves qui avaient failli, au début de ce siècle, dénaturer ses traditions et submerger sa nationalité[2]. Cette conception, conforme à d'anciennes idées de Hardenberg[3], offrait bien quelques avantages. En demandant à reprendre son ancien lot dans les derniers partages de la Pologne, la Prusse réclamait des territoires évacués déjà par les armées françaises et reconquis par les Russes. Le gage était aux mains d'Alexandre. Mais ces prétentions heurtaient directement le plan de reconstitution de la Pologne que l'Empereur de Russie nourrissait secrètement dans un recoin de sa pensée, et qu'il n'avait point su d'ailleurs entièrement dissimuler à la perspicacité des principaux intéressés, des anciens copartageants[4].

1. ONCKEN, I, p. 235. — Voir, sur la lenteur du voyage, LEHMANN, *Scharnhorst*, II, p. 507. — *Erinnerungen des Feldmarschalls* VON BOYEN, II, p. 336. — La mission est secrète. HÄUSSER, IV, p. 52. — DUNCKER, pp. 487,492.

2. Voir aussi comment l'Autriche pousse à ces revendications polonaises de la Prusse, ARMAND LEFEBVRE, *Revue des Deux Mondes*, 1857, I, p. 45. — ONCKEN, I, p. 208. — Voir cependant, dans la note de Hardenberg, le paragraphe qui autorise Knesebeck à admettre quelques modifications, et celui qui l'autorise même à abandonner à la Russie une partie des anciens territoires polonais de la Prusse, *ibid.*, I, pp. 183-186. — L'article 6 du projet de traité dit : « La sûreté entière et l'indépendance de la Prusse ne pouvant être bien assurées qu'en lui rendant la force qu'elle avait avant la guerre de 1806, c'est-à-dire ses possessions dans la Pologne et dans l'Allemagne, Danzig y compris, ou un équivalent pour ces dernières possessions..., et en l'augmentant même s'il se peut.... » Ainsi on admettait un équivalent pour les anciennes possessions allemandes, mais non pour les anciennes possessions polonaises : ce passage semble avoir été rédigé par Knesebeck lui-même, *ibid.*, I, pp. 187. — Voir les idées de Knesebeck lui-même sur ce point. Rapport du 25-26 février, *ibid.*, I, p. 260. — Voir encore *ibid.*, I, p. 190. — Voir, sur ce point, la comparaison intéressante entre le projet de traité du 8 février et le traité de Bartenstein de 1807. A Bartenstein l'année normale était 1805 et non 1806. La Prusse de 1806 était déjà plus réduite que celle de 1805, *ibid.*, I, p. 191. — TOME I, p. 308.

3. Voir, sur les idées personnelles de Hardenberg à ce sujet, LEHMANN, *Scharnhorst*, II, p. 502.

4. Voir la lettre de Schöler, du 27 décembre, ONCKEN, I, pp. 217, 232, — la mission de Natzmer, *Aus dem Leben des Generals Oldwig* VON NATZMER, pp. 95-100, — ONCKEN, I, p. 194, — et les illusions que Hardenberg paraît se faire sur la possibilité de faire accepter ses projets par le tsar. Hardenberg à Stein, DUNCKER, p. 496. — ONCKEN, I, pp. 194, 233. — Voir encore la lettre de Frédéric-Guillaume

Les patriotes s'étaient montrés fort hostiles au projet de traité que Knesebeck portait à Klodawa. Ils s'irritaient de ce que le gouvernement prussien eût semblé prendre à tâche de rendre l'accord avec la Russie difficile, en heurtant de front les projets les plus chers d'Alexandre [1]. Le parti de l'indépendance, composé presque exclusivement d'Allemands étrangers à la Prusse, d'immigrés politiques [2], s'irritait encore de ce que la Prusse détournât ses regards de l'Allemagne [3], et s'engageât dans une voie qui l'écartait fatalement de ses destinées allemandes.

Dans ce débat, où se heurtaient les conseillers les plus intimes, les plus écoutés, de Frédéric-Guillaume III et les représentants du patriotisme allemand, dans ce débat, dont Hardenberg demeurait spectateur assez hésitant [4], c'était l'avenir même de la Prusse et de l'Allemagne qui se discutait.

On peut soutenir, et quelques historiens allemands ont encore soutenu récemment, que l'intérêt bien entendu de l'État prussien était de s'assurer de suite des garanties effectives, sauf à se réserver de les échanger plus tard, s'il y avait lieu [5]; qu'il y avait, à la fois, naïveté, imprévoyance, incapacité diplomatique, à se contenter d'assurances vagues, et à prendre hypothèque indéterminée sur les futures et incertaines conquêtes de la coalition au sein de l'Allemagne [6]. Les patriotes

à Alexandre, *ibid.*, I, p. 195, — toute la correspondance avec Czartoriski sur les projets de reconstitution de la Pologne. L'Autriche découvre cette correspondance et la communique à Napoléon. Metternich à Bübna, le 6 février, *ibid.*, I, p. 219. — Alexandre à Czartoriski, le 1/13 janvier 1813. Ch. de Mazade, *Alexandre Ier et Czartoriski*, pp. 206-370. — Bignon, *Histoire de France sous Napoléon*, XI, pp. 406, 411, 416. — Oncken, I, pp. 226, 228, 229, 230, 237. — Häusser, IV, p. 51. — Pertz, *Stein*, VI, 2, *Beilagen*, p. 183.

1. Lehmann, *Scharnhorst*, II, p. 502. — Oncken, I, p. 194.

2. Voir Gneisenau, en février 1813. Pertz, *Das Leben des Feldmarschalls Grafen Neithardt von Gneisenau*, II, p. 511.

3. Oncken, I, pp. 184, 188, 190, 262, 263, 283. — Lehmann, *Scharnhorst*, II, p. 501. — Treitschke, *Deutsche Geschichte im neunzehnten Jahrhundert*, I, p. 423.

4. Voir son attitude à la veille de la signature du traité de Kalisch. Lehmann, *Scharnhorst*, II, p. 513. — Ranke, *Hardenberg*, IV, p. 369.

5. C'est notamment la thèse d'Oncken. Oncken, I, pp. 282, 283. — En revanche Pertz soutient une autre thèse; c'est que le traité de Kalisch, tel qu'il fut conclu, garantissait suffisamment la Prusse; mais que Hardenberg ne sut pas tenir la main à son exécution avec assez de fermeté. Pertz, *Stein*, III, p. 306. — Häusser s'approprie cette thèse. Häusser, IV, p. 55.

6. Voir Knesebeck. Aegidi, *Die Sendung Knesebeck's (Historische Zeitschrift, XVI)*, p. 293. — Oncken, I, p. 272. — Voir Nesselrode à Lebzeltern, *ibid.*, I, p. 275. — Lebzeltern pense qu'avec plus d'énergie la Prusse aurait pu obtenir des conditions plus précises, *ibid.*, I, p. 278. — Sur le vague du traité, voir Stein dans son

étaient plus idéalistes; ils attachaient moins de prix aux garanties
effectives, aux avantages matériels, aux stipulations précises qu'aux
directions générales de la politique prussienne. Et surtout, dans la
situation de l'Europe, ils avaient d'autres motifs plus pressants que
leurs vues idéales et prophétiques sur l'avenir de la Prusse et de
l'Allemagne, pour regretter la voie où Frédéric-Guillaume III s'était
engagé. L'Europe avait payé pour savoir combien l'égoïsme et les
vues étroitement intéressées des États européens avaient favorisé le
développement de la puissance napoléonienne, en entravant l'union
sans arrière-pensée de ceux dont la collaboration eût été nécessaire
pour y opposer quelque obstacle. En 1813, l'Empire napoléonien
était chancelant : mais ceux mêmes qui le haïssaient le plus avaient
le sentiment, plus ou moins avoué, des ressources qu'il recélait
encore. Ils connaissaient le génie de son chef, et pouvaient pressentir
l'effort qui serait nécessaire pour achever de le réduire. Il y fallait
certainement encore l'action commune de toutes les puissances européennes. Ces hommes d'action étaient dominés, plus encore que par
leurs conceptions idéales sur la reconstruction de l'Allemagne, par la
nécessité d'amener à tout prix, et au plus tôt, avant que la France
eût pu se refaire, une entente et une action commune des ennemis de
Napoléon. Que la Prusse, ou la Russie, ou l'Autriche fussent sacri-
fiées dans le contrat, il leur importait relativement peu, pourvu que
le contrat se nouât[1]. La situation était telle qu'elle mettait aux prises
les vues, les traditions, les intérêts particuliers des États européens,
et les nécessités d'un effort commun d'affranchissement, sans arrière-
pensée et sans réserves. Le nœud du débat, pour les patriotes, était
là. Ils regrettaient surtout les obstacles que le programme de Frédéric-Guillaume III allait créer au rapprochement des puissances
européennes. Ils opposaient aux calculs égoïstes d'une politique particulariste l'entraînement plus généreux, l'élan plus désintéressé, d'un
soulèvement d'indépendance[2].

La personnalité, assez vague et équivoque, de Knesebeck[3] s'est

autobiographie. Pertz, *Stein*, VI, 2, *Beilagen*, p. 183. — Haüsser, IV, p. 54. —
Seeley, *Life and Times of Stein*, III, p. 194. — Droysen, *Yorck*, II, p. 10.
1. Sur ce point, Scharnhorst est dans le même état d'esprit que Stein. Voir
Scharnhorst à Hippel. Treitschke, I, p. 426.
2. Voir le débat entre Knesebeck et Stein. Rapport de Knesebeck, du 25 février.
Oncken, I, pp. 257, 258.
3. Voir sur Knesebeck, ci-dessus, Chapitre VII, p. 224. — Knesebeck à
Scharnhorst : « Vous avez, mon ami, dans votre entourage, des hommes animés

trouvée engagée et compromise entre ces tendances contradictoires. Arrivé à Klodawa [1], le 15 février, il écrivit, de Pollitz, le 18, son premier rapport qui parvint à Breslau le 20 février [2]. Il y signalait les instances les plus vives des Russes pour obtenir la coopération militaire immédiate de la Prusse [3]. Avec un optimisme certainement excessif, il annonçait l'assentiment, à peu près complet, de l'Empereur Alexandre au projet de traité qu'il avait apporté [4].

Puis Knesebeck garda le silence jusqu'au moment où il rédigea son second rapport, c'est-à-dire jusqu'au 25 février [5]. Aucun renseignement ne parvint plus à Breslau qui pût éclairer Hardenberg et Frédéric-Guillaume III [6] sur les suites de la négociation, si ce n'est les plaintes que les Russes adressaient directement au gouvernement prussien sur l'attitude de son représentant [7].

C'est que les vues de la Prusse et de la Russie n'avaient point tardé à se heurter. Alexandre eût voulu de la Prusse une coopération militaire immédiate et sans conditions. Et les conditions que lui apportait Knesebeck, la revendication des anciennes provinces polonaises de la Prusse, étaient celles qui pouvaient le mieux le heurter et le gêner.

La question s'est posée de savoir si Knesebeck avait été un négociateur à demi infidèle [8], peu enclin surtout à l'alliance russe, et assez

d'un esprit de parti extraordinaire; je vous en supplie, gardez-vous de leur influence. » Droysen, *Yorck*, II, p. 11. — Il était mal vu d'Alexandre. Pertz, *Gneisenau*, II, p. 504. — Voir, sur Knesebeck, Treitschke, I, p. 423.

1. Voir, sur le voyage de Knesebeck, Oncken, I, p. 234.
2. Voir le rapport du 18 février, Oncken, I, p. 240.
3. Voir, avant l'arrivée du rapport de Knesebeck, la lettre pressante d'Alexandre, datée de Klodawa le 15, et arrivée à Breslau le 17. Oncken, I, p. 235. — Voir les tentatives des Russes pour obtenir que la Prusse s'engage dans l'action militaire avant la conclusion du traité. Rapport de Knesebeck, *ibid.*, I, pp. 242, 244. — Knesebeck consent, à la demande des Russes, à écrire directement à Bülow, *ibid.*, I, p. 243. — Voir, sur le rôle de Stein dans cette tentative, *ibid.*, I, p. 257.
4. Oncken, I, p. 241. — Aegidi, *Historische Zeitschrift*, XVI, p. 291. — Voir encore, sur l'assentiment d'Alexandre au projet de traité, Oncken, I, pp. 245, 261.
5. Oncken, I, p. 247. — Voir le texte du rapport du 25 février, *ibid.*, I, p. 257. — Voir le rapport du 26, *ibid.*, I, p. 259.
6. Knesebeck n'écrit rien entre le 18 et le 25. Lui-même ne reçoit que le 25 les lettres que Hardenberg lui a écrites le 21 et le 23. Oncken, I, pp. 259, 265. — Les Russes retardent le départ de ses rapports, *ibid.*, I, p. 266.
7. Oncken, I, pp. 247, 249, 255, 257, 260, 273. — Voir les griefs des Russes exposés par Nesselrode à Lebzeltern, *ibid.*, I, p. 278.
8. Voir Lehmann, mais dont le jugement paraît excessif. Lehmann, *Scharnhorst*, II, p. 507. — Il est à noter que Knesebeck n'était pas lié sans réserves à ses instructions. « Il est autorisé à accepter les modifications ou les additions que S. M. l'Empereur de toutes les Russies pourra désirer, à condition qu'elles ne

peu soucieux de mener rapidement sa tâche à bien. Il paraît plus probable qu'il a réellement cherché à conclure l'alliance, mais qu'il l'a
rendue plus difficile, en accentuant les exigences de la Prusse du
côté de la Pologne, en exagérant encore les obstacles que ses instructions suscitaient au rapprochement [1].

Alors que la diplomatie prussienne semblait se perdre de nouveau
dans un de ces dédales qui lui étaient familiers et où s'étaient égarés,
plus d'une fois, les projets de coalition européenne, un revirement
brusque vint la remettre dans la voie droite, avec une décision, une
rapidité, une sûreté de main, où l'on sent l'action des causes lointaines
et profondes qui déterminent les événements historiques, où l'on
retrouve aussi, avec ses procédés familiers, l'intervention d'un homme
dont la forte volonté avait pesé plus d'une fois sur la politique prussienne.

Stein, qui était devenu le conseiller d'Alexandre, après avoir été celui
de Frédéric-Guillaume, n'était pas plus russe qu'il n'était prussien. Il
était, à cet égard, d'un détachement absolu. S'il avait fait usage des
pleins pouvoirs qu'il s'était fait remettre par l'Empereur de Russie,
pour convoquer, sur le territoire prussien, en dépit du roi de Prusse,
les États de Königsberg, il n'hésitait pas en revanche à écrire à Hardenberg, afin de le mettre en garde contre les vues envahissantes de
la politique russe [2]. « Celui qui a perdu sa patrie », avait-il écrit en

dénaturent pas le caractère essentiel de ses instructions, et sous la réserve
de ne rien accepter qui soit contraire aux intérêts de l'Autriche. » ONCKEN, I,
p. 183. — LEHMANN exagère les latitudes laissées à Knesebeck. LEHMANN, *Scharnhorst*, II, p. 507. — Le 23 février, Hardenberg écrit sur son journal : « Tergi-
versations de Knesebeck pour le traité d'alliance; arrivée d'Anstett ». ONCKEN, I,
p. 252. — ONCKEN établit avec assez de force qu'en résistant aux conditions que
les Russes voulaient lui imposer, Knesebeck est resté fidèle à ses instructions,
ibid., I, p. 261.
    1. TREITSCHKE, I, pp. 423, 425. — ONCKEN, I, pp. 117, 118, 209, 219, 244, 260, 267,
274, 276, 278, 279. — PERTZ, *Stein*, III, p. 301. — DUNCKER, pp. 495, 496. — RANKE,
Hardenberg, IV, pp. 364, 368. — Voir l'irritation de Gneisenau contre Knesebeck.
Gneisenau à Hardenberg, le 26 février. PERTZ, *Gneisenau*, II, p. 512. — [PRITTWITZ],
Beiträge zur Geschichte des Jahres 1813, von einem höheren Offizier, I, p. 229.
— DROYSEN, *Yorck*, II (1852), p. 148. — LEHMANN, *Scharnhorst*, II, p. 508. — Les
négociations se brouillèrent « surtout à propos de la Pologne », dit Stein, dans
son autobiographie. PERTZ, *Stein*, VI, 2, *Beilagen*, p. 183. — AEGIDI, *Historische
Zeitschrift*, XVI, p. 274.
    2. Voir la lettre de Stein à Hardenberg, de Breslau, 17 février 1813. ONCKEN, I,
p. 238. — Cette lettre est fort surprenante : 1° aucun autre indice n'indique que
Stein se soit rendu alors à Glogau et à Breslau; 2° il est singulier que passant le 17 à Breslau, Stein ait écrit à Hardenberg, au lieu de l'aller trouver;

partant pour la Russie, « est nécessairement un aventurier. Je n'ai pas de choix, il faut que j'aille chercher la liberté et une patrie jusqu'au bout du monde [1]. »

Il était bien au premier chef de ceux qui subordonnaient les intérêts étroits de l'État prussien à sa mission allemande, les intérêts particuliers de tous les États européens à l'intérêt primordial de leur indépendance, à l'affranchissement de l'Europe, à la destruction de la puissance napoléonienne [2]. Il n'accusait point Knesebeck de mauvaise foi et d'arrière-pensées. Il lui reprochait seulement sa maladresse et ses finasseries [3]. Lorsqu'il vit le rapprochement de la Russie et de la Prusse compromis, à la fois, par les procédés du négociateur et par les directions qui lui avaient été données, il sut, avec la clairvoyance aiguë de sa passion, avec sa connaissance aussi des mœurs, des caractères, des faiblesses du gouvernement prussien, discerner le mal, appliquer le remède et porter aux hésitations un coup décisif et définitif [4].

Il avait quitté Königsberg le 7 février, le surlendemain de la réunion des États. Il avait rejoint le quartier général d'Alexandre [5]. Ce fut lui qui détermina l'Empereur de Russie à interrompre la négocia-

---

3° la lettre, par son ton général, se concilie mal avec celle que Hardenberg adresse à Stein, le 1ᵉʳ février. DUNCKER, p. 487 ; 4° les formules de déférence presque humbles à l'endroit du chancelier ne rappellent pas le style de Stein ; 5° le fond même indique une défiance de Stein à l'égard des Russes qui contraste avec le reste de son attitude. La lettre ouvre sur les relations de Stein et de Hardenberg, et sur les vues mêmes de Stein, un jour assez imprévu. — Voir encore ONCKEN, I, p. 273. — La lettre a mis quatre jours, à Breslau même, pour arriver à Hardenberg, ibid., I, p. 240. — SEELEY, III, p. 81. — Voir la lettre de Yorck à Stein, du 23 février. « Le voyage de Votre Excellence à Breslau me remplit d'espoir. » DROYSEN, Yorck, II, p. 9. DROYSEN pense que cette lettre se rapporte au voyage à Breslau du 25 février. Elle pourrait se rapporter à un premier passage de Stein, à Breslau.

1. A. FOURNIER, Stein und Gruner in Œsterreich, Deutsche Rundschau, LIII, p. 216.

2. Voir le rapport de Knesebeck, du 25 février. ONCKEN, I, p. 257. — Voir la critique de l'action de Stein, ibid., I, p. 274. — SEELEY, III, p. 87.

3. Voir, sur l'origine probable du dissentiment, le rapport de Knesebeck du 25 février. ONCKEN, I, p. 257. — « Ce brave homme, fort instruit, avait une sorte d'hésitation qui paralysait et troublait tout, et une tendance aux finasseries qui lui ôtait toute clarté », dit Stein, dans son autobiographie. PERTZ, Stein, VI, 2, Beilagen, p. 183.

4. PERTZ, Stein, VI, 2, Beilagen, p. 183. — ONCKEN, I, p. 273. — Erinnerungen des Feldmarschalls VON BOYEN, II, p. 338.

5. Voir cependant, sur le détour qu'il aurait fait en passant à Glogau et à Breslau, la lettre du 17 février, ONCKEN, I, pp. 238, 240, — sur l'arrivée de Stein à Kalisch, le 24 février, PERTZ, Stein, III, p. 302.

tion engagée par Knesebeck, à mettre délibérément [1] celui-ci de côté, et à envoyer directement à Breslau, sans même en informer Knesebeck [2], deux négociateurs qui durent y porter un projet de traité entièrement différent de celui qui servait de texte aux pourparlers. Les deux négociateurs russes partirent aussitôt. C'étaient Anstett et Stein.

Il est certain que c'est Stein qui a été l'instigateur de cette résolution, dont les conséquences furent décisives [3]. Il s'en est attribué le mérite [4] et l'on n'a aucune raison de douter de ses affirmations. C'est bien lui qui a dicté au tsar la résolution qui noua l'accord de la Prusse et de la Russie et exerça par là, sur les événements de 1813, une influence décisive.

Le nouveau projet de traité, que les envoyés russes emportaient à Breslau, ne ressemblait en rien à celui que l'envoyé prussien avait apporté à Klodawa. Il promettait à la Prusse non plus les territoires qu'elle possédait avant 1806, mais des territoires équivalents. Ces territoires devaient être prélevés sur les conquêtes que la coalition réaliserait au sein de l'Allemagne [5]. La Prusse conservait la vieille Prusse orientale; elle devait acquérir, de ce côté, un territoire suffisant pour relier la Silésie aux anciennes provinces orientales de la monarchie prussienne [6]. L'imagination d'Alexandre conservait ainsi libre carrière pour reconstituer le royaume de Pologne. La Prusse demeurait sans garanties formelles. Les compensations qu'on lui promettait à l'ouest, il lui faudrait les conquérir d'abord. On lui de man-

---

1. Voir, sur le caractère très exceptionnel de cette résolution, ONCKEN, I, pp. 250, 266. — PERTZ, Stein, VI, 2, Beilagen, p. 183.
2. Knesebeck, dans son rapport du 25 février, connaît la mission d'Anstett et de Stein, sans en connaître l'objet. ONCKEN, I, p. 253. — Voir encore le rapport du 25/26, ibid., I, p. 264. — RANKE, Hardenberg, IV, p. 369.
3. PERTZ, Stein, III, pp. 302, 303. — PERTZ, Gneisenau, II, p. 305. — BERNHARDI, Geschichte Russlands, II, 2, p. 736. — ONCKEN, I, p. 272. — LEHMANN, Scharnhorst, II, p. 515. — TREITSCHKE, I, p. 425.
4. ONCKEN, I, p. 273. — « Sur mon conseil, l'empereur Alexandre envoya à Breslau Anstett, comme plénipotentiaire, et moi », dit Stein dans son autobiographie. PERTZ, Stein, VI, 2, Beilagen, p. 183.
5. Voir la comparaison entre l'article du projet de Knesebeck, rédigé d'après ses instructions, et l'article du contre-projet russe. ONCKEN, I, pp. 267, 268. — PERTZ, Stein, VI, 2, Beilagen, p. 183. — TREITSCHKE, I, p. 426.
6. Une autre différence essentielle des deux projets de traité, sur laquelle ONCKEN glisse, mais sur laquelle RANKE insiste, c'est que, dans le projet russe, il n'est plus question de la prépondérance de la Prusse sur l'Allemagne du Nord que la Prusse avait d'abord réclamée. RANKE, Hardenberg, IV, p. 365. — TREITSCHKE, I, p. 426.

dait « de jeter son bâton de maréchal derrière les remparts de la citadelle, de l'autre côté de la frontière [1] ». Et ce n'était pas tout. Que de difficultés elle pouvait prévoir, si elle voulait s'étendre à l'ouest! Que de questions délicates demeuraient en suspens, que de conflits en perspective !

Mais Stein, en rédigeant le projet de traité, n'avait point eu pour but de sauvegarder les intérêts de la Prusse, ni même exclusivement de l'orienter vers sa mission allemande [2]. Il avait surtout cherché le joint pour nouer entre les ennemis de la France un pacte immédiat de coopération résolue. Voulant cela, il avait vu juste; il avait enfoncé le coin au bon endroit.

Le 25 février, à l'heure même où Knesebeck, à Kalisch, écrivait son second rapport, pour exposer à son gouvernement toutes ses difficultés, Hardenberg, qui était demeuré sans nouvelles depuis le 20, reçut un billet daté de Breslau même, à l'hôtel du Sceptre d'Or, et dans lequel le conseiller d'État russe Anstett, qui venait d'arriver avec Stein, lui demandait à quelle heure il pourrait être reçu pour s'acquitter de la mission que l'Empereur Alexandre lui avait confiée [3] Vingt-quatre heures plus tard, le matin du 26, le projet de traité qu'il avait apporté reçut, avec de très légères modifications, l'approbation du roi et du chancelier [4]. Le 28, les plénipotentiaires désignés pour remplir les dernières formalités, Kutusoff et Hardenberg, échangèrent les signatures. Le traité de Kalisch était conclu; l'alliance de la Prusse et de la Russie était nouée ; et la situation européenne prenai un aspect nouveau.

Par un renouvellement dramatique des circonstances qui ont marqué presque partout l'action de Stein, il a donné l'impulsion décisive, et, dans l'acte même, on a peine à saisir et à retrouver sa main.

Quel sort agité que celui de cet homme! Missionnaire de la politique anti-napoléonienne et de l'unité allemande, attaché quelques

1. LEHMANN, *Scharnhorst*, II, p. 502.
2. « M. de Stein me laisse très bien voir que le sort de la Prusse l'inquiète peu, pourvu que la guerre éclate en Allemagne et, en attendant, ce ministre ne néglige rien pour nous y précipiter. » Rapport de Knesebeck du 25 février. ONCKEN, I, p. 257. — Voir la même préoccupation chez Scharnhorst. PERTZ, *Stein*, III, p. 306. — HIPPEL, *Beiträge zur Charakteristik Friedrich Wilhelm's III*, p. 68.
3. ONCKEN, I, p. 249.
4. ONCKEN, I, p. 252. — « Sans aucune modification », dit Frédéric-Guillaume dans la lettre du 27, *ibid.*, I, p. 252. — Voir, sur les quelques modifications que Hardenberg apporte au contre-projet russe, *ibid.*, I, p. 269.

années à la Prusse comme à une patrie de fortune, où il avait trouvé
un terrain d'action propice, proscrit et mis au ban de l'Europe par
un décret de Napoléon, puis rentrant, cinq années plus tard, comme
un conseiller imposé par l'Empereur de Russie, dans cette même
cour de Prusse d'où Napoléon l'avait banni. Il n'est point surprenant que Frédéric-Guillaume III l'accueillît avec quelque mauvaise
humeur. Il pouvait penser que ses rapports avec Stein ne dépen-
daient point assez de sa libre initiative, et l'on ne peut s'étonner qu'il
trouvât importun ce témoin gênant des destinées fatales de la
Prusse qui pénétrait de force dans son existence.

Hardenberg, d'autre part, n'en était plus avec Stein à sa collaboration déférente de 1810 [1]. Trois années de pouvoir et de diplomatie
difficile l'avaient assagi. Les voies des deux hommes s'étaient
séparées, et, moralement comme matériellement, le contact s'était
rompu. Peut-être cette rentrée subite et dominatrice de Stein dans
les affaires prussiennes inquiétait-elle plus personnellement Hardenberg. Peut-être redoutait-il, quoique cela fût peu vraisemblable,
que Stein ne fût sur le point de redevenir premier ministre en
Prusse [2]. En tout cas, il jugeait son action « infiniment exaltée et
insurrectionnelle [3] ». Il l'eût presque, comme Metternich, traité de
jacobin. Il recommandait prudemment qu'on ne le laissât point, au
retour, passer par Berlin [4].

Rien ne promettait donc à Stein un accueil empressé dans le
milieu gouvernemental de Breslau, où on se plaisait à le noircir et
à le traiter, tantôt d'agent révolutionnaire, et tantôt d'agent russe.
Alexandre lui avait bien donné, comme viatique, une lettre [5] où il
le recommandait personnellement à Frédéric-Guillaume III. « Le

1. Voir, sur le ton de leurs rapports, la lettre de Hardenberg à Stein, du 1er février 1813. DUNCKER, p. 487, — SEELEY, III, p. 74, — et la lettre de Stein è Hardenberg du 17 février, ONCKEN, I, p. 238, — la réponse de Hardenberg, ibid.,
I, p. 272. — Voir encore ibid., I, p. 249. — Voir l'autobiographie de Stein. PERTZ,
Stein, VI, 2, Beilagen, p. 183.
2. Stein l'indique dans son autobiographie. PERTZ, Stein, VI, 2, Beilagen, p. 183.
3. Rapport immédiat de Hardenberg, 8 février. LEHMANN, Scharnhorst, II, p. 515.
4. Ordre de cabinet pour la commission supérieure de Berlin, rédigé par Hardenberg, le 6 mars. « Le ministre baron de Stein ne viendra pas à Berlin. Aucune
mesure qui regarde le pays et mes sujets ne sera prise que sous autorité prussienne et vous y veillerez. » LEHMANN, Scharnhorst, II, p. 515.
5. La lettre du 22 février, qui accrédite Anstett pour négocier le traité, ne
fait pas mention de Stein. ONCKEN, I, p. 250. — C'est à la fin de la lettre du 24,
portée aussi par Anstett, qu'Alexandre recommande Stein à Frédéric-Guillaume,
ibid., I, p. 251. — Voir encore ibid., I, p. 272.

baron de Stein », écrivait le tsar, « saisit cette occasion de se mettre
aux pieds de Votre Majesté. Elle ne possède certainement point de
plus fidèle sujet. Durant près d'une année où je l'ai eu près de moi,
j'ai appris à le connaître et à l'estimer chaque jour davantage. Il est
initié à tous mes plans et à toutes mes idées concernant l'Allemagne
et il peut vous en rendre un compte fidèle. »

Frédéric-Guillaume III ne pouvait répondre que du même style. Il
écrivait, le 27 [1] : « Je n'ai pu voir encore le baron de Stein, parce qu'il
a été retenu à la chambre par une indisposition ; mais j'aurai plaisir
à le revoir et à apprendre de lui vos vues sur l'Allemagne ». Il est
probable qu'au fond de son cœur le roi de Prusse pensait qu'Alexandre
n'était point le meilleur juge de la fidélité de ses sujets. En tout
cas, les circonstances accusèrent, avec un relief extraordinaire, l'isolement d'une personnalité qui a exercé sur son époque, et particulièrement à ces instants critiques, une action si décisive.

Stein était arrivé à Kalisch le 24 février. Il était atteint dans sa
santé. Il avait contracté, dit-on, dans une auberge polonaise encombrée de cadavres, comme l'étaient alors tous les territoires traversés
par les armées, les germes d'une grave maladie [2]. Il était reparti
cependant de Kalisch, avec Anstett, pour porter le projet de traité à
Breslau, où il arriva le 25 février. On ne sait au juste s'il vit le roi [3].
Son biographe et Boyen affirment qu'il eut avec Frédéric-Guillaume III,
le 25 même, une entrevue décisive [4]. Le roi assure le contraire dans
la lettre qu'il adressait, le 27, à Alexandre [5]. Stein ne parle point de
cette entrevue dans son autobiographie. En tout cas, il vit Hardenberg.
Il raconte lui-même qu'il trouva le chancelier plein de méfiance [6].
L'accueil dut être froid [7]. Le biographe de Stein nous le montre, au

1. ONCKEN, I, p. 253. — La lettre est écrite après l'approbation du traité.
Journal de Hardenberg, 26 février, ibid., I, p. 252.

2. PERTZ, Stein, III, p. 309.

3. ONCKEN, I, pp. 251, 253, 272. — OMPTEDA, Nachlass, III, pp. 41, 42.

4. Voir le récit de Boyen. Erinnerungen des Feldmarschalls VON BOYEN, II,
pp. 338, 339. — Pertz reproduit le même récit, très précis dans ses détails, mais
aussi d'après une communication verbale de Boyen. PERTZ, Stein, III, pp. 302,
586. — Voir PERTZ, Gneisenau, II, p. 505, — et, contre le récit de Boyen,
DUNCKER, p. 498. — Voir encore OMPTEDA, Nachlass, III, pp. 32, 42. — A. STERN,
p. 405. — LEFEBVRE, Histoire des cabinets de l'Europe, V, p. 266.

5. ONCKEN, I, p. 253. — Alexandre, au reçu des nouvelles de Breslau, dit à Knesebeck que Stein a été bien reçu. PERTZ, Stein, III, p. 304. — DUNCKER, p. 499.

6. PERTZ, Stein, VI, 2, Beilagen, p. 183.

7. Journal de Hardenberg du 26. ONCKEN, I, p. 272. — OMPTEDA, Nachlass, III,
pp. 41, 42. — Voir la réponse de Hardenberg à la lettre du 17 février. ONCKEN,
I, p. 272. — Erinnerungen des Feldmarschalls VON BOYEN, II, p. 340.

sortir de cette entrevue, errant dans cette capitale de hasard, encombrée d'hôtes de passage, frappant à la porte de deux hôtels, puis s'arrêtant, impatient et colère, sur la place du marché. Lützow le rencontre et lui offre une chambre dans l'auberge du Sceptre, où il était en train de recruter pour son corps franc [1]. C'est là, dans une mansarde, qu'il s'arrête, terrassé par la maladie, isolé, à deux doigts de la mort. Et, tandis qu'il se débat dans l'insomnie et la fièvre, Anstett présente au roi et lui fait signer le traité de Kalisch dont Stein a été, dans les conseils d'Alexandre, l'inspirateur et l'auteur. Frédéric-Guillaume ne fait même point prendre de ses nouvelles [2]. Hardenberg le tient à l'écart et les courtisans ont ordre de l'éviter [3]. Il fallut l'arrivée d'Alexandre à Breslau, le 15 mars, sa situation dominante, la faveur qu'il témoignait publiquement à Stein, pour que l'entourage de cour reprît le chemin de sa demeure [4].

La signature du traité de Kalisch était un acte décisif, mais bien tardif. La question qu'il tranchait était, en fait, résolue depuis plusieurs semaines. Le traité n'était que la sanction de faits accomplis, sur lesquels il eût été à peu près impossible au gouvernement prussien de revenir. Il y avait près de deux mois que Yorck avait signé la convention de Tauroggen [5]. Il y avait plus d'un mois qu'il avait écrit à Bülow, qui commandait les troupes dans la Prusse occidentale, la lettre du 13 janvier que nous avons déjà citée : « Que veut-on à Berlin ? Est-on donc tombé si bas que l'on n'ose plus briser nos chaînes ? » En même temps, il disait crûment aux Russes [6] : « Si les Français font notre roi prisonnier, nous placerons à notre tête l'un de nos princes, et nous suivrons l'exemple des Espagnols ». A la même date, Bülow était dans un état d'esprit semblable. Au roi, qui lui prescrivait, le 16 janvier, de se réserver, de se replier sur Col-

<hr/>

1. *Erinnerungen des Feldmarschalls* von Boyen, II, p. 340. — Pertz, *Stein*, III, p. 303.

2. Voir l'autobiographie de Stein. Pertz, *Stein*, VI, 2, *Beilagen*, p. 183.

3. *Erinnerungen des Feldmarschalls* von Boyen, II, p. 341.

4. Voir l'autobiographie. Pertz, *Stein*, VI, 2, *Beilagen*, p. 184. — Ses créanciers l'assaillent sur son lit de malade ; et il demande à Alexandre des fonds pour se dégager, *ibid.*, p. 184.

5. Voir, sur la situation où l'on laisse Yorck, sa lettre à Stein, du 23 février. Pertz, *Stein*, III, p. 307. — Droysen, *Yorck*, II, p. 9. — Une lettre du roi, écrite avant le 28, accueille presque une demande de retraite de Yorck, *ibid.*, II, p. 12. — Voir l'ordre qui lui est donné de se justifier, *ibid.*, II, p. 13.

6. Lehmann, *Scharnhorst*, II, p. 487.

berg dans un cas extrême, il répondait, le 18, avec respect mais avec décision, que la Prusse, alliée aux Russes, serait bientôt sur le Rhin, que le salut de l'État était dans la guerre contre la France [1].

Dès le 23 janvier, Yorck avait donné l'ordre à son corps d'armée de quitter Tilsit et de marcher à l'ouest vers la basse Vistule. Le 19 février, huit jours avant la conclusion du traité, il avait franchi déjà la Vistule [2]. Bülow, séparé de Yorck naguère par de si vifs dissentiments, s'entendait avec lui pour combiner leurs mouvements offensifs contre les restes de l'armée française [3]. Toutes ces opérations s'exécutaient sans ordres du roi [4].

Le 22 février, Wittgenstein, Yorck et Bülow s'étaient réunis à Conitz et avaient arrêté toutes les dispositions en vue de leur marche sur l'Oder [5]. Le 18 janvier déjà, Bülow s'était adressé à Borstell, à l'ancien aide de camp de confiance de Frédéric-Guillaume III, qui commandait en Poméranie et lui avait conseillé de faire cause commune avec Yorck et avec lui, de se placer, sans attendre les ordres

1. LEHMANN, *Scharnhorst*, II, p. 488.
2. LEHMANN, *Scharnhorst*, II, p. 509. — [PRITTWITZ], I, pp. 17, 44, 53, 110, 123, 166. — [GERWIEN], *Errichtung der Landwehr und des Landsturms in Ostpreuszen*. (*Beiheft zum Militair-Wochenblatt, janvier-octobre 1846*), pp. 3, 4. — C'est seulement le 12 février qu'est signé, à Breslau, l'ordre qui lève l'interdit jeté sur Yorck. DUNCKER, p. 491. — Yorck en est informé le 22 février, *ibid.*, p. 491. — L'ordre de cabinet innocentant Yorck est du 12 mars. [PRITTWITZ], I, p. 259. — Voir la lettre d'Yorck au roi, du 13 février. DUNCKER, p. 494. — Yorck prend le commandement des corps de Bülow et Berstell, le 6 mars. [PRITTWITZ], I, p. 232.
3. Voir, le 22 février, l'entrevue de Yorck, Bülow et Wittgenstein à Conitz. Yorck au major Krauseneck, le 6 février. LEHMANN, *Scharnhorst*, II, p. 509. — Voir, sur la marche d'Yorck, [PRITTWITZ], I, p. 208. — PLOTHO, *Geschichte des Krieges in den Jahren 1813, 1814 und 1815*, I, pp. 37, 38.
4. Voir les lettres remises à Knesebeck, le 20 février. LEHMANN, *Scharnhorst*, II, p. 508. — [PRITTWITZ], I, pp. 176, 229. — DROYSEN, *Yorck*, II (1852), p. 148. — Voir l'impression du roi lorsqu'il reçoit la lettre d'Yorck, du 13 février, annonçant qu'il a franchi la Vistule. « On veut à tout prix nous entraîner et nous compromettre. » Note du roi à Hardenberg, du 25 février. DUNCKER, p. 495. — Voir, à la date du 17 février, la résistance de Bülow et de Yorck aux invitations de Kutusoff, qui veut les entraîner à l'offensive. [PRITTWITZ], I, pp. 181, 182, 183.
5. Au moment de la conférence du 22 février, DROYSEN admet que Bülow, et, par lui, Yorck ont reçu la première instruction que Knesebeck a fait parvenir à Bülow, mais sans ordre du roi ; c'est aussi le 22 février, mais à Marienwerder, que Yorck aurait reçu l'ordre de cabinet du 12, qui lève l'interdit qui pèse sur lui. DROYSEN, *Yorck*, II, p. 8, 13. — DROYSEN paraît avoir emprunté son assertion à [PRITTWITZ], I, pp. 183, 184. — LEHMANN, *Scharnhorst*, II, p. 509. — DUNCKER, p. 491. — D'après DROYSEN, *ibid.*, II, p. 8, Yorck reste à Conitz. Le 23 février, Yorck écrit à Stein : « J'attends toujours des instructions précises de S. M. le Roi. Jusqu'ici j'ai agi d'après mes propres vues... A Breslau... on semble presque m'avoir oublié. » PERTZ, *Stein*, III, p. 307. — DROYSEN, *Yorck*, II, p. 9. — Yorck ne reçoit d'ordres que le 6 mars, *ibid.*, II, p. 16. — Voir encore TREITSCHKE, I, p. 428.

du roi, à l'avant-garde de l'armée russe et d'ouvrir les hostilités contre les restes de la Grande Armée. Le 18 janvier, Borstell avait encore résisté à ces ouvertures. Mais quelques jours plus tard, Gneisenau, débarquant d'Angleterre à Colberg, l'avait entraîné [1]. Borstell, ce « favori du roi, homme du formalisme le plus étroit, et de la capacité la plus ordinaire », rassuré peut-être par quelque message de cour officieux [2], s'était mis le 28 février [3], de sa propre initiative, en marche sur Berlin. Et, dans la vieille Prusse féodale et monarchique, ces hommes, d'origines et de tendances diverses, avaient offert le spectacle nouveau de chefs militaires déclarant la guerre de leur autorité et dirigeant, de leur propre mouvement, des opérations contre les alliés officiels de leur souverain [4].

Lorsque le traité de Kalisch fut signé, il y avait plus d'un mois que les États de Königsberg avaient été convoqués, malgré la mauvaise humeur de Frédéric-Guillaume III qui écrivait à Alexandre pour lui demander d'arrêter l'action révolutionnaire de Stein [5]; il y avait plus de trois semaines qu'ils s'étaient réunis et avaient entrepris d'organiser la Landwehr.

Et, de même, dans les Marches, la commission supérieure de gouvernement que le roi avait instituée à Berlin en quittant sa capitale n'était plus maîtresse des événements [6]. Elle tentait consciencieuse-

1. Gneisenau à Münster, le 28 février. LEHMANN, *Scharnhorst*, II, p. 509. — La lettre est dénaturée dans [HORMAYR], *Lebensbilder aus dem Befreiungskriege*, II, p. 311. — PERTZ, *Gneisenau*, II, p. 514.

2. PERTZ, *Gneisenau*, II, p. 514. — Gneisenau suppose que Borstell a reçu des instructions secrètes; mais ceci est en contradiction avec la lettre de Borstell du 27 et avec la note de Hardenberg du 28 (voir ci-après, note suivante). — Voir sur la mise en marche de Borstell, [PRITTWITZ], I, p. 226.

3. Il avait écrit directement à Gneisenau pour avoir des armes. Hardenberg au roi, le 28 février : « Le général est répréhensible d'avoir fait une démarche pareille sans votre autorisation, Sire ». PERTZ, *Gneisenau*, II, pp. 510, 674. — LEHMANN, *Scharnhorst*, II, p. 509. — Borstell part sans ordres; car il écrit, le 27, au roi : « Je n'entreprendrai rien d'autre sans instructions précises; mais j'en supplie V. M. à genoux : qu'elle nous laisse marcher ». DROYSEN, *Yorck*, II, p. 11. — THEITSCHKE, I, p. 428.

4. Voir, sur cette action indépendante de l'armée, LEHMANN, *Scharnhorst*, II, p. 518. — Le premier ordre aux trois généraux de marcher sur l'Oder est du 20 février. Encore est-il remis à Knesebeck qui ne le fait pas parvenir. Knesebeck se borne à transmettre à Bülow, des instructions très réservées. [PRITTWITZ], I, pp. 229, 230. — THEITSCHKE, p. 493. — Les ordres de marche sont du 1er mars. Ils parviennent à Bülow le 5 mars; mais prescrivent encore de ne pas traiter les Français en ennemis. [PRITTWITZ], I, pp. 229, 230. — ONCKEN, I, p. 243. — Yorck reçoit également les ordres de marche, le 5 mars, [PRITTWITZ], I, p. 231.

5. Voir les instructions de Knesebeck, du 8 février. ONCKEN, I, p. 185.

6. Goltz, le 22 février. Voir l'entrée d'une première troupe de cosaques à

ment, et non sans difficulté, de s'acquitter de la mission délicate que
Frédéric-Guillaume III lui avait confiée, en lui prescrivant de maintenir les relations les plus amicales avec le corps d'occupation
français [1]. Et cependant le parti patriotique, à peine maintenu dans
quelque réserve par l'autorité de Scharnhorst [2], et les conseils de
prudence qu'il faisait parvenir à Berlin, avait organisé une sorte de
contre-gouvernement. Il envoyait des émissaires à Königsberg [3].

Hardenberg, bien qu'il eût marqué plus de résolution depuis la
fin de janvier, bien que sa clairvoyance supérieure lui eût indiqué
la voie, et que sa prudente diplomatie n'eût jamais rompu avec les
patriotes, était déconsidéré par son apparente réserve. Gneisenau,
débarquant d'Angleterre, lui parlait avec regret de l'impopularité
croissante dont ses hésitations et ses lenteurs apparentes lui faisaient
porter le poids [4].

D'ailleurs, le mouvement populaire avait été déchaîné inconsciem-
ment par le gouvernement lui-même, par les mesures de préparation militaire auxquelles le gouvernement s'était enfin résolu, sans
en mesurer la portée et les conséquences. Péniblement [5], tardivement [6], Scharnhorst avait arraché [7] un certain nombre de décisions

Berlin, le 20 février. LEHMANN, *Scharnhorst*, II, p. 411. — [PRITTWITZ], I, p. 195.
— TREITSCHKE, I, p. 428. — La commission de gouvernement à Berlin n'ose pas
publier l'ordonnance sur les volontaires, rendue à Breslau le 3 février. LEHMANN,
Scharnhorst, II, p. 530. — Elle est supprimée, le 15 mars, au moment de l'organisation des quatre gouvernements militaires. (GERWIEN), p. 28.

1. LEHMANN, *Scharnhorst*, II, p. 510. — Voir le contraste assez plaisant entre
cette instruction du 22 janvier et les reproches de pusillanimité que le roi et
Hardenberg adressent à la commission à la date du 23 février, *ibid.*, II, p. 514. —
Voir Gneisenau sur les fonctionnaires de Berlin qui veulent empêcher les volontaires de partir. [PRITTWITZ], II, p. 512. — [PRITTWITZ], I, p. 210.

2. Eichhorn à Scharnhorst, le 28 février. Goltz à Hardenberg, le 24 février, et
note marginale de Hardenberg. « Le Schachtmeyer a été envoyé par le général
Scharnhorst, après une mûre réflexion entre nous deux, pour donner sous main
des conseils de prudence et de modération aux têtes chaudes. » LEHMANN, *Scharnhorst*, II, p. 514.

3. Voir, sur la mission d'Alexandre von der Marwitz, Kehnert et Stägemann à
Königsberg, *Aus dem Nachlasse F. A. L.* VON DER MARWITZ, I, pp. 334, 337. — PERTZ,
Stein, VI, 2, *Beilagen*, p. 182. — DROYSEN, *Yorck*, I, p. 432. — ONCKEN, I, p. 178.

4. Gneisenau à Hardenberg, de Colberg, le 26 février. PERTZ, *Gneisenau*, II, p. 512.

5. Voir le journal de Hardenberg, du 4 février : « Affaires et conférences militaires; difficultés avec Sa Majesté ». LEHMANN, *Scharnhorst*, II, p. 512.

6. Voir le sentiment de Hardenberg lui-même sur ce point, à propos des lettres
remises à Knesebeck, le 20 février, pour les trois généraux. LEHMANN, *Scharnhorst*, II, p. 508. — [PRITTWITZ], I, p. 229. — DROYSEN, *Yorck*, II (1852), p. 148.

7. Sur l'influence de Scharnhorst, Zichy, le 25 février. ONCKEN, I, p. 302, —
LEHMANN, *Scharnhorst*, II, p. 514. — Sur l'hostilité persistante du roi envers
Scharnhorst, *Erinnerungen des Feldmarschalls* VON BOYEN, II, p. 326. — PERTZ,
Stein, III, p. 298.

à la mauvaise humeur du roi fertile en prétextes pour tout entraver
et tout retarder. Ces mesures [1], sur lesquelles nous reviendrons,
révélèrent, comme un réactif puissant, le courant qui entraînait la
nation [2]. La décision du 3 février surtout, l'appel aux volontaires,
provoqua dans la partie cultivée de la population allemande un
entraînement extraordinaire. Berlin seul, avec sa population de
150 000 habitants, fournit 6 000 volontaires [3]. Les universités, les
collèges se vidèrent en un instant [4]. Tout le collège administratif de
la Silésie offrit de s'engager, d'abandonner l'administration de la
province [5]. Le ministre Goltz, demeuré à Berlin, écrivait [6], avec une
naïveté qui traduisait bien l'état d'âme des cercles gouvernementaux :
« Je ne vois aucun moyen de réfréner l'ardeur de ces masses ». Et
Frédéric-Guillaume vit, avec une sorte de stupéfaction, défiler devant
ses fenêtres à Breslau les volontaires accourus de Berlin [7]. Des
mesures, qui avaient excité chez Frédéric-Guillaume une répugnance,
où la faiblesse et la méfiance des courants populaires avaient leur
part, mais qui, dans sa pensée, n'engageaient point sa politique,
l'avaient engagée, en fait, irrémédiablement. Le gouvernement
n'osait point dire, il n'osait pas s'avouer à lui-même, contre qui ces
préparatifs étaient faits. Le roi ne connaissait pas encore le but de
sa politique. Et, par une équivoque plaisante, quelques attardés de
l'alliance française s'associaient à un mouvement qu'ils croyaient
dirigé contre les Russes [8]. Mais, sans attendre que le gouvernement
se fût expliqué, la nation accumulait les ressources vives d'un enthou-

1. Décisions du 3 février, appel aux volontaires; — du 9 février, suppression
des exemptions; — ordre de cabinet du 12 février mobilisant les troupes de
Silésie et de Poméranie, sous l'impression de la crainte d'une agression des
Français. [Franzecky], *Die Formation der freiwilligen Jäger-Detachements in der
Preussischen Armee, im Jahre 1813 (Beiheft zum Militair-Wochenblatt, 1845),*
pp. 453, 456. — Lehmann, *Scharnhorst,* II, p. 504. — Pertz, *Stein,* III, p. 300.
2. Voir les dons pour les volontaires. [Franzecky], p. 477. — Lehmann, *Scharnhorst,* II, p. 511.
3. Bassewitz, *Die Kurmark Brandenburg während der Jahre 1809-1810, Beilage A.* — Friccius, *Geschichte des Krieges in den Jahren 1813 und 1814,* p. 28. —
Franzecky donne comme partis de Berlin pour Breslau à la fin de février,
2 798 volontaires. [Franzecky], p. 481. — Ci-après Chapitre XIV, p. 457.
4. Voir la lettre de Gneisenau. Pertz, *Gneisenau,* II, p. 525. — Treitschke, I,
p. 420.
5. Lehmann, *Scharnhorst,* II, p. 533.
6. Lehmann, *Scharnhorst,* II, pp. 511, 512.
7. Pertz, *Stein,* III, p. 299.
8. Un homme considérable de Berlin équipe un volontaire « pour lutter vers
les Barbares du Nord ». *Erinnerungen des Feldmarschalls* von Boyen, II, p. 328.
— Treitschke, I, p. 428. — Bräuner, *Geschichte der preussischen Landwehr,* p. 92.

siasme qu'il n'eût pas été facile de faire dévier du but qu'il s'était
assigné à lui-même [1].

Le traité de Kalisch n'a donc été que la résolution tardive d'un
gouvernement sans énergie et sans clairvoyance entraîné malgré lui [2],
devancé par les résolutions des chefs militaires, par l'organisation
d'un gouvernement occulte, par les résolutions politiques des États,
par le soulèvement de la nation. Il n'en a pas moins mis le sceau
à l'un des revirements décisifs de la politique prussienne. Il marque
une des époques caractéristiques de la formation de la Prusse.

Lorsque l'Europe s'était coalisée contre la Révolution française, la
Prusse, gênée dans cette association par sa situation de parvenue,
méfiante à l'égard des grandes puissances, s'était retirée la première
au traité de Bâle du syndicat de l'Europe. Son isolement ne l'avait
point servie et, lorsque l'Autriche et la Russie, associées dans la
seconde, puis dans la troisième coalition, avaient dû s'incliner, en
1800 d'abord, puis en 1805, devant la supériorité des armes françaises, la Prusse dut s'avouer qu'elle avait perdu, par son abstention, tout ce qu'elle aurait pu perdre par ses défaites. Tandis qu'elle
demeurait passive, sa situation de grande puissance s'était effondrée
par le seul développement des événements qu'elle avait laissé se
dérouler sans y prendre part.

Solitaire de 1796 à 1806 dans sa neutralité, elle avait tenté, en
1806, contre l'Empire français, un effort également solitaire dans
lequel elle avait misérablement succombé. Son développement historique de puissance allemande en formation l'avait condamnée à l'isolement, dans sa neutralité prolongée, comme dans son effondrement
subit. Mais, après cet effondrement, les mêmes causes historiques et
profondes n'avaient point permis que le gouvernement, le plus misérable cependant et le plus faible qu'elle eût connu depuis longtemps,
l'inclinât à subir le joug de la Confédération du Rhin. On se souvient

1. Voir Goltz à Berlin. LEHMANN, *Scharnhorst*, II, p. 512. — *Erinnerungen des
Feldmarschalls* VON BOYEN, II, p. 328. — Le mécontentement contre le gouvernement est sensible. [PRITTWITZ], I, p. 187. — Voir cependant le caractère encore
réservé et retenu du mouvement, *ibid.*, I, p. 190. — D'après [FRANZECKY], pp. 455,
456, le mouvement ne s'accentue pas tant que l'on a des doutes sur les intentions réelles du gouvernement; mais FRANZECKY se contredit lui-même, *ibid.*,
pp. 468, 470, 472, 481, 482, 483.
2. Voir comme particulièrement décisif, sur l'irrésolution du roi jusqu'à la fin,
le témoignage de Boyen. *Erinnerungen des Feldmarschalls* VON BOYEN, II,
pp. 325, 336.

de ce conseil d'Osterode où la Prusse, ruinée en quelques heures, occupée jusqu'à ses confins orientaux, sa cour en fuite, avait refusé d'abdiquer. Frédéric-Guillaume III, entouré alors de conseillers aussi pusillanimes que lui-même, mais pressé par les causes fatales qui faisaient de la Prusse ce qu'elle était, avait repoussé les propositions de la France et refusé d'accepter, à l'exemple de tous les États allemands, la suzeraineté de l'Empire français. Première et décisive détermination où la Prusse, portée par son histoire antérieure, s'orienta une première fois vers ses destinées modernes.

Et puis, durant sept années, elle avait subi humiliations sur humiliations. Inclinée à maintes faiblesses par un gouvernement impuissant de fait et énervé de cœur [1], qui rencontrait déjà les répugnances sensibles et les révoltes intimes du patriotisme naissant, elle avait cependant, malgré tout, sauvegardé son individualité. Et voici qu'en 1813 la situation nouvelle, créée à l'Europe par la destruction de la Grande Armée, l'avait placée en présence d'une décision à prendre, aussi grave, aussi essentielle pour son avenir que celle à laquelle elle avait dû s'arrêter à l'heure de sa ruine, au lendemain d'Iéna.

Il n'est pas aussi évident qu'on pourrait le croire au premier abord que les puissances européennes dussent, au lendemain de la campagne de Russie, poursuivre la destruction complète de la puissance napoléonienne [2]. Outre que, dans les premiers mois de 1813, l'entreprise pouvait encore sembler hasardée, l'intérêt immédiat et direct des grandes personnalités morales de l'Europe ne les dirigeait point manifestement vers une semblable entreprise. Elles pouvaient être tentées d'obtenir de la France affaiblie les concessions nécessaires et leur propre restauration.

L'Autriche, qui était demeurée suffisamment intacte et se sentait, au demeurant, menacée par les projets polonais d'Alexandre, devait

---

1. ONCKEN publie le projet d'adresse aux Prussiens, préparé, en mars 1813, par Ancillon. Ce projet résume les vues de l'entourage du roi et du roi lui-même, autant qu'il avait des vues, sur la politique prussienne depuis 1807. Le mémoire cherche à démontrer que l'effort de la politique prussienne, depuis 1807, a constamment tendu à mériter l'amitié de la France. Cette démonstration, faite à la veille du soulèvement de 1813, montre, mieux que tout le reste, l'opposition fondamentale du gouvernement prussien et du parti patriotique, de 1807 à 1813. Voir ONCKEN, I, p. 287.

2. Stein dit lui-même, dans son autobiographie, en parlant du traité de Kalisch : « L'accession de la Prusse à la lutte engagée par la Russie était une entreprise risquée ». PERTZ, Stein, VI, 2, Beilagen, p. 183.

avoir la tentation de jouer, dans le nouvel équilibre qui allait s'établir en Europe, le rôle d'arbitre entre Napoléon affaibli et Alexandre menaçant[1].

Quant à la Russie, il paraît que, sauf de réelles satisfactions d'amour-propre pour Alexandre, elle n'a eu aucun avantage matériel à porter ses cosaques jusqu'à Paris. Alexandre fut bien, durant quelques années, l'arbitre de l'Europe. Mais qu'a donc gagné la Russie en territoire ou en puissance à reconstituer la Prusse?

Et la Prusse elle-même n'avait-elle pas meilleur parti à tirer de l'affaiblissement de Napoléon en négociant avec lui qu'en poursuivant sa ruine? Lorsqu'elle signa le traité de Kalisch, elle put mesurer, du premier coup, l'étendue des sacrifices que la politique anti-napoléonienne lui imposait. Elle dut, d'entrée de jeu, sacrifier sa frontière orientale[2]. Et, en échange d'un pareil sacrifice, elle ne pouvait prévoir alors aucune compensation positive[3].

Ce ne sont point là d'ailleurs de pures et tardives hypothèses sur les réflexions que pouvaient inspirer aux puissances européennes les événements de la fin de 1812 et la retraite de Russie. Dans chacun des grands États, les politiques ont conseillé, après la campagne de 1812, au regard de la France, toute autre chose qu'une attitude de coalition irréconciliable.

Metternich a pris le rôle de médiateur[4] et ne s'est engagé qu'à la dernière heure. Kutusoff et les vieux Russes ne voulaient point dépasser la Vistule. Alexandre lui-même, en signant, en août 1812, avec Bernadotte, le traité d'Abo, semblait enclin à s'arrondir aux dépens de la Prusse et à s'arrêter là[5]. Ancillon, Knesebeck, les intimes de Frédéric-Guillaume III, et Frédéric-Guillaume lui-même, ont opposé au torrent qui les entraînait une résistance prolongée.

1. Voir les instructions du 8 février à Wessenberg et à Lebzeltern. Oncken, l, pp. 201, 205.

2. *Erinnerungen des Feldmarschalls* von Boyen, II, p. 337. — Treitschke, I, p. 423.

3. Voir le plaidoyer pathétique de Knesebeck contre la signature du traité de Kalisch, dans son rapport du 25-26 février. Oncken, I, p. 260. — Voir l'impression de Lebzeltern : « La Prusse avec plus de fermeté eût pu obtenir des garanties plus précises », *ibid.*, I, p. 278.

4. Au début, il ne veut même pas être médiateur, il veut faire entendre des paroles de paix, mais non des propositions de paix. Voir les instructions de Metternich à Wessenberg et à Lebzeltern, du 8 février 1813. Oncken, I, pp. 201, 204, 205.

5. Ranke, *Hardenberg*, IV, p. 326. — Voir les arrière-pensées de la Russie, ses vues sur la frontière de la Vistule, ci-dessus Chapitre VIII, p. 248. — Oncken, I, pp. 217, 218. — Häusser, IV, p. 55.

D'où vient donc que la haine du régime napoléonien ait emporté l'Europe entière comme un vent de passion? D'où vient que les puissances européennes, qui se sont groupées, comme en dépit d'elles-mêmes, pour cette œuvre commune, y aient tout sacrifié, même ce qui paraissait aux esprits politiques leur intérêt le mieux entendu?

C'est certainement l'un des symptômes les plus caractéristiques de l'ère nouvelle que la Révolution française avait ouverte, d'un état social nouveau, où les décisions des gouvernements dépendront de moins en moins des combinaisons arbitraires de ceux qui les dirigent, et, de plus en plus, des vues simples que les nations auront sur leurs destinées ou des passions sincères qui les secoueront. Toutes les hésitations, toutes les faiblesses, tous les intérêts ont dû céder devant le grand courant des rancunes vivaces que le régime napoléonien avait semées partout, en brisant les formes tradition-nelles de la vie des nations et en froissant le sentiment de leur indépendance. L'Allemagne a été soulevée par une passion d'une violence qu'il est difficile de mesurer, d'une sincérité et d'une sim-plicité primitives, qui n'a pas permis aux gouvernements de peser ou de tenter les chances qu'ils pouvaient avoir d'obtenir de l'affai-blissement de la France les concessions nécessaires. C'est un senti-ment primitif, c'est la soif de la vengeance qui les a portés, malgré eux, jusqu'à Paris, jusqu'à l'abdication de Napoléon, jusqu'à un terme que personne, à ce début, ne prévoyait. Ils ont été les agents presque involontaires d'un grand soulèvement[1] qui ne leur a pas plus permis de mesurer le mode ou de choisir le moment de leur action que d'en déterminer les limites, pas plus qu'il n'a permis à Napoléon de faire à l'heure opportune les concessions nécessaires.

Jamais peut-être des pressions extérieures plus apparentes n'ont laissé moins de libre arbitre aux gouvernements. Lebzeltern, l'am-bassadeur autrichien, témoin du revirement inattendu de la politique prussienne, ne s'en expliquait pas la brusquerie. Une heure avant de signer le traité de Kalisch, Frédéric-Guillaume III ne voulait pas le signer[2]. Il voulait attendre encore, obtenir son affranchissement de

---

1. Voir la description de l'état des esprits en Allemagne par Metternich lui-même, dans sa dépêche à Floret, du 18 février. ONCKEN, I, p. 311. — Voir *ibid.*, I, p. 275.

2. ROBERT WILSON, *Tableau de la puissance de la Russie en 1817, traduit de l'anglais sur la 2ᵉ édition*, p. 33. — FAIN, *Manuscrit de 1813*, I, p. 201.

la bonne grâce de Napoléon, temporiser de concert avec l'Autriche[1] ;
il répugnait aux sacrifices, aux dangereuses éventualités de l'alliance
russe. Il a signé cependant[2]. Et Hardenberg ! Le lendemain du jour
où il eut mis son nom au bas du traité, il fut pris de doutes sur l'acte
qu'il venait d'accomplir[3].

C'est l'apparition d'un élément nouveau dans l'histoire de l'Europe et peut-être dans l'histoire du monde. La domination des
grands conquérants n'avait point eu jusqu'alors de ces réactions et
de ces lendemains. La matière humaine est devenue plus sensible ;
elle frémit et s'agite aux pressions qui l'écrasent et ses premiers
réveils suffisent à faire sauter le gouvernail des mains de ceux qui
pensent le tenir. L'Allemagne idéaliste de la fin du xviiie siècle
avait senti et mesuré mieux qu'aucun autre peuple la portée de la
Révolution française. Le jour où la nation allemande, meurtrie
dans son indépendance, entraîna, aux extrémités d'une lutte sans
merci, les résistances des gouvernements et les hésitations des
politiques, elle ne fit que déduire, de la révolution sociale accomplie
en France, l'une des premières et des plus significatives conséquences.
C'est le résultat le plus déplorable du régime napoléonien d'avoir
fait que le premier cri des nations affranchies par la France ait été
un cri de haine contre la France, et que le premier effort de leur

---

1. Voir encore, le 8 février, les instructions de Knesebeck. Oncken, I, p. 183. —
Voir, sur le revirement du roi, Ranke, Hardenberg, IV, p. 369. — Voir l'affirmation de Boyen : « Le roi fut contraint à la guerre contre sa volonté. » Erinnerungen des Feldmarschalls von Boyen, II, p. 335.

2. Le document qui paraît le mieux caractériser l'état d'esprit de Frédéric-
Guillaume III, à cette date, est une lettre de Stein au tsar. Il faut toutefois tenir
compte de la passion de Stein. Stein écrit : « Le roi est froid ; il n'a que des
demi-volontés ; il n'a de confiance ni en soi ni en son peuple ; il croit que la
Russie l'entraîne dans un abîme et qu'en peu les armées françaises se trou-
veront sur la Vistule ». Bognanowitsch, Geschichte des Krieges im Jahre 1813. Aus
dem Russischen von A. S., I, p. 212. — Cette lettre n'a pas de date ; mais il y a
lieu de penser qu'elle a été écrite dans la seconde moitié de mars. Lehmann,
Scharnhorst, II, p. 516. — Sur le mécontentement du roi après coup, lorsqu'il
a signé, puis lorsqu'il vient à Kalisch, Stein dans son autobiographie. Pertz,
Stein, VI, 2, Beilagen, p. 184. — Droysen, Yorck, II, p. 10. — Wittgenstein dit
à Saint-Marsan : « Le roi est le seul qui fasse des réflexions. » Saint-Marsan à
Maret, 3 avril. A. Stern, p. 409.

3. Hardenberg paraît engagé dans le système de l'alliance russe depuis le
28 janvier ; voir ci-dessus, Chapitre VII, p. 236. — A. Stern, p. 404. — Pertz,
Gneisenau, II, p. 509. — Oncken, I, pp. 160, 247. — Cependant il paraît fort inquiet
sur le défaut de précision des engagements pris par la Russie, ibid., I, p. 281.
— Ranke assure cependant qu'il a signé le traité russe sans difficulté. Ranke,
Hardenberg, IV, p. 367 ; — « sans difficulté », dit également Stein dans son autobiographie. Pertz, Stein, VI, 2, Beilagen, p. 183.

liberté reconquise ait été dirigé contre le foyer d'où leur venaient à
la fois la conscience de leur indépendance et l'énergie nécessaire
pour la faire prévaloir.

Pour mesurer les passions déchaînées qui ont tout entraîné, dans
les premiers mois de 1813, il n'est pas nécessaire d'ailleurs de
rechercher les manifestations fugitives et complexes de l'agitation
nationale. Ces passions ont été synthétisées, sinon peut-être par
un homme, du moins par quelques hommes qui les ont incarnées
et qui devront leur grandeur durable dans l'histoire à l'accord
sincère et spontané de leurs propres sentiments avec le sentiment
national.

Stein a réellement personnifié, sur le grabat où la maladie l'avait
cloué, à son arrivée à Breslau, le mouvement de l'Europe et de
l'Allemagne soulevées, guidant la main et fixant la volonté mobile
d'Alexandre, forçant la mauvaise humeur de Frédéric-Guillaume
et les hésitations de Hardenberg. Lorsque Stein reprochait à Schön,
à Gumbinnen, de n'avoir point profité de l'occasion qui s'offrait à
lui de faire massacrer tous les Français revenant de Russie [1], ou
lorsque Gneisenau s'épanchait en invectives violentes contre Napoléon, contre « ce tigre, ce brigand et ses trabants », la passion qui
les agitait était la même qui remuait le paysan le plus sauvage de
la Prusse orientale, quittant, pour prendre les armes, son champ
dix fois dévasté.

C'est par là que les patriotes prussiens étaient bien des révolutionnaires et qu'il y avait, quoi qu'on en puisse penser au premier
abord, une clairvoyance aiguisée dans les terreurs qu'ils inspiraient
à Metternich et aux tenants de l'ancien régime [2]. Metternich faisait
surveiller Boyen par sa police. Ancillon avait écrit, dans son rapport
du 4 février, en parlant de Stein, qu'il était « porté par principe aux

1. ARNDT, *Meine Wanderungen und Wandelungen mit dem Reichsfreiherrn von
Stein*, p. 111. — SEELEY, III, p. 38. — L'idée des « vêpres siciliennes » est très
répandue parmi les patriotes. Voir le mot de Buchholz à Hardenberg, le 2 février.
LEHMANN, *Scharnhorst*, II, pp. 510, 511. — PERTZ, *Gneisenau*, II, p. 529.
2. Voir encore, au milieu de mars 1813, les préoccupations de l'Empereur
François au sujet du *Tugendbund* auquel il rattache la capitulation d'Yorck. Voir
les exigences de l'Autriche au regard du gouvernement prussien. OMPTEDA,
Nachlass, III, pp. 43, 44. — ONCKEN, I, p. 292. — Voir Boyen : « le plan d'insurrection nationale de Scharnhorst paraissait beaucoup trop démocratique et l'on
nous appelait lui et moi « des jacobins ». » *Erinnerungen des Feldmarschalls
von Boyen*, II, p. 327. — Le roi demande à Dohna si Yorck porte déjà « *eine Bür-
gerkrone* », la couronne d'un roi citoyen. DROYSEN, *Yorck*, II, p. 11.

formes républicaines [1] ». Et Hardenberg lui-même tenait Stein à l'écart en le traitant de révolutionnaire [2].

Ces épithètes et ces anxiétés semblent puériles lorsqu'on songe à la structure intellectuelle des hommes auxquels elles s'appliquaient, au milieu dans lequel ils s'étaient formés, aux idées générales qu'ils y avaient puisées. Et cependant les patriotes prussiens s'inspiraient bien d'une forte passion qui n'aurait reculé pour se satisfaire devant aucune extrémité, même point devant les scrupules invétérés du sentiment monarchique. C'était bien déjà une action révolutionnaire que celle des chefs militaires qui engageaient la lutte sans attendre les ordres du roi, ou des États généraux qui refaisaient de leur propre initiative la constitution militaire du royaume. Et chacun avait le sentiment que tout obstacle, quel qu'il fût, eût été brisé [3].

---

1. LEHMANN, *Scharnhorst*, II, pp. 498, 518. — A. FOURNIER, *Deutsche Rundschau*, LIII, p. 217.

2. LEHMANN, *Scharnhorst*, II, p. 515. — « Une proclamation infiniment exaltée et insurrectionnelle du baron de Stein aux Prussiens. » Hardenberg le 8 février, *ibid.*, II, p. 515. — « Le ministre baron de Stein ne viendra pas à Berlin. Aucune mesure qui regarde le pays et mes sujets ne sera prise que sous autorité prussienne, et vous y veillerez. » Ordre de cabinet du 6 mars rédigé par Hardenberg, *ibid.*, II, p. 515. — OMPTEDA, *Nachlass*, III, p. 41. — PERTZ, *Stein*, VI, 2, *Beilagen*, p. 183. — ARNDT, *Nothgedrungener Bericht*, II, p. 149. — SCHWARTZ; *Leben des Generals Carl von Clausewitz*, II, p. 69. — Voir encore Blücher traité de révolutionnaire à son entrée en Saxe. HÄUSSER, IV, p. 113. — Napoléon exploite ces sentiments; voir, après Lützen, le *Moniteur* du 15 mai : « Ce fameux Stein est l'objet du mépris de tous les honnêtes gens. Il voulait révolter la canaille contre les propriétaires », *ibid.*, IV, p. 133. — Voir encore Schwarzenberg, plus tard, exposant à Napoléon l'éloignement de l'Autriche pour la politique de la Prusse qui place le souverain « à côté de son peuple », *ibid.*, IV, p. 200. — Voir Zichy à Metternich, le 12 mars 1812 : « Les adversaires de tout ordre monarchique ». A. FOURNIER, *Deutsche Rundschau*, LIII, p. 349, — ou, comme dit Wittgenstein, « un parti qui veut bouleverser l'ordre social », *ibid.*, p. 355.

3. Voir l'état d'esprit de Stein, le caractère des écrits d'Arndt, « *königsloser* ». LEHMANN, *Scharnhorst*, II, p. 558. — Voir les satires à Berlin contre Napoléon et contre le roi, *ibid.*, II, p. 510. — « Il faut que nous armions le peuple, pour qu'il ne s'arme pas contre nous », dit Hardenberg à Saint-Marsan, le 15 février. DROYSEN, *Yorck*, II, p. 5. — De même, dans sa dépêche à Krusemark : « Il faut que nous armions pour éviter d'être poussés par le peuple dans des voies où nous ne voulons pas nous engager. Les Russes s'annoncent comme les libérateurs des peuples et des insurrections éclateront infailliblement », *ibid.*, II, p. 5. — Voir la dépêche de Saint-Marsan à Maret, du 10 avril 1813. « Ce n'est ni l'Empereur Alexandre ni le Roi de Prusse qui font la guerre en ce moment, c'est les Stein, les Scharnhorst, les Blücher, les Tettenborn, etc., etc., et une foule de factieux et d'ambitieux, dont les propres souverains seraient les premières victimes, s'ils venaient malheureusement à avoir des succès. Si, contre toute probablité, nous éprouvions des revers, on verrait l'Allemagne plongée dans l'état où s'est trouvée la France en 1793. » A. STERN, p. 410. — PERTZ, *Gneisenau*, III, pp. 84, 95, 98, 100.

L'agent du gouvernement anglais, Ompteda, écrivait [1] : « Si le roi
se refusait d'employer les moyens que ses sujets ont mis à sa disposition, je regarde la révolution comme immanquable et probablement l'armée même en donnerait le premier exemple et le premier
signal. » L'ambassadeur d'Autriche écrivait de Breslau, le 25 février [2] :
« Les militaires et les chefs des sectes se sont emparés du gouvernement sous le masque du patriotisme ». Ancillon écrivait, le 4 février [3] :
« Il règne dans toute la monarchie une fermentation qui peut
devenir facilement dangereuse... Il serait possible qu'il se formât
une funeste coalition entre les esprits exaltés et les esprits faibles... ;
le seul moyen de prévenir le désordre est de donner au mouvement
sa règle et sa direction [4]. » On écrivait de la Prusse orientale que,
si l'on tardait davantage, la province se donnerait aux Russes. Il
est certain que l'autorité monarchique eût été brisée, si elle ne
s'était laissé entraîner à la dernière heure [5].

Ce qui a prêté au sentiment national une telle puissance d'entraînement, une telle faculté de groupement, c'est que c'était une
passion simple de vengeance sans arrière-pensée. Il y avait bien au
fond des esprits et des cœurs une aspiration vers l'unité de la patrie
allemande, mais ce n'étaient point les vues idéales et théoriques sur la
reconstruction de l'Allemagne qui tenaient le premier plan. A l'incohérence, à la mobilité des conceptions politiques de ces passionnés [6],
il est facile de reconnaître que ce n'est point là ce qui a fait le fond
solide du mouvement d'indépendance, et de comprendre pourquoi
elles ont avorté. Chasot veut que le nord de l'Allemagne forme une
unité indépendante [7]. Gneisenau, qui négocie en Angleterre, écrit à
Stein et s'étonne que, d'une lettre à l'autre, il ait remanié tous ses
plans [8]. Tantôt il veut placer l'Allemagne du Nord sous l'influence

1. Ompteda à Münster, Breslau, le 20 février. OMPTEDA, *Nachlass*, III, p. 25.
2. ONCKEN, I, p. 302.
3. LEHMANN, *Scharnhorst*, II, p. 489.
4. Voir encore un rapport envoyé de Königsberg, probablement au début de
février, PERTZ, *Stein*, III, p. 299.
5. Voir en Poméranie. PERTZ, *Stein*, III, p. 300. — Hardenberg à Saint-Marsan,
BIGNON, *Histoire de France sous Napoléon*, XI, p. 387. — SEELEY, III, p. 72. — Voir
Gneisenau sur l'impopularité de Hardenberg, le 26 février. PERTZ, *Gneisenau*, II,
p. 512. — LEHMANN, *Scharnhorst*, II, p. 489. — LEHMANN, *Knesebeck und Schön*,
pp. 315, 320. — FAIN, *Manuscrit de 1813*, I, p. 209. — ONCKEN, I, pp. 131, 133.
6. HÄUSSER, IV, pp. 59, 60. — TREITSCHKE, I, p. 436.
7. A. FOURNIER, *Deutsche Rundschau*, LIII, p. 242.
8. PERTZ, *Gneisenau*, II, p. 467.

de la Prusse; tantôt il veut faire l'unité de l'Allemagne sous la domination autrichienne. Gneisenau lui-même n'hésite pas à implanter l'Angleterre au sein de l'Allemagne du Nord, s'il espère, par là, décider le régent à participer, de son argent et de ses armées, à la guerre d'indépendance. Stein n'hésite pas à sacrifier, dans le traité de Kalisch, les intérêts de l'État prussien parce qu'il a trouvé le joint pour nouer la coalition. Tout lui est bon pour compromettre la Prusse et l'engager dans la lutte [1].

Le traité de Kalisch a marqué le triomphe de cette politique éminemment simpliste. Il forme comme le trait d'union entre les destinées anciennes et les destinées futures de la Prusse. C'est le dernier terme d'une évolution qui avait assuré à la Prusse, seule parmi les États allemands, une individualité nationale, et qui lui prêtait l'audace des aventuriers heureux. C'est le premier terme d'une évolution nouvelle qui fit d'elle un instrument d'affranchissement, en attendant qu'elle devînt un instrument d'unité. Il est bien remarquable que, dans l'acte qui a le plus contribué à fonder les destinées modernes de la Prusse, ses intérêts propres aient paru négligés, et qu'elle ait dû les méconnaître en vue d'un avenir aléatoire [2]. C'est bien par là qu'elle a fondé sa puissance; plus d'une fois l'audace des sacrifices opportuns a fait la grandeur des États comme celle des individus.

1. ONCKEN, I, pp. 274, 275.
2. HÄUSSER, IV, p. 115.

CHAPITRE XII

L'ORIGINE DES INSTITUTIONS MILITAIRES MODERNES EN PRUSSE

— Elle le confond ensuite dans l'effort de la levée en masse. — Le remplacement dans les décrets de 93. — Il s'implante définitivement en France. Le service obligatoire en Prusse dans l'ordonnance de 1733. — Il est le fondement de la législation de 1813. — Malgré le caractère oligarchique des nouvelles institutions, il y introduit un principe égalitaire.

Hardenberg n'avait reconnu qu'à la fin de janvier 1813 [1] la nécessité inéluctable qui poussait la Prusse à l'alliance russe, à un premier effort uni des deux armées russe et prussienne. Quant au roi, il avait résisté jusqu'à la dernière heure. Il persista, dans ses irrésolutions même en février, même en mars, même après l'heure où il eut signé, comme malgré lui, le traité de Kalisch. On ne voit pas ce que cette prudence, ces hésitations et ces lenteurs ont fait gagner à la Prusse. On voit très bien ce qu'elles lui ont fait perdre. Elles ont paralysé et retardé ses préparatifs. Elles l'ont arrêtée à l'heure où elle devait, en toute hâte, rassembler et organiser ses forces pour peser de son poids dans la situation renouvelée qui se préparait. C'était là qu'avant tout devait porter l'effort d'une politique clairvoyante et énergique; mais c'est là aussi qu'apparaît le mieux la faiblesse du gouvernement prussien; pour la mieux juger, il faut reprendre et suivre l'enchaînement des mesures militaires depuis la fin de 1812.

Les généraux qui agissaient de leur propre initiative, Yorck et Bülow, avaient pris, dès la fin de décembre 1812, et dès le commencement de janvier 1813, de premières mesures pour compléter leurs corps [1]. Le gouvernement lui-même avait, à la fin de décembre, envoyé aux généraux et à l'administration civile une série de prescriptions qui, dans sa pensée, tendaient surtout à mettre à l'abri de l'invasion russe imminente les ressources en matériel et en hommes dont la Prusse pouvait disposer. C'est ainsi que Bülow avait reçu l'ordre de rappeler les *Krümper* et les recrues de la Prusse orientale [2].

---

1. Ci-dessus, CHAPITRES VI, VII, pp. 201, 236, 241.
2. LEHMANN, *Scharnhorst*, II, p. 482. — [PRITTWITZ], *Beiträge zur Geschichte des Jahres 1813, von einem höheren Offizier*, I, p. 14. — PLOTHO, *Der Krieg in den Jahren 1813 und 1814*, I, p. 22. — [FRANZECKY], *Die Formation der freiwilligen Jäger-Detachements im Jahre 1813 (Beiheft zum Militair-Wochenblatt*, 1845), p. 451. — LEHMANN atténue trop la portée de ces décisions en en faisant de simples mesures de précaution contre les Russes. La formation des bataillons de réserve a son origine dans ces décisions bien timides et bien incomplètes encore des 19 et 20 décembre 1812. — Voir (PRITTWITZ), I, pp. 12, 13, 54. — Voir le rapport de Bülow du 18 janvier. Il a porté ses bataillons à 801 hommes et formé 8 bataillons de réserve, *ibid.*, I, p. 60.

Le gouvernement avait jugé qu'à cette date, ces premières décisions n'inquiéteraient pas la France, qui demandait elle-même à la Prusse de renforcer son corps auxiliaire.

Mais toutes ces mesures étaient incomplètes, partielles, prises sans décisions et sans vues organiques[1]. Bülow et Yorck, qui complétaient leurs corps comme ils le pouvaient, puisant l'un et l'autre dans les mêmes circonscriptions de recrutement, se heurtaient et se gênaient sur plus d'un point[2]. D'ailleurs, pour former le corps auxiliaire de Yorck, qui venait de prendre part à la campagne de Courlande, on avait prélevé des bataillons sur tous les régiments. L'armée était désorganisée. Il était aussi difficile de laisser les anciennes unités disloquées que de briser, pour les reconstituer, l'unité du corps auxiliaire qui s'était groupé et formé sous la main de Yorck[3]. La confusion, durant ces premières semaines, fut extrême. L'esprit de décision et d'organisation n'a pénétré dans les affaires militaires de la Prusse qu'avec la rentrée de Scharnhorst. Au milieu de janvier, il demeurait encore à Breslau, éloigné du gouvernement avec lequel il communiquait cependant[4]. Le 12 janvier, sous son influence probablement, avait été signé, à Charlottenburg, un ordre de cabinet[5], les *Formations-Bestimmungen*, qui étendait et complétait les mesures du 20 décembre et prescrivait partout le rappel des réserves et le renforcement des corps de l'armée active. Le 28, après l'arrivée du roi à Breslau, Scharnhorst était rentré officiellement dans les conseils du roi de Prusse[6]. Hardenberg, Hake et lui avaient été chargés, par commission royale, de développer aussi rapidement que possible les forces militaires de l'État prussien.

Mais Scharnhorst était encore loin d'être maître de la situation[7].

---

1. [PRITTWITZ], I, p. 128.

2. DROYSEN, *Das Leben des Feldmarschalls Grafen Yorck von Wartenburg*, II, p. 17. — [PRITTWITZ], I, pp. 17, 44, 53, 63, 100, 122, 125, 130, 133, 142, 144, 157.

3. DROYSEN, *Yorck*, II, p. 17. — LEHMANN, *Scharnhorst*, II, pp. 520, 601.

4. Scharnhorst à Thile, de Breslau, le 14 janvier. LEHMANN, *Scharnhorst*, II, p. 486.

5. LEHMANN, *Scharnhorst*, II, pp. 487, 521. — [FRANZECKY], p. 453.

6. LEHMANN, *Scharnhorst*, II, p. 490. — *Erinnerungen aus dem Leben des General-Feldmarschalls* HERMANN VON BOYEN, II, p. 326.

7. Voir la résistance du roi, le 8 février, à l'accroissement des bataillons de réserve. LEHMANN, *Scharnhorst*, II, p. 523. — Le roi veut retenir la garde en Silésie en mars, *ibid.*, II, p. 576. — Voir les plaintes de Scharnhorst encore en mars, *ibid.*, II, p. 585. — Voir les mesures prises par Scharnhorst contre la volonté du roi et la rancune de Frédéric-Guillaume III, d'après PERTZ, *Das Leben des Feldmarschalls Grafen Neithardt von Gneisenau*, II, p. 545.

Le témoignage de Boyen établit que, durant toute cette période, qui correspond aux dernières perplexités du roi, Scharnhorst n'a cessé d'être en butte au mauvais vouloir et aux résistances du souverain. Il a voulu donner sa démission et ne paraît en avoir été détourné que par les instances de Hardenberg[1].

Les premières mesures ne s'exécutaient point sans frottement[2]. L'attitude extérieure du gouvernement, les relations indécises avec les Russes et avec les Français, l'occupation et les événements militaires qui bouleversaient le territoire en paralysèrent, en ralentirent l'effet sur plus d'un point[3]. Ces semaines précieuses, que Napoléon utilisait pour un effort si intense de réorganisation, ont été perdues par le gouvernement prussien en lenteurs et en désordre[4]. Et ces lenteurs peuvent être comptées parmi les causes fondamentales de l'échec des coalisés dans la campagne de printemps[5].

Toutefois, dès le début de février, le gouvernement prussien s'engagea dans une voie où s'ouvraient de plus larges horizons. Il s'y engagea par les décisions du 3 et du 9 février, qui préparaient, non seulement un accroissement, mais encore une transformation sociale complète de l'armée prussienne. Il est presque invraisemblable, il est cependant certain, que ces mesures, arrachées à Frédéric-Guillaume III, sous la pression croissante des événements, par la vigueur des patriotes, ont engagé irrévocablement la nation prussienne et le gouvernement dans les voies du soulèvement d'indépendance, à une heure où les résolutions du Roi n'étaient point définitivement fixées. Elles ont eu, pour l'avenir de la Prusse, une importance essentielle.

1. *Erinnerungen des Feldmarschalls* von Boyen, II, p. 326. — *Aus den Papieren des Ministers und Burggrafen von Marienburg* Theodor von Schön, IV, p. 582.
2. Les mesures d'accroissement de l'armée, prises manifestement sous l'impulsion de Scharnhorst, se succèdent les 1er, 5, 8, et 11 février. Lehmann, *Scharnhorst*, II, p. 522. — [Prittwitz], I, pp. 53, 87, 89, 100, 104, 105, 107, 110, 111, 129, 131, 132, 133, 137. Les ordres ne parviennent à Yorck et à Bülow qu'au milieu de février. — Voir les résistances du roi. Il a consenti, le 1er février, à la formation des premiers bataillons de réserve; mais, lorsque Scharnhorst propose de porter à 20 le nombre des bataillons de réserve en Silésie, le roi refuse, le 8 février, et ne donne son consentement que le 2 et le 6 mars. Lehmann, *Scharnhorst*, II, p. 523. — Le 6 mars, Yorck reçoit les dépêches de Breslau qui l'autorisent à se porter en avant, mais qui lui interdisent encore les hostilités contre les Français. Droysen, *Yorck*, II, p. 16.
3. [Prittwitz], I, pp. 88, 122, 179.
4. [Prittwitz], I, pp. 128, 135, 142, 157, 205, 307, 334.
5 *Erinnerungen des Feldmarschalls* von Boyen, II, p. 326; III, p. 1. — Häusser, *Deutsche Geschichte*, IV, p. 107.

La décision du 3 février[1], qui créait les détachements de volontaires, était une mesure organique. Elle préparait le remaniement
radical du régime militaire de la Prusse. On appelait au service
militaire, par voie d'engagements volontaires, les éléments cultivés
et éclairés de la nation[2], ceux qui en avaient été tenus à l'écart,
ceux auxquels le caporalisme prussien du xviii° siècle avait inspiré
jusqu'alors une insurmontable répugnance[3]. On leur assurait, dans
les détachements de volontaires, une place à part, isolée et privilégiée. On recommandait aux chefs appelés à les diriger mille ménagements à leur égard.

Le 9 février, c'est-à-dire six jours plus tard, une nouvelle mesure
suivit, plus décisive encore[4]. On pensait avoir rassuré, par l'ordonnance du 3 février, la portion aisée et cultivée de la population[5].
L'ordonnance du 9 février établit virtuellement le service obligatoire, en supprimant, mais pour la durée de la guerre seulement, les
anciennes exemptions du service militaire. Elle fut complétée par
une ordonnance[6] comminatoire que le patriotisme prussien trouvait
blessante pour son esprit de dévouement[7], et qui édictait des peines
sévères contre les réfractaires.

L'obligation généralisée du service militaire se trouvait introduite

1. [FRANZECKY], p. 453. — LEHMANN, *Scharnhorst*, II, pp. 247, 292, 394, 526.
— BOYEN, *Beiträge zur Kenntnisz des Generals Scharnhorst*, p. 56. — Le projet
de Scharnhorst est du 31 janvier. LEHMANN, *Scharnhorst*, II, p. 529. — L'ordonnance est publiée le 9, à Berlin; elle est connue à Königsberg le 15, mais n'y est
promulguée officiellement que le 27. [FRANZECKY], pp. 455, 467.

2. LEHMANN, *Scharnhorst*, II, p. 526.

3. Le 15 avril 1813 encore, Bülow prescrit de donner 40 coups de bâton aux
sentinelles trouvées endormies. [PRITTWITZ], I, p. 388.

4. Le projet de service obligatoire, rédigé par Scharnhorst lui-même, est des
premiers jours de février. LEHMANN, *Scharnhorst*, II, p. 529. — L'exemption des
soutiens de famille, que Scharnhorst n'a point prévue, est ajoutée par Hardenberg et par Hippel, *ibid.*, II, p. 531. — [FRANZECKY], pp. 457.

5. Il est assez remarquable que tandis qu'on cherche à réserver les bataillons
de chasseurs à la partie aisée *et cultivée* de la population, les dispositions
organiques, l'obligation de s'équiper et de s'armer à ses frais, ne créent en
réalité de privilège qu'à la richesse. Les mœurs et les habitudes sociales ont fait
le reste. Les communes ont, sur un grand nombre de points, équipé et armé à
leurs frais les étudiants hors d'état de faire eux-mêmes ces dépenses. LEHMANN,
Scharnhorst, II, p. 533. — Voir encore l'instruction du 19 mars. [FRANZECKY],
p. 463.

6. L'ordonnance du 22 février *über das Ausweichen des Kriegsdienstes*. LEHMANN,
Scharnhorst, II, p. 555. — TREITSCHKE, *Deutsche Geschichte im neunzehnten
Jahrhundert*, I, p. 438. — Voir encore la proclamation du 17 mars et l'ordon-
nance de la même date. [PRITTWITZ], I, pp. 265, 266.

7. [PRITTWITZ], I, p. 96. — [FRANZECKY], p. 457.

ainsi dans la législation prussienne[1]. Le plus grave écueil, celui que redoutaient le plus, depuis 1807, les hommes qui sentaient la nécessité de faire pénétrer dans l'armée nouvelle, dans l'armée de l'indépendance, les forces vives de la nation, était franchi. L'appel aux volontaires avait désarmé le préjugé vivace que laissait, dans l'esprit de l'Allemand cultivé, le souvenir des vieilles armées de mercenaires, et du régime de l'armée prussienne sous Frédéric II[2].

Mais n'y avait-il pas, entre l'ordonnance du 3 février et celle du 9, une certaine contradiction?

On peut fonder le recrutement des armées sur deux principes très différents. On peut attendre la formation des armées de l'afflux des volontaires. On peut considérer au contraire le devoir militaire comme une obligation civique, comme une charge du citoyen. Les armées européennes se sont formées, jusqu'à la Révolution, de soldats de métier, qui en théorie du moins s'enrôlaient de leur plein gré. Les armées nationales de la Révolution ont été constituées par l'élan volontaire de la nation. C'est seulement dans la levée en masse de 1793, et plus tard, dans l'effort national de l'Allemagne, en 1813, que l'idée de l'obligation du service militaire est apparue. L'on a vu poindre alors cette notion nouvelle qui devait transformer l'Europe de la fin du xixe siècle. La défense nationale ne sera plus assurée par des organes créés à côté de la nation, en dehors d'elle. Elle sera assurée par la nation elle-même, répartissant sur tous les citoyens, en temps de guerre, l'impôt du sang, — en temps de paix, l'obligation généralisée du passage dans les rangs de l'armée. Mais l'on eut, au début, quelque peine à discerner, à dégager les deux principes contraires dont l'un allait se substituer à l'autre.

La Révolution française n'avait fait appel tout d'abord qu'à l'élan volontaire des citoyens. Ce fut seulement dans les heures extrêmes du péril national qu'elle se résolut à introduire provisoirement, dans sa législation militaire, le principe de la contrainte. Et de même, dans la formation des institutions militaires de la Prusse, apparaît une certaine confusion entre le principe du recrutement volontaire et du service obligatoire.

---

1. Voir, sur l'état de la législation du recrutement en Prusse de 1808 à 1813, [WILLISEN], *Die Reorganisation der preussischen Armee nach dem Tilsiter Frieden*, II, pp. 96 et suiv., 112. (*Beiheft zum Militair-Wochenblatt*, 1865-1866.)
2. *Erinnerungen des Feldmarschalls* VON BOYEN, III, p. 327.

L'ordonnance du 3 février appelait les volontaires, et celle du 9 supprimait toute exemption. N'était-ce pas là l'expression de deux théories contraires [1]? et n'était-il pas étonnant que le gouvernement prussien accueillît, à si bref délai, deux principes contradictoires? Il les adoptait même simultanément [2]; car on lisait dans l'ordonnance du 9 février : « Il sera loisible à chacun de ceux qui bénéficient des exemptions actuelles, et qui ont de dix-sept à vingt-quatre ans accomplis, de s'engager volontairement dans les détachements de chasseurs,....; mais celui qui, dans les huit jours qui suivront la publication de cette ordonnance, ne se présentera pas volontairement, perdra le droit d'exercer son choix. Il sera incorporé dans le corps de troupe auquel l'autorité militaire l'affectera. » Singulière conception [3], semble-t-il, que de dire aux hommes de dix-sept à vingt-quatre ans : « Engagez-vous avant huit jours; passé ce délai, on vous incorporera d'office. »

C'est qu'en réalité les auteurs de la nouvelle législation militaire de la Prusse n'avaient jamais songé à faire, comme l'avaient fait au début les premières assemblées révolutionnaires en France, de l'engagement volontaire la base du recrutement [4]. L'idée de l'obligation du service était leur conception fondamentale : le service militaire était pour eux le devoir commun de tous les citoyens, l'obligation à laquelle nul ne pouvait échapper. L'engagement volontaire n'était point, à leurs yeux, une base de recrutement; c'était le privilège des classes aisées, de ceux qui pouvaient s'équiper et s'armer à leurs frais, la porte de sortie ouverte, durant huit jours, à tous ceux qui voulaient vivre d'un régime à part, échapper aux rigueurs présumées, encore redoutées, du régime commun [5]. C'est bien là ce qui fit le succès de l'appel aux volontaires, et par là aussi, dans une large mesure, malgré la force encore vivace du

---

1. LEHMANN, *Scharnhorst*, II, p. 530. — BRÄUNER, *Geschichte der preussischen Landwehr*, p. 92. — Cette contradiction est ressentie dès 1813. [PRITTWITZ], I, p. 93. — [FRANZECKY], p. 457.

2. Voir les déchéances prévues, pour ceux qui n'auront pas servi effectivement, dans le manifeste même du 3 février. [FRANZECKY], p. 454.

3. [FRANZECKY], pp. 456, 458, 459. — [PRITTWITZ], I, p. 96.

4. LEHMANN, *Scharnhorst*, II, p. 529.

5. Voir l'instruction du 19 mars. [FRANZECKY], p. 462, — la circulaire du 3 février, *ibid.*, pp. 455. — Dans les détachements de chasseurs de la Garde, beaucoup de volontaires ont engagé avec eux leurs serviteurs, *ibid.*, pp. 502, 503, 513. — LEHMANN, *Scharnhorst*, II, pp. 530, 531. — LEHMANN, *Knesebeck und Schön*, p. 269. — TREITSCHKE, I, p. 438. — [PRITTWITZ], I, pp. 96, 584.

préjugé anti-militaire, le succès des nouvelles institutions [1]. Le jour
où Frédéric-Guillaume III avait signé l'appel aux volontaires, il
avait fondé une institution durable. Ce serait, sans doute, une injustice de prétendre qu'il n'y ait eu, dans l'élan des volontaires prussiens, en 1813, que la recherche d'un privilège [2]; mais c'était une
grande habileté de donner au privilège l'aspect du dévouement
patriotique. Dans les armes comme l'artillerie et les pionniers, où
l'on ne forma point les volontaires en détachements isolés, le
nombre des engagements fut insignifiant [3].

L'esprit de l'institution nouvelle ressortait d'ailleurs des précautions minutieuses dont on l'entourait. « Notre but », écrivait
Scharnhorst [4] à sa fille, le 18 mars, « c'est d'assimiler à l'armée les
classes éclairées de la nation. » « Il s'agissait », dit-on ailleurs,
« d'une matière humaine particulièrement précieuse [5]. » Les recommandations de ménager les volontaires abondaient. Ils ne devaient
être employés, ni au service de garnison et de garde, ni aux corvées [6].
Non seulement les rigueurs du service étaient atténuées pour eux
jusqu'à la dernière limite; mais, même au feu, l'on recommandait
de ne point les prodiguer [7].

1. [FRANZECKY] évalue à 8 400 ou 8 500 le nombre des chasseurs volontaires qui
ont rejoint leurs corps avant l'armistice [FRANZECKY], (Beiheft zum Militair-
Wochenblatt, 1847), p. 29. — LEHMANN, Scharnhorst, II, p. 532. — TREITSCHKE, I,
p. 435. — PERTZ, Gneisenau, II, p. 525. — Voir l'entrée des fonctionnaires dans
les détachements de chasseurs. Ordre du cabinet du 27 février 1813. [GERWIEN],
Errichtung der Landwehr und des Landsturms in Ostpreussen, im Jahre 1813
(Beiheft zum Militair-Wochenblatt, 1846), p. 87.
2. Voir cependant jusqu'où va Boyen, écrivant ses mémoires en 1838. Il assure
que, si la faculté de remplacement avait été maintenue dans la loi, comme le
demandaient les États de la Prusse orientale, les détachements de chasseurs
volontaires se seraient dissous. Erinnerungen des Feldmarschalls von BOYEN, II,
p. 333. — Rapport du comité de la ville de Berlin, en date du 6 juin 1813 : « Le
nombre des chasseurs volontaires a été très considérable, sans parler des
autres mobiles qui ont pu les déterminer, par le fait seul qu'on a fait savoir,
dans toutes les villes autrefois soustraites au recrutement, que tous les jeunes
gens qui ne s'engageraient pas volontairement seraient incorporés dans les
régiments. » [PRITTWITZ], II, p. 360. — Voir sur le déchet très rapide dans la
qualité des détachements de volontaires, le « Jäger-Unkraut ». BRÄUNER, p. 93. —
Zeitschrift für Kunst, Wissenschaft und Geschichte des Krieges, XXV, pp. 201,
224. — [FRANZECKY], p. 512.
3. (FRANZECKY), (Beiheft zum Militair-Wochenblatt, 1847), p. 1. — LEHMANN,
Scharnhorst, II, pp. 528, 576.
4. Scharnhorst à sa fille, de Breslau, le 19 mars. LEHMANN, Scharnhorst, II,
p. 526. — KLIPPEL, Das Leben des Generals von Scharnhorst, III, p. 692.
5. LEHMANN, Scharnhorst, II, p. 528. Voir particulièrement les citations de la
lettre du 19 mars de Scharnhorst à sa fille.
6. [FRANZECKY], pp. 454, 462. — LEHMANN, Scharnhorst, II, p. 527.
7. Ordonnance du 24 février 1813. [FRANZECKY], p. 461. — Instruction du

Les officiers de la vieille école ne virent pas sans préoccupation, du premier abord, l'introduction des détachements de volontaires dans l'armée prussienne, et le régime spécial auquel on les soumettait. L'un des membres de la commission instituée le 28 janvier, Hake, le chef du département de la guerre, tout en se laissant entraîner par le courant, faisait cependant ses réserves [1] : « Devant la nécessité de développer les forces militaires de l'État prussien », disait-il, « il restait seulement à désirer que l'institution des détachements de chasseurs volontaires produisît les résultats espérés et que l'esprit éveillé de ces nouveaux soldats, qui se sentiraient libres, pût se plier à quelque docilité. » Ces préoccupations disparurent vite, et dans l'entraînement général qui confondait tous les efforts, la nouvelle institution eut vite fait de conquérir droit de cité [2].

Ce n'était là toutefois qu'une part de l'organisation nouvelle. L'incorporation des réserves précédemment exercées, la création des détachements de chasseurs volontaires, le service obligatoire décrété pour la durée de la guerre et pour les hommes de dix-sept à vingt-quatre ans, n'auraient donné à la Prusse ni l'armée de 270 000 hommes qui lui permit d'être un des éléments les plus actifs de la guerre d'indépendance, ni l'armée nationale qui fit d'elle ce qu'elle est devenue au cours du xixe siècle. Quelque importance qu'aient eue les mesures que nous venons de rappeler, l'ordonnance du 17 mars qui organisa

19 mars, *ibid.*, p. 462. — Voir le choix des officiers appelés à commander les volontaires, *ibid.*, p. 460. — Scharnhorst à sa fille, le 19 mars. LEHMANN, *Scharnhorst*, II, p. 528. — Voir, dès le mois de mai (ordre de cabinet du 7 mai), la promotion de centaines de volontaires comme officiers. LEHMANN, *Scharnhorst*, II, p. 622. — BEITZKE, *Geschichte der deutschen Freiheits-Kriege*, I, p. 99. — [PRITTWITZ], II, p. 367.

1. [FRANZECKY], pp. 453, 464. — [PRITTWITZ], I, pp. 388, 432. — « Quant à cette multitude d'enfants qui forment ce qu'on appelle les détachements de chasseurs, attachés à chaque bataillon, c'est l'idée la plus pitoyable qui ait jamais existé. Il faudrait deux ans pour donner de la consistance à cette institution, et c'est d'ailleurs un système fondé sur l'insubordination. Quoique la plupart soient forcés, on les appelle volontaires; quoique la plupart pauvres, ils sont supposés être armés et habillés à leurs dépens; on leur promet de les traiter comme des officiers, de les placer, de leur donner des rangs, et il s'agit cependant de plusieurs milliers. » Saint-Marsan, le 4 mars. A. STERN, *Abhandlungen und Aktenstücke zur Geschichte der preussischen Reformzeit*, 1807-1815, p. 406. — Voir l'ordre du jour d'Yorck, du 14 avril, après Möckern. DROYSEN, *Yorck*, II, p. 42.

2. LEHMANN, *Scharnhorst*, II, pp. 531, 532. — Voir les détachements de chasseurs volontaires, le 29 avril 1813. DROYSEN, *Yorck*, II, p. 52. — [PRITTWITZ], I, pp. 97, 98, 103, 165. — [FRANZECKY], *Beiheft zum Militair-Wochenblatt*, 1847, pp. 30 et suiv.

la Landwehr en eut plus encore. Mais, avant d'en étudier la genèse, il nous faut jeter un coup d'œil sur le développement des événements depuis la signature du traité de Kalisch.

Sur les territoires orientaux de l'Europe, le désastre de Russie avait déroulé ses conséquences, qui dépassaient de beaucoup les premières prévisions des gouvernements.

Non seulement, dès le 17 janvier, Murat avait abandonné l'armée et en avait, à Posen, laissé, de son autorité privée, le commandement au prince Eugène. Mais celui-ci, le 9 février, apprenant la retraite de Schwarzenberg, qui le laissait sans appui sur sa droite, comme la défection d'Yorck l'avait laissé sans appui sur sa gauche, réduit à 15 000 hommes, avait pris le parti de se replier sur l'Oder et d'y faire rétrograder les 30 000 hommes que Grenier et Lagrange lui amenaient[1]. L'effet moral du désastre se faisait sentir[2]. L'absence de Napoléon, l'aspect menaçant des populations, l'audace des partis de cosaques, et les terreurs excessives que leur apparition soulevait, tout contribuait à accentuer et à développer, au delà de toute prévision, les conséquences de la défaite.

Le corps de Macdonald s'était comme dissous à la suite de l'abandon d'Yorck. Regnier avait subi, à Kalisch, le 13 février, un échec sérieux. Eugène n'avait ni la capacité ni le moral nécessaires pour remonter ce courant. Dans les derniers jours de février, démoralisé par toutes les impressions qui l'assaillaient, il avait abandonné la ligne de l'Oder, dont les troupes françaises tenaient encore cependant les trois places fortes. Il s'était retiré, d'abord en avant, puis en arrière même de Berlin, bien qu'il n'eût en somme devant lui que les 12 000 hommes de l'armée de Wittgenstein[3]. Le 4 mars enfin, malgré les avis de Gouvion St-Cyr, et toujours sous la même influence déprimante, il avait, sans raison bien pressante[4], reculé

1. Prittwitz, évaluant les effectifs français, dit 6 000 hommes, puis, au milieu de février, 11 500 hommes au vice-roi, 6 000 à Regnier, 6 000 à 8 000 à Poniatowski, plus les troupes disséminées dans les places fortes. [Prittwitz], I, pp. 72, 81, 83, 135, 188, 206, 272. — Kutusoff, au 7 février, dit 30 000 hommes, *ibid.*, I, p. 182.

2. Voir, sur la situation militaire à cette date, Droysen, *Yorck*, II, p. 7. — [Prittwitz], I, pp. 48, 186.

3. C'est l'aile droite des Russes. Prittwitz l'évalue à 10 000 hommes. [Prittwitz]. I, p. 180.

4. Voir ses motifs. *Mémoires et correspondance du* prince Eugène, VIII, p. 387. — [Prittwitz], I, pp. 194, 206. — Plotho, I, p. 30.

jusqu'à l'Elbe. Il l'avait franchi, le 8 mars, et s'était établi sur la rive gauche.

Ainsi, dans les premiers jours de mars, sauf les garnisons demeurées à Danzig, dans les places de l'Oder, à Stettin, Cüstrin et Glogau, sauf les garnisons de Spandau, Zamosz, Modlin, Thorn, et Czentochau, les troupes françaises avaient évacué le territoire allemand jusqu'à l'Elbe comme dans une sorte de dissolution spontanée [1].

Il avait fallu que les choses en vinssent là pour que le gouvernement prussien se résolût à rendre apparent le revirement politique qui s'était accompli à Kalisch. Les journées comptaient cependant. Le traité de Kalisch est du 26 février. La bataille de Lützen est du 2 mai. Lorsque le roi de Prusse signa le traité qui le liait à la Russie, deux mois seulement devaient s'écouler avant que Napoléon reparût en Saxe à la tête de son armée reconstituée.

Le roi de Prusse, le gouvernement prussien comprirent mal la valeur du répit qui leur était accordé. Un mois s'écoula entre la signature du traité de Kalisch et les décisions qui en étaient la conséquence naturelle. C'est seulement dans la seconde quinzaine de mars, trois semaines après la signature du traité, que les actes publics et décisifs se sont succédé [2]. L'entrée d'Alexandre à Breslau, qui fut la première révélation publique de l'alliance, est du 15 mars. La déclaration de guerre à la France est du 16 mars et ne fut remise par Krusemark à l'Empereur que le 27. L'adresse au peuple allemand est du 17 mars [3]; l'ordonnance qui institue la Landwehr, du 17 également. La convention qui fixait le régime à appliquer aux petits États allemands et organisait le *Conseil central d'administration* fut signée le 19 mars [4]. C'est seulement le 11 que fut close la procé-

1. Mais là l'effet moral de la retraite de Russie était épuisé, suivant l'expression de Scharnhorst et de Clausewitz. LEHMANN, *Scharnhorst*, II, pp. 469, 591. — CLAUSEWITZ, *Feldzug von 1813 bis zum Waffenstillstand (Glatz*, 1813), p. 90. — [PRITTWITZ], I, pp. 207, 363.

2. Hardenberg à Gneisenau, le 1ᵉʳ mars. PERTZ, *Gneisenau*, II, p. 519. — LEHMANN, *Scharnhorst*, II, p. 516. — Voir, sur les dates de publication des ordonnances, ONCKEN, *Oesterreich und Preuszen im Befreiungs-Kriege*, I, p. 284. — [PRITTWITZ], I, pp. 165, 262.

3. ONCKEN, I, pp. 285, 291, 292. — Voir, sur le premier projet d'Ancillon, *ibid.*, I, p. 287, — le jugement de Gneisenau. PERTZ, *Gneisenau*, II, pp. 520, 521. — *Politischer Nachlass des hannoverschen Staats-und Kabinets-Ministers Ludwig* VON OMPTEDA, IV, p. 44. — FAIN, *Manuscrit de 1813*, I, pp. 247, 273, 280. — LEHMANN, *Scharnhorst*, II, p. 518. — Voir, sur la résistance du roi à signer l'adresse, PERTZ, *Das Leben des Ministers Freiherrn vom Stein*, III, p. 299. — Voir la scène racontée par Boyen. *Erinnerungen des Feldmarschalls* VON BOYEN, III, p. 6.

4. LEHMANN, *Scharnhorst*, II, p. 578.

dure dirigée contre Yorck à l'occasion de la capitulation de Tauroggen[1]. Lorsqu'il fut innocenté, il y avait deux mois et demi que
le roi de Prusse traitait comme suspect de trahison l'homme qui
avait donné le premier signal de l'affranchissement. Le 10 mars,
Gneisenau, débarquant d'Angleterre, avait reparu à Breslau et repris,
dans la direction des affaires, un rôle important[2]. Pendant la fin
de février, et tout le mois de mars, la Prusse demeura dans une
situation indécise[3]. Elle était liée simultanément, par deux traités
d'alliance, aux deux puissances belligérantes : à la France et à la
Russie.

Lorsque, le 15 mars, le gouvernement prussien se résolut à
déchirer les voiles derrière lesquels il s'abritait, un temps précieux avait été perdu. La pusillanimité visible du gouvernement avait
paralysé le mouvement national. Elle avait, ce qui n'était pas moins
grave, ralenti l'organisation des forces militaires de la Prusse. Il ne
suffisait point, en effet, d'avoir commencé à renforcer, par les
mesures du milieu de janvier et du courant de février, la petite
armée de ligne de la Prusse. Il était encore nécessaire — et c'était
la partie essentielle du programme des réformateurs militaires —
de créer, à côté de son armée de ligne, l'armée nationale, la
Landwehr.

On se souvient que les provinces orientales avaient institué la
Landwehr depuis le 9 février. Elles attendaient toujours les résolutions du gouvernement central. Louis Dohna était arrivé à Breslau
le 21 février[4], y portant les résolutions et les adresses des États
de Königsberg. Et, pendant qu'il exécutait sa mission, les provinces
situées à l'est de la Vistule avaient commencé en fait l'organisation
de la Landwehr.

Il semble au premier abord que, toute question de forme mise à
part, les décisions des États de Königsberg dussent être les bien-

---

1. Ci-dessus, CHAPITRE XI, pp. 351, 352. — Voir, sur la première entrevue de Yorck
et du roi à Potsdam, le 22 mars, DROYSEN, Yorck, II, p. 24. — [PRITTWITZ], I, p. 259.
2. PERTZ, Stein, III, pp. 313, 587. — PERTZ, Gneisenau, II, pp. 522, 524. —
LEHMANN, Scharnhorst, II, p. 577.
3. Voir encore, le 15 février, les assurances de Hardenberg à Saint-Marsan.
DROYSEN, Yorck, II, p. 6; — l'ordre de cabinet du 8 mars. LEHMANN, Scharnhorst,
II, p. 574. — [PRITTWITZ], I, pp. 181, 182.
4. Zu Schutz und Trutz am Grabe Schön's, von einem Ostpreuszen, p. 639. —
Voir, sur Louis Dohna, [GERWIEN], p. 140.

venues ,à Breslau. Elles étaient la manifestation la plus considérable,
mais l'une seulement des manifestations, d'un mouvement qui entraînait le pays tout entier : Yorck et les États dans la Prusse orientale,
Bülow et les patriotes dans les Marches, le gouvernement central
lui-même en Silésie. Il semblait qu'il y eût accord universel sans
concert préalable. Lorsque, le 3 février, fut publié l'appel aux volontaires, on put voir de suite qu'il répondait à l'attente de tous. Sans
doute, dans l'organisation de l'armée nationale qui devait doubler
l'armée permanente, les États de Königsberg avaient pris les devants ;
mais la création de la Landwehr n'était que le produit longuement
mûri d'une patiente élaboration intellectuelle, morale et matérielle
dont les patriotes étaient, depuis longtemps, à la fois les initiateurs
et les ouvriers.

Il semble donc que l'envoyé des États de Königsberg dût être
bien accueilli à Breslau, tout au moins par les patriotes. Il n'en fut
rien. Les quelques extraits, incomplets du reste, des lettres de Louis
Dohna, qui ont été conservés et publiés, indiquent que les résolutions des États de Königsberg furent reçues avec froideur. « Ici,
dans cette province », dit-il [1], « on ne peut prendre goût à la
chose. » Et il ne s'agit point seulement de la mauvaise humeur de
Frédéric-Guillaume III, qui n'avait pu voir et qui n'avait point vu
sans irritation l'action quasi insurrectionnelle des États généraux de
Königsberg [2]. Louis Dohna, ou du moins son message, ne fut pas
mieux accueilli par Scharnhorst que par le roi lui-même. Deux
témoignages, celui du biographe d'Alexandre Dohna et celui de
Merkel, permettent difficilement d'en douter [3].

« Il n'en demeure pas moins certain », écrit Merkel [4], « d'après
ce que l'on sait de la création de la Landwehr, que c'est de la
Prusse orientale qu'elle est venue. Jusqu'à l'arrivée du comte Louis

1. Louis Dohna à son frère, le 28 février. J. VOIGT, *Leben des Grafen von Dohna-
Schlobitten*, p. 31. — [GERWIEN], p. 26.
2. Instructions de Knesebeck, du 8 février. ONCKEN, I, p. 185. — Lettre
d'Auerswald adressée de Königsberg à Breslau. PERTZ, *Stein*, III, p. 307.
3. VOIGT, *Dohna*, pp. 30, 35. — [GERWIEN], p. 26. — *Zu Schutz und Trutz am
Grabe Schön's*, pp. 631, 635. — BOYEN, *Beiträge zur Kentnisz des Generals Scharnhorst*, pp. 45, 47, 59.
4. Cette déclaration de Merkel figure dans une lettre de Merkel au major
v. Vinke, lettre qui fut communiquée par Beyme, devenu grand chancelier, à
Schön, alors président supérieur. [GERWIEN], p. 25. — Voir d'ailleurs les réserves
de Beyme, *ibid.* — Voir la lettre de Beyme, du 21 mai 1833. LEHMANN, *Knesebeck
und Schön*, p. 346. — *Aus den Papieren* SCHÖN'S, IV, pp. 569, 592.

Dohna, on n'y avait point songé ici. J'ai assisté moi-même à la conférence qui fut tenue, quelques heures après cette arrivée, chez feu Scharnhorst. Scharnhorst doutait de la possibilité de généraliser l'institution sur le sol de l'État prussien. Son idée dominante, c'était de renforcer l'armée le plus possible, et la Landsturm, l'armée de ligne, la Landwehr, qu'il imaginait séparément[1], lui semblaient inconciliables. Feu le général de Röder fut, autant qu'il m'en souvient, le premier qui entreprit de démontrer la possibilité d'instituer la Landwehr par un règlement général. L'idée ne vint point de Scharnhorst. Il ne travailla jamais au projet. »

Constatation bien surprenante, problème historique autour duquel les polémiques les plus vives se sont engagées; car nous savons de reste avec quelle ardeur on a discuté, on discute encore, en Prusse, sur l'origine des institutions militaires modernes.

Scharnhorst, dont les idées réformatrices s'étaient formées, développées, dans une suite si logique et si bien connue, Scharnhorst, qui travaillait depuis six années avec tant de patience et d'ardeur à la fois à introduire en Prusse le service obligatoire et à y créer une armée nationale[2], Scharnhorst aurait repoussé la Landwehr, la première épreuve pratique de ses idées. Faut-il donc admettre qu'il n'eut point en réalité cette largeur d'idées qui fait dans l'histoire la grandeur de sa figure, qu'il fut, lui aussi, prisonnier d'anciens préjugés, qu'il ne fut, comme l'a écrit Schön, qu'un grand soldat de métier et non point un grand esprit? Il y aurait, entre cette constatation et ce que nous savons de Scharnhorst, une contradiction trop violente pour qu'il soit possible de l'admettre. Tout le développe-

1. A rapprocher du Chapitre X et de l'appréciation de Boyen : « Il voulait, à côté de l'armée de ligne fortifiée, préparer la défense du pays la plus vigoureuse afin que, même dans le cas le plus défavorable, la Prusse pût combattre avec ses propres forces, pour gagner du temps. » Boyen, Scharnhorst, p. 50. — Zu Schutz und Trutz am Grabe Schön's, p. 640.

2. Ci-dessus Chapitre X. — Scharnhorst à Stein, sur l'insuffisance des armées permanentes. Lehmann, Scharnhorst, II, p. 597. — Voir un document important qui établit que, le 24 février, Scharnhorst, pensait entreprendre avant huit jours l'organisation de la Landwehr. Lehmann, Scharnhorst, II, pp. 516, 517. — Aus dem Nachlasse von F. A. von der Marwitz, I, p. 341. — Voir les conceptions de Scharnhorst sur l'emploi de la Landwehr, en mai 1813, Lehmann, Scharnhorst, II, p. 624, — un projet de Landwehr silésienne présenté, à Breslau, par Lütwitz, le 10 février, et où il est fait mention de conférences avec Scharnhorst, [Gerwien], pp. 24, 71, — la lettre de Boyen au comte Bülow, à propos d'une étude de Schön sur la Landwehr : la lettre est du 20 avril 1819. Lehmann, Knesebeck und Schön, p. 344. — Voir l'ardeur avec laquelle, à la fin de mars, Scharnhorst travaille à l'organisation de la Landwehr. Lehmann, Scharnhorst, II, p. 586.

ment intellectuel de Scharnhorst depuis des années, tous les projets
élaborés depuis Iéna, tendaient à la création de la Landwehr, c'est-à-
dire à la formation d'une armée nationale constituée derrière l'armée
permanente et distincte de celle-ci[1].

Il paraît toutefois douteux qu'en février 1813 ces projets eussent
été repris et remis sur pied avec une précision définitive[2]. Le développement de l'armée de ligne, les événements politiques, leur
répercussion sur la situation et sur les mesures militaires, étaient
bien suffisants pour absorber l'attention des hommes d'État prussiens, même de ceux qui s'étaient consacrés exclusivement au développement des forces militaires de la Prusse[3]. Et, d'ailleurs, les résistances et la mauvaise volonté du roi[4] ne leur permettaient sans

1. Il y a dans la polémique une équivoque permanente. Que faut-il entendre
par Landwehr? Dans la thèse de Schön, Scharnhorst voulait bien une Landwehr;
mais il la concevait comme une organisation de fortune, de valeur secondaire,
opérant en dehors de l'armée permanente et derrière elle; c'est au contraire la
Prusse orientale qui aurait apporté à Scharnhorst la conception de l'armée
nationale. *Zu Schutz und Trutz am Grabe Schön's*, p. 641. — Cette thèse est
difficile à admettre. La Landwehr de la Prusse orientale, avec la limitation de
son emploi au sol de la province, et la faculté de remplacement, n'établissait
pas plus que les projets de Scharnhorst l'unité de l'armée nationale. — Voir, en
mai 1813, les premiers projets de Scharnhorst tendant à l'amalgame plus ou
moins complet de l'armée permanente et de la Landwehr. Lehmann, *Scharnhorst*, II, p. 623.

2. C'est l'opinion de [Gervinen], pp. 24, 27. — Voir, sur la pauvreté des documents, Lehmann, *Knesebeck und Schön*, p. 265. — Voir, sur la question de savoir
où en était la préparation de l'ordonnance sur la Landwehr, au moment de
l'arrivée de Dohna à Breslau, [Gervinen], p. 24. — Lehmann, *Knesebeck und Schön*,
pp. 265 et suiv. — Lehmann, *Stein, Scharnhorst und Schön*, pp. 74 et suiv. —
Häusser, IV, p. 61. — Lehmann, *Scharnhorst*, II, p. 536. — D'après Lehmann, le
projet primitif d'organisation de la Landwehr par Scharnhorst n'existe plus aux
archives. Le projet qui s'y trouve est de la main de Krause et a déjà reçu les
modifications signalées par Hippel (voir ci-après, p. 380). L'appel joint à l'ordonnance sur la Landwehr n'est pas de Scharnhorst. Scharnhorst avait préparé un
projet d'adresse dont Lehmann donne le début. Lehmann, *Scharnhorst*, II, p. 536.
— Voir l'affirmation de [Gervinen], pp. 24, 25. Il n'y a point, dans les archives, de
projet de Landwehr daté, antérieur au 2 mars, mais Gervinen attribue à Scharnhorst, et à cette période, plusieurs des projets non datés, *ibid.*, p. 25. — Voir
l'affirmation très nette de Boyen : Le projet de Landwehr avait été discuté avec
lui, Gneisenau et Grolmann, depuis longtemps, avant l'arrivée des projets de la
Prusse orientale, *ibid.*, p. 26. — Mais voir également, sur l'état de préparation
des projets, Boyen, *Scharnhorst*, p. 46. — *Zu Schutz und Trutz am Grabe Schön's*,
pp. 635, 639. — Saint-Marsan écrit à Maret de Breslau, le 4 mars : « La prochaine
levée d'un ban et d'un arrière-ban, qui finira par arracher le dernier homme à
l'agriculture et aux métiers, semble annoncer une volonté déterminée de défendre la Prusse plutôt que de s'avancer en pays étranger ». A. Stern, p. 406.

3. Il faut noter que Scharnhorst a été absent, en mission à Kalisch, du 27 février
au 5 mars. *Zu Schutz und Trutz am Grabe Schön's*, p. 633. — Lehmann, *Scharnhorst*, II, p. 576.

4. *Erinnerungen des Feldmarschalls* von Boyen, II, pp. 333, 335.

doute pas, même encore dans le courant de février, de pousser tous leurs projets à la fois[1].

Hippel, dans un témoignage[2] qui est en contradiction directe avec celui de Merkel, affirme bien qu'il peut écarter toute incertitude sur la question de savoir qui fut l'initiateur de la Landwehr et l'auteur de l'ordonnance générale. Il assure « que le travail lui fut remis complet par Scharnhorst, pour y opérer les dernières retouches, dans le courant de février, et avant l'arrivée des projets de la Prusse orientale ». Hippel y trouva « si peu de choses à changer; il avait en Scharnhorst une telle confiance, qu'il ne se permit d'apporter au projet les quelques améliorations nécessaires qu'après les avoir soumises à Scharnhorst lui-même. Le brouillon était écrit de la main du directeur des forêts Krause, alors conseiller d'État, d'après les travaux antérieurs et les directions de Scharnhorst. »

L'on a bien retrouvé le projet dont parle Hippel, écrit de la main de Krause et portant les corrections de la main de Hippel. Mais ce projet ne tranche point la question de priorité; car il ne porte que la date du 16 mars, ajoutée après coup[3].

En fait Louis Dohna, quoiqu'il prévît, dès le 28 février, une solution favorable[4], dut l'attendre jusqu'au 17 mars. Elle intervint plus d'un mois après son arrivée à Breslau, en même temps que fut promulguée l'ordonnance générale qui instituait la Landwehr sur tout le territoire de l'État prussien.

1. Dans les instructions données le 8 février, à Knesebeck, et dans l'évaluation des forces prussiennes, durant les négociations préparatoires du traité de Kalisch, on ne paraît pas escompter les ressources que donnera l'ordonnance sur la Landwehr. Oncken, I, pp. 188, 234. — *Zu Schutz und Trutz am Grabe Schön's*, p. 636.

2. Hippel, *Beiträge zur Charakteristik Friedriech Wilhelm's III*, p. 66. — [Gerwien], p. 25. — *Zu Schutz und Trutz am Grabe Schön's*, p. 639. — Pertz, *Stein*, III, p. 307. — Il faut voir aussi, dans le même sens, la lettre du roi à Hardenberg, du 21 février : « Le général Yorck et les États de la Prusse orientale proposent la formation d'une Landwehr qui peut être utile, si les projets sont soigneusement examinés et mis d'accord avec les autres mesures. Duncker, *Abhandlungen zur preussischen Geschichte. Preussen während der französischen Okkupation*, p. 495. — Lehmann, *Knesebeck und Schön*, p. 264. — Il faut noter enfin la lettre de Scharnhorst à sa fille, du 19 mars 1813 : « On organise une Landwehr dont j'ai dressé le plan moi-même et à moi seul ». Klippel, *Scharnhorst*, III, p. 692. — *Zu Schutz und Trutz am Grabe Schön's*, pp. 32, 643. — Lehmann, *Stein, Scharnhorst und Schön*, p. 75. — Boyen, *Scharnhorst*, p. 40.

3. Lehmann, *Scharnhorst*, II, p. 536. — [Gerwien], p. 25. — *Zu Schutz und Trutz am Grabe Schön's*, p. 639. — Lehmann, *Stein, Scharnhorst und Schön*, p. 75.

4. Voigt, *Dohna*, p. 31. — [Gerwien], p. 26.

Comment donc, encore une fois, expliquer le mauvais accueil que reçurent, même dans les cercles des patriotes, les projets venus de la Prusse orientale? On ne peut l'attribuer à une petitesse d'esprit, à un amour-propre étroit. L'abnégation a été une des qualités maitresses de Scharnhorst.

Deux explications ont été données. Toutes deux contiennent probablement une part de vérité.

Le projet des États de Königsberg heurtait sur plus d'un point, non pas par le principe même de l'institution de la Landwehr, mais par le mode[1] de sa réalisation, les idées et les projets de Scharnhorst.

Il pouvait craindre tout d'abord qu'en prélevant si vite les ressources vives du pays pour la formation de la Landwehr, on n'apportât quelque trouble dans l'exécution des mesures qui avaient été prises pour développer l'armée permanente[2] et qui produisaient seulement leurs premiers effets. Scharnhorst paraît avoir eu la préoccupation de reconstituer et de fortifier l'armée de ligne avant d'aborder l'organisation de la Landwehr[3]. Mais cette préoccupation, toute d'opportunité, ne touchait en rien au fond des idées. Schön est parti de là pour accuser Scharnhorst de n'être qu'un grand soldat de ligne[4]. Il était surtout un organisateur prudent.

1. Voir particulièrement Boyen dans ses mémoires : « C'est ainsi que Dohna a pu prendre pour un adversaire de la Landwehr, Scharnhorst, qui en était en réalité l'auteur et le promoteur, et dont la conception intellectuelle était même d'un ordre plus élevé. » *Erinnerungen des Feldmarschalls* von Boyen, II, p. 333. — D'après Boyen, Scharnhorst a accueilli avec joie le projet de la Prusse orientale; mais il a lutté pour le corriger sur plusieurs points où le projet lui semblait défectueux. Boyen, *Scharnhorst*, p. 59. — [Gerwien], pp. 26, 27. — Voir également la lettre du roi à Hardenberg, du 21 février. Duncker, p. 495. — Lehmann, *Knesebeck und Schön*, p. 265. — Voir encore Häusser, IV, p. 61. — Treitschke, I, p. 438. — Voir Louis Dohna, le 2 mars, à son frère. « Il va paraître ici une invitation à toutes les provinces d'organiser leur Landwehr, et l'on voulait modifier notre projet d'après celui-là, malgré les différences considérables dans la constitution et l'esprit des provinces. » [Gerwien], p. 26; — voir *ibid.*, p. 27. — Lehmann donne une version différente : « établir ces projets d'après les nôtres » au lieu de « modifier notre projet d'après celui-là ». Lehmann, *Knesebeck und Schön*, p. 344.

2. Lehmann, *Knesebeck und Schön*, p. 269. — Häusser, IV, p. 61. — *Erinnerungen des Feldmarschalls* von Boyen, II, p. 332.

3. Voigt, *Dohna*, pp. 28, 30. — [Gerwien], pp. 26. 27. — Lettres d'Alexandre Dohna à son frère. Lehmann, *Knesebeck und Schön*, p. 270. — *Zu Schutz und Trutz am Grabe Schön's*, p. 633.

4. Voir la lettre de Beyme à Schön, du 21 mai 1833, où il conteste cette appréciation. Lehmann, *Knesebeck und Schön*, p. 346. — Voir le jugement de Boyen sur Schön. *Erinnerungen des Feldmarschalls* von Boyen, II, pp. 329, 331.

Mais ce n'était encore là qu'un des griefs de Scharnhorst contre les résolutions des États de Königsberg. Nous nous souvenons que les États avaient introduit dans leur projet, contrairement aux propositions de Clausewitz, le disciple de Scharnhorst, la faculté de remplacement [1]. Pratiquement c'était peu de chose. Théoriquement, c'était une atteinte grave portée à l'œuvre des réformateurs. L'obligation absolue du service [2], c'était le fondement même de leur doctrine. Idéalistes comme ils l'étaient, ils devaient sentir vivement la gravité d'une mesure qui méconnaissait, dès l'origine, le principe même de la nouvelle législation. On ne retrouve point la trace d'un conflit portant sur ce point précis [3]; mais on peut attribuer, sans invraisemblance, les réserves de Scharnhorst à son attachement pour le principe de l'obligation [4], pour l'idée qui faisait à ses yeux et qui, en réalité, a fait depuis la force et la durée des institutions nouvelles.

Sur un autre point, au contraire, l'on connaît d'une façon certaine, par les lettres mêmes de Louis Dohna, les objections formulées contre le projet des États. Il avait un caractère provincial des plus accentués. Ce n'était pas seulement qu'il limitât aux frontières de la province l'utilisation de la Landwehr [5]. C'était là sans doute la conception d'un sentiment national encore bien embryonnaire; mais ces restrictions devaient tomber bien vite et bien facilement sous la poussée des faits. Sur ce point spécial, le projet des États de Königs-

1. Ci-dessus CHAPITRE X, p. 330. — LEHMANN, *Knesebeck und Schön*, p. 271. — FRICCIUS, *Geschichte des Krieges von 1813 und 1814*, I, pp. 96, 241. — Voir *ibid.*, I, pp. 93, 114. — FRICCIUS, *Belagerungen von Danzig*, p. 188. — Sur l'importance de cette disposition, voir encore HÄUSSER, IV, p. 61.

2. Même pour les quelques exemptions qui sont admises, Scharnhorst se montre très rigoureux. LEHMANN, *Scharnhorst*, II, pp. 530, 531, 537, 538. — Voir la doctrine persistante de Scharnhorst sur ce point. LEHMANN, *Knesebeck und Schön*, p. 272. — Voir, sur l'importance de ce principe et les oppositions qu'il rencontre, [SCHERBENING], *Die Reorganisation der preussischen Armee nach dem Tilsiter Frieden*, I, p. 559. (*Beiheft zum Militair-Wochenblatt*, 1854-1856). — [WILLISEN], II, p. 110. — Ci-dessus, CHAPITRE X, p. 331. — LEHMANN, *Knesebeck und Schön*, p. 273.

3. LEHMANN, *Scharnhorst*, II, p. 538, indique cependant un mémoire de Scharnhorst, en réponse à l'adresse des députés de Königsberg, demandant à être exemptés du service de la Landwehr, dont nous avons parlé, p. 331. — Boyen, dans ses mémoires, va jusqu'à assurer que, si la faculté de remplacement avait été établie, tous les hommes aisés se seraient soustraits au service. *Erinnerungen des Feldmarschalls VON BOYEN*, II, p. 333.

4. Voir le mémoire du 5 avril 1810, signé de Scharnhorst et de Boyen, et les mémoires des 1er mai et 17 novembre 1810, signés de Scharnhorst seul. LEHMANN, *Knesebeck und Schön*, pp. 275, 280.

5. [GERWIEN], p. 27. — HÄUSSER, IV, p. 61. — TREITSCHKE, I, p. 438.

berg fut modifié dès l'abord [1]. C'était surtout par d'autres précautions que les Prussiens orientaux avaient voulu faire, de leur Landwehr, une institution oligarchique, la propriété des États, avec tous les caractères d'une organisation provinciale, placée sous le contrôle et la direction d'une commission générale constituée par les États eux-mêmes [2]. Il n'est pas surprenant que cette conception rencontrât au centre du gouvernement quelques résistances. Louis Dohna avait bien l'aspect d'un plénipotentiaire de la province. C'était en sa qualité d'agent provincial qu'il se plaignait des difficultés qu'il rencontrait. Il écrivait à son frère, le 28 février [3] : « Il n'y a plus de doute que nos projets seront accueillis, quoique l'on adopte pour nos voisins des principes généraux qui diffèrent quelque peu des nôtres et auxquels nous devrons autant que possible nous plier. Ici, dans cette province, on ne peut prendre goût à la chose » ; et, le 2 mars [4] : « Au début, on devait nous supprimer la commission générale ; mais, comme j'ai la ferme conviction qu'elle est indispensable à la réalisation du projet, j'ai déclaré, en toute loyauté, que, sans elle, on ne ferait rien de la Landwehr prussienne (au sens provincial du mot). J'espère maintenant qu'on nous la laissera » ; et, le 13 mars [5] : « Je puis, à présent, affirmer avec certitude que la Landwehr sera organisée très énergiquement dans toutes les provinces de la monarchie, et que la loi qui l'établit sera terminée dans quelques jours. Elle ne diffère que faiblement de nos projets prussiens. Je puis aussi te dire confidentiellement qu'on nous laisse espérer la récompense du patriotisme que nous avons témoigné. Il est probable qu'on nous permettra provisoirement d'organiser notre Landwehr, d'après les principes admis par nous et sous la direction de la commission générale élue par nous. » En fait, les tendances centralisatrices ont dû s'incliner une fois de plus devant l'esprit oligarchique et provincial [6]. Il est très naturel qu'elles ne l'aient point fait sans quelque hésitation.

Y eut-il autre chose ? Fut-ce, comme le donnent à entendre certains des témoignages recueillis, l'institution même de la Landwehr

1. [GERWIEN], pp. 27, 78.
2. Voir ci-après, pp. 388, 469, notes 1, 2. — LEHMANN, Knesebeck und Schön, p. 267. — HÄUSSER, IV, p. 101.
3. VOIGT, Dohna, p. 31. — [GERWIEN], p. 26.
4. VOIGT, Dohna, p. 31. — [GERWIEN], p. 26.
5. [GERWIEN], p. 26. — VOIGT, Dohna, p. 31.
6. Voir l'impression contraire mais inexacte de TREITSCHKE, I, p. 439. — Erinnerungen des Feldmarschalls VON BOYEN, II, p. 5.

qui rencontra, et de la part de Scharnhorst lui-même, des objections péniblement surmontées? Le témoignage d'un témoin oculaire comme Merkel se laisse difficilement écarter. On ne l'a point contesté; on l'a expliqué en assurant que Scharnhorst avait été condamné, par la faiblesse du roi, par les résistances de son entourage, par la fausseté d'une situation qui imposait la dissimulation, à prendre une attitude extérieure que contredisaient ses sentiments intimes[1]. C'est ce qui est admis dans les travaux de l'état-major allemand, et par Boyen lui-même, l'interprète le plus autorisé des pensées de Scharnhorst[2].

Cette explication ne paraît pas inadmissible, si l'on se représente tout un aspect de l'action des patriotes qui apparaissait dans les relations occultes nouées à travers le territoire, dans les sociétés secrètes, dans les lettres à clef. Les circonstances avaient imposé longtemps aux patriotes prussiens et leur imposaient peut-être encore la dissimulation. Ils s'y prêtaient sans difficultés, avec une sorte d'entrain. Il y a sans doute puérilité à ramener tous les événements à l'action des sociétés secrètes; mais l'on n'aurait point un tableau fidèle de ce temps si l'on négligeait cette action occulte à laquelle les patriotes se complaisaient. C'est l'un des traits du romantisme exalté de l'époque, peut-être un trait notable de l'esprit allemand.

Plus d'une fois déjà, en 1808, en 1809, en 1811, nous avons vu Scharnhorst, dans des rapports secrets adressés au roi, parler le langage de l'alliance française ou de la soumission, la conseiller presque, alors qu'il travaillait passionnément à engager, à presser la lutte. N'avait-il pas été jusqu'à proclamer, au début de 1813 encore, que la capitulation d'Yorck était un déshonneur pour les armes prussiennes[3]? Son opposition apparente à la Landwehr, dans le courant de février, peut être une manifestation du même genre. Il était sans doute encore nécessaire de ménager les doses à la mauvaise humeur de Frédéric-Guillaume.

Quelle que soit là solution de ce problème historique, l'impor-

1. D'après Beyme, la résistance de Scharnhorst au projet de Landwehr est une ruse de Scharnhorst, ruse d'ailleurs employée par lui plus d'une fois pour se faire imposer des projets qu'il craignait de compromettre en les soutenant trop directement et trop vivement. [GERWIEN], p. 25. Lettre de Beyme du 21 mai 1833. — LEHMANN, *Knesebeck und Schön*, p. 346. — Sur l'hostilité du roi aux projets de Landwehr, PERTZ, *Gneisenau*, II, p. 559.

2. Voir l'affirmation de Boyen. [GERWIEN], p. 26.

3. LEHMANN, *Scharnhorst*, II, p. 485. — TOME Ier, p. 439. — CHAPITRES I, V, pp. 13, 162.

tance des événements de Königsberg ne peut être contestée. Ils n'ont point donné à Scharnhorst l'idée de la Landwehr; ils n'ont point modifié ses conceptions. Ils ne l'ont point contraint, dans leur réalisation, à des altérations fondamentales. Cet acte d'initiative indépendante a cependant sa place, une première place, dans l'histoire militaire de la Prusse. Dans le milieu troublé et encore si hésitant de la cour de Breslau, il a pu exercer une pression décisive [1].

Les propositions des États de Königsberg furent sanctionnées, le jour même [2] où fut signée l'ordonnance générale qui instituait la Landwehr.

Le 17 mars, Frédéric-Guillaume III adressait aux États généraux des trois provinces représentées à Königsberg, de la Prusse orientale, de la Prusse occidentale et de la Lithuanie, l'ordre de cabinet suivant [3] : « Je reconnais la fidélité avec laquelle mes États de la Prusse et de la Lithuanie se sont offerts volontairement à assurer la défense de la province sans reculer devant aucun sacrifice pour atteindre ce but. Je veux, pour ce motif, ne pas interrompre les mesures qu'ils ont prises pour l'organisation de la Landwehr, bien qu'elles diffèrent de celles que j'ai arrêtées pour les autres provinces. Je confirme donc provisoirement la commission générale que les États ont élue pour l'organisation de la Landwehr. Cependant la Landwehr de la Prusse devra progressivement recevoir la même constitution que celle des autres provinces; la commission générale devra préparer cette transition et amener la Landwehr des provinces orientales à ne point se distinguer de celle des autres provinces. »

Sauf la disposition qui limitait l'obligation du service aux frontières de la province [4], et qui ne fut point maintenue, la Landwehr des provinces orientales restait ce que l'avaient faite les

---

1. LEHMANN, *Stein, Scharnhorst und Schön*, p. 75. — HÄUSSER, IV, p. 61. — *Erinnerungen des Feldmarschalls* VON BOYEN, II, pp. 325, 353. — LEHMANN, *Knesebeck und Schön*, p. 124. — DROYSEN, *Yorck*, I, p. 439. — Lettre de Schön à Arndt, publiée dans ARNDT, *Nothgedrungener Bericht*, p. 166, en 1847. — [GERWIEN], I, pp. 27. — BOYEN, *Scharnhorst*, p. 62.

2. Voir cependant, dès le 14 mars, à Königsberg, le journal d'Auerswald. « Le capitaine v. Drigalski, courrier venant de Breslau, apporte l'approbation royale pour la Landwehr. » Il s'agit sans doute d'une nouvelle officieuse. *Zu Schutz und Trutz am Grabe Schön's*, p. 645.

3. [GERWIEN], p. 30.

4. L'art. 19 de l'ordonnance générale du 17 mars prévoit l'emploi de la Landwehr au renforcement de l'armée de ligne. [GERWIEN], p. 78.

États généraux de Königsberg[1]. Les organes qu'ils avaient créés usè-
rent largement de la faculté que leur laissait le roi de ne point modifier leur œuvre. Le 27 mars, la commission générale instituée par
les États de Königsberg prépara une instruction pour assurer, dans
sa circonscription territoriale, l'exécution de l'ordonnance générale[2].
Elle maintenait explicitement, avec quelques précautions de forme,
la faculté de remplacement[3]. « Comme les dispositions prises anté-
rieurement », disait l'instruction, « ont amené un certain nombre de
personnes à se pourvoir de remplaçants, les personnes appelées à
servir dans la Landwehr seront provisoirement admises à présenter
des remplaçants, pourvu que ceux-ci aient les qualités de bons
landwehriens, et soient de bonne vie et mœurs. » Les États de
Königsberg avaient donc soustrait les provinces qu'ils représentaient
au service obligatoire. Ils s'étaient réservé une pleine indépendance
d'action.

Le jour même où il remettait à Louis Dohna l'ordre de cabinet si
longtemps attendu, le 17 mars, le roi avait signé l'ordonnance générale qui instituait la Landwehr[4] sur tout le territoire de la monarchie
prussienne.

C'était un acte considérable ; il préparait à la Prusse, sur une population de 4 millions et demi d'habitants, une armée imposante de
270 000 hommes où la Landwehr figura pour 120 000 hommes[5]. Il lui
préparait surtout une armée nationale.

L'ordonnance du 9 février avait assujetti au service, dans l'armée
de ligne, les hommes de dix-sept à vingt-quatre ans ; l'ordonnance du
17 mars assujetissait au service de la Landwehr les hommes de dix-
sept à quarante ans[6]. Tous ne devaient point être enrôlés ; l'on con-

---

1. Voir la comparaison des deux Landwehrs : celle des provinces orientales, et
celle de l'ordonnance du 17 mars. [GERWIEN], p. 27. — LEHMANN, *Knesebeck und
Schön*, p. 265.
2. Sur toutes les mesures d'organisation prises par la commission générale
« sans aucun secours de l'État », voir [GERWIEN], pp. 32, 88 et suiv.
3. § 16 de l'Instruction du 27 mars, arrêtée par la commission générale de la
Prusse orientale. [GERWIEN], p. 91.
4. Voir le texte de l'ordonnance, [GERWIEN], p. 77, — et le texte du manifeste
qui y est joint, *ibid.*, p. 28. — L'ordonnance n'est publiée dans la *Gesetz-
Sammlung* que le 6 novembre. [PRITTWITZ], I, p. 267.
5. Ci-après CHAPITRE XIV, pp. 455, 456.
6. [FRANZECKY], pp. 457, 459. — LEHMANN, *Knesebeck und Schön*, p. 269. — *Geschichte der Organisation der Landwehr in der Kurmark*, etc., p. 56. (*Beiheft zum*

voquerait, dans chaque circonscription, les hommes assujettis au
service de la Landwehr; on adresserait un premier appel aux volontaires; puis, aussitôt après, on compléterait, par voie de tirage au
sort, le contingent fixé [1].

Par une audace significative, c'était le comité oligarchique de
chaque cercle qui désignait les officiers de Landwehr [2] jusqu'au
grade de chef de bataillon.

La Landwehr eut partout, non point peut-être au même degré que
dans les provinces orientales, mais très nettement, le caractère d'une
institution provinciale [3]. L'organisation de la Landwehr fut confiée
aux États, aux organes oligarchiques qui avaient conservé, dans les
provinces de la monarchie prussienne, tant de vitalité [4]. On pourrait

Militair-Wochenblatt, 1857.) — Voir la composition, par âges, d'une compagnie
de Landwehr poméranienne. *Geschichte der Organisation der Landwehr in Pommern,* etc., p. 30. (*Beiheft zum Militair-Wochenblatt,* 1858.) Il s'y trouve une proportion notable d'hommes de 17 à 24 ans.

1. Lehmann, *Scharnhorst,* II, pp. 537, 538. — § 5 de l'ordonnance du 17 mars.
[Gerwien], p. 77. — § 4 de l'annexe n° 1, *ibid.,* p. 78. — Voir la faculté accordée
au comité d'attribuer des dispenses assez arbitrairement : § 6 de l'ordonnance,
ibid., p. 77. — Voir la critique du procédé du tirage au sort dans le rapport du
6 juin, du comité de Berlin. [Prittwitz], II, p. 360. — Voir, sur le fonctionnement du tirage au sort et des dispenses arbitraires, [Gerwien], p. 33. — Voir
un exemple d'arbitraire dans le recrutement, dans le cercle de Lebus. *Geschichte der Organisation der Landwehr in der Kurmark,* etc., p. 45. — Voir *ibid.,*
pp. 56, 66. — Voir encore [Prittwitz], I, p. 496 ; II, p. 75.

2. § 8 de l'ordonnance. [Gerwien], p. 77. — Pour les chefs des bataillons et
des brigades, les États ont un droit de présentation. [Prittwitz], I, p. 498. —
Geschichte der Organisation der Landwehr in Pommern und Westpreuszen, etc.,
p. 152. — *Geschichte der Organisation der Landwehr in der Kurmark,* etc., pp. 82,
124. — Voir encore [Prittwitz], I, p. 500 ; II, pp. 79, 82. — Voir, sur les modifications introduites successivement dans la situation des officiers de Landwehr,
ibid., II, p. 371. — *Geschichte der Organisation der Landwehr in der Kurmark,* etc.,
p. 156. — [Gerwien] — Ordonnance du 21 août 1813, *ibid.,* pp. 46, 86. —
Voir encore Lehmann, *Scharnhorst,* II, p. 540. — Comparez les revendications de
la noblesse provinciale en 1789. « Les sous-lieutenants seront nommés par le roi
sur la proposition des États provinciaux. » Jäns, *Das französische Heer von
der groszen Revolution bis zur Gegenwart,* p. 20.

3. Lehmann, *Knesebeck und Schön,* p. 266. — Treitschke, I, p. 438. — Lehmann,
Scharnhorst, II, pp. 513, 535.

4. « Les États se réunissent pour organiser la Landwehr. » Ainsi débute l'ordonnance du 17 mars. [Gerwien], p. 77. — Lehmann, *Scharnhorst,* II, pp. 539, 559.
— Friccius. *Geschichte des Krieges von 1813 und 1814,* p. 94. — Lehmann, *Knesebeck und Schön,* p. 266. — Dans le manifeste du 17 mars, le roi s'excuse de
n'avoir point consulté les organes oligarchiques : « Le temps ne m'a pas permis
d'en délibérer avec mes fidèles États. » [Gerwien], p. 28. — Voir les précautions
prises pour imposer aux États certaines règles générales pour l'organisation de
la Landwehr, *ibid.,* p. 77. — Dans la circulaire du 20 mars, Hardenberg dit :
« L'organisation de la Landwehr est *eine blos ständische Landessache* » ; et il
menace les agents de l'administration d'État qui interviendront des peines les
plus dures, *ibid.,* p. 30. — Voir la composition oligarchique des comités de

presque dire qu'elle fut confiée à la noblesse provinciale, tant celle-ci avait encore de prépondérance. Le premier paragraphe de l'ordonnance du 17 mars remet, dans chaque cercle [1], le recrutement et la formation de la Landwehr à un comité composé de deux députés de la noblesse, d'un représentant des villes, d'un représentant des paysans ; mais, — distinction significative, — les deux premiers sont élus par leurs pairs, les deux derniers sont désignés par l'administration [2].

Voici qui traduit mieux encore la conception que se fait le législateur de la hiérarchie sociale. « Si des possesseurs de biens nobles ou des fonctionnaires », dit le paragraphe 10 de l'ordonnance [3], « ne sont point élus officiers et sont appelés à demeurer dans le rang comme sous-officiers ou comme simples soldats, ils sont autorisés à ne point servir dans la Landwehr et à passer dans la Landsturm [4]. » « Je ne veux pas », dit le roi, « que les conditions sociales dans l'ordre civil ou dans l'ordre administratif soient bouleversées. »

La noblesse n'avait pas seulement su réserver ses privilèges et sa situation personnelle dans l'armée nouvelle. Elle avait réussi, pour la sauvegarde de ses intérêts, à faire fléchir, au moins sur un point, le principe de l'obligation. Un ordre de cabinet du 31 mars exempta du service les directeurs d'exploitation, sur les propriétés foncières de soixante hectares au moins, et dans les grands établissements industriels [5].

cercle. *Geschichte der Organisation der Landwehr in Pommern*, etc., pp. 20 et suiv. — *Geschichte der Organisation der Landwehr in der Kurmark*, etc., pp. 23 et suiv.

1. La commission générale dans chaque province est composée d'un membre nommé par les États et d'un membre nommé par le Roi. LEHMANN, *Scharnhorst*, II, p. 539. — § 2 de l'ordonnance du 17 mars. [GERWIEN], p. 77. — LEHMANN, *Knesebeck und Schön*, p. 267.

2. § 1 de l'ordonnance du 17 mars. [GERWIEN], p. 77. — LEHMANN, *Scharnhorst*, II, p. 540. Cette disposition est introduite contre l'avis de Scharnhorst. — Le projet de la Prusse orientale fait une plus large place à l'élection dans la composition de ses commissions spéciales. LEHMANN, *Knesebeck und Schön*, p. 267. — Voir les mesures d'exécution. *Geschichte der Organisation der Landwehr in der Kurmark*, etc., pp. 10, 11, 13. — *Geschichte der Organisation der Landwehr in Pommern und Westpreuszen*, etc. p. 91. — *Organisation der Landwehr der Provinz Schlesien, Beiheft zum Militair-Wochenblatt*, 1845, p. 101. — [PRITTWITZ], I, p. 483.

3. [GERWIEN], p. 77.

4. § 10 de l'ordonnance. [GERWIEN], p. 77. — LEHMANN, *Scharnhorst*, II, pp. 533, 540. — Voir également la disposition qui autorise les fonctionnaires et les propriétaires de biens fonciers considérables, lorsqu'ils servent dans le rang, à porter l'uniforme d'officier avec les épaulettes des chasseurs volontaires. Ordonnance du 2 mars. [FRANZECKY], p. 464.

5. LEHMANN, *Scharnhorst*, II, p. 533. — [PRITTWITZ], I, p. 496. — Ordre de cabinet

Malgré ces exceptions dont la portée matérielle était très limitée, on peut dire que l'ordonnance du 17 mars proclamait et appliquait le principe de l'obligation du service. Les idées fondamentales des patriotes avaient triomphé sur ce point, après une longue attente et sous la pression toute-puissante des événements. L'obligation était proclamée plus clairement dans l'ordonnance du 17 mars sur la Landwehr que dans l'ordonnance du 9 février sur le recrutement de l'armée permanente. En ce qui concernait l'armée de ligne, l'institution des détachements de chasseurs volontaires avait apporté un tempérament notable. Ici, dans cette armée nouvelle, vraiment nationale, où la société civile se transportait avec ses cadres, et qui ne devait être ni formée de soldats de métier, ni commandée par des officiers de carrière, les mêmes précautions n'étaient plus nécessaires [1]. Les quelques cas d'exemptions qui furent admis [2] n'infirmaient point le principe. Le remplacement autorisé dans la Prusse orientale avait été exclu dans le reste de la monarchie prussienne. Sur plus d'un point, des tentatives furent faites pour en introduire l'application. Dans la province des Marches, les comités locaux s'y prêtèrent dans quelques cercles. La commission générale dut intervenir pour assurer l'exécution de la loi. Elle maintint le principe de l'obligation [3].

L'établissement du service obligatoire a été, dans l'histoire du développement de l'État prussien, un fait capital et décisif. Il faut s'y arrêter un instant, et rapprocher les grandes mesures législatives du

du 31 mars. Bräuner, p. 117. — Voir l'application dans la Prusse occidentale. *Geschichte der Organisation der Landwehr in Pommern und Westpreuszen*, etc., p. 107. — Voir *ibid.*, p. 15. — *Wo man jeden Rekruten von seiner Grundherrschaft erkämpfen musz*, écrivait Yorck, en 1811. Droysen, *Yorck*, I, p. 209.

1. Voir la formation de quelques détachements de chasseurs volontaires dans les bataillons de Landwehr. [Franzecky], pp. 16, 18. — Lehmann, *Knesebeck und Schön*, p. 269. — [Gerwien], pp. 37, 41, 43.

2. Voir les réserves pour les soutiens de famille. Lehmann, *Scharnhorst*, II, pp. 530, 531. — Voir, dans la Prusse occidentale, l'exemption, par voie de rachat, des juifs et des Mennonites. *Geschichte der Organisation der Landwehr in Pommern und Westpreuszen*, etc., pp. 103, 106, 108, 118, 119, — l'exemption des fonctionnaires. Ordre de cabinet du 31 mars 1813. [Gerwien], p. 83. — *Geschichte der Organisation der Landwehr in der Kurmark*, etc., p. 80. — Bräuner, p. 118. — Lehmann, *Scharnhorst*, II, p. 533. — [Prittwitz], I, p. 496.

3. Voir, dans le cercle de Stolpe en Poméranie, *Geschichte der Organisation der Landwehr in Pommern*, etc., p. 38, — dans le cercle de Bülow, *ibid.*, p. 42, — dans le cercle de Nieder-Barnim, *Geschichte der Organisation der Landwehr in der Kurmark*, etc., p. 34. — Plotho, I, p. 34.

début de la Guerre d'Indépendance, des mesures analogues que l'agression de l'Europe a imposées à la Révolution française. Nous toucherons à l'une des divergences essentielles dans le développement des deux races et des deux nations.

L'ensemble des mesures législatives qui ont préparé en Prusse, en 1813, l'armée de l'indépendance, et l'ensemble des décrets qui ont préparé et constitué en France les armées révolutionnaires, offrent dans leur aspect général, dans leur développement des analogies frappantes et comme une sorte de parallélisme. Il faut pénétrer derrière les apparences, pour discerner les divergences de principe dont les conséquences ont été si considérables.

Les situations étaient, sous quelques rapports, comparables. Des deux parts, la nation était entraînée d'un de ces mouvements passionnés qui suspendent la vie sociale. L'origine des deux mouvements, les idées qui les suscitaient étaient fort différentes; mais, de part et d'autre, la collectivité était soulevée tout entière, pour sauvegarder contre les forces extérieures son indépendance, son patrimoine intellectuel. Ce n'était plus ces guerres prolongées et traînantes, paralysées par on ne sait quelles hésitations, ne laissant apparaître, sous les conventions qui encadraient, qui limitaient l'œuvre de destruction, ni une idée dominante, ni les intérêts fondamentaux des nationalités engagées. Cette fois, les mobiles vitaux, qui poussaient à la lutte, apparaissaient assez clairement pour déchaîner les passions des peuples devenus conscients. Les nations, poussées à la défense de leur propre cause, n'auraient plus toléré qu'on tentât de paralyser ou de restreindre, par aucune convention, l'emploi illimité de tous leurs moyens d'action.

Des deux parts, les hommes auxquels était échue la direction effective du mouvement, étaient convaincus que le salut de la nationalité menacée dépendait du déchaînement des énergies populaires. C'était des enseignements de la Révolution françaises que les patriotes prussiens tenaient cette conviction. Elle était gravée dans leur esprit [1]. Les écrits de Gneisenau particulièrement ne laissent aucun doute sur ce point.

1. Stein lui-même écrit en 1811 : « Le comité de Salut public est odieux; mais il n'en mérite pas moins d'être admiré et pris pour exemple par l'énergie qu'il a mise à organiser et à développer les forces de la nation. » LEHMANN, *Scharnhorst*, II, p. 554. — Voir encore Scharnhorst et Gneisenau. TOME I, pp. 384, 406, — et Clausewitz. PERTZ, *Gneisenau*, III, p. 645. — Voir Bardeleben. [GERWIEN], p. 143.

Mais des deux parts aussi, l'effort d'indépendance, son organisation efficace se heurtaient aux courants intellectuels, encore dominants, du XVIIIᵉ siècle, à la déconsidération universelle du régime militaire. On sait combien ce sentiment était vivace chez l'Allemand cultivé du début de ce siècle. Il avait été proclamé par Kant, avoué par Scharnhorst.

Il n'était pas moins vif en France, au début de la Révolution [1]. Ce n'était pas seulement un politique comme Dubois-Crancé, appartenant aux fractions extrêmes de l'Assemblée constituante, qui en apportait, à la tribune, l'expression brutale : « Comment », disait-il, au milieu des protestations bruyantes de la droite, « comment incorporer cette milice avec notre armée, si cette armée n'est pas citoyenne, et si elle n'est pas purgée de tous les vices qui l'ont infectée jusqu'ici?... Est-il un père qui ne frémisse d'abandonner son fils, non aux hasards de la guerre, mais au milieu d'une foule de brigands inconnus, mille fois plus dangereux? » Les régiments multipliaient les adresses pour protester contre les paroles de Dubois-Crancé ; mais c'était des milieux militaires eux-mêmes qu'étaient venues, bien peu de temps auparavant, les mêmes constatations. « La majeure partie des soldats », disait le mémoire sur les vices et abus de la Constitution actuelle des militaires français par les officiers de divers régiments, « la majeure partie des soldats est tirée du rebut des grandes villes et des gens souvent sans aveu... C'est au vice de cette composition que le soldat, maintenant classé au dernier rang de la société, doit l'état de dégradation où il est tombé dans l'opinion publique. »

Le Français de la Révolution joignait à cette répugnance un sentiment que le Prussien de 1813 ne connaissait pas, mais qui a dominé, depuis Cromwell, toute la politique anglaise ; c'était la crainte politique que les armées permanentes ne devinssent un instrument de despotisme. Avec ces nuances diverses, on peut assurer qu'un sentiment uniforme de répugnance philosophique pour le régime militaire était répandu dans toute l'Europe de la fin du XVIIIᵉ siècle. Il s'en fallait que les dernières traces de ce préjugé eussent disparu dans l'Allemagne de 1813.

Mais voici que les événements ébranlaient singulièrement cet humanitarisme philosophique, cet optimisme pacifique et bourgeois.

1. Voir la discussion de la Constituante. — [Duc D'AUMALE], *Institutions militaires de la France*, p. 51. — [WILLISEN], II, pp. 95, 110. — JÄHNS, pp. 22, 27.

Il était devenu évident, pour les Français de la Révolution d'abord,
il devenait évident maintenant pour les Allemands de 1813, que la
constitution d'un état militaire puissant, parfois même la guerre
avec ses rigueurs, était la garantie nécessaire de tous les biens
sociaux et de ceux-là mêmes auxquels l'esprit philosophique tient
le plus. La réalité, avec ses lois de fer, imposait aux idéalistes de
l'Allemagne intellectuelle, comme elle avait imposé aux philosophes
humanitaires de la Révolution, un vaste effort de sauvegarde nationale, de défense matérielle et morale.

Les vieilles armées, avec leurs faiblesses, le cortège d'abus, de
vices, de déconsidération qu'elles traînaient derrière elles, ne suffi-
saient plus à ces tâches. Les Allemands en avaient d'autant mieux
le sentiment qu'ils en avaient subi la démonstration pratique. Mais
il y avait conflit évident entre les tendances de l'esprit philosophique,
ou les préjugés dominants, et les exigences impérieuses de la nationalité menacée. La solution du conflit apparut la même des deux
parts. La nation se lèvera pour défendre ses biens les plus chers,
ici la liberté qu'elle vient de conquérir, là l'indépendance qu'elle
vient de perdre. Mais, pas plus d'un côté que de l'autre, on ne se
résoudra à fondre, du premier abord, l'armée nationale soulevée
par l'élan d'indépendance et l'armée de ligne où l'opinion commune
ne voyait encore naguère qu'une assemblée suspecte de mercenaires.

Les réformateurs militaires en Prusse n'ont pas été moins préoccupés de tenir distinctes l'armée permanente et la Landwehr[1] que les
assemblées révolutionnaires, durant les premières années, d'interdire l'incorporation des gardes nationales dans l'armée de ligne[2].

Suivons le parallélisme des mesures militaires.

La Révolution française se préoccupe de renforcer l'armée permanente. Elle décide, le 16 décembre 1789, que l'armée continuera
à se recruter par les enrôlements à prix d'argent[3]. Lorsque les
menaces de guerre s'accusent, l'on songe d'abord à compléter les
régiments par les soldats auxiliaires. L'armée de ligne a sans

1. Voir ci-dessus CHAPITRE X, p. 319. — BOYEN, Scharnhorst, p. 50. — Zu Schutz
und Trutz am Grabe Schön's, p. 640.
2. Voir la proposition de Narbonne, du 11 janvier 1792, rejetée par l'Assemblée
législative. A. CHUQUET, La première invasion prussienne, p. 31, — le décret du
24-25 janvier 1792, ibid., p. 33.
3. Voir la discussion, les protestations contre la conscription et le projet de
Dubois-Crancé avec : 1° l'armée réglée, 2° le corps de milice, 3° la garde nationale.

doute été plus désorganisée en France par le mouvement révolutionnaire [1] qu'en Prusse par la défaite d'Iéna. Les mesures prises en France pour la compléter sont plus hâtives, donnent de moindres résultats [2]. En Prusse, elles ont été plus tranquillement préparées. De 1806 à 1813, les réformes, le remaniement du personnel ont transformé l'ancienne armée prussienne, lui ont préparé des réserves. L'armée de ligne de 1790 en France, renforcée par les soldats auxiliaires [3], portée à 150 000 hommes [4], peut cependant, en ce qui concerne le procédé de sa formation, être assimilée à l'armée de ligne prussienne, portée à 65 000 hommes, qui supporta l'effort de la campagne de printemps en 1813.

Toutefois ces forces ne devaient suffire ni en France, ni en Prusse, ni en 1792, ni en 1813, à assurer, à défendre, à reconquérir l'intégrité nationale. Et alors, des deux parts, apparaît derrière l'armée de ligne, l'armée nationale. En Prusse, elle s'appelle la Landwehr; en France, ce sont les gardes nationales [5], les volontaires de 1791 et de 1792 [6]. Mais les appellations se sont souvent confondues. Lameth en 1791, comme Scharnhorst en 1807, a rédigé un projet pour la formation de troupes provinciales. Il est même arrivé à Scharnhorst d'employer, dans un de ses projets, le nom de gardes nationales.

---

1. A. CHUQUET, *La première invasion prussienne*, p 24.
2. Le recrutement de l'armée de ligne devient impossible dès que les engagements volontaires sont ouverts. Tout le monde court aux bataillons nationaux. A. CHUQUET, *La première invasion prussienne*, p. 31.
3. Appelés volontairement aussi. A. CHUQUET, *La première invasion prussienne*, pp. 30, 34.
4. A. CHUQUET dit : « 82 000 hommes, au 10 août 1792, les garnisons déduites ». A. CHUQUET, *La première invasion prussienne*, p. 30. — JÄHNS dit, au 1er juin 1792 : « 205 000 hommes sur les états, 178 000 en réalité, dont 90 000 dans les armées de campagne ». JÄHNS, p. 34. — A la fin de 1792, JÄHNS donne pour l'effectif de l'armée française, 150 000 hommes aux frontières et 50 000 hommes à l'intérieur. JÄHNS, p. 39. — [DUC D'AUMALE], *Institutions militaires de la France*, p. 60.
5. Les gardes nationales mises en activité. [DUC D'AUMALE], *Institutions militaires de la France*, p. 56.
6. La levée des volontaires de 1791 donne 83 bataillons. A. CHUQUET, *La première invasion prussienne*, p. 34. — Le 5 mai 92, l'Assemblée législative appelle les volontaires de 92 : 45 nouveaux bataillons, *ibid.*, p. 35. — Le 2 juillet, un décret appelle 5 hommes par canton : les fédérés, *ibid.*, p. 36. — Le 11 juillet 92, mise en activité permanente de tous les citoyens valides. Le 19 juillet, appel de 49 bataillons de volontaires, *ibid.*, p. 35. — En somme, au 10 août 1792, il y a aux armées 50 bataillons de volontaires; et ce sont tous des volontaires de 91, *ibid.*, p. 39. — Les deux tiers des troupes étaient des volontaires de 91. — Voir sur les volontaires de 92, A. CHUQUET, *La retraite de Brunswick*, p. 49. — Voir les volontaires à l'armée du Rhin; en particulier ceux de 92, les gens achetés par les communes. A. CHUQUET, *L'expédition de Custine*, pp. 14, 232.

Ni en France, ni en Prusse, ce n'est une force permanente, dont l'organisation régulière soit mise en jeu dès le temps de paix, comme nous le voyons aujourd'hui. C'est un effort vigoureux de la nation, se pliant momentanément aux nécessités et aux formes de l'organisation militaire, prélevant sur elle-même une armée nationale pénétrée de son esprit, mal encadrée encore dans les conventions du régime militaire, limitée dans son emploi, et tenue soigneusement distincte de l'armée permanente [1].

En France, comme en Prusse, les distinctions maintenues, avec tant de précautions, par les craintes et les arrière-pensées du législateur ne tardent pas à s'effacer. Elles sont emportées par l'effort national qui confond tous les dévouements. En France, l'amalgame est plus rapide, plus complet [2]. L'armée de ligne et l'armée nationale ont été un instant distinctes; mais l'unité de l'armée révolutionnaire est bien vite établie. Il semble que l'armée nationale ait absorbé l'ancienne armée permanente [3]. Elle a bientôt pris à son tour, par la prolongation de l'effort militaire, les caractères d'un organisme militaire permanent. L'armée révolutionnaire devient, en quelques années, l'armée impériale.

En Prusse, bien qu'on eût d'abord songé à limiter l'action de la Landwehr à la défense de chaque province, les bataillons de Landwehr ont, aussitôt après l'armistice, été appelés à combattre au premier

---

1. Voir ci-dessus, Arndt, Schön : la Landwehr considérée comme un effort provisoire du temps de guerre. — Voir la limitation à la défense de la province, ci-dessus, Chapitre X, p. 327. — Comparer la loi de Jourdan de 1798. [Duc d'Aumale], *Institutions militaires de la France*, p. 103. — Jähns, p. 94.

2. Voir les rivalités fréquentes. [Duc d'Aumale], *Institutions militaires de la France*, pp. 56, 66. — A. Chuquet, *passim*, et *Valenciennes*, p. 11. — Voir, en fait, les commencements de l'amalgame. A. Chuquet, *La première invasion prussienne*, p. 76, — une tentative de Custine, qui réussit mal, en 92. A. Chuquet, *L'expédition de Custine*, p. 234, — la première tentative d'amalgame de Dubois-Crancé, en février 1793; elle ne réussit point. Jähns, pp. 44, 45. — Le 25 janvier 1793. A. Chuquet, *La trahison de Dumouriez*, p. 6. — L'amalgame se réalise à partir de la fin de 1793 : d'abord par la dissolution des troupes provisoires; puis par la formation des demi-brigades avec deux bataillons de volontaires et un bataillon de ligne. Il reste des bataillons de volontaires en surplus. Jähns, pp. 63, 64, 65. — *Mémoires sur Carnot par son fils*. — [Duc d'Aumale], *Institutions militaires de la France*, pp. 66, 67.

3. Voir la tentative d'amalgame du 20 février 1793, par Dubois-Crancé : « Nous ne voulons pas transformer les volontaires en soldats, mais les soldats en volontaires ». Le premier amalgame ne s'exécute pas. Jähns, pp. 44, 45. — Voir encore, en mars et avril 1793, l'hostilité entre les habits blancs et les habits bleus. A. Chuquet, *La trahison de Dumouriez*, p. 212; mais, dès le début, l'armée de ligne elle-même est imbue de l'esprit révolutionnaire

rang, à côté des vieux bataillons de ligne, à côté des bataillons de
réserve [1]. Mais la fraternité d'armes n'a pas supprimé l'individualité
de la Landwehr [2]. Il y avait encore en Prusse, à la fin de la guerre,
une armée de ligne et une Landwehr. Il n'y eut ni confusion, ni
amalgame.

Enfin, derrière l'armée nationale, derrière la Landwehr, derrière
les volontaires nationaux, dans les situations extrêmes, il faut prévoir d'autres ressources. C'est, en France, la levée en masse de
1793. C'est, en Prusse, la Landsturm de 1813. Il s'en faut que la
Landsturm prussienne ait répondu, dans la réalité, aux imaginations de ceux qui l'avaient conçue. Elle n'est pas sortie des instructions, où les patriotes avaient prévu, organisé en articles de décrets
un soulèvement national [3], exaspéré jusqu'aux dernières extré-

1. Le § 12 de l'ordonnance donne à la Landwehr les mêmes droits, mais les
mêmes obligations qu'à l'armée de ligne. [Gerwien], pp. 77, 78. — Lehmann, *Knesebeck und Schön*, pp. 269, 270. — Ompteda écrit à Münster : « La Landwehr, dont
le but paraît être de recruter successivement les armées actives ». Ompteda,
Nachlass, III, p. 54. — Lehmann, *Knesebeck und Schön*, p. 271.

2. Lehmann, *Scharnhorst*, II, p. 544. — Ci-dessus, Chapitre X, p. 319. — *Zu
Schutz und Trutz am Grabe Schön's*, p. 649. — [Mebes], *Briefe aus den Feldzügen
1813 und 1814. Jahrbücher für die Deutsche Armee und Marine*, LX, p. 6. — *Die
Kreuzbauer*, [Prittwitz], II, p. 135.

3. Le premier projet est rédigé par Bartholdi. Treitschke, I, p. 440. — L'or-
ganisation de la Landsturm est prévue dans l'ordonnance du 17 mars sur la
Landwehr. [Gerwien], pp. 77, 78. — L'ordonnance sur la Landsturm est du
21 avril, parvenue le 2 mai aux agents administratifs des Marches, promulguée
le 24 juillet seulement, en même temps que celle qui la remplace. [Prittwitz],
I, pp. 269, 271, 466. — Elle est publiée dans le *Moniteur* français du 23 mai. —
Pertz, *Gneisenau*, III, p. 141. — Voir le caractère démocratique de l'institution.
Lehmann, *Scharnhorst*, III, pp. 545, 548, 586, — la peine de mort si la Landsturm
se dirige contre l'ordre social, *ibid.*, II, p. 555. — Pertz, *Gneisenau*, III, pp. 84, 95,
96, 100, 136. — Voir le mémoire de Scharnhorst et de Gneisenau d'avril 1813,
ibid., II, pp. 561, 598; III, p. 130. — Lehmann, *Knesebeck und Schön*, p. 268. —
Voir encore Ollech, *Kriegsschauplatz der Nord-Armee im Jahre 1813. (Beiheft
zum Militair-Wochenblatt*, 1858), p. 25. — Clausewitz, *vom Kriege*. Liv. VI, chapitre xxvi, II, p. 374. — Bach, *Hippel*, p. 180. — Voir encore Gneisenau en mai.
Delbrück, *Das Leben des Feldmarschalls Neithardt von Gneisenau*, I, p. 310. —
Boyen à Berlin, en mai 1813. Häusser, IV, pp. 140, 156. — Friccius, *Geschichte des
Krieges in den Jahren 1813 und 1814*, I, p. 276. — Ordre de cabinet du 13 avril.
[Prittwitz], I, pp. 475, 476, 479; II, pp. 309, 379, 407. — Voir la promulgation officielle des écrits d'Arndt, *ibid.*, I, p. 486. — Voir Borstell contre l'insurrection;
ibid., I, pp. 326, 361, 470. — Pertz, *Gneisenau*, III, p. 131. — Gneisenau à Hardenberg, le 11 mai, *ibid.*, II, p. 610. — Scharnhorst et Gneisenau, en juin 1813, *ibid.*,
III, p. 684. — Voir les tentatives pour donner à la Landsturm un aspect plus
organisé, [Prittwitz], II, pp. 74, 118, 119, 134, 202, 309, 379. — Voir la réaction
contre l'entraînement du début, l'ordonnance du 17 juillet 1813, *ibid.*, II, p. 381,
— la protestation de Boyen contre cette réaction. Pertz, *Gneisenau*, III, p. 84,
— celle de Gneisenau, *ibid.*, III, p. 139, — celle de Clausewitz, *ibid.*, III, p. 688.
— Voir encore l'ordre de cabinet du 7 août 1813. [Prittwitz], II, p. 131.

mités. Au début de la campagne d'automne de 1813, lorsque le
cœur de l'État prussien, lorsque les Marches parurent menacées
par l'offensive de l'armée de Berlin, on tenta d'appeler la Landsturm.
Déjà plus tôt, aux premières heures de la campagne de printemps,
en avril, avant même la publication de l'ordonnance, des troupes
de Landsturm se joignirent aux troupes régulières pour se diriger
vers Magdeburg. Durant les premiers mois de la campagne, les
hommes se réunirent, la plupart du temps en grand désordre, tantôt
à la suite d'alarmes injustifiées, tantôt pour s'exercer tant bien que
mal, allumer et entretenir des signaux. La Landsturm était la dernière
ressource de la nation vaincue et envahie. Les succès de la coalition
permirent de n'y point faire appel.

La réquisition et la levée en masse de 1793 a été, dans la crise
décisive de 1793, une mesure dont on a pu contester l'efficacité
pratique, mais une indiscutable réalité [1]. Le soulèvement de la
Landsturm prussienne a été un phénomène beaucoup plus limité [2]. Les
patriotes imaginaient, encore en avril 1813, la population tout entière
évacuant les villages, sacrifiant ses biens à l'approche de l'ennemi. On
ne sait, au cas où ces extrémités fussent devenues nécessaires, si les
populations prussiennes s'y seraient prêtées. En tout cas, ces éventualités ne se sont pas réalisées. L'entraînement fanatique des premières semaines ne tarda pas à provoquer une réaction; et, dès le
mois de juillet 1813, malgré les protestations des patriotes, les premiers décrets sur la Landsturm furent remplacés par une législation
plus modérée.

Ainsi se dessinent deux développements parallèles, assez compa-

---

1. A. CHUQUET, *Wissembourg*, pp. 116 et suiv.
2. TREITSCHKE, I, p. 441. — LEHMANN, *Scharnhorst*, II, pp. 544, 608, 621, 626. —
LEHMANN, *Knesebeck und Schön*, p. 268. — DROYSEN, *Yorck*, II, p. 34. — DELBRÜCK,
Gneisenau, I, p. 305. — Clausewitz pendant l'armistice. PERTZ, *Gneisenau*, III,
p. 610. — [PRITTWITZ], I, pp. 279, 289, 321, 335, 372, 374, 399, 410, 437, 442, 458,
466, 470, 476, 478, 512, 515; II, pp. 27, 28, 42, 54, 76, 88, 131, 132, 256, 276,
380, 384, 403, 415. — *Geschichte der Organisation der Landwehr in der Kurmark*, etc.,
pp. 26, 27, 36, 37, 54, 84, 138. — PERTZ, *Gneisenau*, III, p. 143. — PLOTHO, I, p. 216.
— Voir en Poméranie, [PRITTWITZ], I, pp. 517, 518. — *Geschichte der Organisation
der Landwehr in der Kurmark*, etc., p. 51. — Voir, dans la Prusse orientale,
[GERWIEN], p. 58. — Voir, en Silésie, [PRITTWITZ], II, pp. 149, 150, 237, 238, 241,
315, 319, 326, 421. — *Zeitschrift für Kunst, Wissenschaft und Geschichte des
Krieges. Die Erhaltung von Crossen im Jahre 1813. — Beiheft zum Militair-
Wochenblatt*, mai-juin 1845, p. 412. — PERTZ, *Gneisenau*, III, p. 142. — PLOTHO, I,
p. 181. — Voir, sur la décadence et la dissolution de la Landsturm, [PRITTWITZ], II,
p. 379, 380.

rables dans leur aspect général, avec leurs trois échelons pareils :
l'armée de ligne, l'armée nationale, la levée en masse. Les Allemands
ont conçu le système tout d'une pièce. Les Français l'ont réalisé avec
moins de méthode, par étapes, par élans successifs et moins réglés,
sous la pression croissante des événements. En somme, le premier
aperçu superficiel fait apparaître les deux systèmes assez comparables.

Mais un examen plus attentif laisse bientôt discerner des divergences fondamentales.

L'idée de l'obligation généralisée du service militaire ne se manifeste pas clairement dans les décrets des assemblées révolutionnaires.
Lorsque Dubois-Crancé a formulé pour la première fois, devant la
Constituante, la vraie théorie du service obligatoire, le principe de
l'égalité des citoyens devant les charges militaires, devant l'impôt du
sang, la Constituante l'a repoussé sans hésitations [1].

La loi d'organisation générale des gardes nationales du 29 septembre 1791 comportait bien, pour le roi, le droit de *requérir* les
gardes nationales pour la défense de la frontière ; mais, en fait, les
premiers décrets de mise en activité des gardes nationales ont fait
appel aux enrôlements volontaires [2].

1. [DUC D'AUMALE], *Institutions militaires de la France*, p. 54. — JÄHNS, p. 20.
2. Décret du 29 septembre 1791. Section III. Art. 12 et 13. *Archives parlementaires*, XXXI, p. 629. — En juillet 1792, l'on « requiert » l'élite de la garde nationale sédentaire. A. CHUQUET, *La première invasion prussienne*, p. 37. — Voir *ibid.*,
p. 71. — L'indiscipline même des hommes indique bien, durant toute la fin de
1793, que ce sont des volontaires : « Ce sont des volontaires dans toute l'étendue
du mot ». A. CHUQUET, *La retraite de Brunswick*, p. 46. — Les volontaires après
Jemappes, déclarent qu'ils ne se sont pas engagés pour aller si loin et refusent
de servir « l'ambition de Dumouriez ». A. CHUQUET, *Jemappes*, p. 130. — A la fin
d'octobre il y avait 100 000 Français en Belgique et 45 000 à la fin de décembre,
ibid., p. 132. — Après Neerwinden, les volontaires s'en vont. « Il eût été dangereux et impossible de les retenir par force », dit Dumouriez. A. CHUQUET, *La
trahison de Dumouriez*, p. 112. — Voir encore, à l'armée du Rhin, à la fin de 92,
A. CHUQUET, *L'expédition de Custine*, p. 223. — Le décret de février 1793 est un
décret de réquisition des gardes nationales, [DUC D'AUMALE], *Institutions militaires de la France*, p. 60, — de réquisition bien réellement forcée et s'exécutant
mal, *ibid.*, p. 62. — Le 22 mars 93, après Neerwinden, la Convention décrète,
contre les volontaires qui quittent l'armée, les mêmes peines que contre les
soldats de ligne. A. CHUQUET, *La trahison de Dumouriez*, p. 47. — Voir, sur les
volontaires de 92 à l'armée du Rhin, A. CHUQUET, *L'expédition de Custine*, p. 14, —
« des pères de famille qui remplaçaient à prix d'or les oisifs du département »,
ibid., p. 232. — Le décret du 21 déc. 1792 donne congé aux volontaires qui
trouveraient un remplaçant. Custine le déclare injuste, « puisqu'il n'était fait
que pour les riches », *ibid.*, p. 233. — JÄHNS, pp. 27, 39, 62.

Plus tard la Convention elle-même a repoussé une première fois le principe du service obligatoire.

Il vint toutefois une heure où la contrainte s'imposa. Mais, lorsque la Convention l'a admise, elle n'en a point fait un principe d'application régulière et normale; elle a confondu l'obligation du service dans l'effort momentané et désordonné de la levée en masse. Le décret de la Convention du 24 février 1793[1] était bien une mesure de contrainte, une « réquisition »; mais, encore à cette heure, en pleine Terreur, la faculté de remplacement[2] était inscrite dans la loi. Les décrets d'août 1793[3], qui ont réellement constitué les grands

1. *Collection générale des décrets rendus par la Convention nationale*, XXVII, p. 285. — [Duc d'Aumale], *Institutions militaires de la France*, p. 60. Ce décret n'aurait donné que de faibles résultats. On trouve cependant 479 000 hommes aux armées, en juillet 93, *ibid.*, p. 62. — Jähns, p. 43. — L'armée, qui était de 200 000 hommes, passe dans son récit, à 500 000, *ibid.*, p. 45. — Le décret du 24 février (réquisition de 300 000 hommes) ne s'exécute pas d'abord, d'après un rapport de Cambon du 12 juillet, *ibid.*, p. 47. — Il n'aurait pas donné 20 000 hommes, mais le comité de Salut public est institué et la vigueur de ses agents, répandus partout, pousse tout le monde aux armées et forme en quelques semaines l'armée qui sauva la France, *ibid.*, p. 48. — Rapprocher le fonctionnement du décret du 24 février de celui de la Landwehr prussienne. On appelle les volontaires, puis on désigne le complément. *Collection générale des décrets rendus par la Convention nationale*. Décret du 24 février. Titre I, §§ 10 et 11. — Jähns, pp. 43, 94. — Voir sur les résultats du décret du 24 février, complété le 18 avril, à l'armée du Nord, A. Chuquet, *Valenciennes*, p. 76.

2. *Collection générale des décrets rendus par la Convention nationale*. Décret du 24 février. Titre I, §§ 16 et 17. — Voir déjà le décret du 21 décembre 1792, critiqué par Custine, qui donne congé aux volontaires qui trouveraient un remplaçant. A. Chuquet, *L'expédition de Custine*, p. 233.

3. Voir décret du 16 août. *Collection générale des décrets rendus par la Convention nationale*, XXXII, p. 153. — Rapport du comité de Salut public. *Recueil* Aulard, VI, p. 4. — Décret du 23 août, rendu sur le rapport du comité de Salut public. *Collection générale des décrets rendus par la Convention nationale*, XXXII, p. 222. — *Recueil* Aulard, VI, p. 72. — L'art. 6 exclut la faculté de remplacement. Décret du 23 août. — Mission de dix-huit représentants pour l'exécution de la levée en masse. *Journal des Débats et Décrets*, août 1793, pp. 271, 318. — *Moniteur universel*, août 1793, p. 994. — Voir *ibid.*, p. 1007. Rapport de Barrère : « Le contingent n'est qu'une contribution levée sur les hommes comme sur de vils troupeaux et ce mot n'est point de la langue des Français..... Pourriez-vous méconnaître cette violation si fréquente du principe que, dans les pays libres, tout citoyen est soldat.... Chaque citoyen a vu dans cette expression énergique toute la force et toutes les ressources nationales prêtes à se déployer. » — Voir Jähns, pp. 51, 53, 56, 94, et le développement des effectifs. — Voir, sur les résultats du décret d'août, les 14 armées. En ce qui concerne les effectifs, voir les réserves générales de C. Rousset, sur la difficulté de les établir, l'état approximatif, du 15 octobre 1793, qui donne 603 545 hommes. C. Rousset, *Les volontaires*, p. 256. — Le chiffre admis par le duc d'Aumale dans les *Institutions militaires de la France*, p. 64, est de 770 932 hommes au 1ᵉʳ janvier 1794. — Les états de septembre 1794 donnent 1 169 000 hommes, qu'il faut ramener d'après le duc d'Aumale à 750 000 hommes, *ibid.*, pp. 65, 68. — Jähns admet que l'on peut compter, en 1793, et 1794, 500 000 hommes aux frontières, mais il déduit les armées de l'intérieur.

effectifs des armées révolutionnaires, ont proclamé, pour la première fois, sans restrictions, sans faculté de remplacement, l'obligation générale du service militaire. Mais le comité de Salut public n'a envisagé et présenté cette mesure de « réquisition permanente » que comme un effort momentané dont il affirmait en termes généraux la nécessité, plutôt qu'il ne cherchait à faire pénétrer jusqu'aux citoyens l'idée d'une obligation individuelle. « Jusqu'au moment où les ennemis auront été chassés du territoire de la République », disait le décret du 2 août 1793, « tous les Français sont en réquisition permanente pour le service des armées; — nul ne pourra se faire remplacer dans le service pour lequel il sera requis; les fonctionnaires publics resteront à leurs postes. — La levée sera générale; les citoyens non mariés ou veufs sans enfants, de dix-huit à vingt-cinq ans, marche- ront les premiers. »

Pendant toute la durée de la Révolution, l'effort de la défense nationale a donc eu plutôt l'aspect d'un élan volontaire et spontané que d'une obligation normalement et régulièrement imposée [1].

Et lorsque la crise parut franchie, après le grand élan national, l'idée de l'obligation générale du service militaire n'est point demeurée dans les lois militaires. La loi du 28 germinal (17 avril 1794) réta- blit, quelques mois après le décret du 2 août, la faculté de rempla- cement. Et, si la loi du 13 messidor (2 juillet 1795) la supprima de nouveau, elle n'en devait pas moins s'implanter définitivement en France. Dans la réorganisation sociale qui suivit les grandes crises de la Révolution, et où les institutions militaires se firent une si

---

— Voir la comparaison de l'effort militaire réalisé alors à celui des Allemands en 1870. JÄHNS, pp. 49, 57, 58. — A. CHUQUET, *Wissembourg*, pp. 115 et suiv., ana- lyse les résultats effectifs produits par les décrets du mois d'août sur la fron- tière de l'Est. Il est moins optimiste. Il distingue les décrets de la Convention, et les mesures prises par les représentants en mission qui constituent à propre- ment parler la levée en masse, l'appel des paysans avec leurs fourches. Celle-ci n'a rien donné d'utile; il a fallu, sur quelques points, user de mesures de coercition. — Dans l'ensemble, le développement considérable des effectifs à la suite des décrets d'août paraît établi.

1. Voir les tentatives faites, par les Allemands, pour déprécier l'élan volontaire de la nation. JÄHNS, p. 29. — On n'en peut cependant contester les résultats. Aussi l'on arrive à des conclusions plaisantes. « Si la campagne allemande en Cham- pagne se termina sans gloire et sans succès par la canonnade de Valmy, on sait que cela tient à des causes qui n'ont rien de commun avec quelque supériorité que ce soit des Français », *ibid.*, p. 36. — Voir les volontaires à Valmy, à Jemappes, et même dans la défaite, à Neerwinden et à Louvain. A. CHUQUET, *La trahison de Dumouriez*, p. 49. — A la fin de 92, à l'armée du Rhin, les troupes de ligne ne composent pas le quart des armées. A. CHUQUET, *L'expédition de Custine*, p. 234.

large place, le régime de la conscription, du recrutement national par la voie du sort, ne s'est fondé qu'avec la faculté du remplacement[1].

Il n'en a pas été ainsi en Prusse. L'idée de l'obligation généralisée du service y apparaît nettement dès le début[2]. Dans tous les projets élaborés depuis 1806, c'est manifestement l'idée fondamentale des patriotes prussiens. A leurs yeux, la nationalité menacée ne pourra être sauvée que par l'effort de tous les citoyens ; c'est le devoir de tous de participer à l'œuvre de la défense nationale, et cette obligation doit être inscrite dans la loi.

Si les Prussiens ont paru faire appel au concours volontaire des citoyens, nous savons que les volontaires de l'armée de ligne n'étaient, sous un beau nom, que des privilégiés. Et si, pour la formation de la Landwehr, le législateur a prévu l'appel aux volontaires, il a, en même temps, inscrit l'obligation dans la loi, pour parer aux insuffisances du recrutement volontaire. Il a pris, de suite, la précaution de l'entourer de sanctions dont le patriotisme prussien jugea l'annonce quelque peu hâtive et brutale. En fait, les volontaires n'ont formé qu'une faible partie des troupes de Landwehr. L'obligation du service militaire n'a pas été seulement un principe législatif ; elle a été, dès 1813, une réalité palpable.

---

1. Les volontaires de 92 et les réquisitionnaires de 93 disparaissent peu à peu. — Projet de Jourdan : une armée active recrutée de volontaires, une armée auxiliaire recrutée par la conscription à partir de dix-huit ans. — Loi du 19 fructidor an VI (5 sept. 1798), établissant la conscription, 5 classes de vingt à vingt-cinq ans, appelées entières en cas de besoin, et successivement en commençant par les plus jeunes : sans faculté de remplacement. [Duc d'Aumale], *Institutions militaires de la France*, p. 100. — Thiers, *Histoire de la Révolution française*, X, p. 100. — La loi du 19 fructidor qui établit la conscription a l'aspect d'une régularisation des décrets de 93. Obligation générale et effort momentané. [Duc d'Aumale], *Institutions militaires de la France*, p. 102. — Jähns, pp. 86, 87, 94. — Bernadotte en 1799 : appel de toutes les classes, de 200 000 hommes, *ibid.*, p. 88. — En 1799, réduction de l'armée à 250 000 hommes. Jähns, p. 93. — La faculté du remplacement est réintroduite par une loi accessoire qui appelle 100 000 hommes et cherche à parer à l'insoumission, qui a pris des proportions considérables. La faculté de présenter un suppléant est accordée aux appelés « qui ne pourraient supporter les fatigues de la guerre ou qui seraient reconnus plus utiles à l'État en continuant leurs travaux ou leurs études qu'en faisant partie de l'armée ». Le droit de dispenser cette faculté est accordé au sous-préfet. [Duc d'Aumale], *Institutions militaires de la France*, p. 103. — Jähns, pp. 94, 95. — Lehmann, *Knesebeck und Schön*, p. 279. — Thiers, *Histoire du Consulat et de l'Empire*, I, p. 241.

2. [Scherbening], I, p. 559. — [Willisen], II, p. 110. — Lehmann, *Knesebeck und Schön*, pp. 272, 273. — Lehmann, *Scharnhorst*, II, p. 329. — [Gerwien], pp. 62, 67. — [Franzecky], p. 457.

Ainsi, dès le début, dans ce développement parallèle d'institutions analogues, on voit apparaître nettement la différence fondamentale des deux races habituées à compter davantage, l'une sur l'élan spontané, librement consenti, l'autre sur la contrainte que l'État moderne impose aux citoyens pour l'accomplissement des fins sociales communes [1].

Les historiens prussiens ont cependant été trop loin, lorsqu'ils ont voulu rechercher dans les origines anciennes de l'État prussien le principe de l'obligation généralisée du service militaire. Une ordonnance de Frédéric-Guillaume Ier l'avait déjà proclamée en 1733 [2]. Mais ce n'était là que l'énonciation d'un principe platonique. Toutes les ordonnances du xviiie siècle n'avaient point empêché l'armée de Frédéric II d'être une armée de mercenaires. C'est en 1813 que l'obligation du service est entrée dans les mœurs de la Prusse; mais elle y est entrée définitivement ce jour-là, elle a bien réellement été le fondement de la législation de 1813 [3]. La facilité relative avec laquelle la Prusse l'adopta est un des traits significatifs de la race prussienne, d'une race habituée de longue date à faire effort sur elle-même, pénétrée de la nécessité de subir, pour les fins communes, les sacrifices, rigoureux même, qu'exige la collectivité sociale [4]. Elle les a acceptés d'autant plus facilement, pour la formation de sa nouvelle armée, qu'elle était pliée de longue date à la suprématie de sa noblesse foncière, et que l'oligarchie foncière, qui était alors la classe prépondérante de l'État prussien, était, par toutes ses traditions, une caste militaire.

Toutefois, il ne se rencontre pas seulement, dans l'idée de l'obli-

1. Voir une lettre intéressante de Schön à Borstell, du 29 juin 1818 : « L'obligation généralisée de consacrer certaines années de sa vie au métier des armes lui donne un caractère sacré... L'armée permanente devient ainsi une grande école, qui, en dehors même de la guerre, élève l'esprit du peuple. » *Zu Schutz und Trutz am Grabe Schön's*, p. 649. — LEHMANN, *Knesebeck und Schön*, pp. 274, 275, 281, 287.

2. Scharnhorst écrit, dans un mémoire de 1810 : « Le roi Frédéric-Guillaume Ier établit, en l'année 1733, le premier dans toute l'Europe, la conscription générale. » LEHMANN, *Knesebeck und Schön*, p. 285. — Pour Scharnhorst, les premières victoires de Frédéric II sont dues au service généralisé que lui a laissé son père. Le déclin de l'armée prussienne, après les guerres de Frédéric, est imputable au développement des exemptions et du recrutement mercenaire, *ibid.*, p. 285. — TOME I, p. 376. — Voir encore TREITSCHKE, I, p. 432. D'après lui, les vieilles provinces étaient, depuis Frédéric-Guillaume Ier, habituées au service obligatoire.

3. LEHMANN, *Knesebeck und Schön*, pp. 272 à 279.

4. Voir particulièrement la rigueur de cette thèse dans le mémoire de Clausewitz de 1812. PERTZ, *Gneisenau*, III, p. 666.

gation du service militaire, le principe d'un sacrifice rigoureux, accepté par tous les citoyens pour la défense de la nationalité. Il s'y introduit, par la force même des choses, un principe d'égalité démocratique.

Les Prussiens, il est vrai, en 1813, ont vu beaucoup plutôt, dans leur nouvelle législation militaire, le sacrifice fait par l'individu à la collectivité, au devoir social, qu'une mesure d'égalité. Le groupement des classes éclairées et cultivées dans les détachements de volontaires, — certaines des exemptions accordées aux grands domaines, — les précautions prises pour que les charges d'officiers demeurassent, même dans le système de l'élection, une prérogative sociale, étaient autant d'atteintes portées aux idées de justice sociale.

Malgré tout, l'obligation du service, du jour où elle était sincèrement voulue, introduisait, en dépit de tout, et malgré tous les tempéraments, un principe d'égalité démocratique dans les institutions militaires de la Prusse[1]. Et, lorsque fut terminée la crise qui avait ébranlé l'Europe entière, lorsque le continent rentra dans le repos, il se trouva que la vieille Prusse monarchique, avec sa féodalité foncière, avec sa hiérarchie sociale, sortait de la crise pourvue d'un mode de recrutement plus conforme, dans son principe, à l'esprit du nouveau siècle que celui de la France révolutionnaire. Ce fut un fait décisif pour l'histoire du xixe siècle.

---

1. L'incorporation des éléments éclairés dans l'armée n'est pas imposée au nom des principes égalitaires, mais en vue du renforcement de l'armée. Voir le rapport du 5 avril 1810. LEHMANN, *Knesebeck und Schön*, p. 276. — Dans ce rapport, signé de Scharnhorst et Boyen, entre autres, les classes pauvres sont considérées comme ne pouvant avoir d'attachement à la patrie, *ibid.*, p. 276. — « Le trait démocratique, si apparent dans la constitution de l'État prussien, depuis la consolidation de la monarchie absolue en Prusse, s'accentua sensiblement durant cette guerre », dit TREITSCHKE, I, p. 435. — Voir Boyen : « le grand principe de l'égalité des droits et de l'égalité des charges. » *Erinnerungen des Feldmarschalls* VON BOYEN, II, p. 333.

CHAPITRE XIII

L'ARMÉE PRUSSIENNE ET LA CAMPAGNE DE PRINTEMPS

I

L'armée prussienne au début de 1813.

L'armée prussienne en janvier 1813. — L'armée prussienne à la fin d'avril 1813. — Résultats obtenus pendant les cinq premiers mois.
Mesures adoptées en 1808 pour préparer les réserves. — Le système des *Krümper*. — Résistance des corps. — Le programme de Scharnhorst ne s'exécute qu'à partir de 1810. — Résultats obtenus en 1813. — Le nombre des *Krümper*. — Proportion des anciens soldats. — Les *Krümper* ont été très sommairement exercés. — Autres éléments dont dispose la Prusse pour développer ses effectifs.
Les bataillons de ligne sont engagés avec leurs effectifs de paix. — Le seul résultat obtenu pendant les cinq premiers mois est de rendre l'armée de paix disponible pour les opérations actives.
Les bataillons de réserve. — Ils sont à peine engagés avant l'armistice. — Leur composition. — Leurs cadres.

Les institutions militaires ne se jugent pas seulement par les conceptions philosophiques et intellectuelles qui ont présidé à leur élaboration. Elles se jugent par leurs résultats. Aucune appréciation théorique ne peut prévaloir, en cette matière, contre l'épreuve des faits. Leur sanction est irrécusable. Elle s'appelle la victoire ou la défaite. Il faut donc suivre, au delà des textes législatifs et dans leur réalisation même, les efforts des patriotes prussiens.

Au début de la guerre de Russie, l'armée prussienne, avec ses dépôts, dépassait le chiffre de 42 000 hommes, imposé par le traité de Tilsit. On peut l'évaluer à 58 000 hommes [1]. Elle avait été plus forte au moment de la mobilisation de 1811. Mais, en signant le traité d'alliance avec la France, au début de 1812, la Prusse avait rapproché son armée de l'effectif réduit du traité de Tilsit [2]. Elle avait pris alors, en février 1812, l'engagement de former un contingent qui devait figurer, durant la campagne de Russie, dans les rangs de la Grande Armée. Elle ne subissait pas seulement, par là, une sorte de déchéance morale, qui fut ressentie vivement par les patriotes et qui détermina un grand nombre d'entre eux à s'expatrier. Elle fut encore obligée, pour constituer le contingent prussien, de désorganiser toute sa petite armée [3]. Pour rassembler ce corps, de 20 000 hommes environ [4], elle préleva des bataillons sur tous ses régiments normaux pour en former des régiments de marche [5]. A la fin de 1812, après la retraite de Russie, l'armée prussienne, ainsi disloquée et diminuée par les pertes de Yorck en Courlande, ne devait pas être éloignée du chiffre de 50 000 hommes [6]. A la fin de janvier 1813, c'est à peine si elle commençait à s'accroître [7].

Trois mois plus tard, à la fin d'avril, nous sommes à la veille des grands chocs, à la veille de Lützen. Les Prussiens et les Russes réunis ont reconstitué les armées d'opération qui vont supporter tout

1. CLAUSEWITZ, *Hinterlassene Werke*, VII, pp. 253, 255. — [PRITTWITZ], *Beiträge zur Geschichte des Jahres 1813, von einem höheren Offizier*, I, pp. 90, 92. — [WILLISEN], *Die Reorganisation der preussischen Armée nach dem Tilsiter Frieden*, II, pp. 83, 184, 185. (*Beiheft zum Militair-Wochenblatt*, 1865-1866.)

2. [PRITTWITZ], I, pp. 1, 2. Le contingent représentait presque la moitié de l'armée.

3. [WILLISEN], II, pp. 176, 184, 185.

4. LEHMANN, *Scharnhorst*, II, p. 601. — [PRITTWITZ], I, pp. 239, 247, 248.

5. Sur la composition du corps de Yorck, à la fin de janvier, [PRITTWITZ], I, pp. 75, 92. — CLAUSEWITZ, VII, p. 255, dit : un corps de 20 000 réduit à 10 000 à la fin de la campagne, mais très ardent et aguerri. — BRÄUNER, *Geschichte der preussichen Landwehr*, p. 60. — Voir l'ordre du jour de Yorck, du 16 mars, à ses troupes. [PRITTWITZ], I, p 260. — PLOTHO dit : 15 000 hommes, PLOTHO, *Der Krieg in den Jahren 1813 und 1814*, I, p. 17. — DROYSEN semble indiquer 21 000 hommes, au début de la campagne, et 14 000, après la campagne, à la fin de 1812. DROYSEN, *Das Leben des Feldmarschalls Grafen Yorck von Wartenburg*, I, pp. 252, 381, 399.

6. Voir son organisation. [FRANZECKY], *Die Formation der freiwilligen Jäger-Detachements bei der preussichen Armee im Jahre 1813* (*Beiheft zum Militair-Wochenblatt*, 1845), pp. 450, 452.

7. [PRITTWITZ], I, pp. 10, 77, 80, 83, 86, 226, 522 à 537, 545. — LEHMANN, *Scharnhorst*, II, pp. 574, 609. — L'effort réel en vue de l'accroissement des effectifs ne paraît avoir commencé que dans la seconde moitié de janvier. *Geschichte der Organisation der Landwehr in Pommern*, etc. p. 4. (*Beiheft zum Militair-Wochenblatt*, 1858.)

l'effort de la campagne de printemps. Les effectifs sont en voie d'accroissement constant, sans cesse remaniés. Autant qu'on peut les saisir, il semble que les coalisés disposent de 185 000 hommes utilisables. La plupart de ces troupes, 100 000 hommes environ, sont immobilisés sur les théâtres d'opérations secondaires [1]. En somme, à la fin d'avril, lorsqu'on défalquait les 100 000 hommes immobilisés autour des places fortes et sur les théâtres secondaires, les coalisés n'avaient à opposer à Napoléon qu'une armée de première ligne de 85 000 hommes [2]. C'était elle qui venait de franchir l'Elbe et de se porter, après les succès de Möckern, au-devant de Napoléon [3]. Elle était, depuis la mort de Kutusoff, que l'on dissimulait encore, sous les ordres de Wittgenstein.

L'armée prussienne avait été portée à 65 000. Mais, sur ce nombre, 30 000 Prussiens étaient retenus loin de l'armée principale. Parmi ces 30 000 hommes, les troupes de Bülow, destinées à couvrir Berlin, représentaient l'élément le plus mobile. Elles s'aguerrissaient dans une série de combats, mais elles étaient encore en voie de formation. C'est à peine si on pouvait les considérer comme disponibles pour les opérations proprement dites [4].

Vers le 1er mai, à la veille de Lützen, on peut admettre, autant

1. Voir Gneisenau à Hardenberg, le 6 mai. Pertz, *Das Leben des Feldmarschalls Grafen Neithardt von Gneisenau*, II, pp. 597, 613. — [Prittwitz], I, pp. 273, 274, 275, 370, 372, 424, 522, 562. — Plotho, *Beilagen*, I, pp. 60, 99, 102. — Lehmann, *Scharnhorst*, II, pp. 574, 587, 590, 592, 613, 629. — Häusser, *Deutsche Geschichte*, IV, p. 112. — Voir le tableau donné par Rauch à la fin d'avril. Lehmann, *Scharnhorst*, II, p. 661. — Bogdanowitsch, *Geschichte des Krieges in Jahre 1813. Aus dem Russichen von* A. S., I, 1, pp. 120, 243, 281. — Les Français ont de leur côté près de 120 000 hommes dispersés d'après [Prittwitz], I, pp. 272, 336, — 57 400 sur la Vistule et l'Oder d'après Plotho, I, p. 34, et *Beilagen*, I, p. 59.

2. Ce chiffre concorde avec celui du tableau de [Prittwitz], en en déduisant les 5 000 hommes de Bülow qu'il compte dans l'armée de 1re ligne. Il reste, d'après Prittwitz : Berg (7 500 Russes), Yorck (10 000 Prussiens), Kleist (5 000 Russes et Prussiens), Winzingerode (10 500 Russes), Blücher (24 000 Prussiens), Miloradowitsch (14 500 Russes), Zermatoff (17 300 Russes). [Prittwitz], I, p. 368. — Mais les chiffres de Prittwitz sont plus élevés pour Yorck et plus faibles pour Blücher que ceux que nous avons admis d'après les sources indiquées ci-dessus. — Plotho donne les mêmes chiffres, soit, pour les Russes, sur le champ de bataille de Lützen, 35 775 hommes (Berg, Winzingerode et Zermatoff). Plotho, *Beilagen*, I, *Beilage* XIV, p. 91. — Voir l'appréciation des effectifs par l'état-major prussien à la fin d'avril. Pertz, *Gneisenau*, II, p. 573.

3. Le 28 avril. Plotho, I, pp. 93, 101.

4. Avaient cependant été engagés à Möckern, c'est-à-dire dans les premiers jours d'avril, Yorck avec 8 000 hommes, Bülow avec 7 000 et Borstell avec 4 000. Plotho, I, p. 64.

qu'il est possible de saisir les effectifs dans leurs incessantes variations, que l'armée prussienne comptait environ 65 000 hommes mobilisés[1] : 30 000 sur les théâtres d'opération secondaires, 35 000 dans les armées de première ligne[2]. Il parut à peine 35 000 Prussiens sur le champ de bataille de Lützen[3].

Cinq mois s'étaient cependant écoulés depuis que les événements avaient mis la Prusse en demeure d'entreprendre et de presser les préparatifs militaires. Le gouvernement avait perdu à peu près les

1. PLOTHO, dont les travaux sont anciens, mais les plus complets, donne, pour l'armée prussienne au 1ᵉʳ avril, en première ligne, 56 350 hommes, dont 55 bataillons d'infanterie, plus en deuxième ligne, *formés ou en voie de formation*, 43 800 hommes, sans aucun mélange de Landwehr, plus, en troisième ligne, dans les garnisons, environ 17 000 hommes. PLOTHO, *Beilagen*, I, *Beilage* X, p. 60. — Au 1ᵉʳ mai, PLOTHO compte 34 bat. 1/2 d'infanterie prussienne sur le champ de bataille de Lützen entre Yorck et Blücher, et en plus, en dehors de l'armée principale, 38 bat. 1/2 entre Kleist, Bülow, les corps d'investissement, *ibid.*, *Beilagen*, I, *Beilage* XV, p. 101. — Mais les chiffres de PLOTHO sont certainement majorés; car il compte tous les bataillons à l'effectif de guerre, et l'effectif de guerre était loin d'être atteint. (Voir ci-après, p. 412, et PLOTHO, I, p. 38.) PLOTHO, majorant encore ses chiffres du 1ᵉʳ avril, évalue les forces prussiennes à 128 581 hommes en avril. Il assure que la Prusse avait formé en trois mois 86 571 hommes. C'est une exagération évidente. Peut-être y avait-il alors, à peu près, ce chiffre d'hommes rassemblés; mais ils étaient loin d'être organisés, ce qui explique qu'il n'en ait figuré si peu en première ligne. — Voir à quel point les troupes de Bülow notamment sont loin d'être mobilisables. [PRITTWITZ], I, pp. 138, 155, 164, 228, 333, 340. — Scharnhorst écrit au prince Wolkonski, le 22 mars, que la Prusse a 150 000 hommes sous les armes et organise 120 000 hommes de Landwehr. LEHMANN, *Scharnhorst*, II, p. 584. Mais il devance singulièrement les événements. — Voir encore *ibid.*, II, p. 569. — Au 16 mai encore, Scharnhorst compte 271 000 hommes; mais il escompte la formation de la Landwehr; en août 1813, Boyen ne comptera que 279 000 hommes, *ibid.*, p. 625. — (BOYEN), *Ueberblick der preussischen Heerverfassung*, p. 55. — *Militair-Wochenblatt*, 1847, p. 245. — Ce qui rend les chiffres flottants, c'est que la Prusse avait, dès lors, commencé à rassembler un certain nombre d'hommes, qui n'étaient ni formés, ni équipés, ni armés. Le fait décisif, c'est qu'il ne parut à Lützen que 35 000 Prussiens environ.

2. Sur les effectifs au 1ᵉʳ avril, voir LEHMANN, *Scharnhorst*, II, p. 588. — BOGDA-NOWITSCH, I, 1, p. 240. — BERNHARDI, *Denkwürdigkeiten des k. russischen Generals Grafen v. Toll*, II, p. 516. — PLOTHO, *Beilagen*, I, pp. 60, 113. — Voir, sur la composition du corps de Blücher, LEHMANN, *Scharnhorst*, II, p. 602. — Voir, sur l'effectif des Prussiens, à la fin de mars : 26 000 hommes à Blücher, 24 000 placés sous la direction de Yorck, dont 10 000 seulement avec Yorck lui-même, DROYSEN, *Yorck*, II, pp. 26, 29. — Voir particulièrement, sur les effectifs des armées d'opération, le tableau dressé par Rauch, à la fin d'avril. LEHMANN, *Scharnhorst*, II, p. 661.

3. En y comprenant le corps de Kleist. On compte 25 000 hommes avec Blücher et 10 000 avec Yorck. DROYSEN, *Yorck*, II, pp. 26, 29, 40. — LEHMANN, *Scharnhorst*, II, p. 661. — Voir les effectifs russes et prussiens, au 1ᵉʳ mai. [PRITTWITZ], I, p. 368. — PLOTHO, I, p. 110. — On compte 120 000 hommes au début de juin; mais ils sont loin d'être mobilisables et utilisables. *Geschichte der Organisation der Landwehr in der Kurmark*, etc. (*Beiheft zum Militair-Wochenblatt*, 1857), p. 1.

deux premiers dans une inaction presque complète. Il avait réalisé,
pendant les trois derniers, des efforts plus considérables; mais les
résultats en étaient encore peu sensibles[1].

On a longtemps attribué, aux mesures pour lesquelles Scharnhorst
avait arraché, en 1808, le consentement du roi de Prusse, la formation
des armées de l'indépendance. Ce fut longtemps une idée généralement répandue, qu'en faisant passer rapidement un certain nombre
de recrues dans les bataillons du temps de paix, en les instruisant
sommairement et en les renvoyant dans leurs foyers, Scharnhorst avait
pu, malgré la faiblesse des effectifs du temps de paix, préparer des
réserves considérables. On a pensé que ces réserves avaient constitué les armées de 1813. C'est une erreur certaine. Il n'est pas sans
intérêt de rechercher ce qu'avait donné, dans les années qui précédèrent 1813, le célèbre système des *Krümper,* qui fut, en fait sinon
en principe, la première application du service étendu de courte
durée.

Dès le mois de juillet 1807, au lendemain même du traité de
Tilsit, Scharnhorst avait proposé de préparer des réserves par un
appel annuel de recrues, compensé par des licenciements correspondants. Ce renouvellement rapide aurait bientôt procuré à la
Prusse un nombre considérable d'hommes sommairement exercés[2].
La mesure fut approuvée, un an plus tard, par l'ordre de cabinet
du 6 août 1808[3]. Mais elle fut loin de s'exécuter dans les conditions
qu'avait prévues Scharnhorst[4].

Les régiments y résistaient[5]. C'était le bouleversement de toutes
les habitudes. Les douze régiments[6] que la Prusse avait conservés,
sur les soixante qui formaient son armée avant Tilsit, étaient formés
encore d'anciens soldats, dont quelques-uns comptaient plus de quinze
années, jusqu'à vingt-six années, de service[7]; et l'on demandait à ces

1. Gneisenau attribue les retards au manque de ressources matérielles : équipement, habillement, argent. Gneisenau à Münster, le 2 avril. PERTZ, *Gneisenau,*
II, p. 551.
2. [SCHERBENING], *Die Reorganisation der preussischen Armee nach dem Tilsiter
Frieden,* I, p. 76. (*Beiheft zum Militair-Wochenblatt,* 1854-1856.) — [WILLISEN],
II, pp. 112, 117.
3. [SCHERBENING], I, p. 353. — [WILLISEN], II, p. 112.
4. [WILLISEN], II, p. 112. — Voir le tableau de la page 408.
5. [WILLISEN], II, p. 116.
6. LEHMANN, *Scharnhorst,* II, p. 162.
7. [WILLISEN], II, p. 128.

régiments de se transformer en écoles d'instruction rapide, au personnel incessamment renouvelé [1].

1. Nombre des *Krümper* ou hommes de réserve de l'infanterie prussienne de 1809 à 1812 [a].

DÉSIGNATION DES CORPS	EFFECTIFS DES CORPS	1809	1810			1811			1812		
		nombre des *Krümper*	nombre des *Krümper*	dont ayant fait la campagne de 1806-7	dont comptant un an de service ou moins	nombre des *Krümper*	dont ayant fait la campagne de 1806-7	dont comptant un an de service ou moins	nombre des *Krümper*	dont ayant fait la campagne de 1806-7	dont comptant un an de service ou moins
1er régiment silésien....	»	»	1 269	981	»	3 025	1 210	»	»	»	»
2e régiment silésien....	»	»	2 663	2 364	»	2 501	2 118	»	»	»	»
1er régiment poméranien.	de 1 600	446	529	162	92	1 782	1 087	307	3 802	1 501	1 731
Régiment de Colberg...	à 2 300	776	1 149	942	181	1 217	1 010	385	3 864	865	2 703 [b]
1er régiment de la Prusse occidentale..........	»	»	647	475	40	403	»	»	443	330	24
2e régiment de la Prusse occidentale..........	»	»	52	»	»	1 025	637	334	842	308	183
Régiment de la garde à pied................	»	0	0	0	0	0	0	0	0	0	0
Régiment des gardes du corps................	»	»	»	»	»	1 372	1 049	182	3 332	1 559	1 339
1er régiment de la Prusse orientale............	»	»	»	»	»	1 249	»	»	2 000	»	»
2e régiment de la Prusse orientale............	»		951	380	117	1 354	608	587	»	»	»
3e régiment de la Prusse orientale....	»		3 421	»	»	2 275	986	325	2 000	»	»
4e régiment de la Prusse orientale............	»		1 618	495	147	1 475	601	459	800	376	239

a. Ce tableau, extrait des renseignements donnés par [WILLISEN], *Die Reorganisation der preussischen Armee nach dem Tilsiter Frieden*, II, pp. 127 à 145 (*Beiheft zum Militair-Wochenblatt*, août 1865-oct. 1866), est dressé d'après des renseignements fractionnés et incomplets. Il est cependant instructif, pour l'appréciation des résultats obtenus dans la préparation des réserves de l'armée prussienne, de 1809 à 1813.

Il permet d'affirmer : 1° Que le célèbre système des *Krümper* n'est entré réellement en application qu'après 1810;

2° Que les réserves préparées en 1813 ne devaient pas dépasser sensiblement le chiffre de 30 à 40 000 hommes, bien qu'il ne soit pas spécifié, pour la plupart de ces chiffres, s'ils comprennent toutes les catégories d'hommes de réserve;

3° Que, jusqu'en 1812, les réserves et les *Krümper* se sont composés essentiellement d'hommes ayant servi à long ou très long terme;

4° Que c'est seulement à partir de 1812 que les réserves se sont composées d'hommes sommairement ou très sommairement exercés.

b. Le régiment de Colberg qui a appliqué avec le plus de rigueur le système des *Krümper* comptait en 1812, 3 864 hommes de réserves, dont 865 anciens soldats et 2 703 hommes sommairement exercés. On estime que sur ces 2 703 hommes, un cinquième ou un quart avait servi un an, un huitième neuf mois, la moitié six mois, un huitième trois mois.

C'était passer d'un extrême à l'autre. Aussi la résistance des chefs militaires auxquels on demandait d'appliquer des dispositions nouvelles fut-elle des plus sensibles [1]. La tendance se marqua de suite dans les corps, non pas d'appeler des recrues, de les instruire rapidement et de les renvoyer dans les cantons, mais au contraire de licencier un certain nombre d'anciens soldats [2] et d'appeler un nombre égal de recrues, mais pour les conserver à titre définitif. Ce fut donc seulement par étapes successives [3] que le programme de Scharnhorst arriva à s'exécuter dans l'esprit même où il avait été conçu. L'application en commença en 1810 [4]. Elle ne fut réellement engagée qu'en 1812 [5].

Au 16 juillet 1810, Scharnhorst estimait approximativement les réserves exercées disponibles dans les cantons, aux deux tiers de l'effectif de paix, c'est-à-dire à 30 000 hommes environ. Mais il exagérait certainement [6]. En 1811, après la mobilisation qui porta l'effectif de l'armée prussienne à 74 000 hommes [7], il semble qu'il restait dans les cantons 14 000 *Krümper*. La Prusse aurait donc disposé alors, y compris ses effectifs de paix, de 87 000 hommes plus ou moins exercés [8]. En 1812, après la mobilisation du corps d'armée de Yorck, le chiffre des *Krümper* de l'infanterie semble être de 30 800 hommes environ [9]. On peut déduire avec assez d'assurance

1. [WILLISEN], II, p. 116.
2. Voir l'ordre de cabinet du 12 mai 1809. [WILLISEN], II, pp. 115, 118.
3. Voir la série des mesures prises, en 1809 notamment, se rapprochant progressivement du système proposé par Scharnhorst. [WILLISEN], II, pp. 114, 115. — Voir une tentative de réaction, en 1812, après le départ de Scharnhorst, *ibid.*, II, p. 125.
4. [WILLISEN], II, p. 118. — Voir en 1811, *ibid.*, II, p. 120, — et toujours avec quelque désordre, semble-t-il, *ibid.*, II, p. 126.
5. Voir le tableau de la page 408.
6. Le chiffre des 2/3, donné par Scharnhorst, se rapporte à la brigade d'Yorck, qui paraît être en tête du mouvement. [WILLISEN], II, pp. 116, 117, 118. — LEHMANN, *Historische Zeitschrift*, LVIII, p.
7. Voir ci-dessus, CHAPITRE V, page 142.
8. Voir cependant [WILLISEN], II, p. 117. Il assure que l'espoir, formulé par Scharnhorst, d'avoir, à l'automne 1810, autant d'hommes exercés dans les cantons qu'il y en avait dans les corps et de doubler ainsi l'armée prussienne, ne s'est pas trouvé réalisé, même une année plus tard. — En août 1811, on donne, après avoir porté l'armée au complet, le chiffre des hommes disponibles pour l'augmentation des corps. Il est de 14 384 hommes, plus un certain nombre de *Krümper* employés aux travaux de terrassement, *ibid.*, II, p. 118. — Mais WILLISEN indique que l'on trouve des ressources réelles en hommes de réserve bien inférieures à ce que l'on a prévu et que l'idée de doubler les bataillons de ligne d'autant de bataillons de *Krümper* paraît irréalisable, *ibid.*, II, p. 121.
9. Voir le tableau de la page 408.

de ces chiffres que la Prusse avait, de 1806 à 1813, préparé de 30 à 40 000 hommes de réserve plus ou moins exercés[1], doublant environ son effectif de paix.

Les mesures prises par Scharnhorst avaient d'ailleurs été abandonnées, dans leur application, à l'arbitraire des subordonnés[2]. C'était la conséquence du système ancien des cantons où la circonscription de recrutement était en quelque sorte livrée au chef de corps[3]. Il en résulta que la composition des régiments, le nombre et la qualité des *Krümper* disponibles dans chacun des cantons correspondants, variaient, avec les corps, de la façon la plus sensible[4].

Certains régiments avaient conservé un très fort noyau d'anciens soldats ayant fait les campagnes de 1806 et de 1807[5]. On nous cite le régiment de Colberg, dont les trois bataillons, à l'effectif d'un peu plus de 500 hommes chacun, comptaient encore, en 1810, respectivement, 201, 163, 280 anciens soldats. Naturellement, ces éléments disparurent peu à peu. En 1812, le régiment, sur un effectif de plus de 1 500 hommes, n'en compte plus que 269 ayant fait la guerre. Les différences étaient des plus sensibles, d'un corps à l'autre. Les régiments de la Prusse orientale comptaient, sur des compagnies à l'effectif de 125 hommes : l'un, en 1810, 60 anciens soldats, l'autre, en 1811, 25 seulement.

Successivement, ces restes de la vieille armée prussienne quittèrent le drapeau. Ils furent remplacés par des éléments nouveaux et, en même temps, à partir de 1810, le programme de Scharnhorst entra en application, mais avec les variations les plus notables, d'un régiment à l'autre. Le régiment de Colberg était celui qui avait mis le plus de zèle à entrer dans les idées de Scharnhorst[6]. Il avait vu passer dans ses rangs, à la fin de 1811, et il comptait disponibles, dans les cantons, à lui seul, 3 864 *Krümper*. Il se trouvait encore, parmi ces 3 864 *Krümper* résidant dans les

---

1. Clausewitz dit 150 000 hommes. CLAUSEWITZ, VII, p. 254. — Le chiffre de Clausewitz a été adopté par un grand nombre d'historiens militaires; il semble tout à fait arbitraire; le chiffre réel est aux environs de 40 000. — Semblent avoir repris, sans le contrôler, le chiffre de Clausewitz, [PRITTWITZ], I, p. 91. — BRÄUNER, p. 58. — [FRANZECKY], pp. 449, 451.
2. [WILLISEN], II, p. 129.
3. [WILLISEN], II, p. 98.
4. [WILLISEN], II, pp. 118, 129.
5. [WILLISEN], II, p. 113. — Voir le tableau de la page 408.
6. Voir le tableau de la page 408.

cantons, 865 anciens soldats. Pour le surplus, un quart avait servi un an, la moitié six mois, le dernier quart trois mois et neuf mois . Tel autre régiment s'était montré très réfractaire à la nouvelle organisation. Le second régiment de la Prusse occidentale ne disposait que de 842 *Krümper* en 1812, dont 308 anciens soldats et 183 comptant moins d'un an de service [2]. Dans l'ensemble, on peut affirmer que l'infanterie prussienne ne disposait pas, en 1812, dans les cantons, de plus de 30 000 à 40 000 *Krümper*, dont au plus 10 000 anciens soldats ayant fait les campagnes de 1806 et de 1807 [3]. Le nombre même des *Krümper* indique avec quelle rapidité s'était faite leur instruction. Un bataillon à l'effectif de 541 hommes avait préparé, en trois ans, près de 2 500 hommes.

Beaucoup d'irrégularité dans l'exécution des mesures prescrites, le système du service à court terme, du régiment-école, prenant droit de cité dans les institutions militaires de la Prusse, tel est le résumé de l'histoire de son armée de 1806 à 1813.

Les ressources en hommes, ainsi préparées, se sont trouvées, plus qu'on ne l'a cru généralement, insuffisantes, même pour parer aux premières nécessités [4]. Il fallut recourir aux hommes auxquels on avait donné dans les cantons, sans même les appeler au régiment, une instruction sommaire. Enfin on leva un certain nombre de recrues complètement inexercées. Bülow en avait demandé, du premier abord, au seul gouvernement de Marienwerder, 3 à 4 000 ; à la Prusse orientale, 6 000 [5] ; mais il n'en avait reçu de cette province, sur laquelle Yorck opérait en même temps de forts prélèvements, que 2 400 [6]. Tous ces éléments [7] : *Krümper* ayant passé

---

1. [PRITTWITZ], I, p. 2, donne pour les effectifs des *Krümper* disponibles dans les cantons, en 1812, des chiffres un peu plus élevés que ceux qui résultent des tableaux de [WILLISEN]. Il donne, comme disponibles dans les cantons, pour les régiments de la Prusse orientale et par bataillon, 631, 949, 1 012, 1 038, 1 746, 1 964 *Krümper*, et pour les régiments de cavalerie, par régiment, 124, 269, 292, 235 hommes.

2. Voir le tableau de la page 408.

3. Ces chiffres sont déduits approximativement du tableau de la page 408. — Voir encore [PRITTWITZ], I, p. 61. — BRÄUNER, p. 135.

4. Voir les premiers rassemblements de *Krümper*, dans les premiers jours de janvier. [PRITTWITZ], I, pp. 32, 33.

5. [PRITTWITZ], I, pp. 17, 44, 53. — [GERWIEN], *Errichtung der Landwehr und des Landsturms in Ostpreuszen, im Jahre 1813 (Beiheft zum Militair-Wochenblatt,* 1846), p. 36.

6. [PRITTWITZ], I, pp. 61, 65, 133.

7. [PRITTWITZ], I, p. 187.

quelques semaines dans les régiments, hommes exercés sommairement dans les cantons, recrues entièrement neuves, furent bientôt
confondus. Dès 1813, on estimait qu'au bout de six semaines les
recrues neuves valaient les *Krümper* [1]. C'était bien dire que ceux-ci
avaient été à peine dégrossis par leur rapide passage sous les drapeaux.

Ces ressources diverses durent, en principe, être employées
d'abord à porter les régiments du temps de paix au pied de guerre,
c'est-à-dire les bataillons d'infanterie de 541 hommes à 801, les
régiments de cavalerie de 481 à 601 hommes [2]. Mais ce premier
résultat fut très imparfaitement atteint. Soit que la confusion [3],
provoquée par la formation des nouveaux corps, des bataillons de
réserve, n'ait pas permis de maintenir au complet de guerre les
anciens bataillons de ligne [4], soit que les fatigues et les maladies aient
produit des vides qui ne purent être comblés assez rapidement, il est
certain que l'armée de ligne de la Prusse fut engagée dans la campagne de printemps avec des effectifs souvent fort incomplets. Les
régiments du corps d'Yorck étaient les plus pauvres. Ils se ressen-
taient encore des vides que la campagne de Courlande avait creusés
dans leurs rangs. A la fin d'avril, au moment même où il allait être
engagé à Lützen, le premier régiment de la Prusse orientale comptait
1 499 hommes, le régiment de Colberg, 1 643, c'est-à-dire environ
500 à 550 par bataillon, à peine l'effectif de paix [5].

Ainsi l'on peut résumer assez exactement les résultats obtenus par
la Prusse durant les quatre premiers mois de 1813. Elle avait rendu
disponible, pour les opérations actives, l'armée de ligne du temps de

1. Voir, dès le 11 février, l'appréciation du colonel de Thümen sur les
Krümper et les recrues. [PRITTWITZ], I, p. 153.

2. [PRITTWITZ], I, pp. 2, 18.

3. LEHMANN, *Scharnhorst*, II, p. 602.

4. Ils y avaient cependant été portés. Rapport de Bülow du 18 janvier.
[PRITTWITZ], I, p. 62. — Voir *ibid.*, I, *Beilage* I, p. 522; les bataillons actifs de
Bülow comptent, en janvier, 700 hommes. — Voir encore *ibid.*, I, pp. 93, 101. —
Mais, au 14 mars, Bülow est encore loin de considérer ses troupes comme mobi-
lisables, *ibid.*, I, p. 138.

5. Ces chiffres sont extraits du tableau dressé par Rauch. LEHMANN, *Scharnhorst*,
II, p. 661. — Rauch ne donne pas d'effectifs plus nourris pour les bataillons de
Kleist et pour ceux de Bülow. Ces chiffres présentent quelque contradiction avec
ceux des rapports officiels de Bülow donnés par PRITTWITZ. Ils inspirent peut-
être plus de confiance. Bülow dressait ses rapports à un moment où beaucoup
de ses bataillons n'étaient pas encore mobilisables. Rauch cherchait évidemment
à se rendre compte des forces effectives disponibles sur le champ de bataille.

paix [1]. Les anciens régiments avaient bien agrégé, à leurs bataillons, les détachements de chasseurs volontaires, qui furent engagés dès le mois de mai [2]; mais, sous cette réserve, ce fut, à très peu près, la petite armée du temps de paix qui eut à supporter, du côté des Prussiens, tout l'effort de la campagne de printemps. Tout au plus fut-elle en mesure d'amener sur le champ de bataille ses bataillons à l'effectif de paix à peine renforcé [3].

Mais la Prusse, si elle voulait jouer un rôle sur les champs de bataille, ne pouvait se contenter de ce maigre résultat. Dès la fin de décembre, les chefs militaires se préoccupaient de créer de nouvelles formations. Les réserves et les recrues ne furent pas seulement employées à combler les cadres des régiments de ligne. Elles formèrent encore de nouveaux bataillons qui furent appelés successivement bataillons de milice, puis bataillons de dépôt et enfin bataillons de réserve [4]. Le 7 mars, Bülow avait formé neuf bataillons de réserve, et Yorck, vers la même date, sept. D'autres se rassemblaient en Silésie. Dans le courant d'avril, vingt-deux bataillons de réserve étaient mobilisables. Ils furent employés, avant l'armistice, aux opérations accessoires, à l'investissement des nombreuses places fortes encore occupées par les Français. Ils n'ont point pris part aux luttes décisives [5]. Toutefois, à Lützen, Blücher comptait, dans ses trois brigades, cinq bataillons de réserve. Ce fut la première apparition des

— D'ailleurs, au 1er mai, PRITTWITZ lui-même ne compte les bataillons d'infanterie de ligne qu'à 600 hommes. [PRITTWITZ], I, p. 565.

1. LEHMANN, *Scharnhorst*, II, p. 575.

2. Voir, sur les détachements de volontaires des bataillons de Bülow et de Borstell, [PRITTWITZ], I, pp. 165, 227. — [FRANZECKY], pp. 511, 512. — Il résulte d'un document publié par FRANZECKY, p. 514, que la force totale des détachements de chasseurs volontaires, qui faisaient partie, durant la campagne de printemps, de l'armée placée sous les ordres de Blücher, s'élevait au maximum à 2 800 hommes.

3. PLOTHO compte tous les bataillons à l'effectif normal de guerre, sauf ceux d'Yorck, où il admet un fort déchet de malades. Dans les autres corps, il admet que le déchet est compensé par la présence des bataillons de volontaires. PLOTHO, I, p. 38, et *ibid.*, *Beilagen*, I, *Beilage* X, p. 60. — [PRITTWITZ], I, pp. 104, 165, 247, 317, 418, 523, 546. — Voir la situation particulière, dans le corps de Bülow, des bataillons revenant de Courlande, *ibid.*, I, p. 317. — BRÄUNER, p. 92.

4. L'ordre de constituer ces bataillons de réserve date du 20 déc., [PRITTWITZ], I, pp. 13, 14, — et du 22, *ibid.*, I, p. 14. — LEHMANN, *Scharnhorst*, II, p. 602. — Ci-dessus, CHAPITRE XII, p. 366, note 2. — Voir sur les changements de désignation de ces bataillons, [PRITTWITZ], I, pp. 94, 95, 166. — [FRANZECKY], p. 484.

5. Voir, sur la formation des bataillons de réserve en janvier, [PRITTWITZ], I, pp. 47, 101, 162, 166, — sur la formation et l'emploi des bataillons de réserve en avril, LEHMANN, *Scharnhorst*, II, pp. 620, 621. — Scharnhorst compte à la fin

nouvelles troupes sur les champs de bataille en 1813[1]. Les autres
arrivèrent successivement. Au 28 mai, quelques jours après Bautzen,
le corps de Yorck s'était renforcé de la brigade Dohna, composée de
quatre bataillons de réserve[2]. Après l'armistice, les régiments de
réserve ont tenu une place moindre que la Landwehr, mais importante
cependant, dans les armées d'opération. Après la guerre, ils furent
conservés comme régiments permanents. Il n'est pas sans intérêt de
rechercher quelle était leur composition[3].

Nous connaissons très exactement la composition des bataillons de
réserve de Bülow au commencement du mois de mars[4]. Le plus
favorisé était formé de 276 anciens soldats, 329 *Krümper* exercés
pendant plusieurs semaines seulement, 196 recrues entièrement
neuves. Le moins favorisé, auquel il manquait encore quelques
hommes, comptait 11 anciens soldats, 180 *Krümper*, 595 recrues[5].
Si l'on admet la même composition pour les bataillons de réserve
de Blücher, certains d'entre eux figurèrent sur les champs de bataille
de mai, avec les trois quarts de leur effectif formés d'hommes appelés
pour la première fois quatre mois auparavant, et le surplus ayant
été à peine exercés quelques semaines de plus. Ces mêmes éléments,
sur les champs de bataille de septembre, comptaient huit mois de
présence sous les drapeaux.

Les bataillons de réserve étaient donc formés de soldats entière-

de mars, 22 bataillons de réserve de première formation utilisables, *ibid.*, II,
p. 620. — Voir, sur la situation des bataillons de réserve en avril, [PRITTWITZ], I,
p. 169, — en Silésie, *ibid.*, I, p. 184, — à Colberg, Borstell, *ibid.*, I, p. 227; —
après l'armistice, 52 bataillons de réserve, *ibid.*, I, p. 95, — sur la participation
des bataillons de réserve aux premiers engagements, *ibid.*, I, p. 518, — le 2 mai,
à Halle, le 3e bataillon du 3e régiment de la Prusse orientale et sa composition.
HÄUSSER, IV, p. 134. — [PRITTWITZ], I, *Beilage* VIII, p. 546. — Dans les combats
du corps de Bülow, sur un théâtre secondaire, notamment au combat de Lückau,
le 4 juin, les Landwehrs des Marches ne paraissent pas encore; l'effort est
soutenu par les bataillons de réserve et de ligne, *ibid.*, II, p. 263.

1. Neuf bataillons de réserve dans les corps de Blücher et de Yorck, en avril 1813.
LEHMANN, *Scharnhorst*, II, pp. 602, 620.

2. Voir, sur l'historique de ces quatre bataillons de réserve qui sont ceux que
Yorck a formés au début dans la Prusse orientale, [PRITTWITZ], II, p. 39. —
DROYSEN, *Yorck*, II, *Beilage* II, p. 457.

3. [PRITTWITZ], I, pp. 13, 47. — BRÄUNER, p. 96. — Voir les renseignements
donnés par Bülow, au 18 janvier, sur la composition de ses bataillons de réserve.
Ils comprennent une assez forte proportion de soldats exercés; mais il semble
qu'il y ait eu des remaniements ultérieurs. [PRITTWITZ], I, p. 61. — Voir *ibid.*, I,
p. 95; II, pp. 216, 217.

4. [PRITTWITZ], I, *Beilage* VIII, p. 546, — *ibid.*, I, p. 166.

5. Voir encore [PRITTWITZ], I, pp. 95, 163.

ment inexercés. Toutefois, ils étaient assez solidement encadrés[1]. Dans le courant de mars, il leur manquait encore un certain nombre d'officiers et de sous-officiers. Cependant, dès le mois de janvier, plusieurs d'entre eux avaient la plus grande partie de leurs hommes et de leurs cadres[2]. Le grand nombre d'officiers rendus disponibles par les réductions qui avaient suivi le traité de Tilsit avait fourni des ressources appréciables[3]. En somme, les bataillons de réserve eurent, dès le début, des cadres assez solides et exercés[4]. C'est ce qui, comme nous le verrons, les distingua essentiellement des bataillons de Landwehr.

Un trait qu'il faut noter, parce qu'il est demeuré, et qu'il eut probablement son origine dans la formation de 1813, c'est la distinction du grade et de la fonction. Un grand nombre de fonctions furent confiées à des officiers d'un grade inférieur[5]. En janvier, Bülow, tout occupé de la formation de ses bataillons de réserve, demandait des officiers, mais d'un grade inférieur à celui de major. Il ne voulait pas avoir à retirer le commandement des bataillons aux capitaines auxquels il l'avait déjà confié[6]. La réduction des états-majors et des grades élevés a toujours été un signe de force dans les armées. L'attribution fréquente du commandement effectif, sans l'éclat du grade correspondant, indique l'esprit de devoir et d'abnégation, la recherche des réalités plutôt que des apparences, et dans la direction supérieure, la préoccupation d'éprouver les hommes avant de leur confier définitivement les responsabilités.

1. [PRITTWITZ], I, p. 95. — Voir ceux de Borstell, *ibid.*, I, p. 228.
2. LEHMANN, *Scharnhorst*, II, p. 623. — [PRITTWITZ], I, pp. 141, 155, 159, 160, 169, 229, 244, 249, 257, 361. — Voir particulièrement *ibid.*, I, p. 163. — BRÄUNER, p. 96.
3. On paraît au début avoir compté exclusivement sur eux. [PRITTWITZ], I, pp. 13, 14, 19, 46, 95. — Voir cependant des difficultés de ce côté, *ibid.*, I, p. 149.
4. [PRITTWITZ], I, pp. 47, 61, 169.
5. HÄUSSER, IV, p. 106. — FRICCIUS, *Geschichte des Krieges in den Jahren 1813 und 1814*, I, p. 135. — [PRITTWITZ], I, pp. 258, 309.
6. [PRITTWITZ], I, p. 60.

II

La campagne de printemps.

Arrivée de Napoléon en Saxe. — Son armée. — Sa supériorité numérique. —
Hésitations des patriotes. — Projets de Scharnhorst. — Les coalisés prennent
l'offensive. — Lützen. — Acharnement de la lutte. — Retraite des coalisés
durant la nuit. — Frédéric-Guillaume et Alexandre. — Les pertes. — L'armée
prussienne décimée.
Les Prussiens et les Russes. — Récriminations des Prussiens. — Prépondérance
des Russes dans l'alliance. — Le quartier général et la direction des opérations.
La mort de Scharnhorst. — La guerre moderne et la nouvelle doctrine. —
Abnégation de Scharnhorst. — Portée de son action. — L'état-major silésien.
La situation après Lützen. — Retraite des coalisés. — La pointe de Ney sur
Berlin. — Les Prussiens à Weissig.
La bataille de Bautzen. — Affaiblissement des Prussiens depuis Lützen. — Motifs
qui déterminent les coalisés à livrer bataille. — Position des coalisés. — La
journée du 21. — Les Russes à l'aile gauche. — Barclay de Tolly et l'attaque
de Ney à l'aile droite. — Les Prussiens sur les hauteurs de Kreckwitz. —
Müffling et Gneisenau. — Attaque de Napoléon sur les hauteurs de Kreckwitz.
— Situation difficile de Blücher. — Arrivée tardive des Russes et de Yorck au
secours de Blücher. — L'abandon des hauteurs de Kreckwitz. — Irritation
d'Alexandre. — Le quartier général des souverains pendant la bataille. —
Rôle de Yorck dans la journée du 21. — Récriminations auxquelles il est en
butte. — Frédéric-Guillaume et Yorck.
Désarroi des coalisés après Bautzen. — L'armée prussienne après Bautzen. -
Elle est à peu près détruite. — L'armée prussienne en 1806 et en 1813. —
Rôle des Prussiens dans la campagne de printemps. — Ardeur des patriotes.
— La Prusse a cependant été impuissante à assurer l'affranchissement de
l'Allemagne.

Lorsque Napoléon apparut en Saxe, à la fin d'avril 1813, sa
venue, à la tête d'une armée de près de 200 000 hommes [1], fut bien
un de ces coups de théâtre auxquels il se complaisait. Les alliés
n'avaient certainement point mesuré encore la difficulté de la tâche
qui leur restait à accomplir [2]. Napoléon avait su imposer à la France,
à l'Empire, un effort immense, le dernier, mais qui lui assurait
encore sur ses adversaires, pour la dernière fois, une supériorité
incontestable et imprévue. Son armée n'était plus ce qu'elle avait
été. C'étaient des étrangers, dont la fidélité, ébranlée déjà, avait

---

1. LEHMANN, *Scharnhorst*, II, pp. 600, 616. — WAGNER, *Plane der Schlachten
und Treffen*, I, p. 3. — DROYSEN, *Yorck*, II, pp. 26, 49. — PERTZ, *Gneisenau*, II,
p. 608. — PLOTHO, I, p. 111. — HÄUSSER, IV, p. 122.
2. Cependant, au milieu d'avril, Scharnhorst a le sentiment d'avoir contre lui
la supériorité matérielle, *die physische Uebermacht*. LEHMANN, *Scharnhorst*, II,
p. 605. — Voir Wittgenstein, sa sécurité, *ibid.*, II, p. 615, — *ibid.*, II, p. 659, —
les impressions de Scharnhorst, *Freiherr von* MÜFFLING, *gen.* WEISS. *Aus meinem
Leben*, p. 32, — au 10 mars, les suppositions des alliés. [PRITTWITZ], I, p. 277.

cependant été maintenue[1]; c'étaient des troupes jeunes d'âge et jeunes d'expérience, des enfants, disait-on, et que l'on avait instruits sur les routes qui les amenaient au cœur de l'Allemagne, mais chez qui le découragement n'avait point encore ruiné la valeur française et que, malgré tout, le prestige de l'Empereur électrisait encore. C'était une masse imposante, détenant encore les territoires les plus riches de l'Allemagne, et y vivant avec une facilité relative. Elle était capable de maîtriser, malgré toutes ses faiblesses, les restes épuisés de l'armée russe et la petite armée régulière de la Prusse, que les efforts tardifs et mal guidés de son patriotisme n'avaient pas encore réussi à doubler des ressources du soulèvement national[2].

Sur le champ de bataille de Lützen, à la fin de la journée, les coalisés ne disposèrent que de 74 000 hommes[3], et Napoléon, qui avait dû soutenir l'effort de la journée avec de faibles effectifs, en amena le soir près de 120 000.

La lutte fut donc inégale; mais elle prit dès la première rencontre un caractère nouveau qui lui venait des Prussiens et qui rembrunit le front de Napoléon, un caractère de violence[4] dont la guerre d'Espagne, le soulèvement du Tyrol, l'incendie de Moscou étaient les symptômes avant-coureurs.

Tout d'abord, les alliés avaient pris l'offensive; les impatients y poussaient depuis longtemps et regrettaient les lenteurs qui n'avaient point permis de pousser plus vigoureusement le prince Eugène avant l'arrivée de Napoléon[5]. Les Allemands accusaient la

---

1. Voir la composition de l'armée qui franchit l'Elbe. Häusser, IV, p. 138.

2. Pertz, Gneisenau, II, p, 588. — Häusser, IV, pp. 105, 121. — [Prittwitz], I, p. 433. — Lehmann, Scharnhorst, II, p. 569. — Müffling fait ressortir que les Prussiens opposent de vieux soldats aux jeunes troupes de Napoléon. Müffling, Aus meinem Leben, p. 32.

3. Lehmann, Scharnhorst, II, pp. 659, 616. — Wagner, I, p. 3. — Plotho, Beilagen, I, p. 114, — ibid., I, pp. 110, 111. — On peut admettre que la bataille de Lützen a été livrée par 74 000 coalisés (Berg, Winzingerode, la Garde, Blücher et Yorck): 34 500 Prussiens et 39 500 Russes — (encore la garde russe n'a-t-elle pas été au feu de mousqueterie), — et 105 000 Français (Ney, Marmont, deux divisions de Bertrand et la Garde). — Häusser compte comme réellement engagés à Lützen 54 000 coalisés et 68 000 Français. Häusser, IV, p. 131. — Pertz, Gneisenau, II, p. 573, donne 94 000 hommes aux alliés avec Miloradowitsch. — Bernhardi, Toll, II, p. 466.

4. Lehmann, Scharnhorst, II, p. 617. — Voir déjà, le 5 avril, le combat de Möckern, le rôle des Prussiens, le massacre des prisonniers. Droysen, Yorck, II, p. 43. — Häusser, IV, p. 110.

5. Voir les causes qui arrêtent les coalisés, les places fortes occupées par les

faiblesse des Russes, la mauvaise volonté de Kutusoff [1]. Mais les
Russes n'étaient pas seuls hésitants. Il y avait quelque incertitude,
et quelques variations aussi, dans les conseils que formulaient les
patriotes prussiens, Scharnhorst et Gneisenau eux-mêmes [2]. Quoiqu'ils ne se rendissent pas suffisamment compte de la prodigieuse
rapidité avec laquelle Napoléon avait reconstitué son armée [3], ils
n'étaient point sans inquiétude. Et ce sentiment se traduisait par
quelque flottement dans les plans qu'ils élaboraient. Tantôt Scharnhorst calmait les impatiences de Stein. Il ne voulait rien précipiter,
il jugeait essentiel d'attendre pour débuter par un succès [4]. Tantôt,
au contraire, il exprimait le regret qu'on n'eût point pressé davantage
le prince Eugène tandis qu'il était isolé ; il conseillait de prendre
l'offensive, de défendre, avec quelques troupes, l'Elbe supérieur, et
de tourner la gauche des Français pour aller soulever l'Allemagne
entre le Rhin et l'Elbe [5]. Scharnhorst n'avait pu faire adopter ce
programme par le grand quartier général [6]. Wittgenstein avait

Français et l'insurrection polonaise. LEHMANN, *Scharnhorst*, II, p. 569. — PERTZ,
Gneisenau, II, pp. 545, 547, 564, 589. — DROYSEN, *Yorck*, II, pp. 25 40, 43. —
HÄUSSER, IV, p. 112. — [PRITTWITZ], I, pp. 181, 182, 367.

1. DROYSEN, *Yorck*, II, p. 48. — HÄUSSER, IV, pp. 107, 108, 118. — Voir cependant, en février, les projets de Kutusoff. [PRITTWITZ], II, pp. 181, 182. — Voir, à
la fin de mars, la résistance de Kutusoff au mouvement en avant, *ibid.*, I, p. 277.
— Voir les vues de Kutusoff, le 29 mars et le 18 avril, *ibid.*, I, p. 368. — PLOTHO,
I, pp. 25, 39.

2. Voir les obstacles que le roi leur oppose. Il veut maintenir la garde en
Silésie. LEHMANN, *Scharnhorst*, II, p. 576. — PERTZ, *Gneisenau*, II, pp. 545; III, p. 89.
— Voir Gneisenau le 18 avril, *ibid.*, II, p. 569.

3. Voir, à la veille de Lützen, l'évaluation des forces françaises entre l'Elbe et
le Rhin par Wittgenstein, le 26 avril. Elle est très inférieure à la réalité. [PRIT-
TWITZ], I, p. 435.

4. Le 2 avril. LEHMANN, *Scharnhorst*, II, p. 590. — PERTZ, *Gneisenau*, II, p. 552,
réduit la portée de ces conseils de prudence. — Voir de même Gneisenau, *ibid.*,
II, pp. 545, 591, 592. — MÜFFLING, *Aus Meinem Leben*, p. 32. — HÄUSSER, IV,
p. 112. — Gneisenau à Eichhorn, le 11 avril. PERTZ, *Gneisenau*, II, p. 561.

5. LEHMANN, *Scharnhorst*, II, pp. 588, 605, 607. — DROYSEN, *Yorck*, II, pp. 27,
28, 33. — Mémoire du 16 avril. LEHMANN, *Scharnhorst*, II, p. 659. — Voir Gneisenau,
ibid., II, p. 660. — Scharnhorst à Knesebeck, 18 avril 1813. MAREES, *Jahrbücher
für die Deutsche Armee und Marine*, XLV, p. 165. — PERTZ, *Gneisenau*, II, pp. 546,
550, 574, 575, 579, 582. — MÜFFLING, *Aus meinem Leben*, p. 31. — HÄUSSER, IV,
pp. 108, 118, 119, 120. — Le passage de l'Elbe aurait été ordonné par Scharnhorst
contre l'ordre du roi. PERTZ, *Gneisenau*, II, p. 545.

6. HÄUSSER, IV, p. 120. — Voir sur le rôle assez mal défini de Scharnhorst
dans la conception de l'offensive des alliés à Lützen, *ibid.*, IV, p. 125. — *Memoiren
des k. preuss. Generals Freiherrn* L. v. WOLZOGEN, p. 167. — BERNHARDI, *Toll*, II,
p. 44. — KRAUSENECK's *Leben*, pp. 71, 72. — [HORMAYR], *Lebensbilder aus dem
Befreiungs-kriege*, III, p. 361. — PERTZ, *Gneisenau*, II, p. 550. — Voir, sur l'opposition de Toll et sur Toll, *ibid.*, II, p. 579.

repoussé les projets offensifs de Scharnhorst et groupé ses forces dans une attitude expectante [1]. Toutefois, en apprenant que Napoléon débouchait des montagnes de la Thuringe, il avait décidé de se porter en avant [2]. Le 2 mai, les alliés attaquèrent Napoléon dans son mouvement sur Leipzig, et de cette offensive sortit la bataille de Lützen. C'était là un fait nouveau.

Animés de la résolution de vaincre, d'effacer les hontes de 1806, saisis de la passion de la vengeance [3], les Prussiens ont imprimé au premier choc surtout, à la bataille de Lützen, un caractère d'acharnement exceptionnel. Ils en ont supporté tout l'effort. Ce fut, autour des quatre villages de Gross-Görschen, Klein-Görschen, Rahna et Kaja, un duel terrible entre le corps de Ney, soutenu vers la fin de la journée par la garde, et les troupes prussiennes de Blücher d'abord, de Blücher et de Yorck ensuite. Rahna et Klein-Görschen furent pris trois fois par les Prussiens et repris trois fois par les Français. Kaja, le dernier des villages, fut pris et perdu deux fois par les Prussiens. Tous leurs efforts vinrent se briser contre la résistance intrépide des conscrits de 1813 [4].

Le soir de Lützen, après ces assauts infructueux, Blücher veut frapper encore. « Quoi », s'écrie-t-il, et de façon, dit-on [5], à être entendu des souverains, « tant de sang serait versé en vain! Ni

1. DROYSEN, *Yorck*, II, p. 44. — PLOTHO, I, pp. 101 et suiv. — [PRITTWITZ], I, p. 398. — Voir la critique des opérations de Wittgenstein. DROYSEN, *Yorck*, II, pp. 46, 75, 62, 68. — BERNHARDI, *Toll*, II, p. 466.

2. LEHMANN, *Scharnhorst*, II, p. 613. — Voir Scharnhorst et Gneisenau sur le plan de Wittgenstein auquel ils ont été étrangers, *ibid.*, II, p. 614. — PERTZ, *Gneisenau*, II, pp. 369, 570. — DROYSEN, *Yorck*, II, pp. 50, 57. — Lettre de Wittgenstein à Yorck, du 26 avril, annonçant l'intention de livrer bataille dans la région de Lützen. [PRITTWITZ], I, p. 434, — *ibid.*, I, pp. 433, 464. — Instructions données par Wittgenstein, le 27 avril. PLOTHO, I, p. 89. — Voir la résolution d'offensive, le 1er mai, *ibid.*, I, pp. 101, 107. — BERNHARDI, *Toll*, II, p. 467. — Napoléon ne paraît pas avoir été surpris. Il avait prévu, dès la veille, l'éventualité d'une attaque et pris ses dispositions en conséquence. Ce fut seulement le retard des coalisés, qui passèrent leur matinée en marches assez confuses et en revues, qui l'induisit en erreur. Les études les plus récentes ont confirmé l'appréciation de Thiers et rectifié celle des nombreux écrivains militaires qui ont admis que Napoléon avait été surpris. — Voir l'appréciation de CLAUSEWITZ, contredite par DROYSEN, *Yorck*, II, p. 62.

3. Voir déjà le combat de Möckern. DROYSEN, *Yorck*, II, p. 39. — PLOTHO, I, p. 99. — PERTZ, *Gneisenau*, II, p. 526.

4. A une heure du soir, 75 000 coalisés n'avaient devant eux que 40 000 Français. PERTZ, *Gneisenau*, II, p. 589. — DROYSEN, *Yorck*, II, p. 59. — HÄUSSER, IV, p. 130.

5. WOLZOGEN, *Memoiren*, p. 172. — DROYSEN, *Yorck*, II, p. 60. — HÄUSSER, IV, p. 135.

maintenant, ni jamais, je ne reculerai. Je veux faire rougir ceux qui ont parlé de retraite. » Et en pleine nuit, à dix heures, il lance, mais sans succès, ses escadrons sur le corps de Marmont [1]. « Les morts mêmes », écrit un des historiens militaires de la Prusse [2], « avaient la face comme éclairée d'une joie posthume. Ils avaient quitté ce monde avec le sentiment de la vengeance accomplie. » On vit, dans la retraite, les Prussiens massacrer les prisonniers français [3] qui ne pouvaient suivre. On n'a pu savoir d'ailleurs, de qui était venu, dans la nuit qui suivit la bataille de Lützen [4], l'ordre de la retraite. Elle s'exécuta le lendemain, tard dans la matinée, comme à regret, et personne ne voulut l'avoir ordonnée [5].

Frédéric-Guillaume était arrivé tard, le soir de la bataille, à Groitsch, plein d'une admiration, un peu étonnée, pour la bravoure de ses troupes [6]. Il se retire pour prendre quelque repos, convaincu, comme une bonne partie, semble-t-il, de l'état-major prussien, que la lutte reprendrait le lendemain [7]. Au milieu de la nuit, le comte Henckel de Donnersmark, de service auprès du roi de Prusse, est mandé par Alexandre. L'Empereur le charge de dire à Frédéric-Guillaume que l'on n'a plus de munitions, qu'il faut se retirer. Le comte prie l'Empereur de faire la communication lui-même. Il va réveiller le Roi. Alexandre le suit aussitôt et pénètre chez Frédéric-Guillaume avant que celui-ci ait eu le temps de se lever. Il lui

---

1. Droysen, *Yorck*, II, p. 60. — Voir le rapport de Yorck. La cavalerie prussienne revient en fort mauvais état, *ibid.*, II, p. 63. — Pertz, *Gneisenau*, II, p. 591, attribue à l'attaque de Blücher un effet qu'elle n'a pas eu. — Plotho, I, p. 119.

2. Plotho, I, p. 124.

3. Voir, dès le début, le 5 avril, à Möckern, Droysen, *Yorck*, II, pp. 37, 39. — Voir les remontrances de Yorck lui-même, *ibid.*, II, p. 42. — Voir, près de Halle, le 30 avril, [Prittwitz], I, p. 458. — Déclaration d'un adjudant sous-officier du 17e provisoire fait prisonnier le 2. *Bautzen, une bataille de deux jours, par le commandant* Foucart, p. 50.

4. Voir le témoignage de Wolzogen, *Memoiren*, p. 171, — contredit par Droysen, *Yorck*, II, pp. 60, 61. — Pertz, *Gneisenau*, II, p. 594. — Voir Clausewitz sur la nécessité de la retraite. Häusser, IV, p. 135.

5. Pertz, *Gneisenau*, II, pp. 593, 594. — Voir, le soir de la bataille, l'intention de Yorck et de Wittgenstein de reprendre la lutte le lendemain. Droysen, *Yorck*, II, p. 59. — Alexandre disait plus tard qu'il ne pouvait se pardonner de ne pas avoir attaqué Napoléon le lendemain de Lützen. Michaïlosky-Danilefsky, *Denkwürdigkeiten aus dem Feldzuge vom Jahre 1813. Aus dem Russichen uebersetzt von* Yakowleff, p. 69. — Voir l'incertitude où demeure Bülow dans les premiers jours de mai. [Prittwitz], II, pp. 24, 30, 31, 61. — Voir un récit russe de la bataille de Lützen et l'explication embarrassée de la retraite, *ibid.*, II, p. 173.

6. Pertz, *Gneisenau*, II, p. 593.

7. Droysen, *Yorck*, II, p. 61. — Häusser, IV, p. 135.

expose les motifs qui imposent la retraite. « Le roi », dit Henckel [1],
qui paraît avoir assisté à la scène, « le roi répondit avec vivacité :
« Ah! oui, je connais cela ; quand nous aurons commencé à reculer,
« nous ne nous arrêterons pas à l'Elbe; nous passerons la Vistule
« et je me revois à Memel... » Alexandre expliqua alors que l'armée,
en se retirant, irait au-devant de ses renforts. Le Roi, vraiment
indigné, répondit : « Je vous fais mon compliment, il faut que je
« me lève ». L'Empereur fut obligé de se retirer, et dès qu'il fut
dehors, le Roi sauta à bas du lit, et alla à la fenêtre en s'écriant :
« Cela recommence comme à Auerstädt. » Il ne fut, dit-on, calmé
que par une entrevue qu'il eut à Altenburg avec Scharnhorst [2].

Dans le *Bulletin officiel* qui fut publié, les souverains transfor-
maient leur insuccès en victoire [3]. L'armée, tout ébranlée qu'elle
était [4], ne se croyait pas et ne voulait pas se croire vaincue. L'Anglais
Campbell qui avait admiré les efforts de l'armée des alliés, la jugeait
déprimée, frappée, diminuée [5]. Les patriotes prussiens assuraient que
l'état moral était bon, que la retraite seule mécontentait le soldat [6].
Et, de son lit de mort, Scharnhorst écrivait « à la bien-aimée [7] », à
Fréderike Hensel : « Tu entendras peut-être dire que les Français
vont triompher. Ne le crois pas. Ils ne triompheront pas, si loin
qu'ils pénètrent. »

Ici, comme toujours d'ailleurs, le meilleur symptôme de l'acharnement de la lutte est dans le chiffre des pertes. Celles de Lützen ont
été effroyables par rapport aux effectifs engagés. Dans un rapport
adressé à Berthier et à l'Empereur, le 4 mai, Ney évaluait les siennes
à un chiffre qui dépasse de beaucoup ceux qui ont été donnés depuis.

---

1. *Graf W. L. V.* Henckel von Donnersmark, *Erinnerungen aus meinem Leben*,
p. 185. — Droysen, *Yorck*, II, p. 61. — Häusser, IV, p. 135.
2. Pertz, *Gneisenau*, II, p. 593.
3. Schöll, *Recueil de pièces officielles*, I, p. 43. — Droysen, *Yorck*, II, p. 63. —
Häusser, IV, p. 132. — Friccius, *Geschichte des Krieges in den Jahren 1813 und
1814*, I, p. 152. — [Puittwitz], II, pp. 86, 87, 88.
4. Droysen, *Yorck*, II, p. 63.
5. Pertz, *Gneisenau*, II, p. 592.
6. Lehmann, *Scharnhorst*, II, p. 619. — Pertz, *Gneisenau*, II, pp. 597, 612, 614. —
Scharnhorst à Gneisenau, *ibid.*, II, p. 600. — Voir l'impression de Niebuhr.
Gneisenau au chancelier. Delbrück, *Leben des Feldmarschalls Grafen Neithardt
von Gneisenau*, I, p. 312. — Voir le témoignage de l'Anglais Lowe, Pertz, *Gneisenau*, II, p. 605.
7. Lehmann, *Scharnhorst*, II, p. 628. — Elle était demeurée à Breslau, *ibid.*,
II, p. 598. — Voir encore Scharnhorst à sa fille, le 26 avril; à Röder, le 26 avril,
ibid., II, p. 610.

Il comptait 2 757 tués et 16 898 blessés, soit 19 655 hommes de pertes, sur un effectif que l'on évaluait à 48 000 hommes [1]. Ney a réduit lui-même quelques jours plus tard ce chiffre à 15 566 hommes. Un document sans date, mais probablement des jours qui ont suivi la bataille, évalue la perte totale de l'armée française à 35 465 hommes. Le bulletin officiel du *Moniteur* disait 10 000. Camille Rousset admet un minimum de 25 000 hommes ; ailleurs, on dit 18 000 [2]. Il est probable que, dans ces chiffres, figurent un grand nombre d'égarés, d'hommes épuisés, ou très légèrement blessés, de déserteurs que les services de l'arrière recueillirent plus tard ou qui échappèrent défi- nitivement. Autrement le rapport des blessés aux tués paraîtrait peu vraisemblable.

Dans leur rapport officiel, les alliés avouaient de leur côté 10 000 hommes de pertes. On a généralement admis, depuis, qu'ils avaient perdu 10 000 hommes, 8 000 Prussiens et 2 000 Russes [3]. Il reste, malgré tout, un certain doute dans l'esprit [4]. La disproportion des pertes des alliés et de celles des Français paraît mal expliquée. Même en acceptant les chiffres les plus réduits, les pertes étaient énormes. L'armée prussienne était décimée ; elle avait perdu 8 000 hommes sur 30 000. La garde avait perdu moitié de son effectif. Il restait, au régi- ment d'infanterie, 22 officiers sur 60 [5]. Plusieurs bataillons d'infanterie n'avaient plus qu'un ou deux officiers [6]. La brigade de Röder n'avait plus que 85 officiers sur 159. Les volontaires, la jeunesse éclairée de l'Allemagne, avaient payé leur tribut et arrosé largement de leur sang le sol des quatre villages [7].

1. *Archives historiques du Ministère de la Guerre. Correspondance de la Grande Armée*, 2 mai 1813, 4 mars 1813.
2. Plotho dit 15 000 hommes. Plotho, I, p. 119.
3. Schöll, *Recueil de pièces officielles*, I, p. 49. — Droysen, *Yorck*, II, p. 61. — Pertz, *Gneisenau*, II, p. 592. — Voir un récit russe. [Prittwitz], II, p. 173. — Plotho, I, p. 118.
4. Lehmann dit que le corps de Ney a perdu 16 000 hommes sur 48 000 et les brigades de Blücher 5 500 hommes sur 21 500. Lehmann, *Scharnhorst*, II, p. 618. — Campbell, qui avait visité les villages, le soir de la bataille, estimait que les alliés avaient perdu plus de monde que les Français. Pertz, *Gneisenau*, II, p. 593. — Dans leurs calculs, le 9 mai, les alliés estiment que les Français ont perdu 15 080 hommes à Lützen, *ibid.*, II, p. 602. — Thiers, *Histoire du Consulat et de l'Empire*, XV, p. 399. — A. Lefebvre, *Revue des Deux Mondes*, 1857, I, p. 523.
5. Droysen, *Yorck*, II, p. 65. — Voir les pertes du corps d'Yorck : le pre- mier régiment de la Prusse orientale n'a plus que 920 hommes sur 2 000, *ibid.*, II, p. 70.
6. Pertz, *Gneisenau*, II, p. 594.
7. Droysen, *Yorck*, II, p. 63. — Pertz, *Gneisenau*, II, p. 592.

Ces chiffres ne révélaient pas seulement l'acharnement de la lutte. Ils indiquaient aussi que, du côté des alliés, tout l'effort en avait été supporté par les Prussiens [1]. Dès le lendemain de Lützen, apparurent les récriminations que les patriotes prussiens et les historiens, qui ont depuis recueilli leur héritage, ont prodiguées à leurs collaborateurs. On y sent percer deux sentiments contradictoires, sinon inconciliables : l'orgueil d'avoir été les agents les plus efficaces de la résistance et la rancune assez tenace des sacrifices imposés [2].

De leur côté, les Russes, dont beaucoup n'avaient pas franchi sans regrets la frontière prussienne, répondaient qu'ils avaient défendu de leur sang l'indépendance de leur pays, que l'on était à présent en Prusse, qu'il était bien juste que la Prusse fût défendue par les Prussiens [3].

Ceux-ci avaient encore d'autres griefs [4]. Ils se plaignaient qu'en signant le traité de Kalisch, les Russes les eussent trompés sur la force de leur armée épuisée par la campagne d'hiver. Les Russes, forts de la supériorité de leurs effectifs [5], de leurs succès, des hésitations mêmes qui avaient paralysé le gouvernement prussien, occupaient, dans l'alliance, une situation dominante ; et les patriotes prussiens supportaient impatiemment cette subordination. Les Russes s'étaient réservé tous les commandements. Les généraux prussiens, Scharnhorst, Blücher même, s'étaient effacés assez facilement au début de l'alliance [6]. Blücher avait eu un instant, avant la

1. WOLZOGEN, *Memoiren*, pp. 170, 171. — DROYSEN, *Yorck*, II, p. 61.
2. DROYSEN, *Yorck*, II, p. 62. — HÄUSSER, IV, pp. 135, 136. — Voir déjà, à propos du combat de Möckern, au début d'avril, [PRITTWITZ], I, p. 350. — Gneisenau, de Königsbrück, le 10 mai. HÄUSSER, IV, p. 139. — Voir, le 7 mai, les récriminations, même de Scharnhorst, contre les Russes. DROYSEN, *Yorck*, II, p. 64. — Voir la lettre de Campbell. PERTZ, *Gneisenau*, III, p. 593. — HÄUSSER, IV, p. 130. — Ce qui paraît le plus significatif sur l'inaction des Russes, c'est le passage du journal du prince Eugène de Würtemberg, cité dans le *Beiheft zum Militair-Wochenblatt*, juillet 1855, p. 6. — HÄUSSER, IV, p. 128. Au moment où il va engager les Russes, il est arrêté par un ordre supérieur.
3. WOLZOGEN, *Memoiren*, p. 170. — DROYSEN, *Yorck*, II, p. 61. — Voir Kutusoff. HÄUSSER, IV, p. 108. — MÜFFLING, *Aus meinem Leben*, pp. 31, 32. — BERNHARDI, *Toll*, II, pp. 411, 412. — CLAUSEWITZ, VII, pp. 266, 267.
4. HÄUSSER, IV, p. 142.
5. [PRITTWITZ], I, pp. 21, 273. — PERTZ, *Gneisenau*, II, pp. 546, 584, 605. — LEHMANN, *Scharnhorst*, II, pp. 567, 590. — DROYSEN, *Yorck*, II, pp. 26, 62. — HÄUSSER, IV, pp. 106, 108. — BERNHARDI, *Toll*, II, pp. 401, 402, 404. — PLOTHO, *Beilagen*, I, *Beilage* V, p. 53.
6. LEHMANN, *Scharnhorst*, II, p. 571. — MICHAÏLOFSKY-DANILEFSKY, *Denkwürdigkeiten*, p. 29. — HÄUSSER, IV, p. 106. — PLOTHO, I, p. 36.

jonction des deux armées, le commandement de celle du Sud [1];
puis il avait été placé sous les ordres de Wittgenstein, bien moins
ancien que lui [2]. Wittgenstein avait même songé à disloquer les
brigades prussiennes, ces unités créées par Scharnhorst, pour en
répartir les éléments dans les corps russes [3]. « Nous ne sommes
que des instruments », écrivait Gneisenau.

Dans la direction supérieure que la présence des souverains imposait à l'armée, Alexandre avait le rôle actif et Frédéric-Guillaume, le
rôle effacé [4]. D'ailleurs, c'est à peine si l'on pouvait dire qu'il y eût
direction, commandement effectif [5]; les décisions se prenaient dans
la confusion de l'état-major des souverains. « Personne ne commandait », dit un témoin [6], « ou plutôt tout le monde commandait,
l'Empereur, d'Auvray, Diébitsch, Blücher, Scharnhorst, même les
aides de camp de l'Empereur, en tout cas pas Wittgenstein. »

Gneisenau [7] se plaignait de cette confusion au chancelier, à Hardenberg. « Le plus grand mal dont nous souffrons », écrivait-il, « est
dans la direction de l'armée. Le comte Wittgenstein n'est point à la
hauteur de la situation et la confiance qu'il plaçait en Diébitsch a
disparu. Celui-ci a perdu la tête. Le général d'Auvray, le chef de
l'état-major, est sceptique et indolent. Le 1er mai, à Borna, j'ai cherché
trois fois à voir ces hommes, et, les trois fois, je les ai trouvés dans
leur lit : l'après-midi, le soir, le matin [8].... Toll est arrogant au der-

1. Kutusoff est alors commandant en chef. Lehmann, *Scharnhorst*, II, pp. 571, 589.
2. Pertz, *Gneisenau*, II, p. 581. — Pertz, *Das Leben des Ministers Freiherrn
vom Stein*, III, p. 243. — [Prittwitz], I, p. 443. — Lehmann, *Scharnhorst*, II,
pp. 573, 610. — Michaïlofsky-Danilefsky, *Denkwürdigkeiten*, p. 59. — Clausewitz, VII, p. 193. — Droysen, *Yorck*, II, p. 50.
3. Droysen, *Yorck*, II, p. 54. — Pertz, *Gneisenau*, II, p. 53. — Voir les dislo-
cations des troupes prussiennes et le déplaisir qu'elles suscitent. [Prittwitz], I,
pp. 403, 407, 441. — Voir les incidents, au sujet de la capitulation de Spandau,
ibid., I, p. 442.
4. Droysen, *Yorck*, II, p. 62. — Häusser, IV, p. 141. — Lehmann, *Scharnhorst*, II,
p. 60.
5. Pertz, *Gneisenau*, II, p. 586. — Häusser, IV, p. 141. — Scharnhorst à sa
fille, le soir de la bataille. Lehmann, *Scharnhorst*, II, p. 613. — Voir, à la veille
de Lützen, les récriminations réciproques des Russes et des Prussiens. Droysen,
Yorck, II, p. 55. — Voir les impressions de Kleist, au 6 mai, [Prittwitz], II, p. 30.
6. Wolzogen, *Memoiren*, pp. 170, 171. — Häusser, IV, p. 123. — Droysen, *Yorck*,
II, p. 62. — Bernhardi, *Toll*, II, p. 467.
7. Gneisenau au chancelier, le 11 mai. Pertz, *Gneisenau*, II, p. 609. — Voir
les rapports de Gneisenau, remplaçant Blücher malade, et de Wittgenstein, le
9 mai, *ibid.*, II, p. 603. — Voir les plaintes de Gneisenau. Häusser, IV, p. 142.
8. Pertz, *Gneisenau*, II, p. 610. — Lehmann, *Scharnhorst*, II, p. 614. — Delbrück,
Gneisenau, I, p. 309.

nier degré et tout à fait nul [1]. » Et Hardenberg répondait dans le
même sens : « L'empereur Alexandre a les meilleures intentions,
mais aucune énergie pour arrêter les cabales. Le prince Wolkonsky...
a une influence déplorable... On se promet un peu plus d'ordre
de Barclay de Tolly; mais ne se laissera-t-il pas aussi empêtrer par
les faiseurs? » Les patriotes se consolaient en pensant que « le courage triompherait là où l'intelligence manquait » [2]. Mais ce dont ils
ne se consolaient point c'était d'être pillés par leurs alliés [3]. « Notre
pays », écrivait encore Gneisenau, « n'est pas moins pillé par nos
amis que par nos ennemis ; même les approvisionnements de nos
soldats sont enlevés en route. Je suis résolu à ne pas me plaindre,
à combattre seulement. Mais n'est-il pas révoltant de voir que nos
blessés, sur le champ de bataille même, sont dépouillés par nos
alliés? »

Scharnhorst devait succomber à la blessure qu'il avait reçue sur
le champ de bataille de Lützen. Il était demeuré dans la mêlée toute
la journée. Vers le soir, il avait tenté d'entraîner à un dernier effort
les bataillons prussiens [4]. Il fut blessé au pied et sa blessure parut
d'abord légère. Mais, animé de la fièvre qui entraînait alors les
patriotes prussiens, il écrivait, de son lit, pour diriger encore l'organisation des réserves, pour donner son avis sur la conduite des opérations [5]. Il assistait aux conseils de guerre. Et, sentant dès lors que
le salut ne pouvait venir que de la coopération de l'Autriche [6], il
voulut accomplir la mission dont il fut chargé pour Vienne [7]. Il dut
s'arrêter en route, et succomba à Prague, le 28 juin [8].

Il était un de ceux qui avaient le mieux su reconnaître et formuler
les principes nouveaux que les armées révolutionnaires et Napoléon

1. PERTZ, *Gneisenau*, II, p. 579.
2 PERTZ, *Gneisenau*, II, p. 580.
3. Gneisenau à Wolkonsky, le 16 mai. PERTZ, *Gneisenau*, II, p. 616. — Voir
ibid., II, p. 602. — Voir le rapport d'un adjudant français fait prisonnier et
relaché. FOUCART, *Bautzen*, p. 50. — HÄUSSER, IV, p. 152.
4. LEHMANN, *Scharnhorst*, II, p. 618. — PERTZ, *Gneisenau*, II, pp. 590, 594.
5. PERTZ, *Gneisenau*, II, pp. 598, 600. — Gneisenau envoie Müffling à Prague
pour lui demander conseil. MÜFFLING, *Aus meinem Leben*, p. 25.
6. LEHMANN, *Scharnhorst*, II, p. 627.
7. LEHMANN, *Scharnhorst*, II, pp. 627, 628. — DROYSEN, *Yorck*, II, p. 66. — Scharnhorst à Gneisenau, 7 mai. PERTZ, *Gneisenau*, II, p. 600.
8. LEHMANN, *Scharnhorst*, II, p. 634. — BERNHARDI, *Toll*, III, p. 134. — PERTZ,
Gneisenau, III, p. 125. — MÜFFLING, *Aus meinem Leben*, p. 33.

avaient mis en application. Dégager l'art de la guerre des conventions artificielles et pédantesques de la « guerre de positions », savoir discerner le vrai but, reconnaître la force de l'ennemi, se diriger sur elle, la briser et tout subordonner à ce résultat, ne point s'emprisonner d'avance dans les programmes arrêtés, dans les positions étudiées, ne pas chercher à voiler, par un formalisme puéril, l'incapacité d'action, suivre les événements, arrêter d'après eux ses résolutions, c'étaient là quelques règles de conduite très simples, quoique bien souvent et bien longtemps méconnues. Elles s'étaient imposées aux armées révolutionnaires par ce fait même qu'elles dédaignaient toute tradition et toute formule conventionnelle. La nécessité de vaincre les avait amenées à chercher le succès dans les seules voies où il pût se rencontrer. L'énergie morale qui les animait avait nécessairement affranchi leurs méthodes de guerre du formalisme traditionnel qui les eût paralysées.

Ce que les armées révolutionnaires, ce que Napoléon, après elles, avaient mis en pratique, les Prussiens n'ont pas tardé à le formuler, pour leur propre compte, en doctrine. Dans un mémoire du 4 février 1813, Scharnhorst écrit : « Les armées vont là où l'ennemi a disposé ses forces ». Au début de 1813 encore, il écrit à un de ses jeunes officiers : « Croyez bien que le but n'est pas de gagner un lambeau de territoire, mais de battre l'ennemi ». Critiquant le programme de Wittgenstein, qui arrêtait méticuleusement par avance les positions de l'armée, il l'écartait d'un mot, disant « que la marche de l'ennemi les changerait et les déterminerait » ; et, sur son lit de mort encore, il essayait de persuader l'aide de camp favori du roi, Knesebeck, et de « déraciner chez lui la croyance superstitieuse à la puissance souveraine des hauteurs et des cours d'eau [1] ».

Et ces formules simples, qui résumaient la théorie moderne de la guerre, indiquaient que les Prussiens s'étaient assimilé la révolution accomplie depuis vingt années. Ils en avaient dégagé la doctrine, et depuis, avec une étonnante persévérance, ils l'ont maintenue, de Scharnhorst [2] à Clausewitz et de Clausewitz à de Moltke.

Ce serait toutefois une erreur de croire que les chefs militaires prussiens de 1813 aient été purement des théoriciens et des doc-

---

1. Lehmann, *Scharnhorst*, II, pp. 570, 591, 611, 628.
2. Voir, sur Scharnhorst, Blücher, Clausewitz et Gneisenau, Delbrück, *Gneisenau*, I, p. 308.

trinaires. Les idées les plus justes ne pèsent sur la réalité que lorsqu'il se trouve des volontés pour les appliquer. Et Scharnhorst en
particulier, malgré les apparences, qui ont trompé même beaucoup
de ses contemporains, n'était rien moins qu'un doctrinaire[1]. Il n'était
point seulement l'organisateur, le théoricien philosophe que son
allure méditative semblait indiquer. Il avait une âme de soldat. Le
21 mai, de Znaïm, dans une lettre qui ressemblait à un testament,
il écrivait[2] à sa fille : « Si je pouvais avoir le commandement en
chef, ce serait un grand bonheur pour moi ; et je me crois, de toutes
façons, capable de l'exercer ; mais, comme cela est impossible, tout
le reste m'est égal : je trouverai toujours bien ma place sur le champ
de bataille. Les distinctions me sont indifférentes ; comme je n'ob-
tiens pas celle que je mérite, les autres sont une offense pour moi.
Je me mépriserais si je pensais autrement. Je donnerais les sept
ordres et ma vie pour exercer pendant une seule journée le commandement en chef. »

Il avait dû s'effacer. Lui-même avait conseillé de faire toutes les
concessions aux Russes. Malgré son ancienneté — il avait cinquante-
sept ans, — malgré son titre d'ancien ministre, il n'avait été, auprès
de son ancien général, auprès de Blücher, que le chef d'état-major
d'un corps d'armée[3]. Il dut se contenter de la conscience intime
d'avoir été l'un des premiers ouvriers du succès. Seuls, ceux-là qui
avaient été ses collaborateurs les plus directs avaient pu mesurer
la portée de son action. Lorsqu'il mourut, Schlichtegroll écrivit,
dans la notice que les patriotes firent rédiger, qu'un très petit
nombre avait rendu justice à Scharnhorst. Le bureau du chancelier,
plus diplomatique, corrigea la phrase et écrivit que « les mérites
de Scharnhorst avaient été unanimement sentis et appréciés ».
Mais Gneisenau protesta contre cette correction et déclara que, si
elle était maintenue, il supprimerait la notice. « Non », dit-il, « le
mérite de Scharnhorst n'a pas été unanimement senti et apprécié. Et
s'il a été méconnu, pourquoi ne pas le dire? C'est le propre des
grands hommes d'avoir leurs amis et leurs détracteurs ; et c'est leur
grandeur de ne pas chercher à plaire à tout le monde[4]. »

1. Voir les notes sur Scharnhorst, remises à Napoléon et trouvées dans sa
voiture à Waterloo : « Scharnhorst, ancien professeur de mathématiques,
pédant allemand », d'après Pertz, *Gneisenau*, II, p. 524.
2. Lehmann, *Scharnhorst*, II, pp. 572, 631.
3. Lehmann, *Scharnhorst*, II, pp. 572, 577, 584.
4. Delbrück, *Gneisenau*, I, p. 308.

Mais l'action de Scharnhorst, pour être moins apparente, n'en avait pas été moins profonde. Son influence allait bien au delà de ses fonctions. Elle semble avoir maîtrisé complètement Frédéric-Guillaume; elle s'est exercée dans les conseils des souverains[1]. Il paraît surtout avoir dirigé le choix des chefs auxquels furent confiés les corps prussiens[2], fait écarter les vieux généraux, poussé Blücher au premier plan[3]. « J'agis en despote », écrivait-il[4] à Gneisenau qui devait lui succéder, « et je prends bien des responsabilités; mais je crois être fait pour cela. » Et, de fait, autour de lui, avait commencé à se former, dans ces premières semaines, ce qui devint plus tard l'état-major de l'armée silésienne[5]. Singulier mélange d'ardeur passionnée d'action et d'exubérance romantique, de bon sens judicieux et d'imagination débordante. Gneisenau, qui allait prendre la succession de Scharnhorst[6], sans le remplacer complètement[7], en est demeuré par son audace passionnée, irrépressible, mais maîtresse d'elle-même et imperturbable, le meilleur type[8] : le chef lui-même, Blücher[9], fougueux, grossier et rusé tout à la fois; puis tous les patriotes qui avaient abandonné si facilement la Prusse pour aller n'importe où combattre « le tyran » : Grolman, l'ancien membre des commissions de réorganisation, qui s'était engagé en Espagne et dont le roi n'avait voulu faire qu'un major; Oppen, qui revenait aussi d'un exode dans les armées espagnoles; Röder, qui avait refusé de suivre en Courlande le contingent prussien; et enfin celui qui était le plus près du cœur de Scharnhorst, celui qui venait de jouer

---

1. LEHMANN, *Scharnhorst*, II, pp. 566, 572; — mais au milieu d'incessantes résistances; voir ses plaintes, *ibid.*, II, p. 585.
2. LEHMANN, *Scharnhorst*, II, pp. 572, 622.
3. WIGGER, *Feldmarschall Fürst Blücher von Wahlstatt*, p. 80. — LEHMANN, *Scharnhorst*, II, p. 572. — HÄUSSER, IV, p. 107. — Voir la scène avec le roi à ce sujet, racontée par Gneisenau. PERTZ, *Gneisenau*, II, p. 530.
4. PERTZ, *Gneisenau*, II, p. 544. — Scharnhorst à Röder à la fin de mars, *ibid.*, II, p. 620.
5. On appelait déjà l'entourage de Scharnhorst: l'état-major silésien; la plupart des officiers venaient de Breslau. LEHMANN, *Scharnhorst*, II, p. 600.
6. PERTZ, *Gneisenau*, II, p. 603.
7. Voir Blücher et Gneisenau sur Scharnhorst. DELBRÜCK, *Gneisenau*, I, p. 306.
8. Voir la critique de Gneisenau par MÜFFLING, *Aus meinem Leben*, p. 34. — Voir les dissentiments de Gneisenau avec Hardenberg, lors de l'entrée en Saxe, au sujet des proclamations. PERTZ, *Gneisenau*, II, p. 543.
9. LEHMANN, *Scharnhorst*, II, pp. 575, 598. — « Mon vieux Blücher est un brave homme », écrit Scharnhorst, le soir de la bataille de Lützen; « j'ai tout fait pour lui; car il ne sait pas le premier mot de la conduite de l'armée; mais avec son bon esprit et son ardeur (*mit einem guten Geiste*), il est toujours à sa place ». DELBRÜCK, *Gneisenau*, I, p. 306.

un rôle si décisif lors de la capitulation de Tauroggen, un rôle si important aux États de Königsberg : Clausewitz. A celui-là, Frédéric-Guillaume n'avait pas voulu pardonner son exode dans les rangs de l'armée russe. Il avait, avec peine, consenti à interrompre le procès de confiscation dirigé contre lui. Mais, ne pouvant l'avoir sous « l'habit bleu », Scharnhorst avait voulu l'avoir sous « l'habit vert ». Il avait obtenu qu'il fût détaché, comme officier russe, au quartier général de Blücher [1].

Il fallut bien, malgré tout l'effort que les coalisés avaient fait pour se persuader à eux-mêmes et pour persuader à l'Europe qu'ils n'étaient point vaincus, il fallut bien reculer [2]. Napoléon était le plus fort. De plus en plus pressés, les alliés ne purent défendre ni la Mulde, ni l'Elbe ; ils reculèrent presque jusqu'à l'Oder. Dans les jours qui suivirent Lützen, Gneisenau prévoyait même que l'état-major russe n'oserait pas livrer une seconde bataille [3]. Il mettait tout au pis et invitait Hardenberg à ne pas se décourager. « Vous voyez », lui disait-il [4], « j'ai accumulé les hypothèses défavorables, et, malgré tout, j'arrive encore à reconstruire (*herausconstruiren*) un résultat heureux, pourvu que l'on soit ferme. »

Il ne fallait pas moins que la foi robuste des patriotes pour croire encore au succès. L'Allemagne, tout agitée qu'elle était, retombait sous le joug. La Saxe, hésitante jusqu'à Lützen, suivait le parti du plus fort, et s'associait de nouveau à la France. Le général saxon Thielmann, qui tenait Torgau, affilié à la conspiration patriotique, n'avait pas osé, malgré les excitations des patriotes prussiens, agir contre la volonté de son roi. Sur l'ordre du roi de Saxe, il avait remis Torgau aux Français, et avait quitté le service saxon. Il déclarait lui-même « qu'il n'était pas un Yorck », et livrait ainsi, dans l'analogie

---

1. LEHMANN, *Scharnhorst*, II, pp. 598, 599, 600, 603. — SCHWARTZ, *Leben des Generals Carl von Clausewitz*, II, p. 77. — PERTZ, *Gneisenau*, III, p. 17.
2. LEHMANN, *Scharnhorst*, II, p. 618. — Voir notamment la lettre de Gneisenau au chancelier, qui est non point découragée, mais très pessimiste. DELBRÜCK, *Gneisenau*, I, p. 310. — DROYSEN, *Yorck*, II, p. 64.
3. Gneisenau au roi, le 11 mai. HAÜSSER, IV, p. 139. — DELBRÜCK, *Gneisenau*, I, p. 310. — Gneisenau à Hardenberg, le 11 mai. PERTZ, *Gneisenau*, II, p. 610. — Knesebeck à Scharnhorst, le 16 mai. DROYSEN, *Yorck*, II, p. 69.
4. Gneisenau à Hardenberg, le 11 mai. PERTZ, *Gneisenau*, II, p. 611. — DELBRÜCK, *Gneisenau*, I, p. 311. — Voir encore le gouvernement militaire de Berlin, le 25 mai. *Geschichte der Organisation der Landwehr in der Kurmark*, etc., p. 95.

des situations, par la différence des résolutions, le secret des ressorts moraux qui assuraient, à la Prusse et aux Prussiens, un rôle à part dans l'histoire nationale de l'Allemagne.

L'on pouvait même croire, après Lützen, que la capitale de la Prusse allait tomber au pouvoir des Français. Bülow couvrait Berlin avec ses troupes à peine organisées [1], manœuvrant comme il pouvait avec ses ressources limitées, subissant, dans les reproches qu'on lui adressait, dans l'impopularité dont il était atteint, le poids des inquiétudes qui agitaient les habitants de la capitale prussienne [2].

Napoléon avait songé, aussitôt après Lützen, à détacher Ney, dans une pointe dirigée sur Berlin, sur le cœur de la monarchie prussienne. Peut-être espérait-il, par là, déterminer les Prussiens à courir au secours de leurs foyers menacés, les séparer des Russes. Les Prussiens n'avaient point cédé à la tentation. Ils demeuraient au seuil de la Silésie [3], groupés avec les Russes, se tenant au contact de l'Autriche, dont le concours, de plus en plus probable, devenait leur seule chance de salut. Ney avait bientôt abandonné sa tentative [4] et rejoint l'armée principale à l'heure même où se livrait la bataille de Bautzen. Il avait rencontré et repoussé, dans sa route, Barclay de Tolly et le corps prussien d'Yorck que les coalisés avaient assez inutilement détachés au-devant de lui à Königswartha et à Weissig.

Le combat d'Yorck à Weissig est un des épisodes sur lesquels le patriotisme prussien s'est le plus complaisamment arrêté [5]. Non point qu'il ait été pour les Prussiens un succès. Mais parce qu'ils y retrouvent, comme à Lützen, et dans la défaite même, jusque dans le chiffre des pertes éprouvées, les premiers témoignages d'une valeur militaire et d'un ressort moral sur lesquels les événements de 1806 leur avaient visiblement inspiré à eux-mêmes plus d'un doute.

---

1. Voir les ordres donnés à Bülow par Wittgenstein. *Geschichte der Organisation der Landwehr in der Kurmark*, etc., p. 83.

2. [Prittwitz], II, pp. 122, 123, 146.

3. Häusser, IV, p. 139. — Delbrück, *Gneisenau*, I, p. 305. — Pertz, *Gneisenau*, II, p. 617.

4. C'est seulement le 19, au matin, que Victor reçoit à Sonnenwalda l'ordre de différer le mouvement sur Berlin. Foucart, *Bautzen*, p. 275.

5. Droysen, *Yorck*, II, pp. 71, 74, 78. — *Beiheft zum Militair-Wochenblatt*, 1847, p. 41. — Delbrück, *Gneisenau*, I, p. 312. — Häusser, IV, p. 142. — Pertz, *Gneisenau*, II, p. 617. — Bernhardi, *Toll*, II, p. 473. — *Bulletin de la Grande Armée du 20 mars.* — Foucart, *Bautzen*, p. 277. — Voir le rapport sommaire de Ney sur le combat de Weissig, *ibid.*, p. 274, — et le rapport de Lauriston, *ibid.*, pp. 303, 304. — Le V⁰ corps évaluait ses pertes à 1600 hommes, *ibid.*, p. 308.

Ce fut le 18, à neuf heures du soir, que Yorck reçut l'ordre de quitter la position que les coalisés avaient prise à Bautzen et de se diriger au-devant de Ney. Un premier contre-ordre, symptôme des flottements du quartier général, le rappela; un autre le remit en mouvement. Il marcha toute la nuit du 18 au 19, et le 19 jusqu'au milieu de la journée. Le 19, à trois heures, au moment où ses troupes allaient prendre quelque repos, les ordres de Barclay de Tolly l'engagèrent à Weissig, le rappelèrent en arrière, l'engagèrent de nouveau. Il soutint, durant toute l'après-midi du 19, et jusque dans la nuit, une lutte acharnée contre le corps de Lauriston; il dut battre en retraite, après avoir perdu 1500 hommes sur 5700[1]. Il marcha encore toute la nuit, toute la journée du 20. Il ne fut de retour sur le champ de bataille de Bautzen, que le premier jour de la bataille, le 20 mai à 5 heures du soir. Ses troupes avaient marché et combattu, presque sans repos, pendant deux nuits, pendant près de quarante-huit heures[2]. Elles arrivèrent pour prendre part à la lutte décisive du second jour.

Malgré tout, malgré les prévisions pessimistes de Gneisenau, le quartier général des souverains n'avait pu se résoudre à évacuer la Silésie sans tenter un nouvel effort. Ç'eût été infliger une déception trop vive à l'exaltation des patriotes. Ç'eût été, après les proclamations retentissantes du début, après les chants de triomphe qui avaient suivi Lützen, une conclusion trop dérisoire que d'évacuer, en trois semaines et presque entièrement, le territoire de la Prusse et de l'Allemagne. Mais Bautzen n'est point sorti, comme Lützen, d'une offensive de la coalition. Ce fut tout ce que put faire, cette fois, son énergie déjà atteinte que d'attendre le choc de Napoléon[3]. Le 20, s'engagea la bataille, qui devait durer deux jours. Les Prussiens n'y ont plus joué le rôle prépondérant qu'ils avaient tenu dans la lutte de Lützen. Les pertes qu'ils avaient subies depuis le début de la campagne avaient porté à leurs faibles effectifs une atteinte très sensible. Malgré le rappel des troupes de Kleist, qui étaient

1. HÄUSSER, IV, pp. 143, 144. — DROYSEN, *Yorck*, II, pp. 71, 74. — PLOTHO, I, p. 152.
2. DROYSEN, *Yorck*, II, p. 85. — HÄUSSER, IV, p. 144.
3. Voir les lettres de Gneisenau au chancelier. DELBRÜCK, *Gneisenau*, I, pp. 310, 312, — Gneisenau et Blücher pour l'offensive, *ibid.*, I, p. 312. — Lettre du 17 mai, adressée à Bülow, où Wittgenstein annonce l'intention de prendre l'offensive. [PRITTWITZ], II, p. 159. — PLOTHO, I, p. 159.

venues rejoindre le gros de l'armée, malgré l'arrivée de quelques
bataillons de réserve qui avaient aidé à reconstituer le corps de
Blücher et le corps de Yorck [1], .ils n'étaient que 28 000 sur les
90 000 hommes que les coalisés rassemblaient à Bautzen. Napoléon
les attaquait avec 170 000 hommes [2].

C'était un nouveau symptôme d'une transformation dans l'état
moral de l'Europe que les coalisés se fussent résolus, dans ces conditions, à livrer une seconde bataille [3]. Il semblait qu'ils n'eussent
point intérêt à précipiter les événements. Leurs réserves et leurs
ressources, moins épuisées que celles de Napoléon, se développaient
plus que les siennes, et plus, en temporisant et en reculant, ils
entraînaient les Français vers la frontière russe, plus ils affaiblis-
saient l'Empereur par l'extension de sa base d'opérations. Il semble
donc qu'ils eussent tout intérêt à se dérober [4]. Cependant, ils se sont
décidés, malgré ces considérations, malgré leur infériorité numérique, malgré le désavantage de la position, à accepter, à Bautzen,
une nouvelle lutte [5]. C'est qu'à cette heure indécise où la supré-

1. Scharnhorst à Gneisenau. PERTZ, *Gneisenau*, II, p. 600.
2. FOUCART, *Bautzen*, pp. x, xi. — DROYSEN, *Yorck*, II, p. 69. — HÄUSSER, IV,
pp. 141, 143, dit 80 000 alliés contre 130 000 Français. — DELBRÜCK dit 90 000 alliés
contre 150 000 Français. DELBRÜCK, *Gneisenau*, I, p. 312. — PERTZ, *Gneisenau*,
II, p. 718, dit 29 000 Prussiens, 55 000 Russes et 170 000 Français, dont 106 000
avec Napoléon et 64 000 avec Ney. — BERNHARDI, *Toll*, II, p. 472, dit 68 000 Russes
et Prussiens et, avec Barclay, 82 852 hommes du côté des coalisés, *ibid.*, II,
p. 473, — contre 130 000 Français, *ibid.*, II, p. 473, — et encore, *ibid.*, II, p. 474,
79 000 hommes du côté des coalisés. — Du côté des Français, il semble qu'on
évaluait les alliés à 150 ou 160 000 hommes. Mais ils étaient loin de ce chiffre.
FOUCART, *Bautzen*, p. 276. — D'ODELEBEN dit 180 000 Français contre 150 000 coalisés. D'ODELEBEN, *Relation circonstanciée de la campagne de 1813 en Saxe*, I,
p. 95. — TREITSCHKE dit 170 000 Français contre 80 000 coalisés. TREITSCHKE, I,
p. 459. — MICHAÏLOFSKY-DANILEFSKY, *Denkwürdigkeiten*, p. 87, dit 96 000 coalisés,
68 000 Russes, 28 000 Prussiens. — PLOTHO, *Beilagen*, I, p. 125, dit 68 000 Russes,
28 000 Prussiens et 148 000 Français, — *ibid.*, I, p. 160. — CLAUSEWITZ, VII, p. 285,
dit 80 000 coalisés et 120 000 Français. — *Mémoires du* DUC DE RAGUSE, V, p. 108.
— THIERS, XV, p. 444.
3. Voir, sur l'état des esprits dans l'armée coalisée, deux lettres de Wittgenstein à Bülow, des 16 et 18 mai. [PRITTWITZ], II, p. 159.
4. Gneisenau, le 11 mai. HÄUSSER, IV, p. 139.
5. Voir Gneisenau sur ce point. DELBRÜCK, *Gneisenau*, I, p. 310. — PERTZ, *Gneisenau*, II, p. 610. — Le 13 mai, il ne paraît pas encore assuré que la seconde
bataille soit livrée, *ibid.*, II, p. 612. — Voir la conférence entre Hippel, envoyé par
le chancelier, Clausewitz et Gneisenau, où ils se prononcent pour une nouvelle
bataille. DELBRÜCK, *Gneisenau*, p. 311. — Knesebeck pour la retraite, *ibid.* — Voir
Gneisenau au chancelier, le 14 mai. PERTZ, *Gneisenau*, II, p. 614. — Voir Hardenberg à Gneisenau, *ibid.*, II, p. 615. — Voir encore HÄUSSER, IV, p. 140. — Après
la première journée du 20, on discute encore l'éventualité d'une retraite. PERTZ,
Gneisenau, II, p. 621. — HÄUSSER, IV, p. 147. — D'après BERNHARDI, « *les officiers*

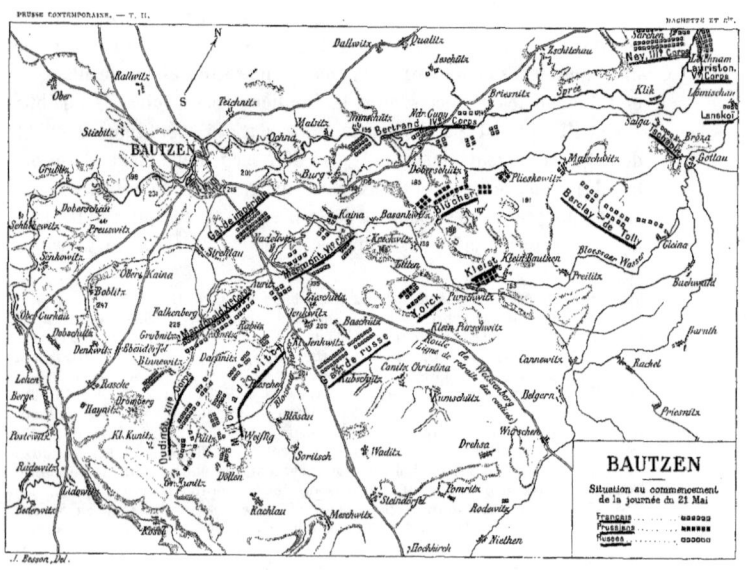

BAUTZEN

Situation au commencement
de la journée du 21 Mai

Français .... ▨▨▨▨▨
Prussiens .... ▨▨▨▨▨
Russes .... ▨▨▨▨▨

J. Bresson, Del.

matie passait d'un camp dans l'autre, les alliés tenaient surtout à
donner aux éléments qui luttaient pour eux, ou qui hésitaient à
les joindre [1], l'impression morale d'une résolution indomptable.
Devant une puissance comme celle de l'Empereur, devant une
domination dont l'assise demeurait encore aussi forte, l'Europe
anti-napoléonienne, si elle ne pouvait attendre sa revanche de
faciles succès, voulait du moins prouver qu'elle saurait l'assurer,
cette fois, par l'énergie avec laquelle elle supporterait les revers [2].

Les alliés qui s'étaient retirés sous la protection du corps russe de
Miloradowitsch s'étaient, depuis le 14 mai, fortifiés en arrière de
Bautzen. Leurs avant-postes occupaient toute la ligne de la Sprée,
de Klix jusqu'à Doberschau en passant par Bautzen. Le gros de
leurs troupes s'étaient établies sur une ligne de hauteurs, situées
en arrière du coude que forme la Sprée pour passer à Bautzen.
Les Prussiens de Kleist, de Yorck et de Blücher occupaient la
droite et une partie du centre sur les hauteurs [3] qui s'étendent de
Pliesskowitz à Kreckwitz, entre la Sprée et le petit ruisseau parallèle
à la Sprée qui s'appelle le Bloessaer Wasser. Les Russes de Miloradowitsch occupaient la région plus montagneuse qui s'étend de
Kreckwitz et Litten jusqu'à Klein-Kunitz. Enfin, le petit corps
russe de Barclay de Tolly [4] se trouvait en retour à l'extrême droite
de Malschwitz à Gleina, faisant face à la direction de Klix d'où devait
déboucher l'armée de Ney. La garde russe était en retour un peu
en arrière du centre, à Baschütz.

C'était le plan de Napoléon d'occuper et de fixer les alliés
en les attaquant sur leur front depuis l'extrémité gauche de leur
ligne jusqu'à Pliesskowitz. Et cependant Ney, débouchant de Klix,
devait, avec son armée, s'emparer de Preititz, repousser devant lui

prussiens dirigeants » et le roi de Prusse auraient été contre la bataille. C'est
Alexandre qui s'y serait résolu. BERNHARDI, *Toll*, II, p. 481. — HÄUSSER, IV, p. 140.
— CASTLEREAGH, *Letters and dispatches*, III° Série, I, p. 11.

1. WAGNER, *Recueil des plans de combats et de batailles*, II, pp. 1, 25. —
CASTLEREAGH, *Letters and despatches*, III° Série, I, p. 11. — HÄUSSER, IV, p. 147.
— BERNHARDI, *Toll*, II, pp. 472, 492. — PERTZ, *Gneisenau*, II, p. 612.

2. Gneisenau à Hardenberg. DELBRÜCK, *Gneisenau*, I, p. 309. — Voir la conférence entre Hippel, Clausewitz et Gneisenau, *ibid.*, I, p. 311. — PERTZ, *Gneisenau*, II, p. 615. — Hardenberg à Gneisenau, *ibid.*, II, p. 614, — et l'entrevue
de Hardenberg et de Gneisenau, le 16 mai, *ibid.*, II, p. 615.

3. Voir, sur le rôle historique des hauteurs de Kreckwitz, PLOTHO, I, p. 142.

4. Voir sur les effectifs vrais du corps de Barclay. Avait-il 5 000 ou 15 000 hommes
et Wittgenstein avait-il trompé l'empereur Alexandre sur l'importance du corps
de Barclay? PERTZ, *Gneisenau*, II, pp. 620, 621, 676.

le faible corps de Barclay de Tolly, et, s'étendant sur sa gauche, fermer la retraite à l'armée coalisée qui se serait trouvée ainsi exposée à un complet désastre.

Dès le 20, la lutte s'était engagée; et l'armée française, attaquant partout l'ennemi, avait repoussé de toutes parts ses troupes de première ligne, avait passé sur la rive droite de la Sprée, et avait rejeté les Russes[1] et les Prussiens sur les positions dont le front s'étendait comme nous venons de le dire de Pliesskowitz à Klein-Kunitz.

Ce fut le 21 que la lutte décisive s'engagea[2]. Dès le matin, le corps d'Oudinot, le XIIe, avait poussé très vivement devant lui les Russes de Miloradowitsch qui formaient la gauche des coalisés. L'empereur Alexandre, inquiet des progrès du XIIe corps, avait successivement détaché de ce côté, la plus grande partie de ses réserves. Dès midi, les troupes d'Oudinot avaient dû reculer, tout en faisant bonne contenance; leur chef adressait appel sur appel à l'Empereur; mais celui-ci, qui n'avait pas l'habitude de renseigner plus que de raison ses lieutenants, ne répondit même pas au premier appel d'Oudinot et lui fit dire, la seconde fois, que « la bataille serait gagnée à trois heures, et que d'ici là il tînt comme il pouvait[3] ».

Tandis que les Russes, se méprenant sur les intentions réelles de Napoléon[4], prenaient ainsi à leur gauche une offensive qui remplissait Alexandre d'orgueil, portaient de ce côté tout leur effort et la plus grande partie de leurs réserves, l'Empereur avait attendu davantage au centre pour attaquer les Prussiens qui occupaient les hauteurs de Kreckwitz. Il avait voulu laisser à l'armée de Ney le temps

---

1. BERNHARDI, *Toll*, II, p. 474, semble indiquer que Miloradowitsch abandonne Bautzen, le 20, sans grande défense, de dépit d'être subordonné à Wittgenstein. — HÄUSSER, IV, p. 147. — *Tagebuch des Prinzen* EUGEN VON WÜRTEMBERG (*Beiheft zum Militair-Wochenblatt*, juillet 1855), p. 15. — HENCKEL VON DONNERSMARK, *Erinnerungen*, p. 194. — Les combats du 20 ne furent pas très sanglants. Voir les souvenirs du colonel de Montfort, datés de Bautzen, le 20 mai. FOUCART, *Bautzen*, pp. 293, 297. — Sauf la résistance que Kleist oppose au VIe corps de Marmont. *Mémoires du* DUC DE RAGUSE, V, p. 105. — FOUCART, *Bautzen*, pp. 200, 201. — HÄUSSER, IV, p. 146. — PLOTHO, I, pp. 161, 162. — PLOTHO donne pour les pertes du premier jour 1 500 Russes, 500 Prussiens et 10 000 Français; mais ces chiffres sont tout à fait invraisemblables. PLOTHO, I, p. 163.

2. Voir les illusions de Gneisenau, dans son billet au chancelier, daté de Kreckwitz, le 21 au matin, avant l'attaque. PERTZ, *Gneisenau*, II, p. 622.

3. Voir, MÄNDLER, *Erinnerungen*, p. 3, l'effet produit par ce message sur les troupes bavaroises du XIIe corps. — HÄUSSER, IV, p. 148.

4. DROYSEN, *Yorck*, II, p. 87. — BERNHARDI, *Toll*, II, p. 475.

de déboucher de Klix et de rejeter le corps de Barclay de Tolly [1].

Mais Ney ne remplissait que très incomplètement les intentions de l'Empereur; une grande partie de ses troupes étaient encore fort éloignées; il avait mis en marche, dès cinq heures du matin, le Ve corps, celui de Lauriston, et le IIIe, qu'il commandait lui-même. Il avait dirigé, non sans quelque confusion [2], deux des divisions du Ve corps sur Baruth, et lui-même, attaquant de front, avec le IIIe corps et la division Maisons du Ve, la position de Barclay de Tolly, avait pénétré jusqu'à Preititz. Mais cette opération, qui eût dû être menée avec rapidité et décision, portait, malgré la grande supériorité numérique de Ney, la trace d'hésitations manifestes [3], qui ne lui permirent pas de donner les résultats que l'Empereur en attendait.

Alexandre, de son côté, ne s'était point rendu compte de l'importance décisive de l'opération de Ney. Mal renseigné, semble-t-il, sur la faiblesse des effectifs de Barclay de Tolly [4], et dégarni de la presque totalité de ses réserves, qu'il avait successivement envoyées à l'appui de Miloradowitsch à l'aile gauche, il laissait, sans y faire face, s'accomplir les événements décisifs à la droite des alliés [5].

Ce fut seulement vers onze heures, lorsque le Ve corps eut accusé son mouvement sur Baruth, et lorsque, malgré l'énergique résistance [6] des 9 000 hommes de Barclay de Tolly, la division Souham, du corps de Ney, eut enlevé Preititz, qu'Alexandre comprit. Il vit les derrières

1. Voir l'ordre à Ney, du 21, à 8 h. du matin. FOUCART, *Bautzen*, p. 315.
2. Voir le rapport de Ney, FOUCART, *Bautzen*, p. 328, — et le rapport de Lauriston, *ibid.*, pp. 331, 332.
3. Voir le rapport de Ney, FOUCART, *Bautzen*, p. 329. — Voir les critiques de quelques écrivains militaires contre Napoléon, pour n'avoir pas mieux dirigé l'action de Ney. MICHAÏLOFSKY-DANILEFSKY, p. 89.
4. Voir sa demande et la réponse de Wittgenstein. MÜFFLING, *Aus meinem Leben*, p. 37. — DROYSEN, *Yorck*, II, p. 87. — PERTZ, *Gneisenau*, II, pp. 621, 676, — la mission de Müffling auprès de Barclay, qui lui découvre qu'il n'a que 5 000 hommes, *ibid.*, II, p. 623. — La plus grande incertitude règne sur ce qu'ont été réellement les effectifs de Barclay. BERNHARDI, *Toll*, II, p. 475 dit : avec à peine 10 000 h., en réalité avec 6 000.
5. BERNHARDI, *Toll*, II, p. 475. — Müffling veut avoir prévenu Alexandre dès le matin. MÜFFLING, *Aus meinem Leben*, p. 37. — Wittgenstein et d'Auvray paraissent avoir discerné seuls les intentions de Napoléon d'après MICHAÏLOFSKY-DANILEFSKY, *Denkwürdigkeiten*, p. 87. — Gneisenau écrit, le 15 mai, qu'il a essayé d'éclairer d'Auvray sur ce point et n'a pu y réussir. HÄUSSER, IV, p. 149.
6. Voir sur ce point les divergences d'appréciation entre Russes et Prussiens. Blücher, dans son rapport, parait critiquer indirectement la retraite de Barclay. DROYSEN, *Yorck*, II, p. 90. — MÜFFLING, *Aus meinem Leben*, pp. 37, 40. — Les Russes, au contraire, attribuent à la fermeté de Barclay le succès incomplet du plan de Napoléon. MICHAÏLOFSKY-DANILEFSKY, *Denkwürdigkeiten*, p. 88.

de l'armée coupés et sa ligne de retraite menacée par l'offensive de Ney, et s'inquiéta sérieusement de ce qui se passait à l'aile droite.

Les Prussiens cependant étaient groupés sur les hauteurs de Kreckwitz : Yorck, avec ses 9 000 hommes, à Litten ; Blücher, avec ses 17 000 hommes, à Doberschütz et à Pliesskowitz ; Kleist en réserve avec 5 000 hommes, à Purschwitz. Leurs positions étaient garnies de redoutes et très fortement retranchées [1]. Ils n'avaient point été attaqués par les troupes du IV° et du VI° corps, et par la garde qu'ils voyaient en face d'eux sur les hauteurs de Bautzen, et ils étaient demeurés dans l'inaction, lorsque, vers onze heures, ils se sentirent directement menacés par l'attaque de Ney, qui venait de pénétrer jusqu'à Preititz, sur leurs derrières.

Il plane sur les incidents qui se sont produits alors, sur les hauteurs de Kreckwitz, entre les chefs prussiens, quelque incertitude. D'après le récit de Müffling [2], un des officiers de l'état-major de Blücher, récit dont s'est inspiré Thiers, et qui depuis a été très contesté par les Prussiens [3], Blücher et Gneisenau auraient eu quelque peine à comprendre l'impossibilité où se trouvait Barclay de Tolly de résister avec son faible corps à l'armée de Ney.

Müffling, envoyé de bonne heure en mission auprès de Barclay de Tolly, ayant constaté *de visu* la faiblesse inattendue de ses effectifs et l'impossibilité où il se trouvait de résister, convaincu que dès lors la position de Blücher sur les hauteurs de Kreckwitz était intenable, serait venu rendre compte [4] de sa mission à Blücher et à Gneisenau ; il les aurait trouvés fort occupés à tenir des discours enflammés aux troupes prussiennes, les entraînant à défendre ce qu'ils appelaient « les Thermopyles de la Prusse », et fort incrédules aux récits de Müffling [5].

Il fallut bien cependant, lorsque Preititz eut été pris, se rendre

1. FOUCART, *Bautzen*, I, pp. 276-293. — Voir, sur ce point, la querelle entre Russes et Prussiens. MÜFFLING, *Aus meinem Leben*, p. 36.

2. MÜFFLING, *Aus meinem Leben*, p. 37.

3. HÄUSSER, IV, p. 150. — Voir, sur l'insécurité des récits de Müffling qui auraient été inspirés par Knesebeck, LEHMANN, *Knesebeck und Schön*, pp. 10, 43.

4. D'après son récit, il aurait conseillé la retraite immédiate ; ou, tout au moins, il reproche à Gneisenau de n'en avoir pas compris la nécessité. Il reconnaît cependant les résultats de la résistance prolongée de Blücher. Il y a donc, dans son récit, quelque contradiction. MÜFFLING, *Aus meinem Leben*, pp. 37-43. — Voir la polémique. PERTZ, *Gneisenau*, II, pp. 623, 624, 625.

5. MÜFFLING, *Aus meinem Leben*, pp. 37, 40, 41. — D'après DROYSEN, qui admet en grande partie le récit de Müffling, Blücher se serait aussitôt décidé, sur son rapport, à envoyer des renforts à Barclay. DROYSEN, *Yorck*, II, p. 38.

à l'évidence. Soit sur l'ordre direct d'Alexandre, soit sur les ordres de Blücher lui-même, les Prussiens durent détacher, à l'appui de Barclay, successivement les troupes de Kleist, puis trois bataillons de la brigade de réserve, la brigade de Röder, et enfin toute cette brigade [1]. Ces renforts tardifs déterminèrent Barclay à suspendre son mouvement de retraite [2], et comme, de son côté, Ney, fort hésitant [3], n'avait engagé à Preititz que la division Souham, les Prussiens réussirent à s'emparer de nouveau du village de Preititz.

Cependant Napoléon, jugeant le moment venu d'attaquer la position des Prussiens, fit ouvrir, vers midi [4], contre eux, un feu d'artillerie très vif par le VIe corps et, de deux à trois heures [5], dirigea son infanterie sur leur position. Une division de la jeune garde se porta sur Litten, occupé par le corps d'Yorck, et les troupes du IVe corps attaquèrent Pliesskowitz, Doberschütz, les hauteurs de Kreckwitz et le village même de Kreckwitz, occupés par le corps de Blücher.

C'était l'heure aussi où Ney poussait plus vigoureusement son offensive, reprenait, avec la division Delmas, le village de Preititz [6] et abordait par derrière, entre Malschwitz et Preititz, les hauteurs occupées par Blücher [7].

Entourés de trois côtés à la fois, fort affaiblis par les détachements qu'ils avaient dirigés sur Preititz et dont ils n'avaient pu reprendre qu'une part [8], les Prussiens ne pouvaient se maintenir [9].

Blücher demandait aux souverains quelque appui [10]; mais Alexandre,

1. La relation de la *Gazette de Breslau*, dont Gneisenau dit, dans sa lettre à Hardenberg, qu'elle ne contient que la vérité, dit aussi la brigade de Klüx; mais cela paraît douteux. Foucart, *Bautzen*, p. 313. — Voir le rapport de Gneisenau, signé par Blücher. Pertz, *Gneisenau*, III, p. 627.
2. Droysen, *Yorck*, II, p. 89. — Voir le rapport de Gneisenau. Pertz, *Gneisenau*, II, p. 627.
3. Müffling, *Aus meinem Leben*, p. 42.
4. Le bulletin du 24 mai dit onze heures; il semble qu'il faille en réalité compter midi. Foucart, *Bautzen*, pp. 311-316. — *Mémoires du duc de Raguse*, V, p. 107.
5. Le bulletin dit : Le duc de Dalmatie (sous les ordres duquel étaient Bertrand et le IVe corps) commença à déboucher à une heure. Le rapport de Bertrand dit deux heures. Foucart, *Bautzen*, p. 312. — L'attaque se dessine franchement à trois heures, *ibid.*, p. 317. — Voir le rapport de Bertrand et les pertes du IVe corps dans les journées du 19, du 20 et du 21, *ibid.*, p. 325. — Plotho, I, p. 168.
6. Non sans difficulté, voir le rapport de Ney. Foucart, *Bautzen*, p. 329.
7. Foucart, *Bautzen*, p. 330.
8. Voir le rapport de Gneisenau signé par Blücher. Pertz, *Gneisenau*, II, p. 627.
9. Voir la lettre de Gneisenau à Hardenberg, 22 mai. Pertz, *Gneisenau*, II, p. 629.
10. Pertz, *Gneisenau*, II, p. 626. — Bernhardi, *Toll*, II, p. 476. — Ici encore, se sont produits, à l'occasion de ces incidents, quelques discussions entre Russes et

qui avait détaché presque toutes ses réserves vers son aile gauche, ne
se résolut que tardivement[1] à envoyer à Blücher, la dernière brigade
de sa garde, celle du général Yermoloff[2]. Yermoloff arriva sur la
position des Prussiens pour trouver ceux-ci en train de l'évacuer;
et, sur le champ de bataille même, il échangea avec les Prussiens,
avec l'un des brigadiers de Yorck, avec Horn, des propos acerbes[3].

Blücher s'était aussi adressé au corps prussien de Yorck, qui
paraissait, à Litten, moins engagé que lui; mais Yorck avait tardé
beaucoup à répondre à l'appel de Blücher, et, lorsqu'il s'était décidé
à faire un mouvement pour le dégager, il était, lui aussi, arrivé
trop tard. Le mouvement de retraite de Blücher était déjà
commencé.

Il fallut s'avouer vaincus[4]. Le corps de Blücher avait offert à
l'attaque du IVᵉ corps une résistance sérieuse. Les brigades prussiennes du corps de Blücher, aussi bien que les divisions française
et wurtembergeoise du IVᵉ corps, éprouvèrent des pertes considérables[5]; mais Blücher, attaqué à partir de deux heures, avait cependant, dès quatre heures, abandonné « les Thermopyles de la Prusse ».
Gneisenau avait dû, non sans douleur, se résigner à la retraite[6].

Prussiens. Les batteries russes, qui appuyaient Blücher, avaient épuisé leurs
munitions dans le combat d'artillerie assez inefficace du matin. Elles s'en allèrent,
au moment décisif, les unes après les autres, n'ayant plus de munitions, et Blücher
réclama auprès d'Alexandre. BERNHARDI, *Toll*, II, p. 476. — Depuis, l'incident a
fait l'objet de discussions historiques. CLAUSEWITZ, VII, p. 297. — BOGDANOWITSCH,
Geschichte des Krieges im Jahre 1813, I, 2, p. 72. — Dans son rapport officiel,
Gneisenau paraît avoir à cœur d'éviter toute apparence de critique à ce sujet
contre l'artillerie russe. PERTZ, *Gneisenau*, II, p. 628.

1. MÜFFLING, *Aus meinem Leben*, p. 44. — Voir les instances du roi de Prusse
et le refus d'Alexandre. DROYSEN, *Yorck*, II, p. 90. — PERTZ, *Gneisenau*, II, p. 626.
— Dans son rapport officiel, Gneisenau évite encore toute apparence de critique
sur ce point, *ibid.*, II, p. 628.

2. DROYSEN, *Yorck*, II, p. 90.

3. DROYSEN, *Yorck*, II, p. 91.

4. Voir encore le ton de confiance de Wittgenstein écrivant à Bülow, le 25 mai,
[PRITTWITZ], II, p. 221.

5. Voir notamment les pertes de la brigade Klüx : 19 officiers et 1 057 hommes.
Rapport de Gneisenau. PERTZ, *Gneisenau*, II, p. 628.

6. « Il fallut prendre ces hauteurs, une à une, à la baïonnette ; depuis trois
heures et demie, elles furent plusieurs fois prises et reprises ; à la fin les Français, après avoir éprouvé une perte très considérable, en restèrent les maîtres.
Ce combat sanglant, le plus opiniâtre de la journée, se réduisit donc presque
uniquement à des charges à la baïonnette ; l'infanterie montait à l'assaut en
poussant des cris forcenés. » D'ODELEBEN, I, p. 93. — BERNHARDI, *Toll*, II, p. 476,
dit que Blücher tint sa position cinq heures ; mais il compte évidemment une
partie des premières heures de la journée où Blücher ne fut point attaqué
sérieusement. — TREITSCHKE, I, p. 460, dit un combat long et opiniâtre. Il est

Il était visible que l'énergie des Prussiens était atteinte [1].

L'abandon des hauteurs de Kreckwitz a fait de la part des Russes l'objet de récriminations assez vives. Alexandre lui-même blâmait vivement cette retraite [2]. Il avait voulu exercer le commandement en chef. Un des témoins de ces scènes a laissé un tableau assez vivant du quartier général des souverains pendant la bataille de Bautzen. Ils s'étaient établis entre Jenkwitz et Kubschütz, et Alexandre dirigeait les opérations lui-même, prenant conseil seulement de Diébitsch, le chef d'état-major de Wittgenstein; de Toll et surtout de Knesebeck, l'adjudant du roi de Prusse. Wittgenstein, qui avait, semble-t-il, indiqué, dès le matin, le danger que courait l'aile droite des alliés, était de fait dépossédé du commandement en chef. Il s'était assis sous un arbre, à quelque distance de l'Empereur, et s'était endormi, ou faisait mine de sommeiller ostensiblement, afin de bien indiquer, dit-on, qu'il n'avait aucune responsabilité dans ce qui se passait [3]. Lorsque la situation critique, dans laquelle l'attaque de Ney plaçait le centre, devint apparente, Knesebeck entreprit de démontrer à Alexandre la nécessité de « rompre le combat » [4]. Alexandre ne s'y résolut pas sans difficulté, ni surtout sans beaucoup de mauvaise humeur. Son parti pris, il se souvint de

muet sur les incidents des hauteurs de Kreckwitz. — D'après le bulletin, l'Empereur annonce à trois heures que la bataille est gagnée, et la retraite de l'ennemi semblerait avoir commencé fort peu après. Foucart, *Bautzen*, p. 312. — Clausewitz, VII, p. 299, dit que la retraite commença entre trois et quatre heures. — Wagner, II, p. 59. — Voir la relation de la *Gazette de Breslau*. Elle dit que la retraite commença à cinq heures. Foucart, *Bautzen*, p. 313, — entre quatre et cinq heures, d'après une note du C[t] Foucart, *Bautzen*, p. 330. — Le général Maisons, dont un régiment a pris Pliesskowitz sur les troupes de Blücher, dit : « Le 151e régiment s'est emparé du village de Pliesskowitz aux cris de : « Vive l'Empereur! » et, malgré trois attaques faites avec des forces considérables, s'y est maintenu », *ibid.*, p. 334. — Le régiment a perdu 127 hommes le 21, *ibid.*, p. 335. — Voir Henckel von Donnersmark, *Erinnerungen*, pp. 195, 196.

1. Pertz, *Gneisenau*, II, p. 625. — Müffling, *Aus meinem Leben*, p. 43. — Voir la lettre de Gneisenau à sa femme, du 13 mai, dont le ton est moins confiant qu'au début de la campagne. Pertz, *Gneisenau*, II, p. 612.

2. Bogdanowitsch, *Geschichte des Krieges im Jahre 1813*, I, 2, p. 76. — Müffling, *Aus meinem Leben*, p. 44. — Il faut également noter l'incident entre Yermoloff et Horn, ci-dessus, p. 438.

3. Bernhardi, *Toll*, II, p. 475. — Michaïlofsky-Danilefsky, *Denkwürdigkeiten*, p. 87.

4. Clausewitz, VII, p. 299. — Häusser, IV, p. 151. — [Prittwitz], II, p. 152. — Bernhardi, *Toll*, II, p. 477. — En 1847, Knesebeck est nommé Feldmarschall pour avoir conseillé à Bautzen et fait prévaloir, malgré l'opposition de deux souverains, l'idée de « rompre le combat », l'idée d'une « glorieuse retraite, la plus féconde en victoires de l'histoire moderne ». Droysen, *Yorck*, II, p. 91.

Wittgenstein et, se tournant vers lui, lui dit : « Je ne veux pas être témoin de cette déconfiture ; commandez la retraite [1] ». Puis il tourna le dos au champ de bataille et entraîna jusqu'à Reichenbach Toll, Wolkonsky et les officiers de sa suite. Le roi de Prusse, dont on paraissait se préoccuper assez peu [2], suivit à quelque distance [3].

Alexandre semblait vouloir faire payer sa déconvenue à Blücher, en lui reprochant l'abandon des hauteurs de Kreckwitz [4] ; mais il n'était pas seul à récriminer ; les incidents qui avaient précédé la retraite, donnaient lieu à plus d'une querelle entre Prussiens [5]. Nous avons déjà fait allusion aux dissentiments entre Gneisenau et Müffling. Müffling, actif et vaniteux, passait pour un intrus dans le cercle des patriotes. Quoiqu'il fût un des éléments essentiels de l'état-major de Blücher, il ne partageait point leur exaltation [6]. Avec son attachement assez terre à terre aux théories anciennes, il ne pouvait supporter les allures un peu débraillées du quartier général de Blücher. Il flairait partout l'action des sociétés secrètes, et traitait de coterie le groupe des patriotes.

Une autre querelle, préambule des conflits futurs entre Yorck et l'état-major silésien, s'engageait entre Yorck et Gneisenau. Quel avait été dans la journée le rôle du corps de Yorck ? Il est assez mal connu. Le biographe de Yorck, qui suit en général si minutieusement son action, est ici incomplet. Le rapport officiel de Gneisenau et ses lettres à Hardenberg sont muets [7]. Il est certain qu'au moment critique, Blücher avait demandé à Yorck de le soutenir, et que

1. BERNHARDI, *Toll*, II, p. 477, — confirmé par le récit d'un témoin, A. S., qui a traduit du russe en allemand le livre de BOGDANOWITCH, *Geschichte des Krieges im Jahre 1813*, I, 2, p. 77.
2. MÜFFLING, *Aus meinem Leben*, p. 36.
3. BERNHARDI, *Toll*, II, p. 477.
4. DROYSEN, *Yorck*, II, p. 91. — MÜFFLING, *Aus meinem Leben*, p. 44. — HENCKEL VON DONNERSMARK, *Erinnerungen*, p. 199. — Le roi de Prusse au contraire aurait approuvé les résolutions et la retraite de Blücher, *ibid.*, p. 44.
5. Voir, sur les nombreux conflits entre généraux prussiens, [PRITTWITZ], II, pp. 122, 123, 124, 153, 158, 175, 307.
6. Voir sa critique de Gneisenau. MÜFFLING, *Aus meinem Leben*, pp. 34, 39. — PERTZ, *Gneisenau*, II, pp. 625, 626. — LEHMANN, *Scharnhorst*, II, p. 600. — MÜFFLING, (C. v. W.), *Die Preussisch-russische Campagne im Jahre 1813*.
7. La relation du 23 mai, insérée dans la *Gazette de Breslau*, dit : « Le général Blücher se vit par là obligé de prendre position à une petite distance en arrière pour se réunir avec le général Yorck qui formait la réserve ». FOUCART, *Bautzen*, p. 314

celui-ci avait répondu tardivement. Lorsqu'il se décida à marcher au secours de Blücher [1], celui-ci avait évacué ses positions.

Il ne semble pas cependant que Yorck eût été lui-même très sérieusement engagé [2]. Si les documents prussiens font défaut, on connaît le rapport du général Barrois qui commandait la division de la jeune garde engagée contre le corps de Yorck [3]. Il ne semble point, à lire ce rapport, qu'elle ait rencontré une résistance bien sérieuse [4]. Elle ne perdit que 270 hommes. Le corps de Yorck avait été aussi engagé contre une partie de la division wurtembergeoise du IVᵉ corps. Il avait détaché le bataillon des fusiliers de la Prusse orientale pour aider à reprendre le village de Kreckwitz [5]. Son action sur le champ de bataille ne paraît pas avoir été considérable. On dit, pour l'excuser de n'avoir pas répondu à l'appel de Blücher, qu'il ne voulut point dégarnir le centre sans attendre que les réserves russes

1. CLAUSEWITZ est très sobre sur l'action de Yorck. Il dit seulement. « Le général Blücher demanda du renfort. Le général Yorck reçut l'ordre de l'appuyer. Il marcha vers Kreckwitz pour prendre l'ennemi, qui s'avançait, dans son flanc droit; mais cette action vint trop tard »... et plus loin : « Le général Blücher n'était point encore informé de l'arrivée du général Yorck ». CLAUSEWITZ, VII, pp. 297, 298. — MICHAÏLOFSKY-DANILEFSKY qui a assisté à la bataille (p. 35) écrit : « Blücher aurait pu tenir plus longtemps si le général.... envoyé à son soutien (c'est d'Yorck qu'il s'agit) n'avait pas commis une faute que l'on ne devait attendre ni de son expérience ni de sa bravoure éprouvée. Ce général arriva aux hauteurs de Kreckwitz juste au moment où les Français les attaquaient; il demeura à leur pied sans informer Blücher de sa présence. Celui-ci, dans sa retraite, fut fort étonné de se découvrir une réserve qu'il ne connaissait pas. » L'historien russe paraît traduire une impression du quartier général des souverains. MICHAÏLOFSKY-DANILEFSKY, Denkwürdigkeiten, p. 89. — Voir la protestation de DROYSEN, Yorck, II, p. 90. — Le mouvement de Yorck ne paraît avoir laissé aucune trace dans les relations françaises.

2. WELLMANN, Horn, p. 61. — PLOTHO donne le tableau des pertes d'Yorck à Weissig et à Bautzen : 1862 hommes. PLOTHO, Beilagen, I, Beilage XX, p. 128. — On admet généralement que Yorck avait perdu 1 500 hommes à Weissig; il resterait donc fort peu de chose pour Bautzen.

3. A une heure et demie, d'après le Cᵗ FOUCART, Bautzen, p. 329. — Voir DROYSEN, Yorck, II, p. 89.

4. Voir le rapport. FOUCART, Bautzen, p. 322. — C'est elle qui prend le village de Kreckwitz et les redoutes occupées par Yorck en avant de Litten. La division Barrois n'est pas la seule engagée. Le bulletin dit : le duc de Trévise, avec les divisions Dumoustier et Barrois, se dirigea sur l'auberge de Klein-Purschwitz. Mais l'on n'y trouve pas trace des mouvements de Yorck, ibid., p. 312.

5. Voir la relation de la Gazette de Breslau. FOUCART, Bautzen, p. 313. — Voir sur l'épisode du bataillon wurtembergeois fait prisonnier, suivant DROYSEN, Yorck, II, p. 189, — PLOTHO, I, 168, — WAGNER, II, p. 37, — passé à l'ennemi, d'après la relation du 23 mai, FOUCART, Bautzen, p. 314. — Voir encore le rapport de Bertrand, mais qui n'est pas très détaillé sur ce point, ibid., p. 326. — Blücher a également détaché un bataillon pour reprendre Kreckwitz. PLOTHO, I, p. 168. — Le récit le plus détaillé de l'action de Yorck est donné par PLOTHO, I, p. 168.

vinssent prendre sa place [1]. Il faut reconnaître aussi que les troupes de Yorck, accablées par les efforts qu'elles faisaient depuis le 19, avaient quelque droit d'être épuisées.

Les reproches ne lui furent cependant pas ménagés. L'état-major de Blücher gardait décidément rancune à Yorck de son arrivée tardive [2]. Les explications échangées entre Gneisenau et Yorck furent des plus désagréables; leurs querelles anciennes se ravivaient [3].

Frédéric-Guillaume surtout, qui semblait ne pouvoir pardonner à Yorck son action indépendante à Tauroggen et dans la Prusse orientale, fut acerbe dans ses reproches. On discutait, après Bautzen, la possibilité de se maintenir en Silésie. On écoutait tous les avis, comme il était d'usage au quartier général des souverains. On avait convoqué tous les chefs de corps. Le Roi vient rejoindre l'Empereur; il se retourne aussitôt vers Yorck et lui reproche avec une vivacité extraordinaire d'être cause de tout ce qui arrive. Yorck s'incline et répond « qu'il a agi pour le mieux, selon sa conscience, et qu'il met sa tête à la disposition du souverain [4] ».

Et déjà, à Lützen, le matin de la bataille, au moment où Yorck défilait devant les souverains, en tête de ses bataillons qui allaient marcher à l'attaque des quatre villages, il avait dû subir un affront semblable. Les souverains, les généraux, les aides de camp formaient un groupe causant au bord du chemin. Yorck met pied à terre et se présente. Le premier, Alexandre l'aperçoit et s'avance au-devant de lui avec ses grâces engageantes : « Mais, voilà mon cher Yorck! » Il lui tend les mains, le saisit dans ses bras, l'embrasse au front. Seulement alors, Yorck peut se diriger vers son roi, qui le reçoit militairement, la main à la casquette : « Je vous ai donné la croix

---

1. DROYSEN, *Yorck*, II, p. 89. — PLOTHO, I, p. 168. — BOGDANOWITSCH, *Geschichte des Krieges im Jahre 1813*, I, 2, p. 73. — WAGNER, II, p. 38.
2. On ne trouve pas trace de ces rancunes dans le rapport de Gneisenau signé par Blücher, publié par PERTZ, *Gneisenau*, II, p. 628. — Dans le rapport de Blücher, dont DROYSEN donne un extrait, il y fait allusion, en même temps qu'à la retraite des Russes de Barclay, « commencée de bonne heure et poursuivie sans interruption ». « Même le faible corps de Yorck », dit Blücher, « ne se mit en mouvement qu'à une heure où le maintien de mes troupes dans leur position au delà de Purschwitz était devenu impossible. » DROYSEN, *Yorck*, II, p. 90. — On ne s'explique pas bien la différence entre le rapport publié par PERTZ, très probablement sur un brouillon trouvé dans les papiers de Gneisenau et les extraits donnés par DROYSEN.
3. HÄUSSER, IV, p. 153.
4. HÄUSSER, IV, p. 153.

de fer et je vois que vous ne la portez pas. » — « Si reconnaissant qu'il soit pour la bienveillance de Sa Majesté, Yórck ne porte pas la croix, parce qu'il n'a pas reçu avis de la décision de Sa Majesté sur tous les officiers, sous-officiers et soldats qu'il a cru de son devoir de proposer pour cette distinction.... » Le roi ne paraît pas accueillir très gracieusement cette réponse : « Je ne peux pourtant pas donner de suite la croix de fer à tout le monde; d'ailleurs, vos propositions sont très nombreuses ». Yorck est toujours la tête découverte. « Il n'a proposé à Sa Majesté que ceux qui s'en sont montrés dignes..... sans craindre que le nombre des braves gens parût trop élevé. » Alexandre intervint, et il était temps, pour donner à l'entretien une autre tournure. [1].

Frédéric-Guillaume III n'avait point élargi, dans l'élan du soulève-ment national, son esprit étroit et aigri [2]. Le roi conservait son entou-rage suspect aux patriotes. Il avait pris pour aide de camp Knese-beck [3], qui avait créé, jusqu'à la dernière heure, à l'action de Scharnhorst, plus d'un obstacle. Les remontrances les plus vives de Hardenberg n'avaient pu déterminer Frédéric-Guillaume à se séparer de Knesebeck [4].

Après Bautzen, la discorde et le désarroi étaient manifestes dans le camp des coalisés. On n'était d'accord que sur un point. Tout le monde accusait le général en chef, Wittgenstein [5], et Wittgenstein se plaignait que tout le monde se mêlât d'exercer son comman-dement. Le 25 mai, il fut remplacé par Barclay de Tolly [6].

L'armée de ligne, l'armée régulière de la Prusse était, après Bautzen, sinon moralement, du moins matériellement détruite [7]. Décimée à Lützen, à Weissig, à Bautzen [8], elle était réduite à rien.

---

1. DROYSEN, *Yorck*, II, p. 57.
2. Voir la résistance du roi à se rendre au milieu des troupes. LEHMANN, *Scharnhorst*, II, p. 609.
3. LEHMANN, *Scharnhorst*, II, p. 566, 584. — Voir, *ibid.*, Rühle v. Lilienstern sur Knesebeck. — Voir encore, *ibid.*, II, p. 607.
4. LEHMANN, *Scharnhorst*, II, p. 584.
5. Même avant Lützen. DROYSEN, *Yorck*, II, pp. 54, 68.
6. DROYSEN, *Yorck*, II, p. 98. — [PRITTWITZ], II, p. 152. — PLOTHO, I, p. 183.
7. DROYSEN, *Yorck*, II, p. 63. — [PRITTWITZ], II, p. 335. — Voir, sur le désordre de la retraite, après Lützen, le rapport d'un adjudant français fait prisonnier. FOUCART, *Bautzen*, p. 306. — Voir le compte de l'infanterie prussienne au camp de Pilzen, le 1ᵉʳ juin, 15 541 hommes. PLOTHO, I, p. 204.
8. Voir, sur les pertes à Bautzen, la lettre de Wittgesntein à Bülow, du 25 mai.

Elle avait dû entamer la lutte avec de faibles effectifs. Il avait fallu successivement serrer les rangs, fondre le corps de Kleist dans le corps de Yorck, et les bataillons les uns dans les autres. Le premier régiment de la Prusse orientale, dont les bataillons épars avaient été de nouveau groupés, à la veille de Lützen, dans une des brigades du corps de Yorck, comptait, à la fin d'avril, 1499 hommes au lieu de l'effectif normal du pied de guerre, de 2400 hommes. Le 28 mai, après Lützen, Weissig et Bautzen, les trois bataillons sont fondus en un seul qui compte 759 hommes. Le régiment de Colberg, dont l'historique est analogue, a vu de même ses trois bataillons de 1643 hommes fondus en un seul qui n'en compte plus que 963, et ainsi des autres. Le bataillon de chasseurs du régiment des gardes du corps qui comptait 375 hommes à la veille de Lützen, n'en a plus que 101 le lendemain de la bataille[1].

Si l'on songe qu'Iéna ne datait pas de plus de sept années, on sera frappé du contraste entre la petite armée de 35 000 hommes qui a soutenu, en y laissant la moitié de ses effectifs, cette lutte terrible, et l'armée prussienne de 247 000 hommes[2] qui s'était effondrée si misérablement à Iéna quelques années seulement auparavant.

L'histoire de ces quelques années avait créé sans doute dans la nation et dans l'armée prussienne un état moral nouveau. Surtout il ne faut pas oublier la vigueur avec laquelle le personnel des officiers avait été renouvelé aussitôt après 1806. La réduction de l'armée, qui n'était plus que le quart de ce qu'elle avait été, y prêtait sans doute; mais surtout la main vigoureuse de Scharnhorst avait fait son œuvre. Aucun des chefs qui commandaient en 1813, sauf Tauenzien, — et encore n'eut-il qu'un commandement secondaire, — n'avait exercé, en 1806, de commandements supérieurs. Les plus anciens généraux

[PRITTWITZ], II, p. 221. — La relation de la *Gazette de Breslau* dit 6 000 coalisés et 14 000 Français. FOUCART, *Bautzen*, p. 313. — Le bulletin disait 12 000 hommes du côté des Français, *ibid.*, p. 314. — Daru compte 10 000 blessés dans la journée du 21, *ibid.*, p. 337. — D'ODELEBEN, qui est un témoin oculaire, dit 5 à 6 000 morts dans les deux journées du côté des Français. On disait, à Bautzen, 6 000 blessés. D'ODELEBEN, I, p. 96. — THIERS dit 13 000 Français tués et blessés dans les deux journées et 15 000 coalisés. THIERS, XV, p. 579. — TREITSCHKE, I, p. 460, dit 25 000 Français et 13 000 coalisés. — HÄUSSER, IV, p. 151, dit 15 000 coalisés et 25 000 Français. — PLOTHO, dont les chiffres semblent bien douteux, dit 24 à 26 000 Français, 5 000 Russes et 3 000 Prussiens dans les deux jours. PLOTHO, I, p. 171.

1. HORN, *Geschichte des Leib-Infanterie-Regiments*, p. 245. — LEHMANN, *Scharnhorst*, II, p. 662.

2. [SCHERBENING], I, p. 6.

prussiens, Kalckreuth, Rüchel, Lestocq, furent écartés [1]. Une nouvelle génération les remplaçait. C'étaient pour la plupart des officiers
qui, dans les grades inférieurs, au sein de l'atmosphère déprimante
et des milieux démoralisés de 1806, avaient su conserver leur vigueur
intacte. Depuis, un dessein persévérant, une main sûre, celle de
Scharnhorst, les avait poussés à la direction de l'armée.

Pour les historiens prussiens, durant toute la campagne de 1813,
la Prusse, et, en particulier, le groupe des patriotes prussiens qui
synthétisait le soulèvement national, ont été l'élément agissant, celui
qui portait partout l'initiative, les résolutions vigoureuses d'offensive, la fermeté inébranlable dans les revers, les énergies décisives.
Dans la confusion inévitable de la coalition, ils ont été en lutte
contre l'incapacité et la routine, contre les hésitations et la faiblesse
des cabinets, ils ont été le ressort moral de la résistance, les agents
de direction latente, les auteurs du succès final.

Il y a, dans cette thèse, une part de vérité. Mais l'orgueil
légitime que les Prussiens peuvent ressentir de ces constatations a
son correctif. Durant la campagne de printemps, la Prusse a lutté,
seule avec la Russie, pour l'indépendance de l'Allemagne. Et, quels
qu'aient été l'énergie de ses efforts, la passion de ses patriotes, le
courage de ses soldats, elle n'a point réussi. Après Bautzen, son
armée était réduite presque à rien. Sans doute, les Prussiens refusaient de s'incliner. Ils poursuivaient la résistance dans la retraite [2];
ils faisaient sentir, par des retours offensifs comme celui de Blücher
à Haynau, qu'ils existaient encore. Et Napoléon, qui pressait et qui
guidait lui-même la poursuite de ses avant-gardes, s'étonnait de
n'avoir pas encore brisé l'adversaire. Il s'irritait de ces victoires
incomplètes et sans trophées. « Quoi », disait-il après Bautzen [3],
« une pareille boucherie et pas un canon, pas un trophée! Ces
gens-là ne me laisseront pas un clou. » Mais, malgré tout, quelle
que fût la vigueur des patriotes prussiens, quel que fût l'esprit de
sacrifice de la petite armée prussienne, le moral lui-même était
atteint [4]. Les espérances qu'avait conçues le parti national, s'étaient
soutenues encore après Lützen. Elles s'étaient soutenues par la

1. LEHMANN, Scharnhorst, II, p. 572.
2. [PRITTWITZ], II, p. 153.
3. MICHAÏLOFSKY-DANILEFSKY, Denkwürdigkeiten, p. 91.
4. Voir l'impression de Bülow, au 2 juin. [PRITTWITZ], II, p. 243.

conscience de l'effort accompli. Après Bautzen, l'illusion n'était plus possible.

Des mois encore étaient nécessaires pour que la Landwehr, l'armée nationale, pût entrer en ligne. Les concours que l'on pouvait attendre du dehors n'étaient point prêts, et l'on pouvait craindre qu'ils n'eussent été refroidis par les premiers insuccès de la coalition. Enfin les querelles et les dissensions, qui sortaient naturellement de la défaite, étaient une cause d'affaiblissement. Les Russes qui avaient été, depuis le début, fort partagés sur l'entreprise où Alexandre les engageait, paraissaient résolus à se retirer en Pologne. Ils voulaient entraîner Napoléon le plus loin possible de la France, se rapprocher eux-mêmes de leurs réserves. Les Prussiens, au contraire, qui avaient déjà sacrifié leur capitale, ne voulaient point évacuer le reste de leur territoire. Ils voulaient se jeter en Silésie, se tenir dans le voisinage de l'Autriche, défendre l'Oder, se jeter dans leurs dernières places fortes. Ils avaient réussi à entraîner les Russes vers Schweidnitz et Breslau. Mais Gneisenau lui-même n'envisageait plus comme dernière ressource du patriotisme prussien qu'une guerre de places fortes et de guerillas qui permettrait au salut de venir du dehors [1].

Il était dès lors certain que les coalisés de Breslau étaient impuissants à assurer, à eux seuls, l'affranchissement de l'Europe. Quelles que fussent l'ardeur, la vigueur si vantées du patriotisme prussien, il n'avait pu, réduit à ses seules ressources, assurer l'affranchissement de l'Allemagne [2]. Les alliés étaient vaincus. L'Alle-

---

1. HÄUSSER, IV, pp. 139, 157. — DROYSEN, Yorck, II, p. 99. — Voir les inquiétudes de l'Anglais Lowe. PERTZ, Gneisenau, II, p. 605. — Voir, sur l'état des esprits au quartier général des coalisés, le rapport du Regierungs-Rath v. Lützow au président v. Bassewitz, du 1er juin. [PRITTWITZ], II, p. 262. Il y aurait plus de sang-froid au quartier général des coalisés, en raison de la confiance dans l'accession de l'Autriche. — Voir également, sur la résolution que prennent les coalisés, le 27 mai, de quitter la route de Breslau, pour marcher sur Schweidnitz, se rapprocher de l'Autriche et s'éloigner du cœur de la Prusse, PLOTHO, I, p. 189.

2. Voir, après Lützen, ce sentiment vivement ressenti par un historien patriote comme HÄUSSER, IV, p. 136. — L'Anglais Lowe écrit, dans un rapport confidentiel : « L'Angleterre ne pourra pas faire assez de sacrifices pour soutenir la Prusse. C'est, en dehors de l'Autriche, le seul levier que l'on puisse faire jouer en Allemagne pour renverser la domination française. » PERTZ, Gneisenau, II, p. 605. — D'après l'historien russe MICHAÏLOFSKY DANILEFSKY, Denkwürdigkeiten, p. 91, si les Prussiens ont voulu la bataille de Bautzen, c'est pour tenter d'affranchir l'Allemagne seuls, avant l'accession de l'Autriche.

magne était retombée sous son joug[1]. Les liens qui attachaient la
Confédération du Rhin aux drapeaux français s'étaient resserrés.
Hamburg avait été occupé, et la Saxe ressaisie. La Prusse tournait
ses regards anxieux vers l'Autriche; car le salut ne pouvait venir que
de là. Et Bülow, qui devait secouer plus tard, avec tant d'impatience, la direction et le commandement de Bernadotte, appelait,
avec ardeur, sa prochaine arrivée[2]. Cette mission allemande, qui
entraînait au sacrifice les patriotes prussiens, la Prusse n'avait point
suffi à l'accomplir. Quelque légitime que puisse paraître l'admiration
des Prussiens pour la vigueur de leurs premiers patriotes, il y faut
ajouter ce correctif, si l'on ne veut point sortir de l'appréciation
exacte des événements.

1. *Geschichte der Organisation der Landwehr in dem Militair-Gouvernement
zwischen Elbe und Weser*, p. 4. (*Beiheft zum Militair-Wochenblatt*, 1857.)
2. Voir, sur l'arrivée de Bernadotte, [Prittwitz], II, pp. 223, 286, 409. — Quistorp, *Geschichte der Nord-Armee im Jahre 1813*, I, p. 68.

CHAPITRE XIV

FORMATION ET ORGANISATION DE LA LANDWEHR

A n'envisager que la situation respective des armées engagées, il
semble qu'en signant à Pläschwitz, le 4 juin, l'armistice qui interrompit

la lutte pendant deux mois et demi, Napoléon ait fait volontairement
le premier pas vers sa déchéance et qu'il ait renoncé bien légèrement
aux avantages qu'il avait péniblement conquis durant le mois de mai.

Sans doute, les efforts inouïs de la campagne de printemps avaient
contribué à désorganiser, à ébranler, à réduire son armée [1]. Mais ses
adversaires, ébranlés [2], réduits aussi, avaient vu s'accentuer fortement
l'infériorité à laquelle, depuis le début de la campagne, ils étaient
condamnés. Toute disputée qu'avait été la victoire, toute vigoureuse
et nouvelle qu'avait été la résistance, Napoléon était encore le plus
fort. S'il avait contre lui l'épuisement de la France et la lassitude de
ses collaborateurs, il avait encore pour lui le succès. Et, de Lützen
à Bautzen, il avait pu sentir décroître la vigueur et la résistance des
deux coalisés de Kalisch.

Surtout, le répit qu'il allait accorder à ses adversaires devait leur
profiter plus qu'à lui-même [3]. La France était saignée aux quatre
membres, au terme de son effort. C'est à peine s'il devait être possible à la compression la mieux organisée, la plus puissante,
d'extraire encore quelque chose de sa substance. Au contraire, les
ressources de l'ennemi étaient encore presque intactes. Nous ne
parlons pas ici du poids que l'Autriche se préparait à jeter dans la
balance. Mais, même en Prusse, les premiers efforts du soulèvement national n'avaient produit, pour les actions décisives du champ
de bataille, que de faibles résultats, lorsque fut signé l'armistice.
Napoléon, lorsqu'il parut en mai, au cœur de l'Allemagne, avait
surpris le mouvement de l'indépendance allemande aux origines
mêmes de sa formation. La Prusse n'avait point réussi à porter au
pied de guerre les régiments qu'elle engagea sur les champs de
bataille de Lützen et de Bautzen.

Mais plus Napoléon avait dû son succès à la rapidité de son
action, plus l'avenir était pour lui plein de menaces. Plus les réserves
de l'indépendance allemande avaient été jusqu'alors ménagées, plus
elles devaient, si on leur en laissait le temps, peser lourdement dans
la crise pour déterminer le revirement et la catastrophe.

1. Camille Rousset, *La Grande Armée de 1813*, p. 158.
2. Voir Gneisenau pendant l'armistice. Pertz, *Das Leben des Feldmarschalls
Grafen Neithardt von Gneisenau*, III, p. 13.
3. Voir déjà le développement de l'armée de Bülow à la veille de l'armistice.
[Phittwitz], *Beiträge zur Geschichte des Jahres 1813, von einem höheren Offizier*, II,
passim et p. 217. — Voir la proclamation de Frédéric-Guillaume, du 5 juin, *ibid.*,
II, p. 298.

Il paraît donc certain qu'en signant l'armistice l'Empereur n'a pas seulement perdu l'ascendant qu'il devait à la campagne de printemps; mais qu'il a encore laissé à ses adversaires un répit plus favorable à eux qu'à lui-même et qui leur permit de retourner à leur avantage la disproportion des forces. Nous aurons à rechercher si Napoléon pouvait trouver dans l'état de l'Europe des motifs d'arrêter la marche de ses armées. A n'envisager que la situation militaire, l'armistice apparaît comme une sorte d'abdication, comme une manifestation presque inexplicable de l'affaiblissement latent qui condamnait l'Empereur à la défaite, au sein même de ses victoires.

Par un contraste singulier, tandis que Napoléon recherchait l'armistice qui devait le perdre, les patriotes prussiens, qu'il devait sauver, le repoussaient bruyamment [1]. L'armée prussienne tout entière le blâmait violemment et les chefs du parti en parlaient avec amertume [2]. Ils ont depuis avoué et expliqué leur erreur. Boyen, écrivant ses mémoires quelque vingt-cinq ans plus tard, reconnaît [3] que l'armistice devait profiter aux coalisés plus qu'à Napoléon; mais il justifie les patriotes prussiens d'en avoir alors méconnu les avantages. Combien devaient-ils être tentés de voir, dans la conclusion de cette trêve, un nouveau symptôme de la faiblesse contre laquelle, depuis des années, ils luttaient passionnément! Ils avaient mille raisons de se méfier de la politique des cabinets. Ils pouvaient douter qu'elle eût pris son parti d'aller au bout de l'effort nécessaire. Le mouvement national qu'ils avaient déchaîné, l'état moral nouveau qui s'était substitué en Prusse à l'affaissement de 1806, venaient à peine de faire leurs premières preuves. Et, dans cette laborieuse gestation, les patriotes, mal rassurés encore sur la portée et sur le fruit de leurs efforts, répugnaient à les ralentir ou à les suspendre,

1. PERTZ, Gneisenau, III, p. 4. — Ils assuraient que l'armée française était dans un état de dissolution qui rendait sa perte certaine, ibid., III, pp. 7, 8, 12. — CAMILLE ROUSSET, La Grande Armée de 1813, p. 158. — Voir sur les impressions pessimistes, mais non découragées, de Gneisenau après Lützen, son rapport au roi du 12 mai. PERTZ, Gneisenau, III, p. 680.

2. Voir le corps de Bülow. [PRITTWITZ], II, p. 289. — Voir Bassewitz, ibid., II, pp. 298, 407, 421. — Voir Tauenzien, dans une lettre du 16 juillet à Beyme, Geschichte der Organisation der Landwehr in Pommern und Westpreussen, p. 64 (Beiheft zum Militair-Wochenblatt, 1858). — Voir Münster à Gneisenau, le 28 juillet. PERTZ, Gneisenau, III, p. 78. — Gneisenau à Eichhorn, encore en août 1813, ibid., III, p. 94. — Rüchel à Gneisenau, le 24 juin 1813, ibid., III, p. 684.

3. Erinnerungen aus dem Leben des General-Feldmarschalls HERMANN VON BOYEN, III, p. 66.

ne sachant si le char ne retomberait point dans l'ornière d'où ils
l'avaient soulevé [1].

Les deux mois et demi de l'armistice n'avaient pas été perdus
pour Napoléon. Nous savons qu'au commencement de mai ses
effectifs avaient été, d'après les situations, de 232 000, et, dans la
réalité, vraisemblablement de 170 000 [2]. Lors de la reprise des
hostilités, après l'armistice, les situations donnaient un effectif
de 550 000 hommes [3]. Mais il est difficile d'admettre ce chiffre
comme une réalité. Une analyse minutieuse évalue l'effectif total réel
des forces françaises en Allemagne, à la fin de septembre, c'est-à-dire
après plusieurs semaines de campagne, au chiffre de 302.800 hommes.
Il paraît assez vraisemblable que Napoléon aborda la lutte, au milieu
d'août, avec une armée de 425 000 hommes [4].

Les coalisés avaient effectivement sous les armes, dans leurs
armées d'opération, plus de 510 000 hommes [5]. Ils avaient une incontestable supériorité numérique. Ils la devaient au concours de l'Autriche, à l'arrivée des réserves russes, aux ressources nouvelles que
le patriotisme prussien avait enfin réussi à rassembler et à organiser.
Ce sont celles-là qui nous intéressent plus particulièrement. Comment
avaient-elles été rassemblées et quelle place occupaient-elles dans
l'armée des coalisés?

Les 510 000 hommes des armées d'opération de la cooalition se
répartissaient, au milieu d'août, de la façon suivante entre les diverses
nationalités engagées dans la lutte : 178 000 Russes, 159 000 Prussiens,
127 000 Autrichiens, 27 000 Suédois, plus environ 18 000 hommes
de la légion russo-allemande, de la légion anglo-allemande, de la
brigade hanséatique [6].

---

1. PERTZ, *Gneisenau*, III, p. 7. —Münster à Gneisenau, le 24 juillet, *ibid.*, III, p. 78.
2. CAMILLE ROUSSET, *La Grande Armée de 1813*, p. 113.
3. CAMILLE ROUSSET, *La Grande Armée de 1813*, p. 180.
4. QUISTORP, *Geschichte der Nord-Armee im Jahre 1813*, III, pp. 84-93. — CAMILLE
ROUSSET dit 425 000 hommes, au 15 août. CAMILLE ROUSSET, *La Grande Armée*
de 1813, p. 180. — Voir, sur l'état de l'armée française durant l'armistice, les
renseignements recueillis par les patriotes prussiens. PERTZ, *Gneisenau*, III, p. 693.
5. QUISTORP, III, pp. 1 à 62. — Voir l'évaluation des forces : Napoléon 381 000
et les coalisés 530 000 en Allemagne. PERTZ, *Gneisenau*, III, p. 80.
6. QUISTORP, III, pp. 1 à 62. QUISTORP donne un total de 532 200 hommes, dont
21 000 environ de troupes d'investissement et le reste se décomposant comme
nous l'indiquons. — K. V. PLOTHO, *Der Krieg in Deutschland und Frankreich in*
den Jahren 1813 und 1814. Beilagen, II, *Beilage* II, p. 2, *Beilage* III, p. 26, *Bei-*
lage IV, p. 29. — *Geschichte der Organisation der Landwehr in Pommern und*
Westpreussen, p. 189. On dit 173.804 Prussiens.

159 000 Prussiens dans les armées d'opération, et si l'on compte les troupes de siège, les réserves, la totalité des forces prussiennes, 270 000 hommes sur pied [1], voilà ce qu'avaient enfin donné, au milieu d'août, les efforts des patriotes prussiens. Durant l'armistice, ils avaient triplé leurs forces, ils avaient quadruplé celles qui figuraient dans les armées de première ligne.

Lorsqu'on examine la répartition de ces forces entre les différentes armées, il apparaît de suite qu'elles étaient disséminées et loin de former un bloc. La coalition avait intentionnellement confondu et brouillé les nationalités dans l'organisation de ses armées d'opération [2].

Ces armées, au nombre de trois, devaient, en vertu de la célèbre convention de Trachenberg, harceler Napoléon de trois côtés à la fois au Nord, à l'Est et au Sud. L'armée du Nord devait couvrir les Marches et la capitale de la Prusse, contre une entreprise probable. A l'Est, l'armée de Silésie était demeurée sur le terrain où s'était terminée la campagne de printemps. Enfin, au Sud, l'armée de Bohême, au quartier général de laquelle se trouvaient réunis les trois souverains : l'Empereur de Russie, l'Empereur d'Autriche et le Roi de Prusse, était la plus nombreuse, celle qu'on appelait l'armée principale.

Dans la répartition des forces et des commandements, les derniers venus avaient été privilégiés. On sent ce que valait, pour la coalition européenne, le concours de l'Autriche et même celui de Bernadotte. L'une et l'autre se firent payer leur prix [3].

Bernadotte eut le commandement de l'armée du Nord. Blessure sensible pour les patriotes prussiens [4]. C'était à un Français qu'allait être confié le commandement des Prussiens qui défendaient, contre l'invasion française, la capitale et le cœur de la Prusse. Bernadotte,

1. BOYEN, *Ueberblick der preussischen Heerverfassung*, p. 55. — SEYDLITZ, *Tagebuch des Yorckschen Korps*, I, p. 18. — PLOTHO, II, p. 3, dit 277 000 hommes au 10 août. — LEHMANN, *Scharnhorst*, II, pp. 625, 656. — *Erinnerungen des Feldmarschalls* VON BOYEN, II, p. 178. — *Geschichte der Organisation der Landwehr in Pommern und Westpreussen*, p. 189. — PERTZ, *Gneisenau*, III, p. 80, évalue l'armée prussienne à 231 334 hommes, dont 144 500 pour la guerre offensive, et 87 334 pour les sièges et les garnisons. — Voir *ibid.*, une autre évaluation à 271 641 hommes. — Voir *ibid.*, III, p. 94. — Voir sur l'état de ces 270 000 hommes, Gneisenau en juillet, *ibid.*, III, p. 140.
2. Voir Gneisenau contre cette dispersion. PERTZ, *Gneisenau*, III, p. 82.
3. PERTZ, *Gneisenau*, III, p. 97.
4. Voir les observations de Gneisenau au roi. PERTZ, *Gneisenau*, III, p. 52.

en bon Gascon, avait su se faire valoir, tirer parti, par une diplomatie manœuvrière presque à l'excès, des dispositions favorables d'Alexandre. L'Empereur de Russie, qui avait confié aux émigrés français le commandement de plusieurs de ses corps d'armée, avait une tendance à demander aux Français, passés dans son camp, le secret de leurs victoires. Moreau et Jomini l'entouraient. Le tsar avait grande idée des talents militaires de Bernadotte. Il lui confia l'armée du Nord, armée essentiellement prussienne. Elle comprenait 128 000 hommes [1] : 29 000 Russes du corps de Winzingerode détaché vers le nord-ouest ; 23 000 Suédois que Bernadotte mit son amour-propre à ménager ; 76 000 Prussiens des deux corps de Bülow et de Tauenzien qui supportèrent l'effort de la lutte.

L'armée silésienne, par une combinaison tout inverse, était commandée par un Prussien ; mais les Prussiens y étaient en minorité. Le corps prussien d'Yorck y comptait 38 000 hommes à côté des 66 000 Russes des trois corps de Sacken, de Langeron et de Saint-Priest [2]. Blücher avait obtenu le commandement de cette armée, et son état-major allait devenir — ce qu'il avait déjà commencé d'être durant la campagne de printemps — le réduit et le centre d'action du parti des patriotes prussiens [3].

Enfin l'armée principale, l'armée de Bohême, avait un caractère tout différent. Ses 250 000 hommes [4] étaient surtout Autrichiens et Russes. Seule des armées de la coalition, l'armée autrichienne, forte de 127 000 hommes, était demeurée groupée et cohérente sous un chef de sa nationalité. Elle formait la moitié de l'armée principale, commandée, sous l'œil même des souverains, par un Autrichien, le prince de Schwarzenberg. Les Prussiens n'étaient qu'une faible minorité dans l'armée de Bohême : 45 000 hommes, le corps de Kleist et la garde prussienne. Le quartier général de l'armée de Bohême devait à la présence même des souverains, au personnel, aux tendances et aux intrigues politiques qui s'agitaient autour d'eux, un caractère tout différent de celui que donnaient à l'état-major de l'armée silésienne les ardeurs des patriotes prussiens, ou à l'état-

1. Quistorp, III, pp. 1 à 18.
2. Quistorp, III, pp. 49 à 63.
3. Voir déjà Grolmann à Gneisenau, le 8 août 1813. Pertz, *Gneisenau*, III, p. 88. — Voir le départ de Grolmann et de Clausewitz, l'arrivée d'Eichhorn, *ibid.*, III, p. 95.
4. Quistorp, III, pp. 30 à 48.

major de l'armée du Nord les ruses et la prudence de Bernadotte, bientôt en conflit ouvert avec les impatiences de ses chefs de corps prussiens.

En somme, les forces prussiennes étaient dispersées dans les trois armées de la coalition, 76 000 hommes à l'armée du Nord, 38 000 à l'armée de Silésie et 45 000 noyés dans les effectifs de l'armée de Bohême.

La Prusse n'était plus engagée, cette fois, comme dans la campagne de printemps, dans une alliance à deux, mais dans une vaste coalition européenne, où elle jouait nécessairement un rôle moins important. Elle portait bien, là où elle était, avec ses troupes, ses Landwehrs, ses chefs et ses patriotes, cet esprit nouveau qui avait donné à la campagne de printemps son caractère de vigueur et d'acharnement; mais ce mélange concentré de haine brutale, d'ardeur irrépressible, de soif de vengeance, de fermeté dans les revers, semblait ici plus délayé dans les milieux de la coalition européenne.

Qu'était-ce que les 159 000 hommes qui formèrent le contingent de la Prusse dans les trois armées d'opération?

Tout d'abord, elle avait reconstitué son armée permanente [1]. Non seulement elle avait réparé, durant l'armistice, les pertes qui avaient, pendant la campagne de printemps, réduit l'armée de ligne presque à rien. Mais elle avait partout porté les effectifs au pied de guerre. Les troupes de ligne de la Prusse, qui n'étaient pas, au 1er mai, dans les armées d'opération, de plus de 35 000 hommes, et qui en avaient perdu bien près de 20 000 à Lützen, à Weissig, et à Bautzen, se retrouvaient, au 15 août, en première ligne, fortes de 62 000 hommes. Si l'on estime que les pertes du printemps avaient porté presque exclusivement sur les effectifs de paix primitifs, c'est-à-dire sur un assez fort noyau d'anciens soldats, on ne se trompera sans doute pas en admettant que les 62 000 hommes de l'armée de ligne [1] du mois d'août comprenaient une forte proportion, peut-être les trois quarts de soldats comptant moins d'un an de service. Les bataillons de réserve avaient achevé de se constituer. Formés de *Krümper* et pour une large part de recrues inexercées, ils étaient assez solidement encadrés. Ils entraient en ligne, à la reprise des

1. [PARTTWITZ], II, pp. 335, 340

hostilités, avec 26 000 hommes [1]. Enfin, et c'était là le fait capital, le symptôme le plus marquant d'une transformation dans les institutions militaires de la Prusse, 67 000 hommes de Landwehr figuraient dans les armées de première ligne [2].

A l'armée du Nord [3], celle qui était chargée de la défense des Marches, les Landwehrs prussiennes dominaient. Elles formaient près d'un quart du corps de Bülow : plus de 9 000 hommes sur 41 000 Prussiens; et la presque totalité du corps de Tauenzien : 28 000 hommes de Landwehr sur un effectif total de 33 000 hommes [4].

A l'armée silésienne, les Landwehrs, les Landwehrs silésiennes principalement, formaient la moitié du corps prussien d'Yorck : 18 000 hommes [5] sur 38 500; et celui-ci se plaignait de la proportion qu'il trouvait trop forte.

Enfin, à l'armée de Bohème, on semblait s'être peu soucié d'introduire les Landwehrs prussiennes dans le palladium, dans le voisinage immédiat des Souverains. Elles ne formaient qu'une faible part de l'effectif du corps de Kleist : 11 000 hommes [6] sur 45 000.

En résumé retenons ceci. Les Landwehrs prussiennes présentaient, dans les *armées de première ligne*, un effectif supérieur à celui des troupes de ligne. La création, l'organisation des Landwehrs, tel fut, non point seulement dans l'appréciation théorique des institutions, mais dans la réalité, le fait capital, dominant, du renouvellement militaire de la Prusse en 1813. La préparation des réserves et des *Krümper* n'avait, auprès de lui, qu'une importance de second plan.

1. Quistorp, III, pp. 1 à 62. — [Prittwitz], II, pp. 335, 336, 340, 344.
2. Quistorp, III, pp. 1 à 62. — Voir, sur les origines de la répartition des Landwehrs entre les diverses armées, [Prittwitz], II, p. 331. — « Où serions-nous sans la Landwehr? c'est elle qui sauvera l'État. » Gneisenau à Eichhorn, le 3 juillet. Pertz, *Gneisenau*, III, p. 49. — On peut compter en outre 3 à 4 000 hommes dans les régiments nationaux, etc.
3. Voir le développement progressif de l'armée de Bülow, déjà à la veille de l'armistice. [Prittwitz], II, p. 217.
4. Nous suivons les chiffres de Quistorp, III, pp. 1 à 20. — Voir encore *Geschichte der Organisation der Landwehr in Pommern und Westpreussen*, p. 186. Dans cette étude, on donne, au corps de Bülow, 10 771 hommes de Landwehr sur 44 091, et au corps de Tauenzien 32 328 hommes de Landwehr sur 41 913.
5. Quistorp, III, pp. 52 à 55. — Voir encore *Geschichte der Organisation der Landwehr in Pommern und Westpreussen*, p. 185. Dans cette étude, on donne 18 620 hommes de Landwehr sur 47 010 hommes.
6. Quistorp, III, pp. 43-49. — Voir encore *Geschichte der Organisation der Landwehr in Pommern und Westpreussen*, p. 186. On donne 13 120 hommes de Landwehr sur 40 790.

C'était le 17 mars qu'avait été signée l'ordonnance qui créait les
Landwehrs. Dans les provinces orientales, l'organisation en était
commencée depuis le milieu de février. Au milieu d'août, cinq
mois après la publication de l'ordonnance, 120 000 hommes de
Landwehr étaient organisés, équipés, préparés [1]. 67 000 figuraient
dans les armées de première ligne. On a pu dire avec raison que
cette armée avait été créée de rien. L'armistice avait laissé à la Prusse
le répit nécessaire pour l'organiser. Si la lutte n'avait pas été suspendue en juin et en juillet, la Landwehr eût été sans doute formée,
engagée, mais successivement et sans l'organisation qu'elle acquit
durant la suspension des hostilités [2].

Les dispositions prévues pour la formation de la Landwehr permettent de mesurer, avec quelque précision, le mouvement qui entraînait
les populations au soulèvement national, à l'effort patriotique. On
sait, en effet, qu'après avoir réuni, dans les cantons, les hommes
astreints au service, et avant de procéder au tirage au sort, l'autorité adressait un appel aux volontaires [3]. Déjà, avant la formation de
la Landwehr, toute une première catégorie de volontaires s'était, dès
la première heure, aux mois de mars et d'avril, présentée pour
former les détachements de chasseurs volontaires, les corps francs [4].

1. PRITTWITZ dit 140 000 hommes approximativement et regrette l'inexactitude
des chiffres de PLOTHO. [PRITTWITZ], I, p. 99. — D'après les travaux de l'état-
major prussien, au 17 août, la Landwehr comprenait 122 157 hommes, — 74 839 à
l'armée de campagne sur 173 804, — 24 546 aux corps d'investissement sur 27 466,
— et 22 772 dans les garnisons sur 63 012. Soit au total 122 157 hommes de
Landwehr sur une armée de 264 282. Geschichte der Organisation der Landwehr
in Pommern und Westpreussen, p. 189. — BRÄUNER, Geschichte der preussischen
Landwehr, pp. 188, 196, 203.

2. Voir l'organisation progressive des Landwehrs, dans l'armée de Bülow, à la
veille de l'armistice. [PRITTWITZ], II, passim et pp. 217, 220, 227, — les combats
du corps de Bülow, ibid., II, p. 263, — BRÄUNER, p. 193, — la Dislocation des
Landwehrs, au 1er juin. [PRITTWITZ], II, Beilage XXVI, p. 455, — ibid., II, pp. 319,
364, 366, — Tauenzien à Beyme, sur la Landwehr poméranienne, le 17 juillet 1813.
Geschichte der Organisation der Landwehr in Pommern, etc., p. 65, — ibid., p. 78,
— Geschichte der Organisation der Landwehr in der Kurmark, den drei vorpommerschen Kreisen und in der Neumark, im Jahre 1813, pp. 83, 110, 165 (Beiheft
zum Militair-Wochenblatt, 1857). — Voir Hirschfeld sur l'emploi des Landwehrs
en mai, ibid., pp. 86, 92.

3. Voir, sur le fonctionnement du tirage au sort et des dispenses, ci-dessus,
CHAPITRE XII, p. 387, — [GERWIEN], Errichtung der Landwehr und des Landsturms
in Ostpreussen, Westpreussen, am rechten Weichslufer und Lithauen, im Jahre
1813 (Beiheft zum Militair-Wochenblatt, 1846), p. 33. — Les engagements continuent en septembre et octobre, ibid., p. 52.

4. Voir, à Berlin, l'absence de volontaires dans la Landwehr, en raison du grand

C'étaient, on s'en souvient, ceux qui s'équipaient à leurs frais. Ceux-là représentaient le mouvement de l'Allemagne cultivée, de la jeunesse intellectuelle ou aisée. Ils s'étaient présentés au nombre de 18 425 [1]. Sur ce nombre, 14 073 s'étaient équipés eux-mêmes [2]. Le cercle de Nieder-Barnim, c'est-à-dire Berlin, en avait, à lui seul, compté plus de 6 000 [3]. Les universités étaient désertes, et le fonctionnement des administrations suspendu [4].

Les volontaires de la Landwehr représentaient autre chose. C'étaient les hommes qui, pour une cause ou pour une autre, n'avaient pu s'engager dans les détachements de chasseurs volontaires; c'est-à-dire, surtout, les éléments les plus patriotes de la démocratie urbaine ou rurale [5]. Leur nombre mesure véritablement l'entraînement patriotique de la masse populaire en Prusse [6].

C'étaient ces hommes que les officiers français, qui occupaient encore quelques points du territoire prussien, voyaient défiler sous leurs yeux [7] : « Souvent », dit l'un d'eux, « nous vîmes des détachements de grossiers campagnards qui se rendaient en Silésie, sans discipline, sans armes et sans chefs, traverser nos bataillons en poussant des cris de joie; ils regardaient d'un œil menaçant nos soldats étonnés, tant l'enthousiasme qu'inspire l'amour de la patrie est supérieur à

nombre de volontaires qui se sont engagés dans les détachements de volontaires ou dans les corps francs. [PRITTWITZ], II, p. 359. — *Geschichte der Organisation der Landwehr in der Kurmark*, etc., pp. 40, 135.

1. Ces chiffres, extraits de documents officiels, comprennent tout ce qui a été fourni en 1813, 1814 et 1815 par les provinces de la Prusse de 1813. E. GURLT, *Die freiwilligen Leistungen der preussischen Nation in den Kriegs-Jahren 1813-1815 (Zeitschrift für preussische Geschichte und Landeskunde*, IX), p. 662. — FRANZECKY évalue le nombre des chasseurs volontaires, qui ont rejoint avant l'armistice, à 8 400 ou 8 500. [FRANZECKY], *Die Formation der freiwilligen Jäger-Detachements bei der preussischen Armee, im Jahre 1813 (Beiheft zum Militair-Wochenblatt*, 1847), p. 29.

2. E. GURLT, *Zeitschrift für preussische Geschichte*, IX, p. 662.

3. A la fin de février 1813, sont partis de Berlin pour Breslau 2 798 volontaires [FRANZECKY], p. 481. — E. GURLT, *Zeitschrift für preussische Geschichte*, IX, p. 660, dit 6 121, de 1813 à 1815. — Breslau fournit 1 189 volontaires, *ibid.*, p. 677. — FRICCIUS, *Geschichte des Krieges in den Jahren 1813 und 1814*, p. 23, dit 9 000 à Berlin.

4. [FRANZECKY], *Beiheft zum Militair-Wochenblatt*, 1845, pp. 455, 471, 483. — [FRANZECKY], *Beiheft zum Militair-Wochenblatt*, 1847, p. 4. — E. GURLT, *Zeitschrift für preussische Geschichte*, IX, p. 687.

5. *Geschichte der Organisation der Landwehr in der Kurmark*, etc., p. 24.

6. Voir les engagements volontaires dans la Landwehr, dans le cercle de Rummelsburg en Poméranie. *Geschichte der Organisation der Landwehr in Pommern*, etc., p. 41.

7. [PRITTWITZ], I, p. 210. — LABAUME, *Chute de l'Empire de Napoléon*, I, p. 98.

cette force passive qui souvent n'obéit qu'à regret au pouvoir qui la maîtrise. » Et l'Anglais Lowe, qui parcourait la Prusse vers cette date, disait, dans un rapport confidentiel qu'il adressait à Londres : « Ce que la Prusse peut donner, elle le donne volontairement et joyeusement. C'est un soulèvement général de la nation; mais différent de celui des Espagnols. Il s'accomplit dans l'ordre le plus parfait [1]. »

Dans les provinces qui formaient la Prusse du traité de Tilsit, le nombre de cette catégorie de volontaires fut de 18 038, de 1813 à 1815 [2]. Il faut, pour apprécier ces chiffres [3], se souvenir que la Prusse de Tilsit comptait environ 5 millions d'habitants et qu'elle fournit à la Landwehr, dans la même période, 150 641 hommes [4].

La proportion des volontaires à l'effectif total de la Landwehr était donc de 12 pour 100 environ. Cette proportion était d'ailleurs extrêmement variable d'une province à l'autre. Elle était de 27 pour 100, dans la Nouvelle Marche [5]; de 23 pour 100, dans la Prusse orientale [6]; de 15,50 pour 100, dans la Lithuanie; de 14 pour 100, dans la Marche électorale [7]. Dans les autres provinces, elle ne dépassa pas sensiblement 8 pour 100 [8].

Telle fut la part de l'entraînement, de l'enthousiasme, du sacrifice

1. Pertz, *Gneisenau*, II, p. 605.
2. E. Gurlt, *Zeitschrift für preussische Geschichte*, IX, p. 662. Chiffres officiels.
3. [Prittwitz], I, p. 290.
4. E. Gurlt, *Zeitschrift für preussische Geschichte*, IX, p. 662.
5. *Geschichte der Organisation der Landwehr in der Kurmark*, etc., pp. 54, 55.
6. [Gerwien], p. 37.
7. Voir le cercle de Ruppin, *Geschichte der Organisation der Landwehr in der Kurmark*, etc., p. 30, — le cercle d'Ober-Barnim, *ibid.*, p. 32, — le cercle de Glien-Löwenberg, *ibid.*, p. 41.
8. Ces chiffres sont extraits du tableau officiel publié par E. Gurlt, *Zeitschrift für preussische Geschichte*, IX, pp. 654-663. Nous comparons le chiffre des volontaires de la Landwehr et de l'armée de ligne (à l'exclusion des détachements de chasseurs volontaires, des corps francs et des régiments nationaux) au chiffre total des hommes de Landwehr pour les trois années 1813, 1814, 1815. On ne s'éloigne pas sensiblement de la réalité en attribuant tous ces volontaires à la Landwehr.

Prusse orientale....	2 473 volontaires sur	10 870 Landwehriens, soit	24,0 0/0
Lithuanie..........	1 170 —	7 556	—	15,5
Prusse occidentale..	1 098 —	12 626	—	8,7
Poméranie..........	1 605 —	19 360	—.	8,3
Silésie	5 197 —	64 065	—	8,1
Nouvelle Marche...	2 981 —	11 070	—	26,8
Marche électorale..	3 514 —	25 094	—	14,0
Total.............	18 038 —	150 641	—	11,9

volontaire. Mais il faut rechercher aussi la trace des résistances que rencontra, sur plus d'un point, l'exécution de l'ordonnance du 17 mars.

Dans la Prusse orientale, elles furent à peine sensibles. Quelques circonscriptions refusèrent de former la Landwehr, protestant ainsi contre l'exemption accordée à la secte des mennonites[1], auxquels leurs principes religieux interdisaient de porter les armes, et que l'on avait autorisés à se racheter à prix d'argent; à Königsberg, les membres de la municipalité refusèrent de servir dans la Landwehr; mais la ville fournit avec entrain son contingent[2]. Quelques désertions se produisirent dans les districts polonais[3]. La faculté de remplacement spéciale à cette province fut d'ailleurs largement utilisée. Le seul bataillon de Königsberg comptait 150 remplaçants sur un effectif de 800 hommes[4].

Le recrutement de la Landwehr eut un tout autre caractère dans la Prusse occidentale; dans les cinq cercles de cette province situés sur la rive gauche de la Vistule[5], l'exécution de l'ordonnance rencontra les plus grandes difficultés. Plus de la moitié de la population était encore polonaise[6]. Seul, le cercle de Deutsch-Krone[7] renfermait une majorité d'Allemands. Les difficultés qui résultaient de la décentralisation, du caractère provincial de la Landwehr, et de la part d'autorité laissée à l'aristocratie locale, se présentaient, dans cette province, avec toute leur acuité[8]. Dans la plupart des cercles, les propriétaires de biens nobles étaient en grande partie hostiles

1. [GERWIEN], p. 38.
2. [GERWIEN], p. 37. — Voir le grand nombre des volontaires de Landwehr à Königsberg. E. GURLT, *Zeitschrift für preussische Geschichte*, IX, p. 665.
3. [GERWIEN], p. 39.
4. FRICCIUS, *Geschichte des Krieges in den Jahren 1813 und 1814*, I, p. 240. — Voir la protestation du commandant du bataillon. [GERWIEN], p. 39.
5. *Geschichte der Organisation der Landwehr in Pommern und Westpreussen*, p. 85. — Dans la Prusse occidentale, à droite de la Vistule, il semble y avoir peu de difficultés. BRÄUNER, p. 130.
6. *Geschichte der Organisation der Landwehr in Pommern und Westpreussen*, p. 87. — LEHMANN, *Scharnhorst*, II, p. 382.
7. [PRITTWITZ], I, p. 123. — *Geschichte der Organisation der Landwehr in Pommern und Westpreussen*, p. 87.
8. *Geschichte der Organisation der Landwehr in Pommern und Westpreussen*, pp. 88, 93. — Les organes administratifs prennent ici forcément un rôle plus marqué, *ibid.*, p. 94. — Les élections des membres des comités se font cependant, et généralement dans un esprit favorable à la Prusse, *ibid.*, pp. 95, 96.

à la Prusse et suspects de connivence avec la garnison française de
Danzig[1]. Il fut impossible de rassembler le contingent des cinq cercles[2]. Toute la population polonaise s'enfuyait sur le territoire du
grand-duché de Varsovie, sur le territoire de Danzig, dans les bois[3].
Même la population allemande, d'un degré de civilisation peu avancé,
semblait réfractaire au mouvement patriotique. La fuite des Polonais
rejetait d'ailleurs sur elle tout le poids du recrutement. Dans certains
districts, il fallait en arriver à prendre un homme sur trois qui se
présentaient. Malgré la bonne volonté des fonctionnaires et de la
noblesse foncière allemande, il fallut mettre en marche la gendarmerie pour reprendre les réfractaires, puis bientôt suspendre, dans
tous les districts polonais, la formation de la Landwehr[4]. On décida
que les hommes en état de porter les armes seraient levés de force
et répartis dans des bataillons de réserve spéciaux[5]. L'on rassembla
ce que l'on put trouver d'hommes, mais les désertions furent telles[6]
qu'au bout de quatre semaines l'on se trouva ramené au point de
départ. La Landwehr de la Prusse occidentale fut dirigée vers l'Oder
avec des effectifs incomplets[7].

En Silésie, le tirage au sort et le recrutement lui-même ren-
contrèrent les résistances les plus accentuées[8]. Dans les cercles de

---

1. *Geschichte der Organisation der Landwehr in Pommern und Westpreussen*,
pp. 88, 93. — Voir, sur l'état de culture de la noblesse polonaise, *ibid.*, p. 102.

2. *Geschichte der Organisation der Landwehr in Pommern und Westpreussen,*
pp. 86, 92, 100. — E. Gurlt, *Zeitschrift für preussische Geschichte*, IX, p. 673.

3. [Prittwitz], I, p. 123. — *Geschichte der Organisation der Landwehr in Pommern und Westpreussen*, pp. 101, 102, 103, 106, 107, 108, 116. — Voir même la
résistance ouverte, *ibid.*, p. 162.

4. *Geschichte der Organisation der Landwehr in Pommern und Westpreussen*,
pp. 88, 103, 104, 106, 108, 110, 113, 162, 163.

5. Proposition de Beyme et de Tauenzien, du 5 mai. *Geschichte der Organisation der Landwehr in Pommern und Westpreussen*, p. 109. — Ordres du 13 et
du 17 mai, *ibid.*, p. 110. Ces ordres sont tenus secrets. — Voir les battues
dans les bois, *ibid.*, p. 114. — Voir encore *ibid.*, pp. 162, 163, 174. — La Landsturm est employée à escorter les réfractaires, elle tire sur eux lorsqu'ils s'en-
fuient, *ibid.*, p. 165.

6. *Geschichte der Organisation der Landwehr in Pommern und Westpreussen*,
pp. 116, 139, 165.

7. La Landwehr de la Prusse occidentale n'a que les deux tiers des effectifs
normaux, *ibid.*, pp. 165, 168, 170.

8. *Beiheft zum Militair-Wochenblatt*, mai-juin 1845 (*Organisation der Landwehr,
Landwher-Reserven und des Landsturms der Provinz Schlesien im Jahre 1813*),
pp. 401, 402, 403, 407, 414. — Bräuner, pp. 144, 150, 151. — Pertz, *Gneisenau*, III,
p. 91. — [Prittwitz], I, p. 519; II, pp. 149, 238, 241, 363. — Voir, sur les difficultés créées par la situation militaire et l'occupation française durant l'armistice, *ibid.*, II, p. 418

Striegau, de Frankenstein et de Leobschütz, des scènes tumultueuses
se produisirent. Dans le cercle de Hirschberg, plusieurs communes
refusèrent de procéder au tirage au sort. Dans les cercles de la
Haute-Silésie, on rencontra pis que des rébellions passagères. Les
hommes de Landwehr, même après avoir prêté le serment, désertaient en masse, et franchissaient en troupes la frontière polonaise.
Les autorités russes les ramassaient et les ramenaient; mais cela ne
suffisait point. Il fallut lever les hommes de force, les enfermer à
Glatz et à Neisse. Il fallut rendre un ordre de cabinet qui punissait la
désertion : la première fois, de prison et de 50 à 100 coups de bâton,
la seconde fois, de la peine de mort[1].

Et, cependant, telle était la docilité de ces masses que la province finit par fournir ce qu'on lui demandait[2], et les Landwehrs
silésiennes, dont nous retrouverons l'histoire, firent, dans les luttes de
l'automne, leur part d'efforts et de sacrifices. On donnait, de leur résistance au mouvement patriotique, les explications les plus diverses.
Le prince de Plesz écrivait, le 17 mai[3], parlant du paysan de la
Haute-Silésie : « Ses mœurs sont incroyablement corrompues, il ne
désire qu'une chose : se remplir bestialement. Il ignore le patriotisme[4]. Peut-être aurait-il une teinte de bigoterie, mais pas suffisamment pour permettre d'agir sur lui. L'influence que le seigneur exerçait autrefois sur ses sujets est perdue, depuis que les liens sacrés
de la sujétion héréditaire, si propices au bien commun, ont été brisés.
De plus, le paysan est lâche et a un éloignement décidé pour l'état
militaire. C'est bien pour cela qu'il a fallu, depuis soixante ou soixante-
dix ans, poursuivre dans la nuit, attacher avec des cordes et lier,
comme des bêtes sauvages, la majorité des recrues pour les envoyer
au régiment. Et même l'adoucissement des peines militaires, jadis si
sévères, n'a pu modifier cette disposition. »

Ailleurs on expliquait autrement la résistance du paysan silésien.
On trouvait encore trace, dans la province, de sympathies françaises :
les amis de la France excitaient les paysans. C'était aux Français,

1. *Beiheft zum Militair-Wochenblatt*, mai-juin 1845, pp. 305, 400, 402, 403, 404,
405. — [Prittwitz], II, p. 327. — Pertz, *Gneisenau*, III, p. 19.
2. *Beiheft zum Militair-Wochenblatt*, mai-juin 1845, p. 402.
3. *Beiheft zum Militair-Wochenblatt*, mai-juin 1845, p. 402.
4. Voir encore les préoccupations qu'excite, au commencement de juin, l'état
des esprits dans ces régions, à propos d'une tentative faite pour convoquer la
Landsturm. [Prittwitz], II, p. 241. — *Beiheft zum Militair-Wochenblatt*, mai-
juin 1845, p. 412.

disaient-ils, qu'était due la suppression de la sujétion héréditaire; elle serait rétablie aussitôt les Français partis[1]. Gneisenau, qui avait pris, après l'armistice, la direction de l'organisation des Landwehrs silésiennes, voyait les choses en optimiste[2]. Il assurait qu'il y avait, chez les hommes, beaucoup de bonne volonté : « Il faut bien reconnaître toutefois », disait-il[3], « que certains cercles de la Haute-Silésie se distinguent d'une façon fâcheuse. Leur excuse est dans l'extrême misère des sujets. Leur situation lamentable, sans propriété, sans lien qui les rattache à la patrie, mérite quelque considération. »

En Poméranie[4], les difficultés n'étaient pas beaucoup moindres. Dans les cercles de la Poméranie antérieure, la désertion exerçait ses ravages : les hommes franchissaient les frontières de la Poméranie suédoise[5]. Dans le reste de la Poméranie, très peu de cercles avaient, au milieu de mai, fourni leurs contingents complets[6]. Il y eut, au moment du tirage au sort, lutte ouverte dans un grand nombre de localités. Dans le cercle de Neu-Stettin, onze communes se mirent en insurrection; les autorités réussirent toutefois à les ramener à l'obéissance[7]. Dans le cercle de Bülow, les hommes s'enfuyaient dans les bois, ou désertaient après coup[8]. Ailleurs, les levées se faisaient sans

1. *Beiheft zum Militair-Wochenblatt*, mai-juin 1845, p. 403. — Voir Gneisenau à Hardenberg de Liegnitz, le 29 mars : « Le second président est ici favorable aux Français, *französisch gesinnt* ». Pertz, *Gneisenau*, II, p. 527. — Voir le même reproche adressé au président de police Lecoq à Berlin, *ibid.*, II, p. 539.
2. *Beiheft zum Militair-Wochenblatt*, mai-juin 1843, pp. 397, 407, 408. — Extraits des rapports officiels. [Prittwitz], I, p. 519. — Mais voir, même après l'armistice, jusqu'en octobre 1813, au moment de la formation des réserves de Landwehr, la persistance des désertions. *Beiheft zum Militair-Wochenblatt*, mai-juin 1845, p. 410.
3. Rapport du 9 juillet. *Beiheft zum Militair-Wochenblatt*, mai-juin 1845, p. 407.
4. [Prittwitz], II, p. 357. — *Geschichte der Organisation der Landwehr in Pommern*, etc., p. 27.
5. *Geschichte der Organisation der Landwehr in der Kurmark, den drei vorpommerschen Kreisen*, etc., pp. 49, 51, 52, 54, 70, 71, 126.
6. Voir cependant une impression plus optimiste. [Prittwitz], II, pp. 148, 239, 353. — *Geschichte der Organisation der Landwehr in Pommern und Westpreussen*, p. 16. — Voir aussi le rapport de Tauenzien au roi, du 16 juillet, où il déclare les hommes de Landwehr pleins de bonne volonté et la situation satisfaisante, *ibid.*, p. 61, — et, à la même date, 15 juillet, une lettre du même à Beyme, au commissaire général civil, où il se plaint amèrement de l'état de la Landwehr, *ibid.*, p. 63.
7. *Geschichte der Organisation der Landwehr in Pommern*, etc., p. 44. — Voir encore la résistance ouverte à Cammin, *ibid.*, p. 28.
8. Voir le cercle de Greiffenhagen. *Geschichte der Organisation der Landwehr in Pommern*, etc., p. 23. — Dans le cercle de Bülow, on signale le mauvais vouloir « *der niederen Bevölkerung* », *ibid.*, p. 43.

résistance, mais la misère était extrême[1]. L'argent avait complètement
disparu. La population de la province, qui devait équiper et entretenir
à ses frais la Landwehr, ne pouvait se procurer les fournitures qu'en
les échangeant directement, sans le secours de la monnaie absente,
contre les produits de la terre, et même cette ressource faisait
défaut. Le Landrath Puttkammer, du cercle de Rummelsburg[2], protestait des dispositions patriotiques de ses administrés; mais il dépeignait leur misère[3]. Il n'y avait plus d'argent dans la province.
Lorsque, pour forcer la rentrée des réquisitions, on procédait à l'exécution[4], on ne trouvait plus rien. Les paysans n'avaient, depuis
longtemps, plus de pain; ils avaient dû donner en gage leurs récoltes
sur pied pour se procurer et pour livrer les fournitures requises[5].
Si on voulait les pousser davantage, ils seraient obligés de vendre
leur matériel de culture, et cela ne servirait encore à rien, parce qu'il
ne se trouverait pas d'acheteurs. L'administration assurait que,
depuis longtemps, un grand nombre de familles ne se nourrissaient
plus que d'herbes sauvages[6].

Les Marches formèrent leur Landwehr plus facilement et plus
rapidement[7]. Le nombre des volontaires y fut considérable. Mais,
même là, on trouve, sur un grand nombre de points, la trace de résistances sensibles[8]. A Potsdam même, lorsqu'on convoqua les hommes

1. *Geschichte der Organisation der Landwehr in Pommern*, etc., p. 35. — Voir
la diminution de la population, *ibid.*, p. 3, — et les difficultés financières, *ibid.*,
p. 12.
2. *Geschichte der Organisation der Landwehr in Pommern*, etc., p. 40.
3. *Geschichte der Organisation der Landwehr in Pommern*, etc., pp. 1 à 6.
4. Voir, sur les exécutions, *Geschichte der Organisation der Landwehr in Pommern*, etc., pp. 24, 25; — dans la Prusse occidentale, *ibid.*, p. 131, — et dans la
Poméranie antérieure, *Geschichte der Organisation der Landwehr in der Kurmark,
den drei vorpommerschen Kreisen*, etc., p. 133.
5. Rapport du Landrath du cercle de Belgard. *Geschichte der Organisation der
Landwehr in Pommern*, etc., p. 35.
6. *Geschichte der Organisation der Landwehr in Pommern*, etc., p. 40.
7. [Prittwitz], I, p. 484; II, pp. 358, 363, 408. — *Geschichte der Organisation
der Landwehr in der Kurmark*, etc., pp. 13, 16. — Voir particulièrement le
rapport de Boyen, *ibid.*, p. 117.
8. *Geschichte der Organisation der Landwehr in der Kurmark*, etc., pp. 23, 25,
27, 35, 45, 66, 118. — Au début, sur quelques points, la *niedere Volks-Klasse*
accueille mal la Landwehr, *ibid.*, pp. 27, 28, 34, 38, 43. — Voir le rapport de
la *Kurmärkische Regierung* à la date du 6 mai : « Il s'est manifesté, dans les
villes plus importantes, un courant d'opinion peu favorable à l'institution
nouvelle » [Prittwitz], I, p. 505. — A la date du 13 mai, le comité craint
de fortes désertions si l'on met la Landwehr en marche avant qu'elle ait

de Landwehr pour la prestation de serment[1], un grand nombre d'entre eux ne se présentèrent point et ceux qui vinrent se conduisirent de telle sorte que les opérations ne purent être terminées. Pendant la lecture des articles de guerre, le mécontentement se manifesta par un bruit persistant. L'on put craindre que les hommes convoqués ne se retirassent. A l'église même, plusieurs des hommes présents refusèrent de prêter serment et excitèrent leur entourage à en faire autant.

L'organisation de la Landwehr n'a pas été rapide[2] et l'on pourrait trouver, dans ces retards mêmes, un symptôme des difficultés et des résistances que rencontrait l'institution nouvelle. L'ordonnance était du 17 mars; et, dans son ensemble, la Landwehr ne fut utilisable qu'à la fin de l'armistice, au milieu d'août. Il faut tenir compte sans doute des difficultés matérielles, de l'occupation du territoire, de ce que quelques-unes des provinces où s'opéraient les levées étaient devenues théâtre de guerre, de la misère enfin des populations. Malgré tout, les lenteurs furent sensibles.

Dans la Prusse orientale, la Landwehr fut prête dans le courant

reçu ses effets d'uniforme, *ibid.*, II, p. 59. — Voir le rapport du *Regierungsrath* von Lützow, le 27 mai, *ibid.*, II, p. 201. « L'esprit du pays est en général très abattu.... Ce sont encore les *Gutsbesitzer* qui semblent le mieux comprendre la situation. » — Voir encore *ibid.*, II, *Beilage* XXVI, p. 456 et pp. 122, 123, 146, 258, 359, 373, 374, les *réclamations* des Berlinois. — *Geschichte der Organisation der Landwehr in der Kurmark*, etc., pp. 100, 135. — [PRITTWITZ], II, pp. 307, 308, 309, 327. — Voir encore, sur le cercle de Kottbus repris par la Prusse, BRÄUNER, p. 157. — *Geschichte der Organisation der Landwehr in der Kurmark*, etc., pp. 71, 125, 138.

1. Rapport du directeur de police Flesche, du 19 avril. *Geschichte der Organisation der Landwehr in der Kurmark*, etc., p. 24. — On trouve cependant 832 volontaires à Potsdam. E. GURLT, *Zeitschrift für preussische Geschichte*, IX, p. 687.

2. L'ordonnance du 31 mars prescrit l'achèvement de l'organisation pour le 30 avril. [PRITTWITZ], I, p. 267. — Voir les premières préoccupations relatives à l'organisation des bataillons de Landwehr, *ibid.*, I, pp. 374, 389. — Le 19 avril, Bülow songe à employer des bataillons de Landwehr au siège de Spandau; mais il semble que ce soit un projet prématuré, *ibid.*, I, p. 400. — Voir encore *ibid.*, I, pp. 432, 437, 441, 452. — Au 27 avril, Yorck paraît confondre la Landwehr et la Landsturm, *ibid.*, I, pp. 434, 468, 469. Dans cette première période, la Landwehr et la Landsturm semblent se confondre et être considérées comme l'ensemble des mesures par lesquelles la population peut créer des difficultés à l'envahisseur. — Voir encore la conception de Marwitz en avril, *ibid.*, I, pp. 475, 476. — Le 10 avril, Bülow considère bien la Landwehr comme une force organisée, *ibid.*, I, p. 476. — Mais elle n'est pas prête à être employée, *ibid.*, I, p. 477. — En mai, elle est encore armée au tiers de piques, *ibid.*, II, p. 124.

de mai; elle put être mobilisée et employée aux opérations actives à partir du 1ᵉʳ juin [1].

Dans la Prusse occidentale, on mobilisa, en juillet, ce que l'on avait rassemblé de Landwehr; mais le tiers de l'effectif déserta [2]. Ce fut seulement à la fin d'août, et dans les premiers jours de septembre [3], que les désertions cessèrent, et que la Landwehr de la Prusse occidentale, avec ses effectifs incomplets, put prendre part efficacement aux opérations actives [4].

La Landwehr silésienne s'était organisée, comme nous l'avons vu, fort lentement [5]. La formation en était à peine ébauchée au 8 juin [6] lorsqu'après l'armistice, Gneisenau en prit la direction [7] et fit sentir, là comme ailleurs, l'action de sa puissante personnalité. A la fin de juillet, un peu avant le terme de l'armistice, mais seulement alors [8],

---

1. [Prittwitz] II, p. 422. — Rapport de Dohna, du 14 mai. [Gerwien], p. 40. — Des Landwehrs sont engagées devant Danzig, dès le 9 mai, *ibid.*, p. 43. — Le 27 mai, la première division se rend au siège de Danzig, *ibid.*, p. 42. — Voir le rapport très favorable de Zastrow, du 15 juin, *ibid.*, p. 46, — et celui du 28 juin, *ibid.*, p. 45. — La seconde division de la Landwehr de la Prusse orientale doit être mobilisée le 1ᵉʳ juillet, *ibid.*, p. 47. — [Prittwitz], II, pp. 148, 150; 414; 415.

2. *Geschichte der Organisation der Landwehr in Pommern und Westpreussen,* pp. 147, 165, 168, 170. — [Prittwitz], II, p. 148, donne une note moins pessimiste. — Voir une première mobilisation, dans le courant de juillet, le mauvais état des troupes. *Geschichte der Organisation der Landwehr in Pommern und Westpreussen,* pp. 158, 160, 161. — Voir encore, au mois d'août, les désertions irrépressibles, *ibid.*, p. 167. — Voir le rapport de Thümen, du 14 août, *ibid.*, p. 177.

3. Le 9 septembre, Tauenzien écrit : « La Landwehr de la Prusse occidentale ne déserte plus et se bat bien ». *Geschichte der Organisation der Landwehr in Pommern und Westpreussen,* p. 182.

4. [Prittwitz], II, p. 415. — Voir l'état des bataillons qui rejoignent Bülow à la fin de juillet, 300 hommes par bataillon. *Geschichte der Organisation der Landwehr in Pommern und Westpreussen,* p. 173. — « Nichts weniger als mobil », dit Bülow, *ibid.*, pp. 173, 175.

5. [Prittwitz], II, p. 149. — Il dit cependant que l'on comptait avoir terminé en mai; voir les premiers bataillons en mai, *ibid.*, II, 190, 191. — Voir la Landwehr silésienne, sous les ordres de Dobschütz, durant l'armistice, *ibid.*, II, pp. 324, 327. — 24 bataillons sont organisés au début de l'armistice, mais dans l'état le plus défectueux; on les donne, encore un mois plus tard, comme à peine utilisables. *Beiheft zum Militair-Wochenblatt,* mai-juin 1845, p. 407. — Voir les difficultés créées par la situation militaire, l'occupation de la Silésie. [Prittwitz], II, p. 448. — Dépêche de Hardenberg du 6 mai, manifestant le mécontentement du roi. *Beiheft zum Militair-Wochenblatt,* mai-juin 1845, p. 405.

6. Bräuner, p. 145.

7. [Prittwitz], II, p. 324. — Pertz, *Gneisenau,* III, p. 15. — Blücher à Gneisenau le 29 juin, *ibid.*, III, p. 30. — Cependant, le 3 juin, à la veille de l'armistice, le corps de Yorck reçoit un renfort de 4 bataillons de Landwehr silésienne. Plotho, I, p. 208.

8. Voir cependant l'affirmation de Dobschütz au 2 juin. [Prittwitz], II, p. 327. — Mais voir *Beiheft zum Militair-Wochenblatt,* mai-juin 1845, p. 406, — le rap-

la Landwehr silésienne était sur pied. Nous verrons quelles épreuves elle eut à subir dans les marches et dans les contremarches de l'armée silésienne. Le 12 juillet encore, le colonel signalait parmi les Landwehrs des cercles de Freistadt, Sagan, Sprottau, Schwiebus et Grünberg de fortes tendances à la désertion.

La Landwehr des Marches [1], au contraire, avait été des premières prêtes. Quelques bataillons, ceux que commandait Marwitz, purent faire, avant l'armistice, un service de campagne sous les ordres de Bülow [2]. La Landwehr des Marches ne fut cependant pas engagée contre l'ennemi avant la suspension des hostilités.

Celle de Poméranie [3] fut sur pied, et ses premiers bataillons employés au blocus de Stettin, vers le milieu de juillet [4], un mois avant la reprise des hostilités.

port de Gneisenau, du 19 juillet, *ibid.*, p. 409. — PERTZ, *Gneisenau*, III, pp. 18, 20, 27, 49, — le rapport de Gneisenau du 3 juillet, *ibid.*, III, p. 50. — D'après un rapport de juillet, de Gneisenau, il n'y a à l'armée que 4 bataillons de Landwehrs silésiennes et 35 prêts à s'y rendre, *ibid.*, III, p. 53. — C'est le 12 juillet qu'est prise la décision qui incorpore les bataillons de Landwehr à l'armée, *ibid.*, III, p. 61. — Voir *ibid.*, III, p. 69, la répartition des Landwehrs silésiennes.

1. Voir, sur la Landwehr de la Nouvelle Marche, [PRITTWITZ], II, p. 328. — Dans le cercle de Glien-Löwenberg, les compagnies de Landwehr sont bien organisées dès le 30 avril. *Geschichte der Organisation der Landwehr in der Kurmark*, etc., p. 41. — Voir *ibid.*, pp. 46, 76.

2. [PRITTWITZ] I, pp. 267, 374, 389, 400, 432, 434, 437, 441, 452, 465, 476, 477; II, pp. 28, 54, 58, 80, 83, 90, 96, 116, 124, 137, 145, 186, 192, 202, 216, 220, 240, 257, 258, 276, 305, 307, 308, 319, 323, 359, 364, 455. — Voir l'appréciation d'ensemble; au 1er mai, la Landwehr des Marches était organisée, pourvue d'officiers de compagnie, mais incomplètement armée, et ni habillée, ni équipée, *ibid.*, I, p. 495. — *Geschichte der Organisation der Landwehr in der Kurmark*, etc., pp. 66, 101, 146. — Ce sont seulement quelques bataillons sous les ordres de Marwitz qui sont prêts à la fin d'avril. [PRITTWITZ], I, p. 506. — *Geschichte der Organisation der Landwehr in der Kurmark*, etc., p. 48. — Voir Marwitz, les 7 et 16 mai, sur sa brigade de Landwehr, *ibid.*, II, pp. 34, 50. — *Geschichte der Organisation der Landwehr in der Kurmark*, etc., pp. 74, 77, 89, 90. — Au milieu de mai, la Landwehr est employée par Bülow à couvrir Berlin. [PRITTWITZ], II, p. 106. — *Geschichte der Organisation der Landwehr in der Kurmark*, etc., pp. 84, 98, 165. — Au combat de Lückau, le 4 juin, Bülow n'emploie pas de Landwehrs. [PRITTWITZ], II, pp. 263, 269. — La brigade de Marwitz est la seule qui ait fait devant Wittenberg, avant l'armistice, du service de campagne proprement dit, *ibid.*, II, p. 355. — Voir l'action de Boyen après l'armistice. *Geschichte der Organisation der Landwehr in der Kurmark*, etc., p. 112.

3. [PRITTWITZ], I, p. 517.

4. Voir la situation de la Landwehr poméranienne au milieu de mai. *Geschichte der Organisation der Landwehr in Pommern*, etc., p. 46. — Voir le rapport de Tauenzien, du 22 mai, *ibid.*, p. 53, — et ceux des 15, 16, 17 juillet, *ibid.*, pp. 62, 65. — [PRITTWITZ], II, pp. 148, 413. — Des bataillons de Landwehr poméranienne sont envoyés devant Stettin en mai, avant d'être mobilisables; la mobilisation proprement dite commence au milieu de juillet. *Geschichte der Organisation der Landwehr in Pommern*, pp. 73, 74, 80.

Ces différences sensibles, comme les rapports qui en signalent les causes, établissent, mieux encore, ce qu'une analyse plus détaillée nous a déjà donné à penser [1]. Si les Landwehrs ont pu être prêtes dans la Prusse orientale et dans les Marches dès le mois de mai, et seulement deux à trois mois plus tard dans les autres provinces, ces retards sont évidemment le symptôme d'un état moral très variable. Dans plus de la moitié de la monarchie prussienne, la population ne se prêtait pas, sans une répugnance évidente, aux institutions nouvelles et au mouvement national [2].

Singulier pendant aux scènes qui, quelques mois plus tôt, et encore alors, se produisaient en France! Des deux côtés de la frontière, la prolongation des grandes guerres européennes arrachait à leurs foyers, pour les pousser malgré elles au combat, des masses de réfractaires. Et ces mêmes hommes, une fois déplantés, se lançaient les uns sur les autres, ici, avec cette ardeur retenue, ce point d'honneur, et ces réserves intérieures qui ont rendu populaire le type du conscrit de 1813, et là, avec cette fureur déchaînée et rancunière qui poussait les Landwehriens au massacre [3].

Il n'est pas permis de croire qu'un courant de même intensité ait entraîné en 1813 les éléments populaires et la portion cultivée de la population prussienne [4]. L'enthousiasme patriotique qui vidait les universités, qui entraînait au combat une partie de la noblesse foncière

1. L'appréciation des délais est assez délicate; car, dans certaines régions, la Landwehr a été réunie de bonne heure, mais n'a cependant pas été utilisable. Les hommes étaient encore armés au tiers de piques. Tantôt les approvisionnements étaient incomplets, comme en Poméranie, où l'on cite des bataillons formés à la fin de mai, mais qui marchaient nu-pieds. *Geschichte der Organisation der Landwehr in Pommern*, etc., pp. 22, 55, 158, 159, 160, 175, 177. — PERTZ, *Gneisenau*, III, pp. 20, 72. — Voir encore Gneisenau et Clausewitz en juin, juillet 1813, *ibid.*, III, pp. 685, 689. — *Geschichte der Organisation der Landwehr in der Kurmark*, etc., pp. 92, 105, 115, 118. — Tantôt les premières formations avaient été rapidement disloquées par la désertion, comme dans la Prusse occidentale, voir ci-dessus, p. 465. — Voir les prévisions sur l'utilisation de la Landwehr. Gneisenau à Hardenberg, le 6 mai. PERTZ, *Gneisenau*, II, p. 597. — Scharnhorst à Gneisenau, le 7 mai, *ibid.*, II, p. 600. — Gneisenau à Hardenberg, le 11 mai, *ibid.*, II, pp. 610, 611.

2. Voir le résumé de BRÄUNER, p. 185.

3. « La Landwehr, ce peuple sauvage. » BRÄUNER, p. 158.

4. [PRITTWITZ], I, p. 290. — Il faut noter une tendance de la fraction démocratique du parti des patriotes à incriminer le mauvais vouloir des « *Vornehmen* ». Voir Krüger à Hardenberg, juin 1813. PERTZ, *Gneisenau*, III, p. 8. — On trouverait trace de récriminations contre la noblesse parmi les chasseurs volontaires. [MEBES], *Briefe aus den Feldzügen 1813 und 1814 (Jahrbücher für die Deutsche Armee und Marine)*, LX, p. 12.

et des fonctionnaires de la Prusse, a sans doute trouvé quelque écho dans la masse. A côté des 18 000 chasseurs volontaires, qui représentaient le contingent des classes privilégiées, le peuple prussien a fourni 18 000 volontaires à la Landwehr; mais, en somme, il paraît bien que, dans la formation de la Landwehr, les résistances ont été plus sensibles que l'élan. Il n'en faudrait point chercher le ressort dans un entraînement général et spontané de la masse, comme celui qui avait soulevé la France et poussé vers la frontière les volontaires de la Révolution française. C'est à la docilité et non à l'initiative des populations prussiennes qu'il faut rapporter la formation de l'armée de 1813.

Et cependant l'effort fut fait. La Prusse mit sur pied, pour la seconde campagne de 1813, une armée de 270 000 hommes qui représentait plus de 6 pour 100 de sa population. Le même effort, fait par une population de 38 millions d'habitants, comme celle de la France de 1870, eût donné 2 300 000 hommes. Dans la Prusse orientale, on comptait que 16 pour 100 de la population masculine était à l'armée, que, parmi les habitants âgés de dix-huit à quarante-cinq ans, 45 pour 100 avaient pris les armes. Dans la Nouvelle Marche et dans la Poméranie, 35 pour 100 des hommes âgés de dix-huit à quarante-cinq ans étaient partis[1]. La Landwehr comprenait 120 000 hommes, 3 pour 100 de la population[2]. Malgré les diffi-

---

1. *Geschichte der Organisation der Landwehr in Pommern*, pp. 42, 190. — [WILLISEN], *Die Reorganisation der preussischen Armee nach dem Tilsiter Frieden*, II, p. 100. (*Beiheft zum Militair-Wochenblatt*, 1865-1866.) — Sur les contingents de la Prusse orientale, voir [GERWIEN], p. 53. 7 0/0 de la population jusqu'à la paix de 1814. — Sur ceux de la Prusse occidentale, voir *Geschichte der Organisation der Landwehr in Pommern und Westpreussen*, p. 115. — On réussit même à y former des bataillons de Polonais, *ibid.*, p. 142. — Sur les contingents de la Poméranie, voir *ibid.*, pp. 6, 9. — Voir les inégalités très sensibles qui proviennent de ce que le recrutement pour l'armée permanente s'est exercé très arbitrairement; voir le cercle Usedom-Wollin : *ibid.*, p. 21. — Voir encore *ibid.*, p. 31, le cercle de Duber, où l'on prélève, en 3 mois et demi, près de la moitié des hommes de dix-huit à quarante-cinq ans. — Sur les contingents de la Silésie, voir PERTZ, *Gneisenau*, III, p. 94. — BRÄUNER, p. 151. — 5 0/0 de la population jusqu'au 16 mai 1813. [GERWIEN], pp. 53, 115. — *Beiheft zum Militair-Wochenblatt*, mai-juin 1845, pp. 401, 413. — Sur les contingents de la Marche Électorale, voir [GERWIEN], pp. 53, 115. — Un peu plus de 6 0/0 de la population jusqu'en 1814. — Sur les contingents de la Nouvelle-Marche, voir *Geschichte der Organisation der Landwehr in der Kurmark, den drei vorpommerschen Kreisen, und der Neumark, im Jahre 1813*, p. 16, — E. GUBLT, *Zeitschrift für preussische Geschichte*, IX, p. 681.

2. Voir le tableau des hommes de Landwehr fournis par chaque province. *Geschichte der Organisation der Landwehr in Pommern und Westpreussen*, p. 184. — PERTZ, *Gneisenau*, III, p. 66.

cultés, les lenteurs apparentes sur plus d'un point, ces 120 000 hommes furent rassemblés et plus de la moitié de ces Landwehrs figuraient, en septembre, dans les armées d'opération.

Institution éminemment provinciale [1], on pourrait presque dire, en un sens, civile [2], la Landwehr avait été formée, dans chaque province, par des organes spéciaux de décentralisation oligarchique [3], créés à cet effet; mais toutefois, sous la haute surveillance des chefs militaires qui en prenaient le commandement, dès que l'organisation en était achevée [4].

Les hommes qui la composaient représentaient assez fidèlement l'image de la société elle-même [5]. Friccius décrit le bataillon qu'il commandait, un des bataillons de la ville de Königsberg. « Pour compléter le bataillon », dit-il, « on avait dû prendre beaucoup d'hommes au-dessous de dix-sept ans ou au-dessus de quarante.

1. Voir, sur le recrutement étroitement régional, [PRITTWITZ], II, p. 364, — les distinctions d'uniforme par province. Geschichte der Organisation der Landwehr in Pommern, etc., p. 18. — Voir Boyen, le 1er juillet 1813. Geschichte der Organisation der Landwehr in der Kurmark; etc., p. 128.

2. Voir les conflits de Bülow avec l'autorité administrative. Geschichte der Organisation der Landwehr in der Kurmark, etc., pp. 89, 109, 110, 113. — [PRITTWITZ], II, pp. 157, 321, 360, 382. — Le gouvernement militaire de Berlin est un organe à prépondérance civile, ibid., II, p. 379. — Voir particulièrement dans la Prusse occidentale; la Landwehr se forme presque sans intervention de l'élément militaire. Geschichte der Organisation der Landwehr in Pommern und Westpreussen, p. 148. — En Poméranie, le gouvernement militaire est également, en raison de l'absence de Tauenzien, aux mains d'un civil, de Beyme. Geschichte der Organisation der Landwehr in Pommern, pp. 7, 56, 82. — Voir encore, sur le rôle de la commission générale civile en Silésie, Beiheft zum Militair-Wochenblatt, mai-juin 1845.

3. Voir l'instruction du 20 mars. La formation de la Landwehr est « eine rein ständische Landessache », confiée à des organes spéciaux créés à cet effet : le gouvernement militaire formé d'un civil et d'un militaire, et la commission générale. Les organes de l'administration civile normale ont l'ordre de se subordonner à ces organes spéciaux. Geschichte der Organisation der Landwehr in Pommern und Westpreussen, p. 8. — [PRITTWITZ], I, p. 267, 483; II, pp. 82, 312. — Voir, dans le même sens, la formation des régiments nationaux de cavalerie. Un auteur militaire dit qu'ils sont « un don patriotique des États ». BRÄUNER, p. 95. — Geschichte der Organisation der Landwehr in Pommern und Westpreussen, p. 11.

4. Voir l'ordre de cabinet du 21 juin 1813. [GERWIEN], p. 85. — Geschichte der Organisation der Landwehr in Pommern, etc., pp. 55, 82, 149. — Geschichte der Organisation der Landwehr in der Kurmark, etc., pp. 63, 109, 112.

5. Voir la composition, par âges, d'une compagnie de Landwehr poméranienne. Geschichte der Organisation der Landwehr in Pommern, etc., p. 30. — Ce sont surtout les prolétaires qui forment la Landwehr; les gens aisés se sont engagés dans les chasseurs volontaires ou sont candidats officiers de Landwehr. Geschichte der Organisation der Landwehr in der Kurmark, etc., p. 24.

L'on ne put même point épargner les pères de famille que le sort
avait désignés, et la ville dut prendre la charge d'entretenir les
femmes et les enfants restés sans soutien. La Landwehr était un
singulier mélange de toutes les conditions sociales et de tous les
âges. A côté de l'homme à cheveux gris, un enfant de dix-sept ans.
A côté d'un père de famille respectable qui, dans le cours paisible
de ses occupations pacifiques, n'avait jamais songé à prendre les
armes, un aventurier de tempérament joyeux. A côté du jeune
homme éclairé qui s'était arraché, pour obéir au sentiment de
l'honneur et du patriotisme, à une vie de bonheur privilégié, le rustre
le plus inculte. Les autres bataillons de la province venaient des
villages et des petites villes. On y trouvait plus d'égalité dans les
âges, plus de force physique, de frugalité, de respect pour les supérieurs, moins d'expérience et d'instruction. »

Les soldats de Landwehr étaient entièrement inexercés [1], présents
sous les drapeaux depuis quelques semaines au plus, lorsque Bülow
et Blücher les engagèrent à Groszbeeren, à Dennewitz, à la Katzbach.
On retrouvait facilement, sous l'uniforme sommaire du Landwehrien,
le paysan arraché à son champ ; et l'esprit de corps de l'armée régulière eut vite fait d'imaginer un sobriquet pour désigner ces soldats
mal dégrossis, reconnaissables à la croix que portait leur casquette [2].
Tel des jeunes hommes, que le sentiment national, le goût aven-
tureux pour la vie militaire, avait entraîné, à la première heure, dans
les détachements de chasseurs volontaires, ne regardait point, sans
quelque sentiment de sa supériorité, les bataillons des Landwehriens.
Il retrouvait, dans ses souvenirs classiques encore récents, un vers de
Schiller, et manifestait, pour la Landwehr, le même sentiment de
dédain, que les régiments les plus aguerris de Wallenstein témoignaient aux « compères tailleurs et gantiers » du colonel Tiefen-
bach [3].

Ce n'était toutefois pas là ce qui distinguait la Landwehr ; c'est
à peine si les régiments de réserve étaient plus préparés qu'elle ; et

---

1. Marwitz écrit, le 7 mai : « J'ai 4 bataillons à 800 hommes et, sur ce nombre,
il n'y a pas 30 hommes ayant servi ». *Geschichte der Organisation der Landwehr
in der Kurmark*, etc., p. 72.

2. [Prittwitz], II, p. 135. *Die Kreuzbauer.*

3. *Die Tiefenbacherei der Landwehr.* [Meuss], *Jahrbücher für die Deutsche Armee
und Marine*, LX, p. 199. — *Geschichte der Organisation der Landwehr in Pommern*, etc., p. 80.

la bonne moitié des effectifs de l'armée de ligne n'avaient pas plus
d'expérience [1]. Ce qui donnait à la Landwehr son originalité, c'était
un corps d'officiers improvisé, dont la composition mérite de retenir
un instant l'attention. Nous y trouverons encore un trait marquant
de l'organisation sociale de la Prusse.

Ce n'était point sans difficultés que les cadres de la Landwehr
avaient été formés. Dans son rapport du 9 juillet, Gneisenau rendait
compte de l'état de la Landwehr silésienne et de la composition de
son corps d'officiers : « Dans la cavalerie », écrivait-il [2], « les postes
d'officiers supérieurs sont bien remplis, les officiers subalternes sont
ou bien des hommes ayant servi, ou bien des jeunes gens animés du
meilleur esprit [3]. Dans l'infanterie, le choix des officiers a été moins
heureux. Plusieurs des chefs de bataillon sont faibles ou fatigués. Il
est arrivé que les chefs de bataillon désignés n'ont pas rejoint et
ont dû être remplacés par des capitaines. Les officiers subalternes
sont, pour la plupart, des hommes n'ayant point servi [4], pas toujours
bien choisis, et dont plusieurs ont été contraints, malgré eux, d'occuper leurs charges [5]. » Mais en dehors de ses rapports officiels, et
dans ses communications confidentielles, Gneisenau s'expliquait plus
clairement sur les préoccupations que lui inspirait la composition du
corps d'officiers de la Landwehr silésienne. Gneisenau était certainement, parmi les patriotes prussiens, le plus disposé à subordonner
tout préjugé au développement des forces militaires de la Prusse.
Et, cependant, il ne pouvait se résigner à admettre l'aspect à demi
démocratique qu'avait pris au début le recrutement des officiers de
Landwehr en Silésie. La noblesse s'était d'abord méfiée de l'institution même de la Landwehr. Elle avait consenti à fournir des officiers à la cavalerie, mais beaucoup plus difficilement à l'infanterie.
Et celle-ci avait recruté des cadres jusque dans la petite bourgeoisie.
Gneisenau avait trouvé, parmi les officiers d'infanterie, un ancien
tailleur; et il avait pris des mesures immédiates pour éliminer,
pour déterminer à la retraite par la persuasion, un certain nombre

1. Voir l'assimilation des bataillons de réserve et des bataillons de Landwehr.
[Prittwitz], II, p. 363. — Voir l'opinion de Boyen sur les Landwehrs des Marches.
Geschichte der Organisation der Landwehr in der Kurmark, etc., p. 126.
2. *Beiheft zum Militair-Wochenblatt*, mai-juin 1845, pp. 407, 408.
3. Voir déjà précédemment, le 3 juin. *Beiheft zum Militair-Wochenblatt*, mai-
juin 1845, p. 407.
4. Voir, sur le manque d'officiers ayant servi, Pertz, *Gneisenau*, III, p. 72.
5. *Beiheft zum Militair-Wochenblatt*, mai-juin 1845, p. 408.

d'intrus, qu'il jugeait tout à fait déplacés dans un corps d'officiers [1].

Aussi les cadres se remplissaient-ils difficilement. Il manquait
encore, au 19 juillet, 16 chefs de compagnie, 38 premiers lieutenants, 59 seconds lieutenants. Gneisenau comptait que les vacances
se multiplieraient, qu'un certain nombre d'officiers se retireraient.
Les détachements de volontaires ne devaient point suffire à pourvoir
à ces vacances [2]. En Poméranie, l'on se plaignait d'une pénurie complète d'officiers expérimentés [3]. Dans les Marches, 150 postes étaient
encore vacants à la fin d'avril [4].

Ce ne fut donc point sans difficultés ni sans résistances que le
corps d'officiers de la Landwehr fut constitué [5]. Lorsque les difficultés du début eurent été vaincues, il fut aisé de reconnaître que
l'aristocratie avait vaincu ses répugnances et qu'elle encadrait la
Landwehr. Celle-ci était bien l'image de la société. Mais, dans l'une
comme dans l'autre, apparaissait, comme un trait saillant, la domination de l'aristocratie, de cette caste militaire, et aussi administrative, qui formait, à elle seule, les cadres de l'armée régulière, qui
peuplait l'administration, et qui, retirée sur ses domaines, après
les années de service, allait constituer les cadres supérieurs de la
Landwehr.

A première vue, il semble que l'élément civil et roturier ait tenu
une large place parmi les officiers de Landwehr. Dans la Prusse
orientale, la presque totalité des lieutenants ne sont ni nobles ni
anciens officiers. Dans la Prusse occidentale, sur 192 officiers, 69 seu-

---

1. Pertz, *Gneisenau*, III, p. 27.
2. *Beiheft zum Militair-Wochenblatt*, mai-juin 1843, p. 408. — Voir, dès le
mois de mai, les promotions de volontaires au grade d'officier. [Prittwitz], II,
pp. 45, 367.
3. Rapport du gouvernement militaire, à la date du 8 mai. Les gens aisés
profitent des exemptions qu'on leur a accordées pour refuser les postes d'officiers. Dans certains cercles, il a fallu procéder jusqu'à six fois à l'élection des
officiers, pour arriver à pourvoir tous les postes d'une façon définitive. *Geschichte der Organisation der Landwehr in Pommern und Westpreussen*, pp. 45, 46.
4. Bräuner, p. 153. — Voir le rapport de la *Kurmärkische Regierung*, du 6 mai.
[Prittwitz], I, p. 506. — Voir encore, en juin, *ibid.*, II, p. 367. — *Geschichte der
Organisation der Landwehr in der Kurmark*, etc., pp. 24, 139, 140.
5. Voir, dans la Prusse orientale, le 13 mai, l'ordre de ne pas accepter les
refus des officiers désignés pour la Landwehr et « de livrer ceux qui refusent
au mépris public ». [Gerwien], p. 39. — Voir, en Poméranie, *Geschichte der Organisation der Landwehr in Pommern und Westpreussen*, pp. 45, 29, 30, 37. — Dans
la Prusse occidentale, *ibid.*, p. 121.

lement ont déjà servi dans l'armée [1]. Dans les Marches, sur 771 officiers, l'on n'en comptait que 200 ayant servi [2].

A regarder de plus près, l'élément roturier et civil a peuplé seulement les innombrables postes de lieutenants [3] et de sous-lieutenants que l'on était fort embarrassé pour remplir. Les chefs de bataillon, même les chefs de compagnie, étaient, dans leur presque totalité, des nobles et, en grande majorité, d'anciens officiers. Ils ont formé les cadres de la Landwehr comme ils formaient les cadres de la société civile [4]. Dans la Prusse orientale, tous les chefs de brigade sont nobles; parmi les 25 chefs de bataillon [5] et de cavalerie, 21 sont nobles; parmi les 96 chefs de compagnies ou d'escadrons, 82 [6]. La majorité des chefs de compagnies et d'escadrons sont d'anciens officiers. En Silésie, tous les chefs de régiment étaient nobles; dans l'infanterie comme dans la cavalerie, la plupart du grade de major ou même de capitaine. Sur 62 chefs de bataillon, un seul était roturier [7]. Dans les Marches, tous les chefs de régiment et de bataillon étaient nobles [8]. Nous connaissons la composition exacte du corps d'officiers d'une des brigades de Landwehr [9]. Les 8 chefs de bataillon ou d'escadron étaient nobles. Sur les 16 chefs de compagnie, 14 étaient nobles

---

1. *Geschichte der Organisation der Landwehr in Pommern und Westpreussen*, p. 157. — Un des officiers est un ancien cordonnier, *ibid.*, p. 157. — Voir, sur les difficultés spéciales à cette province, *ibid.*, pp. 120, 139. — Voir encore *ibid.*, p. 152, les présentations faites par l'oligarchie locale.

2. Bräuner, p. 153. — *Geschichte der Organisation der Landwehr in der Kurmark*, etc., pp. 17, 73, 75, 141. — Voir les plaintes de Hirschfeld, en mai et en juillet, sur l'incapacité de ses officiers, *ibid.*, p. 142. — [Prittwitz], II, p. 65.

3. Bräuner, p. 129. — Voir les privilèges d'ancienneté accordés dans la Landwehr aux officiers ayant déjà servi, et les conflits qui en résultent. [Prittwitz], II, p. 371.

4. Voir, en dehors de l'exemple du capitaine v. Erxleben, que nous citons plus loin, l'arrivée du général v. Oppen qui se rend au corps de Bülow en quittant son bien noble. [Prittwitz], I, p. 294.

5. Dans la formation du début (9 avril), un seul chef de bataillon n'a pas servi, le *Justizrath* Oelrichs. [Gerwien], p. 33.

6. Bräuner, p. 129. — Le personnel des officiers subit des modifications incessantes durant tout le début. [Gerwien], pp. 33, 42. — Voir la situation du personnel des chefs de brigade, de bataillon et de cavalerie à la fin de mai, *ibid.*, p. 102, — et la situation du personnel complet des officiers d'un régiment de Landwehr, au 20 août, *ibid.*, p. 105.

7. Voir, au 24 juillet 1813, le tableau des officiers. *Beiheft zum Militair-Wochenblatt*, mai-juin 1845, p. 416. — Bräuner, p. 149.

8. Bräuner, pp. 158, 159, 163. — *Geschichte der Organisation der Landwehr in der Kurmark*, etc., pp. 64, 93, 102.

9. Voir la composition du corps d'officiers de la 5e brigade de Landwehr de la Marche électorale, à la date du 19 avril 1813 et à la date du 11 août 1813. [Prittwitz], I, *Beilage* XIV et *Beilage* XV, pp. 571 et 577.

et 15 avaient servi dans l'armée; le seizième était un fonctionnaire. Sur les 73 officiers subalternes, en revanche, 6 seulement
étaient nobles, et 9 seulement avaient servi comme anciens officiers
ou comme anciens sous-officiers; 19 étaient des fonctionnaires [1],
13 des étudiants ou élèves de lycées [2]. Le reste venait de la vie
civile, généralement des petits emplois de la bourgeoisie.

Dans l'ensemble de la Landwher, sur 237 officiers supérieurs,
4 seulement étaient roturiers, 90 pour 100 étaient d'anciens officiers [3].
A peine ici et là trouve-t-on un chef de bataillon roturier comme
Friccius, ce héros bourgeois, qui quitta son poste de fonctionnaire
pour prendre le commandement d'un des bataillons de Landwehr de
la Prusse orientale. Encore quiconque n'était point noble et militaire,
quiconque n'était point de la caste, ne se prêtait-il pas sans difficultés
à encadrer la Landwehr. C'est encore là un symptôme très marqué
des résistances que rencontrait l'institution nouvelle. Les postes d'officiers subalternes furent très difficilement remplis, souvent remplis
par contrainte, souvent abandonnés après avoir été acceptés [4].

N'oublions point, du reste, que tous ces officiers étaient élus. Mais
que ce mot ne prête point à l'équivoque. Les officiers n'étaient point,
comme les réformateurs, comme Hardenberg lui-même, l'avaient rêvé
en 1807, des officiers élus par les hommes qu'ils avaient à commander. Les officiers de Landwehr étaient choisis par les comités
des cercles, c'est-à dire par les délégations de l'oligarchie foncière [5].
Une fois les corps constitués, les chefs supérieurs se réservaient
d'épurer, de reconstituer le corps d'officiers [6].

1. Dans la Prusse orientale, un quart des officiers de Landwehr sont des fonctionnaires. [GERWIEN], p. 39. — Sur la proportion des fonctionnaires, voir *Geschichte der Organisation der Landwehr in Pommern und Westpreussen*, pp. 122,
157.
2. Voir les protestations de Hirschfeld contre la promotion des volontaires aux
postes d'officiers. BRÄUNER, p. 157.
3. BRÄUNER, p. 186.
4. [GERWIEN], pp. 39, 42. — *Beiheft zum Militair-Wochenblatt*, mai-juin 1845,
p. 408. — Voir, sur les refus des officiers désignés, *Geschichte der Organisation
der Landwehr in Pommern*, pp. 15, 29, 30, 37. — Dans la Prusse occidentale,
ibid., p. 121.
5. § 8. de l'ordonnance. [GERWIEN], p. 77. — Ci-dessus CHAPITRE XII, pp. 387,
388. — *Geschichte der Organisation der Landwehr in Pommern and Westpreussen*,
pp. 51, 98. — Rapprocher du procédé de présentation par les corps, dans l'armée
de ligne, [PRITTWITZ], II, p. 368.
6. *Geschichte der Organisation der Landwehr in der Kurmark*, etc., p. 59. —
Voir Gneisenau, en Silésie, ci-dessus, p. 471. — A partir de la fin de mai, au
moins dans la Landwehr des Marches, toutes les propositions passent par les.

Mais quel nouveau symptôme de la prépondérance de l'oligarchie foncière, soit que l'on s'arrête au mode de désignation, soit que l'on s'arrête à la composition même du corps d'officiers de la Landwehr !

Sans doute, un mouvement enthousiaste avait entraîné, dès la première heure, la Prusse intellectuelle et cultivée dans les bataillons de volontaires dont on lui avait ouvert l'accès privilégié ; sans doute, on pouvait retrouver encore, parmi les officiers de la Landwehr, un petit nombre d'étudiants et d'élèves de lycée ; mais, à côté de cet entraînement intellectuel, national, romantique, dont l'importance morale fut considérable, et qui fut le phénomène le plus apparent, le plus bruyant, le mouvement de la masse, celui qui donna les gros bataillons, a eu un caractère fort différent.

Non pas sans doute qu'il faille tout ramener à une contrainte brutale. Les résistances, là où elles se sont produites, ont été apaisées ; elles n'ont point empêché le résultat ; elles n'ont empêché ni de former la Landwehr, ni d'en faire une troupe vigoureuse, qui pesa de tout son poids sur les champs de bataille. Mais ce mouvement a été ce qu'il devait être dans la société prussienne, dans la société encadrée qu'avaient faite en Prusse les deux derniers siècles. Une société ne se transforme pas brusquement en quelques années ; et l'on avait eu beau parler, après Iéna, de la banqueroute de l'ancienne organisation sociale, elle se retrouva, en 1813, solide sur ses fondements et avec la plupart de ses caractères intacts.

Combien parmi les volontaires qui s'étaient inscrits pour entrer dans la Landwehr n'étaient que des tenanciers de biens nobles, conduits ou inscrits d'office par le seigneur du domaine ! Combien n'y eut-il pas d'escadrons ou de compagnies semblables à cet escadron que le capitaine v. Erxleben conduisait par la nuit et les mauvais chemins, avec cette indépendance d'action de la cavalerie prussienne, pour les jeter à l'improviste sur un camp français mal gardé, y ramasser quelques canons, des prisonniers aussi, les massacrer au besoin en route si l'on ne pouvait les tenir jusqu'au bout ! Les hommes qu'il tenait sous sa main, qu'il lançait dans ces coups de main, n'étaient

chefs militaires et non plus par les commissions oligarchiques. [PRITTWITZ], I, p. 500. — Voir le choix par les corps d'officiers. *Geschichte der Organisation der Landwehr in der Kurmark*, etc., pp. 141, 142.

autres que les tenanciers de son bien noble. L'organisation sociale
quasi féodale du temps de paix s'était, par morceaux, transportée
intacte dans la Landwehr [1].

C'est un phénomène qui n'a pas échappé, particulièrement aux
historiens militaires de la Landwehr, et l'esprit de caste les suit,
jusqu'aux dates les plus récentes, dans l'appréciation des événements.
Ce qui avait été, en 1806, non pas la liquidation définitive, mais un
échec décisif de la caste féodale, militaire et administrative, était
resté, et est resté longtemps sur le cœur de ses héritiers. Avec quel
soin jaloux ils établissent que c'est bien la caste elle-même qui a mené,
en 1813, l'armée prussienne et la Landwehr à la lutte pour l'affranchissement [2]! Pour eux, 1813, 1814, ne sont point seulement la
revanche de l'État prussien, mais aussi la revanche de la caste
humiliée en 1806.

Ce n'est point dans un renouvellement social, dans la liquidation
de l'organisation d'ancien régime, dans un soulèvement des popula-
lations rurales affranchies qu'il faut chercher le secret des succès de
la Prusse en 1813. Ébranlés sans doute, discutés, entamés par la
pénétration de nouveaux éléments intellectuels et moraux, les vieux
cadres tenaient toujours. Ce n'était point l'enthousiasme de la liberté
qui poussait la masse populaire des Landwehriens à l'assaut des
carrés français. Ici et là peut-être eût-on rencontré, dans les populations rurales de la Prusse, le vague sentiment de l'injuste suprématie des privilégiés, le vague désir d'un progrès vers l'affranchissement. Mais, là où ces sentiments confus apparaissaient, ce
n'était point pour les jeter dans la lutte, c'était pour les pousser à
l'abstention. Ces résistances n'ont point été durables et n'ont pas
tenu. Le courant général les a entraînées. Mais il est vrai de dire
que la formation de la Landwehr a été un phénomène de discipline
sociale et non point d'entraînement populaire.

1. Voir l'ordonnance, l'organisation régionale. [Parrrwitz], I, p. 267.
2. Voir particulièrement Bräuner, p. 186. — Voir chez un homme même
comme Bülow, en mai 1813, l'arrogance vis-à-vis des organes de l'administration civile. Elle rappelle les manifestations du même genre qui ont précédé
1806. [Parrrwitz], II, p. 157. — Voir encore ses conflits avec l'autorité civile pendant l'armistice, *ibid.*, II, p. 321.

DOCUMENTS

ET PIÈCES JUSTIFICATIVES

I

Le maréchal duc d'Auerstädt à l'Empereur.

(Archives nationales, AF. IV. 1690, 3ᵉ dossier, pièce 35.)

Hambourg, le 18 avril 1811.

Sire,

J'ai l'honneur d'adresser à votre Majesté une note de M. Bourienne, sur les résultats des conversations qu'il a eues avec le Prince de Wittgenstein, grand chambellan du Roi de Prusse.

II

Bourrienne au duc d'Auerstädt.

(Archives nationales, AF. IV. 1690, 3ᵉ dossier, pièce 37.)

Hambourg, le 18 avril 1811.

Monseigneur,

Voici des notes dont j'ai l'honneur de garantir la vérité à Votre Altesse.

III

Notes de Bourrienne. Entretien avec le prince Wittgenstein.

(Archives nationales, A F. IV. 1690, 3ᵒ dossier, pièce 36.)

Hambourg, le 18 avril 1811.

Depuis l'arrivée du prince Wittgenstein je me suis appliqué à pénétrer autant que possible les *véritables* sentiments du Roi de Prusse sur ses relations avec la France. Ami du Roi, passant toutes les soirées avec lui chez la comtesse de Voss, il n'est pas douteux qu'il ne soit initié dans les véritables secrets de la Cour. Les obtenir directement, n'est pas facile. Il est adroit et d'ailleurs son attachement au Roi et à la Prusse est trop sincère, pour qu'il ne soit pas sans cesse sur ses gardes.

Dans les premiers entretiens le grand chambellan a toujours protesté de la ferme résolution du Roi de se lier de plus en plus avec l'Empereur Napoléon et de mettre son sort dans les mains de ce monarque; fidèle à ce système, qui paraît être à l'ordre à Berlin, il le développe de toutes les manières et l'appuie de tous les raisonnemens et de tous les faits qu'il croit propres à en prouver la sincérité.

Mais enfin hier, il s'est un peu plus prononcé. En parlant de choses et d'autres, je lui dis : *A propos, savez-vous ce qui a donné lieu au bruit qui a couru il y a quinze jours que les Français étaient entrés à Graudentz?* — A peine avais-je achevé cette question, qui, dans *le genre* de conversation que nous avions ensemble, était tout à fait indifférente, que le prince changea de ton et de contenance. Je vais transcrire sans interruption tout ce qu'il m'a dit à ce sujet, quoique je l'aie quelquefois interrompu, par quelques légères observations.

« L'occupation de Graudentz par les Français était un bruit sans fonde-
« ment, il n'en a jamais été question. Votre Empereur n'a pas demandé
« d'autres forteresses que celles qu'il occupe et il aurait tort de le faire.
« Le Roi est un homme plein d'honneur qui tient à ses engagements. Il
« veut donner son armée à l'Empereur, et se mettre, pour ainsi dire, à
« sa discrétion. Mais si l'on exigeait la remise de Colberg et de Graudentz
« (il est à remarquer que je n'avais pas prononcé le nom de cette
« première place), cela exciterait en lui une méfiance dont on ne peut
« pas prévoir les conséquences. Il croirait qu'on veut le dépouiller tout
« à fait. Cette prétention indisposerait également et l'armée et la nation ;
« et il ne doit pas être indifférent à l'Empereur, si la guerre éclate avec
« la Russie, d'avoir derrière lui un pays d'une étendue de 150 lieues en
« longueur, sur lequel Il puisse compter. Il n'y a aucune raison de se
« méfier du Roi; vos routes militaires passent au nord, au sud, à l'est et
« à l'ouest de Berlin, et il reste tranquille dans sa capitale, avec trois à
« quatre mille hommes. Il y restera de même, avec sa simple garde,
« lorsque son armée sera réunie à la vôtre sur la Vistule. On ne doit pas
« craindre non plus que quelques généraux ne livrent aux ennemis une
« ou plusieurs de nos places. *Sans doute cela pourrait arriver si les Prus-
« siens étaient une nation.* Mais ce n'est pas le cas. Il n'y a chez eux ni
« énergie, ni dévouement, ni patriotisme. *On pourrait appréhender une
« insurrection sur les derrières, si nous étions des Espagnols; mais alors nous
« ne serions pas où nous en sommes.* Il est d'une sage politique de ne pas
« indisposer, par des demandes exagérées, une nation qui est tranquille,
« parce que la guerre, que l'Empereur va peut-être avoir, différera beau-
« coup des précédentes. Vous battrez et rebattrez les Russes dans toutes
« les occasions. Mais lorsque vous aurez pénétré un peu avant dans le
« pays, vous n'y trouverez ni vivres, ni argent, ni aucune de ces res-
« sources qu'offre l'Allemagne en si grande abondance. Il faudra donc
« tout conduire à l'armée française. Où en seriez-vous si les pays, d'où
« vous serez forcés de tirer vos provisions, n'étaient pas entièrement à
« vous? Je ne crois pas que le Roi consente jamais à livrer ses places

« aux Français. Je crois au contraire que l'Empereur, qui le connaît bien
« et qui sait apprécier la sincérité de ses intentions, ne l'exigera pas. Si
« cela était, j'en serais fâché, parce que je craindrais que tout le système
« ne changeât. »

Tel est le résultat fidèle et abrégé d'une conversation de plus de deux
heures pendant laquelle le Prince revenait sans cesse sur la même idée,
sur le même raisonnement. Dans un entretien aussi long, avec un homme
comme le Prince Wittgenstein qui, à un air de bonne foi, joint beaucoup
de ruse et de dextérité, il y a dans le ton, dans les gestes, dans le plus
ou moins de vivacité de l'expression, des nuances que saisit l'œil observateur, que la plume ne peut retracer, mais qui forment l'opinion. Cette
opinion chez moi est que l'on ne peut pas prendre trop de précautions,
trop de sûreté avec la Prusse; que l'intérêt, le désir de conserver la
monarchie peuvent seuls contrebalancer la haine que l'on nous y porte;
et le désir de venger les pertes, les défaites et les humiliations passées;
que du moment où les circonstances deviendraient telles, que l'on pourrait satisfaire et cette haine et cette vengeance sans compromettre la
monarchie on ne serait plus retenu par rien et qu'il n'est sorte de perfidies auxquelles la France ne doive s'attendre.

Je dois ajouter que le sieur Archenholtz, si connu par sa haine contre
les Français, vient d'arriver ici, de Berlin, où il avait été pour ses affaires
Il y a vu beaucoup de monde, parce qu'il y a beaucoup de liaisons. Il a
dit à un de ses amis intimes que la Prusse avait non pas quarante mille
hommes, comme on le croyait, mais soixante mille; qu'on y laissait en
souffrance beaucoup de choses pour solder exactement la troupe; qu'il
existait en outre des cadres et une organisation de demi-solde qui mettent
le Roi à même de porter son armée à quatre-vingt mille hommes si les
circonstances l'exigeaient et que, pour cette fois, ces troupes se battraient
bien, parce qu'elles n'étaient plus composées de soldats ramassés dans
tous les coins de l'Allemagne.

IV

Le maréchal duc d'Auerstädt à l'Empereur.

(Archives nationales, AF. IV. 1699, 3ᵉ dossier, pièce 38.)

21 avril 1811.

Sire,

J'ai l'honneur d'adresser à Votre Majesté une note de M. de Bourienne,
faite au moment de son départ, sur sa conversation avec M. le Comte de
Grote; ce comte, dans la visite qu'il m'a rendue aujourd'hui, m'a effectivement tenu un langage prescrit dans toute la Prusse. Le général
Blücker (sic) même l'a adopté, comme Votre Majesté le verra par la lettre
du général Liébert.....

V

Notes de Bourrienne. Entretien avec le comte de Grote.

(Archives nationales, AF. IV. 1690, 3ᵉ dossier, pièce 39.)

Hambourg, le 20 avril 1811.

M. le comte de Grote, grand maître de la garde-robe du Roi de Prusse, et ci-devant son ministre à Hambourg, est arrivé ici de Berlin. Il est venu me voir ce matin. Il espère être reconnu comme commissaire général de son gouvernement, à l'effet d'entretenir les rapports de bonne intelligence entre la Prusse et les pays limitrophes, nouvellement réunis à la France. Il est porteur de lettres du grand chancelier et de Mᵍʳ le comte de Goltz pour S. A. le prince d'Eckmühl. On lui a fait aussi à Berlin sa leçon, qui paraît absolument la même pour tous les agents prussiens. Il me l'a débitée, comme il est, je crois, dans l'intention de la débiter au Prince d'Eckmühl. Mais lié avec moi, par un séjour de six années dans la même ville, et comme mon collègue, il y a ajouté des choses que, peut-être, il ne dira pas au Prince. Il semblerait que dans la dernière note que j'ai donnée de ma conversation avec le prince Wittgenstein, j'avais deviné les sentimens secrets qu'il n'exprimait que par ses gestes et son ton, mais que le comte de Grote m'a plus franchement manifestés.

Après de longues protestations sur le désir de la Prusse de s'unir de plus en plus à la France et sur la bonne foi du Roi, il ajouta : Il est « bien à désirer que l'on accepte les offres que l'on a, je crois, faites à « Paris. Mais il ne faut pas que l'Empereur exige trop. Je sens bien que « l'on ne peut pas se fier entièrement à nous. On doit croire que des « affronts à venger, des pertes à réparer, des haines à satisfaire, rendent « notre sincérité très suspecte. Je ne vous dissimulerai pas, mon cher « collègue, que le Roi a encore du ressentiment; mais soyez sûr que ce « ressentiment cédera à son honneur et à son intérêt. Vous avez vu que « nous nous sommes empressés d'occuper les côtes pour parer aux ten-« tatives que les Anglais pourraient faire. Cela doit prouver nos bonnes « intentions. Je sens bien, malgré cela, que notre position est très cri-« tique et qu'elle ne cessera de l'être que lorsque nous connaîtrons les « véritables dispositions de l'Empereur à notre égard. »

Je lui demandai ensuite ce que le Roi pensait de la situation actuelle des choses avec la Russie. Il me répondit que le Roi la comparait à la corde d'un arc trop tendue, qui doit nécessairement rompre. Cela peut arriver d'un moment à l'autre ; mais cela peut aussi se relâcher un peu. On croit à Berlin que la crise pourrait se prolonger encore de cinq à six semaines. Il me dit aussi qu'après la réunion de l'Oldenbourg c'était celle de la ville de Lübeck, échelle si essentielle à la Russie, dans la Baltique, qui avait le plus indisposé cette puissance.

Je lui ai demandé quelles nouvelles on avait à Berlin de la Suède. Il me dit que lorsqu'on vit les troupes russes évacuer entièrement la Fin-lande, on crut à Berlin que les Russes étaient d'accord avec les Suédois;

mais que les dernières dépêches du ministre de Prusse à Stockholm ne parlaient que du retour de la bonne intelligence de ce cabinet avec la France.

J'ai appris d'une manière certaine que l'île d'Anhalt et Gothenbourg étaient les grands entrepôts des marchandises anglaises. Les Anglais donnent des licences pour tous les ports de la Baltique. J'ai pris des mesures pour que S. A. le Prince d'Eckmühl soit informé des points de débarquement et des routes que les marchandises prennent ensuite pour pénétrer en Allemagne.

VI

Narbonne à l'Empereur.

(Archives nationales, AF. IV. 1690, 4ᵉ dossier, pièce 237.)

Berlin, le 21 décembre 1812.

Sire,

J'arrive, j'ose l'assurer, avec toute la diligence que les circonstances et ma situation particulière l'ont permise. Comme Votre Majesté l'avoit prévu, sa lettre étoit ici cinq jours avant moi, et a été remise, sur-le-champ, par M. de Saint-Marsan. Il lui a rendu compte du bon effet qu'elle a produit, et de l'apparence plus que probable du succès de ses démarches. Je me trouve bien heureux de ne m'être pas trompé dans mes conjectures.

Ainsi que Votre Majesté l'ordonne, j'attendrai ici ses ordres, en m'occupant, de mon mieux, de ceux qu'elle m'a donnés de vive voix, et je me flatte que mon zèle, du moins, se montrera digne des bontés de toute espèce dont Elle n'a cessé de me combler pendant toute la campagne et dont je suis si profondément pénétré.

VII

Narbonne à l'Empereur.

(Archives nationales, AF. IV. 1690. 4ᵉ dossier, pièce 238.)

Berlin, le 21 décembre 1812.

Sire,

Quoique M. de Saint-Marsan ait exécuté avec une grande apparence de succès les ordres dont Votre Majesté avoit d'abord eu l'intention de me charger et que, d'après cela, mon séjour à Berlin n'ait pas de motif ostensible de me mêler d'affaires, j'ai cru, de l'avis de ce ministre, qu'il seroit plus utile que j'explicasse (sic) moi-même, comme quoi la lettre dont j'avois été le porteur ne m'avoit précédé que pour ne pas laisser, un instant de plus, le Roi dans l'ignorance de la marche de Votre Majesté qui désiroit lui donner ainsi une marque plus particulière de sa confiance, de son estime. J'ai donc fait solliciter par M. de Hardenberg une audience du Roi : je dois l'avoir demain. Celle que j'ai eue de son ministre ne m'a présenté que des généralités qui, toutes, vouloient dire que tout ce qui est possible seroit fait, mais que le possible avoit des bornes dont l'Empereur lui-même seroit juge. J'ai évité une discussion trop minutieuse qui m'auroit donné la couleur et le caractère d'un homme chargé de commissions particulières, et j'ai voulu me réserver le moyen d'avoir l'air de n'exprimer jamais que ma pensée.

Du reste, M. de Hardenberg m'a parlé avec une grande estime et une grande reconnoissance de la conduite du Duc de Castiglione, qui paroit véritablement, réunir tous les suffrages.

Ai-je tort, Sire, de prendre la liberté d'adresser à Votre Majesté une note relative à la circonstance présente que M. le Maréchal m'a chargé de lui faire parvenir? Elle me semble être d'un intérêt bien pressant, pour le moment, et solliciter une prompte décision de Votre Majesté. Je la supplie de me pardonner si mon désir de lui prouver mon zèle m'entraîne au delà des bornes qui me sont prescrites; mais comment espérer de lui témoigner ma reconnoissance autrement qu'en lui faisant toujours parvenir la vérité? Il n'en est pas de plus constatée que la nécessité de poser une digue au torrent qui nous menace, ainsi que celle de faire quelque avance d'argent qui donneroit le moyen d'exiger et d'obtenir des valeurs vingt fois plus considérable (*sic*).

VIII

Narbonne à l'Empereur.

(Archives nationales, AF. IV. 1690, 4ᵉ dossier, pièce 240.)

Berlin, le 22 décembre 1812.

Sire,

Dans la correspondance de M. de Saint-Marsan, Votre Majesté a pu voir que le comte Zichi, ministre d'Autriche, avoit paru, par une raison quelconque, s'éloigner un peu de lui, et éviter d'une manière assez marquée les occasions de se trouver avec la légation française; mais que, depuis le retour de Vienne de M. de Bombelles, son premier secrétaire, il y avoit mis une affectation toute contraire, et s'étoit empressé à lui donner à dîner : je suis arrivé dans cet heureux moment, et j'ai pu prendre, avec M. de Zichi, les relations assez familières que j'ai eues avec lui, soit en Hongrie, soit à Vienne; voici à peu près ce qu'elles m'ont fourni, c'est que le prince de Schwarzenberg vient d'envoyer à Vienne un prince de Lichtenstein pour demander des renforts indispensables à son corps d'armée. Il dit qu'elle est presque nue, qu'une grande partie de la cavalerie est à pied, qu'un convoi de 1000 chevaux de remonte avoit été enlevé par Gzernicheff, et qu'enfin des fièvres contagieuses, comme celles de Hongrie mettoient l'armée presque hors d'état d'agir. Est-ce la vérité? Y a-t-il une raison pour débiter une fausseté, c'est ce que la correspondance du général Regnier a déjà appris à Votre Majesté.

Mais ce dont parle et reparle M. de Zichi, c'est du bonheur qu'aura éprouvé l'empereur d'Autriche, en sachant Votre Majesté à Paris; c'est surtout du désir extrême qu'a M. de Metternich dont il est uniquement la créature, de faire jouer à son maître le rôle de médiateur pour lequel il lui voit beaucoup de facilités. Tout cela se dit, Sire, en ayant toujours l'air de parler des intérêts de l'Autriche comme indissolublement unis à ceux de la France; et sur mes observations relatives aux difficultés qu'apporteroit l'Angleterre, il a paru ne pas les craindre; et voir que, pour peu qu'il existe une liberté quelconque de commerce avec la Russie, elle ne s'opposeroit à rien. Le seul obstacle qu'il voye, c'est, dit-il, la pauvre tête de M. de Romanzoff. Tous ces discours sont-ils un rôle appris? Sont-ils une opinion particulière? Votre Majesté sait sûrement que M. de Zichi n'est pas un homme bien supérieur, même en Autriche; mais il a derrière lui M. de Neipperg qui, probablement, fait ici autre chose que de la musique, et une visite à ses grands parens; quoiqu'il ait pris aussi le prétexte, très invraisemblable, d'avoir l'ordre d'attendre ici la décision qui doit être prise entre les cabinets de Paris et de Vienne pour aller reprendre son poste de ministre à Stockholm.

Votre Majesté permet que je finisse par l'extrait d'une lettre du 29 novembre de la main du roi de Bavière, que ce prince m'a fait l'honneur de m'écrire, sûrement pour que je trouve le moyen de la mettre sous les yeux de l'Empereur.

« J'espère que Sa Majesté est contente de mes troupes. Cet espoir seul « me fait oublier toutes les pertes que j'ai faites, tant devant l'ennemi « que par les maladies. Je recrute à force, pour pouvoir completter (*sic*) mon « corps d'armée le printemps prochain. Jusqu'ici, la conscription se fait « à merveille, et je ne doute pas qu'elle ne continue de même. Si vous « trouvez l'occasion de parler de moi à l'Empereur, offrez-lui l'hommage « de mon admiration et de mon attachement à toute épreuve. »

IX

Narbonne à l'Empereur.

(Archives nationales, AF. IV. 1690, 4ᵉ dossier, pièce 242.)

Berlin, le 25 décembre 1812.

Sire,

Ce n'est qu'hier que j'ai été présenté au Roi, à la suite de M. le D. de Bassano et je me suis borné à lui dire que l'empressement qu'avoit eu Votre Majesté de lui faire parvenir sa lettre, m'avoit privé de l'honneur de la lui remettre; mais que je pouvois au moins lui répéter ce qui lui avoit, sûrement, été dit par M. de Saint Marsan, et dont Votre Majesté m'avoit tres spécialement chargé, c'est qu'Elle avoit la plus entière confiance dans les liens qui les unissoient, et dans l'empressement qu'il mettoit à justifier cette confiance. J'ai insisté, Sire, sur ce dernier mot, toujours celui qui flatte le plus le Roi. Sa réponse a été que M. de Saint-Marsan avoit déjà dû faire parvenir l'assurance de l'acquiescement le plus complet qu'il seroit possible aux désirs de Votre Majesté et qu'il espéroit que M. le D. de Bassano ne lui laisseroit aucun doute à ce sujet.

Par les nouvelles d'hier, Votre Majesté doit être instruite qu'il y a tout lieu d'espérer que la rentrée des soldats dispersés ne produira pas sur l'esprit du peuple le mauvais effet que l'on pouvoit en craindre. Nous savons par le baron de Hardenberg que ses rapports portent déjà à 30 000 hommes le nombre des arrivés, et qu'ils n'ont rien fait qui pût donner lieu à la moindre plainte, et l'on apprend, également, par le prince de Neufchatel que nos soldats n'ont eu qu'à se louer de leur réception en Prusse. Le seul événement qui eût pu paroître un peu inquiétant eût été la dispute assés (sic) grave établie entre le D. de Tarente et le Général Yorck, si Votre Majesté n'y avoit pas paré d'avance, en voulant que le corps prussien fût tout à fait indépendant, et, à ce sujet, on désire ardemment savoir si Votre Majesté exige que l'augmentation de ce corps soit prise dans les 42 000 hommes stipulés devoir être la force totale de l'armée prussienne. L'on représente qu'il seroit, dans ce cas, impossible de conserver les garnisons dans les places qu'ils sont tenus de garder, et d'avoir en Silésie les forces reconnues indispensables pour la sûreté et la tranquillité du pays; bien moins encore de pouvoir réunir le cordon que propose le D. de Castiglione, mesure adoptée comme de première nécessité par le Général et qui seroit confiée au Maréchal Kalkreuth. Là-dessus se répète le mot d'argent que l'on appuye de l'idée qu'un million d'écus, seulement donné, ou prêté par Votre Majesté feroit une grande impression sur le peuple qui y verroit concours et unanimité d'efforts de la part des deux souverains.

Sans nier cette opinion que j'ai pris la liberté, Sire, de dire peut-être trop souvent à Votre Majesté qui étoit la mienne, j'en ai fait la transition pour en venir à l'objet de mon voyage, et, après avoir écarté, j'en suis sûr, de la manière la plus positive, l'idée que je parlois le moins du monde au nom de l'Empereur : voulez vous, ai-je dit à M. de Hardenberg, pour bien prouver cette indissolubilité de liens, et convaincre les brouillons que rien ne pourra jamais détourner le Roi de son système, former des liens de famille. Que ne croiroit-on pas, que ne diroit-on pas de l'Autriche, si ces liens n'existoient pas entre Elle et la France? M. de Hardenberg a paru frappé de ce premier apperçu et m'a fait des questions qui ont amené de ma part des détails et des raisonnemens qui ont fait, je le crois, une assez grande impression. Le résultat en a été qu'on demandoit quelques jours pour réfléchir, et pour soumettre cette idée au Roi. J'ai répété que comme rien n'étoit moins officiel que tout ce que je venois de dire, et que je n'avois rien, absolument rien dit, ni comme envoyé de l'Empereur, ni comme son aide de camp, j'étois à cent mille lieues de demander une réponse; que j'observois, seulement, par le même sentiment qui m'avoit fait naître cette idée, que si l'on se décidoit à l'adopter, je la croyois infiniment plus utile pour la Prusse, et plus productive d'heureuses conséquences, prise aujourd'hui que demain et demain qu'après-demain ; et que rien, sûrement, ne contribueroit plus efficacement à la paix dont l'Autriche parloit tant, et que la Prusse désiroit tant, qu'une alliance qui la feroit y jouer un rôle si beau, et je le répétois si utile.

X

Narbonne à l'Empereur.

(Archives nationales, AF. IV. 1690, 4ᵉ dossier, pièce 243.)

Berlin, le 28 décembre 1812.

Sire,

Depuis ma dernière lettre, il n'a pas été question entre M. de Hardenberg et moi, de la conversation dont j'ai eu l'honneur de rendre compte à Votre Majesté, et j'ai évité même tout ce qui auroit pu vouloir y ramener. Je sens trop l'importance d'écarter toute idée que ce n'est pas moi, et uniquement moi qui ai parlé. Aussi ai-je la conviction que l'on n'a aucun doute à cet égard.

Je n'aurois donc aucun compte à rendre à votre Majesté puisque j'ai la certitude que les instructions envoyées à M. de Saint-Marsan sont suivies avec la ponctualité et le talent que ce ministre met toujours à s'y conformer, si je ne croyois qu'une conversation que le hasard m'a fait avoir avec M. de Waltersdorf, le ministre de Dannemarck en France, ne pouvoit être de quelque intérêt, rapprochée surtout, d'une autre avec M. de Neipperg.

Votre Majesté sait que M. de Waltersdorf s'étoit rendu à Varsovie, d'où il revient, ayant perdu ses équipages, et sur le point de se rendre à Paris, sans passer par Copenhague.

Je l'ai rencontré chez le ministre de Bavière, où il déploroit l'état de son pays, plus fâcheux, de beaucoup, disoit-il, que celui de la Prusse. Sur mon observation que le Dannemarck n'avoit jamais payé de contributions, ni été soumis à un aussi immense passage de troupes, il s'est étendu sur les malheurs de tout genre qu'avoit entraînés la rupture avec l'Angleterre, mais principalement sur la famine, qui désoloit son pays, et surtout la Norwége. « Elle y est telle, disoit-il, que déjà depuis un mois, « on est hors d'état d'y faire aux troupes les distributions en grain, et « que de deux jours l'un, on est réduit à la faire en poissons salés. Si les « besoins se font si cruellement sentir, au mois de décembre, comment « arriver à la moisson? Comment empêcher cette province de devenir la « proie de l'Angleterre ou de la Suède de qui seules, elle peut « attendre des subsistances? Et je viens malheureusement d'acquérir les « preuves les plus incontestables que la Russie a promis toute espèce de « secours au Prince Royal, pour lui en assurer la possession; j'en ai « douté longtemps, mais c'est aujourd'hui un fait très constaté pour moi, « et y a-t-il une chance pour que la France puisse jamais nous faire « rendre la Norwège, une fois sortie de nos mains. » Je dois à la vérité de dire que je n'ai pas apperçu (sic) dans tout ce discours trace de la moindre malveillance ni du plus léger désir de voir son gouvernement changer de système. C'est la situation actuelle de l'Europe qu'il accusoit, et qui lui faisoit envisager une paix générale comme le seul moyen de salut pour les Danois; je me suis donc contenté de dire que l'Empereur avoit prouvé de la manière la plus incontestable son désir pour cette paix, par les propositions envoyées en Angleterre avant l'ouverture de la campagne, que ses dispositions étoient toujours les mêmes, et que, quant aux moyens de faire rendre la Norwège, votre Majesté avoit, depuis quinze ans, fait des choses un peu plus difficiles.

Environ deux heures après, M. de Neipperg est venu me faire une visite et j'ai vu qu'il n'y avoit que de l'avantage à lui parler de cette conversation ; il m'a paru fort au courant de ce sujet, et, tout de suite, il m'a assuré que l'Angleterre ne souffriroit jamais que la Suède, qui ne pouvoit être que très momentanément ennemie de la France, possédât une aussi grande étendue de côtes vis-à-vis celles d'Écosse ; que plusieurs fois il avoit parlé au Prince Royal pour lui démontrer la futilité de ses espérances, mais qu'il étoit très possible qu'il ne l'eût pas convaincu.

Comme toutes les conversations autrichiennnes, et, il est vrai aussi, comme toutes les conversations diplomatiques et particulières, celle-ci s'est terminée par le désir et le besoin universel de la paix ; et moi, de dire que, quand votre Majesté auroit remis son armée sur un pied au moins aussi formidable qu'au printemps, ce qui n'étoit pas l'affaire de cinq mois, j'étois sûr qu'Elle seroit prête à écouter les propositions dignes d'Elle. M. de Neipperg s'est empressé d'assurer que ce ne pouvoit jamais être à l'Empereur à faire les premières propositions, mais bien à les écouter et à donner la paix, ce que je n'ai nullement nié.

XI

Narbonne à l'Empereur.

(Archives nationales, AF. IV. 1600, 4ᵉ dossier, pièce 244.)

Berlin, le 30 décembre 1812.

Sire,

Votre Majesté apprend par M. de Saint-Marsan, beaucoup mieux qu'elle ne pourroit le faire par moi, tout ce qui peut la mettre à même de juger des dispositions du peuple, de la société et du gouvernement ; il me paroit parfaitement d'accord dans sa manière de juger avec M. le maréchal de Castiglione, qui jouit ici de la plus universelle considération ; et tous deux, par des relations et des rapports différents, peuvent être et sont parfaitement instruits. Je ne diffère en rien de leur opinion, et je crois ce qu'on appelle le peuple beaucoup plus tranquille, et infiniment moins prêt à un mouvement que l'on avoit sujet de le craindre. L'accueil fait à tous nos rentrans m'en paroit une preuve irrécusable. La société est et sera toujours la même, ici comme presque partout ailleurs. L'esprit et le ton d'opposition sont, depuis longtemps, ce qui donnoit le plus de succès auprès des femmes ; n'ayant pas pu en obtenir à la guerre, les jeunes officiers ont été en chercher dans les sallons (sic), mais je suis convaincu que cette insurrection de boudoir ne peut avoir aucune conséquence fâcheuse, et parce que la Reine n'existe plus, et surtout parce que le Roi et son ministre semblent tout à fait inébranlables dans leur système. M. de Kruzmark (*sic*), qui part d'ici après-demain, emportera, je crois, avec lui toutes les assurances les plus satisfaisantes à ce sujet : mais je crois aussi qu'il sera chargé de supplier bien instamment Votre Majesté d'aider un peu la Prusse dans ses efforts, et s'il lui est impossible d'espérer cet argent si désiré, d'obtenir du moins la certitude que les magazins (*sic*) destinés à l'armée françoise ne seront remplis que par des achats faits par des agens français, et nullement au moyen des réquisitions. C'est encore, à ce qu'il me semble, la manière la moins coûteuse et la plus utile de remettre de l'argent dans ce pays où il y a une immensité de bled (*sic*), et très certainement pas un écu. Telle est aussi l'opinion du prince de Hazfeld (*sic*) qui, tous les jours, et de toutes les manières donne une nouvelle preuve de son attachement au système françois, qu'il regarde comme l'unique port de salut pour son pays et qui appuye le baron de Hardenberg de tous ses moyens et de toute son influence.

Quant aux nouvelles, Sire, voici celles que me fournit M. Jouannin, consul à Mémel, et qui arrive dans cet instant. Il dit que, le 17, il a été invité et pressé par les autorités civiles et militaires de quitter cette ville, menacée à tous les instans d'être occupée par un petit corps de cosaques que l'on savoit, avec certitude, être à 4 milles de Memel, dans une terre appartenant à Platow. Ces autorités, dit-il, se sont conduites, jusqu'au dernier moment de la manière la plus satisfaisante. Un ordre du général Loison datté (*sic*) de Tilsitt, du 17, portoit d'évacuer la place, en suivant le mouvement du 10ᵉ corps qui devoit partir de Mittaw, la nuit du 18 au 19. Les troupes à Memel consistoient dans cinq à six cents hommes de dépôt du corps prussien; deux cents hommes environ de l'artillerie et de la flotille et un faible bataillon polonais venant de Rosciani sous les ordres du Cᵉ Plater. La place étoit commandée par le maréchal Trabenfeld, sous le commandement général du colonel Malzhan; il n'y existoit que 9 canons en batterie, uniquement destinés à protéger la rade ; mais 230 milliers de poudre, 3 millions de cartouches, de boulets, de l'artifice, etc., appartenant au 10ᵉ corps, et que l'on avoit déjà commencé à évacuer.

M. Jouannin a trouvé la route couverte de rentrans, ne commettant aucun désordre, et payant, au contraire, fort largement. Il n'a apperçu (*sic*), dans les Prussiens, aucun symptôme de mouvement, et il ne croit pas qu'il y ait un véritable corps russe sur ce point, quoiqu'on se plaise à répandre que tout celui de Wittgenstein en est fort rapproché.

Les dépêches du roi de Naples ne doivent laisser aucun doute à ce sujet; il vient d'envoyer au roi de Prusse un aide-de camp chargé d'une lettre de politesse, mais dans laquelle il demande, je crois, de pouvoir disposer de la cavalerie prussienne et de l'artillerie légère qui est à portée de lui.

XII

Narbonne à l'Empereur.

(Archives nationales, AF. 1690. 4ᵉ dossier, pièce 245.)

Berlin, le 31 décembre 1812.

Sire,

Votre Majesté sait, sûrement déjà, par plusieurs voies que M. de Neip-perg vient de recevoir l'ordre de retourner en Suède, d'où l'on fait partir un ministre pour Vienne. Je ne verrois, comme le comte de Saint-Marsan, dans ce départ, qu'un moyen et qu'une espérance d'entrer en matière, pour commencer une négociation que l'Autriche semble tant désirer, si le choix du négociateur ne me donnoit pas quelque inquiétude, par les opinions qu'on lui prête. Je ne le connois pas assez pour savoir positive-ment à quel point il est notre ami ou notre ennemi, et il a trop de mesure pour ne pas prendre un ton et un masque convenable; mais je ne suis nullement convaincu, si M. de Neipperg ne trouve pas de facilités dans des ouvertures de paix générale, qu'il ne soit fort tenté de se mettre en avant pour faire jouer à l'Empereur d'Autriche le rôle de médiateur d'une manière qui ne conviendroit, peut-être, nullement à Votre Majesté.

Tout en persistant, Sire, dans mon opinion sur les dispositions pai-sibles, ou au moins patientes de ce peuple-ci, je suis forcé de me rendre à l'idée que nous avons aussi, dans la classe moyenne, quelques ennemis ardens et actifs. Plusieurs preuves en viennent à ma connaissance; mais je suis intimement persuadé avec le duc de Castiglione et M. de Saint-Marsan, qu'une surveillance de tous les momens, et secrète, vaut mille fois mieux qu'un éclat, et pour cette surveillance, nous sommes parfaite-ment secondés par le ministre, qui du reste, est compris ainsi que le Roi, dans toutes les proscriptions que rêve l'imagination déréglée de quelques sectaires auxquels on ne doit attacher ni trop, ni trop peu d'impor-tance.

Il paroit, Sire, que l'on s'occupe beaucoup de la conversation avec M. de Hardenberg dont j'ai eu l'honneur de rendre compte à Votre Majesté. Le prince de Hazfeld à qui il en a fait part, a saisi cette idée avec empressement; deux fois il est venu m'en parler, il assure que le ministre en désire beaucoup l'exécution et ne cherche que la manière de la présenter au Roi à qui l'on suppose quelque projet d'union de famille dont, au reste, il n'a jamais parlé. On me demande, seulement, ce que l'on peut répondre à la question qu'il fera surement, si *l'on a la certitude de n'être pas refusé*. J'ignore si c'est une manière de tirer de moi au nom de qui je parle; mais comme j'ai affirmé n'avoir aucune espèce d'ordre à ce sujet, je me borne à dire que je connois tellement le désir de Votre Majesté d'assurer par des liens semblables à ceux de l'Autriche la tran-quillité future de l'Europe que j'ai la plus complette (*sic*) certitude de la manière dont Elle écouteroit, au moins, cette proposition, et j'ajoute que, selon moi, le Roi ne peut rien faire de plus noblement utile que de prendre, à ce sujet, la détermination la plus prompte.

XIII

Narbonne à l'Empereur.

(Archives nationales, AF. IV. 1690, 4ᵉ dossier, pièce 247.)

Berlin, le 1ᵉʳ janvier 1813.

Sire,

J'ai reçu, cette nuit, les ordres de V. M. du 26 décembre. Ils portent que : ma mission finie je dois me rendre à Magdebourg, m'assurer en détail de la situation de la place, partir de là pour Cassel, étudier l'esprit du pays et hâter les mesures à prendre pour bien défendre Magdebourg et réorganiser l'armée Westphalienne, en faisant observer au Roi que, dans tout ceci, il se trouvait à l'avant-garde.

Dans la journée d'hier, Sire, le Ministre de Westphalie, malade depuis longtemps, m'avait fait prier de passer chez lui parce qu'il était chargé pour moi d'une commission de son maître; je m'y suis rendu, et il m'a témoigné le désir qu'avait S. M. qu'en retournant à Paris, je prisse la route de Cassel; ma réponse avait été que si je ne recevais pas des ordres contraires de l'Empereur, je me ferais un devoir d'obéir à ceux du Roi.

Je partirai donc, Sire, quand ma mission sera entièrement remplie et j'en regarde comme remplie, au moins pour moi, la partie que V. M. a confiée à M. de Saint-Marsan, dans la lettre qu'il lui a fait écrire de Dresde par M. de Serra, en le chargeant de celle à remettre au Roi de Prusse. J'ai eu l'honneur d'écrire à l'Empereur que je ne croyais pas qu'il y eût rien à ajouter aux démarches faites par ce ministre, et dont il lui a rendu compte, n'ayant pas, d'ailleurs, reçu les instructions qui m'avaient été annoncées pour me mettre à même de m'occuper des détails. Ils pourront être fournis par M. de Kruzmark (sic) qui part décidément après-demain avec la réponse du Roi.

Mais comme je crois voir dans la lettre de V. M. l'intention que je ne reste pas étranger à tout ce qui tient à l'armée, je me suis déterminé, de l'avis de M. de Saint-Marsan, à demander au Baron de Hardenberg des réponses positives aux différentes questions sur lesquelles V. M. pouvait désirer d'être instruite; je me suis aidé des lumières du D. de Castiglione qui par sa position doit connaître mieux qu'un autre les besoins et les réponses.

Ce ne sera qu'après avoir reçu ces réponses, les avoir discutées et envoyées à V. M. avec mes réflexions que je penserai à me mettre en route, surtout, si, comme je l'espère, ce temps amène aussi quelque éclaircissement sur l'autre partie de ma mission dont je conçois qu'on ait de la peine à s'occuper définitivement dans un pareil moment. Rien n'égale, en effet, l'inquiétude du Roi que sa fermeté dans son système; toute sa famille l'obsède pour en changer; elle met en avant des adresses où l'on offre au Roi toute espèce de sacrifice, s'il veut adopter ce que l'on appelle les véritables mesures pour sauver son Royaume. Sa réponse a été qu'il compte sur tous ces sacrifices, et qu'il exigera tous ceux qu'il jugera nécessaires, mais qu'il n'entend pas que l'on s'immisce en rien dans ses résolutions, et qu'il regarde comme des mal-intentionnés tous ceux qui ne partagent pas ses principes. Rien n'est donc plus absurde que le bruit qu'on avait fait courir de la disgrâce de M. de Hardenberg et d'une prétendue explication avec le Roi. J'ai déclaré plusieurs fois à V. M. mon opinion sur ce ministre; je le retrouve toujours le même, ne se laissant nullement ébranler par les circonstances que l'esprit de la société se plaît tous les jours à aggraver.

XIV

Narbonne à l'Empereur.

(Archives nationales, AF. IV. 1690, 4e dossier, pièce 248.)

Berlin, le 3 janvier 1813.

Sire,

J'espérais pouvoir adresser aujourd'hui à Votre Majesté les réponses qui m'avaient été promises aux questions sur lesquelles Elle pouvait désirer d'avoir des idées positives; différentes incertitudes que l'on avait mises en avant et qui tenaient à la situation de l'armée du duc de Tarente semblaient avoir disparu par la nouvelle envoyée, hier matin, par le major général, de l'entrée à Tilsit du corps du Maréchal, lorsqu'un aide de camp du Roi de Prusse arrivé cette nuit a malheureusement détruit ces espérances, en annonçant que, bien véritablement, le Maréchal, et 5 000 Français avaient percé, en faisant même des prisonniers, mais qu'il avait abandonné 8 000 Prussiens entourés de forces infiniment supérieures, c'est-à-dire, ayant sur leur gauche le corps très renforcé de Witgenstein, et, en avant, le général Pulucci occupant Memel avec 17 à 18 000 hommes venant de Riga. C'est par ce point de Memel que le général York devait essaier de pénétrer, mais il y voyait, dit-on, de bien grandes difficultés. Rien n'égale l'inquiétude que répand cette nouvelle; d'abord parce que l'on voit sur ce point la frontière tout à fait découverte, et aussi, parce qu'on veut voir dans cet abandon, une suite des démêlés entre le général York et le Maréchal de Tarente dont le caractère devrait le mettre au-dessus de tout soupçon de cette espèce.

Je ne doute pas que cela n'a rien fait changer à la Lettre du roi qui prend avec V. M. les engagemens les plus positifs sur l'armée de 30 000 hommes qu'Elle désire voir organisée le plutôt possible; mais cela peut en retarder le moment et servir de prétextes ou de raisons aux difficultés que présentent mes différentes demandes; quand d'un autre côté, d'après le dire du général Neipperg, le prince Schwarzenberg resté à Byalistock jusqu'au 27 a été obligé de l'abandonner, ce jour-là, à la grande armée russe, et est allé le 30 à Varsovie pour se concerter avec le prince Poniatowski. — Malgré, donc, mon désir d'exécuter les ordres qui m'envoient à Cassel, et qui me permettent d'aller reprendre mon service auprès de V. M., je ne partirai que quand je croirai ma présence ici complettement (sic) inutile.

. Votre Majesté me permet-elle de lui annoncer la résurrection du général du Rosnel arrivé ici depuis hier en convalescence, et qui .désire bien d'être mis à ses pieds.

XV

Narbonne à l'Empereur.

(Archives nationales, AF. IV. 1690, 4ᵉ dossier, pièce 249.)

Berlin, le 4 janvier 1813.

Sire,

Votre Majesté reçoit sûrement par l'estafette qui passe dans l'instant ici, aujourd'hui 4 janvier, à sept heures du soir, la nouvelle apportée il y a une heure à M. de Saint-Marsan par un aide de camp du prince de Neufchatel de la trahison du Général York. M. de Hardenberg avec qui nous nous trouvions, M. de Hazfeld (*sic*), M. de Saint-Marsan et moi chez le Maréchal Augereau, quand cette nouvelle est arrivée, est parti pour la porter au Roi, et pour concerter les moyens les plus sévères et les plus propres à déjouer une trame dont ceci pourroit bien n'être qu'un des fils. J'espère que Votre Majesté ne me désapprouvera pas dans l'avis que j'ai déjà manifesté sur la nécessité d'exiger et d'obtenir toutes les sûretés possibles, dans une circonstance aussi grave.

Demain matin, il sera expédié une estafette pour rendre compte à votre Majesté de ce qui aura été fait.

XVI

Narbonne à l'Empereur.

(Archives nationales, AF. IV. 690, 4ᵒ dossier, pièce 250.)

Berlin, le 5 janvier 1813.

Sire,

La lettre du général York, la seule pièce qui nous soit parvenue jusqu'ici sur son infâme trahison, a déjà tout appris à Votre Majesté et a suffi, sûrement pour lui en faire voir les fâcheuses conséquences. Jamais on ne s'est donné moins de peine pour colorer un pareil crime, car il n'est uniquement question que de la crainte de voir son corps entamé, et de celle, en compromettant ses équipages, de courir risque de manquer de subsistances, à sept lieues de Tilsitt. Jamais on n'a mis une impudence pareille à celle de présenter comme une condition avantageuse la promesse de ne pas attaquer l'armée française, et jamais on n'a employé une plus coupable adresse que cette affectation de ne pas prononcer le nom du Roi, comme un moyen sûr de le compromettre. Mais nous persistons toujours également, le duc de Castiglione, le comte de Saint-Marsan et. moi, à ne pas former le plus léger doute sur la bonne foi du souverain.

Votre Majesté verra par la copie de la Note remise hier au soir par son ministre au baron de Hardenberg, et de la réponse qui y a été faite, dans la nuit même, l'empressement et le besoin qu'a eu le Roi d'écarter toute espèce de soupçons. Puissent les mesures adoptées arrêter la progression du mal et empêcher le reste de l'armée Prussienne de suivre l'exemple du général Massenbach! Nous ne nous sommes pas dissimulé que les troupes, actuellement, en Silésie, et qui, par l'éloignement des Autrichiens vont, peut-être, se trouver vis-à-vis des Russes, ne puissent nous donner de justes sujets d'alarmes; mais, quel moyen d'y parer, sur le champ, avec efficacité? L'idée de mettre toutes ces troupes sous les ordres du Maréchal Augereau m'est bien venue et je l'ai proposée; mais j'ai cédé aux considérations suivantes : 1º Montrer de la méfiance au Roi seroit, dit-on, la seule manière existante de relâcher un peu la force des liens qui l'attachent à Votre Majesté. 2º Cette armée dans laquelle se trouvent les officiers dont on se croyoit le moins sûr ne verroit-elle pas dans cette mesure un grand sujet de mécontentement, ne se persuaderoit-elle pas que la force seule auroit obligé le Roi de la prendre, et ne feindroit-elle pas de se regarder comme déliée de toute obéissance? 3º Enfin, et c'est la raison qui me frappe le plus : comment le maréchal Augereau pourroit-il se faire obéir lorsqu'il n'a pas un soldat françois pour appuyer ses ordres; le corps du général Grenier ne pouvant arriver qu'à la fin du mois. Tout bien considéré, donc, on a cru que le maréchal Kalkreuth sur qui il y a toute raison de compter, et qui cependant auroit bien pu laisser éclater son mécontentement d'être déplacé, pourroit encore mieux qu'un autre faire le bien possible. On lui confie les pouvoirs les plus étendus à cet effet et on le rend responsable sur sa tête de ce qui peut arriver.

Je n'ose pas espérer que les mesures prises contre le général Yorck, et l'approbation illimitée donnée à tout ce qu'on fera par le roi de Naples pour ramener le corps prussien, puisse actuellement l'arracher aux Russes; mais, du moins, le Roi convaincra tous ceux de ses sujets qui peuvent être convaincus, qu'il regarde comme la plus infâme trahison toute défection de cette espèce.

Pour bien le constater aux yeux de toute l'Europe, j'ai insisté sur l'envoi du prince Hatzfeld, qui, dans cette occasion, comme dans toutes les autres, s'est montré l'ami le plus éclairé et le plus ardent de l'union la plus intime avec la France. Je l'ai proposé, parce qu'il est le plus grand seigneur du pays, le plus indépendant, et le seul qui ose professer hautement son approbation de tout ce que fait le ministre à qui il donne toujours les conseils les plus fermes et les plus sages. Je l'ai proposé aussi, Sire, d'après ce que j'ai eu l'honneur de mander à Votre Majesté dans mon nº 7 qu'il avoit connoissance des ouvertures faites par moi à M. de Hardenberg, qu'il les avoit saisies avec plus d'empressement encore que lui. Son voyage à Paris doit lui fournir de nouvelles raisons, et une fort bonne occasion de donner une suite très prompte à mon projet, et je crois pouvoir tout à fait m'en rapporter à lui sur cet objet.

Ai-je tort, Sire, de penser qu'en laissant ici le Maréchal Augereau et le comte de Saint-Marsan, tous deux plus en état que moi, par leurs relations, de s'occuper utilement de tous les soins qu'exige la circonstance, mon devoir est de partir le plutôt (sic) possible pour Magdebourg où j'ai déjà la triste certitude de ne trouver pour tout approvisionnement que quelques sacs de sel. Je demande donc aujourd'hui même une audience au Roi, que dans ce moment-ci plus que dans un autre, je me crois obligé d'attendre et je me mettrai sur le champ en route.

XVII

Narbonne à l'Empereur.

(Archives nationales, AF. IV. 4e dossier, pièce 251.)

Berlin, le 6 janvier 1813.

Sire,

M. de Saint-Marsan, chés (*sic*) qui arrive l'Estafette, a pu envoyer, dès hier, à M. le duc de Bassano la capitulation du général Yorck, sa lettre à son souverain, ainsi que celle du Roi de Prusse au roi de Naples à ce sujet. Cette capitulation dont il a du résulter le plus grand embarras pour le duc de Tarente, hors d'état de pouvoir par là coopérer utilement avec le roi de Naples, qui ne paroit pas en position de rester plus long-temps à Königsberg, est, cependant, beaucoup plus rassurante que ne l'étoit la première lettre du général, en ce qu'elle semble éloigner l'idée du complot d'une défection générale de l'armée prussienne; du moins elle a produit cet effet sur le maréchal de Castiglione, M. de Saint-Marsan et moi. La liberté stipulée, pour le Roi, de la confirmer ou de l'annuller (*sic*), sous la seule condition de ne pas faire servir ses troupes pendant deux mois, quoique nous privant, dans le fait, d'une des portions les plus intactes de l'armée, au moment où elle nous seroit le plus néces-saire, pourroit finir par présenter quelque avantage, s'il étoit permis d'espérer que les Russes laisseront fidèlement repasser un corps de troupes dont ils sont absolument les maîtres; mais ce qui me frappe beaucoup, et me donne un peu à penser, c'est, s'il est vrai, comme il y a quelque raison de le croire, que la position du général Yorck présen-toit un grand danger, au moins par le nombre de troupes dont il dit avoir été entouré, et qu'il ne fait pas monter à moins de 60 000 hommes, ce qui me frappe, dis-je, c'est la modération du ton et des conditions de la capitulation.

Ce malheur, du moins, a eu l'avantage de donner une nouvelle preuve de la bonne foi du Roi; les détails de ses discours et de sa conduite ont été transmis par le comte de Saint-Marsan; ils portent tous le caractère de la loyauté.

Je n'ai pas pu, encore, obtenir mon audience de congé, mais j'ai mandé au baron de Hardenberg que, si Sa Majesté se trouvoit, par une raison quelconque, dans l'impossibilité sous vingt-quatre heures de m'accorder un moment, je le priois de faire agréer mes respectueuses excuses à son souverain, d'être obligé d'exécuter sans délai les ordres que j'avois reçus de mon maître. Magdebourg me paroit, par tout ceci, un point trop important pour retarder de m'en occuper un instant de plus.

P.-S. — Je reçois dans l'instant l'heure de mon audience, qui sera demain à midi, et je partirai pour Magdebourg le moment d'après.

XVIII

Narbonne à l'Empereur.

(Archives nationales, AF. IV. 1690, 4ᵉ dossier, pièce 252.)

Magdebourg, le 9 janvier 1813.

Sire,

Comme je l'avois annoncé à Votre Majesté, je suis parti de Berlin, au sortir de mon audience. Lui en donner les détails ne seroit que répéter ce qui est contenu dans la lettre du Roi et dans toutes celles de M. de Saint-Marsan. Je me bornerai donc, en assurant qu'il est impossible d'avoir plus l'air de la vérité que ne l'a eu ce prince dans tous ses discours, à dire tout ce qui, peut-être, ne se trouve pas dans ces lettres.

« Je vous prie, m'a répété le Roi à plusieurs reprises, d'assurer Sa
« Majesté de tout mon dévoüement et de ma fidélité scrupuleuse à remplir
« tous mes engagemens. Rien au monde ne pourra m'en détourner, et
« aucune circonstance ne peut me faire changer de système ; j'y tiens
« autant par intérêt que par loyauté, car je ne suis pas de ces *étourdis*, et
« de ces *braillards ridicules*, qui veulent voir la France *dégringolant*. Per-
« sonne n'est plus persuadé que moi de l'immensité de ses ressources.
« et de toutes celles que peut créer le génie de votre Empereur ; je les
« seconderai de mon mieux ; assurez en bien Sa Majesté. Je lui ai mandé
« combien j'étois affligé de ce que venoit de faire le général Yorck ; j'es-
« père qu'Elle sera, du moins, contente des mesures que j'ai prises, pour
« montrer l'horreur que j'ai eue pour une démarche que j'avois dans le
« premier moment regardée, ainsi que vous, comme une trahison : la
« capitulation m'a paru, j'en conviens, moins criminelle que la lettre, et
« pouvoit un peu mieux s'expliquer, mais je n'en ai pas moins tenu à
« ma première décision. M. de Kleist a le commandement, M. d'Yorck
« sera arrêté et jugé, et j'ai, de plus, destitué M. de Massenbach, qui me
« paroit encore plus coupable que ce dernier, et qui ne peut avoir d'excuse
« que son extrême bêtise, qui déjà m'avoit décidé à le remplacer. Quant
« à la capitulation, je reconnois que le roi de Naples a seul, comme lieu-
« tenant de l'Empereur, le droit de prononcer sur le sort de troupes qui
« ne sont plus à moi, dès qu'elles forment un contingent. Je fais con-
« noître par tous les moyens de publicité possibles, combien j'ai été indigné
« d'une capitulation qui m'a retracé bien douloureusement celles de 1806.
« J'ai chargé tous mes ministres de le notifier dans les différentes cours,
« et j'envoie le prince Hatzfeld qui partira dimanche, au plus tard, pour
« donner à l'Empereur toutes les assurances, et tous les éclaircissements
« qu'il pourra désirer. »

Tout cela, Sire, ne m'a laissé que peu de choses à dire, et j'ai cru, seulement, pouvoir assurer que la conduite du Roi détruiroit toutes les impressions fâcheuses qu'avoit pu donner, avec tant de raison, la première lettre du général Yorck, et que la capitulation serviroit du moins, à prouver l'invariable fidélité de S. M. J'ai ajouté que je me croyois également sûr que cette fidélité ne pouvoit avoir que les suites les plus heureuses pour le Roi, car rien n'étoit plus démontré que la possibilité et la facilité pour l'Empereur, de se retrouver, au printemps, dans une attitude aussi imposante que l'année passée, et que, plus il vouloit la paix, plus il déploieroit les ressources propres à prouver qu'il ne devoit pas craindre la guerre. Cela m'a ramené à parler de l'armée de 30 000 hommes. La réponse du roi a été qu'il désiroit cette mesure autant que Votre Majesté; que déjà, il avoit, à peu près, le nombre de recrues nécessaires, mais qu'il n'avoit ni équipement, ni habillement, ni moyens de s'en procurer sans argent dont il manque absolument; qu'il avoit chargé M. de Krusemark de démontrer la vérité de cette assertion. J'ai parlé alors de la nécessité d'un dernier effort, beaucoup plus utile dans ce moment, à la Prusse qu'à la France. On a fini par dire que l'impossibilité mettroit seule des bornes à la bonne volonté et au dévouement le plus absolu. J'avois parlé à Votre Majesté de notes auxquelles on m'avoit promis des réponses positives, au lieu de cela, Sire, il m'est arrivé une lettre de M. de Hardenberg qui, en s'excusant de sa santé, véritablement fort mauvaise depuis huit jours, me dit que l'essentiel de mes questions a déjà trouvé sa réponse dans la lettre que le Roi a adressée à l'Empereur, et dans toutes les explications que son ministre est chargé de donner; qu'à l'égard du corps d'armée, il étoit indispensable d'attendre le parti que prendroit le roi de Naples sur la capitulation, avant de donner les ordres nécessaires au général Kleist; qu'en attendant, rien ne seroit négligé pour se mettre le mieux possible en état de défense, pour concentrer les moyens et pour approvisionner complettement (*sic*) les places fortes.

Quant à la commission verbale dont Votre Majesté m'avoit chargé, j'ai tout lieu de croire que la présence de M. de Hatzfeld à Paris doit amener le résultat qu'Elle désire.

Demain matin, Sire, je finirai l'examen de tout ce que j'ai à voir à Magdebourg, et j'aurai l'honneur d'en rendre compte de Cassel à Votre Majesté.

XIX

Le prince de Neuchâtel au duc de Tarente.

(Archives historiques du Ministère de la guerre. Correspondance de la Grande Armée.)

Vilna, le 9 décembre 1812.

Succession Macdonald.
[Reçu le 18 à une heure du matin]
[Répondu à trois heures du matin]

Monsieur le Duc de Tarente, l'armée est en ce moment à Vilna (*sic*), mais tout porte à penser que Sa Majesté va se déterminer à lui faire repasser le Niémen pour prendre ses quartiers d'hiver sur ce fleuve. Ce mouvement exige que vous manœuvriez en conséquence avec votre corps d'armée afin de vous mettre en harmonie avec nous dans la nouvelle

T. II.   32 ligne que nous prendrons sur la rive gauche du Niémen. L'intention de Sa Majesté est donc, Monsieur le Maréchal, que vous vous rapprochiez de notre nouvelle ligne d'opération en vous approchant de Tilsit, afin de couvrir Königsberg et Dantzig; mais Sa Majesté me charge de vous faire connaître qu'il faut que votre mouvement se fasse le plus lentement possible à moins d'y être forcé par ceux de l'ennemi.

L'armée va se porter sur Kowno, qu'elle conservera comme tête de pont, et c'est sur ce point que vous nous ferez parvenir vos rapports. Donnez nous de vos nouvelles le plus souvent qu'il vous sera possible.

XX

Le prince de Neuchâtel au duc de Tarente.

(Archives historiques du Ministère de la guerre. Correspondance de la Grande Armée.)

Kowno, le 12 décembre 1812.

Succession Macdonald.

[Reçu le 18 décembre à une heure et demie du matin]
[Répondu de suite à trois heures]

Monsieur le duc de Tarente, je vous envoye copie de l'ordre que je reçois du Roi; Votre Excellence voudra bien manœuvrer en conséquence et nous donner de ses nouvelles à Insterburg. Vous avez reçu l'ordre du jour qui, pendant l'absence de l'Empereur, donne le commandement de l'armée au Roi de Naples.

Copie de l'ordre du Roi au Prince major-général. « Mon cousin, ne pou- « vant tenir à Kowno, il est très urgent d'en prévenir monsieur le « maréchal Duc de Tarente afin qu'il accélère son mouvement sur *Tilsitt.* « Vous lui ferez connaître en même tems que tout ce qui existe de « l'armée va se porter en deux colonnes sur Insterburg et Tilsitt. Il devra « d'abord nous donner de ses nouvelles à Insterburg. »

XXI

Le duc de Tarente au prince de Neuchâtel.

(Archives historiques du Ministère de la guerre. Correspondance de la Grande Armée.)

Gross Elley, ce 19 décembre 1812.

Duplicata.

Monseigneur,

Je reçois à quatre heures après midi les deux lettres que V. A. m'a fait l'honneur de m'écrire d'Antonovo le 14 de ce mois.

Je suis en pleine marche, la tête de mes troupes sera demain soir à *Mechkouts* (*sic*) en même temps que l'arrière-garde quittera la position de l'Eckau en avant de Mitau.

J'ai mandé à Votre Altesse que son premier ordre du 9 m'était seulement parvenu hier matin par M. de Schenk, major Prussien. Cet ordre était assez important pour qu'on se donna (sic) la peine d'avertir cet officier, combien il était urgent qu'il arrivât promptement. Comme on ne lui a rien dit, suivant son dire, il a pris sa direction de Vilna par *Olita*, *Insterburg* et *Tilsitt*. Comment dans de pareilles circonstances n'envoye-t-on pas 10, 20, 100 duplicata? Au reste Votre Altesse voit que je n'ai pas perdu de temps.

Je serai demain de ma personne entre *Janiski* et *Mechkouts*. Je lui répète ce que je lui ai mandé dans mes réponses d'hier. Je ferai plus que l'impossible pour sauver le dixième corps.

Je lui demande de faire faire par la grande armée tout ce qui sera possible pour favoriser mon passage en portant des corps dans la direction de *Georgenburg* et de *Tilsitt* sur *Taurogen* et dans la direction de *Rosiena* (sic). En supposant que je ne trouve que de légers obstacles je ne puis être à *Tilsitt* avec tout mon corps avant le 30 de ce mois.

XXII

Diebitch à Jomini.

(Archives historiques du Ministère de la guerre. Correspondance de la Grande Armée. 24 mars 1814.)

Mohileff, le 9 mai 1817.

Cette lettre fort étendue porte cette mention au crayon : « donation Henri Mathieu, 1867 ». Elle comprend sur la capitulation de Tauroggen le passage suivant :

.... Je compte que c'est un des services les plus importans que la Providence m'a permis de rendre à un Souverain chéri, mais il y a en un (sic) que j'estime plus important encore et qui paraît même être méconnu; c'est la convention avec Yorck; on croit assez généralement que c'était une chose prévue, préparée et soutenu par tout le corps de Wittgenstein, quand au contraire étant détaché à dix marches avec 1 500 hommes et quelques canons, et voyant la distance qui séparait les colonnes de Macdonald et comptant sur l'esprit connu des Prussiens, je me suis mis hardiment entre lui et York, que j'ai réussi à intercepter toute communication et d'entrer en négociation avec York et sans avoir ni instruction, ni plein-pouvoir, ni secours de personne que 500 chevaux que le commandant Galathée m'amena et deux excellents officiers, MM. Klausewitz et Dohna, tous les deux Prussiens de naissance, tous les deux très habiles pour négocier, j'ai commencé et fini toujours seul la chose par la convention de Tauroggen qui fut certainement le premier pas pour la délivrance de l'Allemagne et qui seule nous donna presque sans combat toute la Prusse ducale, dont la conquête par Wittgenstein, Platoff et Tschitschagoff, qui pouvaient avoir 35 000 hommes, beaucoup de kosaques et des

milices ensemble ne comptant pas les détachés, aurait pu être assez
disputé si aux restes de l'armée ennemie, excepté les 7000 hommes qui
restèrent à Macdonald et 6000 hommes sortis de Dantzig, se fussent joint
encore 15 000 Prussiens avec leurs réserves. Car toutes ces troupes étaient
très bonnes et beaucoup moins fatiguées que nous. Après la convention
les 7000 hommes de Macdonald aurait (sic) dû être accablé, car je les
poursuivai (sic) avec 2000 hommes à peu près, le général Kutusoff avec
4000 hommes se trouvaient à cinq lieues et le général Schepeleff avec
3000 dont 2000 d'infanterie et 20 pièces à une petite lieue près du chemin
de Tilsit à Königsberg, quand Macdonald était encore à Tilsit n'ayant que
13 pièces et 35, dit trente-cinq hommes de cavalerie. Mais les cosaques
donnèrent de mauvais avis à ces généraux, et Macdonald s'échappa.

Comme on avait eu raison de croire sa perte certaine, on fut mécontent,
et blâmant les marches divergentes et lentes du gros du corps que
les mauvais chemins ne pouvaient pas tout à fait excuser, on oublia
tout à fait le grand service qu'une bien petite partie de ce corps avait
rendu.

Pardon, mon cher Jomini, si je vous ai beaucoup parlé de ma personne,
mais comme je me flatte de votre amitié, j'aime à me vanter devant vous
de ce que je crois avoir le mieux fait. Si j'aurais (sic) eu l'espérance de
vous voir à Pétersbourg, j'aurais préféré de vous dire cela de bouche,
car ayant été avancé et récompensé au-dessus des services que j'ai
pu rendre, je me suis bien gardé de me vanter en public d'un fait
d'armes qui parle pour soi-même, aussi ne vous donné-je ces détails qu'à
vous.

Adieu, mon cher général, etc.

XXIII

Yorck au Roi de Prusse.

(Archives historiques du Ministère de la guerre. Correspondance de la Grande Armée.)

Chelell, le 27 décembre 1812.

Succession Macdonald.

[Rapport du général d'Yorck à S. M. le roi, remis par le major Henkel.]

En conformité du rapport que j'ai eu l'honneur d'adresser à Votre Majesté
de Mittau sous le n° 19, et d'après l'ordre de mouvement de M. le maréchal duc de Tarente y annexé, je me mis en marche avec les troupes
concentrées dans et près de Mittau, le 20 décembre à la nuit tombante.
J'avais eu soin de retirer les avant-postes placés près de Silgrus (?),
Zennhof (sic) et Paulsgnade.

Le 1er bataillon du régiment d'infanterie n° 6 essuya une attaque de la
part de l'ennemi au moment de son départ de Zennhof, mais après un feu
mal entretenu et sans effet, il ne s'opposa plus à la marche de nos troupes.

Je continuai donc ma marche pendant toute la nuit du 20 au 21 dans
l'ordre détaillé cy après, sur la route de Schavli (sic) jusqu'à Kalvé, sans
avoir été inquiété davantage par l'ennemi.

Toutes les colonnes du train avaient déjà précédé le corps d'armée jusqu'à Kalvé sous l'escorte d'une compagnie du 2ᵉ bataillon du régiment d'infanterie n° 6 et d'une compagnie de pionniers. Ces colonnes étaient parties le 20 au matin de Mittau. Le major Markoff des ingénieurs se trouvait à la tête des colonnes du train.

Ordre de marche du corps d'armée.

COLONNE PRINCIPALE

Une compagnie de pionniers.	Deux compagnies de chasseurs.
Deux batteries d'Artillᵉ à pied.	6 pièces d'artillᵉ à cheval.
Le 1ᵉʳ bᵒⁿ du 1ᵉʳ d'infᵗᵉ.	2 escadrons du 2ᵉ dragons.
2ᵉ id. du 4ᵉ id.	1 id. du 3ᵉ hussards.
2ᵉ id. du 6ᵉ id.	

Arrière-garde, commandant, le colonel brigadier de Hunerbein.

Un bᵒⁿ du 6ᵉ d'infᵗᵉ.	1 bᵒⁿ fusilliers n° 2.
Un id. fusilliers n° 1.	1 compagnie de chasseurs.
1. id. n° 6.	1 escadron du 3ᵉ hussards.
1 compᵗᵉ de chasseurs.	
2 pièces d'artillerie à cheval.	

Le colonel brigadier de Horn avec le 5ᵉ d'infanterie, le bataillon des fusilliers n° 4, une batterie d'artillerie à pied et deux escadrons du 3ᵉ hussards, s'était mis en marche le 19 d'Eckau et s'était porté le même jour jusqu'à Annenburg, et le 20 jusqu'à Neu-Wirzau (*sic*). Je mis le 21 à dix heures du soir mes troupes en mouvement partant de Kalvé, après avoir fait marcher le même jour à midy la colonne du train jusqu'à Meskoutch (*sic*).

Près de Janisky où je m'arrêtai quelques heures pour laisser aux soldats le tems de faire la soupe et de se reposer, j'opérai ma jonction avec le détachement sous les ordres du colonel de Horn. Je disposai ce détachement de manière que le 1ᵉʳ escadron du 3ᵉ de hussards, le bataillon du 5ᵉ infanterie et deux pièces d'artillerie à cheval composaient l'avant-garde tandis que le reste des troupes, commandées par le colonel de Horn se formait devant la tête de la colonne.

En marchant sur Meskutch (*sic*) où le corps arriva à deux heures après-midy, nous apperçumes une cinquantaine de cosaques à quelque distance de l'arrière-garde, lesquels disparurent après avoir fait feu dans un grand éloignement.

D'après les ordres de M. le maréchal, j'avais dirigé un détachement composé de deux bataillons du 3ᵉ infanterie et l'escadron du 3ᵉ hussards, sous le commandement du major de Steinmetz, de Janisky par la droite sur Greuzdzy (*sic*).

A Meskutch (*sic*), je donnai ordre à la colonne du train de se porter en avant le 22 à minuit, et je la suivis avec le corps d'armée le 23 à cinq heures du matin. En passant par Schavli, j'y trouvai une lettre de M. le Maréchal qui m'enjoignait de partager mon corps d'armée en deux colonnes et de marcher le même jour 23 avec une colonne jusqu'à Podubis (*sic*) et avec l'autre jusqu'à Kurtoviany (*sic*). Le major de Steinmetz avait poussé le même jour avec son détachement jusqu'à Kurchan (*sic*). A peine fut-il entré dans cet endroit qu'il fut attaqué par un gros de cavalerie ennemie. Il repoussa cette attaque sans autre perte que celle d'un hussard blessé.

Ce partage du corps d'armée en deux colonnes m'obligea de changer l'ordre de marche de la manière suivante.

La colonne dirigée sur Kurtowiany et commandée par le général major de Kleist était composée :

De 3 escadrons de husssards n° 3.	D'un b^{on} fusilliers n° 6.
De 2 b^{ons} du 3e infanterie.	1 id. chasseurs de la Prusse orientale.
2 du 6e id.	2 batteries d'artill^{ie} à pied.

Cette colonne devait se porter sur Venghova et le major de Steinmetz prendre par Sloboda et opérer à Schinkeng (?) sa jonction avec le général major de Kleist.

La colonne de gauche, où je me trouvais en personne, était composée de l'escadron du 3e hussards, du bataillon des fusilliers n° 1, de deux pièces d'artillerie à cheval formant l'avant-garde sous les ordres du major de Cramon.

Colonne principale sous les ordres du colonel brigadier de Hunerbein, toute la colonne, savoir, sous le commandement spécial du colonel brigadier de Horn :

Le 1er bataillon d'infanterie, le 2e bataillon du 4e infanterie, une batterie d'artillerie à pied, deux bataillons du 5e infanterie, un escadron du 2e dragons, six pièces d'artillerie à cheval.

A l'arrière-garde sous le commandement du lieutenant-colonel de Jurgass composée du bataillon des fusilliers n° 1 et d'un escadron du 2e dragons.

Le parc des voitures chargées des subsistances de tout le corps d'armée pour six jours, fut partagé entre les colonnes précitées.

Les marches forcées, le froid excessif, avaient épuisé mes troupes et augmenté le nombre des traînards ; de plus le terrein montueux dans ces contrées avaient rendu les charrois très pénibles ; je ne pus en conséquence partir de Podubis le 24 qu'à 1 heure après midy. Je poussai le même jour jusqu'à Kelm où j'arrivai avec la colonne le soir à onze heures. Le train et l'arrière-garde ne me rejoignirent que le 25 à une heure du matin. Je reçus à Kelm l'ordre de M. le Maréchal de ne pas me diriger sur Niemokchty (*sic*) comme il me l'avait prescrit auparavant, mais de me porter sur Koltiniany et d'y opérer ma jonction avec le général major de Kleist. Je partis en conséquence le 25 de Kelm pour me diriger par Kroji sur Koltiniany. Le général de Kleist, dont la marche était plus courte, arriva plutôt au rendez-vous. Il y eut une rencontre avec une patrouille de cosaques sur laquelle il fit prisonnier l'officier et quatre hommes. Il apprit par ces derniers que l'ennemi nous attendait au delà de Koltiniany avec une cavalerie bien supérieure à la nôtre, comme aussi avec de l'infanterie et de l'artillerie. La nuit tombant, le retard de la colonne du colonel Hunerbein, bien éloigné de 3 à 4 heures de marche et l'épuisement de l'infanterie m'empêchèrent de reconnaître l'ennemi, sa force et sa position. Je pris en conséquence le parti de me placer à quelque distance vis-à-vis de lui, aussi bien que le permettait le tems et le terrain. Je passai ainsi la nuit au bivouac, attendant l'arrivée du reste des troupes.

Le 26, à la pointe du jour, je me portai en avant avec quelque cavalerie et je reconnus que l'ennemi pouvait avoir 20 escadrons de cavalerie, appuyés par quelques bataillons et par trois ou quatre pièces de canon. Sa position très avantageuse ne me permit pas d'apprécier exactement l'état de ses forces. La route que je devais prendre pour me rendre à Koltiniany et pour chasser l'ennemi était longée à la droite à distance de mitraille par de petits mamelons qu'il occupait. M. le Maréchal m'avait ordonné d'éviter autant que possible tout engagement qui serait incertain ; de plus, je devais m'attendre que dans le cas même où je culbuterais l'ennemi pour me frayer un passage, je compromettrais les subsistances du corps, parce que la cavalerie nombreuse des Russes ne manquerait pas de s'emparer du train des équipages. Je pris donc le parti de laisser la route de Koltiniany à ma gauche et de marcher sur Chelel. Dans tous les cas, il aurait été impossible d'arriver ce même jour d'après les dispositions de M. le maréchal jusqu'à Paghormont. Je passai toute la nuit du 26 à effectuer ce mouvement, qui présentait, vu les chemins étroits et peu fréquentés, de grandes difficultés. Sans être inquiété ni poursuivi par l'ennemi, je ne pus arriver le dit jour avec les troupes que jusqu'à Bolkisky (?), à deux et demi meiles (sic) de Chelel. Le train et l'arrière-garde ne m'y rejoignirent qu'aujourd'hui à neuf heures du matin.

Je me propose de me remettre en marche incessamment pour me rendre à Chelel, et même, s'il est possible à Paghormont.

Pendant toute cette marche, le corps d'armée n'a rien perdu contre l'ennemi, mais nous avons fait des pertes considérables par suite de l'épuisement, du froid excessif et des maladies.

Le major de Lœbel, du régiment d'infanterie de la Prusse occidentale, a eu le malheur d'être enlevé par les Cosaques près des avant postes. Je regrette vivement la perte de cet officier distingué.

Signé : D'YORCK.

XXIV

Le maréchal duc d'Elchingen au prince de Neuchâtel. Rapport sur la bataille de Lützen.

(Archives historiques du Ministère de la guerre. Correspondance de la Grande Armée.)

Lutzen, le 3 mai 1813.

Monseigneur,

Conformément aux ordres de l'Empereur, le général comte de Valmi a envoyé hier matin deux fortes reconnaissances sur Swenkau et Pegau, qui ont bientôt escarmouché avec les avant-postes ennemis qui se mon-

traient sur le front des troupes placées à Klein et Gros Göerchen. L'armée
ennemie était en marche, débouchant de Zwenkau, et à dix heures du
matin, elle s'est déployée dans les plaines en avant de Gros Göerchen.
J'avais dans ce moment l'honneur d'accompagner l'Empereur au delà de
Markranstedt; j'en ai été rappelé par le bruit du canon. J'ai ordonné au
général Marchand, qui se dirigeait sur Zwenkau par Meichen, de se porter
sur Eisdorf, et de là sur la canonade. J'ai en même temps fait prendre les
armes aux divisions Brennier et Riccard avec lesquelles je me suis porté
sur Kaya. Lorsque la tête de colonne de ces divisions est arrivée près de
Lützen je me suis apperçu que l'ennemi avait débordé la gauche des
divisions Souham et Girard et coupé leur communication avec Lützen;
toutefois ce mouvement de l'ennemi n'a eu aucune suite et a été con-
trarié par la direction que venait de prendre la division Marchand.
Peu d'instants après la jonction de mes cinq divisions a été opérée, et
j'ai disposé mes troupes de manière à refuser ma droite et à me tenir en
mesure de repousser l'attaque de l'ennemi qui dirigeait tous ses efforts
sur Kaya. La division Souham venait après une défense opiniâtre de
céder du terrain, et elle s'était repliée en ordre devant des forces très
supérieures. J'ai alors fait attaquer l'ennemi à Klein et Gros Göerchen et
la bataille s'est engagée avec acharnement; l'ennemi a repoussé sept à
huit attaques consécutives depuis Gros Göerchen jusqu'en arrière de
Kaya, débordant toujours ma gauche. Le combat s'est ainsi soutenu
jusques vers six heures, époque à laquelle j'ai fait donner derechef les
divisions Souham, Brennier et Riccard qui ont emporté toutes les positions avec l'appui de la division Marchand qui a très bien secondé ce
mouvement. A sept heures le duc de Tarente est entré en action et est
parvenu à déborder la droite de l'ennemi, mouvement qui a très bien fait
pour l'ensemble de l'opération. Le duc de Raguse n'a cessé de se maintenir à Starrsiedel. L'artillerie de la Garde a rendu les plus grands services en prenant en flanc les colonnes ennemies qui se repliaient, et en
secondant les efforts que faisait notre infanterie pour repousser les
charges de cavalerie.

L'Empereur étant sur le champ de bataille a lui-même ordonné tous
les principaux mouvements et a tout animé de sa présence et de son
génie. S. M. a été témoin de l'enthousiasme des troupes et elle aura
reconnu avec plaisir à leur noble élan cette valeur française qui ne se
dément jamais et qui peut remplacer jusqu'à l'expérience.

J'aurai l'honneur de mettre sous les yeux de votre Altesse Sérénissime
l'état des officiers qui ont pu se faire remarquer au milieu de ce concours
général de tous les genres de zèle et de dévouement. J'aurai des grâces à
solliciter pour eux. Je lui ferai aussi connaître l'état de nos pertes. Plusieurs officiers généraux ont été plus ou moins grièvement blessés.
L'armée n'a perdu que le général Gouré, chef de l'état-major, officier
remarquable par son dévouement sans bornes et son intelligence; il
jouissait de l'estime générale et mérite des regrets.

XXV

Notes extraites des carnets du général Athalin (se rapportant aux journées qui ont suivi Bautzen).

(Archives historiques du Ministère de la guerre.)

· En entrant à Hochkirch j'y ai trouvé une cinquantaine de cosaques, mais il y en avait environ deux escadrons dans le village de Plotzen qui en est éloigné d'un quart de lieue.

Hier on a vu passer beaucoup d'infanterie et des voitures de paysans chargées de blessés et des caissons, voitures d'équipage, tout pêle-mêle et en désordre. Ces transports ont duré de sept heures du matin hier jusqu'aujourd'huy à deux heures du matin. On estime qu'il y avait environ 4 à 500 blessés. On a remarqué un petit nombre de pièces de canon; on y a enterré plusieurs Russes, entre autres un major.

Tout cela a pris la route de Löbau et a marché en toute hâte.

A la suite de ces équipages est passée de la cavalerie sans ordre dans sa marche et qui a tout pillé et tout enlevé dans Hochkrich et les villages environnans. Il n'y a jamais eu de magasins à Hochkrich.

Le quartier général de l'empereur Alexandre a été à Wurschen depuis environ huit jours. Le roi Guillaume y était aussi. Le 20 il s'est transporté à Weissenberg d'où il est reparti le 21 en se dirigeant sur Reichenbach sur la route de Görlitz. On ne sait s'il s'y est arrêté. Le prince royal et d'autres princes étaient à Dressa pendant que le quartier général était à Wurschen.

Les Russes ont commis de très grands dégâts et ont fait sauver tous les habitans qui ne sont revenus que ce matin. Je suis arrivé à sept heures et demie dans le village. A sept heures la queue de la colonne est sortie du village, l'infanterie, la cavalerie, tous les corps étaient mêlés, la cavalerie au trot et l'infanterie au pas de course.

A la première journée de Bautzen les Russes ne paraissaient point avoir perdu l'espérance; mais hier ils avaient perdu tout espoir et paraissaient fort mécontens. Le découragement était surtout remarquable parmi les Prussiens, qui paraissent se débander. On en a rencontré qui se retirent par petits partis en Bohême.

Il ne reste qu'un petit nombre de blessés, une vingtaine au plus, mais il paraît qu'il y en avait beaucoup, car on en remarque des traces dans les granges et dans les maisons.

Il m'a été impossible de faire raffraichir le détachement que j'avais avec moi, il ne reste rien du tout dans le village. Il a été entièrement pillé, la cavalerie légère du duc de Tarente arrivait dans le village d'Hochkirch au moment où j'en sortais à huit heures et demie à peu près et le maréchal suivait la route de Löbau.

Un autre habitant m'a dit que les transports de blessés ont déjà commencé avant-hier à cinq heures du soir et que cela a duré jusqu'à hier à dix heures du soir. Il estime à 3 000 le nombre des blessés. Cela paraît plus exact.

A neuf heures la tête de colonne du duc de Tarente est arrivée à Hoch-kirch; le maréchal m'a dit qu'il poursuivait l'ennemi sur la route de Löbau, il rendra compte à l'Empereur cet après-midi. Il a trouvé dans les villages sur la route un grand nombre de blessés et le champ de bataille est couvert de morts, on leur a surtout tué beaucoup de chevaux. Il ne s'est trouvé aucune pièce sur le champ de bataille.

M. le duc de Tarente m'a dit que depuis trois jours les troupes n'ont pas eu de pain; il a envoyé à Bautzen, mais on lui a fait dire que la répar-tition n'était pas faite, il sait que le pain suit le quartier général; il demande que son corps y participe; ce soir il enverra un officier à l'Em-pereur.

TABLE DES MATIÈRES

CHAPITRE III

HARDENBERG ET LE PARTI FÉODAL. — LA RÉFORME AGRAIRE

CHAPITRE IV

HARDENBERG ET LA CENTRALISATION FRANÇAISE
L'ÉDIT DE GENDARMERIE

CHAPITRE V

HARDENBERG ET LE PARTI INSURRECTIONNEL EN 1811
L'ALLIANCE FRANÇAISE

CHAPITRE VI

LE PARTI INSURRECTIONNEL ET LE GOUVERNEMENT PRUSSIEN
PENDANT LA CAMPAGNE DE RUSSIE. — LA DÉFECTION D'YORCK

I. — Le parti insurrectionnel en 1812.

II. — Le gouvernement prussien en 1812.

CHAPITRE VII

LE GOUVERNEMENT PRUSSIEN AU DÉBUT DE 1813

CHAPITRE VIII

LES ORIGINES DU SOULÈVEMENT DANS LA PRUSSE ORIENTALE
LES PLEINS POUVOIRS RUSSES DE STEIN

CHAPITRE IX

LES ÉTATS GÉNÉRAUX DE KÖNIGSBERG

CHAPITRE X

LA LANDWEHR DES PROVINCES ORIENTALES

CHAPITRE XI

LE TRAITÉ DE KALISCH

CHAPITRE XII

L'ORIGINE DES INSTITUTIONS MILITAIRES MODERNES EN PRUSSE

CHAPITRE XIII

L'ARMÉE PRUSSIENNE ET LA CAMPAGNE DE PRINTEMPS

1. — L'armée prussienne au début de 1813.

II. — La campagne de printemps.

CHAPITRE XIV

FORMATION ET ORGANISATION DE LA LANDWEHR

de l'aristocratie. — Les fonctionnaires. — Les officiers sont désignés par les commissions oligarchiques. — Les officiers supérieurs sont tous nobles. — L'aristocratie forme à elle seule les cadres supérieurs de la Landwehr. — Difficultés pour le recrutement des officiers subalternes. — La guerre d'indépendance n'est pas seulement la revanche de l'État prussien ; c'est aussi la revanche de la caste aristocratique. — La formation de la Landwehr a été un phénomène de discipline sociale........................ 448

DOCUMENTS ET PIÈCES JUSTIFICATIVES

Coulommiers. — Imp. PAUL BRODARD. — 59-97.

www.ingramcontent.com/pod-product-compliance
Lightning Source LLC
Chambersburg PA
CBHW061027030726
47504CB00002B/283